Dearly, Beloved

Uma nova ameaça

Dearly, Beloved

Uma nova ameaça

Lia Habel

tradução de Ana Luisa Astiz

2ª impressão

iD editora

Coordenação editorial – Lenice Bueno da Silva
Assistente editorial – Janette Tavano
Tradução – Ana Luisa Astiz
Preparação – Beatriz Camacho
Diagramação – Caio Cardoso
Revisão – Maiza Prande Bernardello
Coordenação de edição de arte – Camila Fiorenza
Pré-impressão – Alexandre Petreca, Everton L. de Oliveira Silva,
Hélio P. de Souza Filho, Marcio H. Kamoto e Vitória Sousa
Impressão e acabamento – Corprint Gráfica e Editora Ltda.

Dados Internacionais de Catalogação na Publicação (CIP)
(Câmara Brasileira do Livro, SP, Brasil)

Habel, Lia
Dearly, beloved: uma nova ameaça / Lia Habel ;
traduzido por Ana Luisa Astiz. – São Paulo : Moderna, 2013.

Título original: Dearly, beloved.

ISBN 978-85-16-08579-7

1. Ficção norte-americana I. Título.

13-05635 CDD-813.5

Índices para catálogo sistemático:
1. Ficção : Literatura norte-americana 813.5

Rua Padre Adelino, 758, Belenzinho – 03303-904 – São Paulo, SP
Vendas e atendimento: Tel.: (11) 2790-1300
Fax: (11) 2790-1501
www.editoraid.com.br
Impresso no Brasil, 2013

DE ACORDO COM AS NOVAS NORMAS ORTOGRÁFICAS

Para meu pai, que continua convencido de que filmes de terror farão meu cérebro apodrecer, apesar do fato de que construí uma carreira respeitável baseada nas minhas críticas à cena do confronto zumbi *versus* tubarão, do filme de Fulci[1].

[1] Lucio Fulci (1927-1996) foi um diretor, escritor e ator italiano muito conhecido por seus filmes de terror, como *Zumbi 2* (1979).

"Nós vamos morrer e isso nos torna pessoas afortunadas. [...] Nós, uns poucos privilegiados que ganhamos na loteria do nascimento, contrariando todas as probabilidades, como nos atrevemos a choramingar por causa do retorno inevitável para aquele estado anterior, do qual a enorme maioria jamais nem saiu?"

RICHARD DAWKINS, *Desvendando o Arco-íris*

"A virgem modesta, a mulher prudente, e a matrona cuidadosa são muito mais úteis na vida do que as filósofas de anáguas, as heroínas fanfarronas ou rainhas que só reclamam. Ela, que faz seu marido e seus filhos felizes [...] é um personagem muito maior do que as senhoras descritas em romances, cuja ocupação é assassinar a humanidade com os eixos de sua aljava, ou seus olhos."

OLIVER GOLDSMITH, *O Vigário de Wakefield*

1 • nora

Quando cheguei ao topo da colina, o zumbi me pegou. Surpresa, deixei cair a sombrinha e o digidiário. Ele prendeu-me por trás, contra o seu corpo, e segurou minhas mãos pequenas para que eu não conseguisse lutar. Senti seus lábios gelados na minha nuca. Extasiada, dei um grito e o chutei com o salto da minha bota bem no meio da canela.

— Bram, me solta!

— Jamais — grunhiu ele, com a boca ainda junto à minha pele. Sua voz me fez corar. Antes que eu pudesse reclamar mais, ele ergueu-me e começamos a girar. A situação era ridícula, mas eu ri e apreciei o entorno passar velozmente diante dos meus olhos abertos — especialmente as colinas a oeste, que davam lugar à cidade de Nova Londres, Nicarágua. A capital de Nova Victoria. O coração do mundo que eu conhecera até então estava agora bastante abalado — metade morto, metade vivo. A luz pálida do amanhecer apenas se insinuava. A oeste, por milhas e milhas, erguiam-se as mansões dos ricos e nobres, a maioria abandonada agora. A presença de pessoas era indicada por uma ou outra luz acesa. Alguns poucos pontos brilhavam na cidade, como as luzes holográficas das fachadas dos edifícios e os letreiros luminosos, mas a maior parte de Nova Londres ainda dormia e parecia mais sombria do que nunca. Havia apenas a luz avermelhada da lâmpada a gás da minha sombrinha para iluminar nosso caminho até a discreta elevação de terreno que indicava a localização dos Campos Elíseos, o complexo habitacional subterrâneo onde residia minha família. Eu poderia ter escolhido uma das cores que indicava a disponibilidade amorosa das jovens — como a cor rosa para ser cortejada, por exemplo —, mas eu não estava disponível. Eu estava prometida para aquele zumbi, e as adolescentes que ditavam as tendências haviam decidido que o vermelho era o tom ideal para indicar essa preferência em particular. A cor do apreço pelos mortos. Normalmente, eu não dava a menor importância a modismos de nenhum tipo, mas, nesse aspecto, eu havia escolhido estar... na moda. Quando Bram me soltou, desequilibrei-me e caí, espalhando minha saia no gramado.

— Às vezes, esse é o único jeito de fazer você ficar quieta.

— Que... injusto — respondi, ofegante, enquanto ele se sentava ao meu lado para observar a cidade. A vista era espetacular, pois a área havia sido projetada para o lazer, com caminhos circulares e bancos esculpidos com o mesmo mármore usado para fazer o pórtico de entrada instalado ao pé daquela colina. Embora o lugar fosse aberto, era também isolado e, portanto, perfeito para uma escapada a sós todas as manhãs.

— Você é muito maior que eu.

— Eu gosto de caminhar até aqui tanto quanto *estar* aqui, sabe? E quando você sai correndo na frente... Isso é que é injusto. Além do mais... — ele me olhou bem de perto com seus olhos azuis opacos — ...você já deveria saber que, quando foge de mim, todos os meus instintos me obrigam a te caçar.

Ao tomar fôlego para responder, acabei fitando-o intensamente também. Bram Griswold estava morto havia dois anos e ainda era extremamente atraente. Alto e forte, tinha feições muito expressivas. A luz da sombrinha não iluminava completamente seu rosto pálido nem seus cabelos castanhos; recordei-me da primeira vez que o encontrara, encapuzado sob as luzes da rua. Achei que fosse um monstro. Agora, o amava a ponto de me perder.

— Os zumbis vieram dali — lembrei-o. — Devíamos caminhar a vários metros um do outro. Se alguém estiver nos vigiando, poderá ficar nervoso.

— Eu devia andar na frente, se formos por aquele caminho. — Ele apanhou e entregou-me o digidiário. — E prefiro não pensar nisso.

Recebi o aparelho, constrangida, e senti a brisa morna de abril brincar com meus cabelos cacheados e com a barra do meu vestido longo e rosado. Castidade, sempre ousada, havia dado um laço de fita vermelha no coldre que eu levava preso à cintura, onde havia uma pistola. O fato de meu amado estar morto não me assustava mais. Não depois de tudo o que eu havia visto. Meu sentimento por ele era tão intenso, e eu não sabia ao certo se isso era um sinal de loucura ou compaixão.

Eu era mesmo filha do meu pai.

— De qualquer forma, já estamos aqui — respondi. — Assuma sua posição.

Bram ficou atrás de mim, rindo. – Eu não morri só para virar seu travesseiro.

— Então, por que você está sempre na temperatura certa?

Sentamos na grama, de um jeito que duas pessoas como nós não deveriam jamais ser vistas: uma estudante neovitoriana de certa posição social e um mineiro punk, membro de uma tribo que meu povo havia banido muito tempo atrás para o extremo sul dos Territórios. Bram, deitado de costas, observava as estrelas desaparecerem contra a luz do sol. Eu, apoiada no peito sem vida dele, lia meu digidiário. Estávamos a sós. Para os outros, era um comportamento escandaloso, mas, para nós dois, era normal.

Quatro meses antes, havíamos sobrevivido ao Cerco, um ataque de hordas de zumbis famintos e insanos. Depois disso, passamos semanas refugiados na selva, em uma aeronave arcaica, com um esquadrão de soldados e cientistas mortos e vivos. Só pudemos voltar à civilização quando a vacina que meu pai descobrira pareceu ser de fato efetiva contra a Lazarus, a terrível doença que reanimava os mortos. Nossa relação começou em uma base militar secreta, continuou a bordo de um dirigível e, finalmente, estávamos no Éden. Considerando tudo o que acontecera, estávamos extasiados. No entanto, estávamos de volta à sociedade e precisávamos ser mais discretos. Pelo menos era o que dizia meu pai.

Tentei tirar a figura dele da cabeça, ainda que neste exato momento estivesse tentando realizar a incrivelmente boba, inútil e mesquinha tarefa que ele me pediu: acessar a edição digital, publicada pela minha escola, do documento *A deportação e você: um texto para moças de fino trato*.

— Olha só que coincidência: esta parte trata da etiqueta da sociedade punk, ou da falta dela — brinquei, esperando o texto carregar. — Quer responder comigo o questionário do fim do capítulo? Vou tentar encontrar as perguntas menos ofensivas.

— Como se as respostas não fossem igualmente ofensivas — resmungou Bram, fazendo um trejeito com a boca. — Sei como sua gente funciona. São aparentemente muito educados, mas atacam pelas costas na primeira oportunidade. Nada pessoal.

— Você tem toda razão — eu passei algumas páginas. — Vamos em frente. Que tal o capítulo sobre como se portar durante a corte a uma dama? Assunto de nosso maior interesse.

— Essa é a parte que ensina mais maneiras de eu não chegar perto ou falar com você?

— Basicamente, sim.

— Pula essa também.

Folheei a publicação e dei risada quando cheguei a um capítulo que abordava a etiqueta das cerimônias de casamento.

— Veja! Esse capítulo tem quarenta páginas. Faz parte do currículo da Escola St. Cyprian para Meninas, a instituição que custa uma pequena fortuna anual ao meu pai. Aquela que ele insiste que eu continue frequentando, apesar da proximidade do... Apocalipse, como bem sabemos. Bram inclinou a cabeça como se analisasse um quebra-cabeça.

— Quarenta páginas sobre casamento? Vocês não recorrem simplesmente a um juiz ou a um religioso para isso?

— É que as garotas devem ficar obcecadas por casamentos. Era isso que tia Gene queria que eu sentisse.

— Isso foi uma indireta, senhorita Dearly? — Bram desenhou uma espiral nas minhas costas com o dedo indicador, e eu estremeci. Não apenas porque seu dedo estava gelado.

— Não! — corando, sentei de supetão e joguei longe o aparelho. Dei um grito selvagem. Bem, selvagem para mim, pelo menos. Embora eu já tivesse dezessete anos, ainda tinha uma aparência e uma voz imaturas. Bram riu e puxou-me de volta para o chão. Afundei o rosto no ombro dele.

— Mais uma vez, eu desisto. Tentei estudar para ser uma dama, mas isso me deixa louca, ainda mais com tudo que está acontecendo no mundo. Bram, conte-me uma história?

Bram pensou um instante e começou a contar um episódio que sabia que eu iria gostar: sobre as grandes cidades punks, das quais eu jamais ouvira falar antes de conhecê-lo; sobre como foram erguidas nos lugares onde os punks ganharam batalhas contra as tribos do sul para manter as fronteiras de suas colônias; como foram ocupadas por uma combinação de punks e de misteriosos integrantes das tribos do sul, depois dos acordos de paz firmados após anos de lutas; como os edifícios eram de pedra e metal de verdade, superiores em todos os aspectos aos hologramas; as exposições de autômatos; a moda das mulheres punks. Sua voz era grave e baixa, uma combinação que eu adorava. Um som em que eu conseguia me perder.

Observei o céu clarear enquanto ele falava. Eu queria conhecer o que sobrara do mundo, das geleiras do Ermo, no extremo norte, aos desertos do extremo sul. Eu queria conhecer tudo. Não sabia dirigir, mas isso não me impedia de, às vezes, fantasiar que roubava as chaves da carruagem sem cavalo de tia Gene para fugir. Sabia que o mundo estava mudando, reagindo à revelação da existência dos não vivos; reagindo ao fato de que duas semanas atrás algumas pessoas vacinadas haviam sido infectadas por mordida durante uma manifestação e contraído a Lazarus; reagindo com medo, raiva e... Detive o pensamento antes que minha imaginação pudesse voar com ele. Desde que soube da contaminação pós-vacina, o medo em relação ao que os vivos poderiam fazer, caso perdessem a sensação de segurança na convivência com os mortos "civilizados", estava me consumindo, e eu já estava cansada daquele sentimento. Insone, eu especulava sobre o futuro. A situação também estava afetando o comportamento do meu pai, tornando-o exigente e afastando-o de mim novamente, além de estragar momentos como este. E isso não era justo. Bram terminou seu relato e beijou-me perto da sobrancelha. Havia uma cicatriz no seu lábio inferior. E eu amava cada uma das cicatrizes dele. Nunca desapareceriam por completo, então ele convivia com essas marcas pacientemente.

— Você prestou atenção em alguma coisa que eu falei, pequena?

— Em uns sessenta por cento — reconheci, olhando a vista da cidade novamente. — Desculpe.

— Não peça desculpas. Do que você precisa?

— De nada — afundei o rosto em sua camisa azul-clara, deleitando-me com o que havia acabado de ouvir. — Estava pensando se, algum dia, terei permissão para me afastar desta colina de novo.

— É louvável de sua parte tentar fazer o que seu pai lhe pediu — Bram pegou-me pela cintura e, antes que eu pudesse esboçar qualquer reação, sentou-me sobre seu peito para que pudéssemos nos olhar de frente. Sorri, prendendo os dedos em torno dos suspensórios de couro que ele usava. Eu adorava o fato de ele não se vestir como um *dandy* neovitoriano.

— O episódio da mordida mudou os planos, é verdade, mas, assim que o doutor Dearly e os outros pesquisadores avançarem nas pesquisas, é possível que consigamos retomar nossa vida.

— Espero que sim — olhei para o digidiário, que aterrissara longe. — Antes da revolta, eu e meu pai compartilhávamos a mesma opinião. A mudança de humor dele nas últimas semanas, insistindo para que eu não me afaste dos Campos Elíseos e para que me concentre nos trabalhos da escola, me enfurece. E ele não volta para casa há dias. Eu poderia ter ido a pé até Morristown e ele nem sequer ficaria sabendo.

Bram brincou com um dos meus cachos. Eu não estava usando chapéu nem luvas, acrescentando mais ofensas à etiqueta.

— Levante a cabeça! É por causa dele que os vivos e os mortos têm uma chance de coexistir. Naturalmente, ele se sente responsável por cada revés. Haverá mais questionamentos antes de uma solução final... mais violência. Não que eu aceite isso, mas sei que irá acontecer. Se conseguirmos informar e vacinar mais vivos, talvez as coisas se acalmem — ele franziu a testa. — Talvez a violência contra os mortos pare.

Eu assenti, pensando nos zumbis saudáveis que, em bandos, ainda permaneciam escondidos. Tudo era bem pior para eles.

— É por isso que detesto ficar presa aqui. Quero ir para a cidade e ajudar.

— Eu também, acredite. Mas a última coisa de que a cidade precisa é de um grupo de patrulheiros zumbis rondando. Ou pró-zumbis, no seu caso, porque sei que você ia querer estar à frente do esquadrão.

A ideia me atraiu.

— Explica de novo por que não podemos fazer exatamente isso?

Bram riu e encostou a sua testa na minha.

— O sol está nascendo.

— Por favor, não vai me dizer que você também é vampiro. Isso cortaria meu coração... — Era uma piada boba, afinal, vampiros não existiam, mas eu não queria voltar para casa.

— Não, sou apenas um cara dando uma banana para todas as regras neovitorianas sobre *não encostar jamais nas meninas*. E a escuridão ajuda bastante.

— Eu sei — suspirei.

Bram tirou-me do lugar, ficou de pé e estendeu a mão para mim. Deixei que me erguesse. Andamos, lado a lado, para buscar meu digidiário e, de braços dados, tomamos o caminho de volta.

Voltar para casa não era mais a mesma coisa.

Os Campos Elíseos haviam sido o máximo da engenharia moderna. Era um bairro subterrâneo com diversos níveis, cada um com sua própria abóboda de cristal líquido, que reproduzia as condições meteorológicas da superfície, e cercado por muros que projetavam árvores e nuvens virtuais. Tudo fora planejado para parecer o mais real possível, mas sem ser de fato.

O local não havia resistido bem ao surto infeccioso provocado pelos zumbis que invadiram Nova Londres. O céu virtual não existia mais — agora era uma tela escura. Fios expostos com lâmpadas elétricas penduradas estendiam-se entre os postes, um recurso provisório para fornecer luz aos poucos residentes que restaram, até o complexo ser restaurado. Metade das residências construídas em estilo vitoriano estava desocupada. Apenas os serviços básicos funcionavam: o mercado e o posto de saúde. A loja de chapéus não existia mais e a confeitaria estava fechada com tábuas — parecia uma visão saída do pior pesadelo de uma criança de cinco anos. Havia cartazes colados em todas as superfícies disponíveis: OS CAMPOS ELÍSEOS VOLTARÃO A OPERAR NORMALMENTE NO OUTONO DE 2196. A CIDADE DE NOVA LONDRES AGRADECE A PACIÊNCIA E O APOIO DE TODOS. Placas divulgavam as estações do novo serviço de bondes sem trilhos: UMA MANEIRA SEGURA E CONFIÁVEL DE CHEGAR A SUPERFÍCIE E A NOVA LONDRES.

Minha tia Gene descrevera os Campos Elíseos como “um buraco na terra”. E era o que parecia agora. Pena que ela ainda estava desaparecida, pois teria adorado esfregar isso na minha cara. Apesar de tudo, eu adorava o lugar mais do que nunca. Adorava meu bairro, Violet Hill, ainda que agora as ruas estivessem manchadas – não queria nem pensar com que substância — e muitas das mansões estivessem tão destruídas que seria impossível restaurá-las. Eu amava minha casa mais que todas, especialmente porque resistira, por milagre, ao ataque dos zumbis. Entre aquelas paredes eu beijara minha mãe pela última vez, antes que a doença, sobre a qual meu pai sabia tão pouco até então, a matasse e, logo em seguida, a reanimasse de maneira tão cruel. Eu havia presenciado a morte do meu pai ali, sem saber que ele continuaria vivo depois do seu coração parar. Naquela casa, eu havia sido atacada pelos soldados de Averne e resistido, atirando de cima do telhado, até terminar nos braços de Bram — embora eu não tivesse gostado nem um pouco disso na ocasião. A lembrança me fez sorrir. Quando chegamos à porta, estava pronta para resistir bravamente por mais um dia.

— Quieto! — Virei-me e fiz sinal de silêncio para Bram. — Quando passarmos por esta porta, seremos jovens bem-comportados de novo. Queiramos ou não. — Bram engatou seu dedo indicador no meu, afastando-o dos meus lábios. Apoiando a outra mão na porta, olhou-me intensamente.

— Isso significa que estávamos fazendo algo errado lá fora. Se você quiser que eu faça algo de fato errado, posso tentar, do velho e bom jeito punk de fazer as coisas. Entretanto, pode ser que o doutor Dearly não goste.

Corando só de pensar, disfarcei, procurando a maçaneta para abrir a porta, e ele entrou comigo. Rindo, apertou minha mão ainda mais. Foi quando vimos uma cena que nos fez congelar: a doutora Beryl Chase nos esperava no hall de entrada, ao pé da imensa escadaria.

— Doutora Chase? — cumprimentei-a, com minha voz de menina ecoando no espaço vazio. Ela pareceu aliviada e, ao mesmo tempo, exatamente o contrário. A minha expressão devia ser a mesma.

— Ops! Humm... — Bram trancou a porta. — Juro que não estávamos...

— Senhorita Dearly, Bram... — Ela ainda usava seu robe e girava obsessivamente com as mãos algo parecido com uma caixa de baralho, uma atitude muito estranha para ela. A cena deixou-me em alerta e fez com que o constrangimento se esvaísse. — Não, não é nada disso.

— Acordei-a quando saí da cama? — soltei a mão de Bram e apertei o digidiário e a sombrinha contra o corpo. — Juro que nunca vamos muito longe. Só gostamos de ficar a sós um pouco. — A doutora Chase compartilhava comigo a minha cama desde que voltamos da Colômbia. Meu pai e eu tínhamos acolhido o máximo de pessoas possível em nossa casa, entre elas a doutora Chase e seu colega engenheiro — e zumbi — doutor Baldwin Samedi, os integrantes mais jovens da Companhia Z e principais pesquisadores da equipe do meu pai.

— Não. Eu sei que vocês têm levantado cedo — disse ela. — Nunca falei nada, pois vocês não costumam demorar, portanto, não há motivo para me preocupar. São jovens e merecem todos os instantes que puderem passar juntos. — A doutora Chase olhou para a caixa de cartas e colocou-a no bolso.

Havia algo errado e meus pensamentos correram imediatamente para uma direção: — Aconteceu alguma coisa com meu pai?

A doutora Chase abriu um sorriso que não chegou até seus olhos verdes.

— Pretendia distraí-los até conseguir organizar meu raciocínio, mas é melhor ir direto ao ponto.

Bram pegou uma cadeira que ficava ao lado da escadaria e levou-a para perto da doutora Chase. Pediu a ela que se sentasse, o que ela agradeceu. Dois gatos do padre Isley começaram a descer a escada.

— O que está acontecendo? — Cheguei mais perto dela, sentindo minhas mãos frias.

— Nada. Mas o doutor Salvez acabou de telefonar. — Mesmo despenteada e sem maquiagem, a doutora Chase era uma mulher bonita de meia-idade, embora estivesse muito pálida naquele momento. Ela olhou para suas mãos, pousadas no colo. — Vocês sabem que na revolta que eclodiu depois da execução do capitão Wolfe, diversas pessoas foram mordidas por zumbis. Duas delas morreram e se reanimaram, embora já tivessem sido vacinadas.

Assenti com a cabeça. Meu pescoço estava tenso. Não conseguia me esquecer daquela noite, especialmente da maneira como a notícia havia abalado meu pai. Foi por isso que eu havia optado por obedecê-lo, até que essa última tempestade passasse, embora me ressentisse disso com cada célula do meu corpo. Ainda que frustrada, estava cada vez mais preocupada com ele.

— Os zumbis que foram presos ainda estão sob a custódia da polícia. — As mãos dela tremeram ligeiramente, e meu coração começou a bater forte, em solidariedade. — E isso é bom, porque, como o doutor Salvez acaba de informar, a equipe tem evidências de que o problema não é com a vacina, nem com a reação dos vivos a ela.

Não fazia a menor ideia do que dizer. Porque aquilo significava que nos restava uma única e terrível opção, a qual eu não queria sequer considerar.

— Então, qual é o problema? — perguntou Bram, muito sério.

A doutora Chase agarrou o robe para aquietar as mãos.

— Foi confirmado que um dos zumbis está infectado com uma cepa diferente da Laz. Algo novo com o que a vacina não foi formulada para lidar.

E, com aquela declaração, tudo que eu mais temia parecia estar se tornando real. Bram praguejou.

— Estamos de volta à estaca zero, então? — balbuciei. — Haverá um novo Cerco? Os mortos serão caçados novamente?

— Não. — A doutora Chase parecia querer que sua negação se materializasse. — Não. O zumbi que carrega a nova cepa está isolado. Não conseguirá infectar mais ninguém. Os dois que foram contaminados perderam a sanidade ao acordar. Tentaram atacar os médicos e foram mortos com um tiro na cabeça. Portanto, até aqui, a possibilidade de contaminação está controlada.

— Mas não é tão simples assim — respondi. — A razão pela qual todos nós, vivos e mortos, voltamos para cá é porque achamos que seria seguro para a sobrevivência dos zumbis. Porque achamos que os vivos, vacinados, sentiriam-se suficientemente protegidos para permitir que os mortos continuassem vivos! — Olhei para Bram. — Será que deveríamos deixar a cidade?

— Não — disse ele, embora sua expressão fosse séria. — Não imediatamente. Não antes de sabermos mais.

— Mas temos que fazer alguma...

— E o que você quer que façamos? — A reação dela foi tão abrupta que eu me assustei e Bram piscou. Percebendo pela minha expressão que a pergunta havia soado mal, a doutora Chase cobriu o rosto com as mãos. — Desculpem-me. Meu tom foi inadequado.

— Está tudo bem — sussurrei.

— Não, não está nada bem. Ainda acho que devemos fugir. Pensamos que eram só contestadores, mas vejam bem. Um zumbi infectado com uma nova cepa da Laz está a menos de 30 metros de nós. O pouco que mostraram sobre ele no noticiário estava borrado, e os pesquisadores que tiveram permissão para coletar amostras disseram que ele aparenta ser normal, mas eu ouvi que ele parece um demônio. Que ele vai contra tudo o que trabalhamos tanto para provar que zumbis saudáveis são ok. E pensar que ele podia ter mordido qualquer um de nós! — A doutora Chase prendeu a respiração por um instante, tentando ficar calma. Não conseguiu e continuou falando sem parar. — E eu ainda preciso acordar o Baldwin para contar-lhe. Ele dorme tão profundamente que me apavora ter de acordá-lo...

Quando a ouvi pronunciar o nome do colega, compreendi. Embora o relacionamento deles acontecesse em uma espécie de limbo, Beryl Chase e Baldwin Samedi tinham uma história juntos. Eu não era a única pessoa que amava um zumbi. Não era a única apavorada com a situação. Ela estava certa. Eu precisava manter o foco. E ela também.

Sentei-me aos pés dela, olhando-a de baixo para cima, na esperança de fazê-la prestar atenção.

— Só nós sabemos o que está se passando?

— Não. O doutor Salvez disse que a imprensa foi alertada. Não podemos mais guardar segredos. Isso nos prejudicaria a longo prazo.

Ótimo. Coloquei meus pertences de lado.

— E o que vamos fazer, doutora Chase?

Ela não respondeu imediatamente. Quando o fez, sua voz continuava entrecortada, mas conseguira recobrar algum controle. — Tudo o que podemos fazer é trabalhar. O doutor Salvez disse que a vacina ainda parece ser eficaz contra a cepa original — explicou ela, olhando para mim com um perceptível desconforto. — Não podemos elucubrar em torno de duas pessoas apenas. Temos de pensar nas milhares que estão seguras por causa do trabalho de seu pai.

— Mas não sabemos se estão de fato seguras — retruquei. — Esse é o ponto. Não ocorreram ataques de zumbis de grandes proporções. Não sabemos se a vacina realmente funciona. Ela teve que ser aplicada às pressas. E se os vivos não se sentirem protegidos... — não consegui completar a frase. Não queria nem pensar nessa possibilidade.

— Há milhares de famílias que têm parentes mortos, Nora — disse Bram. — Não tivemos notícias de uma única contaminação acidental, o que é auspicioso. A doutora Chase está certa. Temos que manter em mente as coisas positivas.

— Mas... e se houver outros casos? — perguntou a doutora Chase. — Mais zumbis infectados com a nova cepa vagando por aí? E outras mutações? — As suas perguntas retumbavam no hall como gongos. Nem Bram nem eu respondemos.

Eu não conseguia pensar em respostas. E nem queria.

— Não vamos nos preocupar com isso por enquanto — repetiu Bram. — Vamos lidar com o que sabemos ao certo. Vou reunir o grupo, e a senhora cuida do doutor Sam.

Levantei-me. — Você vai sair?

— Vou até os navios. — As embarcações da Marinha de Nova Victoria chamavam-se Erika e Christine, e eram nelas que a maioria dos cientistas ligados à Companhia Z trabalhava, fosse em pesquisa relacionada aos zumbis, fosse no cuidado médico com eles. — Quando a notícia se espalhar, a cidade vai explodir. Vamos precisar de recursos humanos lá. Eu queria que você viesse comigo, mas...

— Meu pai, eu sei... — retruquei, irritada. Ele trabalhava no Erika.

Bram assentiu com a cabeça. — E, se algo der errado, vamos precisar de gente aqui na casa para executar a EMD. Vou deixar a Cas e o Ren com vocês.

— Eu sei. — A Evacuação da Mansão Dearly era o nome do novo plano de emergência dele. Mesmo assim, eu estava desapontada. E preocupada. — Vá logo!

Bram tocou em meu rosto carinhosamente e correu escada acima para reunir os rapazes. Ajudei a doutora Chase a se levantar e levei-a até a cozinha, onde coloquei uma chaleira de água no fogo para fazer um chá. Abatida, ela encostou-se na parede, e percebi que mesmo com uma singela tarefa eu já estava fazendo minha parte. Mas, depois de tudo que acontecera em dezembro passado, não era a mesma coisa.

2 • Bram

Eu odiava Nova Londres, mas tentava me adaptar. Era o que todos precisávamos fazer neste momento: simplesmente lidar com as coisas.

Claro que era mais fácil falar do que fazer. Disse a verdade à Nora, eu não estava completamente pessimista. Houve um tempo em que eu estivera de acordo com meus superiores, achando que a maior parte da sociedade não conseguiria aceitar a existência de zumbis. O fato de tantos vivos terem corrido em defesa de seus mortos foi comovente. Agora que tudo viera à tona, eu esperava, de verdade, que fosse possível chegar a algum tipo de acordo entre vivos e mortos. Afinal, não duraríamos muito. Mesmo com todos os recursos de preservação e os cuidados médicos, os zumbis estavam fadados a apodrecer. Se conseguíssemos impedir mais contaminações, os vivos não teriam que conviver conosco para sempre. Porém, tendo nascido em uma família de trabalhadores pobres e me tornado capitão do Exército, eu instintivamente formulava a questão "está bem, mas e se...". E, observando a situação real da cidade, eu era obrigado a questionar minha própria avaliação das coisas.

Além dos Campos Elíseos, a região oeste de Nova Londres tinha sido bastante atingida pelo Cerco, e os trabalhos de recuperação ainda estavam em andamento. Havia poucas pessoas circulando nas ruas e podíamos ver lojas protegidas por tábuas e casas chamuscadas, assim como funcionários e veículos da prefeitura carregados com materiais de construção. Às vezes, precisávamos desviar o caminho, para evitar um trecho que estava sendo reconstruído, e podermos nos aproximar do centro da cidade. *Outdoors* alertavam os vivos a evitar o contato com fluidos corporais de zumbis; notícias sobre novos carregamentos da vacina apareciam entre os comerciais de tecidos, chás e corseletes. Alguns militares e policiais patrulhavam as ruas, mas eram menos da metade do necessário. Como sempre.

— Vamos ter que passar pela Morgue — anunciei. Era preciso atravessar a cidade para chegar ao porto, que ficava ao leste.

— Que maravilha... — reclamou John Gates, que ocupava o assento do passageiro da carruagem Modelo V, da tia de Nora. Coalhouse, como preferia ser chamado, era um negro alto e forte cujo olho direito já havia apodrecido e ficava encaixado na órbita esquelética com o auxílio de um pedaço de espuma. Ele mexia compulsivamente naquele olho e no seu aparelho auditivo, como se precisasse conferir o tempo todo que estavam no lugar onde deviam estar. — Não estou acreditando. Como se não bastasse ter que trabalhar com os caras que queriam nos matar, também ganho de graça um *tour* pelo gueto dos zumbis.

— Nem começa, Coalhouse. Não estamos ajudando o Exército, estamos ajudando o Dearly — retrucou Tom Todd, sentado no banco de trás. A divisória entre as partes anterior e posterior da carruagem estava abaixada e eu o vi mexer na tela do computador de bordo.

— Como é que se ajusta o volume desse treco? Meu Deus, por que todas as coisas nos Territórios têm que ser tão complicadas?

— Como vou saber? — Éramos todos de origem punk e, como tais, desconfiados de qualquer coisa que fosse de alta tecnologia, embora estivéssemos acostumados a usá-la no Exército Neovitoriano. É que equipamentos eletrônicos nunca pareciam... Autênticos. Juro. Ainda que, eventualmente, fossem úteis.

— Consegui! — Tom era um sujeito baixo, largo, calvo, de braços fortes. Um remendo de pele acinzentada havia sido costurado sobre o buraco onde deveria estar seu nariz. Ele usava um suporte de metal em torno do joelho esquerdo, por cima das calças. O negócio rangeu quando ele se recostou para ver videoclipes.

— Isso não é bom — comentou Coalhouse, olhando para mim com seu olho bom. — O que vamos fazer?

— Antes de mais nada, ajudar no que for preciso. E veremos o que acontece.

— Está no noticiário — disse Tom. — E esses clipes são gravados, certo? Não são ao vivo. Então, a notícia já se espalhou.

Fiquei tenso. — Caramba!

Tom balançava a cabeça para frente e para trás enquanto o apresentador falava. A certa altura, o sujeito na tela fungou e referiu-se aos zumbis como "lesmas gigantes", ao que Tom retrucou:

— Olha só o que está dizendo essa múmia. Melhor frio do que velho, cara.

— Deixa para lá — sugeri. — Olha aí.

A Morgue era na realidade o extremo sul do Parque Dália, uma grande área gramada e cercada, que ficava no meio de Nova Londres. Duas semanas antes, o capitão James Wolfe, que havia sido comandante da minha companhia, fora executado ali por traição — venda de informação secreta para o major punk Dorian Averne, com quem conspirava para sequestrar o doutor Dearly e sua filha Nora, em uma desequilibrada tentativa de redenção. Averne, convencido de que o cientista havia criado a Lazarus em laboratório como arma biológica contra o povo punk, juntara-se a Wolfe no plano para matar Nora como "punição" pelos supostos pecados do pai dela. Eu dera cabo de Averne em combate. E não gostava de pensar naquilo. Embora todos os indícios levassem aos dois, eu ainda me sentia parcialmente responsável pelo Cerco. Se tivéssemos matado todos os Cinzas — os zumbis insanos que Averne e Wolfe haviam conseguido infiltrar em Nova Londres para sequestrar Nora —, a doença não teria se alastrado. Nada do que ocorreu depois teria acontecido. A Morgue não teria existido.

Ao longo do último mês, o lugar fora sendo lentamente ocupado por centenas de zumbis. Os pró-zumbis, embora ruidosos, ainda eram minoria. As ruas à noite não eram seguras para os mortos, e muitos haviam tornado-se sem-teto — ou porque foram banidos por suas famílias, ou porque ficaram desmemoriados após a reanimação e não sabiam mais quem eram ou para onde deviam ir. Além disso, havia aqueles provenientes dos subúrbios e de cidades pequenas e próximas, localizadas ao norte e ao sul, onde a fuga em massa de habitantes da capital, antes da ameaça iminente, provocou surtos de menor proporção. Depois de meses de desorganização, finalmente começaram a andar em bandos, e formou-se no parque uma espécie de acampamento não oficial — o qual era condenado pela população viva e contra o qual os políticos esbravejavam. Não tinham outro lugar para ir.

A Morgue era uma das razões pelas quais eu continuava frequentando os navios, fazendo o meu trabalho, embora a Companhia Z não existisse mais. Meses atrás, o Exército havia nos dispensado e desmantelado a unidade de erradicação da Lazarus, formada exclusivamente por zumbis. Aquilo havia sido uma manobra de relações públicas, o insulto final. Eu deveria ter partido naquele momento, como havia planejado, mas... não consegui. E não estava sozinho. Tom, Coalhouse e outros ex-integrantes da Companhia Z também engoliram o orgulho e compareciam regularmente para ajudar os médicos e os soldados. Ninguém era remunerado por isso. De qualquer forma, não teríamos aceitado pagamento. Fazíamos aquilo por um motivo: ajudar o doutor Dearly ainda era a melhor forma de ajudar o coletivo zumbi. O que não significava que apreciávamos o quanto isso nos fazia ficar perto dos policiais federais.

O acampamento estava agitado. A vista impressionava pela predominância do cinza — o tom das barracas de lona manchada e dos bancos rústicos, os cartazes de protesto danificados, apoiados nos geradores envoltos em plástico, a grama pisoteada. Os zumbis estavam reunidos lá. Perguntei-me se já estariam cientes da nova cepa. Ponderei se deveria contar a alguém sobre o ocorrido, para fazê-los saber que deveriam ser discretos. Eram inúmeros. Muito mais do que eu poderia ajudar. Centenas de zumbis inteligentes, resultado de milhares de contaminações. Apenas uma minoria conseguia passar para o outro lado mentalmente intacta. Os demais viravam assassinos famintos por carne.

Minha missão havia sido exterminá-los.

— Não é culpa sua — disse Tom, de repente. — Não é culpa de nenhum de nós. Fizemos parte daquela missão. — A voz dele ficou tensa, mas seu tom não era de acusação, era enfático. — Você nos culpa?

Será que eu era tão transparente assim? Disfarcei, fingindo que tossia, e acelerei.

— Não. Jamais.

Mas eu me sentia culpado, sim.

Quando chegamos aos navios, descobrimos que, apesar de a notícia da nova cepa ter vazado há pouco, já era como lenha na fogueira. O Erika e o Christine estavam ancorados em uma doca longa feita de pedra, e a barricada de madeira que os unia era protegida por poucos homens, uma visão alarmante. A área em frente estava repleta de repórteres e manifestantes, e a maioria tentava conseguir acesso ao Erika. Os cientistas do governo eram os alvos naturais da caça às bruxas. Estava acontecendo exatamente o que eu temia.

Como havíamos nos armado antes de sair, entramos na confusão, como de costume. Abri caminho entre a multidão, preparando-me para enfrentar o comandante Norton, o soldado vivo responsável pela segurança do cais. Era um homem de queixo duplo e semblante desanimado que tínhamos apelidado de Besta da Barricada. Ele não gostava de nos dar acesso, pois não éramos mais soldados regulares e, por isso, não tínhamos permissão para passar. Ele não gostava de nós e ponto. No entanto, hoje, ao nos ver, apontou para um setor da barricada. Reparei que havia outros membros da antiga Companhia Z lá.

— Obrigado por aparecerem, rapazes. Precisamos de ajuda. Isso aqui vai piorar bem antes de melhorar.

— Tudo bem — respondi. Cumprimentamos os soldados de uniforme vermelho do Exército neovitoriano e também nossos antigos companheiros, preparando-nos para a jornada. Jornada esta que acabou se estendendo por horas. Horas ao longo das quais a multidão cresceu e meu estresse foi ficando cada vez pior. Comecei a achar que estávamos no meio de uma grande encrenca.

— O senhor precisa ficar para trás — disse Tom, entredentes, a um dos cerca de cinco bilhões de repórteres que infestavam a doca.

— E você precisa falar comigo! — O repórter era um sujeito jovem, com o cabelo espetado, mais ou menos da nossa idade. Não sei como, mas a toda hora ele reaparecia à frente da turba, mesmo depois de ter sido tirado dali à força. — Por que vocês não querem que falemos com os cientistas? Eu quero entrevistar um dos médicos!

— O único zumbi que presta é o que está morto para sempre! — gritou um manifestante vivo por trás dele.

— Ah, pode deixar, eu te dou uma entrevista. Quantos palavrões você entende?

— Deixa pra lá — eu disse a Tom, usando a culatra do meu rifle para empurrar o sr. Almofadinha Curioso de volta para a área demarcada para a imprensa. — Sem comentários! Estamos mortos, lembram? Burros como pedras, sabem como é?

— Até parece... — Antes que o repórter pudesse falar qualquer coisa, foi tragado pela multidão. Os manifestantes que estavam à frente passaram a gritar conosco.

— Estamos ficando sem espaço aqui! — gritou Coalhouse, que estava um pouco afastado. Virei-me a tempo de vê-lo mexer no olho bobo mais uma vez.

— Cara, guarda esse olho de uma vez! — gritou Tom para ele. — Você vai acabar perdendo esse troço!

— Isso aqui não é uma missão! — revidou Coalhouse.

Tom fez um gesto amplo com o braço.

— E isso aqui não parece uma quantidade suficiente de ação pra você?

— Tom — adverti-o. — Peixes maiores.

— Exatamente. Meu Deus, o cara é tão infantil. Disse a ele para deixar o olho na carruagem.

— O comandante Norton diz T-30 para mais homens! — Ben Maza, um companheiro com cara de gato acinzentado, falou comigo pela esquerda. — Essa unidade já devia ter sido substituída a esta altura, mas os soldados foram mandados para Parque Dália por alguma razão. Deve haver mais manifestantes por lá.

— Pelo menos, sabemos que foram fazer alguma coisa útil. — resmungou Tom. — A Morgue deve ser responsável por mais da metade da seção de crimes do *Diário de Nova Londres*. Franco Neale, outro zumbi, deu uma risada e disse: — O Exército tomou uma decisão inteligente. E agora? Vão mandar porcos paraquedistas para serem os heróis dessa novela romântica de quinta categoria?

Os *flashes* das câmeras não paravam de disparar e o som da multidão era uma cacofonia de perguntas. Para tentar dissipar um pouco a tensão que eu sentia crescer no peito, respirei fundo, embora o ar de nada me servisse. Tecnicamente falando, os ex-membros da Companhia Z não eram mais meus soldados, mas ainda assim, naquele momento, lamentei que fôssemos tão poucos. Eu havia perdido muitos homens nos últimos meses. E, se as notícias de hoje de fato significassem um ponto de inflexão, o evento decisivo que tornaria as relações entre vivos e mortos impossíveis, seria minha responsabilidade tirar meus colegas dali. Tirar todos os meus colegas.

— Na sua opinião, o que o torna diferente de um hospedeiro? — O repórter que eu apelidara de Almofadinha Curioso estava de volta. Virei a cabeça e quase esmaguei a bochecha no gravador digital que ele estendia em minha direção, por cima da barricada. — O que pode nos dizer sobre o aparente novo surto de infecção?

"Hospedeiro" era a palavra que a mídia havia adotado para dar nome a um zumbi insano ou violento, do tipo que invadiu Nova Londres e que a Companhia Z tinha como missão eliminar. Muitas coisas diferenciavam a mim e a meus amigos de um zumbi hospedeiro. De modo geral, éramos distintos porque havíamos acordado rapidamente, antes que nosso cérebro fosse privado de oxigênio, o que fez com que nossas personalidades e memórias fossem preservadas. Éramos capazes de entender as limitações impostas pela doença, conseguíamos aceitar o que havia acontecido conosco e conter nossos surtos canibais e sentidos superaguçados. Éramos capazes de fazer escolhas. No caso da Companhia Z, tivemos também a sorte de ter recebido cuidados pós-morte. Contávamos com nosso autocontrole, embora eu estivesse a ponto de perder o meu.

— Cara, para trás — pedi ao repórter, dando um passo à frente. Ele não recuou. Havia um brilho em seus olhos castanhos que me fez pensar nele como uma massa de energia em forma humana com um metabolismo que rugia. — É para sua própria segurança. Não torne as coisas mais difíceis do que já estão. — Foi como se eu não tivesse dito nada.

— Fale sobre a senhorita Nora Dearly! Há rumores de que a imunidade dela deve-se ao fato de que o pai a usou como cobaia para diferentes tipos da vacina. Por que essa vacina ainda não é distribuída em massa para a população?

O repórter ao lado dele completou:

— É verdade que o doutor Victor Dearly criou a Lazarus, e esse fato está sendo acobertado pelo governo? É ele quem sabe mais sobre a doença, sua filha é o único indivíduo imune de que se tem notícia e até a casa que o governo concedeu a ele no bairro subterrâneo permanece estranhamente intocada!

Tive a impressão de ter olhado para aqueles repórteres por uma eternidade de tempo. Senti uma vertigem, como se a doca sob meus pés tivesse cedido. Os dois sujeitos estavam repetindo como papagaios o discurso de Averne. Os homens dele eram responsáveis pelo Cerco, pela Morgue e por este exato momento de confronto com a massa de humanos furiosa e estridente. Aquilo tudo foi demais para mim. Senti um clique. Ataquei-os antes que pudesse me conter.

O segundo repórter parou imediatamente o interrogatório quando o soquei no meio do peito e o ar escapou por sua garganta como uma tosse engasgada. O mais jovem, o tal Almofadinha Curioso, logo ganhou um corte na boca e um olho roxo em potencial, e o cheiro do sangue dele enfureceu-me mais ainda. Foi quando Tom me agarrou:

— Bram, para!

— Um monte de mentiras! — rugi, com minha voz de zumbi feroz. — Mentiras que mataram milhares de pessoas! Se qualquer um dos dois repetir isso para alguém, para qualquer um, eu vou caçá-los pessoalmente. Vão se arrepender muito do dia em que aprenderam a pegar numa caneta!

— Quero esse cara preso! — gritava o repórter mais velho. — Agora!

— Você quer que a polícia brigue por você? Não consegue dar conta do recado sozinho?

— Bram! Cale a boca! Olhe!

Excitado pela raiva, esforcei-me para obedecer ao Tom e parar com a discussão. Ele puxou minha camisa, e eu olhei para o lado que ele indicava. Um dos soldados vivos apontava sua arma para mim, exatamente para o único lugar que importava quando se tratava de um zumbi: minha cabeça. Com uma voz trêmula, ele disse:

— Não quero fazer isso. Sei que você não é um dos loucos, Griswold. Acalme-se. — Lentamente, ainda abalado, ergui as mãos e tentei dominar as emoções que me assolavam. Estavam certos. Eu havia deixado o abrigo da casa de Dearly para ajudar e estava fazendo exatamente o contrário. Estava rendido à raiva e agira como um louco. — Tudo bem, já passou.

O soldado abaixou a arma, com uma expressão agradecida no rosto. Ele ia abrir a boca para dizer algo quando fomos jogados para frente violentamente pela multidão de repórteres e manifestantes, que ultrapassaram o limite imposto pela barricada. A madeira rangeu e, nas primeiras filas, pessoas gritaram de medo e dor.

— Que diabos... — perguntou Tom.

O soldado vivo caiu, e eu estendi a mão para que se levantasse. Ele aceitou e ergueu-se, e nós três demos dois passos em direção ao Erika, apenas para ver a mesma coisa acontecer novamente. Era como se a multidão tivesse se transformado em um monstro que, rastejante, tentava avançar. Antes que pudéssemos esboçar reação, uma parte das pessoas começou a subir sobre as outras, como formigas tentando escapar de uma avalanche de areia, como se fugissem de algo; mas não conseguia ver do quê. No meio da confusão, o segmento da barricada mais próximo ao Christine quebrou-se com um estrondo, o qual ouvi claramente acima dos gritos, o que diminuiu um pouco a pressão. Repórteres e manifestantes fugiram pelo cais, para longe dos navios, pisando sobre os feridos.

Um instante depois, um homem idoso que carregava um cartaz com dizeres contra os zumbis cambaleou e destacou-se em uma clareira. Uma parte de seu rosto havia sido arrancada e pendia do osso da mandíbula, expondo seus dentes. Horrorizados, observamos como as pessoas em torno dele, desesperadas, correram.

— Ataque zumbi! — gritou o comandante Norton. — Preparem-se para combate!

O pavor solidificou-se nas minhas entranhas. Não tinha ideia do que estava acontecendo, mas coisa boa não era.

— Coalhouse e Tom, ajudem na evacuação. Franco e Ben, precisamos de um acesso alternativo mais perto do Christine. — Eu não era mais capitão, mas, aparentemente, isso não significava nada para eles, pois correram nas direções indicadas por mim sem questionarem. Virei-me para o soldado vivo e disse:

— Vá até o comandante Norton e diga-lhe que se concentre em defender o Erika. É preciso proteger os pesquisadores. — Mesmo abalado, ele também obedeceu prontamente.

Com os homens envolvidos na ação, tentei alinhar as prioridades. Era tudo que podia fazer naquele momento. Fosse o que fosse que estava acontecendo, eu tinha que impedir que aquilo se transformasse em um gigantesco problema.

— Fora daqui! — disse em voz alta para a multidão. Os repórteres perto de mim gritavam e tentavam se dispersar, mas não conseguiam ir muito longe. Embora a área estivesse ficando vazia, a velocidade começava a diminuir por causa da confusão e do número de corpos envolvidos. Algumas pessoas nem sequer se moviam, de tão apavoradas. Consciente de que tínhamos pouco tempo, tomei as rédeas da crise com minhas próprias mãos, literalmente. Agarrei dois repórteres catatônicos pelos paletós e arrastei os para trás da barricada, em direção à água. — Mexam-se! Vão! Afastem-se daqui! Nadem se for preciso!

Percebendo que eu havia lhes dado o mapa para fugir daquela confusão, pularam na água, deixando para trás câmeras, gravadores e digidiários. Quando a multidão já estava mais afastada, avistei o motivo da confusão. E o que vi quase fez meu estômago morto revirar-se. Um bando imenso e desorganizado de mortos avançava em nossa direção. Homens, mulheres e crianças. Ainda não haviam alcançado a barricada, mas alguns já atacavam os repórteres e os manifestantes que ainda bloqueavam o caminho. Vi dentes sendo cravados em membros, unhas rasgando roupas, jorros de sangue, carne sendo estirada como borracha. Mil imagens vinham à minha mente, embora eu não conseguisse reter nenhuma delas. Era uma revolta em massa, de novo. Os horrores da guerra, do Cerco, tudo acontecendo novamente.

Mas essa não foi minha única preocupação.

No encalce da coluna de mortos, vinha uma multidão enfurecida de vivos armados. Vi um homem agarrar uma mulher morta pelos cabelos, jogá-la ao chão e cravar um cano de aço no crânio dela.

Os zumbis estavam sendo perseguidos. Caçados.

Os soldados também assistiam à cena. A voz de Norton soou acima dos gritos de dor e medo.

— Há civis vivos entre os mortos. Mantenham suas posições, cavalheiros!

Começava a andar para buscar uma posição de defesa quando percebi o repórter Almofadinha Curioso ao meu lado, cobrindo a boca ensanguentada com a mão.

— Não sei nadar — disse ele, antecipando qual seria minha ordem. Ele respirou, trêmulo, pendurou a câmera a tiracolo e soltou uma bengala do cinto. — Mas sei lutar bartitsu[2]!

— Bom pra você — retruquei. — E eles sabem morder.

O cretino, lívido, olhou-me sem saber o que fazer. Empurrei-o na direção do Christine e disse:

— Veja se pode ser útil em algum lugar! Entre no navio e grite para quem puder ouvir: Temos que subir a rampa assim que estivermos todos a bordo!

---

[2] Bartitsu é um tipo de arte marcial e um método de defesa pessoal desenvolvido na Inglaterra entre os anos de 1898 e 1902.

Para minha surpresa, o sujeito fez exatamente o que mandei. Com isso, corri na direção oposta. Meu corpo parecia pesado e oco ao mesmo tempo, e estava convencido de que não teria outra escolha a não ser começar a atirar; os zumbis eram hospedeiros em potencial. Mas a ideia não me agradava nem um pouco.

Em teoria, depois da vacina, os mortos não eram mais capazes de contaminar ninguém. Se eu atirasse nos zumbis à minha frente, poderia acertar os vivos que os perseguiam. Droga. O zumbi que indiretamente começara o que estava acontecendo naquele momento havia sido preso, não eliminado. Além disso, havia muitos vivos naquela confusão. Consegui ouvir os soldados emitindo o mesmo alerta sobre danos colaterais, acompanhado de uma ordem para não atirar. Aquilo me deu esperança. Corri mais rápido. Quando me aproximei do final da massa de gente, Tom me alcançou, e conseguimos perceber que a maioria dos zumbis que parecia atacar estava, na verdade, aterrorizada e corria para se salvar. Para resgatá-los, sabia o que era preciso fazer. Íamos ser pegos bem no meio do tiroteio se as balas começassem a voar.

— Norton! — gritei.

Encontrei-o perto do cais onde o Erika estava ancorado. Ele virou-se e vi o medo em seu olhar.

— Não recebo ordens de você, Griswold! — E voltando-se para um subordinado, disse: — Organize o pelotão. Preparem-se para mirar nos zumbis e matá-los. Todos eles.

— Não! Há vivos perseguindo esses zumbis! Eles estão encurralados, por isso, estão reagindo!

— Vou deixar claro para você, vivo que sou, que não dou a mínima para as motivações de um zumbi — gritou Norton, vermelho de raiva. — Como vamos saber o que eles fizeram na cidade para provocar isto!

Eu não podia deixar que aquilo acontecesse. De jeito nenhum. Cheguei bem perto dele e disse: — Se você fizer isso, os zumbis da cidade poderão retaliar. Não devemos esquecer que o Exército voltou-se contra nós no último minuto, em dezembro passado, decidindo que todos os zumbis, saudáveis e insanos, teriam que morrer. Lembra-se? — O comandante Norton não respondeu. Tinha conseguido uma abertura com ele. — Podemos lidar com esta situação. Chame seus homens e faça com que conduzam os vivos para esta parte dos cais. Deixe os mortos conosco. Há crianças lá!

— Griswold...

— Com todo respeito, senhor, é exatamente para isso que fomos treinados!

Ele demorou um segundo para decidir-se, mas concordou.

— Homens! Vamos assistir os vivos!

Definido isso, ficamos encarregados da nossa parte.

— Hora de acertar uns cérebros! — gritei para Tom. — Temos que abatê-los, não matá-los!

O zumbi atarracado estalou os dedos. — Adoro essa parte!

Empunhando minha arma, joguei-me na multidão, tentando identificar zumbis violentos. Senti que teria sido mais fácil me juntar a eles, simplesmente desistir, deixar que a raiva me dominasse. Logo senti o cheiro acre de sangue fresco e os grunhidos e gritos à minha volta; eram os sinais para que prosseguisse. Tom e eu arrancávamos, um por um, os zumbis violentos do embate com suas presas e os golpeávamos para deixá-los inconscientes. Depois, jogávamos os corpos na lateral do cais. À certa altura, Tom começou a usar seu rifle como taco de críquete, para bater violentamente na base do crânio dos zumbis. Os vivos feridos e os mortos aterrorizados eram conduzidos para o Christine, onde eu consegui ver Franco, Ben e Coalhouse trabalhando juntos para protegê-los de golpes e ajudá-los a chegar à rampa que levava ao navio. Ouvi ao longe o comandante Norton ordenar a seus homens que interceptassem a massa de vivos. Vi os soldados de uniforme vermelho deslocando-se para proteger a barricada enquanto eu lutava com meu último zumbi hostil. Era uma mulher jovem e maltrapilha, com um olhar enlouquecido. Ela revidava com unhas e dentes, gritando como um coelho em uma armadilha, forçando-me a arriscar meu próprio disfarce, batendo nela com a cabeça para que perdesse os sentidos. Ela desmaiou e caiu ao chão com uma estranha graça assim que a soltei. Foi quando me vi em meio a um desses estranhos momentos que parecem transcorrer em câmera lenta, durante episódios de grande tensão. Pensei que os indivíduos contra os quais estávamos lutando eram quase entediantes. Não eram soldados inimigos. Não eram monstros. Não fora a fome que movera a mulher que eu acabara de incapacitar, como os que havíamos matado em campo aberto, em pequenas vilas, fazendo uma limpeza depois de um surto da Laz, para que nenhum vivo tivesse contato com a doença. Ela era vítima.

Ela tinha todo direito de se enfurecer e de revidar. Com a ameaça dispersada, lentamente consegui voltar a mim e olhei ao redor. A multidão de vivos estava prestes a nos alcançar, e dava para adivinhar que não iam ficar mais lentos de repente. Quando o último zumbi ultrapassou a barricada, eu pedi aos meus amigos:

— Quando terminarem de embarcar todo mundo, voltem para me cobrir.

Eles correram para fazer o que eu havia pedido. E até que retornassem, toda a retaguarda para proteger o cais onde estava ancorado o Christine era eu. Ergui o meu rifle para que ficasse bem visível.

— Somente zumbis e pessoal autorizado podem passar — gritei, juntando-me às declarações dos demais soldados.

A multidão de vivos não se deteve. Gritavam frases ofensivas sobre os mortos. Eles queriam o confronto sangrento. Éramos poucos, não teríamos a menor chance de resistir. Mais alguns segundos e chegariam até a barricada. Ouvi Norton orientar os soldados para não atirar. Eu, porém, posicionei meu rifle, mirando na massa de gente, embora não tocasse o gatilho. Não queria ter que fazer isso. Felizmente, não fiquei sozinho por muito tempo. Coalhouse chegou primeiro, depois Tom.

— Estão erguendo a rampa!

Recuamos muito rápido, considerando as circunstâncias. Estávamos no meio do cais quando começamos a correr, com a multidão aproximando-se rapidamente. Quase não consegui agarrar a rampa, erguer-me e virar-me para ajudar meus amigos. Tom subiu rapidamente, mas, um instante antes que eu pudesse dar a mão a Coalhouse, o olho direito dele caiu. Em pânico, ele arregalou o esquerdo, abaixando-se para pegar o que perdera. Tom gritou:

— Você está brincando!

Furioso, debrucei-me e agarrei Coalhouse pelo colarinho quando ele se reergueu. Tom me prendia pelas pernas enquanto eu erguia nosso amigo, que usou seus próprios braços para subir assim que pôde. Alguns vivos ainda tentaram pular para nos alcançar e acabaram caindo na água. Ouvimos balas ricochetearem no casco de metal do navio. Alguém lá embaixo portava uma arma e estava usando-a. Pensei que um daqueles projéteis poderia acabar acertando minha cabeça, então atravessei a alça do meu coldre no ombro novamente.

— Mais tarde falaremos sobre isto, Coalhouse.

— Todo mundo para baixo. — Era o doutor Charles Evola, um dos médicos mais jovens. Seu cabelo dourado estava desgrenhado e seu monóculo pendia do colete, preso por uma corrente. Integrantes da tripulação, armados, pulavam do navio para nos substituir no cais.

— Venha, Bram. Preciso de você.

Um flash explodiu na minha cara quando me virei. O Almofadinha Curioso quase morrera lá embaixo, mas continuava animado.

— Essa reportagem vai ficar impressionante.

— Como você se chama? — consegui perguntar ao sujeito.

— Havelock Moncure — respondeu ele, orgulhoso. – Repórter e único editor do Pheme, o principal *blog* de fofocas da Aethernet. Você vai ficar famoso.

Espera aí. Ele nem sequer era um jornalista de verdade? O garoto engasgou quando arranquei a câmera das mãos dele. Abri-a, arranquei o cartão de memória e esmaguei-o no assoalho do deque. Devolvi o aparelho com um tranco e, agarrando-o pela gravata, fiz com que me olhasse bem de perto.

— Quero saber o teu nome porque te devo uma. Fique bem aqui. Se eu souber que você anda vagando pelo navio, vou pessoalmente te jogar na água.

A ameaça funcionou. O abalado sujeito assentiu veementemente.

Larguei-o ali mesmo e segui Evola para dentro do navio.

Enquanto Evola e os outros médicos arrumavam espaço para os recém-chegados na área de atendimento médico, fui contar quantos indivíduos precisavam de cuidados. Eu havia começado a estudar medicina na base e, assim que pude, retomei os estudos, agora no Christine. Por isso, sabia o que precisava ser feito.

Ben e Franco já tinham conseguido isolar os vivos feridos no Nível A; diversos técnicos passavam correndo por mim para ir até lá. Achei os zumbis reunidos no Nível B, a maioria em estado de choque, gritando ou chorando histericamente. Dentro daquele ambiente metálico, o ruído era ensurdecedor. Tom e os demais tentavam acalmá-los e mantê-los juntos, para a segurança da equipe de vivos. Era um grupo heterogêneo: talvez uns cinquenta zumbis, a metade era formada por homens e a outra metade, por mulheres, de todas as idades. Alguns vestiam roupas bastante gastas, mas coloridas, xales diáfanos e saias listradas de cores alegres, chapéus adornados com penas e pedras de vidro. Outros estavam maltrapilhos por viver na rua. Um homem estava sentado em uma carreta de madeira. Por alguma razão, eu podia sentir o perfume de flores.

Duas mulheres faziam mais barulho do que todos juntos. Estavam no meio do grupo, mas pareciam alheias aos outros. Uma delas era alta, com cabelos emaranhados cor-de-ferrugem e um rosto que parecia prestes a se desmanchar, e dava ordens para a outra, que estava de costas para mim, com longos cabelos cor-de-vinho, em parte presos por um pente prateado.

— Eu disse a você que isso ia acontecer! Estão se voltando contra nós de novo. Temos que reagir, temos que nos proteger!

— É tudo um engano — respondia a outra mulher.

— O que está acontecendo aqui? — perguntei.

A ruiva virou-se e senti que olhei para ela um pouco mais de tempo do que deveria. Ela era pálida como mármore, com olhos escuros como tinta e quase sobrenaturais. O vestido preto destacava suas feições.

— Quem é o senhor?

— Meu nome é Bram Griswold. Estou aqui para ajudar.

A moça dos cabelos cor-de-ferrugem pareceu não registrar minha presença.

— Não estávamos fazendo nada desta vez. Não estávamos roubando nem armando nada. Só contemplando essa ideia utópica. Clínicas gratuitas. Que lindo. Até que simplesmente caímos na emboscada!

A mulher a quem eu havia me dirigido ergueu a mão.

— Quieta, Cláudia! — E olhou para mim novamente. — Sou Mártira Cicatriz, líder dos Transformados. E esta é minha irmã.

Tom, que estava perto, franziu a testa e perguntou:

— Transformados?

— Somos um grupo de zumbis interessados na paz — explicou Mártira. — Arrecadamos dinheiro e, às vezes, organizamos manifestações contra as injustiças sofridas pelos zumbis. Estávamos prestando cuidados médicos aos mortos pobres na Morgue quando aquela gente apareceu.

— Mas por que eles estavam perseguindo vocês?

Cláudia se interpôs entre Mártira e eu, furiosa. Usava calças e camisa.

— Porque são vivos. Que outra explicação você quer?

— Cláudia. — advertiu Mártira, balançando a cabeça, e dirigiu-se a mim novamente. — Estávamos lá há menos de uma hora. De repente, aquela gente — enfatizou o *gente*, olhando para Cláudia — começou a se agrupar e gritar. Do nada, atacaram. Foi quando corremos para o porto. Graças a Deus, vocês estavam lá. Obrigada a todos vocês. — Ela fez um gesto com o braço que indicava meus homens, mas estremeceu e acabou levando as mãos ao peito. — Não sabia que alguns de nós podiam atacar. Pobres almas...

— Aqueles vivos nos pegaram como alvos sem razão alguma! Há mais de nós lá fora! — protestou Cláudia. — Grupos que se dispersaram. Se a cidade inteira estiver assim, simplesmente não podemos ficar aqui. Isto é um barco do governo, afinal de contas. Temos que ajudá-los!

— Não podem sair daqui ainda, para sua própria segurança — comentou Tom.

— Não viram as notícias? — perguntou Coalhouse, com o olho esquerdo de novo no lugar. Ele parecia mal-humorado.

— Que notícias? — A expressão surpresa de Mártira revelava que não estava a par do ocorrido. Antes que eu pudesse explicar, Evola apareceu.

— O que está acontecendo aqui?

Olhei diretamente para Mártira e perguntei:

— Alguma de vocês precisa de cuidados médicos?

— Sim — respondeu uma voz que eu ainda não havia ouvido.

— Laura! — gritou Mártira, tentando freneticamente localizar a voz no entorno. Outra zumbi, uma menina, emergiu do grupo com o braço em torno dos ombros de um garoto morto. Inicialmente, achei que estivesse usando uma roupa de circo, uma fantasia saída de uma peça ou um espetáculo. Foi somente quando ela chegou perto de Mártira que o perfume de flores se intensificou, e eu entendi do que se tratava. A menina era um jardim ambulante. Flores e trepadeiras emergiam da pele dela, abrindo buracos no tecido de seu vestido marrom desenxabido. Os galhos enrolavam-se em torno dos membros e da cintura dela. O modelo do vestido, originalmente solto, agora estava preso a ela por talos e espinhos que moldavam o excesso de vestido ao corpo. Um pano cobria parcialmente seu cabelo, que tinha uma tonalidade de abricó, mas suas feições suaves estavam à mostra. Devia ter sido bonita quando viva. Parecia ter uns catorze anos.

— Uau — exclamou Coalhouse, sem mais resquícios de mau-humor.

— Dog foi ferido. — O garoto chegou mais perto dela ao ouvir seu nome, sem conseguir olhar para nós. — Mas ele não me deixa ver.

— Traga-o aqui. — Até Evola parecia encantado com a menina.

— Viu? — disse Mártira a Cláudia. — Nossa irmã sabe o que é importante.

Cláudia abriu a boca para responder, mas apenas balançou a cabeça e saiu pisando duro.

— Contem a elas — pedi a Tom e a Coalhouse. — E fiquem por perto.

Levamos Laura e Dog a um dos compartimentos, passando por alguns zumbis que estavam recebendo atendimento: um homem levava pontos na cabeça e uma mulher recebia no pulso uma sonda própria para injetar medicação. Provavelmente, instalariam uma válvula na sua perna para drenagem. Era bastante complicado manter os mortos em bom estado; o doutor Dearly havia sido pioneiro nesse campo.

— Vou precisar que você me informe um endereço melhor que "perto do hidrante na Morgue" — dizia um técnico a um paciente, fechando a cortina de uma das divisórias improvisadas. Uma vez a sós, acomodamos o garoto sobre uma mesa de aço inoxidável. A mão dele estava pendurada no pulso, pois os ossos haviam sido esmagados. Ele logo receberia cuidados de acordo com os conhecimentos reunidos pelo doutor Dearly.

— Meu Deus, Dog. — Laura olhou para nós. — Ele não disse nada. Não sabia que a mão dele tinha ido parar embaixo da carruagem que nos separou por um instante. Quando consegui chegar perto dele de novo, ele tinha caído...

— Está tudo bem. — Evola começou a mexer em um dos carrinhos de apoio que estava perto. — Podemos estabilizar a mão com pinos ou com uma tala. Não vai conseguir mais usá-la, mas também não vai prejudicá-lo. Ou... — O médico olhou para o menino. — ... podemos amputá-la. Talvez seja mais seguro.

Dog aparentava ter uns dez anos. Vestia um paletó de retalhos e calças azuis desbotadas, além de um turbante feito com panos sujos em torno da cabeça. Ao ouvir a sugestão de Evola, abaixou o turbante sobre os olhos e agarrou-se à saia de Laura novamente.

Laura o abraçou.

— Dog, eles estão tentando te ajudar.

Era uma decisão terrível, mas necessária.

— Dog, eu sei que você não nos conhece e sei que é difícil pensar no assunto. Mas uma mão que não funciona, seja porque está mole, seja porque está rígida, vai acabar te atrapalhando. Acho que, mesmo se a consertarmos, daqui a duas semanas você vai estar tão incomodado que tentará cortá-la por sua conta. E aí tudo vai ser pior.

O menino disse não com um veemente movimento de cabeça.

— O senhor Griswold está certo — disse Evola. — Além disso, talvez possamos conseguir uma prótese para você. Já fizemos isso antes. Sabia que o pai da moça que o cavalheiro aqui do lado corteja tem uma perna inteira feita de metal? É uma coisa linda, acredite em mim. O menino olhou-nos com um único olho.

— Aposto que o doutor Sam vai adorar fazer uma mão para você. — Era pouco provável, mas a doutora Chase podia convencê-lo. Sorri para Dog. — Vamos lá? Você já é crescido. Não vai ser nada de mais, você verá.

O menino pensou por alguns minutos e, finalmente, assentiu com a cabeça, enterrando o rosto no ombro de Laura. Ela o abraçou e fechou os olhos. Eu sussurrei para Evola:

— Rápido.

Ele concordou e tirou uma serra circular do carrinho. Trocou o monóculo por uma máscara, para proteger os olhos, e então, com a velocidade de uma enfermeira eficiente que dá vacina em uma criança, pegou a mão do menino e ligou o aparelho.

Porém, Dog se arrependeu no instante em que a serra começou a funcionar. Começou a bater em Laura, que lutava para mantê-lo preso em seus braços. Em pânico, ele a mordeu diversas vezes, conseguindo abocanhar algo que era essencialmente salada.

Antes que Dog pudesse provocar algum estrago significativo, afastei Laura e agarrei-o. O ataque silencioso do menino continuava, mas eu era mais forte. Consegui imobilizar seu antebraço para que Evola pudesse trabalhar.

— Pode me morder — disse ao menino enquanto a serra cortava. — Vá em frente. Sei que você está assustado, e isso é normal. Já que não pode morder os vivos, então pode me atacar.

E foi o que ele fez. Não conseguiu rasgar minhas roupas, mas cada mordida sua trazia de volta a memória de estar encurralado e sendo atacado nas minas do Sul, no dia em que morri, levantei-me e continuei andando. Não eram lembranças agradáveis, mas neste momento pareceram estranhamente reconfortantes. Davam-me um senso de pertencimento, eram lembranças do que eu fora. Precisava disso para saber o que eu era e do que eu era capaz de fazer. Evola enrolou o pulso de Dog quando a intervenção terminou. O menino ficou calmo. O procedimento teria sido muito doloroso, mas, felizmente nós, zumbis, não sentiamos muita dor. A doença mudava nossos corpos para pior, mas fora gentil nesse aspecto.

— Muito obrigada — agradeceu Laura, olhando para mim.

— De nada — respondi, soltando Dog.

— Vamos dar a ele um pouco de medicação antes que vá embora — disse Evola, já pegando algumas de suas seringas. — Como ele não tem uma válvula no pulso e eu não quero me preocupar com isso enquanto a situação da mão não se resolve, terei que lhe dar uma injeção no pescoço.

— Eu tenho medicamentos — Laura tirou um vidro com uma substância arroxeada de dentro de um bolso. — Assim, não gastaremos os seus.

Evola pegou o vidro e olhou detidamente para o conteúdo antes de retirar a rolha com o polegar. Molhou o dedo e depois provou.

— O que você está fazendo? — As substâncias químicas que eram injetadas nos organismos mortos, como conservantes, soluções hidratantes, fluidos antibacterianos e todas as coisas que o doutor Dearly havia desenvolvido para nos manter sãos e socialmente aceitáveis em termos de cheiro e textura, não podiam ser saudáveis para a ingestão de seres humanos vivos.

— É água com um pouco de álcool — afirmou Evola. — Nunca usamos nada com esta cor. Onde você conseguiu isto?

A expressão da menina era de medo, quase vergonha, como se a situação toda fosse culpa dela.

— Uma pessoa viva nos vendeu. Uma grande quantidade, tudo que ela tinha. Mártira usou quase todo o dinheiro que tínhamos poupado para comprar. Temos distribuído gratuitamente entre os habitantes da Morgue.

— Óleo de cobra! Alguém está vendendo medicamentos falsificados aos zumbis. — Senti a nuca pinicar de raiva.

— Parece que sim. — Evola respirou fundo para se acalmar. Jogou o vidro no recipiente que continha lixo contaminado e disse a Laura: — Não se preocupe. Temos medicamentos suficientes para dar a vocês. Fique tranquila. As pessoas aqui pagam o que podem. Já usei meu próprio dinheiro para medicar zumbis.

— Mas a Cláudia disse que os vivos e os militares não iriam nos ajudar... — Laura estava confusa.

— A senhorita Cláudia estava errada. Bram, pegue o coquetel de rotina.

A menina olhou para o chão e ficou em silêncio. Depois de alguns minutos, perguntou, como se não pudesse acreditar: — O senhor é mesmo um médico vivo que atende os mortos?

Evola terminou de aplicar a injeção em Dog e pegou uma agulha:

— Sou formado há pouco tempo, mas é isso mesmo. Os médicos e cirurgiões que atendem os mortos são conhecidos por aqui como "técnicos", e os que trabalham nos bastidores, em pesquisas sobre os zumbis, são os cientistas.

Enquanto falava, começou a dar pontos no pescoço do menino.

— Alguns anos atrás, quando eu ainda estudava para me tornar cirurgião plástico, trabalhava em uma casa funerária para financiar meus estudos. Parece mórbido, mas eu me especializei em reconstrução de corpos que haviam sofrido mortes violentas. Isso ajuda as famílias a enfrentar a perda. Fui recrutado pela Companhia Z antes de terminar o curso. Eu era realmente muito bom em remendar carne humana para que readquirisse uma forma que lembrasse vagamente um ser humano. Um prodígio.

— Então você não se apavorou quando viu um morto acordar?

— Nada disso. Na primeira vez, eu gritei como uma menininha — Evola sorriu para Dog. — Mas, aí, vi que eu podia ajudar as pessoas. Também foi um jeito de me livrar das mensalidades do meu seguro funerário. Bem, de qualquer forma, senhor Dog, eu preciso embrulhar sua mão para que possa levá-la. Talvez possamos colocar sua própria pele na prótese mais adiante. Você vai ficar novinho. Vai ser um Dog *cyborg*, defensor do *playground*!

O menino conseguiu até sorrir.

Quando nos reunimos novamente com o grupo de Transformados, eles estavam abatidos e calados. Tom e Coalhouse provavelmente já haviam dado as más notícias. Por volta do meio-dia, estavam ansiosos para deixar o navio e nos pressionaram para que os deixássemos subir para o deque. Havíamos atendido e medicado todos os que aceitaram receber cuidados e, ao inspecionar o grupo, percebemos que nenhum dos raivosos havia embarcado. Então, permitimos que subissem.

Os raivosos estavam sendo atendidos no cais, algemados. Alguns soldados não lhes deram atenção imediatamente, e eu tive certeza de que estavam mortos. A visão dos corpos inertes provocou comentários e soluços entre os sobreviventes. Torci para que tivessem sido vítimas da violência dos vivos, por mais que a ideia fosse horrível; não queria pensar que eu ou o Tom pudéssemos ter sido responsáveis por aquilo. Quando os soldados finalmente reforçaram a barricada, a rampa do Christine desceu. Os mortos desembarcaram assim que lhes asseguramos que era seguro. Mártira aproximou-se para me agradecer antes de partir.

— Laura me disse que vocês vão contatar Dog. Nossa casa é a maior da rua Ramee. Você será sempre bem-vindo lá.

— Vamos, temos que ir — chamou Cláudia. Ela esperava com Laura e o menino no alto da rampa. Constrangida, a garota procurava esconder os galhos que circundavam sua cintura cruzando os braços. Coalhouse, parado perto dela, olhava-a intensamente.

— Digo o mesmo — disse a Mártira. — Ficaremos em contato. Se puder nos dizer onde encontrar o impostor...

— Isso é passado. Seremos mais cuidadosos futuramente. — Ela balançou a cabeça. — O médico falso nos enganou, mas talvez tivesse que prover sua família, cuidar de uma mãe doente, nunca se sabe. Era um caixeiro viajante e eu negociei com ele semanas atrás. Deve estar muito longe daqui a esta altura.

— Esse é um pensamento muito... generoso de sua parte. — Foi tudo que consegui responder.

— Desde que morri, tenho achado muito fácil perdoar — respondeu a zumbi ruiva. É por isso que não consigo acreditar que meus irmãos... — Tive a impressão de que ela queria dizer algo mais, mas simplesmente terminou dizendo: — Sinto muito.

— Gostaria de poder dizer o mesmo. — Achei o comentário quase tolo. — Não quero que esse sujeito continue roubando por aí.

— De fato. Mas minha principal preocupação agora é voltar para casa em segurança com meus irmãos e irmãs e conseguir protegê-los. — Ela me olhou por um instante antes de me cumprimentar com uma mesura: — Cuide-se, senhor Griswold. — E, juntando-se a suas irmãs, partiu.

Havelock apareceu segundos depois. O rosto, inchado, começava a ficar roxo. — Eu deveria denunciá-lo às autoridades — bufou.

— É mesmo? — Eu estava cansado demais para discutir com ele. — O Exército está bem ali. Tenho certeza de que um sujeito chamado Norton, ali embaixo, adoraria conversar com você. — Ele olhou para o mar e declarou: — Não, porque, afinal, você me salvou. Acho que me salvou. — Deu uma fungada e completou: — Mas quero um *chip* novo.

— Vai esperando... — apontei para a rampa. — Suma daqui.

Ele fez o que mandei. Evola apareceu e ficamos olhando enquanto se afastava.

— Ouvi o sujeito. É verdade que você bateu nele?

— É — eu estava mais calmo; calmo o suficiente para me arrepender, para admitir que tinha agido como os zumbis que eu acabara de combater. — Sei que não deveria. Mas desde que cheguei à Nova Londres, eu... Tem sido difícil. Há alguma coisa aqui que faz com que a Laz se agrave. É muita gente, tudo é grande. — Mais uma razão pela qual eu gostava de ficar próximo dos navios.

— Quantos anos você tem agora, dezoito? — perguntou Evola, e eu assenti. — Meu Deus, sou apenas seis anos mais velho que você. Tenho a sensação de que tenho quarenta. — O médico suspirou. — Vou te dizer uma coisa como amigo, e não como oficial no comando. Você tem que se cuidar simplesmente porque, nesse lugar, a cadeia não deve ser sua principal preocupação. Você é um punk. Você serviu no Exército neovitoriano, sim, e é por isso que tem permissão para permanecer aqui, mas as duas tribos ainda são inimigas. Se você se envolver em problemas, será deportado.

Ele não estava contando nenhuma novidade. E estava certo. A realeza adoraria uma oportunidade para se livrar de mim. Mas, se isso acontecesse, para onde eu iria? Os punks eliminavam zumbis à primeira vista, e eu não podia ir para casa. Minha mãe e minhas irmãs provavelmente me consideravam morto — e era melhor assim, para elas e para mim. Era uma chance de recomeçar.

E não queria perder Nora. Eu a amava. Ainda não tinha dito isso a ela, porque não queria assustá-la. Estávamos juntos havia apenas alguns meses, afinal de contas. Mas sabia que a amava. Eu não precisava de comida, de água ou de oxigênio, mas precisava de Nora. Nunca tinha encontrado uma menina mais vivaz, inteligente, compreensiva e linda de me fazer morrer (de novo), como Nora. Ela era meu primeiro amor, era tudo para mim, era por quem eu rezava de verdade na igreja, e por quem eu tolerava viver nesta cidade, sob as regras enlouquecedoras de etiqueta para relacionamentos afetivos. Regras que, em resumo, ditavam que eu não podia fazer nada em público que mostrasse a uma moça de quem gostasse o que sentia a respeito dela. Estava cansado de pisar em ovos naquela sociedade. Especialmente quando a montanha-russa apocalíptica em que nos encontrávamos não dava sinal algum de reduzir a velocidade. Eu não tinha muito tempo. Não queria desperdiçá-lo.

Recompondo-me, respondi:

— Certo. Vou ficar atento. Mas tenho certeza de que temos coisas mais importantes para nos preocupar do que minha angústia pós-transplante social.

Evola passou os dedos pelo cabelo e comentou:

— Com certeza. Aquele menino, que desastre — voltou a olhar para os zumbis que partiam. — Espero que consigam voltar para casa.

— Falando em desastre — acrescentei, olhando em direção ao Erika —, vou em busca de notícias sobre a situação.

3 nora

— Aqui está — eu disse, colocando na mesa de trabalho de Ren um caderno com capa de couro.

Renfield Merriweather olhou para o volume. Havia sido magro em vida e, após a morte, parecia um corvo, com longos membros e ossos semiexpostos que lhe conferiam uma aparência elegante. Não chegava nem perto dos demais rapazes em termos de resistência, e por isso quase sempre ficava na base, para dar suporte ao grupo, onde quer que estivesse instalado o QG. Ele apanhou seus óculos da pilha de equipamentos e triquetriques tribais que havia sobre a escrivaninha.

— Por que Griswold não mandou digitalizar isto? Eu poderia cruzar com mapas de referência e bases de dados e...

— Ele prefere trabalhar com papel.

— Tolo ignorante.

Ren era neovitoriano e, portanto, amava tecnologia. Embora compartilhasse o quarto de hóspedes com os outros rapazes, seus computadores e outros brinquedinhos tecnológicos ocupavam todo um lado do nosso sótão; do outro lado estava Jacob Isley, o padre morto. Cercado de pilhas de livros e papéis, Isley ainda dormia profundamente na cama de campanha, esticado como um corpo em uma maca de necrotério. Havia gatos por toda parte. Isley tinha uma afeição especial pelos felinos e adotava tantos quantos lhe fosse possível cuidar.

— Não temos tempo para ofensas. Temos que checar a situação das carruagens e das armas. Se seguirmos o plano que está aqui, podemos evacuar a casa completamente em dez minutos, se necessário.

Eu havia decidido que não ia usar meu tempo passando pano no chão. Precisava trabalhar, ajudar. — Todos foram informados sobre o plano de evacuação? Do ponto de vista logístico, essa deve ser nossa primeira preocupação.

— Todos, menos a bela adormecida lá embaixo. Chas deve acordar logo. Ela quer contar para a mãe.

O projetor holográfico a vapor sobre a escrivaninha entulhada dele chamou minha atenção. Eu o havia visto jogar xadrez pela Aethernet, uma vez, com Vespertina Mink.

— Os outros estão nos navios, que é exatamente onde eu queria estar. Se algo der errado... — pressionei os lábios para me impedir de prosseguir.

— Isso não seria muito prudente, senhorita Dearly. Nem sequer sabemos se nosso auxílio é necessitado lá.

Forçando-me a afastar o olhar da escrivaninha, respondi:

— Odeio ficar esperando. Não sei como você encara isso, mas sinto que vou enlouquecer.

— Entendo. Eu mesmo tenho a sensação de que já estou insano. — O sotaque empolado de Ren, que era do norte, acentuava a ironia do comentário.

— Não estou nem um pouco inclinada a fazer graça da situação! Ou você esqueceu o que me aconteceu da última vez? Ninguém me contava nada naquela temporada na Base Z Beta, eu não podia ir a lugar algum ou ajudar...

Aquela experiência anterior era a maior responsável pelo meu desconforto agora. Lógico que eu sabia que não havia razão para sair dos Campos Elíseos, mas eu abominava assistir a tudo como espectadora.

— Nós dois provavelmente criaríamos mais problemas se fôssemos até lá. — Ren afastou um cacho de cabelo ruivo do rosto. — Mas qual é o seu receio? Que esse último episódio faça os vivos atacarem os mortos de novo?

Assenti com a cabeça. Ren era surpreendentemente observador para um jovem morto que precisava de óculos para enxergar.

— Bem, não se esqueça de que alguns vivos lutaram para proteger seus mortos. Não saíram por aí caçando e matando indiscriminadamente, como os punks. E ninguém está pedindo para o novo primeiro-ministro pró-zumbis entregar o cargo, certo?

— Ainda não. — Obrigava-me a lembrar disso constantemente. — É que não gosto do que vejo. Apenas poucos meses atrás, o governo estava empenhado em eliminar todas as pessoas mortas. Matar, e para sempre.

— Eu sei. Os zumbis têm todas as razões do mundo para não confiarem nas autoridades. Mas aqueles de nós ainda dotados de entendimento sabem que é preciso manter a frieza.

Não respondi. Abri o caderno sentindo um nó no estômago. Só me restava rezar para que Renfield e a doutora Chase estivessem certos e que as mentes objetivas realmente prevalecessem. Por algum tempo, fora assim. Havia esperança, só não havia... certeza.

Nós já havíamos nos arriscado antes.

Castidade Sweet apareceu à porta antes que eu pudesse falar novamente. Era uma garota alta e morta, com um cabelo descolorido, pele azulada e um queixo de metal, coberto de desenhos gravados a mão — uma prótese feita sob medida para ela depois de um incidente em uma missão da Companhia Z. Fazendo um som gutural para chamar nossa atenção, soltou da cintura um digidiário e o abriu na nossa frente, para que pudéssemos ler o que havia na tela. Sua garganta havia sido destruída na luta contra Averne, em dezembro, e sua gramática não havia melhorado muito desde então: "Mãe *ligô* notícia, tem luta acontecendo na cidade." Ao lado da mensagem, havia desenhado uma nuvem em forma de cogumelo e uma carinha enfezada. Nos olhos, duas cruzes.

Não podíamos mesmo contar com as mentes racionais.

Quando correu a notícia sobre o tumulto nas docas, todos na casa perceberam que teriam que se unir para me manter ali. Era a única maneira.

A doutora Chase colocou Matilda, a antiga governanta da tia Gene, de guarda na porta da frente assim que a mulher acordou. Ela não pareceu se importar. Magra e empertigada, negra como ébano, sentou-se no chão com um *laptop* e uma barra de caramelo e dedicou-se a pagar as contas da casa.

— Você tem visto as cartas de cobrança que os credores de sua tia têm mandado? — perguntou-me, em uma das várias vezes que me dirigi sorrateiramente para o hall de entrada para disparar-lhe um olhar furioso.

— Não, e nem quero.

A tia Gene havia nos endividado imensamente antes de desaparecer. Eu deveria considerar a situação um assunto mal resolvido entre nós duas, mas como provavelmente ela estava morta, o conflito resolvera-se por si mesmo.

Alencar, o cocheiro, ficou vigiando a porta de trás. Ele me cumprimentava formalmente, curvando-se cada vez que eu passava. A doutora Chase e Renfield optaram por ser minhas sombras, então decidi andar de um lado para outro, trocando o celular de uma mão para outra. Bram havia comprado um para mim e outro para ele, em fevereiro, no meu aniversário — um presente extremamente prático, ou seja, extremamente Bram. O dele era bem simples e usado. O meu era diminuto, preto, esculpido como se fosse uma sereia. Bram não atendia. Meu pai não respondia aos meus e-mails havia dias, e, cada vez que tentava telefonar para ele, ouvia o sinal de ocupado.

Permaneci horas a fio em um estado de impotência enfurecedora, praticamente prisioneira em minha própria residência. Sabia que não estavam sendo cruéis, mas me protegendo. No entanto, em momentos como esses é que eu me dava conta do quanto Bram e eu teríamos que enfrentar juntos. A revolta de duas semanas atrás havia sido um ponto de inflexão para mim. Foi quando entendi que nossos verdadeiros inimigos não eram Wolfe e Averne, mas o Tempo e o Medo. Tínhamos pouquíssimo tempo juntos. E o medo tornava o tempo ainda mais curto. Eu queria estar com ele no *front*. Havia experimentado essa liberdade no inverno anterior, e voltar para minha antiga vida de boas maneiras e regras doía quase fisicamente em mim.

Queria minha nova vida de volta.

A doutora Chase e o doutor Baldwin me acharam andando em círculos ao pé de um dos murais de temas mitológicos preferidos do meu pai, em um dos largos corredores no fundo da casa.

— Senhorita Dearly, finalmente a encontramos. Baldwin e eu vamos instalar a caixa de voz na senhorita Castidade.

A notícia fez com que eu despregasse os olhos do celular.

— Achei que ainda não estivesse pronta.

Samedi Baldwin vinha trabalhando há meses no aparelho para Cas.

— Que engraçado. Cheguei a comentar que me sentiria muito melhor se a senhorita Castidade pudesse voltar a falar, considerando tudo que está ocorrendo. — A doutora Chase olhou para o doutor Samedi. — Foi quando ele me contou que havia concluído o trabalho há quase um mês. Estava desfrutando da conquista na surdina, imagine! Tive que puxar a orelha remanescente dele.

Samedi passou a mão pelos cabelos castanhos, ajustando a posição de sua cabeça removível. O crânio deste zumbi continha equipamentos que permitiam a seu cérebro comunicar-se com um colar grosso de metal que ficava em torno de seu pescoço. Com isso, seu corpo movia-se mesmo quando a cabeça estava separada dele. Um ligeiro tremor percorreu sua espinha, e ele apertou os olhos, que tinham uma aparência feminina. As pálpebras eram acinzentadas.

— Obrigado. Você acaba de admitir que, se eu ficar surdo, terá sido por causa dos constantes ataques externos que sofro.

Balançando a cabeça, a doutora Chase dirigiu-se a mim:

— A senhorita gostaria de nos ajudar?

— Mesmo? — respondi, apesar de tudo. Foi nesse instante que meu telefone tocou.

— É o doutor Dearly? — perguntou Samedi.

Vi que era minha melhor amiga, Pamela Roe.

— Não, é a Pam.

Não precisei dizer mais nada. Os dois fizeram um sinal de entendimento com a cabeça e saíram de perto, para que eu pudesse conversar com ela.

— Você está bem? — perguntei assim que atendi.

— Sim. — Mas a voz dela denunciava seu nervosismo. — Você ouviu falar da nova cepa? Só liguei para dizer que provavelmente não vou conseguir ir até aí hoje.

— Eu sei, me desculpe por não ter te telefonado logo cedo.

— O doutor Evola não tem voltado para cá.

— Provavelmente está fazendo horas extras no trabalho. — Ele estava hospedado na casa da família Roe desde o Cerco, porque preferia ficar mais próximo dos navios. — E se eu fosse até aí?

— Não quero ser grosseira, Nora, mas não venha de jeito nenhum. Precisamos esperar um pouco até a cidade acalmar. Meu pai não quer que saiamos de casa.

— É por isso que eu iria até aí.

— Não é uma boa ideia. E seu pai não aprovaria.

— E quem disse que eu pediria a ele? — Pamela suspirou do outro lado da linha, em desaprovação. — Além do mais, Pam, nem os mortos alucinados podem nos separar.

— Nem me lembre. E não se atreva. Por favor, não me dê mais um motivo para ficar preocupada com você.

Exasperada, virei o olhos para o alto e respondi: — Está bem. Há algo que eu possa fazer por você daqui de casa? Se não houver, vou ajudar os doutores Chase e Samedi com outra coisa.

— Não, não há nada que você possa fazer. Mas eu telefono se precisar. De qualquer maneira, envio uma mensagem mais tarde para você.

Frustrada, de novo, desliguei o telefone e ponderei sobre a possibilidade de pular uma janela e correr até chegar à superfície. Incluí na minha pequena aventura imaginária roubar o uniforme de um soldado antes de marchar até o desastre mais próximo.

Finalmente, por Pamela e por meu pai, acabei indo em busca da doutora Chase.

Acontece que *ajudar* os cientistas acabou sendo apenas alcançar para eles as ferramentas de que precisavam. Foi difícil me contentar com isso, mas tentei.

Cas foi colocada sobre a escrivaninha que ficava no estúdio do meu pai, um cômodo de aparência muito masculina. Todas as lâmpadas que havia no recinto apontavam para ela, uma vez que as janelas continuavam protegidas por tábuas. A primeira etapa da *operação* foi abrir a garganta de Cas e cortá-la para retirar toda a pele danificada em torno. Samedi deixou que ela ficasse com o digidiário, e de vez em quando ela rabiscava coisas como: "Você não acha que eu vou precisar desse pedaço?" ou "Cócegas!". Depois de uns quarenta minutos, o aparelho em questão, um emaranhado curioso de metal e fios, mais ou menos do tamanho de uma bola de golfe, foi colocado dentro do pescoço dela.

De fato, era interessante observar Baldwin Samedi e Beryl Chase trabalhando juntos. Quando foram apresentados a mim, fui informada de que formavam uma dupla extremamente criativa. Eles realmente pareciam funcionar como dois corpos que compartilhavam o mesmo cérebro. Por exemplo: ele fazia uma sugestão e ela já estava a meio caminho de executá-la, estendendo a mão para pegar a solda ou atarracar uma tampa de plástico no lugar apropriado. Eventualmente, murmuravam juntos alguma coisa, como se fossem curandeiros intrigados pelas vísceras de uma cabra, um completando as frases do outro.

— ... Costurar ou grampear a traqueia dela...

— ... Acho que a parte de baixo deveria replicar um anel de cartilagem. Estabilidade... Nada de cigarro para você, mocinha — Samedi afastou-se um pouco de Cas e prendeu o bisturi com os lábios. Obviamente, não era necessário esterilizar os instrumentos quando se operava um não vivo. — Muito bem, fale alguma coisa.

— Eu *nnn-ããã-ooo* sou um *cachor-ro*, sabe? — respondeu Cas, emitindo as primeiras palavras desde a operação resgate na Bolívia. Tirando o fato de que a voz soava um pouco artificial, parecia mesmo ser ela, ainda que um pouco mais *saudável* do que eu me recordava. Porém, ela parecia estar fazendo um esforço para falar, o pescoço e o tórax moviam-se enquanto ela tentava pôr as palavras para fora do corpo. Ela sentou-se com a ajuda da doutora Chase.

— Cas! — Pulei de onde estava e abracei-a por trás. — Que bom ouvir sua voz!

— Nem... me... fale... — Eu podia ver os músculos da garganta dela se mexendo, ao mesmo tempo em que ela lembrava como fazer para acioná-los. Samedi afastou-me para poder apreciar o resultado de sua engenhosidade.

— Muito bem. Vamos embutir os fios e depois fechar. Creio que a melhor maneira de fazer isso é instalar uns anéis tipo D em cada lado da incisão para que ela mesma possa amarrar, até que a pele estique o suficiente para acomodar o aparelho. Só então faremos a sutura permanente.

— Acredito que você esteja certo — disse a doutora Chase. — Senhorita Dearly, poderia, por gentileza, alcançar o alicate?

Cas virou-se para Samedi com uma expressão animada.

— Me amarrar? Como se fosse um corselete? Prefiro ficar assim mesmo! Posso usar fitas coloridas!

Ouvi a porta da frente se abrir quando Samedi esticou-se para pegar um pouco mais de fio atrás de mim e, logo depois, o som familiar das vozes dos rapazes não vivos do nosso grupo. Sem querer esperar nem mais um segundo, saí correndo do estúdio em direção ao hall de entrada da casa. Tive a sensação de que se passou uma hora, mas foram apenas alguns segundos.

— Meninos!

Bram estava junto de mim antes que eu pudesse pronunciar outra palavra. Joguei-me em seus braços e o abracei o mais forte que pude. Respirei fundo e fechei os olhos, mas durou apenas um instante. Se estivéssemos sozinhos, teríamos ficado assim por muito tempo.

— Todo mundo bem por aqui? — perguntou ele.

— Sim. O que está acontecendo?

— O de sempre — respondeu ele, colocando as mãos sobre meus ombros e me afastando um pouco. — A cidade está tumultuada de novo, o Exército e a Polícia estão por toda parte, mas são menos do que o necessário.

— Que ótimo — comentei, irônica, para logo me recompor, como era apropriado para uma senhorita neovitoriana. Voltei-me para Coalhouse e Tom e perguntei:

— Vocês estão bem?

— Estamos — respondeu Tom, mas o timbre agudo de sua voz transmitia outra mensagem. — Um pouco decepcionados porque o álcool não funciona do mesmo jeito que antes, só isso.

— Sua namorada passou por uma cirurgia — contei a ele. — Sam terminou aquele aparelho para recuperar a voz dela.

Tom não tinha sobrancelhas, mas os lugares onde elas deveriam estar elevaram-se com a surpresa. Coalhouse riu e comentou:

— Jura? Isso eu tenho que ver.

Alguma coisa na frase chamou a atenção dos outros, porque a expressão deles passou de "que bom estar em casa" para "ah, não!", em dois segundos.

— Você só enxerga com um desses calombos na sua cabeça — disse Tom. — Devia me dar o outro para eu guardar de lembrança — completou, esticando a mão com a expressão contrita.

— O que ocorreu nas docas é inaceitável — disse Bram para Coalhouse.

— Podemos falar sobre isso depois? — retrucou Coalhouse, olhando para mim um tanto constrangido.

— Não. Falamos agora — respondeu Bram, apontando para o olho inoperante de Coalhouse. — Não me importo que o use quando está tudo calmo, mas tem que removê-lo sempre que houver alguma chance de termos de entrar em ação. Você conhecia essa regra muito bem quando estávamos na Base Z.

— Mas isso aqui não é a Base Z. Tem gente nas ruas, as pessoas vão me ver...

— Você é um zumbi. Se não te faltar nenhuma parte, você está fazendo algo errado! — gritou Tom. — Você nos colocou em perigo hoje. E tudo isso porque você está preocupado com sua aparência?

— Perigo? — perguntei, mas eles me ignoraram.

— Ah, até parece que ele não surtou também — retrucou Coalhouse, bravo, apontando para Bram.

— O quê?

O tom da minha voz foi firme o suficiente para fazer os três pararem de discutir. Porém, mantinham aquela postura tensa típica de *matilha de zumbis*, pronta para se atirar sobre alguém se fosse necessário atestar fisicamente quem dominava quem, ainda que suas mentes precisassem formular tal raciocínio conscientemente. Já os tinha visto assim antes.

— Resolvemos isso depois — disse Bram. — Vá ver como Cas está.

— Parece que não sou o único imaturo aqui, não é? — comentou Coalhouse, saindo do hall. Tom balançou a cabeça e saiu também.

— Como assim, *imaturo*? — perguntei a Bram quando ficamos sozinhos. — O que aconteceu?

— Digamos apenas que estou mais pessimista agora do que estava hoje de manhã quando acordei. — Bram tocou-me de novo. — Ainda bem que você não foi conosco. Teria ficado apavorada.

— Quero saber o que houve — retruquei, irritada, afastando sua mão cheia de cicatrizes.

Grunhindo, ele respondeu:

— Quer saber? Tivemos que abater alguns zumbis. Dar cobertura para o Exército. Felizmente, a coisa toda não acabou em um banho de sangue.

— Meu Deus — balbuciei, sentindo-me uma idiota. — Sinto muito.

Bram deu de ombros, mas percebi que ainda estava preocupado. — Vamos nos acalmar e aí conversamos. Estamos seguros agora, isso é o que importa. — Eu ainda tinha perguntas a fazer, mas, respeitando sua reserva, resolvi não pressioná-lo. Não sentia agora nem metade da preocupação que me assolara antes. Os punks podiam dominar o mundo com dinossauros mecânicos e eu nem sequer piscaria. Não importava o que aconteceria, nem quantos incêndios arderiam, estar com Bram sempre fazia as coisas, pelos menos, parecerem melhores.

Ele estava bem. Estava aqui. Em casa.

Agora, eu só precisava do meu pai.

— Não há nada que possamos fazer agora. Já fui até o Erika e falei com Salvez.

— Juro que se eu ouvir essa frase mais uma vez... — Ajoelhei-me na cadeira. — Seja como for, o que foi que Salvez disse?

— O mesmo que a doutora Chase: a Laz sofreu uma mutação.

— É mais do que isso.

— Queria saber também, Nora.

Era hora do jantar e Bram tentava comer alguma coisa, o de sempre. Tofu, ou seja, proteína para enganar seu corpo, fazendo-o *pensar* que comia a carne realmente desejada. Devia ser misturado com uma enzima digestiva, pois o estômago dos zumbis não funcionava mais. Deixei que mastigasse cinco vezes. Debaixo da mesa da cozinha, o doberman de meu pai, Fido, pedia comida.

— Você não viu mesmo meu pai?

— Não. Perguntei por ele, mas recebi evasivas, como sempre. Todas as vezes que fui até lá, recentemente, disseram-me que estava ocupado. Fui excluído da área de pesquisas.

— É perigoso lá? Será que devemos nos preocupar com ele?

— Eu te contei sobre a multidão de vivos e os ataques dos zumbis. Saímos de lá quando as coisas se acalmaram e mais soldados chegaram. Não estou te escondendo nada desta vez.

— Eu quero vê-lo, Bram. — Apoiei os cotovelos na mesa e fixei o olhar em um dos cartazes que a doutora Chase escrevera usando sua melhor caligrafia: TALHERES EXCLUSIVOS DOS ZUMBIS VÃO NESTA VASILHA. — Só quero ter certeza de que ele está bem.

Bram mastigou cinco vezes e comentou:

— Dê-lhe um pouco mais de tempo. A notícia foi divulgada hoje.

— Eu sei. E sei que ele carrega nos ombros o peso do mundo. E por isso tenho sido respeitosa. Mas, Bram... Não posso continuar assim.

Percebi, olhando em seus olhos, que ele me entendeu.

— Também cheguei a esse ponto. Não sei como, mas voltei a ser um soldado raso no *front*. Lutando contra pessoas. Mas não faço mais parte do Exército. Nem quero. O problema é que não é o momento de brigar por causa disso. Temos que nos manter unidos e fazer o que for preciso.

Tentei pensar, apoiando a cabeça entre as mãos. Bram colocou sua mão nas minhas costas, limpou a boca com o guardanapo e continuou:

— Consegui algumas informações.

Ergui a cabeça e o vi limpar os talheres que acabara de usar.

— Eu tenho o relatório médico de hoje.

— Conte-me! — Sem dúvida, era melhor que nada. Apoiei o rosto nos braços cruzados sobre a mesa e virei-me para ouvi-lo.

— Muito bem. Você sabe que a doença que gera zumbis se origina de fluidos e é causada por príons.

— Sim. — Eu sabia que os príons eram proteínas tecnicamente iguais a outras existentes no corpo humano, embora diferentes na forma e, por isso, doentes. Elas faziam proteínas saudáveis tornarem-se semelhantes a elas, provocando uma reação em cadeia que, no caso da doença conhecida como Lazarus, permitia que os mortos se reanimassem.

Bram mostrou seu garfo e sua faca.

— Imagine que sejam príons. Feitos do mesmo material, que neste caso é o metal, mas diferentes no formato. — Ele encaixou a ponta da faca entre dois dentes do garfo. — Imaginemos que a faca é o malvado da história. Ele se aproxima do garfo e faz com que mude de forma. E o garfo, então, transforma-se em faca. — Escondendo-o sob a mesa, brandiu a nova faca em cima da mesa. — E aí, a *nova* faca espeta outro garfo, fazendo com que este mude de forma, e assim por diante. Até chegar o momento em que a pessoa infectada morre e, no caso da Lazarus, revive.

— E estamos, todos, incrivelmente agradecidos por tudo isso.

Bram riu, recolocando sobre a mesa o garfo que havia escondido.

— Continuando: proteínas são feitas de aminoácidos. Os anticorpos criados por seu pai devem funcionar assim... — Ele pegou um pedacinho de tofu do prato usando apenas dois dentes do garfo. — Eles param o processo ao se ligar a uma cadeia específica de aminoácidos, entupindo o buraco — Bram imitou o que descrevia tentando fazer a ponta da faca entortar os dentes do garfo, mas não conseguindo, por conta do pedaço de tofu no caminho. — O malvado não consegue se ligar ao bonzinho, e a infecção não ocorre.

— O que a forma mutante faz então para superar o obstáculo dos anticorpos?

Bram fez a base da faca passar por entre os dentes desprotegidos do garfo.

— A conexão se dá com uma cadeia diferente de aminoácidos desprotegidos.

— Como?

— Os príons são capazes de evoluir, embora não tenham DNA próprio. A pergunta é: quando foi que a mutação ocorreu? Por que não vimos isso acontecer antes? Está restrita ao Paciente Número Um ou está presente em outros zumbis? Ele foi contaminado por outro zumbi?

— Paciente Número Um?

Bram apoiou seus talheres didáticos na mesa.

— É como os pesquisadores estão chamando o zumbi infectado. Ainda não conseguiram identificá-lo e comenta-se que ele não quer falar. As duas infecções novas levam a ele. O zumbi que mordeu seu pai, anos atrás, é chamado Paciente Número Zero. Mas nunca encontraram o primeiro de todos, aquele que contaminou o Zero; deve estar morto a esta altura.

— Você o viu?

— Não. — respondeu Bram, franzindo a testa. — Salvez disse que já colocaram as suas amostras no microscópio.

— E?

— Você ainda está imune à infecção.

— Genial. Vamos fazer um desfile. — Sabíamos que minha milagrosa imunidade devia-se à minha teimosia genética, e não aos anticorpos. — E o que acontece se houver outras cepas mutantes lá fora?

Bram, com o olhar fixo em seu prato, não respondeu imediatamente.

— Não sei — respondeu ele, finalmente. — Temos muitas opções, mas nenhuma é boa.

Não era isso o que eu queria ouvir.

— E se tivermos que...

— *Seu idiota podre!*

Ergui a cabeça com o susto, a tempo de ver o doutor Richard Elpinoy, geneticista líder da equipe de meu pai, passar reto por nós. A capa de chuva dele, um homem de pele escura e cabelos brancos, estava meio aberta na frente, pois sua figura avantajada não permitia que os botões se fechassem normalmente. Ele bateu a porta e meu pai surgiu logo atrás mancando, apoiando-se em uma bengala feita de mogno.

— Volte aqui! — gritou. — Volte aqui e olhe nos meus olhos quando disser isso!

Elpinoy virou-se para responder:

— Já disse o suficiente! Você passou o dia inteiro se lamentando, praticamente rezando para morrer, como se de repente concordasse com aquele traidor do Wolfe. Estou com vontade de dar o que você tanto quer.

Nunca tinha visto meu pai ou Elpinoy conversarem daquela maneira. Fiquei tão chocada que nem comemorei o simples fato de que ele estava de volta, nem sequer levantei da cadeira. Bram estava completamente atônito também.

— Você está me ameaçando, seu arrogante de...

— Ameaçando? Não. Estou afirmando que seu comportamento é inaceitável! E mais: creio que você sabe perfeitamente disso! — Elpinoy apontou o dedo diretamente para o rosto de meu pai. — Estou nisso praticamente desde o início, quando você especificamente convocou meu nome. Fomos colegas na universidade. Você confiava em mim. Venho dizendo há anos para você que a cura definitiva para este desastre infernal encontra-se no campo da engenharia genética! Na substituição da proteína original Zr-068 por uma nova, que torne o príon infectado impotente. Você tem uma última chance de reconduzir sua pesquisa na direção correta!

— E eu venho dizendo — rugiu meu pai, sacudindo a bengala — que essa solução é muito difícil e dispendiosa, afora o fato de que é completamente estúpida! O que você pretende? Mudar a genética de cada ser humano na face da Terra por causa de *uma* doença?

— Uma doença que faz com que os mortos voltem à vida para caçar os vivos? Sim, é isso mesmo!

— A vacinação é o melhor e mais abrangente método de combater a Laz!

— Levamos anos para criar a vacina! Não temos mais esse tempo para gastar no desenvolvimento de outra! E o que você vai fazer se aparecer uma nova cepa? E outra? E mais outra? O que faremos nesse caso? Diga-me, Dearly!

— Por que Richard o está desafiando de repente? — perguntou Bram, levantando-se ao mesmo tempo que eu. Elpinoy ouviu o que ele disse e finalmente dirigiu-se a nós:

— Por quê? Vou lhes dizer o porquê! — Ele postou-se bem em frente a Bram, fazendo com que recuasse. — Esse bastardo vai nos matar, todos nós, é esse o porquê!

Fido saiu de baixo da mesa e grunhiu para Elpinoy. Bram agarrou o cão pela coleira. Eu estava anestesiada até então, mas naquele instante meu corpo entrou em ignição.

— Não se atreva a chamá-lo assim!

Elpinoy virou-se para mim.

— Eu o chamo como quiser, senhorita. Vou embora. Não vou mais marchar sob o comando insano desse homem. A menos que tomemos medidas drásticas, a Laz seguirá sofrendo mutações até que o mundo inteiro se torne um cemitério. Não vou deixar que isso aconteça! — E, dirigindo-se ao meu pai, declarou:

— Eu me demito.

Bram deixou o queixo cair.

— Doutor Elpinoy, o senhor não pode fazer isso.

— Ah, posso sim. Demito-me. Está me ouvindo, seu podre teimoso? Demito-me. — E, com isso, tomou o rumo da porta. — Vou desocupar meu quarto. E sair desta casa amaldiçoada!

— Vá de uma vez! — gritou meu pai, aproximando-se alguns passos e quase acertando meu pé com a bengala. — Não quero vê-lo nunca mais, está me ouvindo?

— Papai! — Estendi a mão para agarrar sua manga. — Calma. Por favor, acalme-se e fale conosco, sim?

— Nora? — Meu pai, que era um zumbi, fitou-me com seus olhos escuros e turvos. Seu corpo inteiro ficou imóvel.

— Estou há dias tentando contato. — Soltei a manga e, ao pegar seu pulso, percebi quão tenso se encontrava. Conscientemente ou não, estava pronto para caçar, para brigar. — O que está acontecendo?

— Nada. — Pude perceber que estava tentando disfarçar a raiva, sem muito sucesso.

— Vá para seu quarto, NoNo. Já vou até lá.

Balancei a cabeça em negativa. — Venha. Você precisa descansar.

Meu pai soltou-se de mim.

— Eu estou bem. E você não precisa se preocupar comigo. Você tem o senhor Griswold para cuidar de você. — Deu uma risadinha fleumática e olhou para Bram. — Afinal, não estarei aqui para sempre.

Bram soltou o cão e aproximou-se.

— Senhor, ela está certa. O senhor precisa...

— Eu direi o que preciso se e *quando* precisar! — gritou meu pai.

Bram e eu fomos pegos de surpresa por sua reação, e não respondemos nada. Por um instante, vi desespero em seu rosto aristocrático, antes de sua expressão endurecer novamente. Saiu com passos firmes sem dizer mais nada.

Bram pegou minha mão. Não conseguia senti-la.

Ele não fez nenhuma pergunta. Sabia que eu precisava sair dali. Subiu, pegou um revólver e um chapéu para mim e levou-me para fora. Colocou-me na carruagem da tia Gene e conduziu-nos para a superfície.

Ele dirigiu devagar e permanecemos em silêncio. O ar tornava-se espesso devido à nossa apreensão pelo ocorrido. Eu não conseguia decidir se não acreditava no que tinha acabado de presenciar ou se estava, na verdade, assustada pela facilidade com que, sim, conseguia acreditar perfeitamente no que vira. A raiva que meu pai manifestara lembrou-me da luta entre Samedi e Wolfe. Naquele embate final, a mente e o corpo reanimados do cientista haviam se alinhado como uma série de estrelas escuras para empreender o ataque contra Wolfe a golpes e mordidas, com facilidade e intensidade surpreendentes. Fiquei arrepiada com a ideia de que meu pai pudesse ser capaz do mesmo comportamento.

Em comparação com o que havíamos visto nos noticiários, a cidade se aquietara bastante, embora ainda houvesse tensão em algumas áreas. Podíamos ouvir sirenes, apesar dos vidros fechados. Bram fazia um percurso que evitava as principais vias, mas nos mantinha próximos dos Campos Elíseos. Acabamos em um bairro de classe alta — nada igual às propriedades dos moradores mais ricos dos arredores de Nova Londres, mas ainda assim, uma linda vizinhança —, onde as portas abertas permitiam vislumbrar interiores bem iluminados de residências delimitadas por cercas decoradas com flores e cordões de lâmpadas elétricas. Parecia estar ocorrendo uma competição de festas, de debutantes talvez. Damas de saltos altos acompanhadas de cavalheiros passavam por nós rindo, como se ignorassem os últimos fatos. A temporada de *debuts* estava em curso. Na verdade, ver aquela gente me deu alguma esperança, embora não conseguisse desfrutar da sensação. Nos últimos meses, vendera-se muito mais crepe negro de luto do que cetins para debutantes, mas, ainda assim, algumas pessoas estavam comemorando, divertindo-se, vivendo. A cidade inteira deveria estar nesse clima.

Bram começou a fazer o caminho de volta, depois de conceder alguns minutos para que me maravilhasse em silêncio diante daquilo. Viramos na Avenida West Herbert e reparamos que a delegacia de polícia estava movimentada. Pessoas entravam e saíam, a maioria vestida de preto. Todos enlutados por alguém. As lojas fechavam, os vendedores de rua arrumavam seus carrinhos para ir embora, e os poucos transeuntes apressavam o passo entre as áreas iluminadas pelos postes, receosos de permanecer nas sombras. Os vivos procuravam manter-se ao lado dos zumbis que os acompanhavam ou tentavam evitar a todo custo cruzar com algum deles.

Quando finalmente levei as mãos aos olhos, Bram tocou meu ombro e perguntou:

— Você está bem?

Assenti em silêncio. Sentia que devia chorar, mas estava confusa demais para fazê-lo.

— Ele nunca falou daquele jeito comigo antes. Até acho que mereço, por algumas coisas que andei fazendo, mas, mesmo assim...

Bram encostou a carruagem e aproximou-se, pegando minhas mãos. Eu cedi e me permiti chorar. Ele beijou meu ombro no lugar onde me mordera certa vez e também meu rosto. Fechei os olhos, tentando me concentrar na sensação que seu toque provocava.

— Ele volta para casa para brigar com Elpinoy, mas não responde meus e-mails.

— Ele está apavorado — sussurrou Bram, junto ao meu ouvido. Quase pude sentir sua voz profunda nos meus ossos, mais vital que meu próprio sangue. — Como você mesma disse, ele carrega o mundo nos ombros. Mas ele te adora.

— Eu sei. Ele já fez isso antes, envolver-se completamente com o trabalho. Foi assim depois que minha mãe morreu. Sei que é isso que devo pensar. Mas, mesmo assim, dói.

Bram olhou para nossas mãos unidas quando mencionei minha mãe e disse: — Eu sei.

Com a respiração entrecortada, prossegui:

— Continuo querendo que as coisas aconteçam mais suavemente. Para todos.

— E qual é a probabilidade de ser assim?

— Pouca ou nenhuma — respondi, fazendo esforço para transformar um soluço em suspiro. E ponderei que não tinha o direito de me lamuriar, pois sabia que metade das coisas que me desagradavam era insignificante. Não estava tão imersa em meu próprio drama a ponto de não perceber isso.

— Ele nem sequer me viu. Não quis lidar comigo. E quer me dizer o que fazer? Acha que sabe o que é melhor para mim?

— Se isto valer alguma coisa, eu preciso de você. — Ele me abraçou e passou os dedos pelos meus cabelos. — Vocês dois não são os únicos sob pressão. Eu mesmo perdi o controle por alguns segundos. Soquei uns sujeitos que apareceram com um discurso conspiratório, que me lembrou muito o de Averne. Mencionaram seu nome, como se tivessem esse direito, e eu explodi. Era sobre isso que Coalhouse estava falando.

Não me senti nem um pouco reconfortada pela declaração de Bram. Apoiei o queixo em seu ombro e o abracei, com os olhos fixos na janela da carruagem. Bram havia dito que talvez tivesse mais três anos antes que a doença finalmente o consumisse e ele perdesse o controle. E então, três havia se tornado meu mantra, meu número da sorte. Não queria pensar no fato de que ele havia me contado isso quatro meses atrás. O que nos deixava dois anos e dois terços. Ou seria menos?

— Você é a única coisa que faz sentido para mim às vezes — sussurrou ele. — Você me faz lembrar do que é importante, do que tenho a perder. É protegendo-a que me sinto mais seguro e em paz. Seja para o que for que precise de mim, diga-me. Eu atiraria na cabeça por você.

Agarrei-me a ele com renovada intensidade enquanto outra lágrima escapava. Isso não ia terminar nunca. Mesmo que saíssemos de Nova Londres.

A janela atrás de Bram explodiu de repente, e meu coração quase parou. Uma pistola, que para meu cérebro em pânico pareceu um canhão, surgiu através dela e, por um instante, achei que tivesse levado um tiro, pois meu rosto ardia.

Bram virou-se, rugindo, e percebi, pelo brilho à nossa volta, que havia sido atingido por estilhaços de vidro. A arma não havia disparado.

— Bram! — gritei.

Empunhando a pistola — tive a impressão que estava a quilômetros de distância dali — havia uma figura mascarada. Seu disfarce, feito de um material brilhante e preto, parecia inspirado em uma gralha ou um corvo, com um bico enorme curvado para baixo e órbitas preenchidas por vidro fosco. Seria cômico se aquela coisa não estivesse apontando uma arma para mim.

— Cuidado, irmão! — Ouvi outra voz, eletrônica e fantasmagórica, gritar. — São loucos!

Apavorada, pega de surpresa, levei alguns instantes para entender o que ouvira. A voz, distorcida como a da Cas, vinha de vários pontos ao mesmo tempo.

— Saia da carruagem, sua necroprostituta. Agora! Pegue seu homem morto e saia desta maldita carruagem!

4
pamela

Observar a família Delgado, da janela do quarto, havia se tornado um mau hábito meu.

Emanuel Delgado não trabalhava mais na peixaria. Nenhuma pessoa viva compraria alimentos de um zumbi, por livre e espontânea vontade, e, na realidade, não se podia culpá-la por isso. Acho que nem sequer o próprio senhor Delgado pensava de outra forma. Assim, para pagar as contas, a senhora Delgado voltara a fazer faxinas, e ele precisava aceitar qualquer trabalho que aparecesse, fosse a hora que fosse. Meu irmão Isambard, que se tornara zumbi, ajudava-os tomando conta de Jenny, a filha deles de cinco anos, também zumbi, por causa dos imprevisíveis horários de trabalho do casal. Isambard tinha ido buscar Jenny. Ele conversava com o pai da menina no pátio que ficava entre nossas casas, e ela agarrava-se às calças de seu *babysitter*, feliz por ficar com ele novamente. Fiquei imaginando o que diziam enquanto trançava metade dos meus cabelos para fazer um coque. Alguém escutava rádio em um edifício próximo, e eu não conseguia ouvi-los por causa da transmissão.

"Venha para mim, ou meu sonho de amor acabará!
Eu te amo, como amava quando tinhas
Quando tinhas doces dezesseis anos." [3]

Agora que meu irmão caçula era um não vivo, eu o amava como nunca havia sido capaz de amar antes. Queria saber o que estava fazendo a cada momento do dia, e quando não sabia, imaginava o pior. Ansiava por protegê-lo e cuidar dele. Até o triste final. Até que ele finalmente...

— Pare com isso — disse a mim mesma. — Você não pode mudar nada. Pare. Você está segura. Você está segura.

Voltei minha atenção para a lição de casa apressadamente. St. Cyprian ainda estava fechada, mas os professores vinham se esforçando para ensinar via e-mails e transmissões pela Aethernet. Para ouvi-los reclamar, eu era uma das poucas alunas que respondia regularmente. Muitas das meninas pareciam ter abandonado os estudos, mas eu era uma bolsista e não podia me dar o luxo de relaxar, mesmo diante do Apocalipse. Assim sendo, havia passado a tarde estudando geografia para me distrair das notícias sobre a nova cepa da Laz, controlando-me para não me preocupar demais, especialmente depois de ter falado com Nora. Preocupação era algo que eu precisava evitar. Depois que o Cerco terminou e voltei com minha família para casa, havia ficado bem. Por semanas vivi em estado de super-heroína calma e capaz, fui um grande auxílio para meus pais, guardiã para Isambard, um ombro solidário para Nora chorar ao telefone. Cada vez que tentava refletir sobre o que havia se passado, era como se não me lembrasse do ocorrido.

Até que comecei a ter pesadelos.

Recuperei a memória por meio dos sonhos: a fuga pela cidade, os monstros nos caçando, não ter conseguido salvar meu irmão. As coisas horríveis que fiz para sobreviver, como matar pessoas, decepar membros.

---

[3] Tradução livre do trecho da canção "When You Were Sweet Sixteen", escrita pelo inglês James Thornton em 1898 (N.T.)

Sempre acordava com o corpo e os sentidos em alerta máximo por causa do terror, embora não houvesse nada em torno para temer. Às vezes, parecia que estava tendo um ataque cardíaco aos dezesseis anos, com o peito em chamas, a respiração curta, os membros formigando. Sabia que se tratava de ansiedade. Eu fora uma menina preocupada desde sempre: pelas lições de matemática de Nora, pelos planos que minha mãe fazia para mim, por coisas grandes e por coisas pequenas. Assim, escondi meus sentimentos de todos à minha volta. Não falava sobre isso com ninguém, porque meu irmão estava morto, meus pais haviam sofrido demais e Nora também havia passado por experiências difíceis. Havia milhares de razões para silenciar. Mas, agora, parecia que tudo o que eu conseguia fazer era lembrar. As recordações e o medo me acompanhavam constantemente, intrometendo-se em tudo, transformando cada pensamento em um arrependimento massacrante ou em uma profecia terrível. Descobri que a única forma de conter a preocupação, de estourar a bolha da ansiedade crescente, era focar em outra coisa. Como os estudos. No momento, eu me concentrava no capítulo trinta do texto deste semestre. Nora ainda estava no segundo.

Virando as páginas do livro digital um tanto quanto freneticamente, comecei a examinar um trecho que detalhava a ciência por trás da nova era do gelo, dos muitos cataclismos que haviam levado a humanidade a se agrupar ao longo do Equador e a formar novas tribos. Ter um livro nas mãos para aprender coisas era algo que havia se tornado estranhamente distante da minha nova realidade. E pensar que os estudos haviam ocupado uma parte tão imensa do meu mundo antes. Agora, por mais tempo que eu dedicasse a eles, pareciam tão... Sem sentido. A batida cuidadosa de Isambard soou à minha porta. Pulei na cadeira antes de perceber que era ele.

— Entre.

Meu irmão abriu a porta apenas o suficiente para entrar e cumprimentou-me formalmente. Eu respondi com um meneio de cabeça. Ele insistia na formalidade entre nós, mesmo depois de tudo que passamos, ainda que, desde que morrera, tivesse relaxado bastante.

— Você só pode entrar se fizer uma reverência de menina grande, Jenny — disse Isambard, colocando a cabeça para fora da porta. Ele congelou em seus catorze anos, cabelos curtos para sempre. Sua pele havia adquirido um tom arroxeado que praticamente escondia a marca de nascença que tinha no rosto. Tínhamos ascendência indiana por parte de nossa mãe.

— Eu posso fazer reverência! — insistiu Jenny.

— Ela pode entrar, Pam?

— Naturalmente.

E assim adentrou meu quarto a mais jovem zumbi que eu conhecera até então. Jenny Delgado havia perdido um pouco da graciosidade e do vocabulário desde a noite que eu a encontrara vagando pela rua, mas ainda conservava bastante de sua personalidade. Após se certificar de que Isambard a observava, esticou cuidadosamente a saia sob o aventalzinho cor-de-rosa e fez uma reverência. Não pude conter um sorriso e levantei-me para retribuir o cumprimento, o que a fez rir, deliciada. Veio apressada em minha direção e abraçou minhas pernas.

— Muito bem! E então, o que estão fazendo? — Passei os dedos cuidadosamente pelos cabelos loiros e finos de Jenny. Ela já tinha perdido parte deles e não queria correr o risco de fazer cair mais fios, pois não cresceriam mais.

— Mamãe começou a preparar o jantar e pediu-me que viesse chamá-la.

— Muito bem. — Já bastava de esforço para evitar preocupações. Puxei uma fita da caixinha que ficava sobre minha penteadeira e acenei com ela para Jenny, para chamar sua atenção. Seus olhos a seguiram como se fosse um ímã e ela abriu os lábios ressecados em um sorriso.

— Cuide do Issy-Monstro para mim, está bem, Jenny-Ursinha?

Ela soltou minhas pernas e pegou a fita, colocando-a sobre a cabeça, como se a tira pudesse fixar-se ali sozinha.

— Jenny-Ursinha! — A menina virou-se para Isambard fingindo que suas mãos eram garras, rindo alegremente. Deixei meu irmão com ela e desci as escadas em direção à cozinha.

Minha mãe estava ocupada fazendo pãezinhos para o jantar com as sobras de massa da padaria de propriedade de meu pai. As mangas enroladas revelavam braços roliços. Ela viu minha imagem refletida à sua frente nas panelas de cobre que pendiam do teto e falou comigo por cima do ombro:

— Ah! Aí está você. Pode me ajudar?

— Claro! — Peguei um avental do gancho ao lado da porta e dei uma olhada em torno.

Suspirei mentalmente diante do que vi.

Ela havia retirado três frangos do congelador e os havia enfileirado sobre o balcão, como se fossem lápides. Ela estava fazendo aquilo de novo.

— As batatas estão no cesto — disse, abrindo a porta do forno. — Parece que a oferta no mercado está diminuindo. Será que as pessoas estão com medo de trazer sua produção para a cidade? Fico preocupada.

Respirei fundo e perguntei: — Sabe o que me preocupa, mãe?

Ela respondeu, colocando os pãezinhos para assar: — O que, docinho?

Não havia jeito delicado de dizer aquilo:

— Mamãe, a senhora não vai cozinhar todos esses frangos, vai? Somos só três pessoas para comer.

Ela fechou o forno e olhou-me com um ar magoado.

— Quatro. Somos quatro para comer. Cinco, se contarmos a Jenny.

— Mamãe... — decidi falar diretamente sobre o problema. — Você tem que parar de cozinhar para Isambard. Ele não pode comer. O estômago dele não funciona mais.

Meses atrás, a atitude dela era compreensível e até enternecedora. Excesso de zelo maternal. Mas, agora, estava tornando-se assustadora. Ela não parava de cozinhar para o filho. Minha mãe endireitou a postura, uma atitude que eu conhecia bem desde a infância e que instintivamente fazia com que me encolhesse um pouco.

— Pamela Roe, Isambard é seu irmão. Seria cruel não incluí-lo à mesa.

— Ele está incluído, mamãe. Papai faz tofu para ele todos os dias e...

— Aquela coisa? — disse minha mãe, jogando a cabeça para trás. — Não consigo acreditar que isso é a única coisa que ele pode comer. Até prisioneiros são melhor alimentados...

Eu havia sido incrível durante o Cerco. Resgatara Vespertina Mink, abrigara meus pais em segurança, retalhara mortos hostis e até socara Michael Allister quando percebi que nunca estivera interessado em mim e que apenas me usara, mesmo quando corri perigo para ajudá-lo. Ataquei com muita raiva. E nunca mais queria ter que fazer aquilo de novo. Desejava apenas que as coisas voltassem ao normal. E uma parte ainda mais egoísta do meu cérebro queria que minha mãe voltasse para o lugar onde ela cuidava de mim, e não ao contrário.

— Mamãe... — Não sabia bem o que fazer, mas estava disposta a tentar de tudo. — E se eu fizesse o jantar esta noite?

Ela arregalou os olhos:

— Para todos nós?

— Isso mesmo. — Minha mente acelerou-se, armando o plano. Talvez eu pudesse preparar uma só ave, destrinchá-la para que parecesse mais e esconder as outras duas no fundo do congelador. — Quer dizer, eu deveria treinar mais na cozinha, não acha? Para quando... se algum dia... eu me casar? — Dourei a pílula. — Você pode ir conversar com Isambard.

Foi o que a convenceu, e ela começou a desfazer o nó do avental imediatamente.

— Está bem! Isso seria... — Ela aproximou-se para me abraçar, aparentemente se esquecendo do avental. — Que boa menina você é, Pamela. Sempre disposta a ajudar os outros.

— É um prazer, mamãe.

Ela me soltou e quase voou para a porta. Uma vez no hall, porém, parou e virou-se para mim.

— Esqueci de perguntar: você terminou de estudar?

Vestindo um avental, dei-lhe as costas e comecei a escolher as batatas do cesto que estava sobre o balcão.

— Quase.

— Sem problemas?

— Sem problemas, mamãe — menti.

— Verdade? — Ela esfregou as mãos enfarinhadas uma na outra. Como sempre, não soube se ela estava aliviada, desconfiada ou desapontada. — Bom ouvir isso.

Como não tinha o que acrescentar, comecei a cortar longas tiras de cascas grossas com o descascador que retirei da gaveta. Faria qualquer coisa para manter-me ocupada. Minha mãe observou-me por mais alguns instantes, fazendo sua checagem maternal diária antes de ir embora pelo corredor. Ao ouvi-la chamar Isambard, recriminei-me pelo ressentimento que nutria em relação a ela. O que será que ela estaria pensando? O que esperava de mim? Quanto mais as coisas mudavam, mais permaneciam iguais.

Apesar de meus esforços, o frango saiu do forno meio queimado e meio cru. A destreza na cozinha não era genética. Piquei a parte comestível e distribuí sobre uma camada de vegetais na maior travessa que encontrei. Era o que tínhamos.

Quando terminei e coloquei tudo na mesa, sentei-me com Isambard e Jenny na sala, esperando meu pai fechar a padaria. Sentia-me exaurida. A tela na parede estava sintonizada em um programa infantil no qual uma marionete cantava uma canção sobre tratar os outros como queremos ser tratados. Na base da tela, porém, passava ininterruptamente uma legenda que dizia: "Gostaríamos de lembrar nossos fiéis espectadores que a origem da nova cepa de infecção AINDA ESTÁ ISOLADA. Se você foi vacinado, não há necessidade de temer qualquer zumbi. MANTER OS CUIDADOS

NORMAIS". Enviei uma mensagem para Nora pelo celular, mas ela não respondeu. Fiquei pensando se estaria entretida com o senhor Griswold e me esforcei ao máximo para ignorar o ciúme que senti. Em tese, eu apreciava o senhor Griswold; ele salvara nossas vidas e parecia muito respeitoso, mas minha última incursão na área romântica não havia terminado bem, e eu ainda não havia superado a frustração. Além disso, não estava acostumada a dividir minha melhor amiga com ninguém.

Minutos depois, meu pai apareceu vindo da padaria, trazendo consigo duas porções de tofu fortificado com enzimas e recoberto com uma finíssima crosta, receita que ele havia desenvolvido para seu filho não vivo e que agora também vendia. Minha mãe irrompeu na sala com um prato de manteiga em mãos:

— Crianças, jantar! Desliguem a transmissão!

Quando todos nós nos sentamos, meu pai fez uma oração de agradecimento. Ao terminar, minha mãe declarou:

— Todos precisam saber que foi Pamela quem fez o jantar esta noite.

Meu pai olhou para mim, surpreso, e depois para a travessa à sua frente.

— Verdade? Bem, muito obrigado, querida.

— De nada — respondi, olhando fixamente para ele, tentando explicar telepaticamente, como se isso fosse possível, o porquê de ter cozinhado. Não consegui saber se ele entendeu. Seu rosto quase não demonstrava emoção. Parecia cansado o tempo todo ultimamente, com a pele escura, sardenta e áspera.

— Conseguiu fazer a batedeira funcionar de novo? — perguntou minha mãe. — Isambard, cuidado com a camisa.

— Sim, querida. Era apenas o fio — respondeu meu pai, mastigando lentamente. — Na verdade, isto está muito... Bom — comentou ele, mas um pequeno engasgo mascarou a última palavra. Seus olhos buscaram os meus, mas rapidamente desviaram, culpados.

Comentário aceito. Olhando de relance para meu prato, pensei que não gostaria nem de provar.

— Mais uma razão para nos orgulharmos dela. Aqui, Isambard, prove.

— Mamãe, a senhora conhece as regras — respondeu Isambard. — Nada de carne.

— Bem, querido, eu acho que são mais orientações gerais do que regras.

Perdi-me em pensamentos enquanto todos conversavam como sempre, cutucando a comida com o garfo.

Foi a explosão lá fora que me fez voltar à realidade. Ficamos em silêncio. Até Jenny emudeceu e olhou para o teto. Não identifiquei ao certo o que havíamos ouvido — parecia um tiro de canhão abafado. Meu pulso começou a acelerar e levei a mão ao peito, como se o coração fosse um filhote de animal que eu pudesse acalmar com o toque.

— O que foi isso? — perguntou Isambard.

— Nada — respondeu meu pai, servindo-se de uma segunda minúscula porção. — Recebi algumas encomendas para festas esta semana. Deve estar acontecendo alguma delas agora, onde estão soltando fogos de artifício. É inacreditável como as pessoas estão tentando seguir com os bailes de debutantes, como se nada estivesse ocorrendo.

Sim. Sim, era uma boa explicação. Que eu podia me forçar a aceitar.

— Quero ver os fogos! — pediu Jenny.

Recuperando-me do susto, levantei-me e coloquei o guardanapo do lado do prato.

— Posso levá-la?

Meu pai assentiu:

— Claro. Vejam pela janela da frente. Não saiam.

Afastei a cadeira de Jenny e peguei-a no colo. Ela pesava quase nada, era de cortar o coração. Isambard nos acompanhou até a sala e abriu a janela.

— Lá no céu, Jenny-Ursinha. Como estrelas que vêm nos visitar.

Olhamos para o céu na expectativa de ver os fogos, mas não só não vimos nada como não ouvimos mais explosões.

— Talvez tenham disparado só uma vez — comentou Isambard, desapontado. — Mas isso é um pouco estranho, não?

— Nããããoooo, quero ver fogos! — Jenny começou a bater no meu ombro, e eu peguei sua mãozinha para impedi-la de continuar. Meu telefone começou a tocar e eu fiz sinal para que meu irmão o pegasse no meu bolso.

— Isambard, você pode atender para mim?

Ele afundou a mão no bolso profundo do meu vestido, enquanto eu tentava conter Jenny, e tirou de lá meu celular cor-de-rosa em forma de gato.

— É Nora. Olá, senhorita Dearly — disse Isambard. Mas logo afastou o aparelho do ouvido e fez uma careta. Pude ouvir Nora gritando do outro lado da linha. Soltando Jenny, que agora puxava meu cabelo, peguei o aparelho.

— Nora?

— Pam! Você ouviu a explosão? — Ela estava sem fôlego.

— Ouvi sim, agorinha. O que foi?

— Não tenho ideia. Mas alguém roubou nossa maldita carruagem. Roubou de nós. Quero dizer, estávamos dentro dela!

Afastei o telefone do ouvido e olhei para o aparelho. Isambard olhou-me intrigado.

— Vá dizer ao papai que precisamos de dinheiro para um táxi — ordenei, esforçando-me para parecer controlada, como se espera de uma irmã mais velha. Coloquei Jenny no chão, pois meus braços começaram a tremer descontroladamente.

— Oh, meu Deus, de novo não!

5 • nora

Estava de castigo.

Isso não deveria me abalar, depois de ter sobrevivido e atirado nas coisas em que tive que atirar. Mas, mesmo assim, de castigo?! No início, fiquei quase feliz pelo fato de que meu mais recente encontro com a morte tivesse servido para meu pai voltar a falar comigo como um ser humano civilizado. Telefonamos para casa quando já nos encontrávamos a caminho. Quando a família Roe nos deixou lá, meu pai esperava na entrada com a doutora Chase, e os dois vieram em nossa direção ao mesmo tempo. Assim que ele me abraçou, senti quanto esforço fazia para manter a cabeça erguida e, instantaneamente, o perdoei pelo ocorrido no início da noite. Quando meu pai examinou o ferimento em meu rosto, mantive os olhos fixos em Pamela.

— Não foi nada — repeti pela vigésima vez.

Pam repreendeu-me com o olhar. Ela não acreditou no meu relato, tinha o dom de perceber as mentiras, brancas ou não. — Eu disse para não sair por aí sem avisar alguém — disse ela, disparando um olhar gélido na direção do Bram. — Achei que fosse obedecer.

Antes que eu pudesse responder, meu pai assumiu o comando:

— Creio que seja eu quem deva abordar esse assunto — seu tom lembrou-me o que ouvira na infância, nas poucas vezes em que me metera em sérias confusões – ou que pareceram sérias. Como quando fugi de casa, chegando até a estação de trem com minha boneca e um canivete, antes de ser encontrada. Ou quando deixei minha mão estampada em todas as tortas de limão do senhor Roe, acreditando piamente no cartaz que dizia: "Se tocar na comida, tem que levar".

— Sinto muito — disse, respeitando a Voz. — De verdade, sinto muito mesmo.

Bram postou-se atrás de mim e falou:

— Fui eu que a levou. É minha culpa. Sinto muito pela carruagem, por tudo. O sujeito mascarado arrebentou a janela e eu achei que podia dominá-lo, mas seus comparsas apareceram e... Eram quatro. Eu estava armado, mas àquela altura não quis correr o risco de ser atingido por um tiro e deixar Nora à mercê deles. Tudo aconteceu muito rápido.

Senti o arrependimento em sua voz e sabia que não era somente pelo roubo da carruagem. Os assaltantes haviam vencido sem disparar um tiro sequer. Não era só ele que estava com raiva. Eu também estava. Sentia-me ainda mais impotente.

Meu pai balançou a cabeça em negativa.

— Você fez a coisa certa ao se render. Não vale a pena atirar em alguém por causa de uma carruagem.

As luvas da Pamela estavam virando trapos em suas mãos, pelo modo como as torcia. — Doutor Dearly, o homem horrível que fez isso chamou Nora de necro...

Disparei-lhe meu melhor olhar do tipo "eu te adoro, mas cale a boca", e ela captou a mensagem, encerrando a frase com um suspiro.

— Doutor Dearly, se me permite — disse o senhor Roe —, pelo que a polícia contou ao senhor Griswold, há uma nova leva de vivos tentando fugir da cidade. Os guardas disseram que provavelmente os assaltantes queriam a carruagem por essa razão.

— Já deram queixa na polícia?

— Estávamos a um quarteirão da delegacia — respondi. — Só telefonei para a família Roe porque estávamos mais perto deles que dos Campos Elíseos.

Meu pai tirou os óculos. Sua mão direita tremeu quase imperceptivelmente; a esquerda permaneceu firme no meu ombro.

— Suponho que este último êxodo esteja relacionado às notícias sobre o Paciente Número Um?

— Provavelmente — respondeu Bram. — E as notícias que ouvimos na carruagem davam conta de uma bomba deixada em um beco deserto. Ninguém foi ferido, felizmente.

— Explodiu perto de nossa casa — completou o senhor Roe. — Ouvimos a explosão minutos antes de a senhorita Dearly entrar em contato.

Senti a mão de meu pai ficar tensa sobre meu ombro.

— Entendi — disse. — Senhor Roe, muito obrigado por socorrer minha filha. Se puder me enviar um bilhete dizendo-me quanto custou o táxi, ficarei feliz em ressarci-lo. Doutora Chase, poderia fazer a gentileza de acompanhar o senhor Roe e a filha até a porta?

O senhor Roe ofereceu o braço à Pamela.

— Naturalmente. Foi um prazer. Boa noite a todos.

Pamela mordeu o lábio inferior e aproximou-se para me abraçar.

— Telefone amanhã, está bem?

— Prometo — respondi, abraçando-a de volta com força.

Quando saíram, meu pai virou-se para mim e disse:

— Precisamos conversar. Poderia me acompanhar até o meu quarto?

Isso não era um bom sinal.

— Senhor — adiantou-se Bram —, talvez devêssemos reunir todos os moradores da casa para discutir o que vamos fazer, o que tudo isso significa. Com a partida de Elpinoy e este episódio, temos duas carruagens a menos. Ficamos com duas apenas — três, se Evola mantiver a dele aqui.

Meu pai olhou duramente para Bram e respondeu:

— Sim. Vou lidar com isso — e com você — mais tarde. Agora, porém, preciso falar com minha filha.

Olhei para Bram pedindo ajuda, mas não tive tempo de dizer mais nada. Meu pai conduziu-me à sua frente, escada acima. Abriu a porta do quarto e, relutante, entrei; como se pudesse adiar o que estava por vir. Poucas vezes na vida meu pai aborrecera-se de verdade comigo. Quase sempre procurava me agradar. — Não sei por onde começar — disse ele, encostando-se na porta fechada.

— Papai, nossa intenção não era criar problemas. Apenas... Aconteceu.

Ele tateou à procura do interruptor ao lado da porta. Ali, na minha frente, o vi como ele realmente era: não um homem cansado e assustado, mas um não vivo, renascido de maneira diferente. Muitas vezes lidei com ele como alguém com quem não teria muito mais que alguns anos de convivência, ignorando o fato de que tal período estava fadado a ser muito curto.

No final, iria perdê-lo também. E de novo.

Essa noção e o fato de que, há pouco, acabara de encarar uma arma apontada diretamente para minha cabeça, silenciaram minha disposição irritadiça usual. Quando ele finalmente localizou o interruptor e acendeu a luz, levei as mãos às costas e preparei-me para escutar. Não tinha ideia do que estava por vir, mas ouviria pacientemente.

— Qual foi a palavra que o ladrão usou para se referir a você? — perguntou meu pai. A senhorita Roe começou a falar e foi interrompida.

Ao lembrar-me do termo, senti vergonha.

— Ele me chamou de... necroprostituta. — Nunca ouvira a expressão antes, mas pude imaginar o que implicava.

Meu pai apertou a mão em torno da bengala com mais força.

— E o que mais aconteceu?

— Saímos da carruagem. Dissemos a eles que não queríamos problemas. — Senti ódio só de lembrar. — Um deles disse que eu deveria me envergonhar por estar ao lado de um morto. E que era por isso que estavam roubando a carruagem. Usavam algum aparelho para distorcer as vozes, que soavam estranhas. E foram embora.

Papai não disse nada. Não estava gostando daquela frieza, preferia o jeito como ele me tratava antes.

— Não estávamos fazendo nada de mais — insisti. — Estávamos apenas parados no lugar.

Ele ergueu a mão para eu ficar quieta.

— Não estou te culpando. E quando a polícia encontrar aquele homem, vou socar os dentes dele garganta abaixo pelo que disse. Mas Bram não devia ter saído com você para passearem sozinhos à noite. Confio nele totalmente e o admiro, mas a verdade é que ele está cortejando minha filha menor de idade, que nem sequer debutou ainda. Por Deus, em comparação com outros pais, vocês têm a maior liberdade, mas é preciso estabelecer limites em algum ponto.

— Não foi culpa dele. Você me magoou — lutei para manter um tom razoável, mas senti minha voz elevar-se. — Não saímos para namorar escondidos. Bram percebeu que eu necessitava espairecer. Respirar. Pensar. Tenho ficado confinada...

— Eu sei. A questão aqui não é a etiqueta. — Ele passou por mim e eu me movi para que pudesse passar com sua bengala. — A questão é a sua segurança. Razão pela qual pretendo mandá-la para casa de seus parentes em Belize — decretou ele, sentando-se na cama.

Aquela declaração tirou meus pensamentos do eixo. Faria mais sentido se tivesse dito que me prenderia em uma campânula até os 21 anos.

— O quê?

De repente, meu pai perdeu o controle e a postura ereta.

— É a única solução.

Aproximei-me dele com o rosto ardendo. Era como se estivesse na St. Cyprian, minha escola, de novo. Ele havia me despachado para o internato sem me dar escolha ou explicação, porque havia acidentalmente infectado minha mãe, tornando-a uma hospedeira do vírus.

— De jeito nenhum. Não sei nada sobre eles, nunca os vi na vida.

— Nora...

— Porque eles o deserdaram por ter se casado com mamãe! — Era a única munição de que dispunha, a única coisa que sabia sobre a família de meu pai. E usei-a com toda a força gerada pela raiva e pela frustração que havia em mim naquele momento. — Não irei. Sei como está aborrecido e como tudo o que está acontecendo é sério. Por isso, tenho tentado ser uma filha obediente, mas não posso ficar escondida para sempre! E você tem que parar de me evitar, tem que parar de esconder as coisas de mim!

— Esconder as coisas de você? — Os olhos dele faiscaram e ele buscou o celular no bolso do colete. — Sei que tem me telefonado. Sabe por que suas chamadas não são completadas? — Ele elevou a voz e eu me assustei. O aparelho estava tocando. Será que estivera tocando o tempo todo?

Papai apertou uma série de botões com o polegar e jogou o telefone na cama. Ouvi uma mensagem da sua caixa postal.

"Sei que foi você quem criou esta praga. Sei onde vive, Dearly. É bem fácil encontrar as coisas na Aethernet. Você deveria arder no inferno. Cada parte do seu corpo deveria passar por um moedor de carne enquanto você olhasse para a foto do meu filho. Meu filho não merecia morrer, seu podre filho da puta!"

Havia dezenas de mensagens como aquela.

— De onde essa gente tirou essas ideias? — Ao final daquilo estava quase sem forças para falar.

— Comentaristas da mídia? Informação incorreta nas notícias? Quem pode saber? Alguém encontrou meu número e o colocou na Aethernet. — Meu pai guardou o telefone. — Entende agora minha preocupação?

— Desculpe — respondi. As coisas faziam mais sentido agora. — Mas, papai, isso significa que você deveria partir — comentei.

— Não posso. Não posso deixar meu trabalho e minha equipe.

— Exatamente. Se formos juntos, é uma coisa. Mas não posso partir sozinha. Não posso deixar você. Se as coisas se complicarem de novo, tenho que poder ajudar. Não percebe? Não desejo me tornar um soldado, mas quero fazer algo útil da minha vida. Não sou mais uma menininha.

— Mas está longe de ser uma mulher... — Meu pai balançou a cabeça. — Quero que perceba que há uma diferença entre ser capaz de se defender e deliberadamente colocar-se em risco por agir de forma imprudente. Os ladrões da carruagem claramente eram oportunistas, mas já aconteceu de quererem me atingir antes. Não permitirei que isso ocorra novamente.

— Papai... — Levei as mãos aos cabelos, em desespero. — Eu já não levo uma vida muito comum, não concorda? Vivo em uma casa cheia de gente morta. Já estou envolvida até o pescoço em tudo isso. Não pode esperar que eu me comporte como se nada fora do normal tenha acontecido. Quando eu era criança, você sempre me deixava ser eu mesma, fazer o que queria.

— Não havia risco naquela época. E eu acreditava que você não era mais uma criança. — Nervoso, flexionava as mãos em torno da bengala. — O mundo mudou para sempre, Nora. Está diferente e também não está. Mesmo que mortos não andassem por aí, acredita que eu a deixaria vagar solta como uma órfã? Na sua idade?

— Você consegue se ouvir? Não vou usar aquela palavra que começa com H, mas vou fazê-lo entender que a estou usando com este olhar beeeem duro dirigido a você.

— Estou sendo hipócrita, é verdade. Sei que sou a última pessoa do mundo com credenciais para repreender alguém por ser impulsivo. Mas você é minha filha. — Ele relaxou as mãos lentamente. — E é a única pessoa que tenho no mundo.

Teria ele desistido de encontrar tia Gene viva? Recompondo-me, aproximei-me e sentei ao lado dele na cama. Ele me abraçou e fechei os olhos, inundada pelo alívio proporcionado por aquela simples manifestação de carinho. Às vezes, ficava confusa em relação aos sentimentos que nutria por meu pai. Quando já acreditava que estava morto, tê-lo de novo ao meu lado era o que mais desejava. Agora precisava dele — e, ao mesmo tempo, não mais. Queria sua atenção — e também não a queria.

— Peço desculpas por tê-la assustado e magoado — disse ele, apoiando a bengala na cama. — Estou tão cansado que quase não sinto nada.

Assustado não era a palavra certa para descrever o que ocorrera, mas decidi não fazer uma cena. Ele fora irracional; agora, parecia estar controlado.

— Sobre o que Elpinoy disse antes, você acha que é responsável pela praga?

— É um pensamente difícil de afastar — respondeu meu pai, afagando minha cabeça.

— Mas não é sua culpa. — Olhei para ele. — Se você tivesse eliminado os zumbis que apareceram anos atrás, em vez de ajudá-los, estudá-los... eu não teria esse tempo extra com você. Eu não teria Bram, jamais o teria conhecido.

— Eu sei. É que é... Apavorante. A ideia de que esta doença possa continuar é assustadora; que possa seguir mudando e mudando até dominar o globo.

— Também estou apavorada, papai. Mas não posso seguir vivendo assim. Tudo mudou.

Ele ficou em silêncio por um momento.

— Eu sei que é difícil.

— Fiquei feliz em ajudar a organizar a casa e acomodar todos quando voltamos. Mas não quero que essas sejam as minhas únicas funções. E tem mais. Sobre estudar, falemos a sério. Eu deveria estar auxiliando você. Ou fazendo algo para ajudar os zumbis na Morgue ou...

— Não. Eu a proíbo de ir para aquele lugar. É perigoso. Se soubesse como chegam os feridos vindos de lá que tratamos. — Ele suspirou. — Nora, não quero que fique tão obcecada com o presente a ponto de esquecer o futuro. Esse foi meu grande pecado. Que não seja o seu também.

Olhei para o tapete e respirei fundo, porque sabia exatamente ao que ele se referia. A um futuro que não incluía a maior parte das pessoas que eu amava.

— Nossa situação é muito precária, como você já sabe. — Ele tirou os óculos. — Precisamos nos encaixar na sociedade novamente. Ter o direito de existir e de viver normalmente, mas também fomos abençoados com a capacidade de saber quando assumir uma posição discreta. Nada disso significa que não confio em você, ou que não respeito sua necessidade de lutar. Apenas quero que reflita mais que eu. — Tocou na pele flácida de seu rosto e bateu na perna de metal. — Veja o quanto meus erros me custaram.

Assenti sem dizer nada. Podia perceber a verdade na metade de seus argumentos. A outra metade me impedia de ir a qualquer parte.

— Agora, vou seguir seu conselho e descansar um pouco. Depois, voltarei para o laboratório para trabalhar.

— Sem o doutor Elpinoy?

— *Tsc.* — Meu pai fez um ruído de desagrado com a língua e levantou para me levar até a porta. — Em tempo — disse ele, quando pisei no corredor —, você está de castigo por uma semana.

— *O quê?* — Virei-me para encará-lo.

Ele levantou a mão que segurava a bengala e tocou de leve meu rosto. Afastei-a, brava.

— Como você não quer ir embora daqui, ficará confinada. Não permito que saia nem dentro dos Campos Elíseos. Quero que permaneça em casa, a salvo, até que seja restaurada alguma ordem nas ruas. Quando isso acontecer, conversaremos sobre como pode ajudar.

— Mas não dispomos de tanto tempo. E aqueles loucos mascarados? Temos que ir atrás deles!

— Você, Nora, é uma jovem dama inteligente e independente, e eu não gostaria que fosse de outra forma. Mas não é sua obrigação salvar o mundo. Se você não concordar em ficar aqui, em segurança, não hesitarei em obrigá-la a ficar. Aquilo foi a gota-d'água.

— Só para registrar, creio que você perdeu o direito de me confinar quando forjou a própria morte.

— Quer ficar presa aqui por duas semanas? — perguntou meu pai, erguendo uma sobrancelha.

Eu poderia ter acabado com ele ali mesmo. Poderia ter lhe lembrado como o sigilo sobre os não vivos me afastou da minha mãe e colocou minha vida em risco; que ele me abandonou em vez de contar a verdade e que isso resultou em seu — teoricamente — zero poder sobre minha pessoa. Porém, também sabia como ele se culpava por tudo que ocorrera. Não poderia ser tão cruel com ele. Já o repreendera uma vez, não precisava fazê-lo novamente.

— Além disso, você tem um projeto ao qual se dedicar — disse ele, afastando-se para que eu pudesse ver dentro de seu quarto. Havia caixas e caixas de papelão alinhadas em uma das paredes do aposento. — Sabe o que há nelas?

— Informações sobre tia Gene, senhor? — Acrescentei o *senhor* ao final da frase em sinal de boa vontade.

Ele estivera investigando por meses.

— Precisamente. Examine-as novamente para termos certeza de que não perdi algo. A caixa do alto contém informações para meu advogado. Se algum dia descobrirmos o que aconteceu com ela, e que os Allister mentiram... Quero poder pendurá-los bem alto — disse meu pai, apertando os olhos. — Não confio no lorde Allister.

Não entendi aquela declaração, mas eu mesma não confiava em seu filho. Segundo nos contara, minha tia estava com os pais dele quando a cidade foi atacada.

— Então, somos dois.

— Muito bem. Pode começar amanhã pela manhã. Poderia estudar um pouco também. Você vai completar seus estudos. Agora vá ver quem pode dar uns pontos no seu rosto. Boa noite, NoNo.

Em vez de fazer isso, cumprimentei-o com uma mesura e marchei para meu quarto. Depois de entrar, fiz questão de aterrorizar alguns gatos enquanto retirava minha foice dobrável, que ficava guardada sob a cama, para treinar um pouco. Era uma arma de combate retrátil que Samedi havia desenvolvido. Minha intenção era exaurir minhas forças para poder dormir. Não estava preocupada com o corte no meu rosto, não era grave. Tinha preocupações mais sérias na mente: a cidade, meu pai, Bram...

Segundos depois, a apreensão que aquelas ideias geraram explodiu em uma fúria tão profunda que era quase reconfortante. Não foi a gota-d'água. Foi o último galão de querosene. Brandi a foice furiosamente no ar, em consonância com a fúria que dominava meus pensamentos. Ofegante, apoiei a arma na parede e sentei-me com os joelhos recolhidos e a cabeça afundada nas dobras do tecido de minha saia. Ser imune à nova cepa do vírus não me tornava especial. Considerando a situação como um todo, eu era tão vulnerável quanto qualquer pessoa. Como todo mundo, eu não estava mais segura que ninguém.

Mas estava... Presa. Confinada em casa. *Pffff*. Pensei que esse tipo de coisa tivesse ficado para trás, junto com as saias na altura do joelho e os elásticos no cabelo.

Desejei ardentemente voltar para a selva com Bram — uma versão mal-acabada de Jane e Tarzã. De certa forma, uma versão inocente. Mas pronta para uma aventura. Livre.

Minha versão de segurança.

6 • Laura

— Era uma vez uma linda menininha chamada Calêndula — sussurrei, cravando as unhas na carne.

Não doía.

Há horas cutucava os ossos dos meus ombros e, finalmente, havia conseguido raspar a pele de tal maneira que criara pequenas trilhas. Lenta e cuidadosamente, comecei a enfiar meu dedo indicador dentro do corpo, cada vez mais fundo. Olhei para a direita e observei minha unha rasgar a carne e a cutícula desaparecer e depois meu dedo se contorcer como uma minhoca por baixo da pele. Perto de mim, no sótão, Dog, triste, acariciava seu novo cotoco na altura do pulso com a cabeça apoiada na minha pilha de contos de fadas e histórias de princesas com manchas de água. Ouvíamos uma gritaria abaixo de nós.

— Catorze! — gritou Cláudia. — Catorze zumbis mortos ou presos hoje! Presos... *Bah*. Todos nós sabemos que os vivos vão executá-los, no final das contas. A única razão pela qual ainda estão vivos são aqueles zumbis nas docas.

— Que estavam trabalhando com os vivos para nos ajudar — a voz de Mártira denotava dor. — Não havia nenhuma razão para ter acontecido o que aconteceu hoje. Nenhuma.

— Nenhuma? Atacaram-nos porque se viram em perigo. Usaram as armas de que dispunham. Fizeram o que os zumbis fazem.

— Você diz isso como se fosse uma coisa boa, Cláudia. Os mortos podem escolher não atacar os vivos, se ainda forem capazes de fazer escolhas. Podemos ajudá-los a fazer essa escolha.

— Hagens está lá fora — disse um arrombador de cofres chamado Joe. — Ainda há outros por lá. E foi Smoke quem causou tudo aquilo? Aquele piromaníaco nojento? O que acontecerá se o rastrearem e chegarem até nós em busca de mais informações sobre ele? Ou se acharem que estamos contaminados com a nova cepa? Irão nos eliminar da face da Terra?

— Exatamente! — disse Cláudia.

— Isso porque você acolhe qualquer zumbi vagabundo que aparece como se fosse um gatinho faminto. — O tom de Joe era de impaciência.

No sótão, Dog chegou mais perto de mim. Fiquei pensando se teria sido uma reação à menção dos nomes de Hagens ou Smoke; temíamos o primeiro, mas somente Dog desgostava do segundo. Cerca de um mês antes, Smoke, que era um sujeito, sobretudo, calado e horrivelmente apodrecido, havia seguido Mártira até o esconderijo, depois de uma das primeiras tentativas de prestar atendimento médico na Morgue, junto a um pequeno grupo de zumbis sem-teto. Hagens nos localizou logo depois. Eu o considerava assustador apenas na aparência, até ouvir como perdera o controle durante os tumultos, e ainda assim achava difícil acreditar que o homem era malvado. Era verdade que agora sabíamos da existência de um tipo diferente da doença que o acometera, mas ele nunca parecera diferente antes. Era calado, talvez um pouco sorrateiro. Mas não havia nada de errado com isso.

Todos nós tínhamos segredos.

Deslizei meus dedos lambidos pelo corpo, fiz um carinho em Dog e peguei um pacote de sementes dentro do meu saco de dormir. Um pacote inteiro, presente de Abuelo, que o havia encontrado no lixo. Era impressionante ver o que as pessoas jogavam fora.

— Esqueçam o Smoke — disse Cláudia. — Graças a você, Mártira, a maior parte do nosso grupo sobreviveu. Você falou da força que temos por sermos todos zumbis. — A voz dela cortava o ar. — Não podemos continuar acolhendo órfãos e pedindo dinheiro para jogar no lixo. Se vamos fazer diferença, temos que radicalizar. Estão atacando nossa gente! Temos que revidar, como fazíamos antes!

— Não estão se referindo a você — eu disse a Dog, abrindo o pacote com os dentes e despejando algumas poucas preciosas sementes na palma da mão. Com cuidado, coloquei quatro de cada nas covas rasas que havia feito nos ombros.

— Não vamos discutir isso agora — respondeu Mártira. — Pelo menos até encontrarmos todos e nos acalmarmos. Além disso, não devemos discutir estas coisas onde Laura e as outras crianças possam nos ouvir...

— Essas *crianças* roubavam para você. Laura tem quinze anos — retrucou Cláudia. — Eu já roubava casas com essa idade. Você sempre a protege de tudo!

Foi quando ouvi passos na escada que levava ao sótão. Cláudia estava subindo, o que significava que teria que agir rápido. Guardei o pacote de sementes debaixo do meu travesseiro e me escondi nas sombras, colocando a pele dos ombros de volta no lugar, junto ao corpo. Regaria as covas depois.

— Laura? Você está aí? — ela parecia brava e cada vez mais perto.

Ajeitando os ombros do meu vestido e jogando o cabelo para frente, respondi:

— Sim?

Minha irmã entrou no sótão e afastou a rede negra que eu havia colocado entre a cama dela e a minha. A morte fizera Cláudia ficar pavorosa, com o rosto inchado de uma maneira estranha, cheio de sangue apodrecido. Parecia uma velha e não uma moça de dezoito anos.

— O que você está fazendo? — perguntou com a voz rouca.

Dog encolheu-se e afastou-se dela

— Estou me vestindo. — Cruzei as mãos na altura do peito, protegendo-me instintivamente. Cláudia sempre destruía o que eu cultivava, então agora eu mantinha minhas plantas perto de mim, permitindo que criassem raízes no meu corpo. Nos pulsos, murta; nos quadris, hera; na cintura, rosas; e, muito em breve, calêndula nos ombros. Eu não era mais um ser vivo, mas podia proporcionar vida para outros seres. Os olhos de Cláudia percorreram meu corpo e seu lábio superior se contorceu. Quando dispararam para a prateleira que ficava acima do meu saco de dormir e onde eu colocava minhas poucas posses, encolhi-me por dentro, sabendo o que estava por vir. Havia me esquecido de escondê-las.

Ela esticou-se por cima de mim e agarrou dois potes de terracota. Em cada um havia uma pequena semente germinando, plantada em terra arenosa que eu havia recolhido na rua. Antes que pudesse implorar por elas, estavam destruídas. Um vaso foi jogado contra o chão; o outro atingiu alguém lá embaixo.

— Ei!

— Já te disse mil vezes. Se você vai vender flores, roube-as dos jardins dos figurões. Não as cultive! Você é uma vendedora, não uma fazendeira!

Dog escondeu-se atrás de mim, e eu, com a mão atrás das costas, afaguei-o para confortá-lo.

— É errado roubar, Cláudia.

— Não para pessoas como nós. É roubando que sobrevivemos. É porque Mártira te mima tanto que você se safa com essa azáfama patética. — Ela bateu na parede. — Se nossos pais achassem *errado* roubar, você já seria um cadáver há anos. Teria morrido de inanição na infância!

Já ouvira essa história antes. Meu pai havia sido um ladrão que roubava viajantes nas estradas nos arredores de Nova Londres. Ele e minha mãe estavam presos desde que eu tinha dez anos, razão pela qual Mártira se estabelecera na cidade. Ele havia lhe dito para ser mais esperta do que ele e fazer outras pessoas roubarem por ela.

Escolhi outra abordagem.

— Se tivessem feito as coisas direito, não estariam longe de nós agora.

— Cale a boca! Arrancaria essas coisas crescendo em você agora mesmo se não achasse que seu intestino sairia junto. — Cláudia jogou-se sobre seu cobertor, olhando para o teto. — Suma daqui!

Obedeci, esgueirando-me pela escada e ajudando Dog, que estava atrás de mim, ainda aprendendo a descer com uma só mão. A Grave House, na Rua Ramee, era uma construção grande, dilapidada e abandonada. Os cômodos eram sujos, cheios de fumaça e sem móveis, mas a casa estava lotada. Localizava-se na região noroeste de Nova Londres, uma área decadente da cidade que a maior parte dos neovitorianos gostaria de esquecer que existia: havia favelas onde crianças pediam esmolas, voluntários de caridade temiam e aristocratas jamais pisavam. Havia sido nosso centro de operações e esconderijo principal. Era tudo que tínhamos agora, ainda que não conseguíssemos acomodar todo mundo.

Conduzindo Dog pela mão, abri caminho sobre o piso de madeira cheio de farpas, passando por mesas nas quais jogadores, pedintes, batedores de carteira e pessoas comuns amedrontadas passavam o tempo apostando. Em um canto, um músico de rua tocava flauta; a melodia soava tragicamente alegre comparada com a gravidade do que acontecera. Uns poucos davam risada; alguns choravam. Ninguém estava à vontade. Um grupo de prostitutas, agora sem trabalho para sempre, fumava cigarrilhas perto da imunda janela da frente. As cinzas caíam como chuva sobre as saias delas.

Encontrei minha outra irmã perto da lareira onde Smoke costumava queimar pequenos objetos para se distrair. Sempre que ficava de frente para ela não conseguia evitar o assombro. Sua pele era macia, da cor de papel-pergaminho novo. Não tinha um só ferimento, apenas veias escuras marcavam seu rosto, como fissuras em uma peça fina de porcelana. Seu cabelo chegava à cintura; seus olhos eram límpidos e brilhantes como duas lascas de obsidiana, com cílios tão longos e densos que, às vezes, encobriam a parte branca dos glóbulos oculares. Ela se movia com uma graça espetacular e perturbadora, como se fosse uma sereia dançando sobre o oleoso rio Styx.

E pensar que fora eu quem a tornara assim.

— Mártira?

Ela olhou e sorriu.

— Laura, Dog — disse ela, abrindo os braços. Não precisou dizer mais nada; aceitei seu abraço e seus beijos. — Vai ficar tudo bem, docinho.

— Você está bem, apesar de tudo?

— Sim. Vamos nos recuperar. Foi um dia de decepção e de dor... — Ela me soltou, e Dog colocou-se ao meu lado. Olhando para ele, disse: — Sinto muito por sua mão, Dog.

Ele deu de ombros. Talvez por causa do cansaço. Mas decidi comentar:

— Ele está enfrentando tudo como um homem.

— Muito bem — suspirou Mártira. — Devo confessar que não sei o que fazer. Mas vamos encontrar uma saída. Sempre encontramos.

— Se precisar de dinheiro... Acho que Cláudia não encontrou a última moedinha que você me deu para esconder para os gnomos. — Era uma brincadeira da minha infância, passada em Grave House, da qual eu ainda gostava. Tinha crescido ouvindo Mártira contar histórias, como a do Rei Rato, que vivia nos esgotos e comia crianças malcomportadas, ou a dos gnomos que podiam ser subornados para proteger esconderijos de ladrões.

— Não, docinho. Esqueça isso.

— De qualquer jeito, ela vai encontrar. Sempre encontra.

Mártira sorriu carinhosamente para mim.

— Talvez não encontre. Nada está garantido. Tudo e todos podem mudar.

Pela primeira vez desde a manhã daquele dia, sorri também. Mártira era minha única protetora e também a única de quem eu precisava. Ela havia escolhido juntar-se a mim na doença, em dezembro; não me abandonaria nem diante da bocarra de um tubarão. Ela iria mudar nossas vidas. Eu precisava acreditar nela. Ouvi a porta abrir e uma nova onda de vozes.

— Hagens! — gritou Cláudia.

Senti um aperto no estômago e fiz com que Dog ficasse atrás de Mártira. Foi por um triz, pois logo o grupo se abriu para deixar passar Maria Hagens e alguns outros zumbis. Pareciam saídos do inferno e caminharam sem hesitar em direção à lareira.

Hagens me aterrorizava. Tudo nela era como uma lâmina afiada: os olhos, a voz, os cabelos curtos. Antes de se juntar a nós, fizera parte de uma divisão do Exército formada exclusivamente por zumbis e era bem capaz de ter guardado uma pilha de crânios humanos como troféus em algum lugar. Suas feições angulosas compunham uma expressão dura. Os ossos expostos da face brilhavam na luz do fogo como se fossem uma pintura de guerra.

— Você conseguiu! — gritou Mártira. — Graças a Deus!

— A Deus, talvez. A você, não. — Hagens encarou-me momentaneamente. Cláudia apareceu ao seu lado, olhando para ela quase em adoração. — Mas talvez eu não deva me enfurecer com você. Talvez hoje tenhamos tido a lição de que precisávamos.

— Não sei do que você está falando. Estou apenas feliz porque está de volta.

— Eu disse a ela — interferiu Cláudia — que devíamos ter saído para procurar você.

Hagens aproximou-se de Mártira com uma expressão de fúria crescente.

— Deixe-me explicar uma coisa com palavras bem fáceis de entender. Você não tem a menor chance. Temos que mostrar aos humanos que não estamos para brincadeira, ou eles continuarão fazendo o que estão fazendo. Você...

— Cicatriz! É melhor sua tribo procurar abrigo nos céus!

Ao ouvir a voz que vinha de fora, os recém-chegados começaram a entrar em pânico, enquanto os residentes tentavam, ao mesmo tempo, silenciá-los. Vários homens levantaram tábuas e esconderam garrafas de bebida e armas dentro do piso. Outros, alertas, aproximaram-se das janelas semifechadas por tapumes. Um deles olhou para minha irmã mais velha e fez um sinal com a cabeça. Mártira levou um instante para se recompor, levantou-se e passou por Hagens.

— Discutiremos isso depois — disse ela, a caminho da porta.

Eu a segui e Dog veio atrás de mim. Mártira saiu pela varanda da frente.

Do lado de fora, havia vinte policiais vivos com armas apontadas para a casa. O líder era um homem de cabelos escuros e olhos azuis, como os de um husky. Tinha esperanças de não encontrá-lo nunca mais.

— Inspetor Ramirez — cumprimentou Mártira, dando uns passos adiante. — Não nos vemos há algum tempo. Achei que viria antes.

— Pois é. Fim do mundo e tudo o mais... — Ele olhou para Mártira de cima a baixo.

— A morte te fez bem, Mártira.

— Você é muito gentil. — O tom de voz da minha irmã, pela primeira vez, não era de esperança ou tristeza. Parecia uma mulher de negócios. — Vou te ajudar a economizar palavras: se veio recolher dinheiro para nos proteger, não temos.

— Porque você gastou tudo em lavagem — murmurou Cláudia, aproximando-se de nós.

— O que provavelmente não ocorrerá de novo — respondeu Mártira, olhando diretamente para Cláudia. — Vamos virar a página.

Ramirez olhou além de onde nos encontrávamos, para dentro da casa, avaliando a situação. Desconfortável, moveu os dedos que empunhavam a arma. Atrás dele, seus homens esperavam ansiosos, prontos para agir ao menor sinal.

— Ouvi dizer que toda sua gangue havia sido morta. Sinceramente, estou surpreso de ver tantos de vocês aí dentro.

— Você provavelmente ouviu que a gangue da Grave House não existe mais, o que é verdade. Um quarto do grupo reviveu e outro quarto provavelmente reviverá. Somos cerca de cinquenta integrantes originais e quarenta recém-chegados. Alguns vêm de outras gangues, outros, não.

— Bem, isso é uma pena — disse Ramirez, olhando para mim, que abraçara Dog, e para minha irmã. — Especialmente depois do que ocorreu hoje, quando seria fácil dizer ao meu chefe que você está abrigando mais loucos. Vi alguns dos seus nas celas. Há tempos te devia uma visita.

— Mesmo que eu quisesse te dar dinheiro, não poderia — disse Mártira. — Os pedintes estão recebendo menos, porque os vivos acham que eles não precisam de dinheiro para comprar comida. As prostitutas, naturalmente, estão sem trabalho. Os artistas de rua tiveram que começar a usar máscaras e luvas quando possível, mesmo os que não usam fantasias. E eles têm saído às ruas sem os batedores de carteiras, porque não aceito mais dinheiro ile...

— Então sua gente ainda sai por aí? — Ramirez empurrou o quepe ligeiramente para trás e, devagar, abriu um sorriso. — Você sabe que eles não podem trabalhar na rua gratuitamente. Não é esse o acordo?

— O acordo mudou no minuto em que você morreu — ouvi Hagens sibilar. Não ousei me virar para olhá-la. — Podemos acabar com eles.

Mártira a ignorou.

— Muito bem — respondeu ela, dirigindo-se a Ramirez. — Dê-nos algumas semanas.

— Querem interrogar vocês... se possível, hoje. Foi por isso que me apressei em vir.

— Dê-nos algumas semanas e mantenha os guardas longe de nós. Pagarei o dobro.

— Não! — protestou Hagens, mas foi à toa.

Depois de pensar por alguns instantes, Ramirez concordou com um aceno de cabeça e retirou-se, com seus homens, para as carruagens da polícia, paramentadas com lâmpadas LED. Nós voltamos para dentro. O confronto terminara rapidamente. Como sempre.

— O dobro? — gemeu Joe. — Vamos ter que voltar a roubar.

— É disso que estou falando! — gritou Hagens quando a porta se fechou. — Você não tem razão alguma para submeter-se a essa bola de lodo. Nenhuma razão! Ele é humano, ele é fraco. Temos os sentidos mais aguçados que eles, temos a capacidade de infectá-los se não tiverem sido vacinados ou se a vacina não funcionar... Ele deveria estar rastejando, suplicando por sua vida.

— Fique quieta, senhorita Hagens.

Mártira abriu caminho pelo grupo em direção à lareira. Passou por alguns dos antigos membros da gangue, que murmuraram coisas para ela. Cheguei a ouvir um deles dizendo: "Por um instante parecia você de novo".

— Quieta nem no inferno! — Hagens veio atrás de nós. — Já é a segunda vez — *segunda* — que humanos me caçam pelas ruas como se eu fosse um animal! Não vou aguentar mais isso. Eu venho te alertando há semanas que temos que sair daqui! Ir para algum lugar seguro para nos reorganizarmos, para fazermos planos!

— Faça como quiser, senhorita Hagens. Não permitirei que minha gente ataque um grupo de policiais vivos. Acabaríamos todos mortos — Mártira franziu o cenho. — E lembre-se: você tem a ficha limpa. Nós, não. Temos que evitar chamar a atenção desnecessariamente. Razão pela qual não contei às pessoas que encontramos hoje tudo que sabemos, embora devêssemos ter contado.

Hagens nem fingiu que a ouvia.

Vou embora. E levo quem quiser vir comigo. Sei que nem todos aqui estão contentes de brincar de bons samaritanos. Alguns de nós querem fazer algo mais. E se o mais envolver violência, que assim seja.

Mártira virou-se para ela de repente e disparou:

— Ninguém aqui odiava a vida que levava antes, como eu? Será que ninguém aqui sentiu algum tipo de arrependimento depois que morreu? Nenhuma vontade de mudar?

Suas perguntas permaneceram sem resposta, pairando no ar. Passaram-se instantes e alguns balançaram a cabeça em negativa — não, a morte não tivera tal efeito. Depois, mais alguns repetiram o gesto. A expressão de Mártira ficou tensa. Cláudia me encarava, acusando-me de ter infectado minha irmã com minhas ideias a respeito do que era certo e errado.

Talvez eu tivesse mesmo.

— Eles têm o direito de se sentir assim — declarou Hagens. — Não há vergonha nenhuma em fazer o que deve ser feito para sobreviver. Para prosperar. Pelo que ouvi falar, você pensava assim, e era danada de boa nisso.

Ela estava certa. Eu sabia que havia pessoas que temiam minha irmã por causa das coisas que ela tinha feito quando ainda era viva. E por essa razão, era nossa líder agora. Felizmente, eu ignorava os detalhes. No entanto, não era tão ignorante a ponto de não sentir um aperto de medo por dentro. Se Mártira fosse destituída, o que nos aconteceria?

Mártira então perguntou ao grupo, depois de algum tempo:

— Quem quer ir com Hagens para longe da cidade?

Cláudia retrucou:

— Se vamos votar, os líderes têm que...

— Basta! Quem quer ir? — gritou Mártira. — Digam, agora mesmo!

Mais ou menos metade da gangue levantou a mão. Uma das prostitutas deu um passo adiante e disse:

— Eles nos perseguiram, senhora. Iam nos matar. Se quer saber minha opinião, é loucura ficarmos! E se eles rastrearem Smoke até aqui? — Um murmúrio de concordância ecoou pela sala ao final da pergunta.

— Smoke? — perguntou Hagens. Por um instante, não soube se foi medo ou fúria o que vi nos olhos dela. — O que houve com Smoke? Algo aconteceu a ele? Onde está?

Mártira voltou-se para o fogo crepitante com movimentos lentos, ignorando as perguntas de Hagens.

— Muito bem. Eu vou levá-los. Partimos esta noite. — Ao dizer isso, ergueu os olhos para Hagens e completou:

— Mas nunca mais agiremos movidos pela raiva. Não mais.

Hagens encarou Mártira duramente. Endireitou os ombros e pegou Cláudia pelo braço. — Você agirá assim. E não vai demorar.

7

Michael

— Lorde Allister? — perguntou a amante do meu pai, ingressando no círculo da cálida luz da manhã que caía, artificialmente, graças aos recursos da arquitetura sob medida, sobre minha escrivaninha de marfim também artificial. O desjejum era trazido em uma bandeja de prata para mim todas as manhãs. — *Ops*, achei o Allister errado, no quarto errado! — disse ela, rindo.

— Senhorita Perdido — cumprimentei-a, apertando os olhos na contraluz. Catherine "Coco" Perdido era muito bonita, e naquele momento parecia muito alcoolizada. Os vistosos cachos de seu cabelo cor de mel escuro certamente haviam sido feitos na noite anterior, de maneira a valorizar seu rosto em forma de coração. Os olhos borrados de lápis preto também estavam franzidos sob aquela luz. — Entre. É melhor que os serviçais não a vejam assim.

— Oh! Que gentil da *shua* parte. Um bom filho, você é. *Shabe*, aproveitando que *eshtou* aqui, queria perguntar... — A mulher fechou a porta, virou a chave e instantaneamente ficou sóbria. — Você deixou um bilhete atrás do lambri de novo?

— Sim — respondi diretamente, porque estava exausto demais para elaborar algo. Eu removera minha máscara e a escondera, instantes antes de ela chegar. Estava sujo e meus músculos doíam. O desperdício de tempo e de dinheiro da noite anterior me consumia; fora tudo em vão.

Correra muitos riscos. Mais do que planejara. Não podia ter sido tudo em vão.

Coco não insistiu. Jogou sua valise no tapete turco e deixou-se cair sobre uma das poltronas estofadas de veludo verde que ladeavam a lareira branca, mexendo no cabelo. Ela havia vestido um guarda-pó cáqui sobre seu resplandecente vestido preto de noite, mas o conjunto ainda sobressaía em contraste com os tons floresta e creme que compunham a paleta cromática de meus aposentos.

— Quero te fazer uma pergunta — inclinei-me para frente. — Quando você entrega meus bilhetes, tem certeza de que vão precisamente aonde eu determino? O *pub*[4] Silver Bridle em La Rosa?

— Sigo suas instruções ao pé da letra. Se você usasse nomes em vez de números, eu poderia entregá-los a alguma pessoa, mas... — Coco deu de ombros — em geral, não sou convidada às residências das melhores famílias, não é mesmo?

— Você consegue entrar em qualquer casa que desejar, senhorita Perdido — respondi, esforçando-me para não perder a paciência.

— Como? — ela retrucou.

— Da mesma maneira que entrou nesta. Acredito, correndo o risco de soar indelicado, que as chaves do castelo são guardadas entre suas pernas.

Coco arregalou os olhos.

— Não admito que se dirija a mim dessa forma! Eu posso ser uma, uma, uma...

— Prostituta? — completei, solícito. — Ex-atriz de quinta categoria?

Ainda que contorcido de raiva, seu rosto era sublime. Meu pai jamais empregava menos que a melhor e relacionava-se com amantes desde sempre. Eu nunca tivera motivos para desgostar de nenhuma delas. Brincavam comigo quando eu era criança e agora tratavam-me com uma gentil deferência. A juventude delas, porém, começava a me incomodar. Coco podia ser minha irmã.

---

4 *Pub* é um bar típico inglês.

— Sou a amante de lorde Allister! Sou uma mulher honesta — declarou, levantando-se para pegar a valise. — E sabe o que mais? Entregue seus próprios bilhetes. Nem sequer entendo por que usa papel, seu anormalzinho obsessivo. Escreva para seus amigos usando e-mail, como um garoto normal, e nunca mais fale comigo. Ou contarei tudo a seu pai!

De repente, o medo que eu mantivera sob controle a noite toda queimou-me por dentro. Fora meu pai, sem Coco, teria que entregar os bilhetes pessoalmente. Não. Não era uma opção. Alguém poderia me reconhecer, ou a minha carruagem. E tudo viria à tona. Diabos, não passaria a noite toda percorrendo Nova Londres, assistindo a dez mil coisas darem errado, para ser repreendido e provavelmente desmascarado por uma prostituta convencida! Eu não seria humilhado de novo. Não seria humilhado nunca mais.

Coco disparou para a porta, mas levantei-me rapidamente e, pegando-a pelo braço, virei-a para mim. Podia ser um garoto, mas era mais alto que ela e tinha força suficiente para apertá-la, até que gritou de dor.

— Sua idiota — disse. — Por que mulheres bocudas e estúpidas resolveram acabar com minha vida nos últimos tempos?

— Solte-me!

— Não até que deixemos algumas coisas muito claras. — Apertei ainda mais seu braço e ela deixou cair a valise. — Primeiro: se trabalha para meu pai, trabalha para mim. Ou contarei a ele sobre o sumiço de um par de abotoaduras, de uma faca de prata, coisas que você poderia ser acusada de tomar. E uma prostituta que rouba é uma prostituta que não trabalhará de novo jamais.

Coco abriu a boca para protestar, mas eu prossegui:

— Você acha que ele ficaria do seu lado? Você não é mais que um brinquedinho para ele. Não se comporte como se fosse o animalzinho de estimação de algum rei, bálsamo para um casamento destituído de amor. Ele a obriga a entrar e sair sorrateiramente como uma prostituta da rua. Você não é o primeiro cobertor de orelha dele e certamente não será o último.

Se eu fosse você, não colocaria em risco a oportunidade de fazer uma reserva enquanto o corpo está firme e o trabalho é regular. Ela arregalou os olhos. Finalmente, estava prestando atenção.

— Para sua informação, meus pais têm acesso ao meu e-mail e ao meu histórico na Aethernet agora, e os fantasmas digitais são difíceis de exorcizar. Cinzas não podem ser reconstituídas. Razão pela qual preciso que cale essa boca e continue a fazer o que a pago para fazer, antes que eu seja forçado a... Bem, isso é tudo. Fui claro? Demorou um pouco, mas ela assentiu:

— Por favor, não... Eu tenho um filho pequeno.

— Desde que não seja um irmão ilegítimo, não me importo. — Soltei-a e sentei-me de novo em frente à minha escrivaninha. Abri a última gaveta e retirei a correspondência do dia. Eram cinco cartas escritas em pergaminho autêntico, fechadas com um selo genérico de corvo em cera preta. Cada uma tinha uma série de números aleatórios no canto superior esquerdo. Coloquei-as em um envelope grande e disse:

— Seu pagamento está aqui dentro. Deixe minha correspondência atrás do lambri quando retornar esta noite.

Coco olhou para mim desconfiada, mas pegou as cartas e guardou-as em sua valise. Ao erguê-la do chão, perguntou:

— Algo mais?

O tom de derrota na voz dela alegrou-me consideravelmente. Como a vida era fácil quando as mulheres obedeciam.

— Isso é tudo, senhorita Perdido. Pode ir.

A mulher retirou-se. Parecia que eu a havia violentado.

Depois que ela saiu, compreendi que não tinha escolha. Precisaria envolver meu pai, pelo menos, em parte disso tudo, afinal.

Minha família estava hospedada em Bestia del Oro, nossa casa de campo no noroeste de Honduras, perto de Talgua, ou Caverna dos Crânios Fosforescentes. Era um sítio arqueológico dos tempos pré-colombianos, repleto de ossos recobertos por calcita, que refletiam a luz. Era um ponto de referência territorial sobre o qual não queria pensar, agora que via os mortos se levantarem e caminharem.

A biblioteca de meu pai ficava bem no meio da construção. O corredor que levava até ela tinha enormes janelas do lado leste e longas telas planas horizontais, emolduradas em prata, do lado oeste. Estavam sintonizadas nas notícias, mas sem áudio. Pude ver as manchetes refletidas no vidro quando olhei para a silhueta das outras mansões em meio à névoa matutina.

Gerador da cepa mutante da Lazarus mudou-se para a ilha Drike.

Os grupos de zumbis militantes são inevitáveis?

Primeiro-ministro faz pronunciamento hoje no parlamento sobre não vivos.

A casa branca que se estendia à direita era Éclatverre, o retiro de campo da família Mink. Ah, as conversas que Vespertina Mink e eu tivéramos ao pé da cerca de sua propriedade desde que fugíramos de Nova Londres. Relembrei-as por uns instantes antes de prosseguir pelo corredor. Não estava feliz pelo que tinha de fazer. Quando cheguei à porta da biblioteca, bati.

— Entre.

Cumprimentei meu pai, curvando-me ligeiramente assim que fechei a porta.

— Bom dia, senhor.

— Ah, é o idiota do meu filho. Sirva-se de chá.

Meu pai, lorde Leslie Allister, acenou em direção a um grande samovar[5] de bronze instalado no centro do cômodo oval. Nem sequer ergueu os olhos das trinta ou quarenta vitrines flutuantes que o cercavam e que formavam um globo luminoso seccionado em torno dele. A luz era emitida por projetores holográficos de alta definição, instalados em toda a biblioteca ricamente decorada. Em seguida, declarou:

---

[5] Utensílio de metal de origem russa, utilizado para manter e servir chá quente. Seu formato assemelha-se ao de um bule de grande porte instalado sobre um suporte do mesmo metal, no meio do qual há uma chama que mantém a temperatura da bebida em seu interior.

— Lote de ratos virtuais 23-3.41, teste encerrado, destruir arquivo. E uma das vitrines desapareceu.

Tentei engolir o insulto espontaneamente dirigido a mim, como ocorria todas as manhãs, desde o Cerco.

— A experiência não vai bem?

Meu pai deu de ombros. — Tela não identificada, acesse lote de ratos virtuais 23-3.42. Ressonância e execução em velocidade vinte.

Ele sempre aceitava as coisas com calma, em vez de opor-se a elas emocionalmente. Parecia fazer tudo sem esforço, mas seu rosto estava marcado, o cabelo claro perdia a cor e tinha cansaço nos olhos.

Com a xícara nas mãos, aproximei-me dele no centro da esfera de luz.

Além do canal NVIC e dos canais de notícias do mundo financeiro, também estava acompanhando o T-SPAN e as gravações das câmeras de segurança instaladas na Reserva Animal e no Banco Genético em Memória de Maria Bosawas-Allister, sede da Allister Genética, a fonte principal da fortuna de nossa família. Em geral, se uma pessoa detinha o título de lorde, a qualificação profissional era uma mera formalidade, um indicador de herdeiro ou de investidor acima da média. Meu pai, porém, trabalhava de verdade por seu salário. Recusava-se a delegar e envolvia-se com frequência nos detalhes da gestão da empresa. Uma das câmeras acompanhava os movimentos de um grupo de caçadores na savana; naturalmente, membros da nova aristocracia.

— As pessoas ainda estão tentando encaixar excursões de caça na agenda, embora a Temporada já tenha começado — comentou ele, franzindo a testa. — Computador, envie e-mail para os funcionários relevantes: mais dez tigres nos tanques até terça-feira. Eles sempre querem caçar um tigre. Depois de tudo que aconteceu.

— Havia festas em Nova Londres ontem à noite — comentei. — Provavelmente, gente desprezível apresentando suas filhas desprezíveis a outros desprezíveis. Nem os mortos-vivos conseguiram fazer as debutantes de sangue azul debutarem antes de maio.

A Temporada, época do ano em que ricos e nobres instalavam-se perto de Nova Londres e o Parlamento entrava em ebulição, geralmente estendia-se de março a agosto. Naturalmente, o Cerco havia mudado o calendário. Minha família não era a única que hesitou em voltar para a cidade, e o Parlamento estivera em emergência permanente desde dezembro. Como meu pai, eu havia sido forçado pelos fatos a concluir que os que insistiam em manter as atividades da Temporada eram loucos ou suicidas. Ou recusavam-se a encarar a realidade tal como se apresentava.

— *Mmmm*. Comporte-se quando estiver na cidade. Não preciso repetir quão idiota foi aquela jornada com as senhoritas Roe e Dearly. — Seu lábio superior chegou a tremer ao pronunciar o segundo nome. — Comento com você há anos que ela é parecida demais com o pai. E que vai levar você à ruína.

— Sim, senhor — consegui responder.

— Não faça com que eu me arrependa de ter-lhe dado certa liberdade novamente. Não haverá outra chance.

Suas palavras cortaram o ar. De novo, arrependi-me do que relatei quando voltei para casa, meses atrás. Eu tinha muito a reparar. Não queria pensar em Roe, nem em liberdade, nem em plantar nada. Que inferno. Meus *amigos* nem sequer recebiam minhas ordens direito, para que eu pudesse plantar a maldita bomba onde ela deveria explodir.

— Sim, bem...

— Quieto. — Meu pai ergueu a mão. — Chamada na tela da T-SPAN.

Uma série de debates sobre os não vivos estava em curso no Parlamento e, como de costume, envolvia uma boa dose de gritaria, dedos em riste e deboche descarado. Na tela, via-se o primeiro-ministro, lorde Esteban Alba, de pé atrás de um púlpito. Desde que assumira o cargo, em dezembro, perdera parte de seu cabelo prateado e sua calva vinha aumentando progressivamente.

— Não. A sugestão de lorde Ashburn não será considerada no momento, e espero que jamais o seja. Não se falará mais de enviar os não vivos para campos de concentração, áreas de confinamento ou qualquer coisa parecida. A quarentena está encerrada.

Lorde Cecil Khan, um homem sincero de meia-idade e com uma pele morena impecável como a capa de couro de um livro, pulou da cadeira e declarou:

— Com todo respeito, primeiro-ministro, esse não é um assunto da esfera dos direitos civis. Trata-se de monitorar os falecidos que vivem entre nós! — Muitos dos parlamentares comemoraram sua intervenção explosiva.

O primeiro-ministro de um país do norte, Alejandro Meral, ficou de pé e o confrontou:

— O senhor está perfeitamente correto, e eu o desafio a pensar sobre o que acaba de dizer! O que acha que deveríamos fazer, lorde Khan? Punir os doentes? A maior parte dos infectados não representa ameaça a ninguém. São pessoas acometidas por uma enfermidade, e não monstros! As famílias falaram por eles, ameaçaram até pegar em armas para defendê-los. Temos que respeitar isso.

Lorde Khan ergueu-se novamente e brandiu seu digidiário na direção de Meral.

— O destino deles é transformar-se em monstros; não minta! — E, dirigindo-se novamente ao primeiro-ministro Alba, disse: — A questão é que banimos os punks por terem feito pouco mais que estes mortos canalhas fizeram. Tomamos medidas rápidas e enérgicas que, sem dúvida, nos pouparam de anos de violência e desgosto. Temos que tomar a mesma atitude agora!

— O senhor está exagerando! — gritou Meral. — Os punks incendiavam fábricas automatizadas e atacavam a aristocracia como loucos neoluditas[6]. Pessoas foram assassinadas a sangue-frio. Os mortos que atacaram a cidade eram insanos, e, acima de tudo, foi um homem vivo o responsável pela existência deles.

---

[6] Conceito que designa os que se opõem ao desenvolvimento industrial. O ludismo teve origem no fim do século 18 e início do século 19 na Inglaterra, quando, em plena Revolução Industrial, operários protestavam contra a mecanização da produção quebrando o maquinário das fábricas.

— E os ataques de ontem no porto? Será que aqueles zumbis eram sãos até começarem a atacar com mordidas? — perguntou outro lorde.

Lorde John Ashburn levantou-se.

— Deveríamos colocá-los em quarentena nos Campos Elíseos. É o lugar mais vazio a esta altura e o mais seguro para eles. No mínimo, todos aqueles aglomerados no Parque Dália deveriam ser obrigados a se mudar para lá.

— Ah, claro! — gritou Meral. — Confinemo-los aos subterrâneos. Vamos enterrá-los vivos!

As conversas sobre os mortos enfureciam-me agora, mas esforcei-me para ouvi-las, em vez de ventilar meus pensamentos. Odiava pensar que Nova Londres estava inchada de tantos não vivos que existiam lá. Odiava pensar no fato de que o governo, sob o comando de Alba, os protegia. Odiava saber que a senhorita Dearly ainda vivia em Nova Londres com um bando de vermes. Com um certo verme em particular.

Não importava. Em breve, ela entenderia como errara. E meu pai nunca saberia a respeito.

— Quero um trabalho — disse —, já que ainda estou de férias da escola.

Meu pai surpreendeu-se genuinamente com minha declaração e ordenou que a tela silenciasse antes de dirigir um olhar cortante para mim. Embora eu soubesse desde sempre que meu destino na vida seria seguir os passos dele, como proprietário, presidente e executivo principal de sua amada companhia, nunca antes havia manifestado interesse na Allister Genética. No entanto, precisava de algo para ocupar meus dias. Especialmente, se Coco decidisse voltar-se contra mim. Precisava de algo que desviasse a atenção do que eu fazia à noite.

Esforcei-me para clarear a mente e apresentar uma expressão tão inescrutável quanto possível. É uma habilidade que tenho. Quando era criança, descobri o prazer intenso que sentia em esconder de meus pais, e depois dos colegas em St. Arcadian, minhas emoções e verdadeira personalidade. Entendi que a liberdade tem origem na supressão dos sentimentos. Se ninguém conhece seus motivos, se ninguém suspeita de você ou sequer o entende realmente, é possível safar-se de qualquer coisa.

— É por causa de dinheiro? — perguntou ele.

— Não. — Minha mãe dava todo o dinheiro que eu pedia, fato que decidi não relembrar a meu pai naquela circunstância. A conversa estava indo muito bem. — Quero apenas seguir provando meu valor ao senhor, para me redimir por ter fugido para ajudar a senhorita Roe. Sei que não foi apenas uma estupidez, mas também uma atitude egoísta de minha parte. Minha principal preocupação deveria ter sido em relação à família.

Ele refletiu sobre minhas declarações por um bom tempo, mantendo-me na expectativa.

— Creio que podemos arranjar isso, então. — E, olhando-me diretamente, continuou: — O sucesso requer esforço, filho. Vontade de trabalhar. Fico feliz de ver esse traço de personalidade em você. Sei que o temos tratado duramente nos últimos meses, mas, como disse, você tem uma nova chance. Isso é prova do quanto o amamos.

— Sim, senhor.

Uma das telas piscou, indicando a recepção de uma chamada da parte de meu tio materno, lorde Robert Cross. Virando-se, disse:

— Volte às onze horas. Encontraremos algo para você fazer.

— Obrigado — agradeci, curvando-me e concedendo-lhe um meio sorriso. No caminho para meus aposentos, meu coração batia a um milhão por minuto. Havia sido surpreendentemente fácil lidar com meu pai. Coco era boa mesmo.

Agora, eu tinha que pensar em como lidar com todos os outros.

8

pamela

Isambard estava morrendo e eu não podia mais ajudá-lo.

No fundo de um caixote de carvão, onde a fuligem estava tão grudada, que parecia o solo de uma floresta, eu aninhava meu irmão e chorava. Chorava porque não podia ajudá-lo. Contorcido de dor, agarrava-se a mim enquanto seu corpo perdia as forças; como ele lutava para não me deixar. Eu queria gritar com Deus e com Evola e com Coalhouse, queria ter uma ataque de fúria, machucar alguém, matar alguma coisa, algo que convencesse alguém da implacável injustiça disso tudo: que um garoto tão disposto a lutar por sua própria vida não tivesse nenhuma chance de... Vencer.

Mas, não podia ajudá-lo.

Então, nos vimos em um barco salva-vidas tão frágil que tive a certeza de que afundaríamos como uma pedra no mar agitado se Deus se esquecesse de nos fazer flutuar. Cobria Isambard com meu corpo, rezando sem parar para que os soldados neovitorianos não o vissem, não atirassem nele por causa daquilo em que se transformara.

Isambard implorou por sua mãe. Mas eu não era mãe dele e não podia contar-lhe o que seria dela, não apenas porque eu chorava tanto que era impossível falar, mas, sobretudo, porque não sabia o que lhe dizer.

— *Mamãe! Mamãe!*

Acordei de repente, sufocada. Meu coração, disparado, doía. Meus sentidos estavam extraordinariamente em alerta; a camisola úmida de suor pinicava como mil pontas de agulhas, e o ar estava tão pesado que eu me sentia como um objeto enterrado na lama. Até a escuridão parecia ter cor, de tão aguçada que estava minha visão.

— Estou segura — recitei. A frase saiu como um choro de filhote pela mãe à noite. — Estou segura. Estou em casa. Estou segura.

Tentei ignorar o som do meu coração, a pontada no peito, o braço esquerdo acometido por uma dormência que subia e descia. Em algum momento, aquilo tudo ia passar. Era o que eu repetia para mim sem cessar. Como de costume, procurei me distrair. Esforcei-me para ouvir na escuridão, torcendo para não ter acordado ninguém. Sempre temia que os gritos que ouvia nos sonhos fossem de fato meus, minha imaginação canibalizando o terror que criara. Não queria assustar meus pais. Um lado pequeno e egoísta ansiava pela preocupação deles, mas, no fim, reconhecia que também haviam passado pelo inferno. O correto era eu tentar tornar a vida tão fácil quanto possível para eles. Embora eu sofresse por isso. Às vezes, sentia-me tão pressionada que ficava pensando se havia sobrado algo de mim.

Não ouvi nada. Quando pude, levantei-me da cama e fiquei de pé, balançando nos calcanhares para não tocar os dedos no chão. Como é que Nora lidava com isso? Ela havia passado por maus bocados também. Como ela fazia? Embora ela estivesse de castigo em casa e fossem 3h12 da madrugada, peguei meu celular entre os livros que estavam na penteadeira e mandei-lhe uma mensagem. Precisava falar com alguém. Escrevi:

Está tudo bem? Estou aqui. Como você está? Eu não estou nada bem.

Dizendo a mim mesma que ela não responderia, fui trocar a camisola. Pensei em descer e tomar um gole de vinho, mas desisti. Ainda sentia-me culpada por ter bebido para dormir, tempos atrás, em dezembro. Meu telefone fez bip. Pulei de susto antes de conseguir ficar calma para pegá-lo.

Eu sei. Difícil dormir?

Nora estava acordada. Sentei-me na cama e não pude evitar sorrir. Era importante para mim que ela entendesse, embora não soubesse a história toda.

Sim, respondi.

A resposta dela foi quase instantânea:

VAI, PAM, CONTA!

Cobri a boca com a mão para abafar uma risada. Não precisei responder. Ela continuou mandando mensagens. Provavelmente, estava enlouquecendo por ter de ficar confinada em casa.

De verdade, escreva por e-mail e me conte. Escondi telefone e digidiário embaixo do colchão. Papai não tem noção. Doutora Chase ronca. Olha só: -_- o O (ZzZ). Você pode vir me ajudar com o lance do Gene esta semana? Talvez meu pai deixe. 4 dias e 20 horas. Pam, tenho que esconder o telefone de novo <3

Guardei meu telefone também e respirei fundo.

— Estou segura. Está tudo bem.

O ranger de uma dobradiça me contrariou. Levantando a camisola para impedir que arrastasse no chão, aproximei-me da porta, passo a passo, para ouvir. Alguém estava andando no corredor perto do quarto de Isambard. Será que eu o acordara? Teria ele vindo ouvir junto à minha porta e agora estava voltando? Ele havia me contado que seus sentidos estavam muito mais aguçados; a Lazarus o fazia ficar alerta, para atacar suas presas, pela visão, audição e pelo olfato. Talvez tivesse me ouvido enquanto falava comigo mesma.

Eu conhecia um jeito de abrir a porta do meu quarto sem fazer barulho. Espreitei pelo corredor. Se estivesse acordado, falaria com ele. Mas não, em vez dos passos de Isambard, ouvi a voz de minha mãe. Com o coração pesado, andei até o quarto de meu irmão, mantendo-me bem junto à parede. A não ser pela voz dela, estava tudo tão silencioso que conseguia ouvir o som dos meus pés suados no piso de madeira.

A porta do quarto de Isambard estava aberta. Prendi a respiração. Mamãe olhava para ele enquanto dormia. As mãos dela estavam estendidas à frente do corpo, e ela balançava para frente e para trás como uma boneca de corda.

— Pai Nosso, tenha piedade — ouvia-a sussurrar. — Pai Nosso, rogo ao Senhor que cure Isambard. Eu sei que o Senhor pode curá-lo. Sei que pode trazê-lo de volta à vida, como fez com Seu filho, Jesus. Como fez com o Lázaro real.

Cobrindo a boca com as mãos para abafar um soluço, colei na parede. Obriguei-me a conter o choro.

— A morte não é *nada* para o Senhor, meu Deus. Eu confio e tenho fé. O Senhor é poderoso e misericordioso — dizendo isso, começou a soluçar. — Rogo-Lhe, suplico-Lhe que cure meu filho, por favor.

Não suportei mais. Apressei-me em voltar para o quarto, sem deixar que meus calcanhares tocassem o chão. Fechando a porta, deixei-me cair sobre a cama, de barriga para cima, sobre os cobertores.

Só então permiti que as lágrimas corressem, por minha pobre mãe, por meu irmão e por tudo que tínhamos e éramos.

Na manhã seguinte, eu me sentia como um zumbi.

No meio de um lento café da manhã, durante o qual minha mãe picava pedacinhos de maçã cada vez menores para Isambard, o doutor Evola chegou pela porta da frente.

— Sou eu. Indo lá para cima para morrer — ouvi-o dizer, enquanto passava a tranca.

Meus pais levantaram-se e foram para sala. No instante em que saíram, levantei também. Isambard gesticulava furiosamente para que eu fosse ouvir o que diziam. Foi o que fiz, aproximando-me o máximo que pude da porta da sala de jantar, sem ser vista.

— O senhor está bem, doutor Evola? — ouvi minha mãe perguntar.

— Não estou ainda às portas da morte — respondeu ele. Tinha cabelo de querubim e usava um monóculo. Sua voz normalmente era jovem, mas não estava assim hoje. — Aquele lugar parece uma casa de loucos.

— O senhor ficou tanto tempo fora!

— Não podia sair. — Ouvi-o colocar sua bolsa no chão. — A maior parte dos voluntários vivos foi embora, assim como os vivos da equipe. Medo da nova cepa do vírus. Tem sido bem difícil desde então.

— Alguma novidade?

— Não que eu tenha ouvido. O doutor Dearly nunca está disponível quando estou lá, somente um homem chamado doutor Salvez. Além disso, sou um técnico, não um epidemiologista. De qualquer forma, não entendo metade do que dizem.

— Seja como for, estamos felizes que tenha voltado — disse meu pai.

— Obrigado. Isso significa muito para mim, especialmente o fato de me hospedarem aqui. Se me permitem, adoraria tomar um banho. Depois, vou desabar. Posso ocupar o sofá pelas próximas vinte horas? Agradeço antecipadamente.

— Deixarei um prato para o senhor no forno, doutor Evola.

— Estou apaixonado pela senhora, senhora Roe. Duelaria com seu marido para que fosse minha, mas tenho certeza de que ele acabaria comigo. Não sobraria nada, nem o suficiente para me reanimar.

Pelo som, percebi que estava a caminho do andar de cima. Acabara de me sentar quando meus pais voltaram. "Bom ou ruim?", perguntou Isambard, somente com o movimento da boca, sem emitir som algum, enquanto jogava pedacinhos da maçã picada no chão. Sinalizei mais ou menos com a mão.

Isambard, tirando partido de sua suposta ingenuidade, passou a inquirir sobre o doutor Evola. Enquanto meu pai respondia, deixei minha mente vagar de novo. Era uma atitude deplorável a das pessoas que até agora haviam estado envolvidas no auxílio aos não vivos, mas que começavam a debandar. Cheguei a pensar em me oferecer como voluntária, mas eu não era nem tão ambiciosa, nem tinha tanta vontade assim de sair de casa. Minha consciência acusou-me de covarde, e eu concordei com ela. Mas o medo venceu.

— Pamela? — minha mãe chamou-me de volta à realidade.

— Sim?

— Será que você se importaria de ir ao mercado? Não consegui me organizar para tanto esta manhã. E conseguiria ir sozinha?

Meu coração parou. Meu pai interrompeu a conversa com Isambard e olhou para minha mãe, intrigado.

— Mas sozinha, querida?

— As coisas estão mais tranquilas hoje. E não é longe. — A voz dela ficou suave, e ela evitou nos olhar diretamente. — Não quero arriscar... Com a onda antizumbi... Que Issy...

— Claro, mamãe — respondi, para evitar que a frase dela ficasse pairando no ar sem resposta. — Vou sim.

— Não, vou eu então — disse meu pai. — Ou cuido das coisas aqui, assim você pode ir, Malati.

Nervosa com a possibilidade de voltar à rua, balancei a cabeça: — Não. O senhor tem que trabalhar. Mamãe também. Posso ir. Já fui centenas de vezes. — Depois do que presenciara na madrugada, senti que precisava fazer o que minha mãe pedia. Mesmo que aquilo me apavorasse.

Precisava ser forte. Por todos eles. Não podia ser de outra forma. Agora sei que, ao não dizer nada, fiz a escolha certa.

O mercado perto de casa estava mais cheio do que de costume. Com os olhos fixos no chão, procurava me concentrar em manter a calma enquanto aguardava na fila de cada uma das bancas nas quais costumávamos comprar. Os clientes e os funcionários eram, praticamente, todos vivos. Com a cesta cheia de frutas, legumes e verduras, pensei que tinha me saído bem. O sol já estava alto e sentia o calor através da touca. Nada de mais acontecera.

Porém, desabei justo quando me preparava para voltar.

Para sair do mercado, era preciso passar por um pórtico estreito de tijolos. Acabara de se instalar ali um músico de rua zumbi, com um papagaio preso por uma cinta de couro, que tocava uma canção antiga em seu violino. A voz dele era triste e grave.

Se ela fosse a senhora de um coronel,
Não a teria amado mais.
Mas ela era a filha do catador de ratos,
E eu não quero aportar.[7]

Não foi a música. Nem o chapéu sujo virado, dependente da generosidade de estranhos. Nem a ave abatida que ia e vinha.

Foi o fato de que eu nunca vira aquele homem antes, e que ele agora ocupava o lugar que fora de Ebeneezer Coughlin. E que era um zumbi cuja pele perdera a cor. Tinha uma aparência doente, estava se descolando dos músculos, seus dentes eram manchados e os olhos iriam virar gelatina logo, como lágrimas semissolidificadas. Eu amava meu irmão e meus amigos, mas, naquele instante, tudo que conseguia enxergar era aquele homem putrefato e seu papagaio sem vida, e as outras pessoas mortas nas ruas. E na cidade toda, e em todos os Territórios neovitorianos, e no mundo: pessoas mortas por toda parte, algumas que caçavam e mordiam. E que eu não podia fazer nada para deter aquela loucura. E que aquele era o lugar do senhor Coughlin, onde ele tocava um instrumento com seu único braço e sua técnica notável. O mesmo senhor Coughlin que morrera, apesar da minha tentativa de ajudá-lo, matando a zumbi que o havia mordido. E que eu tinha ido para a cadeia por causa daquilo, e, meu Deus... Não era justo, não era justo...

A cesta soltou-se e caiu aos meus pés com um rangido. Soube que estava tendo um ataque de pânico. Tentei respirar pausadamente, de olhos fechados, mas meu nariz ardia por causa das lágrimas que tentavam escapar. Tinha que respirar. Tinha que voltar para casa. Estava prestes a ter um ataque ali, na frente de todo mundo.

---

[7] Tradução livre do trecho da canção "The Ratcatcher's Daughter", de Paul Roland (N.T.)

— Senhorita? Senhorita!

Forcei-me a abrir os olhos. Havia um homem à minha frente e seu rosto era vagamente familiar, mas não o reconheci. O pânico aumentou. Eu estava prestes a desabar e um homem estranho dirigia-se a mim. Bem agora que estava sozinha, que não havia ninguém ao meu lado para me defender.

O homem olhou em torno e ofereceu-me a mão enluvada:

— Sei que esta atitude é completamente irregular, mas talvez a senhorita possa concordar em me acompanhar aqui para o lado? — Sua voz era grave e calorosa e seu modo de falar, aristocrático.

Levei apenas um segundo para acatar sua sugestão; era mais fácil do que lutar, mais fácil do que sair correndo dali. As pessoas nos encaravam. Mais um tijolo da base da minha insignificante existência ia ruir e eu não me importava mais. Não aceitei a mão que me ofereceu, mas recuei na direção que ele indicou. Ele pegou minha cesta — carregava uma também — e juntou-se a mim.

— Sinto muito — consegui dizer quando ele se aproximou e pousou as duas cestas no chão, ao meu lado.

— Não precisa se desculpar. — Ele abriu o paletó, revelando uma pistola de cabo de ouro presa a um coldre. De um bolso interno, retirou um lenço, que me ofereceu. Aquela visão me fez lembrar de Allister e sua falsa gentileza, torcendo a faca. — Calma. Não fale. Respire.

Aceitei o lenço e concentrei-me em respirar pela boca, prendendo o nariz com os dedos. Minha mão esquerda estava sobre o peito.

Ao notá-la, o estranho perguntou: — Sente dor? Devo chamar uma ambulância?

— Não. Por favor, não. Vai passar.

Ele assentiu um tanto hesitante. Transcorridos alguns minutos, o ataque foi passando e comecei a me sentir mais constrangida que apavorada.

— A última vez que a vi, a senhorita lidava com as coisas com bem mais agressividade. Este episódio não é um avanço.

— Como? — perguntei, agora mais confusa do que constrangida. Olhei-o novamente e lembrei-me dos olhos. Olhos castanhos que me fitavam com solidariedade enquanto ele falava que eu precisava aceitar que, se levasse meu irmão para o navio, ele poderia ser morto.

— Coronel Lopez!

O cavalheiro cumprimentou-me com a flexão de joelhos mais sutil que eu jamais vira.

— Não mais coronel, mas, sim, sou eu.

A última vez que encontrara Edmund Lopez não conseguira prestar muita atenção em sua aparência. Minhas preocupações eram meu irmão moribundo, de um lado, e, de outro, formas de vingança contra Michael Allister.

Agora percebia que era um homem de estatura mediana e estrutura forte, de cerca de trinta anos, e feições que pareciam esculpidas em freixo castanho-escuro... Usava um bigode fino e preto e costeletas, como ditava a moda, e estava vestido impecavelmente: traje escuro e cartola, um elegante sobretudo negro e sapatos tão brilhantes que refletiam a barra de meu vestido. De repente, senti vergonha do meu vestido, feito dois anos antes, das minhas luvas desenxabidas e das minhas tranças simples.

— Desculpe, eu não o... Reconheci de pronto. O senhor lembrou-se de mim?

— E como poderia esquecer-me? — respondeu Lopez gentilmente, sorrindo. — Sabe? Se é possível dizer algo positivo sobre o Cerco, é que muita gente jovem renasceu e enfrentou a situação com coragem. Perdão... Acabo de perceber que isso pode ter soado como um trocadilho infeliz. Mortos renascendo e tudo mais.

Fiquei sem palavras e senti o rosto arder.

— Obrigada — respondi, quase sussurrando. Alguém de fora da minha família realmente pensava isso de mim? Alguém que estivera no Exército pensava isso de mim?

— Correndo o risco de ser excessivamente informal, permita-me: é a senhorita Roe, não é? Creio recordar que foi assim que aquele garoto a chamou.

— Correto, senhor Lopez — balbuciei.

O olhar de Lopez ficou ligeiramente mais sério.

— E também não me chame de senhor.

Antes que eu pudesse responder, ele acenou em direção ao pórtico.

— Se está certa de que não precisa de cuidados médicos, permitiria que a acompanhasse até sua casa? Posso prestar-lhe alguma assistência, se é que necessita de alguma, quero dizer.

Novamente, decidi aceitar sua oferta.

— Gostaria sim. Quero dizer, que me acompanhasse até em casa.

— Com todo prazer. Se alguém perguntar, sou um dedicado primo seu, de terceiro grau.

Lopez pegou as cestas e esperou que eu me posicionasse ao seu lado. Passamos pelo músico pedinte e chegamos à rua. Quando informei que minha casa ficava a poucos quarteirões, vi que ficou aliviado. Não poderia culpá-lo. Era desconfortável caminhar ao lado de alguém a quem não havia sido formalmente apresentada, embora lhe devesse muito. Depois de algum tempo, Lopez perguntou:

— Se me permite perguntar, como está seu irmão?

— É um zumbi agora — informei-o, tentando remover os sinais de lágrimas de meu rosto. Dizer aquilo em voz alta fez com que a ideia se assentasse. — Gostaria de entrar para vê-lo? Ele ficaria feliz de poder agradecer-lhe pessoalmente. Todos nós ficaríamos.

— Não gostaria de incomodar — comentou, comedido, mas rápido e, definitivamente, marcial.

— De forma alguma. — De repente, aquilo me pareceu a melhor ideia em todo o universo. — Contarei a meus pais quem é o senhor. Meu pai trabalha ao lado de casa. Tenho certeza de que tanto ele quanto minha mãe gostariam de agradecer-lhe pelo que fez.

De repente, ocorreu-me um pensamento: — E eu deveria me desculpar... por qualquer coisa que tenha dito naquela noite.

— Espero, sinceramente, que se refira ao fato de ter gritado uma ordem diretamente em meu ouvido a certa altura? — Seu olhar, embora distante, denotou que se divertia com a lembrança. — Foi sorte eu não ter perdido a audição daquele lado.

Torcendo o lenço que me dera, admiti:

— Sim, é exatamente àquilo que me refiro. Por favor, perdoe-me.

Lopez riu, contidamente.

— Está desculpada cem vezes. Honestamente, devo dizer-lhe que, se eu não tivesse tomado um significativo gole de vinho do Porto antes de deixar a base naquela noite, depois de ter recebido as ordens que recebemos, teria gritado igualmente alto de volta.

Poucos passos depois, paramos em frente da porta de casa e, intrigada, pensei quão rápido havíamos chegado até ali.

— Chegamos. Gostaria de entrar, senhor?

— Se seus pais concordarem, ficarei honrado. Porém, tenho certeza de que ficarão mais preocupados ao saber de seu ataque de pânico do que felizes pelo estranho que encontrou no mercado. Apenas gostaria de entregá-la a eles em segurança — e, dizendo isso, subiu os degraus comigo.

Ah, isso não.

Ele congelou no lugar quando me postei diante dele, agitada. Olhou-me com curiosidade.

— É que... Quero dizer... Por favor, não conte a eles.

Lopez olhou-me, sério:

— Senhorita Roe, a senhorita não está bem.

— Não é... Nada. Por favor. Minha mãe e meu pai estão bem pior... — Eu não devia comentar sobre a família com um estranho. Sabia perfeitamente disso. Tentei conter as palavras, sem desviar os meus olhos dos dele.

Ele ficou em silêncio, com o rosto tenso.

— Não aprecio a ideia de ajudá-la a manter segredo sobre o que ocorreu, senhorita Roe. Seus pais precisam saber que acaba de ter um ataque de pânico. Eles já a levaram ao médico, não?

— Por favor! — enfatizei a expressão com todo o medo e fadiga que pude e deixei cair os ombros. — Estou bem. Sei que não fomos apresentados. Que não me deve nada. Que nem sequer deveríamos ter conversado...

— Realmente, não deveríamos. — Lopez entregou-me a cesta e pensou por um momento no que eu acabara de dizer. — Muito bem. Mas então prefiro não entrar. A senhorita e seus pais não me devem nada, sequer um agradecimento. Não fiz nada para merecê-lo.

— Isso não é verdade.

— A verdade é que eu poderia ter feito muito mais. — Abrindo o casaco novamente, retirou do bolso interno um cartão de visitas cor de marfim. — Deixarei meu cartão para seus pais. Tentarei fazer-lhes uma visita no domingo, parece-me o momento menos inconveniente. Se eu não for bem-vindo, por favor, peça que me mandem um e-mail. Não ficarei aborrecido.

Desapontada, aceitei o cartão que me ofereceu.

— Se é assim que prefere...

— Sim. — Tocou a borda da cartola. — Entre e tome uma xícara de chá. Descanse. Por favor, mande minhas lembranças a seu irmão e seus pais. Tenha uma boa tarde.

Lopez fez uma mesura e fitou-me por um instante antes de tomar a direção do mercado. Senti-me culpada ao perceber que o afastara de seu caminho. Quando olhei para o cartão, o choque tomou o lugar da culpa. De fato, não era nem coronel, nem senhor. Seu título era lorde Edmund Lopez.

9 • nora

A música que tocava naquela espera era atroz. Alguma coisa sobre uma "gaiola dourada". Apoiando a cabeça no armário de armas de meu pai, esforcei-me para desviar a atenção da melodia. Confinada em casa, sentada no chão, cercada de caixas, eu definitivamente estava com claustrofobia.

Finalmente, uma voz disse: seu tempo de espera é de quarenta e cinco minutos. Ainda havia tantas pessoas desaparecidas, que fora criada uma linha especial para atender aos que buscavam conhecidos.

Desliguei. Havia dias que seguia à risca as ordens de meu pai, o que não estava me levando a lugar algum. Era como se tia Gene tivesse sido varrida da face da Terra. Meses atrás, nada teria me feito tão feliz, mas agora, não. Ficava imaginando todas as coisas horríveis que poderiam ter acontecido com ela.

Estiquei a perna esquerda e puxei com a bota uma pilha de pastas para perto de mim. A primeira pasta continha informações sobre a família Allister, e eu a folheei pela quinquagésima vez, sem saber bem o que estava procurando. Conhecia o básico da história: que tia Gene havia se hospedado com eles depois do meu sequestro/resgate, que havia acompanhado a família na fuga da cidade e que, em algum momento posterior, havia desaparecido. E nada mais.

A porta abriu-se e Bram entrou. Não olhei, mas fechei as pernas sob o vestido berinjela. Estava sentada à vontade ali, com as pernas abertas, sem me importar com a postura.

— Alguma novidade?

— Fui à cidade, dei uma pesquisada nos perdidos e achei pôsteres — respondeu ele, sentando-se ao meu lado em um espaço estreito. — Só vi os que nós mesmos colocamos, perguntando sobre o paradeiro de sua tia.

O portão em frente à prefeitura estava coberto de cartazes, colocados ali por familiares de desaparecidos e também por pessoas que haviam abrigado gente que vagava sem destino. De vez em quando, apareciam também buquês de flores, pequenos bichos de pelúcia e velas junto à papelada, oferendas colocadas ali em memória dos desaparecidos e dos mortos.

— Obrigada por ter ido até lá.

— De nada. — Ele olhou para a pasta que eu segurava. — Fui até a polícia também. Ainda não descobriram nada sobre a carruagem.

— Que novidade. Queria saber por que aqueles sujeitos estavam usando aquelas máscaras idiotas.

— Devem ter sido todas compradas no mesmo lugar. Talvez esse detalhe ajude a encontrá-los. Essa história me tirou do sério!

Não consegui resistir e perguntei: — Isso é uma ameaça ou uma promessa?

— Nora, você é a única pessoa que eu jamais morderia. E você sabe bem disso — respondeu ele, sorrindo.

— Como é que posso achar essa sua declaração tão romântica?

Bram riu e beijou minha têmpora. Ocorreu-me que o último lugar do mundo onde deveríamos estar, eu e ele, era em um cômodo onde havia uma cama. Não que houvesse muito risco de acontecer aquilo com um cara morto.

— Teve sorte do seu lado?

— Nada — respondi, dando a pasta a ele. — Não há nada aí sobre Michael.

Bram fez uma careta adorável quando pronunciei o nome, e aproveitei para chegar mais perto dele, como se fosse consolá-lo. Ao perceber meu movimento, passou o braço por sobre meus ombros.

— Estou quase achando que deveria ir falar com ele, ainda que tenha vontade de vomitar só de pensar.

— Por quê? — perguntou Bram, jogando a pasta sobre uma pilha qualquer. — Ele ficou conosco e com a senhorita Roe o tempo todo. Infelizmente.

— É verdade, mas, antes disso, esteve com a tia Gene e contou a Pam que ela estava hospedada na casa da família dele. Além disso, você ouviu aquilo, que ele gosta de mim. — Coloquei a língua para fora para mostrar a Bram minha opinião sobre o fato. — Então, talvez me conte algo. Não sei. Tenho a sensação de que é o único caminho que falta investigar.

Bram pensou um pouco, com os olhos semicerrados. Quase podia identificar, pelas emoções que percebia em seu rosto másculo, o que estava debatendo internamente. Ele estava intensamente vivo, mesmo tendo morrido. Sua pele era alva como a mais pura cera, seus olhos tinham um tom esmaecido de vidro — objetos inanimados, mas, mesmo assim, capazes de transmitir muitas emoções.

— Sei como é ter esperança — comentou ele, depois de algum tempo. — Mas você tem que estar preparada para aceitar que... Talvez ela tenha morrido. Que os Allister disseram a verdade e que você e seu pai nunca saberão o que lhe aconteceu. Acho que ele terá mais problemas do que você diante disso. Não estou dizendo que é hora de desistir de procurá-la, apenas que existe a possibilidade de que ela nunca mais apareça.

— Eu sei. Sinto-me mal, apesar de tudo. Não nos dávamos bem no final, mas nunca teria lhe desejado um final assim. — Recostando-me nele, decidi me confessar: — As coisas aqui não estão sendo como imaginávamos que seriam, não é?

— Não totalmente... — Senti alívio ao ouvi-lo admitir o mesmo.

Ergui os joelhos e coloquei os braços em torno deles. Estivera ponderando se deveria lhe contar e, naquele momento, achei que era a coisa certa a fazer:

— Papai quer me mandar para longe daqui.

— O quê? — Bram virou-se para poder olhar-me de frente. — Para onde?

— Para Belize, onde ele tem parentes. Nunca os conheci. É uma longa história... Vou te contar apenas que mamãe era pobre e eles a odiavam por isso. Então o baniram. A tia Gene casou-se com um homem do sul e veio para cá também, para ficar junto do irmão. Ela era a única da família que falava com ele. — Eu sempre considerara tal fato como mera parte da história da minha família, um pedaço de informação tão aborrecida como uma traça seca, mas, ao contar a Bram, percebi de repente como aquilo era importante. Como era humano. Tia Gene amava o irmão, mesmo sendo uma mulher fria. Não podíamos desistir de procurá-la. Não tínhamos esse direito.

— Será que ele vai mesmo te mandar para lá? — a voz dele denotava tensão.

— Acho que consegui convencê-lo a me deixar aqui. — Fazendo um esforço para me acalmar, continuei: — Ele está apavorado, obviamente. E tem razão para estar. Mas, da próxima vez que vier para casa, teremos que conversar. Serei franca com ele. Se ele não me der alguma liberdade, terei de começar a fazer as coisas pelas costas dele. E sinto muito se isso parecer egoísta. Quero ser útil. Ficar aqui lendo *juridiquês* não chega nem perto disso. Bram chegou próximo de mim e encostou seu rosto frio no meu. Meus olhos fecharam-se como se tivessem vontade própria.

— Você não é egoísta. Eu entendo você. Também quero seguir as regras que ele determina porque o respeito, mas acho que, no momento, seu pai está confuso. Como se não fosse ele mesmo. Detesto dizer isso, mas é a verdade.

— Depois desta semana, não vou obedecê-lo mais. — Ergui a mão e, pegando-o pelo colete, fiz com que se aproximasse ainda mais de mim.

— Porque nem eu nem você temos tempo a perder. Juntos ou separados. Se, por acaso, eu tiver que agir sorrateiramente... Você não tem que fazer o mesmo ou mentir por mim. Quero que saiba disso.

— Eu mentiria por você todos os dias. — Bram cobriu minha mão com a sua. — Vamos fazer as coisas de maneira inteligente. Além disso, tenho uma missão em mente com a qual seu pai pode vir a concordar. Talvez seja essa a melhor maneira de encarar a situação: como uma oportunidade de provar que podemos sair, agir como adultos e voltar inteiros.

— Que missão é essa?

— Reuni alguns zumbis na cidade que estão dispostos a ajudar. Não são da Morgue. Adiei o plano até que você pudesse sair. Parece uma boa estratégia?

— Sim! Finalmente! — Afastei-me um pouco dele e balancei-me de alegria. — Já me sinto bem melhor, com o que você acaba de propor e com a ideia de tomar alguma atitude em relação ao Michael.

— Deve ser a parte réptil do meu cérebro agindo, mas não quero nem ouvir sobre a possibilidade daquele Michael fazer você se sentir melhor.

Sorrindo, respondi:

— Desculpe-me. — Baixei os olhos, fixando-os na corrente enegrecida que saía do bolso do colete de Bram. Percorri-a com os dedos até achar seu velho relógio. Abri-o e fitei o retrato que ele guardava ali. Bram e suas irmãs menores. — Tenho que tentar todos os caminhos. Tenho certeza de que sua família também procurou por você. Talvez o procurem ainda.

Com delicadeza, Bram pegou o relógio da minha mão, fechando-o e guardando-o de volta.

— Sinceramente? Espero que não — disse, ficando de pé. Ele pareceu perturbado diante da mera ideia.

— O que foi?

— Nada — respondeu, sorrindo. — De verdade, nada.

Eu tenho um bom radar para esse tipo de coisa, e a declaração dele colocou meus sentidos em alerta. No entanto, não quis pressioná-lo. A vida de Bram havia sido bastante dura, ele tinha todo o direito de se lamentar sobre isso em particular se quisesse.

— Vou olhar todos esses papéis de novo mais tarde. Deus sabe que não tenho nada a fazer além disso e de treinar com as armas. — Fiquei de pé e ajeitei a saia. — Dois dias e doze horas — disse, erguendo dois dedos. — Acho que vou comemorar soltando fogos na frente de casa, usando só a roupa de baixo. E dançando.

Bram riu. — Promete?

— Prometo — respondi, curvando o dedo mindinho. Peguei-o pela mão. — Vamos.

Bram encaixou seu dedo mindinho no meu.

— Não vou me esquecer disso, já vou avisando. Não posso cortejar uma moça que não tem palavra.

— Vou mesmo. Está valendo.

Bram balançou a cabeça, sem conseguir conter uma gargalhada.

— Seu pai vai te matar.

— Estamos acostumados com mortos por aqui — respondi e estendi os braços para ele. As mangas longas do meu vestido eram bufantes na altura dos ombros, com detalhes de renda preta por baixo. Um belo efeito em contraste com minha pele clara. — Acho que eu ficaria linda como zumbi. Em um segundo, a expressão de Bram passou de relaxada a terrivelmente séria.

Virou-se para mim e agarrou-me pelos braços, empurrando-me lenta, mas firmemente até me encostar no armário de armas do meu pai.

— Não brinque com isso — disse com um tom muito sério. Soltou um dos meus braços para apontar para o próprio rosto.

— Você não pode se transformar nisso. É fisicamente impossível. Já falamos sobre isso.

— Bram, eu preciso fazer piada — respondi, forçando um sorriso. — Como todos vocês fazem. É rir ou chorar, viver ou morrer.

— Eu sei. É que... O assalto que sofremos lembrou-me que você... Você só tem uma única chance. De viver. — Ele percorreu meus braços, meus ombros, com suas mãos enormes, e envolveu meu rosto com elas. — Você é perfeita, Nora. Nunca, jamais pense em transformar-se em algo que você não é.

Será que Bram sentiu medo como eu? Poucas semanas atrás, aterrorizada e consumida pelo medo, observei-o enquanto dormia, certa de que seria arrancado de mim. Não queria que soubesse disso. Ele era a pessoa mais forte que eu já encontrara na vida. Apesar de todo meu esforço, e por mais autodepreciativo que pudesse parecer, eu queria ser digna dele, tamanha era minha admiração.

— Não farei nada imprudente — prometi, colocando minhas mãos sobre seu peito, maravilhada, como sempre, com a força que sentia emanar dali, ainda que não encontrasse um coração batendo. — Acredite, não quero correr riscos. Quero me sentir segura. Quero que todos nós nos sintamos seguros.

Bram acariciou meu rosto com o polegar, balançando a cabeça lentamente em concordância. Prendi a respiração ao ver que se aproximava ainda mais, com um movimento fluido de pescoço. Não havíamos nos beijado novamente desde nosso reencontro na Colômbia, e eu ainda me lembrava com detalhes daquele momento. Podia ser mórbido da minha parte, mas eu amava sentir seus lábios frios nos meus, não conseguia imaginar como uma boca quente poderia ser melhor. Eu me deliciara com a firmeza com que me segurara, a um milímetro de provocar dor. Era o único que eu beijara, e sabia que era perfeito. Ainda bem que não havia ninguém ali para testemunhar quão ansiosa eu estava para desobedecer meu pai. Ou para avaliar quão abalada estava. Se os outros quisessem me chamar de "necroprostituta", que assim fosse. Nunca mais sentiria vergonha dos meus sentimentos em relação ao Bram. Os lábios dele estavam quase tocando os meus quando a porta abriu e ouvimos Pamela entrar, perguntando:

— Nora? A Matilda disse que... Oh!

Contei vantagem cedo demais.

Bram fez uma careta e rodopiou, postando-se ao meu lado, de frente para a porta. Endireitei-me, com esperança de que a decepção não estivesse evidente na minha expressão. Pamela olhou primeiro para um e depois para o outro, e notei uma ligeira desaprovação, que ela fez desaparecer um segundo depois.

— Desculpem.

— Não há por que se desculpar, Pam — respondi, forçando uma leveza no tom. — Não sabia que viria. Provavelmente, estávamos quebr... — Bram pigarreou e rapidamente corrigi a frase. — Tudo bem?

— Vim te ajudar, como me pediu — respondeu, retirando a touca e encarando Bram com frieza. — A menos que você não precise mais.

Bram curvou-se para cumprimentá-la.

— Senhorita Roe. Perdoe-me, mas tenho coisas a... Fazer. Em outro lugar.

Despedi-me dele com um olhar agradecido enquanto se retirava. Pamela soltou a respiração e respondeu:

— Não, senhor Griswold. O que tenho a dizer tem a ver com o senhor também.

— O que houve?

Ela retirou de sua bolsinha de cetim rendada um cartão de visitas e entregou-me para que lesse. O nome não era familiar para mim. Lorde Lopez? Não estava atualizada sobre os assuntos da alta sociedade.

— Encontrei-o na rua. Não mencionou o fato de que era um lorde enquanto conversávamos.

— Como é que é? Você falou com esse moço?

Bram voltou e pegou o cartão, percebendo imediatamente de quem se tratava.

— Nossa. Como foi que ele virou lorde? Ou será que já era um quando nos conhecemos?

— Quem é ele? — perguntei. Estava ficando um pouco irritada.

— O militar das docas — respondeu Bram. — Aquele que apareceu para nos receber quando aterrissamos.

Pam apontou para a cabeça: — Sabe aquele que colocou uma arma na cabeça do senhor Griswold?

— Ah! — exclamei. — Aquele! Em minha defesa, tenho a dizer que muita gente ameaçou atirar na cabeça de Bram desde que voltamos.

Bram deu um sorriso irônico. — Mas é fato também que ele é o sujeito que deu à Companhia Z uma oportunidade de livrar-se da sentença de morte, tirando-nos das docas. Até hoje não entendi o porquê. Definitivamente, devo uma a ele.

— Talvez ele venha nos visitar no domingo — continuou Pamela. — Achei que talvez o senhor quisesse vir. Pode ser que consiga uma resposta para sua questão.

Entre os confrontos na base de Averne e os de Nova Londres, cerca de cinquenta membros da Companhia Z haviam morrido, ou quase a metade do grupo. Sabia o nome de cada um porque havia ajudado Bram a escrever cartas de condolências para as famílias, colocando os endereços nos envelopes e selando-os, para que ele pudesse concentrar-se na redação. Todos os sobreviventes deviam sua existência ao lorde Lopez.

— Certamente — respondi a Pamela. — Muito obrigada pelo convite.

Ela assentiu e olhou para o mar de papéis ao redor, ligeiramente surpresa.

— Meu Deus. Por onde começamos?

— Em torno de... Comida de tubarão!

Pamela fez uma careta, entendendo perfeitamente a quem eu me referia.

— Senhoritas — Bram fez uma leve continência, despedindo-se de nós.

Antes que eu pudesse dizer até logo, ouvimos pneus cantarem na rua e o som de uma risada, vindo de lá também. Bram parou e virou a cabeça:

— O que foi isso?

Erguendo a saia e desviando-me da papelada e das caixas, cheguei até a varanda do quarto do meu pai. A barulheira aumentara lá fora; parecia gente comemorando alguma coisa.

— Quietos! — gritou uma mulher. — Estamos em público! Há câmeras de segurança por toda parte!

— O céu não está funcionando, então pode ser que as câmeras também não estejam. Você não vai estragar isto aqui de jeito nenhum! — retrucou um homem. — Hoje é dia de milagre!

Olhando para baixo, vi três carruagens sujas e danificadas e um caminhão com o compartimento de carga coberto por uma lona parados na frente da nossa casa. Muitas pessoas, várias armadas, estavam saindo dos veículos. Senti o coração acelerar.

— Isso não está com uma cara boa.

Do meu lado, Bram apertou a balaustrada com força. — Concordo.

— O que está acontecendo? — perguntou Pamela, com a voz trêmula.

— Não sabemos ainda — respondi, passando por ela ao entrar no quarto novamente. — Vamos descer para descobrir.

— Mas se eles estão lá embaixo... — Pamela já estava torcendo a bolsa com as mãos. — ...devíamos ficar aqui. E trancar a porta. Não sabemos o que querem.

Enquanto eu respirava fundo para me acalmar, Bram abriu o armário de armas, que agora ficava permanentemente destrancado. Não demorou a encontrar um rifle e a munição correspondente. Carregou a arma enquanto eu lutava com meu instinto. Se estivéssemos sendo atacados de novo, estava disposta a proteger minha casa. Pamela percebeu que eu estava dividida. Seu olhar transmitia, de forma amplificada, tudo que gostaria de dizer, se pudesse.

Funcionou.

— Você quer que eu fique aqui com você? — perguntei a ela, sentindo os ombros tensos.

Pamela respondeu que sim com um movimento de cabeça, com a culpa expressa no rosto.

— Sim. Fica aqui comigo.

Embora culpada, senti o alívio em sua voz. A campainha — um gongo retumbante — soou, e eu apertei o maxilar. Pamela tornara-se, depois do ocorrido em dezembro, muito assustadiça, e eu não sabia ainda o que fazer a respeito. Ela jamais tocava no assunto, nem quando eu perguntava. Até que decidisse se abrir, tudo que eu podia fazer era ser uma boa amiga, dando-lhe o apoio de que precisasse.

Batendo na lateral do armário, Bram disse:

— Aqui estão as armas — destravou a sua e olhou-me diretamente. — Não abra a porta a menos que ouça três batidas e depois duas.

Esse detalhe, tão simples, fez com que eu recordasse por que me apaixonara por ele.

— Combinado.

Ele saiu e fechei a porta, mas não a tranquei. Fiquei ouvindo os passos pesados de Bram, que mancava, enquanto se afastava pelo corredor. Estava alerta e seus movimentos, embora lentos, eram precisos.

— Tranque a porta — pediu Pamela, afastando-se em direção à varanda onde ficava a treliça que ancorava a roseira. Lembrei que a escalara na última vez que algo semelhante acontecera e pensei que o quarto do meu pai era um lugar inacreditavelmente azarado.

— Ainda não — respondi. Abri a porta um milímetro para escutar. No andar de baixo, alguém aproximava-se da porta da frente, provavelmente Matilda, pelo som do salto no piso de mármore. Senti a ansiedade aumentar. Devia correr para junto de Bram. Ele precisava de retaguarda. Pamela teria que dar conta de si.

De repente, Samedi gritou:

— Eu atendo! É para mim!

Surpresa, ouvi o som de seus passos abafarem os de Matilda e a porta se abrir.

— Senha? — perguntou ele, com sarcasmo.

— Sua mãe jamais conheceu o aperto de um corselete — Ouvi a mulher que gritara na rua responder.

— Essa é a senha velha.

— Calculei que seria a única que você reconheceria. O tempo voa quando a gente está se divertindo, posso ver — a voz da mulher tornava-se cada vez mais calorosa.

— Baldwin? — perguntou uma voz masculina, do lado de fora. — É você?

— Não — grunhiu Samedi. — É alguém usando meu rosto. É incrível o que se consegue com drogas antirrejeição hoje em dia.

— Minha nossa, é ele mesmo! É o Coveiro! — gritou outra pessoa.

— Que diabos está acontecendo? — perguntei para mim mesma em voz alta.

Pamela me assustou ao me agarrar. — Estão descarregando alguma coisa que está debaixo da lona. Por favor, tranque a porta!

Fiz o que ela pediu e fui até a varanda olhar, quando cinco batidas soaram na porta. Pamela deu um pulo de susto. Quando destranquei, Bram já estava voltando pelo corredor com o rifle às costas. Ele olhou para trás e indicou com um aceno que o acompanhasse. Saí rapidamente, pegando Pamela pela mão. Ela apertava a minha com força.

Enquanto descíamos as escadas, a doutora Chase apareceu e nos viu. Olhou para Samedi em pânico, mas logo pareceu desistir, e sua expressão relaxou. Esperou-nos ao pé da escada, e Renfield e Cas chegaram; ela usando um vestido de veludo verde com uma cauda curta.

— Está tudo bem, não há perigo — disse a doutora Chase.

— Quem são essas pessoas? — perguntou Bram.

Ela olhou para Samedi antes de responder:

— Estamos substituindo a carruagem roubada.

Quando Samedi abriu a porta, vimos um grupo de quinze pessoas, mais ou menos. Por um instante, lamentei não estar armada. Era uma turma rude, homens e mulheres vestindo roupas em estilos diversos, característica de gente das classes inferiores, e muitos traziam presos ao corpo pedaços de equipamentos ou ferro-velho. Uma menina de maria-chiquinha vestia calças em risca de giz e um boné de entregador de jornal, aparentemente ignorando a impropriedade. Eram todos vivos.

— Credo, cara! — Um homem grande e musculoso, com cabelo ensebado e uma cicatriz sobre o lábio leporino, deu um passo à frente. — É você mesmo.

— Eu mesmo, em *oh-efêmera-carne-e-osso* — respondeu Samedi, enquanto um sorriso formava-se no seu rosto. — Que bom te ver, Ronnie.

Ronnie invadiu o hall e ergueu Samedi, abraçando-o como se fosse uma boneca de pano. Apressadamente, Sam segurou a cabeça para que não caísse.

— Meu Deus, Baldwin! Você está vivo!

— De certa forma, estou sim. Agora, solte-me! Sou uma ameaça biológica, não sabe, não?

— Ronnie, cuidado, por favor — pediu a doutora Chase, dando um passo à frente. — Você vai quebrar o homem em dois e ele já passou por isso uma vez.

— Beryl! — Ronnie obedeceu-lhe e soltou Samedi, mas só para agarrá-la também. Ela riu enquanto o sujeito, em sua felicidade, a sacudia.

— Que raios está acontecendo aqui? — retumbou uma voz grave vindo de fora. Espiei pelo lado de Bram e vi outro homem aproximando-se da porta. Também tinha uma estrutura física avantajada, com uma longa cabeleira cacheada e um cavanhaque.

— Samedi? Você está aí?

Samedi fez que tirava o pó de seu paletó marrom:

— Rats. Bom ver que continua mantendo seu primo sob controle. Ele só te causou o quê? Foram oito ataques do coração?

O homem de cabelos longos riu alto e entrou, pegando as mãos de Samedi. — Por Deus, Sam! Quando recebi sua mensagem, achei que era piada!

Estava pronto para entrar aqui e atirar no meio da fuça do engraçadinho.

— Bom saber que você olha antes de atirar hoje em dia — respondeu Samedi, sorrindo e agarrando o braço com que o homem o cumprimentava. — Bom te ver, Ratcatcher.

— Tem certeza de que não são perigosos? — perguntou Bram à doutora Chase.

Ela riu e respondeu com a voz falhando:

— Eu confiaria minha vida a qualquer um deles.

— A vida, mas não a casa — completou Samedi. — Vamos resolver nosso negócio na calçada, está bem? Não sou dono disso aqui. Não preciso que nenhum dos seus pupilos coma os entalhes dourados como um bando de cupins. Pode ser perigoso para minha saúde de hoje em dia.

Em vez de ficar ofendido, Ratcatcher explodiu em uma gargalhada incontrolável. — Pra fora! Pra fora! — ordenou.

Obedecendo instantaneamente, o grupo recuou. Postei-me ao lado de Bram e os seguimos, colocando a mão no ombro de Pamela, na esperança de acalmá-la. Ela veio conosco, embora sua expressão revelasse certa relutância.

Lá fora, alguns dos mais jovens visitantes correram de volta para as carruagens, pendurando-se nelas. Observavam Samedi atentamente e pareciam encantados.

— O que foi que te aconteceu, cara? Meu Deus, sua pele parece feita de gelo. Você foi mordido em dezembro?

— Não, não. Sou da primeira geração, ou quase. Estou morto há quatro anos já.

O quê? Olhei para Bram em busca de confirmação. Seu discreto movimento de cabeça indicou-me que ele compartilhava da minha preocupação: quatro anos era muito para um zumbi.

Quanto tempo ele ainda teria?

— Uau! — Ratcatcher finalmente olhou para nós e fez um gesto amplo com o braço. — E esses aqui, quem são?

— Minha nova equipe — respondeu Samedi, apresentando-nos pelo nome.

— É uma honra — respondeu Ratcatcher, curvando-se e rindo ao mesmo tempo. Seu peito chacoalhava com a risada.

— É que... — Ele levou o punho fechado até o rosto e abriu os dedos de repente, indicando uma explosão. — Desculpe. Não tinha mais esperanças de vê-lo um dia. Mesmo os suspeitos de sempre não sabiam o que tinha acontecido com você... E, acredite, perguntei bastante. Achei que estivesse morto e enterrado em uma cova qualquer. Ou de volta à prisão.

Renfield ergueu as mãos, finalmente atrevendo-se a falar.

— Esperem, esperem um pouco. Doutor Samedi, você de fato esteve preso?

— Muito tempo atrás — respondeu ele, seco.

— Sério? — Sabia que o trabalho de Samedi com a Companhia Z fazia parte de um perdão negociado por parte do governo neovitoriano, mas nunca me disseram por qual motivo havia sido perdoado. Também não sabia se havia cumprido parte da pena. — Certo, agora deu. Então meu pai anda com ex-condenados? Ele nunca mais vai me repreender por coisa alguma de novo. E, se tentar, vou dar risada bem na cara dele.

Ratcatcher também não conseguia parar de rir.

— É isso mesmo, agarraram-no por contrabandear tecnologia neovitoriana nos Territórios dos punks. Há um grande mercado negro desse material por lá. Mas isso foi muito antes de ele encontrar a ruiva aí — contou, apontando para a doutora Chase. — Só que ele fugiu. Brilhantemente.

Passou meses juntando coisas: uma caneta, um clipe de papel, um cano — quando estava lavando roupa —, uma espátula da cozinha. Muito lentamente, transformou sua cela na cabine de um tanque.

Cas deixou o queixo cair, de tão surpresa. Ratcatcher confirmou com um aceno de cabeça.

— É verdade. Um belo dia apertou um botão e saiu andando junto com uma parte da maldita cadeia.

O fim da história foi recebido com silêncio, e todo mundo virou-se para encarar Samedi, inclusive a doutora Chase. Ele suspirou e perguntou:

— Foi assim que a história correu? Jesus... Eu estava de plantão na lavanderia, arrumando as lavadoras industriais. Não demorei a entender como quebrá-las também. Detonei uma de tal forma que eles precisaram encomendar uma nova e despachar a quebrada. Eu me escondi dentro dela. E corri do front punk tão rápido quanto minhas duas pernas permitiram. Pergunte a Fi...

Ratcatcher ergueu os braços, como se invocasse deuses.

— Não. Não estrague a história. Eu acredito no que quiser acreditar.

Só eles dois entenderam a história. O restante de nós, menos a doutora Chase, continuamos a olhar espantadíssimos para Samedi — e ela virou os olhos.

— Você escapou da ilha Drike? — sussurrou Pamela.

— Não importa. Sou um homem livre agora — respondeu Samedi, afastando-se um pouco de nós, com uma expressão sinistra. — Seja como for, não me digam que detonaram meus equipamentos pensando que eu tivesse morrido.

— Não, cara, de jeito nenhum. Você está coberto comigo. — Ratcatcher estalou a língua e apontou para o caminhão. — Está tudo ali. Tenho a impressão de que você deve umas historinhas à sua nova equipe. Você está impedindo que eles adquiram conhecimento.

— Mais tarde — murmurou Sam, partindo apressado em direção ao caminhão e ao estranho equipamento que havia sido descarregado, mas continuava sob a lona.

O suspense não durou muito. Ele removeu a cobertura com um elaborado movimento de braço.

O que estava escondido debaixo da lona não era uma carruagem. Era um carro de verdade, da era pré-glacial. O veículo, longo e sensualmente sinuoso, tinha pintura azul metalizada, faróis que pareciam olhos de inseto e uma quantidade deliciosa de detalhes cromados. As únicas coisas estranhas que pude perceber eram duas pontas instaladas acima das rodas dianteiras. Mas eu não sabia nada sobre veículos históricos; talvez o estilo fosse esse mesmo na época.

— Sei que estava apenas sendo a babá dele, mas, mesmo assim, dói dizer adeus. Não é lindo? — comentou Ronnie, chegando perto de Sam.

Renfield, mudo, seguiu-lhe, com a expressão cada vez mais comovida. Sam passou a mão sobre o capô.

— Se é... Rolls-Royce Silver Cloud[8], modelo de 1956. Vai me dizer que foi errado enganar todas aquelas almas inocentes? O dinheiro delas virou isto aqui pelas vias mágicas do mercado negro.

— Mil novecentos e cinquenta e seis? — balbuciou Renfield. — Tem quase 250 anos, então. E ainda funciona?

— Se funciona! Belinda o adaptou para funcionar a eletricidade — disse Rats. A mulher que falara antes assentiu com a cabeça. Seu rosto quadrado era elegante e estava escondido sob uma nuvem extravagante de cabelo. — As chaves estão no contato. Todo o resto está no porta-malas.

— Perfeito.

— Muito bem — Ratcatcher fez um bolo com a lona e acomodou-a sob o braço. — Adoraria ficar à toa, mas isto aqui é aberto demais para nós. — Deu um abraço em Sam, que retribuiu com alguns tapas nas costas. — Foi ótimo te ver.

— Digo o mesmo — respondeu Sam, com um tom quase arrependido. — Desculpa fazer você vir até aqui.

---

[8] Nuvem de prata, em português.

Ratcatcher ergueu a mão, sinalizando para Sam parar.

— Sem essa, cara. Você salvou a vida do Ronnie. Eu faria muito mais por você do que deixar um carro na sua porta e ninguém saberia. Só estou... — ele ponderou por um instante antes de gargalhar de novo. Dando um passo para trás, dirigiu-se aos jovens do grupo, que ainda estavam pendurados nas carruagens.

— Vocês vieram até aqui porque não acreditaram que veriam Baldwin Samedi, o Coveiro, a *lenda*. Aqui está ele. Nem a cova segura esse homem. Era o que eu queria ver!

O grupo comemorou ruidosamente. Em poucos segundos de agitação, já estavam todos embarcados e em movimento a caminho do portão que levava para fora dos Campos Elíseos.

— Você é demais, Coveiro! — gritou alguém da caçamba do caminhão.

Em silêncio, ficamos observando enquanto se afastavam.

Foi Bram quem falou primeiro: — Coveiro?

— Apelido — respondeu Samedi, com desdém. — Imagine as encaradas de desaprovação.

— A lenda? — foi a vez de Pamela perguntar, cruzando os braços e disparando um daqueles olhares dela.

Foi a doutora Chase quem se apressou em responder:

— Ele era um contrabandista muito bom. Levava coisas na surdina para o lado punk, entende? *Ha ha ha*.

— E os golpes? — arriscou Renfield. — O que mais você aprontava? Acho que seria bom sermos informados de tudo, assim também saberemos o que não contar para a polícia.

— Eu recebi um indulto. E Beryl foi anistiada. — Samedi enfiou-se no carro pela janela e estiquei-me para pegar as chaves que ele jogou em minha direção. — Se a polícia aparecer, não é problema nosso.

— Espere um momento — indaguei, olhando para a doutora Chase. — Anistia pelo quê?

Ela corou ligeiramente.

Antes que pudesse responder, Samedi assumiu a tarefa por ela, em um tom que não deixava espaço para perguntas:

— Precisávamos substituir um dos nossos veículos, e eu substituí um dos nossos veículos. Chega por hoje. Essa conversa termina aqui.

— Poderíamos ter comprado um novo — comentou Bram. — Essa coisa vai chamar toneladas de atenção. E por que você não foi...

— Porque estou tentando evitar que me matem enquanto durmo, está bem? — retrucou Samedi.

Bram silenciou, chocado.

— Sou um cara mau. Pronto, confesso. E tem, pelo menos, quinze pessoas nesta cidade que me matariam de verdade se soubessem que estou de volta. Entendeu? — E, em um tom mais calmo, completou: — Aquela parte da minha vida está encerrada. Tudo que quero agora é fazer meu trabalho, ajudar meus amigos e ir para a cova com alguma coisa que se pareça com dignidade.

Samedi deu meia-volta e entrou em casa. Antes de ir atrás dele, a doutora Chase encarou-me e desculpou-se com o olhar.

— Isso foi incrível! — exclamou Cas, olhando para a rua na direção em que a turma de Rat havia partido. — Quem viu o cara com a barba meio crescida? Que bonitão. Pena que não tá *moooorto*.

— Bram, você sabia dessa história? — perguntei-lhe, olhando para as chaves do carro.

— Não — respondeu ele, depois de pensar um momento. — Bem, sabia um pouco, mas... não tudo, é claro. Vamos levar esta coisa para dentro.

Observando os rapazes empurrarem o Rolls-Royce, que brilhava apesar da ausência de luz, concluí que meus próprios segredos e pecados potenciais eram bastante inocentes, afinal de contas. Samedi superara todos nós nisso.

10

vespertina

Vinte pares de olhos observavam-me à espera de um veredito.

Tocando de leve no queixo, tentando chegar a uma decisão, disse em voz alta:

— Ligar. Jogo em curso.

A grande tela na parede à minha esquerda obedeceu instantaneamente, e sua luminosidade inundou o sótão. Estava jogando uma partida de Viva Xadrez, na Aethernet, com meu novo nome de usuário: *Não-aqui1*.

— Bispo para E3 — ordenei. Sabia que era um movimento fadado ao fracasso, mas ainda precisava elaborar outro plano. — E aumentar o volume.

A família de meu pai adotivo era conhecida por fabricar instrumentos musicais de corda. Os parentes de minha mãe adotiva, os Turcio, eram do ramo dos diamantes e cristais industriais. Naquele momento, meu avô Turcio hospedava seus maiores clientes em nossa imensa propriedade campestre de verão, e a orquestra de cordas que ele contratara tocava a menos de dez metros de onde eu me encontrava. Lâmpadas elétricas derrotavam a escuridão, iluminando de baixo para cima as árvores *nativas* do jardim de conto de fadas e jogando sombras na minha direção. Embora meu quarto ficasse no sótão, havia vitrais baixos ao longo das paredes, o que me permitia observar, do meu próprio ninho, tudo o que se passava lá embaixo.

Como eu tinha dezessete anos, não era bem-vinda na festa, pois ainda não havia debutado. Se já tivesse idade, estaria sendo exibida como uma vaca em um leilão. Com cuidado, examinei as vinte bonecas que haviam chegado de Nova Londres naquele dia, embaladas em caixas de madeira almofadadas. Cada uma era uma verdadeira obra de arte pintada em tons suaves, com olhos de vidro límpidos e lábios luminosos. Cada uma vestia uma roupa diferente, que, a meu pedido, poderia ser reproduzida no meu tamanho. A maior parte das moças de classe alta preferia usar programas de desenho holográfico para criar seus vestidos sob medida, trocando fitas e punhos virtuais enquanto tomava chá e conversava com as amigas. Eu não. Era extenuante, por um lado, e muito fácil de desistir, por outro, antes de avaliar as quinze mil opções de botões. Preferia que minha costureira favorita preparasse para mim um desfile de bonecas de porcelana à moda antiga. E podem me achar convencida.

A porta se abriu. Não olhei. Devia ser uma serviçal guardando roupas, praticamente a única tarefa que lhes era permitido realizar para mim. Embora eu parecesse uma pessoa privilegiada, fazia minha própria cama, espanava meus móveis, comia na cozinha e lavava meu banheiro, porque sabia que ninguém faria nada disso por mim. Eu prestava pouca atenção nos empregados, justamente por essa razão; e, além disso, eles eram orientados, de forma estrita, a praticamente me ignorar. Daí minha surpresa ao ouvir um *hum-hum*. Afastando o olhar do vestido de passeio cor-de-rosa que examinava, encontrei uma das serviçais de minha mãe, uma mulher jovem e gorda chamada Suzana, olhando fixamente para mim. Suas mãos estavam unidas sobre o avental e ela estava pálida. Por um instante, senti um pouco de medo... não... de excitação na verdade. Fora ela quem se arriscara; eu simplesmente estava pegando carona. Era como observar alguém colocar uma torre de fichas sobre uma mesa de roleta. — Tela, desligar — Quando o aparelho se apagou, ergui o queixo. — Imagino que você tenha noção do que está fazendo. Se minha mãe ficar sabendo, você será punida. — A empregada não falou nada. Não ousaria ir tão longe. Recuou uns passos, mas não saiu do quarto.

Levantei-me, abandonando meu projeto.

— Para o bem de nós duas, é bom que seja importante. — Os olhos de Suzanna revelaram seu horror. Ela não estava sendo espertinha; não confiava na sua habilidade de quebrar as regras e, ainda assim, safar-se. Alguma coisa realmente incrível devia estar acontecendo para que ela subisse para me buscar dessa maneira.

Quando percebeu que eu a seguiria, conduziu-me escada abaixo. Felizmente, ainda estava vestida com um traje verde-esmeralda e usava joias em jade facetado. Também não havia desmanchado o penteado que fizera nos meus cabelos loiros, de forma que estava apresentável. Segui-a, sem saber aonde conduzia nossa pequena aventura. Quando chegamos ao primeiro andar, Suzanna abriu uma das portas disfarçadas no meio de uma parede e entramos em um dos muitos corredores de serviço que conectavam os aposentos de Éclatverre como se fossem um sistema circulatório. Ela fechou uma porta atrás de si, e por um segundo admirei sua perspicácia — havia se separado de mim. Que ótimo. No entanto, eu sabia aonde este túnel levava e segui na direção do armário do mordomo, que ficava em frente à sala de música. A orquestra tocava do lado de fora e a música misturava-se às risadas e conversas.

Suzanna não reapareceu. Esperei um minuto ou mais e comecei a sentir a raiva substituir a excitação. Se isso fosse uma brincadeira, era certo que minha mãe ficaria sabendo, e Suzana estaria encrencada.

Foi então que, através da porta para a sala de música, vislumbrei algo estranho. Havia um rapaz deitado com o rosto sobre o tapete. Minha irritação aumentou. O que era isso? A idiota da mulher tinha ido até meu quarto e ousara comunicar-se comigo por causa disso? Convidados bêbados eram responsabilidade de minha mãe, não minha. Além disso, não me era permitido permanecer em um cômodo, sozinha, com um homem estranho.

Estaria Suzanna completamente louca? Um momento. Talvez o rapaz estivesse morto, o que seria mais fácil de lidar. Mesmo que ele se reanimasse, seria mais fácil.

— Senhor? — chamei-o, ainda parada no corredor. — O senhor precisa se retirar. Isso é inapropriado.

O homem estendeu os braços, como que respondendo ao som de minha voz. Estava vivo. Inclinou a cabeça em minha direção. Senti um aperto no estômago. Era Michael Allister.

Michael Allister estava caído, bêbado, na nossa sala de música. Entendi então que ele devia ter pedido expressamente para me chamarem. Suzanna não era tão idiota, afinal. Entrei apressadamente na sala e fechei a porta, esperando que ela ouvisse o som e fosse embora.

— Senhor Allister, é melhor o senhor levantar-se antes que eu me vire.

— Senhorita Mink? — Sua fala estava embolada. — Que bom. A senhorita conseguiu.

Virei-me. Ele estava levantando, mas não tão depressa quanto eu gostaria. Na realidade, após um momento de esforço, Michael caiu sentado e fitou o cômodo espantado, como se não lembrasse como chegara até ali. Seu traje estava amassado e manchado e seu cabelo, desgrenhado.

— Bela sala. Aquilo é um piano holográfico? — Ele acenou na direção do instrumento como um mágico excêntrico. — Piano, ligar!

Como era de se esperar, um elegante professor em traje de gala surgiu à frente do teclado. — Acessando programa. Por gentileza, aguarde...

— Não, piano! Desligar! — gritei, dando passadas largas pela sala.

O holograma obedeceu e o piano voltou a ficar sozinho, da mesma forma que a espineta, os violinos, as violas e os cellos, organizados ao longo das paredes, e minha reluzente harpa em outro canto.

— Allister, levante-se!

— Não pode me dar ordens, senhorita Mink. Não esta noite. Nunca mais. Estou no controle, percebe?

— Ah, percebo sim. No controle do álcool também.

— Isso... — Ele tentou erguer-se novamente, mas caiu. — Isso é um efeito colateral extremamente indesejável. Creio que necessitarei de umas aulas com Coco — e, dizendo isso, começou a rir como uma colegial. — Coco. Como é possível ficar sério fazendo amor com uma pessoa que se chama Coco?

Aproximei-me dele. Não fazia ideia de quem era Coco — uma prostituta talvez? Será que Michael já estava seguindo os passos de seu pai? Todo mundo sabia dos casos de lorde Allister, regulares como o movimento de uma porta giratória.

— Efeito colateral do quê? O que você está fazendo aqui? Não percebeu que metade da sociedade está bem ali, do outro lado da parede? Que, se nos virem, estamos perdidos, os dois?

— Não, não, não estamos, não — Michael conseguiu pegar na minha mão depois de várias tentativas. Naquele estado, quem poderia dizer quantas mãos o sujeito achava que eu tinha? — Eu nunca lhe faria mal. Você é a única moça em quem confio. Retirei minha mão e minha garganta ardeu de nojo dele.

— Confiar, sim. Mas nada mais. Não deveria estar aqui.

— *Bah*. Você acha que me interesso por você? Por que será que todas as moças acham que eu me interesso por elas?

Lutei para me manter sob controle. — Não é a isso que me refiro.

— É sim — e, dizendo isso, começou a buscar algo nos bolsos de seu casaco.

Torci para que não fosse uma garrafa.

— Você está brava porque eu ainda gosto da senhorita Dearly. É compreensível. Não a condeno por isso.

— O quê?

Havíamos nos encontrado diversas vezes junto à cerca que separava as propriedades de nossas respectivas famílias desde o fim do Cerco, e nossos diálogos curtos sempre eram sobre aquela noite: os horrores que presenciáramos e o ódio que sentíamos por quase todos a bordo daquela aeronave imunda, embora devêssemos nossas vidas a eles.

— Você disse que ela é uma pró-zumbi inútil! Foram essas suas exatas palavras. Eu sei bem, porque me lembro de ter concordado com você, e eu nunca concordo com nada!

— Bem, ela será isso mesmo enquanto permanecer de braço dado com aquele cadáver. Mas acho que podemos... Bem, acho que eu posso... consertar isso. Consertá-la.

— Por que você veio até aqui? Você não tem permissão para estar aqui.

— Se há uma coisa de que não preciso é de permissão. Err... E você pode ir pensando em um jeito mais elegante de dizer isso. — Os olhos de Michael estavam brilhantes demais. Ele continuava procurando algo nos bolsos. Tentei uma vez mais.

— Allister, levante-se. Ou vou matá-lo exatamente onde se encontra, e direi à minha mãe que encontrei um corpo, em vez de um rapaz, em nossa sala de música. Deus sabe que seria menos escandaloso.

A resposta de Michael foi jogar em meus pés o que finalmente encontrara: um dedo decepado. Gritei e recuei antes que a barra de meu vestido encostasse naquela coisa.

Ele começou a rir novamente. — Ah, se pudesse ver sua cara! Batata quente, batata quente!

— *O-o-o* que é isso? — eu continuava andando para trás, sem saber o que fazer. — De onde vem isso? Meu Deus, Allister, o que foi que você fez?

— Acalme-se. Mulheres... — Michael finalmente conseguiu se levantar. — Não fui eu quem o cortou. Era a vez de outro Irmão matar um, e ele me fez pegar esse dedo de lembrança. Você tem que matar um na frente dos demais. Dar seu número e matar um. Dessa forma, saberão que você está envolvido seriamente. — Ele ergueu um dedo e notei que estava sem uma luva. — Eu? Eu não aceito isso. É vulgar. Preciso de privacidade para dar conta dos meus.

— Eles? Quem são eles?

— O Assassino. Nome idiota, não é? Não fui eu que escolhi.

Não sabia o que dizer. Nunca havia ouvido nada parecido.

— É uma espécie de... clube antizumbis?

— Não é um *clube*! — Ele apoiou-se na borda do piano para se equilibrar. — Do jeito que você fala, parece que nos reunimos para montar aviõezinhos em miniatura ou algo parecido! — Ele apontou para o seu troféu. — Nós nos juntamos para matá-los. E fazemos aqueles que os apoiam correr como ratos.

Olhei para o dedo decepado e lutei contra a ânsia de vômito. Cada luxuoso instrumento musical naquela sala, cada filigrana esculpida no teto, cada flor pintada nas paredes pareciam feitos para que aquela coisa semiapodrecida parecesse ainda mais horrível.

— Fui convidado, cerca de um mês atrás. Não sei quem mandou o convite. Usam um sistema antigo de correio. Máscaras. Ninguém se conhece. A única coisa que sei é que somos todos da alta classe — ele ajoelhou-se para pegar o dedo e observou-o de perto. Algo brilhou. Ouro.

Um anel de casamento.

— Não entendo — arrisquei. Meu Deus, em que Michael estava envolvido?

Ele me olhou como se eu fosse uma idiota irreparável e depois observou o anel novamente. O que ele explicou não era o que eu queria ouvir.

— Os irmãos que trouxeram o corpo esta noite disseram que ele estava andando com sua esposa. "Até que a morte os separe", certo? Disseram que ela gritou e chorou até vomitar. Bateram nela até que desmaiasse, e depois levaram o zumbi para os esgotos. Mantiveram-no vivo num túnel subterrâneo. Depois o cortaram em pedaços Michael pegou o anel e poliu-o com o polegar. — Acho que vou usá-lo. Para dar sorte.

Jamais ouvira Michael falar de maneira tão cruel. Todas as pessoas que eu conhecia espetavam as outras com facas feitas de palavras e cortavam-nas nos joelhos, metaforicamente, para manter-se no topo. Eu mesma participava desses jogos, mas nunca atacara ninguém fisicamente. Nunca. Não dessa forma como Michael estava relatando. Ele, de fato, tinha feito aquilo. Não estava só falando. Tinha uma prova em mãos. — Por que, senhor Allister? Por que está fazendo isso?

Michael guardou o dedo e colocou o anel.

— Porque é preciso. Porque a senhorita Roe e a senhorita Dearly me obrigaram. Não dou a mínima para O Assassino, mas a forma de atuar deles é muito útil. Desenvolveram contatos inacreditáveis no submundo. Representam a oportunidade que preciso para fazer o que tenho de fazer. E cair fora, sem que ninguém mais saiba. Meu pai nunca saberia.

Eu não era próxima de Michael, afinal ele era um rapaz, e não frequentávamos a mesma escola, mas eu o encontrava com bastante frequência antes do Cerco. Considerava-o um indivíduo muito calado e sem graça, que obedecia as regras ou, pelo menos, parecia obedecer. Nunca chamava a atenção sobre si mesmo e raramente era assunto das fofocas. Os outros rapazes que eu conhecia praticamente não falavam dele e nunca o incluíam nos programas, mas ele devia ter lá seu grupo de amigos. Seu pai era tão poderoso que ele tinha que ter amigos.

Sendo assim, não podia crer no que ouvia. Era tão improvável! Devia ser efeito do álcool essa atitude tão baixa e ousada da parte dele. Nunca vira evidência alguma para a ideia de *in vino veritas*. Com rapazes, as coisas eram mais *in vino brigas*.

Recuperando em parte a autoconfiança, perguntei:

— Então, tudo isso tem relação com a senhorita Dearly? Você vai fazer algo a ela?

— Não! — riu Michael, uma risada soturna e fora de tom. — Jamais faria mal a ela! — continuou, em um tom mais duro. — Mas ela aprenderá. E Roe também. Alguém ter que pagar pela praga que nos acomete.

— Concordo plenamente, senhor Allister. — E, de fato, concordava. Porém, naquele momento, estava pronta para dizer-lhe que era dona de um terreno na lua se com isso conseguisse tirá-lo de minha casa. Fiz um esforço para recompor-me e acalmar a voz. — Veja, há uma festa acontecendo aqui. É por isso que veio? Certamente, seu cocheiro não está alcoolizado, está?

Michael apertou os olhos em direção às cortinas que cobriam as janelas, esmaecidas pelas luzes da festa lá fora. As sombras dos convidados mesclavam-se umas sobre as outras, compondo uma besta de muitas cabeças.

— Não. Lembrei-me da senhorita quando chegava da cidade — declarou, estendendo os braços. — Hoje de manhã, estava deprimido, mas agora estou entusiasmado! Meu pai me fez lidar com uma papelada em seu escritório, minha conta bancária está cheia de novo. Tem ideia de como ficou caro beber, de dezembro para cá? Devem ser aqueles vermes mortos tentando virar picles...

— Como foi que você entrou?

Michael zombou.

— Ora, bati à porta. Por que me toma? Por um penetra?

Respirei aliviada. Minha mãe não o vira. — Precisa ir embora antes que alguém o veja. Venha, vou levá-lo até a porta.

Michel assentiu e permitiu que eu o conduzisse pelo braço. A caminho da porta, tocou as cordas dos instrumentos expostos na parede com os dedos. As notas soaram como se temessem umas às outras.

Quando chegamos ao hall de entrada, ele virou-se para mim e disse, em um tom muito frio e imperativo:

— Não contará a ninguém.

Não. Mas você precisa parar de me contar coisas.

— Preciso falar com alguém. Acho que é isso. Estou cansado de *não contar*. E de *não agir*. — Ele tentou tocar meu rosto e eu afastei-o de mim. Ele pegou meu braço e imobilizou-me.

— Vou arrancar o coração de Griswold e, quando o fizer, vou mostrá-lo à senhorita Dearly. Para que ela veja que está morto. Que nunca bateu por ela. E então vou meter uma bala no crânio dele. E preciso de privacidade para fazer isso. Não posso fazer na frente dos outros.

—Por favor, pare. — À parte o nojo, eu estava perdendo a paciência. — Não quero saber o que você anda fazendo nem o que você acha que vai fazer. Quando ficar sóbrio, vai lamentar este episódio. Encontrará essa coisa asquerosa no seu bolso e...

Michael agarrou meu rosto com uma súbita paixão, e não pude conter um grito. Senti o rosto corar de vergonha. Ele não tinha o direito de me tocar. Eu devia bater nele de volta. Roe já havia batido nele uma vez. E mais: devia dizer com todas as letras o quão louco estava. Devia ameaçar denunciá-lo à polícia e interná-lo em um manicômio.

— Ouça — disse. — Apenas ouça.

— Solte-me primeiro — sussurrei.

Foi o que fez, porém, lentamente. Seus olhos brilhavam e seu rosto estava vermelho. Quando falou, senti o cheiro de uísque em seu hálito. — Eles também a constrangeram e colocaram em perigo — disse, aproximando-se de mim até demais para o meu gosto. — Sendo assim, quer ouvir. Não quer, Vesper?

Senti um aperto no peito.

— Não, não quero. Não quero saber de nada disso. E você está bêbado. Nem vai lem...

Ao ouvir aquilo, Michael deu-me um tapa no rosto. Em choque, meu cérebro parou de funcionar. Não tinha ideia do que fazer, exceto proteger o lugar onde ele me atingira. Só queria que desaparecesse.

— Bêbado ou não, vencerei. Como meu pai, que está fazendo até com que médicos da equipe de Dearly abandonem o barco, implorando para trabalhar conosco. Um deles esteve no escritório hoje, relatando como o doutor Dearly é idiota e como meu pai pode ajudar. Ele sempre vence. Eu sempre venço.

Michael soltou-me, fez uma referência e saiu cambaleando. Sua carruagem azul estava parada lá fora, aparentemente sem cocheiro.

Por um instante, considerei chamá-lo de volta e tomar-lhe as chaves, mas então recordei a sensação de suas mãos sobre mim e parei de me preocupar. Fechei a porta e deixei-me cair no piso de mármore, segurando a cabeça com as mãos. Desejei, desesperadamente, não ter presenciado essa cena. Não apenas aquele dedo decepado. Michael também.

Devia contar a alguém o que ele fizera. Mas sabia que seria inútil.

Ele estava certo. Venceria. Eu seria classificada como uma prostituta por ter recebido um rapaz em minha casa sem estar acompanhada e minha reputação estaria arruinada para sempre. Suas ações, por outro lado, seriam recebidas com um dar de ombros coletivo. Eu não me importava se um não vivo qualquer morrera ou perdera um ou dois dedos. E ninguém acreditaria que ele estava planejando, sonhando grandes e violentos sonhos, porque eu mesma não acreditava. O Assassino? Por favor. A maior parte dos rapazes que eu conhecia mal sabia se vestir, quanto mais organizar uma conspiração antizumbis. Obriguei-me a pensar com lógica. A bebida obviamente o fizera agir completamente fora de seu normal. Ele e seus colegas estavam apenas brincando de durões e bebendo demais. Provavelmente, haviam apenas espancado um não vivo que passava. Nada mais. Episódios assim tinham tornado-se comuns desde dezembro.

Sim. Tinha que ser isso.

Voltei para o meu quarto.

E tranquei a porta desta vez.

11 Bram

Na sexta-feira, tarde da noite, abordei Samedi para falar a respeito da ajuda para Dog.

Ele e a doutora Chase estavam no escritório, como de costume. O cômodo, opulento, era revestido de madeira e, agora, vivia lotado de cabos, computadores, caixas e outras máquinas de aço inoxidável. Ela estava sentada na escrivaninha do doutor Dearly, submergindo um saquinho de chá em uma caneca. Samedi estava ao seu lado, com a cabeça para baixo, apoiada em um suporte de bronze que lembrava uma aranha. Segurava um coquetel de medicamentos que estava conectado a uma válvula em seu pescoço por um longo tubo. Alimento para o cérebro, literalmente. Quando me ouviu entrar, Samedi abriu os olhos.

— A que devo o prazer da visita?

— Caridade — respondi. Sentei-me em uma das caixas e apoiei os cotovelos nos joelhos. — Você lembra que lhe falei sobre alguns zumbis, aqueles que abrigamos a bordo do Christine?

— *Hum.*

— Um deles era um menino pequeno e mudo. Evola teve que amputar sua mão.

A doutora Chase parou de mover o saquinho de chá e seu olhar encheu-se de compaixão.

— Pobrezinho.

— Dissemos a ele que talvez você fizesse uma prótese.

A doutora Chase ergueu a mão para acalmar Samedi preventivamente, pois ele já ia pegando sua cabeça. — Claro que vamos — concordou, olhando para o colega por cima da caneca, desafiando-o, ainda que em silêncio, a discordar.

Sam acomodou a cabeça de novo na armação e inclinou-a ligeiramente para me encarar com olhos cansados. — Muito bem. Ocupe cada segundo do meu brevíssimo tempo na Terra. Deus sabe que, se deixado à minha própria sorte por um longo período, meto-me em encrenca — e, dizendo isso, esticou o braço como se esperasse receber algo de mim. — Você guardou a mão?

Entreabri a boca por um segundo até conseguir formular uma resposta.

— Não. O garoto tem uns dez anos. O que eu poderia fazer? Dizer “me dê uma parte do seu corpo que te devolvo depois”?

Samedi fungou.

— Isso mesmo. O que você quer que eu faça agora? Que adivinhe as medidas dele e onde foi que Evola cortou?

— Podíamos fazer-lhe uma visita e descobrir — sugeri.

— Visitar quem?

Olhei por sobre o ombro e vi Nora parada na porta. — Visitar os zumbis de quem falei para você. Aqueles do navio.

— Tem certeza de que podemos confiar neles? — perguntou Samedi. — Como disse a vocês, não posso sair por Nova Londres saltitando alegremente.

— Tenho bastante certeza de que sim. A mulher que os lidera é um pouco espaçosa, mas parece ter discernimento. Dois deles perderam o controle nas docas e atacaram os vivos. Mas foram estes que começaram o conflito.

Nora emitiu um som contemplativo e já ia saindo quando disse, distraidamente: — Pegue Sam, então. Deixe o outro horroroso para mim.

— Você beija o jovem e puro senhor Griswold com essa boca suja? — perguntou Samedi, com a cabeça virada para baixo.

— Baldwin, contenha-se — repreendeu-o a doutora Chase.

Fechei a boca e tentei não retrucar.

Quando o doutor Dearly veio para casa no sábado de noite, para tomar um banho e comer um pouco, resolvemos cercá-lo. Depois de confiná-lo à cozinha, Nora preparou o jantar para ele, que apoiou seu pé biológico remanescente em uma cadeira. No instante em que pegou no garfo, ela foi direto ao ponto.

— Se a doutora Chase e o doutor Samedi vierem conosco, posso ir com Bram, depois da missa, prestar auxílio a alguns zumbis necessitados? Amanhã expira meu confinamento, e as coisas estão mais calmas. E eles não ficam na Morgue. — Ela não recorreu à doçura, nem à estratégia do convencimento, foi direto ao ponto.

O doutor Dearly olhou para ela. Depois olhou para mim. Fiquei em silêncio, pois prometera a Nora não interferir, para que ela pudesse ver até onde conseguia chegar sozinha. Mentalmente, porém, repassei os argumentos que reunira: *Senhor, nós dois necessitamos de objetivos. Queremos lhe ser úteis e o respeitamos, mas tomaremos nosso próprio rumo se for necessário. E, sinceramente, às vezes preciso dela perto de mim.*

O médico seguia em silêncio. Antes que Nora pudesse sacar sua defesa, entrando nos detalhes que planejáramos, ou que eu pudesse me manifestar, ele apoiou os talheres e respondeu:

— Está bem.

Nora ficou estática por um momento, tamanha sua surpresa, mas depois abraçou o pai. Ele deu tapinhas carinhosos no cotovelo dela.

— Prometo que não vamos criar problemas.

— Acredito em você. Os outros estarão junto e os não vivos necessitam de toda ajuda que puderem obter — e acrescentou, olhando para mim: — Dê-me uma hora sozinho. Depois, você me acompanharia até os navios, Bram?

Concordei, mas algo no tom da pergunta dizia que ele iria repassar a conversa que tivéramos depois do assalto. Segurança e etiqueta haviam se embolado — metade procedente, metade idiota — e fiquei preocupado em voltar ao assunto e acabar atolado na lama do raciocínio dele. Ele havia cedido demasiadamente fácil agora.

Pouco mais de uma hora depois, quando embarcamos em sua carruagem cor de café — que não tinha nenhuma característica distintiva, por segurança — decidi pegar o touro na unha:

— Doutor Dearly, sobre a visita aos zumbis. Nós vamos ajudá-los...

— Estou certo de que não vai desgraçá-la. Estou feliz de que estará com ela.

Pego um pouco desprevenido, respondi:

— Mas, doutor, poucos dias atrás o senhor repassou conosco as regras novamente. Só quero fazer o que é certo para o senhor. E para ela.

— Eu sei o que fiz. E sei que você sabe se comportar — respondeu ele, concentrando-se em conduzir o veículo. Confuso, tentei entender a razão para essa aparente concessão. Não pude evitar olhar para ele. Nossas diferenças não eram tão flagrantes quando vivíamos na Base Z. Embora fôssemos amigos, ele era mais velho e meu superior hierárquico, e isso parecia claro agora. No meio de uma revolução planetária, estava vestido formalmente com casaca preta e cartola. Conduzia a carruagem elétrica sem esforço pelas avenidas da cidade, monumentos vívidos que remetiam tanto a um passado remoto quanto a uma nova era modelada a partir dele. Eu vestia a roupa de sempre — calças de tecido macio, camisa sem colarinho, suspensórios, jaqueta de segunda mão e chapéu de feltro de abas largas — e, de alguma maneira, senti-me deslocado. Depois de algum tempo, o doutor Dearly falou:

— Eu não poderia ter desejado um homem melhor para ela. Quero que saiba disso. Mas você precisa entender que eu já era pai antes de me tornar zumbi. Era um homem mais velho antes de morrer. Há tanto na minha vida que não posso mais controlar, que me pego procurando coisas sobre as quais ainda posso exercer algum comando. Preocupo-me mesmo quando não há motivo. Atribuo importância a aspectos que, em tese, deveriam ter a significância de uma mosca. E peço-lhe desculpas por isso.

Entendi perfeitamente e respondi:

— Sim, senhor.

— Não quero que nenhum dos dois se machuque. Mas, há dias, venho pensando no que Nora disse, e ela está certa. Em pouco tempo, tudo isso será passado, as partes boas e as ruins. E ela precisa ver, conhecer e lembrar isso, para quando nós dois não estivermos mais aqui. — Sua voz ficou mais suave. — No entanto, o mundo é um lugar perigoso, e a noite tem mil olhos, que vão sobreviver a você e a mim. É isso que peço que leve em conta.

— Entendido.

— Adquiri o hábito de mimá-la, pois ficava muito tempo afastado e tinha muito a esconder... — Seu rosto tremeu ligeiramente. — Continuaria assim, se pudesse.

— Mesmo que o senhor a tenha mimado, ela não se tornou uma pessoa pior por causa disso — afirmei, para reconfortá-lo. — Na verdade, estou certo de que Nora o ama justamente pelo senhor ter agido dessa maneira com ela.

O doutor Dearly riu ao me ouvir.

— Fico feliz que pense assim. Quero você comigo no Erika esta noite. Tenho posto meus auxiliares para correr quando, na verdade, preciso do máximo de ajuda que conseguir. Salvez me contou que você tem trabalhado voluntariamente na barricada, mas não deveria ficar lá. Deixe isso para os outros.

A maneira como ele fez o convite tirou-me o alívio que, em outra circunstância, eu sentiria. A ideia de deixar minha equipe para trás não era confortável, ainda que ficassem posicionados a poucos metros de onde eu estaria. Mesmo assim, estava pronto para agarrar a oportunidade de fazer o que considerava um trabalho mais importante: ter nas mãos outro instrumento que não uma arma. Então, respondi:

— Obrigado.

— Vamos superar tudo isto — ele disse. Em seguida, pareceu lembrar-se de algo: — Alguém deixou isto para você.

Segurando a direção com uma das mãos, retirou do bolso interno do casaco um pedaço de papel amarelo. As palavras pareciam ter sido rabiscadas com um pedaço de carvão.

Os Transformados

Estamos todos mortos, vivos e mortos da mesma forma.

Não é mais seguro ficar entre os que não foram mudados. Fique com seus irmãos, admire no outro o que não pode ter, dance e cante.

Procure a luz ao longo da Estrada Vicinal 6.

Aparentemente, Os Transformados haviam trocado de endereço; mas, pelo menos, sabia onde encontrá-los. Fora da cidade era, sem dúvida, mais seguro, considerando as circunstâncias. Talvez as coisas estivessem melhorando mesmo.

Passei a noite toda nos navios: metade do tempo com o doutor Dearly, metade ajudando Evola a remendar zumbis. Ele parecia cansado, e as bolsas sob seus olhos estavam tão salientes que ele não conseguia sequer usar seu monóculo. Perguntei se ele havia tirado folga recentemente. Dando de ombros, respondeu:

— Não quero incomodar a família Roe mais do que o necessário. Quando posso, vou dormir na minha carruagem.

— Então, por que não fica lá? Há lugar para mais um catre na casa. E sua carruagem seria útil lá. Você poderia revezar com os outros médicos.

Claramente desconfortável, Evola balançou a cabeça em negativa:

— Prefiro ficar mais perto dos navios.

Um segundo depois, completou, envergonhado:

— Não gosto de ficar no subterrâneo. Sinto-me encurralado.

Nora também sentia-se assim. Mandei-lhe uma mensagem pelo celular para contar-lhe sobre seu pai e o bilhete que ele me entregara, reforçando que, se precisávamos encontrar uma luz na estrada, era melhor sairmos ao pôr do sol.

Ela insistiu para nos encontrarmos na igreja, como havíamos planejado originalmente.

Quando amanheceu, troquei-me e rumei para a Catedral de Nossa Senhora, edifício que havia sido um banco nos tempos pré-glaciais e que, depois, fora transformado em lugar de adoração.

Nora encontrou-me na lateral do lugar onde costumávamos nos sentar e abriu um sorriso. Escolhera o traje que sabia ser o meu favorito: um vestido de seda verde-pistache, enfeitado com tiras de veludo verde-escuro na altura do peito, o que ressaltava seu pequeno busto. — Alguma má notícia?

Ousei dar-lhe um beijo na mão. Uma senhora viva, sentada na fileira atrás da nossa, olhou-nos indignada, enquanto dois zumbis jovens ao lado dela discutiam se o fato de aceitar uma hóstia configurava canibalismo. — De forma alguma.

— Ótimo — sussurrou ela, dando pequenos pulinhos. — Peguei suprimentos médicos e outras coisas hoje de manhã. Quase não dormi. Sinto como se tivesse voltado a respirar.

— Que boa ideia — comentei. Quando me acomodava no banco escuro, ao lado da doutora Chase e do padre Isley, os únicos habitantes da casa presentes, vi Pamela aproximando-se. — A senhorita Roe está aqui.

Nora virou-se e acenou para a amiga. Pamela olhou para o pai, talvez pedindo permissão, para atravessar a multidão de fiéis e vir cumprimentar Nora com um abraço.

— Bom dia a todos. Onde está o doutor Dearly?

— Ainda no trabalho — respondeu Nora, olhando para os bancos à esquerda como se ponderasse sobre algo. — Detesto perguntar isto, mas, por acaso, você viu Michael hoje? Ainda quero inquiri-lo sobre a tia Gene.

Pamela ficou visivelmente tensa. — Não. Como você sabe, não fico procurando notícias sobre ele. Provavelmente, está no balcão com os lordes, e não dá para ver daqui. — Ela virou a cabeça para o alto, onde ficava a colunata em que os aristocratas se acomodavam, acima da gente comum.

— Desculpe. Apenas pensei que pudesse estar aqui — respondeu Nora, com um sorriso arrependido. — Vamos fazer uma visita mais tarde com a doutora Chase e o doutor Samedi. É bem-vinda se quiser nos acompanhar.

— Visitar? Quem? Onde? — perguntou Pamela, surpresa.

— Um grupo de zumbis que ficam... — e apontou para mim.

— Na Estrada Vicinal 6.

— Como assim? Isso é no meio do nada. — Ela olhava para mim e para Nora alternadamente — Vocês conhecem essa gente?

— Eu não, mas Bram sim.

Agarrando sua bolsinha firmemente, Pamela respondeu:

— Deixe-me adivinhar: vocês não contaram ao seu pai que vão até lá. Nora, você vai se meter em encrenca de novo!

Nora ergueu um dedo. — Você está tirando conclusões apressadas. Papai sabe e concordou. Na verdade, ontem ele me pareceu são de novo.

Concordei: — Realmente. Ele estava ótimo ontem à noite, como se tivesse voltado a ser ele mesmo.

Pamela dirigiu-se a mim:— Ele permitiu de verdade? — insistiu ela, em um tom que era, ao mesmo tempo, de acusação e de pânico. — Foi você quem o convenceu?

Fiquei de pé e olhei ao redor.

— Senhorita Roe — comecei, mas o volume da música de órgão pré-gravada aumentou, indicando que a cerimônia começaria em breve. As telas ao longo das paredes exibiam padrões de tapetes temáticos que mudavam regularmente, percorrendo as paradas do Calvário. — Não tive que convencer ninguém de coisa alguma. O prazo do confinamento dela acabou e estaremos acompanhados.

— Ei, vocês dois, estou bem aqui, estão vendo? — disse Nora, incomodada. — Pam, acontece que Bram prometeu ajudar esse garotinho não vivo que perdeu a mão.

— Sinto muito por isso, de verdade. Mas deixe que o senhor Griswold cuide do assunto. Além disso, lorde Lopez deve ir na minha casa hoje, eu não sei a que horas. Você tem que estar lá comigo.

— Que péssimo, tinha me esquecido disso — suspirou Nora. — Não posso ficar na sua casa o dia todo. Se não conseguir encontrá-lo, teremos que combinar outro horário. Mas irei com você depois do culto e resolveremos o que fazer.

Achei que o assunto estivesse encerrado, mas Pamela permaneceu de pé ao lado do nosso banco, pálida.

Dirigindo-se à Nora, queixou-se: — Não acredito que você vai fazer isso.

Nora baixou a voz:

— Pam, fazer o quê? Qual o problema?

— Consigo uma oportunidade para você falar novamente com Lopez e você faz parecer que é uma obrigação e vai trocá-la por... pelo o quê? Uma volta no campo? Com criminosos profissionais?

Nora ficou espantadíssima:

— É uma visita de caridade, que é o tipo de coisa que todas as pessoas presentes neste edifício vêm nos ensinando a fazer desde que tínhamos dois anos de idade. E Samedi e Chase são boas pessoas.

— Da última vez que você se encrencou, foi durante uma caminhadinha, no seu próprio bairro, cheio de trabalhadores em volta, quando você poderia muito bem ter vindo comigo. Você contou que foi nessa circunstância que o senhor Griswold abordou-a — agarrou-a, na verdade — pela primeira vez.

Tossi para disfarçar e olhei para o elaborado teto acima de nós.

— No dia seguinte, perdi você. Você foi sequestrada e fiquei sem saber se estava viva ou morta semanas a fio.

— E o que isso tem a ver com fazer uma visita acompanhada de pelo menos outras três pessoas, Pam? Além disso, você nem sequer sabe se esse rapaz vai aparecer. Não entendo qual é o problema.

— Não entende... — Pamela encarou Nora com uma expressão incrédula. — Você simplesmente não se importa, não é?

— Como? Isso não é justo — retrucou Nora, com frieza.

Finalmente, decidi interferir. — Deixem disso. Podemos tratar desse assunto depois, está bem?

Pamela disparou: — Isso não é da sua conta! É sobre nós duas.

Calei-me.

Nora olhava para Pamela como se tivesse recebido um soco no meio do peito.

— O que você quer que eu faça? Não estou dizendo que não vou, mas tenho que fazer o que posso para ajudar quem necessita. Ajudaria se você me dissesse o que há de errado com isso.

Pamela começou a dizer algo, mas mudou de ideia de repente. Virou-se e partiu em direção ao lugar onde sua família estava.

Nora ficou paralisada.

— Nora... — chamei, pegando na mão dela.

— Não — respondeu ela, endireitando-se. — Falamos disso depois.

Fiquei olhando para ela, sem saber se o que via em seu rosto era raiva ou outro sentimento. Mesmo depois de todas as cabeças que eu havia explodido, depois de todas as missões perigosas, problemas de garotas ainda eram incompreensíveis para mim.

Pamela saiu da igreja sem vir falar conosco. Nora desligou o telefone.

Assim que chegamos em casa, Nora ficou retraída. Deixei-a sozinha até o fim da tarde. Quando chegou a hora de irmos para o nosso compromisso, ela não demonstrava nem a metade da animação que externara de manhã.

— Tem certeza de que está bem? — perguntei enquanto esperávamos pelo carro na porta da frente. Peguei o chapéu das mãos dela e coloquei-o sobre seus cachos escuros, amarrando a fita em um laço abaixo do queixo. Talvez fosse estranho, mas eu gostava de fazer isso de vez em quando — prender seu coldre, ajudá-la a vestir o casaco. Sentia-me seu protetor quando fazia isso e servia como uma desculpa para tocá-la.

— Não, mas vou ficar — respondeu ela. — Tenho só que descobrir o que Pam quer de mim — completou, soltando um cacho do laço que eu havia feito. — Não sei qual é o problema. Ela estava normal durante o Cerco, que foi mais ou menos o limite para o que poderia acontecer de pior, não é? Estou acostumada com suas preocupações excessivas, mas não a reconheci... O jeito como agiu hoje.

— Ela passou por muita coisa. Todos nós passamos — comentei, antes que um *bip* chamasse minha atenção. Samedi estava pronto para partir.

— Venha. Conversamos sobre isso depois.

Apesar de o Rolls-Royce chamar a atenção, Samedi queria testá-lo. Era apertado, mas Renfield sentou-se no banco da frente com a doutora Chase, enquanto Cas e Nora tiveram que se sentar no colo de Tom e no meu, respectivamente, que ficamos ao lado de Coalhouse. Nora recuperou o bom humor, brincando que queria ficar com Cas no colo de Tom. Com um gesto exagerado, coloquei-a sobre as minhas pernas, o que fez com que Cas se abanasse, fingindo desmaiar, e Nora tivesse um ataque de riso semiconstrangido.

— Vou fingir que não estou vendo — disse a doutora Chase, colocando a mão na lateral esquerda da cabeça.

— Muito bem, braços para dentro, cintos no lugar... — advertiu Samedi, ao volante.

— Ah! — lembrou a doutora Chase. — Todos armados, crianças?

— Sim, mamãe! — responderam todos, em uníssono.

Nora aninhou-se no meu colo quando o carro começou a andar. Bela viagem até aqui.

— Onde fica esse lugar? — perguntou Tom.

— Mais de uma hora a oeste — respondeu Sam, o que provocou uma vaia entre os pernaltas, eu incluso.

Eram, mais ou menos, quatro e meia quando chegamos à Autoestrada 2. A vista era bem bonita e interessante para um forasteiro como eu. Disseram-me que a terra era escassa em Nova Victoria, mas cada saída pela qual passávamos parecia dar em uma pequena vila ou agrupamento de casas, todos com nomes como Sandthorn e Appleton, mas não vi nenhuma outra cidade. Entre um aglomerado e outro, havia imensas extensões de verde, inexplicavelmente improdutivas. Ora eram trechos de florestas terraplanadas, ora partes alagadas, ora campos de fazendas. Quilômetros e quilômetros de solo subutilizado, provavelmente propriedade de gente rica e completamente diferente do que se via nos territórios punks. Recordei quão pouca terra havia sido concedida a meu povo e como a cor marrom predominava lá.

Não havia Aethernet ou *wi-fi* naquela lataria pré-histórica de Samedi, então, depois de um pouco de conversa, não havia nada mais que o som do vento para nos distrair no percurso em direção a um pôr do sol rajado por nuvens. Parecia que ia chover. Fechei os olhos para descansar do esforço constante de adaptar a vista às mudanças da luminosidade. Graças aos meus sentidos ultra-alertas, podia sentir Nora contra o meu peito e entreguei-me aquele prazer. O ritmo uniforme da respiração dela maravilhou-me, e mais ainda quando meu cérebro registrou que ela estava aninhada em um carro entre quatro zumbis.

Pouco depois, senti o veículo fazer uma curva e ouvi Cas gritar, com sua voz um tanto distorcida: — Estamos na *estra-da*!

Quando abri os olhos, não consegui identificar nenhuma placa ou um marco; sequer conseguia ver do que a estrada era feita. Quando minha visão se ajustou, percebi que estávamos percorrendo um longo caminho pedregoso, ladeado por pastos, em direção a um arvoredo a menos de dois quilômetros adiante.

— O papel dizia para procurarmos uma luz — disse Tom. — Não vejo luz nenhuma. Aliás, não vejo nada.

Cas olhou pela janela. As nuvens haviam ficado mais pesadas, e a pouca luz que restava diminuía rápido. De repente, ela pulou no colo de Tom e gritou:

— *O-lhem*! A-li!

Olhei na direção que ela apontava. De fato, perto do limite do arvoredo, pudemos vislumbrar a silhueta de um conjunto de carruagens e de barracas contra a luz gerada por lâmpadas elétricas e fogueiras.

— Ainda querem fazer isso? — perguntei, dirigindo-me ao grupo.

— Se alguém disser que não, vou *be-lis-car* muito, muito *for-te*, juro por *Deee-uuus* — grunhiu Cas. A última sílaba reverberou na sua nova garganta eletrônica como o som de um teremim[9].

— Muito bem, então — disse Samedi, apertando ao máximo o acelerador.

Poucos minutos depois, entrou em uma área repleta de carruagens, carroças e até motocicletas de uma roda só. Quando estacionou, saímos do carro, um a um, despregando-nos uns dos outros. Nora e a doutora Chase mancaram sobre as pernas adormecidas por conta da circulação precária durante a viagem. Ouvimos uma música proveniente do agrupamento de barracas — uma batida exigente que conseguimos perceber mesmo a distância.

Trovejou. Olhando ao redor, concluí que nem todos aqueles veículos poderiam ser propriedade dos Transformados. Havia pouca gente ali, tanto vivos quanto não vivos. Alguns, como nós, tinham acabado de chegar.

---

[9] Primeiro instrumento musical totalmente eletrônico, inventado na década de 1920, na União Soviética, pelo cientista e inventor russo Lev Termen (Leon Theremin, em francês). O som é produzido ao aproximar ou afastar as mãos da antena do aparelho.

Outros voltavam para as carruagens rindo, aparentemente alegres. Não esperava encontrar aquilo.

Nora abriu o porta-malas e retirou a cesta com suprimentos antes de me dar o braço. Seguimos à frente dos demais. Ouvi a doutora Chase pedir a todos que ficassem atentos, fala que normalmente seria minha, caso não tivéssemos nos deparado com a cena que vimos acontecendo à nossa frente.

— Vocês estão vendo o que eu estou vendo? — gritou Castidade. — Estão vendo ou eu finalmente cheguei ao céu? Morrer virgem afinal foi uma vantagem?

Aquele lugar não era só um acampamento.

Era uma festa para todas as idades.

As barracas demarcavam o limite do acampamento, que se estendia para dentro do arvoredo. Lâmpadas elétricas multicoloridas passavam entre os galhos e balançavam acima das lonas, terminando em grandes geradores portáteis. No meio do círculo, havia um palco de dois andares, construído com madeira nova, e, na parte de baixo, acontecia a apresentação de uma banda formada somente por zumbis. A música, ensurdecedora, era completamente diferente das composições rebuscadas que eu me acostumara a ouvir nas rádios neovitorianas para a classe alta. Era diferente também das baladas e canções para dançar, oferecidas pelas emissoras mais populares. Era uma música repleta de violinos e banjos e outros instrumentos de som metálico.

Na parte superior do palco, garotas não vivas, com blusas escandalosamente desabotoadas e saias erguidas, dançavam com as mãos e os braços repletos de pequenas bolas de vidro, que elas faziam rolar pelo corpo, realizando movimentos sinuosos. À medida que os raios da tempestade próxima tornavam-se frequentes, reparei que as esferas tinham luz própria e que suas cores mudavam constantemente. Outros zumbis, homens e mulheres, circulavam livremente entre a multidão, fazendo malabarismos com sombrinhas e jaulas que continham animais elétricos, vendendo badulaques e oferecendo-se para ler a sorte. Alguns dos performáticos usavam máscaras coloridas, de arlequins e de animais, ricamente enfeitadas: algumas eram de couro e outras, bordadas com pérolas. Era como se o lugar fosse um imenso baile. Minha imaginação disparou: o que mais poderíamos encontrar ali? Também fiquei pensando o que descobriríamos ao voltar para o estacionamento.

Exceto no palco, a distinção entre quem se apresentava e quem assistia não era clara. Havia muita, muita gente — não só zumbis, mas um grande número de vivos, homens e mulheres, ricos e pobres. Alguns dançavam, outros estavam sentados sobre cobertores estendidos na grama. Grupos que haviam feito piquenique apressavam-se em juntar seus pertences diante da iminente tempestade: cestas impecáveis contendo porcelana e cristais de verdade, talheres de prata e até pequenas fontes de absinto.

Enquanto ponderava o que deveríamos fazer, um dos percussionistas soltou um grito que mais pareceu um lamento assombrado, e que foi imediatamente imitado por seus colegas de banda e por metade do público. Houve um segundo grito e um zumbi subiu ao palco gritando em resposta, em meio a aplausos entusiasmados. Ele usava um coque feito de tranças meio soltas e torcidas e seu rosto, pintado de vermelho, parecia uma caveira.

— Sou Bruno Allende! — gritou o homem com uma voz que se destacou facilmente acima da música, embora, aparentemente, não usasse um microfone. Um segundo depois, começou a cantar freneticamente. Movia-se pelo palco como um animal enjaulado, de um lado para o outro, chegando até a beirada, como se fosse se jogar sobre a multidão, mas parando no último instante.

Quer me controlar? Me dê corda, me veja partir
Quer que eu faça o que você quer, que pule quando mandar?
Não vai mais acontecer! Nunca mais vai ser assim!
O poder é nosso agora, não precisa mais fingir!

Uma mão tocou meu braço, tirando-me do transe. Nora virou meu rosto para a lateral do aglomerado. Uma garota viva dançava não com um, mas com *dois* zumbis, de uma forma que faria seu pai cair duro. Ninguém prestava atenção neles.

— O que é isso? — perguntou Nora, com os olhos arregalados. — Você sabia que estavam dando uma festa?

Meu senso de responsabilidade finalmente entrou em ação. Olhei em volta à procura da doutora Chase e encontrei-a junto de Renfield, ambos petrificados. Samedi não estava à vista.

Antes que eu pudesse dizer qualquer coisa, Chase gritou: — Vamos embora! Isto é... Não sei o quê!

A música ficou mais lenta e Bruno seguia cantando, emocionado: — *Isto não termina até que eu diga que terminou! A Morte já me deixou para trás!*

Quando o ritmo acelerou novamente, apareceram duas moças acinzentadas que, vestidas com pouco mais que corseletes e calçolas, começaram a movimentar-se sinuosamente no palco.

Ouvi Cas gritar: — Eu quero fazer aquilo! Tommy, quero fazer *aquilooooo*!

A doutora Chase estava certa. Esse era o tipo de evento que faria o doutor Dearly prender Nora à porta do armário pelo resto da vida se ficasse sabendo. Era tão fácil ser pego desprevenido. Obviamente, Os Transformados não eram o único grupo ali. Quem poderia saber no que mais esta gente toda estaria metida?

— Doutor Sam! — gritei.

Chase apontou para a direção de onde acabávamos de vir. — Ele foi para lá!

— Vamos! Todos juntos, vamos voltar! — gritei, acenando para os outros.

— Voltar? — gritou Coalhouse. Ao seu lado, havia uma zumbi com longos cabelos castanhos, raspados do lado direito da cabeça, que fez uma careta ao ouvi-lo. Ela levava uma bandeja com leques de papel e cigarros para vender. Coalhouse tinha algumas notas na mão. — Mas acabamos de chegar!

— Não! — gritou Cas, ao lado de Tom. — De jeito nenhum! Eu não vou. Isto não é pior que nenhuma das festas que *nnnnóóós dá-áávamos*!

— É verdade, mas nelas conhecíamos todo mundo. Quer, por favor, voltar para casa?

Nora saiu andando na frente, mas Cas continuava parada. Coalhouse pensou por dois segundos com as sobrancelhas franzidas antes de jogar o dinheiro na bandeja da zumbi meio careca e empurrar Cas e Tom para a frente. — Obedeçam ao capitão. Vamos.

Com mais esforço do que o necessário, conseguimos tirar todo mundo do meio da multidão para a borda do círculo, onde outras pessoas conversavam aos gritos e por sinais. Localizei Samedi a poucos metros e consegui dizer-lhe, apesar dos gritos enfurecidos de Cas, que precisávamos voltar para o estacionamento.

Samedi desabotoou a casaca enquanto se aproximava de nós. Levava dois revólveres por baixo dela, em coldres de ombro.

— Batedores de carteiras — disse. — No meio da multidão. Voltei para dar uma olhada no carro e não me expor tanto. Vi alguns em ação. Todo mundo, verifique se estão com as suas.

— Boa ideia — respondi, apalpando meus bolsos. Aparentemente, não havíamos sido roubados, por pura sorte. — Você acha que o show é só para desviar a atenção, então?

— Estive em festas de ponta a ponta deste continente — respondeu ele. — Bebi coisas muito duvidosas e dancei de jeitos mais duvidosos ainda. Nunca pensei que veria algo assim tão ao norte.

— Tenho tanto a aprender com você — comentou Nora.

— E eu não tenho nada contra eles se for mesmo uma festa — acrescentei. — Mas estou com uma sensação ruim. Por causa das máscaras. — Dito isso, a ficha caiu para todo mundo e as expressões mudaram instantaneamente.

— Acho que devíamos dar uma olhada no estacionamento para ver se a Modelo V está aqui. E mesmo se não estiver, olhamos na multidão.

— Há uma distância bem grande entre bater carteiras e roubar veículos — observou Ren. — É possível comprar máscaras como aquelas em qualquer lugar. A maior parte das carruagens deve pertencer ao público.

— Sim, mas Os Transformados precisaram de transporte para chegar até aqui, tão longe da cidade. Talvez seja coincidência, talvez não. Não faz mal procurar.

— E o menino? — perguntou Nora.

— Eu vou encontrá-lo — ofereceu-se Coalhouse. Ele estava colaborando bastante naquela noite, e eu agradeci.

— Você veio!

Virei-me e os demais fizeram o mesmo. Era Laura, com Dog bem perto dela. Não estava usando lenço e as luzes elétricas ressaltavam o tom alaranjado de seu cabelo e o brilho das folhas que brotavam de seu corpo.

— Olá!

Nora deixou o queixo cair de tão espantada.

Dog correu para mim, erguendo o braço amputado. Fez uma careta e bateu o pé no chão, bravo.

— Está fazendo falta? — perguntei-lhe. Ele assentiu. — Bem, trouxemos o homem que vai resolver seu problema. — E, colocando a mão nas suas costas, conduzi-o até Samedi, que também se recuperava da surpresa e acenou para que o menino se aproximasse. Fiz uma cara de "Trabalhe rápido!".

— Sabia que você não esqueceria — disse Laura, sorrindo feliz e fazendo uma mesura para Nora e os demais do grupo. — Mandei um bilhete para você, copiado dos cartazes que vi por aí.

— Esta é a Laura — apresentei-lhes, antes de me dirigir a ela propriamente. — Tudo bem, mas... O que é este lugar?

— Nosso novo lar — respondeu ela, juntando as mãos. — Gosto de viver ao ar livre. Nova Londres mata tudo.

— Achei que vocês fossem um grupo pró-zumbi.

— E somos! Pró-zumbis e pró-vivos!

— É essa a razão da festa, então?

— É assim que arrecadaremos dinheiro para ajudar os não vivos. Embora alguns de nossos irmãos e irmãs ainda frequentem Nova Londres todos os dias, os caçadores de tesouros e os pedintes. Eles trazem mais gente com eles — Laura girou. — E agora podemos dar grandes festas! Esta está apenas começando e veja quanta gente já tem aqui, dando dinheiro para os performáticos. A notícia corre rápido. Ninguém tem mais que fazer coisas erradas. Nada de roubar, nada de brigar!

Enquanto eu tentava dar sentido às palavras da menina, a doutor Chase foi direto ao ponto:

— Vocês são uma gangue? Ou uma guilda[10]?

Neste instante, Samedi, que examinava o braço de Dog, olhou com uma expressão alarmada.

Laura assentiu inocentemente e aproximou-se de Dog. — Antes nos chamavam de A Gangue de Grave House. Mas gosto muito mais de Os Transformados.

— Retiro o que disse antes — comentou Ren. — Roubo de veículos me parece totalmente plausível. É para eu aprender mesmo.

Praguejei em silêncio. Precisava tirar Nora daqui o quanto antes.

— *Vocês.*

Os tambores rufaram de novo quando dei de cara com Maria Hagens, ex-integrante da Companhia Z.

— Hagens! — cumprimentei-a sorridente, apesar de tudo. — Não a vejo há meses!

— Olá! Que bom ver que sobreviveu! — completou Tom.

---

[10] Guildas ou corporações de ofício eram organizações de artesãos na Idade Média (padeiros, carpinteiros, construtores etc.).

Laura arregalou os olhos e sua expressão alegre desapareceu imediatamente. — Vamos, Dog — disse ela. Samedi olhou para a menina, confuso, quando ela pegou Dog pela outra mão. — Sinto muito, senhor.

— Não fale com ele, Laura — disparou Hagens, dirigindo-se à menina. — Ele não é um de nós.

Laura encolheu-se, refazendo rapidamente o curativo de Dog.

Chocado, achei que tinha ouvido errado: — Como assim, *ele não é um de nós?* Éramos todos da Companhia Z! — respondi, mostrando o grupo com um movimento de braço.

Os lábios daquela mulher magérrima contorceram-se, sarcásticos. — Vocês logo vão entender. Falando nisso, como é que estão você e aquele pedacinho de carne? Como era mesmo o nome dela? Nora?

A raiva começou a queimar meu rosto; era minha pele tentando reagir ao sentimento. Ouvimos outro trovão, como se a meteorologia concordasse. — Carne?

— Estou bem aqui — disse Nora, dando um passo à frente. Puxei-a para junto de mim pelo xale. — Quer provar? Poderia te dar um soco na boca.

— Não me tente — respondeu Hagens. — Sou grata ao doutor Dearly por ter me encontrado e cuidado de mim e esta é minha maneira de retribuir: deem meia-volta e corram agora mesmo, estão ouvindo? Isto vale para todos. E convém olharem para trás!

— Sua... — Nora não precisava concluir o insulto, pois seu tom disse tudo. Ela deixou cair a cesta e avançou em direção à Hagens, mas eu a peguei pelos cotovelos, rígido de tanta raiva.

— Não fale com ela dessa maneira — disse a Hagens, pronunciando cada palavra devagar e em voz alta. — Nunca mais. O que deu em você, Hagens? Os olhos dela reluziam de ódio.

— O que deu em mim? Eu é que pergunto o que deu em você! Como ousa aparecer aqui?

— Do que é que você está falando?

O corpo de Hagens ficou tenso e ela gritou: — Não finja que não entende! Pelo que eu saiba, Griswold, você nos abandonou nas docas na noite do Cerco. Você deixou metade de nós lá para morrer e foi embora com a outra metade, salvar o pai desse pedaço de carne!

— Como assim, abandonei? — Agora era eu quem estava grunhindo como um animal. — Do que você está falando? O coronel Lopez deixou-os ir!

— Deixou-nos *ir*? É assim que você se refere ao fato de que tivemos que rastejar pela cidade, depois que as pessoas que tentamos proteger voltaram-se contra nós, rezando para não levar um tiro na cabeça?

— Levei tantos quanto podia naquela aeronave. E Lopez não tinha que mandar ninguém para lugar nenhum. Ele salvou vidas naquela noite, mesmo tendo que transmitir a ordem de extermínio no final.

— Os homens dele nos caçaram como cães! — gritava Hagens, cada vez mais estridente e soando como um homem, em vez da mulher que era. — Não, não. Na verdade, não te devo nada. Agora sou eu quem está protegendo meus semelhantes. E é pela bondade que existe no meu coração podre que lhes digo mais uma vez: vocês não são bem-vindos aqui!

— Cas e eu acordamos em um deserto repleto de pedaços dos nossos amigos, por causa de Wolfe e da ordem de extermínio, e você acha que eu, de alguma forma, fui poupado daquilo? — As palavras saíram antes que eu pudesse pensar, mas já era tarde.

Hagens continuava olhando para mim com ódio incontido e meus amigos assistiam a tudo com pena de mim. Pena que eu não queria que tivessem.

— Diga você — disparou Hagens. — Os dois foram traídos. Qual de nós está trabalhando com quem?

Os primeiros pingos de chuva começaram a cair, e Laura acorreu: — Mártira disse que todos Os Transformados são bem-vindos e...

— Mas não este! — gritou Hagens, avançando sobre a garota. — Jamais! Não tenho nada contra os outros, mas Bram Griswold não é um transformado. É um homem vivo dentro de um cadáver. E ele segue as regras dos vivos!

Senti no estômago as primeiras faíscas de um ódio profundo ao ouvir aquelas palavras. Minha não vida inteira era um exercício de autocontrole, mas Hagens estava apertando botões que não deveriam ser acionados. Senti que dei uns passos na direção dela, embora meu cérebro avisasse para recuar, pois o risco não valia a pena.

— Bram — disse Samedi, interpondo-se entre nós com os olhos fixos nos meus. — Vamos embora. Temos muitas coisas a descobrir, mas não aqui.

— Olhe para ele. Nem sequer tem coragem de lutar comigo — desdenhou Hagens.

— Senhorita Hagens — repreendeu-a a doutora Chase, empurrando Renfield e Cas para frente. — Cale-se, por favor. Pessoal, chequem os bolsos de novo.

— Algum humano disse alguma coisa? — desafiou Hagens. — Achei que ouvi algum humano dizer alguma coisa. Mas, tudo bem, não deve ser nada importante.

A expressão magoada da doutora Chase tocou-me, por sorte, antes que eu fizesse algo de que me arrependesse; eu sabia exatamente como ela se sentia. Forçando-me a conter meu instinto, peguei Nora pelo braço e Tom pelo cotovelo e comecei a andar em direção ao estacionamento, prestando atenção ao ruído de nossos passos naquela grama arruinada. Ir até lá havia sido um erro. O dia todo havia sido um erro. Tínhamos que chegar a algum lugar seguro e aí pensar em um novo plano para ajudar Dog.

Determinada como sempre, Hagens ainda gritou:

— Fiquem longe daqui! Se tiverem sorte, nunca mais verei nenhum de vocês. Porque se nos encontrarmos... Bem, não estamos do mesmo lado. Não mais!

12

pamela

Isambard foi contando piadas durante todo o caminho da igreja até em casa. Mamãe ria cada vez mais alto, como se meu irmão estivesse subindo na escala de hilaridade a cada nova tirada. Papai esboçava um sorriso. Era um momento muito raro e desejado de descontração.

Era uma pena que eu não estivesse aproveitando.

Passeando ao lado de minha família, ergui o rosto em direção ao sol e deixei meu casaco escorregar ligeiramente dos ombros. Não me importava se parecesse bobo ou constrangedor. Estava cansada de ser ignorada. Será que eu simplesmente parecia uma pessoa sem importância? Será que havia algo no meu rosto que dizia "não liguem para ela, ela não sabe do que está falando"?

Não foi o passeio de Nora que me aborreceu, embora uma parte do que sentia estivesse relacionada a isso. Eu havia saído do meu caminho muitas vezes — para ajudá-la, ao senhor Coughlin, à Vespertina, à Jenny — então, não podia julgá-la por querer prestar auxílio a alguém. Até a admirava por isso. E não era que eu não quisesse ajudar as pessoas, é que...

Meu Deus, quando eu me sentiria melhor? Tinha consciência de que não andava pensando claramente nos últimos tempos, mas é que estava ficando cada vez mais difícil raciocinar com ponderação. Quando alguém me colocaria no centro das preocupações, só para variar? Quando eu conseguiria parar de pensar em salvar ou proteger as pessoas à minha volta? Não que eu escolheria conscientemente fazer isso outra vez, mas quando perceberia que tinha a opção de parar?

E por quanto tempo mais Nora continuaria escolhendo o senhor Griswold em meu detrimento?

— Pamela — ouvi minha mãe dizer. — Vista o casaco direito, querida. Respirei fundo e respondi: — Claro, mamãe.

Minha mãe não me deixou ajudar a preparar o jantar de domingo. Expulsa da cozinha, perambulei por um momento pelo hall da casa, ponderando se deveria contar a meu pai como me sentia, mas então os sons provenientes da cozinha me reconfortaram... o ruído de uma faca sendo afiada, de um vidro sendo aberto. Na sala, Isambard e Jenny brincavam. A menininha disse algo e meu pai riu.

Para não estragar o clima, resolvi silenciar e me distrair na lavanderia. Afinal, nada garantia que Lopez fosse aparecer, e eu não estava com vontade de ficar à toa. A lavanderia ficava junto à despensa e ao lado da porta que levava à cozinha da padaria. Ambas tinham paredes e pisos revestidos de azulejos brancos. Os aromas da levedura e do sabão em pó trouxeram de volta milhares de lembranças do tempo de criança. Lembranças boas.

Depois de algum tempo, percebi que comecei a cantarolar enquanto passava a ferro uma pequena pilha de lenços. Usávamos muitos por dia atualmente. Logo cheguei ao que Lopez me oferecera quando nos encontramos. Tinha que devolvê-lo, mesmo que ele não viesse nos visitar hoje. Guardar o lenço de Michael parecera algo romântico e íntimo; não queria que Lopez suspeitasse de um sentimento semelhante em relação ao seu lenço. Não que ele se importasse. Nunca captei qualquer coisa mais vibrante da parte dele. Queria evitar qualquer indício de impropriedade e, mais que isso, qualquer lembrança relacionada a Allister. Já havia queimado o lenço dele.

Algo chamou minha atenção quando peguei o lenço de Lopez da pilha. Como não reparara antes? Seu monograma havia sido bordado em um elegante tom esmaecido de cinza — *E.N.L.* —, mas havia uma borda preta em torno da peça. Ele estava de luto. Talvez tivesse perdido alguém no dia do Cerco. Pobre homem. Neste instante, ouvi a campainha e o piso rangeu com passos. Parei e olhei para o teto, esperando.

— Boa tarde — ouvi uma voz grave dizer. — Seus pais se encontram, por acaso?

— É o senhor! — exclamou Isambard. — Entre, lorde Lopez.

Pronto.

Apressadamente, passei e dobrei o lenço dele. Olhei para o alto e, entre as roupas que pendiam das vigas do teto, achei meu vestido azul, que pelo menos era digno o suficiente para ser usado em St. Cyprian. Por um instante, considerei me trocar ali mesmo, pois estava usando um vestido velho de chintz, que era minha roupa de trabalho, enfeitado com uma renda barata e grosseira na gola e nas mangas e com um pequeno remendo nas costas; havia colocado esse modelo depois da missa. Lembrei que, na última vez que usara o vestido azul, havia me sentido tão fora de lugar, tão... Bem, tão do jeito que St. Cyprian havia me ensinado. Algo me fez desistir de pegá-lo. Foi a lembrança de minha mãe obrigando-me a "ler" na sala, quando nós duas sabíamos muito bem que Michael estava a caminho para nos visitar. E a lembrança dela bordando em sua cadeira de balanço quando ele se sentou no sofá. Logo minha mãe, tão trabalhadora, tão "mãos na massa". Todo esse teatro só para ficarmos parecidas com o tipo de pessoa que aquele sujeito considerava *normal* e *respeitável*. Senti na garganta o amargor da bile. Nunca mais faria aquilo. Nunca mais deixaria que minha mãe agisse assim. Nem por um lorde, nem por ninguém. Apenas soltei minhas longas tranças e rearranjei o cabelo em um coque improvisado, usando água do tanque para assentar os fios em torno das orelhas. Respirando fundo, subi as escadas.

— Espero não estar importunando — ouvi Lopez dizer. — Achei que domingo seria o melhor dia para que estivessem todos em casa.

— De forma alguma — respondeu meu pai. — Apenas não sei onde está minha filha. Por favor, permita-me pegar seu casaco e seu chapéu, meu lorde.

— Obrigado. Mas, por favor, chame-me de Lopez apenas.

— Tem certeza? — meu pai parecia confuso.

— Absoluta. Considere uma excentricidade, se desejar.

Saí do porão, atrás deles, pressionando o lenço de lorde Lopez entre as mãos.

— Lopez! — exclamei, como se não tivesse ouvido sua chegada. — Que prazer em vê-lo.

Ele virou-se em minha direção com uma expressão agradecida.

— Senhorita Roe — disse, curvando-se. Vestia-se inteiramente de preto, mas pequenas diferenças convenceram-me de que este traje era diferente do que usara no dia em que nos encontramos. As lapelas eram de veludo negro e o tecido de sua gravata era entremeado por fios prateados.

— Permita-me que lhe apresente oficialmente minha filha — disse meu pai. — Embora creia ser desnecessário pronunciar nomes completos, sabendo que os dois já se conhecem.

Fiz uma mesura e ofereci-lhe o lenço. O momento foi perfeito, sob os olhares de meu pai e de minha mãe.

— Estava a caminho de guardá-lo em um lugar seguro. Obrigada pelo empréstimo.

Lopez o aceitou e guardou no bolso.

— Foi um prazer — respondeu ele, e vi minha mãe dar um sorriso de aprovação.

— Por favor, junte-se a nós na sala — disse meu pai, indicando o caminho. — O chá está pronto, minha querida?

— Praticamente — respondeu minha mãe, retirando-se.

Meu pai desligou a televisão usando o controle remoto assim que entrou na sala. Isambard já estava lá, segurando Jenny pela mão. Meu pai colocou a mão no ombro dele e disse:

— E este é meu filho, Isambard. A última vez que o senhor o viu ele estava... vivo.

Isambard fez uma referência tensa. — Devo-lhe meu agradecimento, meu lorde.

— De forma alguma. Fico feliz em vê-lo tão bem, meu jovem — Lopez olhou para Jenny, que o observava com os olhos arregalados como faróis. — E quem é esta pequena senhorita?

— Jenny Delgado, nossa vizinha.

Lopez inclinou a cabeça, cumprimentando-a: — Olá, senhorita Delgado.

Isambard apertou a mãozinha dela. — Faça uma mesura, Jenny.

Jenny não só obedeceu como apontou diretamente para o rosto de Lopez e exclamou: — Você está usando uma centopeia!

Lopez endireitou-se, levando a mão ao bigode. Depois de um segundo, riu: — Está feio assim? Ando afastado da civilização há algum tempo.

Rindo, peguei Jenny no colo, livrando Isambard de suas obrigações momentaneamente.

— Venha, Jenny-Ursinha. Vamos achar seus lápis de cera.

Levei-a até um canto perto da lareira, onde havia um baldinho de lata cheio de tocos de lápis de cera e um rolo de papel pardo para que Jenny desenhasse. Cortei um pedaço grande para ela enquanto Lopez tomava assento no sofá de cetim, olhando, curioso, ao redor. Senti-me constrangida novamente, embora minha mãe tivesse limpado o cômodo obsessivamente quando soube que um lorde talvez viesse nos visitar. Em uma fração de segundos, porém, seu olhar encontrou o meu e ele esboçou um sorriso gentil que dissolveu meu desconforto.

Começou a chover lá fora.

— Todos nós estamos em débito com o senhor — disse meu pai, sentando-se em seu lugar habitual. Isambard ocupou a cadeira de balanço. — Minha filha contou-nos sobre o ocorrido naquela noite, mas confesso que ainda penso em tudo aquilo como algo surreal. Nunca pensei em tentar localizá-lo para agradecer, o que depõe contra mim. Graças a Deus, os dois se encontraram novamente.

— Aceito feliz seu agradecimento, mas ele é desnecessário — respondeu Lopez a meu pai, agora com uma expressão séria. — Apenas cumpri minha obrigação. Eu é que devo desculpar-me pelos encontros recorrentes com a senhorita Roe, sem seu conhecimento.

Meu pai balançou a cabeça. — De forma alguma.

Ouvindo isso, Lopez pareceu soltar-se um pouco. Mamãe entrou com seu melhor jogo de chá e o colocou sobre a mesa de centro.

— Minha filha disse que o senhor não está mais no Exército? Perdoe-me a curiosidade.

— Não. Fui dispensado pelo governo após a morte de meu irmão mais velho, lorde Atticus Lopez.

— Sinto muito — lamentou-se ela, sinceramente apenada. — Ele foi... contaminado?

— Não, embora tenha falecido durante os conflitos de dezembro — continuou Lopez, cruzando as mãos. — Não é um episódio para ser contado diante de ouvidinhos pequenos. Nem eu gosto de me lembrar.

— Compreensível.

Minha mãe começou a servir o chá. Isambard disparou-me um olhar, pedindo para ser incluído na conversa. Mesmo sendo um não vivo, a etiqueta ditava que, naquela idade, ele não deveria se pronunciar a menos que lhe dirigissem a palavra. O que se aplicava a mim também. Aquilo era horrivelmente injusto, uma vez que ele jamais atingiria a idade em que poderia se dirigir a outros homens adultos por direito adquirido. Só o fato de ele não se revoltar contra essa condição já confirmava o quanto a morte modificara seu temperamento. O antigo Isambard teria escalado a pirâmide social a unha se necessário.

Eu não conseguia decidir se me sentia orgulhosa ou arrasada com a constatação.

— Aluguei uma casa na cidade desde o funeral — informou Lopez. Ao aceitar a xícara que minha mãe lhe ofereceu, brincou, com um tom neutro: — Por favor, corrija-me, senhora, se cometer algum deslize na etiqueta. Quinze anos no Exército devem ter provocado algum estrago em mim. Obviamente, a senhora criou dois jovens maravilhosos, e tenho certeza de que me beneficiaria com sua orientação.

O sorriso com que minha mãe respondeu ao comentário vinha de outra época, de outro lugar. Surgiu do genuíno prazer diante da gentileza de outra pessoa. Desfrutei daquela cena por poucos instantes, pois Jenny puxou minha manga, pedindo atenção. Ajudei-a a segurar os lápis enquanto desenhava.

Os adultos seguiram conversando descontraidamente sobre muitos assuntos corriqueiros — o tempo, a elevação do preço das mercadorias após o Cerco, tudo menos os eventos decorrentes da recente onda de violência. Eu ouvia a conversa tensa, temendo que Lopez me delatasse, contando aos meus pais as reais circunstâncias de nosso segundo encontro, mas ele não o fez. Na verdade, havia algo em suas maneiras que me acalmava, algo na sua maneira de formular as frases, que as tornava razoáveis e justas. E, com isso, relaxei, observando o mesmo em meus pais, à medida que a conversa prosseguia. Fizeram uma ou duas piadas e notei a tensão física desaparecer.

Aquilo era um dom sem preço.

Um pouco depois, minha mãe levantou-se para acender mais lamparinas. Com a tempestade, escurecera cedo e as paredes azuis da sala foram tornando-se acinzentadas.

Lopez dirigiu-se a meu irmão: — Perdoe-me por ser tão direto, mas gostaria de saber como está sua saúde.

Isambard mordeu os lábios. — O senhor refere-se a como é ser um zumbi, meu lorde?

Lopez tossiu. — Sim. Depois que o deixei junto de sua irmã, fiquei imaginando o que o destino lhe reservava.

— Bem, depois que me reanimei e voltamos para casa para nos esconder, o doutor Evola começou a cuidar de mim. Ele drenou todo o meu sangue e instalou as válvulas — relatou Isambard, mostrando o mecanismo no pulso por onde recebia a medicação. — Como o senhor sabe, meu coração não funciona mais.

Se Lopez ficou abalado com o relato, não o demonstrou. — Entendo. E quais são seus planos, agora?

Meu irmão pensou por um momento antes de responder: — Fazer o que tenho que fazer. Jenny é minha responsabilidade, por exemplo. Não sei. Ajudaria na padaria se pudesse, mas agora não é permitido — comentou, girando o copo de papel em que bebera água. — Antes, nem me passava pela cabeça a possibilidade de trabalhar com meu pai. Agora que eu quero, não posso mais.

— Entendo o que quer dizer. — E, olhando para mim, Lopez perguntou: — E você, senhorita Roe?

Jenny queria levantar-se, e eu a ajudei.

— O mesmo. E estar com aqueles que amo. — Não havia outra resposta possível. Não podia declarar naquela circunstância que meu maior desejo era parar de ter aqueles sonhos sobre morte e destruição e não pular mais de susto a cada ruído inesperado.

Lopez assentiu quase imperceptivelmente, antes de olhar para o chão. — Ah, e o que é isso?

Com um papel na mão, Jenny foi se aproximando enquanto ele falava e, ao chegar perto, tropeçou em um ressalto no tapete. Lopez imediatamente a levantou do chão. Ela ajeitou-se, orgulhosa, e mostrou-lhe o desenho. Havia desenhado o próprio lorde Lopez: uma forma que lembrava uma cabeça, com uma taturana verde, com pernas e antenas, no lugar do bigode.

— Você! — declarou a menina.

Os lábios de Lopez moveram-se, mas ele não riu.

— Estou honrado, senhorita Delgado. A semelhança é impressionante! Posso ficar com o desenho? — Ela assentiu, entusiasmada. — Pode assiná-lo, por favor?

— Permita-me uma última pergunta inconveniente? — disse meu pai enquanto Jenny voltava para o meu colo. — Seu sobrenome é Lopez como os Lopez de Marblanco?

Lopez colocou sua xícara e seu pires sobre a mesa. — Sim, precisamente.

Aquela declaração não significava nada para mim, mas minha mãe colocou a caixa de fósforos no alto da lareira e deixou cair os braços lentamente, com o olhar fixo em Lopez.

— De verdade? Que triste.

Meu pai tentou silenciá-la com o olhar. Isambard e eu trocamos olhares. Marblanco? O que era Marblanco?

— Sim — a voz dele ficou rouca.

Senti pontadas de ansiedade no peito novamente. Desejei que meus pais se calassem.

— Então o senhor não tem outros parentes, a não ser seu falecido irmão? — inquiriu meu pai. — Nenhum de quem seja próximo?

Lopez olhou de relance para o relógio sobre a lareira e viu que já havia se passado meia hora. — Creio que não devo me demorar mais.

Meu pai ergueu-se e curvou-se para cumprimentá-lo. — Sinto muito. Não deveria ter perguntado nada. Peço-lhe desculpas pelo incômodo.

— De forma alguma. — Lopez também ficara de pé e estendera a mão. — Aconteceu há muito tempo. Sua família é de uma gentileza extrema. Foi uma honra gozar de sua hospitalidade.

Meu pai apertou sua mão, claramente aliviado.

Eu, no entanto, ainda me sentia desconfortável por não saber a que se referiam. Seja lá o que fosse.

Também não entendi o que explodiu na minha cabeça quando pisquei. Soube instantaneamente que dessa vez não foram fogos de artifício, nem trovões, nem nada disso. A explosão ecoou sob meus pés. Agarrei Jenny contra meu corpo, ouvindo seu grito de pavor ressoar em meus ouvidos. Poderia jurar que o chão se moveu sob meus pés, mas, por causa das batidas doídas do meu coração, não podia dizer se aquilo realmente havia acontecido ou não.

Meu pai e Lopez correram em direção à porta. Minha mãe gritou. Levantei-me como se meus movimentos estivessem em câmera lenta e coloquei Jenny na poltrona do meu pai, dizendo-lhe que não saísse dali. Isambard aproximou-se para confortá-la e eu corri atrás dos dois homens, sentindo todo o peso do meu vestido.

Meu pai abriu a porta. Não havia pânico lá fora, apenas uma carruagem sem nenhum sinal distintivo, disparava rua abaixo, sob a chuva. Era tal sua velocidade que, quando desviou de outro veículo, inclinou-se perigosamente para um lado. Havia alguém pendurado para fora da janela, olhando para nossa casa, e, por um instante, achei que havia enlouquecido, pois a pessoa tinha um bico. Como um pássaro gigante. Como as pessoas que haviam atacado Nora e o senhor Griswold.

Lopez abriu a porta que dava para o porão e recuou, gritando: — Foi ali!

Meu pai agarrou meu braço, como se esperasse que eu fosse entrar lá, mas nem era preciso. Pude ver do alto que a porta que levava à padaria havia sido arrancada e havia um buraco enorme no lugar. Através dele vimos o piso rachado e o equipamento destruído. Pó e fumaça subiam, e chamas ardiam nos cantos.

Lopez virou-se para mim e disse com firmeza: — Leve todos para fora e chame a polícia. Agora.

Sem olhar para trás nem sequer tomar fôlego, corri para a sala. Ainda não tinha certeza do que havíamos presenciado. Tudo o que sabia é que o mundo ruía à nossa volta.

Novamente.

13
MICHAEL

O Parlamento era pavoroso, característica da qual Nova Victoria orgulhava-se. O edifício era decorado com centenas de estátuas de mármore de verdade e simbolismos ambíguos, além de ter metros e metros de frisos bonitos, mas inúteis, esculpidos em pedra. Além disso, exibia no alto um leão e um unicórnio holográficos atracados em luta, os dois do tamanho de metade do prédio abaixo deles.

Quando passamos na frente dele, em nossa carruagem, coloquei o corpo para fora da janela e fiz uma continência:

— Seu obediente filho! — Os outros rapazes gargalharam como gralhas.

Meus acompanhantes naquela noite provaram-se muito mais capazes do que os que haviam sido recrutados por mim em ocasiões anteriores, especialmente o que ficara esperando na carruagem, sem chapéu, na esquina da rua George, sinalizando, assim, que a padaria estava vazia e, portanto, pronta para ser destruída pela bomba. No sábado anterior, não havíamos pensado nessa localização estratégica e, sem querer passar pela frente do estabelecimento, acabamos dando a volta e tendo que jogar a bomba dentro de uma lata de lixo em um beco. Decisão mais prudente do que percorrer todo o trajeto até o rio com uma peça de artilharia armada no colo. Por conta disso, havia perdido a compostura. Porém, até onde eu podia perceber, os rapazes eram os mesmos de antes. Sob as máscaras e os modificadores de voz instalados nelas, eu não tinha ideia de quem eram os meus irmãos — a ignorância nos cobria com uma espécie de encantamento protetor. Por conta disso, nos tornávamos arruaceiros e destemidos. Eu bebia pra poder me comportar como eles.

— Não acredito até agora que O Assassino conseguiu uma bomba para você. *Duas* bombas — disse um dos meus *irmãos*, puxando-me para dentro da carruagem, a salvo da chuva.

Tropecei no saco de aniagem que ficara na cabine. A máscara prejudicava minha visão periférica.

— Você tem uma baita coragem para atacar um bando de simpatizantes desse jeito. Dá pra imaginar? Uma imundície de um zumbi vivendo ao lado de uma padaria? É um caso de ameaça à saúde pública, isso sim.

Eu ri, apesar do embrulho no estômago. Tinha que rir, tinha que fazer piada, porque não sabia o que estava sentindo. O que estava sentindo não tinha um nome conveniente, como remorso ou raiva. Era um sentimento desconectado, como se eu flutuasse dentro de uma bolha de sensações sem contorno. Quase eufórico, porém, sem a euforia. Como se minha consciência estivesse repudiando meu próprio corpo.

O fato estava consumado. A vingança estava entregue. Pamela Roe precisava pagar pelo que tinha feito, com certeza. Havia me arrastado pela cidade, colocado minha vida em risco, me humilhado; e ela havia posto suas *mãos* em mim. Depois de tudo o que fiz por ela. Ela era tão baixa que eu poderia até encenar uma vingança social. Mas não tive escolha senão revidar com fogo, literalmente. Agora, podia focar na rodada final. Na verdade, *tudo* o que podia fazer era focar na rodada final, o que conferia solidez ao plano dentro da minha mente. Tornava-o real. O plano não me parecera real até então.

O saco no chão moveu-se, contorcendo-se de repente como um verme. Chutei-o, reação decorrente de puro medo, e a coisa ficou imóvel depois de emitir um soluço completamente humano.

— Odeio quando a diversão é arrogante — grunhiu um *irmão*.

— Apenas desfrutem do passeio, cavalheiros — respondi, recostando-me no assento. — Não foi o que esses podres lhes ensinaram, a aproveitar cada segundo?

Um dos rapazes gargalhou. — Foi mesmo. São tão sábios agora. Tão santos. Será por isso que ardem tão bem? Fogo sagrado? Ou será o inferno que os chama de volta desesperadamente?

Continuei rindo.

O *pub* onde nos encontraríamos naquela noite era um buraco encardido na parede e ficava abaixo do nível da rua, pouco acima da rede de esgoto. Água do escoamento da chuva escorria pelas paredes. O dono do lugar e suas meninas tinham o cuidado de manter expressões neutras, e o sistema de som no volume máximo nos protegia de tudo.

Como gentileza por terem nos recebido, depositamos nossas armas em uma única mesa, ligeiramente afastada. O conjunto era impressionante: revólveres, tacos e até uma espada. Removemos as vestes que nos protegiam lá fora, mas não as máscaras. Éramos cerca de trinta, mas eu não tinha ideia de quantos estariam envolvidos na operação ao todo.

Procurei por um casaco verde-garrafa e movimentei-me quando o vi. Ninguém podia dizer como era o rosto sob a máscara, mas todos o conheciam pelo tal casaco. Seu número era 1712 e era responsável pelo gerenciamento de nossos dados. Negociava sozinho quase tudo que era ilegal. Dizia-se que ele conhecia a identidade do número zero, a figura escusa que supostamente havia começado tudo. Apesar da lenda, o Número Zero, assim como todos os demais, era apenas um rapaz rico que usava uma máscara. Se é que ainda estava envolvido no negócio.

A primeira carta que recebi sugeria que não estava mais:

Eu não saberei quem você é, se está envolvido ou se algum dia não estiver mais. E nem você saberá quem eu sou ou se algum dia estive ao seu lado. Pode ser que envie estas cartas e desapareça, para observá-los a distância.

O irmão Jaqueta Verde cumprimentou-me com um aceno de cabeça quando me aproximei. Eu usava um broche de gravata dourado e oval para que ele pudesse me reconhecer, como lhe indicara no bilhete. Ele fez sinal para que o seguisse através de uma porta de ferro e foi o que fiz, com uma bebida na mão.

— Irmão — disse ele na voz computadorizada quando ficamos a sós. Havia pouca luz, mas, pela quantidade de garrafas em torno, estávamos em um depósito. — Devo concluir que obteve sucesso desta vez?

— Verá no noticiário quando chegar em casa.

— Ótimo. Fico feliz que tenha optado por ousar. Afinal, você exige demais de mim. E do Assassino. Companhia especial, local especial, que seus *irmãos* não o acompanhem. Respeito sua visão, mas é algo complicado de arranjar.

Sabia que era. Por isso, havia juntado-me a eles. Meus sonhos eram grandiosos e arriscados demais para concretizá-los sozinho.

— Está certo de que a polícia não conseguirá rastrear as bombas?

— Confio no meu fornecedor — respondeu, gesticulando em direção à escuridão, de onde emergiu uma figura de grande porte. Quando se aproximou da pouca luz que entrava pelo contorno da porta, pude ver que era um homem alto, usando um casaco sujo, com cabelos encaracolados que emolduravam um rosto queimado pelo vento — Assim como confio neste companheiro. Ele pode encontrar qualquer um.

— Não apenas encontrar. Qualquer um pode encontrar. Eu entrego. Vivo. Faço isso há vinte anos. — O homem fez um movimento quase imperceptível com a cabeça. — Sou conhecido como Ratcatcher.

— Ótimo, porque sei exatamente onde o rato se encontra — respondi, pegando dois envelopes no bolso interno do meu casaco. Dei um a ele. — Infelizmente, encontra-se também cercado de muita gente. Preciso dele inteiro, em um local seguro. Não adianta atacá-lo no meio da rua.

Ratcatcher pegou o envelope e virou-o sem abrir. Mesmo que quisesse conferir o conteúdo, a falta de luz não permitiria. — Tem uns dois mil aqui, pelo peso — comentou.

— Receberá a outra metade quando eu puser minhas mãos nas entranhas pútridas do sujeito.

— É um morto? É muito dinheiro por um morto.

— Morto, mas grande. E bem treinado. Pelo Exército. E não é o único que eu quero. — O sujeito ergueu os olhos. — Tem uma garota também. Viva. Preciso dela também. Mas ela não deve perder um fio de cabelo, entendeu? Ela vem junto para olhar. Duvido de que viria comigo, senão eu mesmo cuidaria dela.

O sujeito ponderou sobre o que eu dissera e cuspiu no chão. — Data de entrega?

— Vinte e sete. Daqui a uma semana.

— Não é muito tempo.

— Exatamente. Quero liquidar logo o assunto — Jaqueta Verde riu. Ao ouvir aquele som, tive uma vontade repentina de acabar com ele. Meu corpo todo pinicava só de pensar em todas as maneiras que isso podia dar errado, em todas as coisas horríveis que poderiam acontecer.

Reprimi todos esses pensamentos. Todos.

— Feito, meu lorde.

— Muito bem — finalizei, entregando o outro envelope ao Jaqueta Verde. — Aqui está seu dinheiro. Obrigado pela entrega.

Cumprimentei os dois com um movimento de cabeça e saí. Meu coração soava como o motor de um zepelim dentro de mim.

Ouvi Jaqueta Verde dizer: — Entrarei em contato. Preciso descobrir um lugar afastado para levá-los. Esse aí quer fazer as coisas de um jeito um pouco diferente. Só concordei porque o que ele sugere é... Original. E nos traz dinheiro.

Pronto. Agora não havia mais nada a fazer, exceto beber. Meia hora depois, os funcionários saíram, deixando as chaves ao lado da caixa registradora. Através do nevoeiro de gim, ouvi a porta ser chutada e, em seguida, as gargalhadas dos meus *irmãos* e a nossa próxima vítima gritar e se debater.

Sabia o que estava por vir. Já presenciara aquilo antes e não tinha muito interesse em ver de novo. Mas algo me fez ficar.

Pela importância do ritual, havia pouca formalidade. Jaqueta Verde postou-se junto à parede. Um dos rapazes mascarados subiu em uma precária cadeira de madeira e gritou:

— Nosso irmão número 38999 torna-se esta noite membro d'O Assassino. — O tal irmão, um sujeito frágil vestindo um casaco vinho, ergueu seu copo em um brinde, e os demais gritaram congratulações. A mobília foi afastada em torno dele, que se postou, convenientemente, sobre a grade do ralo do cômodo.

Os *irmãos* com quem eu havia agido naquela noite trouxeram o saco para baixo. Havíamos capturado o zumbi pouco antes de atacar os Roe. Não tinha a menor ideia de quem era, apenas tivera a má sorte de estar passando pelo beco onde estávamos escondidos à espera do anoitecer. Haviam nos pedido para trazer um "brinde" para a reunião.

Juntos, soltaram as cintas usadas para fechar o saco, de onde emergiu um homem de meia-idade. Sobre a roupa de trabalhador, usava um suporte de couro para as costas.

— Não! Não! Por favor!

O *irmão* que seria aceito naquela noite entornou o que restava de sua bebida, erguendo a máscara. Quando terminou, aproximou-se da mesa onde estavam as armas e postou-se à frente dela, balançando ligeiramente o corpo.

— Revólver, revólver! — gritou alguém.

— Fogo! — sugeriu outro. — Tenho um acendedor e bastante combustível podre. Amarrem-no e vejamos como frita!

O jovem parecia pronto para seguir a sugestão dos colegas, rindo de dobrar o corpo a cada sugestão. Mas, finalmente, escolheu a espada. Indicava senso de tradição. Fiquei imaginando qual seria sua identidade, se teria pegado aquele objeto ridículo de alguma parede da casa de sua família.

O *irmão* ficou de frente para o zumbi e ergueu a arma com duas mãos claramente inexperientes.

A voz do zumbi ficou aguda. — Meu nome é Emanuel. Emanuel Delgado! Tenho uma...

— Por minha família! — gritou o rapaz e desceu a arma sem hesitação.

E sem força também.

Bem. Nunca havia visto um homem tentar falar com uma espada enterrada no meio do rosto antes. Faltara força ao golpe. Os olhos do zumbi incharam, quase pulsando, e seu maxilar tremeu enquanto ele tentava tocar o osso atingido pela lâmina. Continuava tentando suplicar.

Lembro-me de ter perdido um martelo, enterrado na cabeça de um zumbi, durante a fracassada tentativa de salvar a porcaria do irmão da Roe. Pelo menos, o havia abatido.

— De novo! Não pegou o cérebro direito! — gritou alguém.

— Não! Brinque com ele um pouco!

Entediado, tomei o rumo da escada. Os gritos do moribundo me seguiram. Quando cheguei lá fora, retirei a máscara e expirei, tentando livrar-me do fedor do álcool. O ar estava frio. Em uma semana, eu faria a mesma coisa.

Meu telefone tocou e seu tom ressoou límpido na escuridão. Abri-o e encontrei uma mensagem de Vespertina.

Acabei de receber uma mensagem sobre a explosão de uma padaria da rua George. Não é lá que mora a R?

Fiquei completamente sóbrio de repente e apoiei-me na parede de pedra da construção, tentando não vomitar. Ela lembrou. Ou não? Minhas confissões de bêbado deixaram-me apavorado quando lembrei o que tinha feito. Achei que tivesse me entregado. Vespertina estava certa; eu achara o dedo decepado dentro do meu bolso e o anel no meu próprio dedo, no dia seguinte, e havia jogado os dois no fogo. Ela, no entanto, não havia se pronunciado desde então. Achei que estivesse seguro. E agora?

O que veio à minha mente, no início, foram ameaças. Peguei o telefone: *Sua casa tem câmeras de segurança. Tenho dinheiro para contratar hackers. Se for digital, pode ser apagado. O mundo nos verá juntos e a sós.*

Pronto. Talvez estivesse mostrando minhas cartas cedo demais, mas foi a única coisa em que consegui pensar. Com sorte, seria uma jogada só. Com sorte, mesmo que ela não tivesse ideia ao que me referia, era uma ameaça grande o suficiente para forçá-la a fechar a boca e nunca mais me contatar. Mulheres idiotas, mulheres idiotas...

Foi quando a garota me surpreendeu com uma jogada de mestre também: *Não quero delatá-lo. Quero participar. Quero ver R e D sofrerem. Como posso ajudar?*

Bem... com isso, eu podia lidar.

14 • nora

A volta foi barulhenta, mas Bram e eu não participamos da conversa. Enquanto os outros tagarelavam e praguejavam ao nosso redor, Bram se retraiu.

— Tem certeza de que nunca ouvira falar dessa gente, *senhor eu-quebro-regras-do-mesmo–jeito-que-as-pessoas-não-dão-gorjeta*? — perguntou Renfield.

— Não. — A doutora Chase balançou a cabeça, confirmando. — Considere isso um efeito colateral por ter tirado nossos narizes do crime e mantido os pés no chão. E a cabeça no lugar, antes que alguém faça uma gracinha.

— Você poderia perguntar sobre eles ao Ratcatcher.

— Poderia. Mas de que serviria? — perguntou Samedi, olhando pelo retrovisor para a Cas. — Não achamos a Modelo V, achamos? E, provavelmente, a polícia ficou até feliz que eles saíram de Nova Londres.

Ele estava acerto. Além de uns poucos batedores de carteira, não havíamos visto nada que fosse ilegal. Os Transformados tinham o direito de se reunir. A conversa logo passou para Hagens, e todo mundo ficou dissecando as palavras dela. Eu não queria nem pensar naquela mulher. Não podia acreditar quão cruel havia sido com Bram. Quão irracional e despeitada. O que me fez lembrar de Pamela e da nossa briga.

Arrependida, busquei o telefone dentro da bolsa e o liguei. A tela de descanso animada do aparelho piscou, buscando sinal. E quando achou, explodiu. Todas as ligações perdidas eram dela. Sentindo o coração apertado mesmo antes de ouvir ou ler as mensagens, sussurrei no ouvido de Bram:

— Peça-lhes que nos levem até a rua George, por favor!

De alguma forma, soube que havia acontecido algo.

As cinco carruagens da polícia, a ambulância e o carro de bombeiros que encontramos parados em frente à casa de Pamela não me assustaram. Cenas assim eram comuns ultimamente. Apenas quando consegui sair do Rolls-Royce, depois que Samedi encontrou um lugar para estacionar, e ver a abalada família Roe de pé, perto de um poste de luz, é que o pânico me acometeu e senti a pele anestesiada.

Corri até eles. Isambard me viu e apontou, e Pamela virou-se com os olhos cheios de lágrimas. Abracei-a e ela não resistiu.

— Eu estava bem ali menos de uma hora antes...

— Vai ficar tudo bem. Está segura agora. Não está? — perguntei-lhe. Para dizer a verdade, quis chorar também ao vê-la naquele estado. Ela havia telefonado freneticamente para o meu aparelho desligado, deixando mensagens cada vez mais histéricas. Ouvi todas elas ainda no carro, convencida, ao terminar, de que ela havia parado de chamar por uma razão que não ousei nomear.

— Sinto tanto.

Pam afastou-se um pouco de mim.

— Eu sei que sim. — Ela vestia um vestido velho, encharcado pela chuva, e estava envolta em um cobertor grosseiro. A voz dela falhou ao dizer: — Tivemos muita sorte.

Jenny chegou perto dela, emergindo do lado de Isambard, e Pamela a embrulhou no cobertor como se quisesse escondê-la.

— Muito *aaaaalto* — gemeu a menininha, esfregando o ouvido com a mão manchada.

Os demais se aproximaram. Bram parou do meu lado, e a doutora Chase aproximou-se da senhora Roe, que estava bem abalada. O senhor Roe não estava à vista.

— Onde está seu pai?

— Está falando com a polícia, com lorde Lopez — respondeu Pamela, sinalizando com a cabeça na direção da cozinha da padaria, que ficava no porão e era acessível da rua por um lance de degraus de pedra. Parecia que um imenso canhão havia disparado de dentro para fora e a pequena janela ao lado da porta estava despedaçada. — Eles disseram que a bomba foi jogada para dentro por ali.

— Sinto muito — disse Bram.

Pamela olhou para ele e assentiu com a cabeça, quase sem forças.

— Quem pode ter feito uma coisa dessas? — perguntei, elevando a voz. Desejei que todos desaparecessem dali: as carruagens da polícia com as luzes piscando, os repórteres e os civis aglomerados no extremo da rua. Queria ver tudo calmo de novo, normal de novo. Pelo bem da Pam, não por mim.

Pamela balançou a cabeça. — Vi...

Suspendeu a frase quando viu seu pai se aproximar, acompanhado de um homem vestido de preto. O senhor Roe parecia ter perdido todo o sangue do corpo e a vitalidade que este lhe proporcionava. O cavalheiro, que obviamente era lorde Lopez, caminhava devagar em respeito a ele e lhe falava em voz baixa.

A doutora Chase afastou-se para que a senhora Roe passasse, apressada, para abraçar o marido. Ela começou a chorar e ele lhe deu tapinhas nas costas para consolá-la.

— Está tudo bem, Malati.

— Geoffrey, o que vamos fazer?

— De imediato, a polícia quer que vocês saiam daqui. Eu irei com eles.

— Não! Não vou abandonar minha casa!

— E se outra bomba explodir? E se for dentro de casa? — A senhora Roe encarou o marido, horrorizada. — A polícia não quer sequer que entremos novamente.

— Venham conosco — ofereci-lhes. — Por favor, venham conosco. — Ao meu lado, a doutora Chase assentiu.

— Eu levo vocês... — disse Lopez, apontando para sua carruagem estacionada na rua. Cumprimentou-nos com um movimento de cabeça quando nos viu — ...aonde desejarem.

— Disseram que podemos vir pegar algumas coisas pela manhã — completou o senhor Roe, acariciando os cabelos da esposa. — Mas agora precisam sair daqui.

Passando o braço por cima dos ombros de Pamela, tentei conduzi-la para o Rolls-Royce. Ela me acompanhou sem resistir, como se estivesse anestesiada. Jenny, para conseguir ficar sob o cobertor, veio também.

E eu fiquei pensando se havia algo que pudesse dizer para confortá-la.

Em casa, todo mundo entrou em modo de guerra. Cas e a mãe, Silvia, uma senhora zumbi calada que andava com cadeira de rodas, insistiram para que Pamela e sua mãe ficassem no quarto que fora da tia Gene. Ao recusar polidamente, Cas olhou para a senhora Roe e disse:

— Temos cobertores. Em algum *mo-meeeeento* vamos ter que nos acostumar ao chão.

Um catre foi colocado no quarto de hóspedes para Isambard. Bram e os rapazes mais velhos meteram-se em algum cômodo reservado, com Lopez, para discutir o ocorrido. A doutora Chase telefonou para meu pai e, milagrosamente, conseguiu falar com ele. Ele pediu para falar comigo — perguntas corriqueiras, como: "você está bem?" e "precisa de alguma coisa?". No entanto, senti ansiedade na voz dele, o que, curiosamente, reconfortou-me. Disse que viria para casa assim que pudesse.

Finalmente, consegui ficar a sós com Pamela, dentro da minha casa de bonecas, no meu quarto. Ali, encolhida em meio à mobília de brinquedo, como se aquilo fosse uma miniatura de sua própria casa, ela sucumbiu à dor. Abracei-a enquanto chorava, e quando quis soltar-se, soltei-a com relutância. Contou-me tudo o que acontecera em um murmúrio sem emoção. Quando chegou ao ponto em que a polícia havia aparecido, parecia ainda mais exausta do que quando nos reencontráramos.

— Não descobriram nada ainda. Tiraram fotos, recolheram pistas e nos interrogaram. Você precisava ver a cozinha da padaria.

— Você tem ideia de quem possa ter feito isso?

Ela olhou diretamente nos meus olhos pela primeira vez. Parecia que tinha levado uma surra. Estava drenada.

— Foi isso: meu pai abriu a porta e eu vi uma carruagem disparando. Havia alguém com o corpo para fora da janela, olhando para trás.

— E quem era?

— Usava uma máscara de pássaro. Como a que você descreveu depois do assalto.

Chocada, levei um segundo para recuperar a voz. — Você os viu jogar a bomba ou só os viu fugindo?

— Fugindo. Mas, Nora, só podem ter sido eles. Era como se o diabo estivesse dirigindo aquela carruagem.

— Era a carruagem da tia Gene?

— Não, mas era preta.

— Você contou à polícia?

— Claro.

Tentei pensar.

— Você acha que alguém poderia querer atingir sua família?

— Não. Quero dizer, estamos longe de ser ricos, mas o negócio de meu pai não é ruim. Não posso imaginar que tenha inimigos. A polícia ponderou que pode ser alguém revoltado com o fato de que vende comida para zumbis, ou que tem um filho zumbi, mas Isambard nunca mais pisou na padaria. — Lágrimas começaram a aparecer em seus olhos novamente. — Por que alguém faria uma coisa dessas? Nunca fizemos mal a ninguém.

— Então a polícia acha que foi um ataque aleatório, movido pelo preconceito antizumbi?

Pam tentou dar de ombros, mas desistiu no meio do caminho. — Não consigo conceber que uma coisa assim tenha sido por acaso, mas pode ser que sim. Como aquela bomba que explodiu na semana passada. E o assalto que vocês sofreram. Ninguém poderia saber que você e o senhor Griswold estariam onde estavam.

Fiquei sem saber se deveria me sentir culpada ou não. A ideia de que os mesmos sujeitos mascarados atacaram tanto a mim quanto a minha melhor amiga era coincidência demais. Acariciando o cabelo dela, respondi:

— Vamos descobrir quem são os responsáveis. Se a polícia não conseguir, nós mesmos os rastrearemos.

Fechando os olhos congestionados, Pamela respondeu:

— Nora, não posso mais.

— Mais o quê? — perguntei, com um nó no estômago. Talvez, ela finalmente fosse me dizer para sumir. Talvez me dissesse que eu era uma porcaria de amiga. Estava quase esperando aquilo.

— Tudo isso — continuou ela, com a voz entrecortada. — Viver deste jeito. Todo dia tenho a sensação de que vou morrer, como se o pior tivesse passado, mas que vou morrer mesmo assim, de um jeito ou de outro. É como um monstro à minha caça permanentemente. Meu peito dói; estou tão ansiosa que não consigo ficar parada. Como se estivesse tomando drogas ou algo assim...

— Pam... — não sabia o que dizer.

— Não posso mais — repetiu ela, inclinando-se para frente. — O problema é que não sei mais o que fazer.

Pelo menos, ela se abrira, finalmente.

— Juro que entendo você — disse a ela, segurando suas mãos entre as minhas. — Mas não pode pensar que está tão impotente assim. Você fez coisas extraordinárias.

— Gostaria de não ter tido que fazê-las. Todo dia penso no que fiz, e ainda não sei como pude. Eu matei gente! — e, dizendo isso, começou a chorar novamente. — Você realmente pensou em mim quando foi sequestrada? Porque eu me recordo de tudo que você passou e meu primeiro instinto é querer poupar-lhe dos meus problemas. Mas, você se comporta como se nada tivesse lhe acontecido. Sei que o que estou dizendo não é verdade, nem é justo, mas é o que parece. Você não quis ficar comigo quando essa gente chegou, você quis ficar com o senhor Griswold. Você fugiu com ele hoje, e eu não conseguia fazer contato com você.

— Nós fomos parar... — interrompi a frase, decidindo não contar nada a ela. Aquilo era outra história completamente diferente.

— Não é bem porque você fugiu. Peço-lhe desculpas pela briga na igreja. Provavelmente, as coisas que disse não faziam nenhum sentido para você. Mas é que você tem... toda essa gente nova na sua vida. Eu já a perdi uma vez e nunca vou esquecer. Às vezes, sinto como se continuasse me afastando de você. É como se eu estivesse perdendo todos que amo.

Na esperança de conseguir pelo menos aliviar um pouco a dor dela, respondi:

— Pensava em você todos os dias quando estava na base, Pam. Sabia que estava terrivelmente preocupada. Implorei para que me deixassem fazer contato com você, para avisar que estava bem. Ainda penso em você todos os dias. Vim até você hoje e sempre virei.

— E se fosse preciso, eu iria até você. Você sabe disso — continuou ela. — Mas, de certa maneira, esse é o problema. Meus pais acham que eu consigo dar conta de qualquer coisa agora. *Você* acha que eu consigo. — Soltando as mãos das minhas, juntou parte da saia ao corpo. — Você acha que sou uma covarde, Nora?

— Não. Nunca achei.

— Bom, eu acho que sou — respondeu, ficando de pé. — E se conseguisse aceitar que sou, seria mais feliz. Creio que preciso desistir de ser o que não sou.

Agarrando-me ao telhado da casa, fiquei de pé também. Ia responder "Pam, você não pode...", quando a porta se abriu e nós duas, instintivamente, silenciamos.

Era a senhora Roe. Pamela enxugou os olhos com a saia e soltou-a.

— Pamela? Quero que venha dormir.

Ela assentiu e, antes de seguir a mãe, sussurrou:

— Desculpe.

— Não, sou eu quem lhe pede desculpas. Nem sei por que está se desculpando.

— Também não sei — respondeu ela, dando de ombros.

Sentei-me de novo, sentindo o coração bater forte. Eu descobriria quem havia feito aquilo de qualquer maneira.

E o faria pagar caro. Queria ter conversado com Bram ainda naquela noite, mas adormeci antes de conseguir, pois estava emocionalmente drenada. A doutora Chase acordou-me na manhã seguinte, com a notícia de que as Roe queriam ir até a casa delas para buscar suas coisas. Corri escada abaixo ainda usando o vestido do dia anterior, com o chapéu prestes a cair, preso por apenas um grampo.

Fomos para a rua George no Rolls Royce, dirigido por Alencar. Até o motorista de minha tia parecia cansado, com mais rugas que o normal cruzando-lhe o rosto. Havia fitas adesivas amarelas cercando as grades de metal das duas construções da família Roe e suas pontas soltas balançavam inutilmente ao vento. Ficamos todos de pé, parados por um momento diante daquela cena, até que Isambard tirou um canivete do bolso do colete e cortou uma das fitas para entrar.

A casa estava intacta, o que me pareceu estranho. Na minha imaginação, o confortável lar dos Roe havia sido transformado em algo saído de meus hologramas de guerra, mas os danos pareciam limitados ao porão. Descemos até a lavanderia para dar uma olhada, e entendi o que Pamela quisera dizer com "havia estado bem ali". O tanque fora perfurado em vários lugares. Roupas rasgadas estavam espalhadas pelo chão, como bandeiras abandonadas em um campo de batalha. A mesma fita adesiva fora colocada no buraco onde antes havia a porta que dava para a cozinha da padaria, e a porta propriamente dita desaparecera. Espiei do outro lado e arrependi-me imediatamente. O piso estava chamuscado, as paredes tinham rachaduras e o maquinário estava de cabeça para baixo. Tudo que o senhor Roe havia lutado tanto para construir desaparecera.

Voltamos para o andar de cima antes que a senhora Roe pudesse olhar demais. Ela sumiu dentro do cômodo que dividia com o marido, e Isambard foi para o quarto dele. Acompanhei Pamela até o dela e, desta vez, fui eu quem fez as malas para ela, como minha amiga havia feito para mim em St. Cyprian.

Juntei vestidos, chapéus, arcos e flechas. Ela concentrou-se em objetos pequenos, que provavelmente eram de extrema importância, dado o estado emocional em que se encontrava: seus troféus, sua coleção de fitas.

Ouvimos batidas na porta da frente. Aconselhei Pam a ignorá-las, até que Isambard apareceu à porta.

— Lopez voltou.

— E...? — perguntou Pam a ele.

—E quer que o acompanhemos.

— Que o acompanhemos? Aonde?

Sem dizer nada, Isambard apontou para a grade do aquecimento no piso do quarto da irmã. Entendi imediatamente. O tubo de aquecimento era como um condutor para os sons que vinham da sala e da cozinha. Nós três ficávamos deitados no chão escutando as conversas que aconteciam lá quando elas nos pareciam adultas e misteriosas, antes que aprendêssemos que eram, na verdade, desinteressantes como pó. Somente a transgressão de ouvir, sem ser visto, já era excitante. Colocamo-nos em posição, deitados de costas com as mãos sobre a barriga, com Isambard no meio. Fechei os olhos para ouvir.

— É uma oferta... Surpreendente, lorde Lopez. Era a senhora Roe falando. — Mas creio que seria necessário um pouco de tato.

— Sem dúvida. Tenho consciência de que esta atitude é um pouco fora do normal, mas, francamente, prefiro fazer a oferta do que não fazê-la.

— Eu lhe agradeço por isso, de verdade — ela fez uma pausa antes de prosseguir. — Se me permite perguntar... Qual é o estado da casa atualmente?

— Melhor do que já foi — Lopez parecia relutante em comentar. — Meu falecido irmão gastou uma quantia significativa de dinheiro buscando todo o maquinário que havia sido saqueado dali. Confesso que não passei muito tempo lá, sem contar o funeral.

— Não o culpo.

— No dia do enterro, reparei que o Salão de Festas Sereia ainda está incompleto. Todos os autômatos e os candelabros foram recuperados, mas o tanque ainda precisa ser consertado. O Jardim dos Sussurros está funcionando e o Salão Caixa de Joias foi completamente restaurado. — Ele deu uma risada, porém, sem humor algum. — Não acredito que lembro os nomes dos cômodos. Eu tinha apenas seis anos quando o lugar foi destruído.

— É incrível pensar que qualquer coisa dali tenha sobrevivido. O senhor não teme o governo? E se decidirem...

— Todos os dias. — Ele pareceu se recuperar. — Perdoe-me senhora, o que dizia?

— Não tem importância. De qualquer maneira, obrigada pela visita, Lopez.

Conhecia aquela fala; sinalizava o fim do encontro. De fato, as vozes se afastaram. Sentamo-nos e olhamos uns para os outros, a tristeza esquecida momentaneamente. Antes que pudéssemos dizer qualquer coisa, ouvimos a senhora Roe chamar.

— Pamela? Issy? Senhorita Dearly?

Ajeitamos as roupas com as mãos, pegamos o que havíamos embalado e descemos. Encontramos a senhora Roe no hall de entrada. Ela imediatamente pegou nas mãos do filho e olhou-o fixamente.

— A senhora está bem, mamãe? — perguntou Isambard, após ser examinado por alguns segundos.

— Sim — ela respondeu, embora seus olhos brilhassem. Ela ergueu a cabeça e vi como engoliu seco. — Vamos. Vamos embora.

Depois que nos acomodamos no carro, e enquanto Alencar colocava as coisas no porta-malas, a senhora Roe foi direto ao ponto.

— O senhor Lopez esteve aqui. Ele foi primeiro à sua casa, senhorita Dearly, e a doutora Chase o mandou para cá.

— Aquele sujeito é estranho — comentou Isambard. — Um lorde que faz suas próprias compras? Um lorde que aluga um apartamento na cidade? Um lorde que não quer ser chamado de "lorde"? — Olhamos para ele, surpresas, e ele suspirou. — Estou parecendo o antigo Isambard, não é? É que foi uma longa noite...

— Não, o senhor parece alguém que andou ouvindo atrás da porta — disse a senhora Roe, e o rapaz sorriu.

Eu me virei para trás para olhar para a senhora Roe. Os três estavam no banco de trás e eu, no da frente.

— Desculpe-nos.

— Não tem importância. O que ele propôs é meio estranho. — Ela esperou até que estivéssemos prestando bem atenção. — Caso não tenham escutado, ele ofereceu hospedagem para todos nós na propriedade de sua família. Pelo menos, até que as coisas aqui voltem a ficar em ordem.

— E onde é isso?

Alencar entrou no carro e fez um sinal para mim, antes de ligar o carro e pegar o caminho de casa.

— Em Honduras, em um lugar chamado Marblanco. — A senhora Roe olhou para mim. — Sabe algo sobre ele, senhorita Dearly? Ouviu alguma fofoca?

— Não, senhora. Nada.

— O que é Marblanco? — perguntou Isambard. — Vocês, adultos, falaram nesse nome ontem, mas com cara de quem se referia a Chicago ou alguma coisa parecida com a Atlântida.

— É apenas uma... Casa. Foi um lugar notável em certa época. Nunca estive lá, naturalmente, mas ouvi histórias. Dizem que é, até hoje, a única grande residência em Nova Victoria que não tem hologramas. Era... — a senhora Roe perdeu o fio da meada e fixou o olhar no vazio. Antes que pudéssemos chamá-la de volta, ela teve um calafrio e voltou a si. — Havia histórias sobre o lugar.

— Será que poderíamos ir? — Pamela olhou para a mãe com seus olhos doces, repentinamente cheios de esperança. — Será que poderíamos mesmo ir? Todos nós?

A senhora Roe passou as mãos no rosto: — Creio que não — disse ela, tão baixo, que precisei fazer um esforço para ouvi-la. — Mas foi um oferecimento de extrema gentileza.

— E por que não? — perguntou Pamela. — Deve ser mais seguro lá do que aqui.

— Não temos a menor ideia de quem seja esse cavalheiro, Pamela — respondeu a mãe de minha amiga. — Ele apresentou-se de maneira muito honrada, mas, depois do tratamento que o senhor Allister lhe concedeu, prefiro não dever nada a alguém da aristocracia.

Pamela corou e ficou em silêncio. Mas eu resolvi falar.

— O senhor Allister trata a todos de maneira abominável, senhora Roe. Por favor, não julgue ninguém pelo comportamento dele. — Mas ela não me ouviu.

— Não deveríamos sequer estar discutindo esse assunto —retrucou ela, que, olhando para Isambard, finalmente deixou escapar uma lágrima. — Não me importo que o céu caia sobre nossas cabeças, desde que permaneçamos juntos. Mas, se o pior acontecer, mandaremos Isambard. A ideia parte meu coração, mas se for necessário para que esteja seguro...

Pam recostou-se no banco, com a palavra "oh" formada nos lábios, porém, sem pronunciá-la.

A senhora Roe soluçou, mas se recompôs. — Não é possível, inclusive, que qualquer um de nós vá simplesmente viver com um estranho, solteiro. Seria muito mais prudente ficar com seu tio e sua tia.

— Não é bem um estranho — pontuou Isambard. — Quero dizer, a senhora e o papai concordaram em hospedar o doutor Evola, e ele era um estranho até a noite em que me ajudou.

— Verdade — disse a senhora Roe, sorrindo para o filho e abraçando-o. — Você é um menino tão bom, sabe disso? Meu anjo terrestre.

Isambard baixou o olhar, claramente envergonhado. Depois de alguns instantes, perguntou: — A senhora acha que a culpa é minha? Quero dizer, por causa do que sou?

— Não use a palavra *culpa* — disse Pamela, olhando pela janela. O tom neutro da frase preocupou-me.

Minutos depois entramos nos Campos Elíseos e começamos a percorrer o longo túnel que levava aos subterrâneos.

O celular de Isambard tocou. Ele atendeu e, franzindo as sobrancelhas, passou-o para a mãe. — É a senhora Delgado.

— Ah, ela vem pegar Jenny?

— Sim, mas também disse que o marido não voltou para a casa ainda.

A senhora Roe pegou o telefone e a conversa foi deixando-a com expressão cada vez mais preocupada.

— Não, não vimos o senhor Delgado. A que horas ele deveria ter chegado?

Observando as ruas desertas, percebi que meu pai estava certo. A cidade não era mais segura para ninguém. Pamela deveria mesmo partir. Mas entendi, também, que não importava quão complicadas as coisas ficassem, ainda não era hora de sair dali.

Não sem fazer algumas coisas antes.

15 • Bram

Não fiquei surpreso quando percebi, ao acordar, que Isambard não estava no quarto. Era um bom garoto e certamente estaria ajudando o pai ou assistindo a mãe e a irmã naquele momento de crise. Fiz a cama em silêncio, para que os demais pudessem dormir um pouco mais, enquanto repassava mentalmente as tarefas do dia. A mais importante era ir atrás dos criminosos que haviam atacado a família Roe.

Isambard e Lopez mencionaram as máscaras. Não foi difícil juntar dois mais dois.

Odiei abandonar Nora na noite anterior, mas achei que Pamela provavelmente não me queria por perto e eu precisava aproveitar a oportunidade de conversar com Lopez enquanto ele estivesse disponível. Nosso breve encontro transcorrera bem. O homem tinha estatura a ponto de perguntar, em meio à crise daquela noite, se meus homens haviam sobrevivido à noite do Cerco. Pareceu aliviado quando lhe contei que muitos conseguiram, e trocamos nossos números de celular.

Quando terminei de fazer a cama, abri meu baú e comecei a pegar roupas. Até que vislumbrei, no meio delas, a antiga câmera de Jack e meu ursinho de pelúcia. Bem, na verdade, era o ursinho da minha irmãzinha Emily. Tive vontade de pegá-lo, sobretudo porque não queria pensar na possibilidade de aquela câmera digital ter sido contrabandeada por ninguém menos que Samedi. Examinei o remendo de veludo que minha outra irmã, Adelaide, havia feito nas costas do brinquedo e os olhinhos de botões de madeira. Ele fora o presente de despedida de Emily para mim, quando, desorientado, depois de me reanimar, rondara nossa casa como um monstro, tornando minha família prisioneira. Minha mãe atirou na perna daquele monstro, no caso, eu.

Será que ela compreendia que o monstro pensou que não tinha ninguém mais a quem recorrer? Será que ela sabia que, se o monstro tivesse um amigo, ele encontraria forças para fugir? Nunca consegui desvendar aquilo.

Meu telefone tocou antes que eu pudesse fechar o ursinho no baú de novo. Busquei o aparelho no bolso das calças que vestira no dia anterior e atendi:

—Alô?

— Senhor Griswold, seria possível me encontrar do lado de fora da casa em alguns minutos? — Era o doutor Horácio Salvez, assistente do doutor Dearly.

Fiquei de pé e joguei o ursinho de volta no baú. — Por quê?

— Porque... Decidiram remover o Paciente Número Um. Estou indo buscá-lo. Sozinho. — A voz calma de Salvez traía o real modo como ele enxergava a si próprio. Era um cavalheiro calado, de corpo frágil e temperamento gentil. Ordenaram-lhe que fosse buscar um prisioneiro canibal sozinho?

Mas por que estariam mudando o tal prisioneiro de lugar?

Decidi não interrogá-lo a respeito da cadeia de fatos que levara àquela decisão, porque tive razoável certeza de que Salvez não tinha vontade de rememorá-la. Em vez disso, anunciei, em voz alta:

— Rapazes, temos trabalho a fazer.

E bati a tampa do baú na esperança de que o barulho os acordasse.

Salvez apareceu para nos buscar em sua carruagem suja de lama e repleta de embalagens de comida. Era um sujeito magricelo, com cabelos castanhos, que começavam a ficar cinza, e barba. Era, talvez, dez anos mais jovem que o doutor Dearly. Estava com os olhos vermelhos e, abaixo deles, olheiras imensas.

A caminho da saída dos Campos Elíseos, passamos pelo Rolls Royce que voltava para casa. Nora, sentada no banco da frente, olhou para mim espantada. Acenei para ela com um sorriso tenso, esperando que entendesse que não havia acontecido nada de ruim e que não devia se preocupar.

Pelo menos, era o que eu esperava.

— Para onde vão remover o sujeito? — perguntou Tom quando pegamos a estrada.

— Para o Erika — respondeu Salvez, olhando à frente. — Soube meia hora atrás. O Exército finalmente vai assumi-lo como sua responsabilidade, pois foi considerado uma ameaça para a segurança nacional. Não está sendo comunicado amplamente. Vão tentar fazer o transporte discretamente. O que explica a escolha de minha pessoa para a ação.

— Então o Erika é agora uma prisão? — inquiri.

— Foi o que eu perguntei também. — Ao parar em um sinal vermelho, abriu o porta-luvas e tirou um sanduíche embrulhado. — Parece que desde que foi preso, semanas atrás, manifestantes começaram a protestar em frente à prisão; zumbis que queriam que fosse solto. Até parece que iriam deixá-lo sair por aí. Então, começou a chuva de reclamações de políticos e lordes, basicamente dizendo que era loucura mantê-lo na cidade. Então, o mandaram para a ilha Drike.

Tom, inclinando-se para frente, perguntou: — E qual o problema, então?

— Um dos guardas tentou matá-lo ontem à noite — explicou Salvez, abrindo o sanduíche e dando uma mordida rápida, como se fosse um esquilo nervoso. Trocamos olhares. — Os outros presos sabem que o sujeito é diferente. Os guardas temem que aconteça uma revolta e, por isso, querem o Paciente Número Um fora dali.

— Sensacional.

— Também não gosto da ideia. Mas, pelo menos, a remoção nos dará a oportunidade de estudá-lo em pessoa.

Salvez suspirou e completou:

— Obrigado por terem vindo, rapazes. O doutor Dearly está muito ocupado. Seria estranho vir sozinho, embora tenham prometido mandar uma escolta para a viagem de volta. Melhor ser precavido, coisa e tal.

— Por nada. Chame quando precisar — respondi com um pouco de pena do sujeito, a quem devia respeito, porque ao menos estava tentando se controlar. — Sabe, se eu dormir umas poucas horas para manter a saúde mental, funciono bem por umas vinte e quatro horas seguidas. De verdade, chame quando precisar, está bem?

— O mesmo vale para mim — completou Coalhouse. Sua órbita ocular estava vazia, e fiquei feliz que tivesse se colocado à disposição também. Era corajoso, mas tinha uma tendência a levar as coisas para o lado pessoal e agarrava-se ao que percebesse como insulto de uma maneira animalesca, recusando-se a ceder. Às vezes, aquele jeito dele me preocupava.

— Vocês são soldados e cavalheiros — disse Salvez, sorrindo. Ele pegou a estrada que levava para o norte pela costa leste da Nicarágua e silenciou.

A ilha Drike apareceu antes que víssemos qualquer sinalização sobre ela. Erguia-se a distância, um bloco escuro separado do continente por um braço de águas cinzentas e profundas. Lera em algum dos livros do doutor Dearly que aquele fora um dos primeiros edifícios completamente neovitorianos, erguido bem depois da criação da nação, e me pareceu significativo que uma das primeiras coisas construídas tenha sido uma prisão. O desenho elegante dos vãos das janelas, os pilares esculpidos e as torres desenhadas para permitir atirar tornavam aquela edificação mais parecida com um castelo do que com um lugar para prender assassinos e estupradores.

— Alguma parte é holográfica? — perguntei a Salvez. — É bonito, de certa forma.

— Não, nem um milímetro. Não gastariam com holografia para os presos — respondeu o médico. — Na verdade, a maior parte da decoração foi entalhada pelos próprios detentos. Trabalho pesado fazendo as vezes de terapia ocupacional, entendem?

Tal informação me calou. Um edifício completamente real, um dos primeiros que eu via em meses, era um monumento gigantesco à punição. O povo de Nora era realmente maluco.

Ao entrar na estrada arenosa, ladeada por árvores, que levava até uma ponte levadiça, encontramos manifestantes. Evidentemente, ter levado o Paciente Número Um para lá não resolvera o primeiro problema. Zumbis gritaram conosco quando passamos e tentaram nos seguir, mancando, por um bom tempo, carregando cartazes parecidos com os que eu vira durante a revolta, poucas semanas antes. SOMOS GENTE. NÃO HÁ DIFERENÇA ENTRE CORPOS HUMANOS VIVOS E MORTOS. Um contingente pequeno de guardas vivos tentava conter o grupo atrás de barricadas de madeira. Portavam armas de fogo e porretes elétricos.

Senti o peso das palavras de Hagens ao atravessar a ponte: "Um homem vivo dentro de um cadáver."

Talvez eu devesse estar do lado dos manifestantes. Não havia mesmo diferença entre um corpo humano vivo e um morto, assim como nada me distinguia dos outros milhares de zumbis do mundo. Éramos todos sobreviventes e tínhamos o direito de sobreviver — de viver — tanto quanto fosse possível.

O que não significava, porém, que tínhamos o direito de desconsiderar ou prejudicar aqueles que ainda respiravam. Ninguém podia causar dano a qualquer outro ser desnecessariamente. Odiava pensar que aqueles idiotas mascarados, fossem quem fossem, poderiam ser um prenúncio dos tempos vindouros. Não precisávamos daquilo.

— Lá vamos nós — disse Salvez, abaixando a janela para falar com um guarda, que escaneou seu *chip* de identificação subcutâneo. Trocaram informações preliminares de maneira profissional. O guarda nos deu passagem e seguimos em frente, em direção à prisão propriamente dita, passando por mais três portões, com seus respectivos controles. Estacionamos em uma área reservada, delimitada por paredes de pedra no alto das quais havia arame farpado.

Um quinto guarda veio falar conosco. — Não é preciso entrar. Ele está a caminho na *van* blindada — disse. — Você assinará pelo prisioneiro e depois seguirá o veículo escoltado até o navio. — Ele assinou diversos documentos em uma tela plana. — Os guardas se certificarão de que o prisioneiro esteja seguro e, depois disso, ele é todo seu. Boa sorte e bom trajeto.

— Muito bem — respondeu Salvez quando a sentinela deu-lhe a tela para que também assinasse os trâmites.

O guarda me examinou. Encarei-o de volta.

— Ele se comportou de maneira violenta desde que chegou aqui?

— Não — respondeu o guarda. — Mas, mesmo assim, o sujeito me provoca arrepios.

— Quantos guardas farão parte da escolta?

A sentinela pegou de volta a tela das mãos de Salvez e respondeu: — Dez.

— Dez? Para um zumbi não violento?

Ele fez uma careta de desagrado. — É para que os guardas se sintam seguros. Eles estão tão apavorados quanto os prisioneiros. As coisas ainda não se acalmaram por aqui, embora os imundos tenham conseguido o que queriam. Droga, acho que puseram o guarda Tomas no comando — dizendo isso, deu-nos as costas. Pelo visto, a conversa estava encerrada. — Esperem aqui. Quando virem a *van* blindada, acompanhada por duas carruagens, sigam-na. Podem ir na frente.

— Está bem, muito obrigado. — Salvez subiu o vidro da janela e soltou a respiração enquanto o guarda se afastava. — Meu Deus, que confusão.

— Dez guardas são uma insanidade — comentou Tom. — Tudo bem, o sujeito é uma ameaça, mas é um zumbi apenas. E ainda existe a velha e boa opção do tiro na cabeça. Não entendo por que não acabaram com ele ainda. Ele não é diferente dos que nós liquidávamos antes.

— Se seguíssemos essa lógica, Tom, devíamos ter atirado em você quando apareceu na base. — Foi tudo que precisei dizer para que o zumbi careca calasse a boca. Ele já havia provado carne humana, e gostara, para dizer a verdade. — Não é assim que se resolvem as coisas.

— E também é preciso considerar que o Paciente Número Um é extremamente valioso e perigoso. Nós viemos em grupo por precaução, portanto, deixemos que contem com seus dez guardas — disse Salvez, rindo um tanto nervoso. Ele ergueu a mão e reparei que tremia. — Olhem como estou nervoso! Só de vir até aqui! Nunca me senti muito bem perto de autoridades.

— Como veio parar no Exército, então? — perguntou Coalhouse. — Dá a impressão de que seria o último lugar em que gostaria de trabalhar.

— Foi um meio de obter formação. Minha família era muito pobre.

— Você sabe como é a aparência dele? — perguntei, na tentativa de trazer todos de volta ao foco da nossa missão. — Não se viram fotografias claras dele no noticiário, apenas trechos gravados, mas pouco nítidos, das manifestações. Por que isso?

— Sei sim. Eu vim buscar amostras de tecido — admitiu Salvez. — Ele está completamente... Enfim, vocês verão. Talvez a imprensa tenha tentado evitar que as pessoas atacassem zumbis em estado parecido com o dele. Talvez tenham feito uma escolha prudente, pelo menos uma vez na vida.

— Mas a imprensa não funciona assim. — O episódio nas docas havia me ensinado isso. — Provavelmente, não existe uma boa foto dele disponível; se houvesse, já teria sido veiculada. E todo mundo por aqui tem uma câmera embutida no celular. Você acha que ninguém gravou as manifestações e publicou na Aethernet? Há questões, e questões de *segurança*.

— Talvez a razão esteja no Exército — comentou Coalhouse com uma voz sombria. — Talvez não estejam sendo tão honestos quanto dizem que são. Como sempre.

Antes que pudéssemos continuar nos aprofundando nas teorias conspiratórias em potencial, ouvimos um alarme soar, estridente e preocupante. Esvaneceu-se após alguns segundos, e uma pesada porta de ferro abriu-se em um extremo do edifício. Um veículo branco da polícia esperava com as portas de trás abertas. Quatro guardas paramentados para enfrentar manifestações populares saíram de dentro da prisão com as armas apontadas para o zumbi algemado que escoltavam. Era o Paciente Número Um.

Inclinei-me um pouco para frente para ver melhor. Fosse o que fosse que esperava ver, não foi o que emergiu daquela porta de ferro. O Paciente Número Um era um zumbi de idade e etnia indeterminadas, porque estava em um estado deplorável. Tinha uma altura média e constituição esguia, movia-se muito lentamente. Pedaços de pele enegrecida pendiam de seu corpo como casca de banana velha e seu crânio já aparecia por baixo da carne emaciada de sua fronte. Vestia calças com um cordão na cintura e uma camisa aberta, fechada por prendedores. Uma focinheira de plástico transparente havia sido colocada sobre a metade inferior de seu rosto para que não mordesse, embora lhe permitisse falar. Não falou nem olhou para ninguém, andando com os olhos fixos no chão. Apesar de todo o horror que representava, sua aparência era de alguém completamente impotente e desamparado. Senti pena dele.

— É ele? — Coalhouse parecia até desapontado.

— Eu lhes disse — respondeu Salvez. — Não esqueçamos que ele pode começar tudo de novo com uma mordida. Enquanto ele falava, os guardas o conduziram para dentro da *van*, trancaram as portas e assumiram suas posições à bordo do veículo, que poucos segundos depois, posicionou-se atrás de nós, seguido por duas carruagens policiais com laterais e tetos iluminados por lâmpadas LED azuis.

— Acho que é isso eu disse.

— Vamos embora, então — Salvez pôs a carruagem em marcha em direção ao portão. — Na verdade, está tudo sendo muito mais eficiente do que eu esperava.

Os dois guardas ao portão abriram-no imediatamente. A *van* e as carruagens policiais vinham atrás de nós, evidentemente confortáveis com essa posição.

Assim que cruzamos a ponte levadiça, uma das carruagens policiais acelerou e passou à nossa frente. Os manifestantes haviam se dispersado e os policiais também não estavam mais lá. Concluí que a área havia sido evacuada para preparar a passagem do Paciente Número Um. Alguma coisa, porém, parecia fora de lugar. Não conseguia determinar o que, pois, pelo menos uma vez, tudo parecia correr bem.

— Gostariam de ligar o rádio? — perguntou Salvez. — Infelizmente, não tenho Aethernet na carruagem. As notícias têm sido deprimentes, mas talvez encontrem música ou um radioteatro. Já ouviram *A Sombra* alguma vez? É uma grande obra pré-glacial. No instante em que Salvez alcançava os controles do rádio, ouvi tiros.

Segurei a mão dele. A carruagem à nossa frente patinou e Salvez assustou-se, livrou a mão e agarrou o volante. Virando-me no banco, vi figuras escuras saltando de trás das árvores novas que margeavam os dois lados da estrada. Estávamos tão rápido que os rostos pareciam passar voando, como se fossem parte da paisagem, mas, pela cor e forma, convenci-me de que eram não vivos. Praguejando, abaixei-me para pegar o rifle sob o banco. Devia ter antecipado o ataque. Meu monstro interior, algum nível inconsciente que me instava a caçar, deve ter captado algum sinal ou algum cheiro, mas eu o ignorei.

— Mantenha a velocidade — disse a Salvez, abaixando o vidro do meu lado para ouvir melhor. Captei o barulho de motores a distância e concluí que não faziam parte do nosso grupo.

Os zumbis atiradores deviam ser apenas uma distração. A carruagem à nossa frente acelerou, e Salvez fez o mesmo. Abaixei o banco e soltei o cinto, assim como o resto da equipe. Os zumbis continuavam atirando, atingindo a lataria da nossa carruagem. Gritavam alto, mas só consegui entender as palavras *fumaça* e *nosso irmão*. Quando duas carruagens antigas, abertas, apareceram atrás de nós, tive certeza de que se referiam ao Paciente Número Um.

— Vão tentar abordar a *van*! — gritou Tom quando me juntei aos outros na parte de trás da cabine, pisando sobre embalagens de sanduíches.

— O quê? — apavorou-se Salvez.

— Mantenha a direção! — gritei de volta para ele. — E abaixe os vidros de trás!

Ele fez o que pedi. O ar fresco entrou, fazendo voar pedaços de embalagens pela parte de trás do carro. Duas carruagens conversíveis enferrujadas emparelharam-se com a *van*. Estavam cheias de zumbis que atiravam contra o veículo blindado, mirando, sobretudo, no motorista e no guarda que também disparava, com meio corpo para fora da janela. Reconheci alguns dos manifestantes que víramos pouco antes e senti o pescoço ficar tenso de raiva. Haviam estado ali só para reconhecer o terreno. Só Deus sabe o que pode ter acontecido com as sentinelas na barricada.

Protegido pela porta do veículo e mantendo-me abaixado, atirei. Acertei um zumbi no peito — ele desequilibrou-se e perdeu a arma. Coalhouse abateu dois, e os corpos ficaram pendurados para fora da carruagem. Ele tinha um olho só, mas era incrivelmente preciso.

Quando me preparava para atirar de novo, o vidro da frente da *van* estilhaçou-se. Reconheci em uma das carruagens a zumbi com a metade da cabeça raspada que vira na noite em que estivéramos no acampamento de Os Transformados. Ela ergueu-se e ficou de pé contra o vento. Pendurou-se em um farol e, em seguida, jogou-se contra a *van*. Conseguiu agarrar o friso do vidro quebrado e os músculos estropiados sob a pele ficaram tensos, jogando-se assim para dentro do veículo. O guarda ao volante soltou a direção e gritou, atingindo-a na face com o cotovelo. Ouvi o osso quebrar. Ela rosnou e o mordeu.

Não havia tempo a perder e atirei. Acertei-a bem acima da orelha e, ao cair, suas pernas foram esmagadas pelo pneu dianteiro direito. A *van* chegou a se erguer, mas o motorista conseguiu recuperar a estabilidade.

Nesse instante, o veículo de escolta acelerou e bateu na carruagem à minha direita. Foi o que bastou para os dois veículos, engatados, darem um cavalo de pau a toda velocidade e saírem da pista em direção às árvores. Quase imediatamente, os dois policiais se arrastaram para fora, para serem atacados pelos zumbis do outro veículo. Ouvi tiros e gritos.

— Que Deus os tenha — disse a mim mesmo, pelos guardas vivos. Com aquele lado controlado, estiquei-me para fora da janela, mirando a outra carruagem conversível. Tom juntou-se a mim na posição de tiro. Consegui atingir dois nos ombros, mas o motorista continuava intacto. Quando ele me viu, no entanto, apertou os olhos quase sem pálpebras em uma expressão de nojo, pensando, talvez, que eu devesse estar ao seu lado.

Por sorte, esse tipo de situação estava completamente bem resolvida para mim. Tom o atingiu bem no meio das sobrancelhas. A lata velha enferrujada que o zumbi inimigo dirigia atingiu uma lombada na estrada de terra e pendeu para o lado, na direção das árvores. Acabou de ponta-cabeça, com fumaça saindo da parte dianteira. Meu olhar disparou na direção da *van* e fiquei aliviado ao ver que, embora o guarda sentado no assento do passageiro tivesse sido atingido por um tiro no braço, o que dirigia havia escapado ileso. Ele acenou ao mesmo tempo em que mexia no painel. Sua voz soou pelos alto-falantes externos:

— Bom trabalho! Sigam adiante, todos! Acelerem!

Fiz um sinal de concordância com a cabeça e entrei novamente na cabine; e, ainda com minha arma em mãos, voltei para o banco da frente. Levei um segundo para acalmar a mente. Salvez olhou para mim com os braços rígidos na condução do veículo.

— Mantenha o controle — disse a ele. — Não podemos voltar. Temos que acompanhar o Paciente Número Um. — Como os zumbis que haviam nos atacado pareciam organizados, não sabíamos quantos mais deles poderiam aparecer durante o trajeto.

Isso era apavorante. Aqueles zumbis eram bem estruturados.

— Por que diabos um bando de zumbis se meteria com policiais? — perguntou Tom, mexendo em sua arma. — Será que queriam satisfazer algum tipo de último desejo antes de morrer?

— Acho que eram os manifestantes — opinou Coalhouse. — Talvez tenham decidido tomar as rédeas das coisas.

— Eu também os reconheci — disse a eles. — Uma moça que estava no acampamento na noite passada. Aquela com quem você falou.

— A dos cigarros, né? Eu a vi.

— Nós... Nós... — Salvez, olhando diretamente à frente, acelerou e quase encostou o para-choque na carruagem à nossa frente. — Fomos... fomos...

— Atacados. Quase sequestrados. De novo. Estou começando a achar que é comigo.

— Mas... Mas... Nós...

— Temos que continuar — desabotoei o colete em busca do celular. Apertei o botão que Nora havia programado para discar o número dela diretamente e coloquei-o no ouvido.

— Onde você está? — perguntou ela imediatamente ao atender. — O que está acontecendo?

— Está tudo bem. — Olhei para os buracos de tiros na *van* e contei a ela. — Mas tivemos problemas. Tentaram sequestrar o Paciente Número Um.

16 • nora

Fiquei ao lado de Pamela o dia todo, mas às nove da noite não aguentava mais. Com uma olhada rápida para fora, percebi que todas as carruagens haviam saído, o que me deixava uma única opção. Cas e Ren estavam em casa, mas era preciso escalar um degrau a mais na hierarquia. Estava fazendo um esforço imenso para não sair correndo porta afora e, com isso, provocar mais preocupação. Meu pai não teria do que se queixar.

Subi as escadas até o sótão para pedir ao padre Isley que viesse comigo no bonde. O religioso, que havia sido capelão da Companhia Z, ergueu a vista de sua leitura quando cheguei. Era um homem que irradiava bondade, mesmo depois de morto; tinha um rosto massudo e olhos compassivos. Um buraco de bala marcava um dos lados da face.

— Claro, jovem. Onde você precisa ir?

— Até os navios — respondi. — Peço desculpas por incomodá-lo, mas não tenho alternativa. No caminho explico o motivo. — Não estava disposta a esperar desta vez. Estava cansada de não agir. Em resposta à urgência de meu tom, Isley ergueu-se e pegou sua capa e seu cachecol, que estavam pendurados em um gancho na parede. Passou a mão sobre o cabelo grisalho antes de vestir as duas peças.

— A seu dispor.

Cas ofereceu-se para me substituir; então, entrei rapidamente no quarto de tia Gene para informar a senhora Roe e Pam onde estava indo e que teria a companhia de um adulto. Não gostaram da ideia, mas me desejaram boa sorte.

Quando sentamos no bonde, a caminho da saída dos Campos Elíseos, despejei nos ouvidos de padre Isley tudo que Bram havia me contado. O religioso respondeu com um assobio discreto.

— Fico feliz de acompanhá-la — comentou quando nos aproximávamos do portão. — Vai ser interessante.

— Para dizer o mínimo.

Isley riu baixinho. — Quis dizer interessante do ponto de vista da pesquisa.

— Para o seu livro, o senhor quer dizer? — Eu sabia que ele estava escrevendo algo sobre religião para zumbis.

— Sim. Neste momento, estou elaborando um capítulo sobre a dissonância cognitiva e o fenômeno do ateísmo pós-morte. — E, dizendo aquilo, passou a explicar sua tese. Sua expressão era um tanto flácida devido à falta de controle muscular.

Lamentavelmente, não achei a conversa muito emocionante. Estava com o pensamento fixo no Paciente Número Um.

A cidade estava quieta e vazia de uma maneira incomum, o que talvez fosse auspicioso, considerando as circunstâncias. À medida que nos aproximávamos do porto, as ruas ficavam mais escuras e o ar cheirava a carvão e óleo queimados. Logo, não havia nada mais para ver além dos barracões, dos depósitos e dos navios que eventualmente aportavam para passar a noite. As embarcações coletoras de material para reciclagem, carregadas de detritos plásticos recolhidos do semicontinente formado sob o Atlântico, centenas de anos antes, sempre voltavam para o porto naquele horário.

Desembarcamos perto da administração do porto e caminhamos em direção às docas. Ao notar que havia uma barricada de repórteres adiante, padre Isley tirou o cachecol e cobriu o meu chapéu e a parte inferior do meu rosto. Foi uma boa providência, pois meu retrato estivera no noticiário ao longo de todo o mês de dezembro. Ele abriu caminho entre a multidão e eu fui atrás, agarrada às costas de seu casaco.

Ao chegar à barricada, Ben Maza nos avistou. Não disse nada, mas pude perceber que me reconheceu e que achou divertido o fato de eu estar ali. Fez com que passássemos para o outro lado, e assim, Isley e eu nos apressamos em subir à bordo do Erika, depois de passar por alguns outros controles. A segurança havia sido reforçada. Técnicos e cientistas corriam para lá e para cá como loucos dentro do navio. A caminho do nível inferior da embarcação, ouvi um deles questionando um colega.

— Por que você continua personificando a Laz nos seus relatórios de hora em hora? A coisa não está fazendo nada além de existir. Não está conspirando, não está atacando e não é uma entidade maligna. Não está viva. Por que você continua tratando coisas inanimadas como se tivessem vontade própria?

Isley encarou o homem enquanto passávamos.

O técnico pigarreou e disse: — Está bem. Vá em frente, então, continue fazendo assim.

— Antes que vá — disse Isley a ele —, precisamos de uma orientação. A senhorita Dearly aqui está procurando o pai dela e o senhor Abraham Griswold.

O médico fez um movimento quase imperceptível com a cabeça e respondeu: — Claro. — E conduziu-nos ao Nível B, onde a unidade hospitalar havia sido instalada.

Uns poucos técnicos nos cumprimentaram, mas pareciam cansados e preocupados. De lá, descemos mais um nível, para as entranhas do navio, deixando a sala de máquinas e o depósito de carvão para trás, a caminho do laboratório improvisado.

Para ser sincera, não sabia muito bem o que me esperava. À medida que me aproximava do laboratório, meus ombros foram se encolhendo, e senti a mão do padre Isley nas costas.

— Está tudo bem — disse ele quando chegamos a uma pesada porta que o médico abriu para nós.

O laboratório era um cômodo quadrado grande e as paredes haviam sido reforçadas com parafusos de metal. Os equipamentos, semelhantes aos que havia na nossa casa agora, eram maiores. Estavam instalados em longos corredores estreitos que podiam ser percorridos a pé ou em bancos com rodas. Grandes telas pendiam do teto e as paredes haviam sido deixadas livres para permitir a projeção das gaiolas dos ratos virtuais. Havia pelo menos trinta cientistas trabalhando, todos vivos e funcionários do governo.

O doutor Salvez, assistente do meu pai, estava sentado sob uma tela próxima repleta de equações matemáticas. Corri até ele quando o vi, e meus passos ecoaram no piso de metal. Ele franziu as sobrancelhas, um pouco preocupado, quando me viu. — Senhorita Dearly! O que faz aqui?

— Quero ver os demais — respondi. — É só isso.

Salvez passou a mão na barba e respondeu, apontando para uma porta:
— Estão na sala do seu pai.

Isley fez com que eu me movesse, e Salvez acrescentou:

— Encontro vocês lá em um instante.

Então estávamos aqui.

Os rapazes mortos, Evola e meu pai estavam reunidos. O compartimento era longo e estreito, contendo poucos equipamentos e uma única mesa. Não havia medicamentos ou substâncias químicas à vista. Quando me viu, Bram aproximou-se e abraçou-me. Senti a válvula instalada no pulso dele marcar minhas costas.

— Está tudo bem.

— Eu sei — respondi, tentando não demonstrar minha ansiedade e desvencilhando-me do abraço para ir até meu pai.

Ele abraçou-me também.

— Antes que comece a me repreender: eu precisava vir.

— Está tudo bem. Lamento não ter conseguido ir até em casa.

— Onde está o Paciente Número Um?

— Bem atrás de você.

Voltei-me para a direção do extremo oposto da sala, onde havia pouca iluminação. Vi uma figura triste e curvada, sentada em um banco dentro de uma gaiola a poucos metros. Não parecia consciente de nada à sua volta. Nem sequer ergueu os olhos quando os soldados que o vigiavam chegaram preventivamente mais perto da estrutura.

Aproximei-me lentamente, seguida por Isley. Os guardas nos encararam, mas não fizeram menção de interferir. No chão, a quase um metro da borda da gaiola, havia uma linha de fita adesiva vermelha. Parei quando a barra do meu vestido encostou ali.

Não importa o que eu estivesse esperando, não imaginava esse sujeito deprimido e franzino. A pele dele parecia feita de barro respingado de chuva, seus olhos e dentes, estes expostos, eram amarelos. Seus ossos eram visíveis sob a pele em certas partes do corpo, como se tentassem escapar. Ele tinha a aparência de um zumbi que vinha apodrecendo havia anos, e não de alguém contaminado recentemente. O mais próximo desse estado de decomposição que eu havia visto fora lorde Ayles, no noticiário, em dezembro. Seu estado era tão grave que tive que me forçar a lembrar que zumbis, por causa da doença, sentiam menos dor, embora mantivessem a capacidade de vivenciar muitas outras emoções. Não que eu devesse me importar, no caso específico desse sujeito.

— Olá? — arrisquei, mas ele não se moveu.

— Ele não responde — disse Bram, aproximando-se de mim e do padre Isley. — Nem à luz, nem a ruídos, a nada. Tentei até cutucá-lo com uma vara, o ponto alto desta pesquisa científica, mas sem resultado.

Confusa, comentei: — Mas ele mordeu aquelas pessoas... Vocês acham que ficou assim depois?

— Não temos a menor ideia. Imagine minha felicidade ao chegar aqui, depois de quase ter sido fuzilado e capotar na estrada, e encontrá-lo assim, expressivo como uma maldita pedra. Ainda estamos esperando os computadores processarem alguns exames. A polícia sequer descobriu a identidade dele.

— Parece tão idoso. As pessoas que ele mordeu não têm essa aparência, têm?

— Não que eu saiba. É impossível apodrecer rápido assim.

— Seja lá quem for, alguém o quer — disse padre Isley, fazendo o sinal da cruz. — Pobre homem.

Fiquei de frente para Bram.

— Você acha mesmo que foram... — Bram pegou-me pelo braço e afastou-me da gaiola antes que terminasse a frase. Consegui me conter até que estivéssemos quase na outra metade da sala. — O que foi? — sussurrei.

Ele voltou a olhar para a gaiola e para Isley, que continuava no mesmo lugar, antes de comentar, em voz baixa: — Não disse a ninguém que talvez Os Transformados estejam envolvidos no atentado. Pelo menos, não especificamente.

— Por que não? Você disse no telefone que vocês reconheceram algumas pessoas que estavam no acampamento.

— Reconhecemos só uma delas. Ainda não sabemos se o grupo todo está envolvido. Laura jurou que são pró-vivos e não vivos. Não quero mandar as autoridades atrás de zumbis inocentes; especialmente os que já tiveram que fugir aterrorizados. Se alguma coisa andar mal, é capaz de massacrarem todo mundo primeiro e perguntarem depois.

Senti um frio no estômago só de imaginar que quase pus o plano dele a perder. — Meu Deus, você está certo.

— Ainda está tudo muito obscuro. Não só em relação a eles.

Falamos sobre isso mais tarde.

Enquanto eu assentia, Salvez entrou na sala. — Tela, ativar — disse ele, com um ar cansado.

— Tudo feito? — Meu pai afastou-se de sua mesa. Surgiu, atrás dele, uma tela imensa, do tamanho da parede inteira.

— Sim, e o senhor não vai gostar. Computador, acessar arquivo P1-2339A.

Bram e eu nos aproximamos dos demais. Meu pai colocou a mão sobre meu ombro. A primeira tela projetava um conjunto de imagens captadas por um *scanner* holográfico interno.

— Examinei as entranhas dele centímetro por centímetro — disse Salvez, apontando para a imagem à esquerda. — Várias coisas estranhas chamaram a minha atenção. Em primeiro lugar, vejam os quadris. Esta imagem foi tirada por trás. Veem o que vejo?

— Sua medula óssea foi extraída — constatou Evola, apertando os olhos. — Dá para ver os pontos onde ocorreu a sucção.

Olhei e entendi ao que se referiam: havia diversos buraquinhos, onde uma agulha havia perfurado o osso.

— Exatamente. E isso foi feito *post-mortem*. Notem que não ocorreu nenhum processo de cicatrização. — Salvez fez um gesto para cima. — No entanto, seu sistema vital está quase intacto, praticamente sem deterioração. Se eu não soubesse de quem se trata, diria que é um exame de um homem vivo. É muito estranho.

— O que mais? — perguntou meu pai.

Salvez apontou para a imagem seguinte, que mostrava uma das pernas do Paciente Número Um.

— Até a senhorita Dearly notará o que há de errado aqui.

Antes que eu pudesse fazer um comentário irônico, percebi ao que Salvez se referia.

— Ele tem uma... — disse, apontando para o joelho. Havia algo estranho, brilhante, na imagem. — Uma prótese na rótula

Meu pai aproximou-se, erguendo as sobrancelhas.

— Sim. E veja — Salvez aumentou a imagem até eu conseguir ver que a rótula de plástico havia sofrido uma intervenção também; parecia que a parte lateral havia sido lixada ou raspada e, depois, perfurada também. — Todas as possibilidades de identificação foram destruídas.

— Identificação?

— Sim. Próteses, pelo menos as instaladas em pacientes vivos, em geral, contêm *chips* e códigos para o acompanhamento da evolução do tratamento e também por segurança.

— Alguém não queria que essa informação fosse usada para identificá-lo — disse Bram.

— E esta é a história de vida deste homem! — Salvez começou a andar de um lado para o outro, passando rapidamente as imagens na tela. — Os dentes? Não são os originais dele. Alguém arrancou todos os dentes da boca deste pobre homem e colocou peças artificiais no lugar. Portanto, não temos registros dentários. Examinei seu DNA novamente e escaneei a íris e a retina, que não coincidem com nenhum registro existente. As digitais foram removidas, assim como a sola dos pés. Ele não tem *chip* de identificação e, por causa do estágio de deterioração, nem sequer sei se algum dia teve. É como se tivesse sido mantido em um tanque lacrado, em algum lugar subterrâneo, até agora. — O médico mandou o computador parar de passar as imagens. — Ah, vejam o couro cabeludo: alguém tentou atirar na cabeça dele, mas só conseguiu provocar um ferimento no tecido. Acho que aconteceu há algumas semanas. Eu diria meses atrás, mas não pode ser. Se ele anda por aí há meses e é do tipo violento, teríamos detectado a mutação há mais tempo.

— Por quais coisas será que ele passou? — perguntei, olhando para o prisioneiro.

— Só Deus sabe. Não há como saber quem é esta pobre criatura, a menos que ele recupere a capacidade de falar e queira nos contar. — Salvez levou as mãos à cabeça. — Acho que estou começando a ficar louco.

— O senhor ainda está um pouco abalado — disse Tom. — Fique firme, saiu-se muito bem. E a insanidade nem é tão ruim assim, sabe? Ando achando atualmente que ser louco de pedra é um mecanismo de sobrevivência bem elegante.

Salvez fez uma careta para Tom e puxou meu pai e Evola para conferenciar. Os rapazes e eu nos afastamos um pouco e Isley voltou para perto da gaiola.

— O que vamos fazer? — perguntei.

— Voltar para casa e reunir todo mundo — disse Bram. — Creio que temos dois conjuntos diferentes de preocupações, mas não estou certo de que não se trata da mesma coisa.

Ergui o olhar para observar o rosto de Bram. Ele estava com uma expressão preocupada, provavelmente igual à minha.

— Você acha mesmo que Os Transformados podem estar envolvidos nos ataques dos mascarados?

— Vamos voltar para casa e conversar.

— Está bem — respondi, e fui até onde meu pai estava. — Pai? Está pronto para ir para casa? — Quando cheguei perto do padre, pude ouvi-lo falando baixo. Logo percebi que poderia estar rezando ou recitando alguma passagem da Bíblia, de forma que parei, esperando respeitosamente uma oportunidade de interferir.

"O lobo também viverá com a ovelha, e o leopardo se deitará ao lado do cabrito; o bezerro e o filhote de leão e o animal para sacrifício, juntos; e uma criança os guiará", afirmou o padre, em tom de finalização.

— Padre — comecei, quando nesse mesmo instante o Paciente Número Um ergueu a cabeça. Fiquei paralisada, observando o prisioneiro olhar Isley nos olhos. Seus movimentos eram extremamente lentos e emitiam um som quase imperceptível.

— Leões, não — regurgitou o homem. Ele não gaguejou, mas era como se as palavras fossem emitidas por um contador Geiger. — Ele não tem leões. Nem leopardos.

— O quê? — perguntou Isley, ao mesmo tempo em que os guardas tiraram os rifles dos ombros e apontaram para o prisioneiro. — Não, parem!

— Leões, não. Leopardos, não — disse o Paciente Número Um. — O demônio cria tigres.

Depois de nos informar sobre a natureza felina dos acompanhantes do demônio, o Paciente Número Um emudeceu novamente. Passamos mais de uma hora tentando fazer com que falasse mais, mas sem sucesso. O zumbi simplesmente abaixou o queixo em direção ao peito e afundou-se no silêncio.

Voltamos em grupo para casa. Levamos quinze minutos para reunir todo nosso conselho de guerra no sótão. Renfield já estava lá, mexendo em seus computadores quando subimos a escada fazendo barulho.

— Suponho que a aula vai começar? — disse ele, cumprimentando-nos enquanto eu me abaixava para pegar um dos gatos de Isley. O filhote magrinho aninhou-se nos meus braços quando sentei no chão.

— Isso mesmo. Guarde as gentilezas para mais tarde — respondeu Bram, fechando a porta do sótão. — Direto ao ponto: primeiro, a bomba. Senhoras, contem tudo. Tudo.

À medida que todos se acomodavam, comecei a estimulá-las a falar. Pamela manifestou-se algumas vezes. Quando terminamos, todos os olhares estavam voltados para ela.

— *Muuuito* bem. Os *caaaras maaascarados* não *meee* parecem um *acaaaso* — disse Cas. A voz nova dela me lembrava, justamente, a das figuras de quem estávamos falando. Ela estava melhorando seu controle sobre a nova tecnologia, mas desejei que terminasse logo de falar.

— Isambard — interferiu Tom —, você não anda por aí se metendo em brigas, anda?

O menino balançou a cabeça em negativa.

Ren pegou a deixa. — Zumbis têm sido alvos de ataques de gente intolerante desde dezembro. O senhor Griswold e a senhorita Dearly estavam na carruagem. Isso poderia ter sido extensão daquilo.

— Sim, mas é difícil acreditar que algo tão grande não seja pessoal — opinei. — É muito estranho que ambas as famílias estejam na posição de alvo.

— Tem outro detalhe — disse Bram, e todos olhamos para ele. — Toda vez que estive perto dos Transformados, ouvi as palavras *irmão* e *irmã*. Foi assim que Laura se despediu, inclusive. O que foi que um dos mascarados disse na noite em que fomos atacados, Nora?

— *Cuidado, irmão* — meu coração saltou à garganta. — Meu Deus!

— Pois é. — Bram nos relatou o que vira e ouvira na estrada. Quando descreveu o acampamento, para que Pamela e Isambard se inteirassem, ela disparou um daqueles olhares de reprovação em minha direção.

— Mas por que alguém iria querer o Paciente Número Um? — perguntou Isambard.

— Para receber um resgate? Para usar como arma biológica? — Renfield balançou a cabeça. — Isso lembra Averne. E não é uma recordação feliz.

— Aquela garota do grupo dos Transformados — continuou Bram —, mais a maneira como Hagens falou, o jeito de Cláudia no navio e as máscaras no acampamento... Parece que tudo faz sentido.

— Mas você acha mesmo que Hagens ia fazer tudo isso contra nós? — perguntou Tom. — Quero dizer, ela sempre foi uma chata, mas era uma boa soldada. Talvez ela simplesmente esteja manifestando sua opinião, agora que a Companhia Z não existe mais.

— Isso faz sentido para mim. Mas zumbis atacando policiais? — Bram olhou para Cas. — Você esteve em algumas manifestações. Algum dos zumbis que você conheceu falava em atacar os vivos?

— Se tivesse falado, eu não teria ido duas vezes — respondeu ela, cruzando os braços. — Eles falavam somente sobre protestar. Fazer passeata. Manter zumbis no Parlamento.

— Talvez alguém tenha decidido aumentar o tom. Virar antivivos por alguma razão. Mas não tenho a sensação de que Laura mentiria. Esse é o problema.

— Então você acredita que os mascarados são parte dos Transformados? — perguntei. — Não temos pistas definitivas para esse fato.

— Sei que pareço meio paranoico, mas pense nas ameaças que Hagens fez. Ela disse para você morrer, Nora. Disse a todos nós para cuidarmos da retaguarda. Não são palavras evasivas. Pensando bem, ela perguntou como você estava logo de cara, como se ela soubesse que alguma coisa poderia ter lhe acontecido.

— Mas pode ter sido apenas porque eu estava bem ali, e ela teve vontade de desabafar. Como ela poderia saber sobre os Roe?

— Mas se eles são uma gangue de criminosos — sugeriu Tom —, algum deles deve saber como fazer uma bomba. Faria sentido.

Pamela resolveu manifestar-se naquele momento.

— Meu pai disse que a polícia não tem nenhuma novidade ainda. Estão esperando a perícia da bomba. — A voz dela estava cansada.

Bram olhou para ela, condoído. — Enquanto esperamos esse resultado, opino que devemos analisar as coisas. Para começar, eu quero saber mais sobre o acampamento e sobre Hagens. E está claro que Nora e eu não podemos ir.

— Talvez Samedi pudesse voltar — sugeri — e convencê-los de que quer ajudar o menino.

— *Espeeeerem. Estããão* falando de uma missão de reconhecimento no *acampameeeento zumbiiii?* — interveio Cas, erguendo a mão. — *A-lô-ô?*

— Isso mesmo, Cas — respondeu Bram. — E eu escolho você, Coalhouse e Tom. Ren, sem ofensas, mas, se for preciso atirar, eles conseguem.

— Sem ofensas, posso lhe assegurar — e, ao dizer isso, Ren bateu continência para os três escolhidos, com um sorriso irônico nos lábios.

— Oba. Gosto disso. De volta à ação — comentou Tom. — Então, qual é o objetivo de nossa pequena missão? E quem vai ser o líder?

Bram estava de volta ao modo capitão e os outros, de volta ao modo militar de pensar.

— Coalhouse.

O olho bom de Coalhouse olhou para Bram; o outro, que se soltava e era de vidro, permaneceu inerte na órbita exposta.

— Eu? Eu geralmente sou retaguarda! — perguntou a Bram, intrigado.

— Você foi muito bom hoje. Merece uma oportunidade.

Tom não parecia muito satisfeito com o desfecho, mas fez um sinal de concordância com a cabeça na direção de Bram.

— Entendido — respondeu Coalhouse, abrindo um sorriso. — Não vou decepcioná-lo, capitão, juro.

— Muito bem. Voltem lá, misturem-se, perguntem. Fiquem espertos. Temos que descobrir se alguém lá sabe sobre o ataque na estrada e sobre as coisas que estão acontecendo na cidade. Pelo menos, procurem pelas máscaras que imitam aves. — Bram olhou para os três. — Hagens obviamente não gosta nem de mim nem de Nora, seja qual for a razão. Se caírem no radar dela, finjam que também estão começando a nos odiar. Digam que as coisas que ela disse os fez pensar, e que foi por isso que voltaram.

— Quer dizer que vou poder falar abertamente que te acho um imbecil? — Cas deu um soco no ar. — Melhor *mis-sããão* do mundo!

— Fiquem espertos — repetiu Bram, inclinando-se na direção dela. — Ren, alguma sugestão?

— Posso fazer uma base de dados de todos os ataques suspeitos em busca de aspectos comuns. E posso investigar qualquer nome que vocês trouxerem.

— Certo. Comece checando o histórico de Hagens e de uma mulher chamada Mártira Cicatriz.

— E Edmund Lopez — completei. Quando Pamela me olhou, antecipei-me à sua resposta e disse a ela. — Estou com você. Farei o que for preciso. — Ela até sorriu um pouco.

Bram levantou-se e acrescentou:

— Eu vou perguntar no porto. Saber se Os Transformados andaram por lá tentando recrutar zumbis e, se andaram, o que disseram.

Foi quando Pamela perguntou: — Será que não devíamos informar as autoridades? E a imprensa?

Bram olhou para ela por uns instantes antes de responder.

— Ainda é tudo especulação, senhorita Roe. Acho que precisamos ver o que descobrimos sozinhos. Laura, Dog... Há zumbis lá que eu duvido, sinceramente, que estejam envolvidos. E da última vez que o Exército investiu contra Os Transformados... — Ele franziu as sobrancelhas — ... estava pronto para liquidar com todos. E a imprensa? A imprensa ajuda a espalhar boatos. Depois que um começa, perde-se o controle.

Pamela olhou de relance para o irmão e capitulou com um aceno de cabeça. — Está bem.

Novamente, Bram silenciou por alguns segundos. — Chega de mortes desnecessárias. De violência, de mentiras. Temos que lidar com tudo isso. E já.

— Muito bem, senhores, agora fora — disse Ren, levantando-se. Ele apertou alguns botões de seu teclado e um e-mail surgiu na tela do computador: um envelope animado, com um selo de cera virtual verde, estampado com as iniciais ACL. — Mas que coisa... O Xadrez ao Vivo na Aethernet não para de me mandar mensagens.

Pamela e Isambard puseram-se de pé atrás da cadeira dele para olhar. Aproximei-me de Bram. No instante em que os outros ficaram à nossa frente, ele pegou minha mão e beijou-me a ponta dos dedos. Foi um gesto carinhoso e despreocupado que me fez sentir cócegas por dentro.

E eu precisava daquilo. Porque a ideia — por mais tênue e improvável que fosse — de que alguém teria feito mal a Bram ou à Pamela e à família dela por minha causa era tão horrível que me peguei tentando suprimir aquele pensamento. Pela primeira vez, desejei que a bomba tivesse sido um ataque aleatório de um louco. Porque seria mais fácil lidar com isso do que com um atentado premeditado.

17 • Laura

Dog e Abuelo, o Caçador de Tesouros, ressonavam ao meu lado enquanto eu colocava água nas minhas plantas com uma seringa grossa de latão. Era outro presente de Abuelo, cujo olhar apurado havia se provado rentável na exploração do lixão. Quase tudo que eu possuía tinha ganhado dele: livros, sementes. Era uma casca de homem, um senhor muito idoso que sofria de artrite e já não tinha uma perna desde muito tempo antes da Lazarus aparecer.

Por toda parte, na grande tenda comunal, vigaristas e pedintes despertavam ao comando de Cláudia, colocando de lado os sacos de dormir estreitos e lembrando com nostalgia o tempo em que teriam tomado um café antes de sair para a jornada do dia. Crianças mortas eram alocadas àqueles que quisessem usá-las em seus afazeres diários — era sempre rentável sair para pedir esmolas com um pequeno rebanho de pequenos. Eles comoviam mais. E não importava se fossem filhos ou não.

— Seus vagabundos — ouvi Cláudia dizer —, por que ainda estão na cama? As carruagens vão sair para Nova Londres em dez minutos! Por Jesus!

Apressada em terminar, deixei a seringa cair em um vaso lascado, com água turva do rio próximo. O ruído foi mais alto do que eu gostaria. Abuelo finalmente abriu os olhos e começou a despertar.

— Bom dia, senhorita Laura — cumprimentou ele, tossindo.

— Bom dia, Abuelo.

Ele não era nosso avô, era simplesmente o mais idoso membro dos Transformados, entre os que eu conhecia. Quando saímos de Nova Londres, éramos cerca de cem. Nos últimos quatro dias, o número de integrantes havia mais que dobrado. Zumbis que vinham e... ficavam. Como aconteceu com Smoke, um dia.

Cláudia finalmente nos viu e veio em nossa direção. Acompanhei seus movimentos com o coração apertado, à espera da ordem de ir para Nova Londres com Abuelo, que passaria o dia vendendo seus achados.

Ah, eu não queria voltar para lá. Foi o desespero que me fez ficar de pé.

— Por favor, por favor, Cláudia. Não me faça voltar para a cidade. Farei qualquer outra coisa que quiser e...

— Quem disse que eu ia te mandar para a cidade, sua inútil? — disparou ela. Seu cabelo sempre parecia uma imensa amoreira quando ela se enfurecia, como se fosse uma horrorosa Rainha dos Espinhos em algum conto de fadas. — Dog, a honra vai para você hoje.

Surpresa, perguntei: — Mesmo?

Cláudia agarrou minha mão. — Não me faça repetir.

Agarrando-se a seu carrinho, Abuelo ergueu-se e começou a mexer nos cobertores desbotados que havia dentro dele para envolver sua perna amputada.

Não tive tempo de dizer nada mais a ele ou a Dog, pois Cláudia começou a me arrastar pela tenda com ela. Os outros, lidando com roupas, maços de cartas e copos para fazer truques, olhavam para nós enquanto passávamos. Sabia que não gostavam que eu fosse poupada do trabalho com frequência. Ressentiam-se do fato, sabido, de que eu não era obrigada a trazer dinheiro, principalmente porque Mártira sabia que eu era muito ruim como pedinte. Era difícil pedir dinheiro às pessoas em troca de um maço de flores roubadas.

— Vão embora daqui! O que estão esperando? Viraram todos artistas? — uivava Cláudia no meio do grupo para que tomassem o rumo de suas obrigações naquela manhã. — Vão todos, menos os líderes! Vamos nos reunir na tenda de Mártira hoje!

Na tenda de Mártira?

Enquanto Cláudia me puxava com brutalidade, olhei para trás e vi Dog ajudando Abuelo com dificuldade, por causa de sua única mão. Hagens e Cláudia precisavam deixar o senhor Griswold ajudá-lo. Nenhuma das duas estava no comando, e não tinham o direito de expulsá-lo, nem a seus amigos. Se os líderes iriam se reunir hoje, poderia levantar esse fato. No entanto, não tinha coragem para fazer isso.

Havia poucas pessoas do lado de fora, e a maior parte das tendas menores estava vazia. Era quase meio-dia, mas essa hora era quase madrugada para nós; os artistas que dançaram e cantaram até altas horas ainda dormiam, e os vigaristas eram acordados e despachados no comboio para Nova Londres para fazer a feira. Mártira havia dito que poderiam parar de ir quando as festas se tornassem grandes e conhecidas. Eu esperava ansiosamente por esse dia.

— Sobre o que é a reunião? — perguntei à minha irmã, enquanto atravessávamos o acampamento.

— Você verá.

Cláudia apertou ainda mais a minha mão e, um segundo depois, puxou-me para que eu ficasse de frente para ela. Abaixou a cabeça para que eu pudesse ver bem seus olhos.

— Hagens pediu-me que te trouxesse e não sei por quê. Mas é bom que não estrague as coisas para mim. Hagens tem grandes planos. Planos pelos quais as pessoas vêm até aqui, a mais de cem quilômetros de Nova Londres, para ouvir. Se Mártira for inteligente, começará a dar-lhe ouvidos hoje. Fique de boca fechada, entendeu?

Não fazia a menor ideia sobre o que ela estava falando, mas assenti. Não tinha escolha. Logo chegamos ao pé do palco, onde encontramos os outros já reunidos. A tenda de Mártira ficava a menos de dez metros, isolada das demais. Além de Hagens, havia outros sete zumbis à espera, líderes de seus grupos profissionais. A impaciência nas vozes indicou-me que já estavam ali há algum tempo e perguntei-me por que Cláudia havia se preocupado com os retardatários. Tentei não olhar para a senhorita Hagens, que, como sempre, parecia querer nos enterrar em uma cova coletiva.

— Você está pronta para começar, afinal? — perguntou Bruno Allende para Cláudia.

— Estou — Cláudia soltou-me e rumou para a tenda de Mártira, seguida pelos demais.

Embora posicionada atrás do grupo, pude ouvir Mártira interrogando os primeiros a entrar. Fui a última e dirigi-me ao banco que ficava no extremo do recinto. Os outros procuraram assento à minha volta.

— O que significa isto? Não convoquei nenhum de vocês — disse Mártira, com os olhos semicerrados, de pé ao lado de uma cortina de veludo vermelho quase do mesmo tom que seu cabelo. Sua tenda continha peças avulsas de mobília, luxos encontrados no lixo, além de longas tiras de *patchwork*, feitas de lenços roubados pelos meninos do senhor Invierno, que não foi possível vender. Exatamente como o quarto que ela tinha na cidade.

— Estou aqui para pedir um voto de confiança em Hagens, irmã — disse Cláudia. Hagens estava ao seu lado. — Foi por isso que trouxe os líderes comigo.

— Já era tempo — disse Invierno. Fora um homem pequeno e agora era um zumbi pequeno, com um tufo de cabelo preto e rosto inchado pela bebida e pela morte. Allende sentara-se perto dele.

— É verdade — corroborou Mãe Perfore, antes líder das prostitutas, que, inclinada para frente, bateu a cinza de um charuto grosso. Ela não tinha nenhum dos olhos. Uma de suas meninas havia usado linha preta de bordar para costurar suas pálpebras, de modo que ficassem abertas. As órbitas, vazias, eram negras. — Falem.

Cláudia olhou para Hagens e cedeu-lhe o lugar. Hagens enganchou o polegar em seu colete de couro; vestia também paletó e calças, como um homem. Ela disse:

— Como você nunca ouve, tive que falar antes com os outros. Vim aqui convencê-la de que precisamos resgatar Smoke. E eu sei como.

Mártira respondeu àquela estranha proposição com silêncio, que Hagens entendeu como permissão para continuar.

— Eu já lhe contei que, antes de me juntar a vocês, servi em um batalhão de zumbis ligado ao Exército — Hagens olhou de relance para Cláudia. — O homem que criou aquele grupo foi o doutor Victor Dearly. E ele tem uma filha que é imune à Laz. O único indivíduo imune identificado até hoje. Ela esteve aqui na noite passada.

— Imune? — perguntou Mártira, ainda sem entender.

— Completamente.

— Ainda não percebo o que isso tem a ver conosco.

— Tudo — respondeu Hagens, soltando os polegares do colete. — Você pensou, pelo menos uma vez, em Smoke desde que ele foi preso? Especialmente agora que sabemos como se tornou importante, por ser o portador de uma mutação da doença?

— Claro que pensei, mas isso não é da nossa conta.

— É da minha conta. Bombas, armas, nada disso importa mais! Ele é no momento a coisa mais perigosa que existe na face da Terra. Não podemos permitir que esteja sob o controle dos humanos vivos. Não podemos deixar que o usem. Você sabe como essas coisas funcionam. Ele é agora uma grande e danada moeda de troca!

— Seja como for...

— Assim como a garota Nora Dearly! — a fala de Hagens foi tão enfática que Mártira se calou. — Se conseguirmos atrair a senhorita Dearly para cá, podemos trocá-la por Smoke. Ou, se o povo dela não a quiser, podemos usá-la como isca para atrair um refém mais valioso, como o pai dela, por exemplo. O famoso doutor Dearly.

Dearly? Garota? De repente, percebi que eles estavam se referindo à moça de cabelos negros que estivera no acampamento na noite passada. Endireitei-me no lugar, tentando entender do que falavam realmente.

— Nosso irmão mordeu outras pessoas. Ele está onde precisa estar neste momento — disse Mártira antes de fazer uma pausa. — O que você está sugerindo é que tentemos tirá-lo da prisão mediante sequestro e extorsão?

— Irm... — Hagens ergueu as mãos, impaciente. — Você precisa parar de falar com este grupo como se ele fosse algum tipo de comunidade. Não podemos simplesmente sentar em roda com nossos *irmãos* e *irmãs* e ficar cantando canções sobre amor e morte. Não enxerga como os neovitorianos podem explorar Smoke? Como um tipo de arma nuclear contra as outras tribos de vivos? Como propaganda, para convencer a população da necessidade de exterminar todos os zumbis? Como pretexto para dar ainda mais poder ao Exército; o mesmo Exército que já saiu à nossa caça uma vez?

— Não vou participar das suas maquinações — respondeu Mártira, apontando para a saída da tenda. — E sabe o que mais, senhorita Hagens? Seu lugar não é aqui, afinal de contas. Creio que deva pegar suas coisas e ir embora.

Hagens encarou minha irmã por um longo tempo e sua ira crescente era perceptível.

— Enquanto você organiza festas, eu me preocupo com o destino dos zumbis. Esta manhã, enquanto você dormia, eu bolei um plano que não precisa terminar em banho de sangue. E isso foi depois de passar semanas tentando convencê-la a parar de agir como uma santa ressuscitada e sair de Nova Londres com sua gente para um lugar mais seguro! Quem é que não pertence ao grupo? Responda rápido, porque não estou disposta a perder mais tempo.

Mártira encarou Hagens duramente e, ao final de um bom tempo, disse apenas: — Quando eu a acolhi, você era uma pessoa diferente. Não sei o que aconteceu, no espaço de um mês, para fazê-la ficar tão enraivecida. Mas essa atitude não é bem-vinda aqui. *Vá embora.*

— Os homens já foram? — perguntou Bruno, de repente. Sem a maquiagem vermelha que usava no palco, a constelação de cicatrizes de acne em seu rosto tornava-se evidente. — Talvez nem sequer precisemos da garota.

— Sim, já foram — respondeu Cláudia, em um tom mais suave.

Mártira virou-se instantaneamente para Cláudia: — Homens? Que homens? Do que ele está falando?

Achei que, por um instante, Cláudia ficou insegura.

— Se tudo der certo, Smoke voltará hoje. Na noite passada, bem tarde... — Ela olhou para Hagens, como se precisasse de uma deixa para prosseguir, mas recuperou a autoconfiança e disse: — Um dos humanos, bêbado, começou a falar de um plano para levar Smoke de volta para a cidade. Então, enviamos um grupo de homens para resgatá-lo. Dissemos a eles que eram ordens tuas, de última hora. Uma oportunidade que não podíamos perder. Se o resgate não der certo, vamos precisar da menina como plano B.

Mártira agarrou a cortina e fuzilou Hagens com o olhar.

— *O que foi que você fez?*

— Os zumbis poderiam levantar dinheiro e fazer piquetes exigindo que soltassem Smoke até seus membros caírem de podres, mas os humanos jamais o entregariam — respondeu Hagens, balançando a cabeça em negativa. — Podemos trazê-lo de volta usando um método relativamente pacífico ou um método violento, mas temos que trazê-lo de volta de qualquer maneira.

— Você veio pedir que votemos, mas já está dando ordens a meu povo? E em meu nome? Ponha-se no seu lugar!

— Eu não tenho um *lugar* — rosnou Hagens. — Por que você acha que fiquei com *seu* grupo, em uma cidade que odeio?

— Temos que votar — interferiu Cláudia. — Não queremos fazer as coisas pelas suas costas. Queremos que nos apoie, mas temos que trazer Smoke de volta, a qualquer custo.

— Não, de jeito nenhum! — respondeu Mártira, encarando Cláudia. — Você ficou louca? Que jogo é esse que vocês duas estão tentando nos envolver?

— Um jogo que está mudando, como Hagens disse — gritou Cláudia. — Você jamais convencerá os humanos a conviver conosco em paz. Sempre terão medo de nós!

— Os vivos têm vindo todas as noites! As coisas foram difíceis nas primeiras semanas, é verdade, mas qualquer um pode se reerguer. Logo poderemos abrigar mais zumbis e...

— As coisas foram difíceis? — interveio Mãe Perfore. — Você não esteve nas docas naquele dia? Tudo bem, por mim, ser fora da lei, ser procurada pelo que fiz, mas não serei caçada pelo que sou.

— Isso mesmo — concordou Invierno. — Chegou a hora de ensinar isso aos vivos. Eu digo que Hagens tem direito de fazer isso. Os humanos precisam aprender a lição. Levar um tombo. O que Hagens defende faz sentido.

— Parem de usar essa palavra! — ordenou Mártira, fazendo um gesto majestoso. — Somos da mesma espécie, humanos vivos e humanos mortos.

— Então, Smoke não significa nada para você — perguntou Cláudia, com ódio no olhar, mirando em mim por cima do ombro de Mártira. — E os zumbis que morreram nas docas? E o resto de nós? Você não ouve o que estamos dizendo? Não vê como Smoke pode nos trazer segurança, ao fazer com que os vivos tenham medo de nós?

— É por essa razão que você quer Smoke de volta? — perguntou Mártira a Hagens.

— Essa é uma de dez mil razões — respondeu Hagens. — Mas quanto menos você souber, melhor para você.

Desviei o olhar, mas algo dentro de mim queria falar. — As pessoas dos navios nos ajudaram — disse baixinho, esperando que somente Mártira me ouvisse. — Cláudia disse que eles não nos acudiriam, mas eles nos acolheram. O médico vivo cuidou de Dog. Outro médico vivo veio com o senhor Griswold. Eles não são todos maus.

— Claro que não, docinho — disse Mártira, inclinando a cabeça para mim. — Mas o que você quis dizer com *veio com o senhor Griswold*?

Senti perfeitamente os olhares cravados em mim enquanto respondia.

— Ele esteve aqui na noite passada, para ver como Dog estava. Hagens lhe disse para ir embora. — Meus dedos começaram a tremer quando terminei a frase, mas sabia que tinha que contar. — A garota é o seu amor. É o que percebi. A moça que eles querem... Sequestrar.

— Entendo — respondeu Mártira, tensa, ao encarar Cláudia novamente. — Claro que Smoke significa algo para mim. Se ele for solto, o acolheremos novamente, da mesma forma que cuidaremos de qualquer zumbi que enlouquecer e se arrepender depois, mas não provocaremos mais medo e destruição. Só podemos mudar as atitudes dos outros por meio do amor. E vocês precisam parar de dar ouvidos a quem pensa de outra forma.

Como eu amava ouvir Mártira discursar! Suas palavras eram cálidas, inspiradoras, preciosas como botões de ouro tirados da roupa de uma mulher rica, assim como as histórias que ela me contava sempre.

— Onde é que você está indo buscar essas palavras? — perguntou Allende. — Éramos temidos quando nos chamávamos *Grave House Gang*[11]. E por isso éramos grandes; todo mundo queria entrar no nosso grupo. Porque oferecíamos proteção, organização e até matávamos se fosse preciso. Éramos capazes de defender nosso território. — Por um instante, o homem pareceu se desesperar. — Foi você quem mudou. Não o resto de nós.

[11] Gangue da Sepultura (NT)

— Isso foi antes de eu morrer — Mártira pareceu envergonhada, mas a voz dela manteve-se firme.

— Escute, irmã — Cláudia colocou a mão no braço de Mártira, e uma luminosidade estranha surgiu em seu olhar. — Você tem que nos ajudar. É nossa única chance. Dê a ordem para capturarmos a garota.

Mártira recolheu o braço. — Sou eu que preciso ajudá-los. Você não percebe o que está falando, Cláudia? Você não vê que é loucura o que querem? — Ela virou-se para Hagens. — Como ousa vir até aqui, até o meu lar, torcer os fatos e confundir as pessoas dessa maneira? Você não tem esse direito.

Hagens olhou para minha irmã fixamente e sua expressão se endureceu ainda mais. — Achei que poderia dizer isso.

Ouvi o som abafado, mas estranhamente preciso, e até reagi, encolhendo-me, antes de entender o que acontecera. Vi Mártira cair, quase como um pedaço de fruta acomodando-se em uma gelatina que ainda não firmou, e o buraco negro em sua testa, como um terceiro olho cego.

— Mártira? — Levantei-me junto com os líderes que gritavam, mas parecia que estavam a quilômetros de distância. Abri caminho entre eles e caí de joelhos ao lado de minha irmã, agarrando seus braços frios como gelo. Ela fora silenciada. Para sempre.

— Não! — gritou Cláudia. — Nós íamos convencê-la, tirá-la da liderança pelo voto! Sua cadela maldita, nunca disse que a mataria!

Antes que eu pudesse olhar, antes que eu pudesse pensar, ouvi outro tiro. Cláudia caiu centímetros à minha esquerda, com os olhos horrivelmente arregalados, e vi um líquido escorrendo pelo buraco em sua têmpora.

— Levante-se — ouvi Hagens armar o revólver novamente e senti a sombra de seu braço passar por cima de mim. Olhei para cima e a vi, plácida. Os líderes não a agarraram. Estavam todos de pé, resignados, assistindo àquela cena. Tive vontade de gritar. — Não vou matar alguém que está de joelhos.

— Não — Bruno deu um passo à frente e entrou no espaço físico de Hagens, forçando-a a recuar. — Ela é apenas uma menina.

— Ela é uma Cicatriz — Hagens ergueu a arma e deixou um pouco de espaço para Bruno, mas manteve-se firme. — Não é assim que se modificam os regimes políticos em seu mundo? Não é assim que se escolhe um novo líder? Como em uma matilha de lobos?

— Sim, é assim — confirmou Invierno, pegando Bruno pela perna da calça. — Deixe, Allende. Vínhamos falando disso antes de Hagens aparecer. Mártira precisava sair. A única razão para ela ter durado tanto na liderança, desde que determinou que não poderíamos mais trazer dinheiro sujo, é porque nenhum de nós precisava mais comer.

Mártira. Cláudia. Elas eram minha família. Enquanto aquela gente à minha volta discutia calmamente se eu deveria viver ou morrer, debrucei-me sobre o corpo de minhas irmãs, e meu próprio corpo tentou chorar. A última vez que eu soluçara daquela forma havia sido na noite em que, a pedido de Mártira, deixei que ela sugasse delicadamente o sangue de meu pulso como se bebesse de uma taça de vinho, transformando minha querida irmã, minha única protetora contra a crueldade de Cláudia, na mais linda das zumbis. Nenhuma mordida. Nenhum medo. Somente aceitação.

Que Hagens atirasse. Que acabasse logo com aquilo.

O silêncio dominou a tenda. Depois de um momento, ousei olhar. Os líderes não estavam chocados, nem com medo. Eu era o espetáculo. Hagens cedeu, desarmando o revólver.

— Levem-na de volta para a tenda, então. E certifiquem-se de que não fale com ninguém.

Bruno cumpriu a ordem. Resisti quando me ergueu, tentando em vão agarrar o corpo frio de Mártira, mas ele soltou meus dedos um a um e me colocou sobre o ombro, sibilando no meu ouvido:

— Salvei sua vida. Não faça com que eu me arrependa.

Teria sido melhor que não tivesse dito nada. Enquanto me carregava para fora, ignorando meus gritos, eu me esticava como uma imbecil em direção aos corpos de minhas irmãs estendidos no chão. Como se meus braços fossem suficientemente longos para alcançá-las, como se meu coração fosse grande o bastante para envolvê-las e guardá-las para sempre.

Ao cair da noite, todo mundo já sabia. Quando a nuvem de luzinhas já brilhava e as fogueiras ardiam altas, Hagens e os líderes subiram ao palco. Àquela altura, os zumbis enviados para resgatar Smoke tinham voltado, trazendo os corpos dos companheiros abatidos, e reportado o fracasso da missão. Hagens contou à multidão que encontraram Mártira morta em sua tenda naquela tarde, atingida por um tiro certeiro na cabeça, da maneira que somente um humano miraria. E que, vendo a irmã assassinada, Cláudia havia se matado antes que alguém pudesse impedi-la.

— Certamente, foi um dos visitantes humanos que a matou enquanto dormia. Assassinou as duas irmãs, uma pelo desespero.

— Não podemos ir até a polícia — disse alguém. — Prenderiam metade de nós só por estarmos por perto. Alguns têm a ficha tão suja e longa que poderiam tocar em uma pianola.

— É por isso que temos que tomar as rédeas das coisas a partir de agora! — gritou Hagens. — Pela memória de Mártira e de Cláudia, vamos libertar o zumbi conhecido como Smoke. Era esse o desejo final de Mártira. Ele é valioso demais para permanecer sob o controle humano. Vamos levá-lo para o norte e formar nossa própria tribo! Já estamos mortos, o que mais temos a perder?

— Mártira! Cláudia! Mártires para nossa causa! — gritou Invierno.

Mentira. Percebi, mesmo anestesiada e chocada como me encontrava, que todos mentiriam em uníssono para que ninguém acreditasse em mim, mesmo se ousasse falar. Era como se eu nem tivesse estado presente naquela tenda. Aparentemente, Os Transformados estavam todos contentes em ter Hagens como líder. Como havia muitos novatos no grupo, nunca perceberiam a diferença. Sabiam apenas que Mártira acolhera todos, que ela era uma pessoa que amava todo mundo e que foi sua bondade que a matou.

Agora, Hagens poderia fazer o que quisesse.

Meu Deus, o que iriam fazer? O que eu iria fazer? Naquela noite, a música foi furiosa. Naquela noite, os vivos que tentaram se integrar à festa foram rejeitados, intimidados pelos mortos, até que voltaram para suas carruagens e foram embora. Todos estavam amargos, enraivecidos, cheios de fogo. Se eu senti algo, foi medo.

Incapaz de dormir, sem saber aonde ir, vaguei pelo acampamento. Sabia que deveria andar e andar e deixar tudo para trás, mas também tinha consciência de que não chegaria muito longe sozinha. Os mortos à minha volta dançavam e inflavam os pulmões para cantar e gritar, jogavam cartas e brincavam com facas para esquecer; e eu caminhava sem ver nem ouvir nada.

Pelo menos, até avistar três zumbis jovens que havia visto na companhia do senhor Griswold na noite anterior. Não sei o que me chamou a atenção neles. Talvez tenha sido a voz metálica da garota, ou a elegância do rosto do rapaz que não tinha nariz, ou a corpulência do zumbi caolho, que era o mais baixo dos três. Mas é certo que senti um aperto no coração ao lembrar-me da violência das palavras de Hagens contra eles.

Tive uma sensação de ameaça iminente. Precisavam sair daqui, este lugar não era seguro para eles. Mártira, que salvara tanta gente, se estivesse viva, os avisaria. A garota e o rapaz atarracado estavam entretidos com os artistas no palco, mas o zumbi mais alto claramente dedicava-se a inspecionar a multidão. Ele usava um aparelho de surdez na orelha esquerda e repetidamente mexia nele, como se aquilo o incomodasse.

Decidi abordá-lo. — Com licença?

Ele baixou o olhar ao me ouvir. Seus olhos eram de um tom cálido de marrom, que as luzes tornavam dourado.

— Você.

Sem pensar muito, cumprimentei-o inclinando a cabeça. — Sim, eu estava aqui na noite passada... quando Hagens... — Só de pronunciar o nome dela elevei a voz.

— Lembro-me de você, sim. — Ele não olhou para os amigos, mas deu uns passos adiante, forçando-me a recuar. Tinha ombros bastante largos e era musculoso. — Laura, não é?

— Sim — respondi, ao mesmo tempo em que tropecei na barra do vestido. Consegui me reequilibrar antes de cair e fechei os olhos para falar —, mas isso não é importante. Vocês têm que sair daqui. Se sua amiga, a moça de cabelos pretos, estiver aqui, ela tem que ir embora. Agora.

— Ir embora? — abri os olhos e o rapaz olhava intensamente para mim. — Por quê?

Erguendo a saia, abaixei a voz e arrisquei: — Porque Hagens é a líder agora. E... — como dizer aquilo? — E Hagens não gosta dela.

— O que aconteceu? — perguntou ele, com uma expressão séria.

— Coisas ruins. — Foi tudo o que consegui dizer, com uma voz embargada por lágrimas que não correriam jamais. — Vocês devem ir embora. Vão. Estão correndo perigo.

O rapaz ficou imóvel por um instante, antes de inclinar-se e chegar bem perto de mim.

— Ouça — Algo na voz dele me fez obedecer —, estamos aqui para descobrir coisas. Na verdade, precisamos falar com Hagens. Mas se você acha mesmo que ela vai nos matar à queima-roupa, iremos e seremos eternamente gratos a você. Mas se existir uma possibilidade de nos reunirmos com ela, temos que correr o risco. Talvez você possa nos ajudar. — Coalhouse? — O mais baixo aproximou-se.

— O que houve?

— Hoje, ela... — travei o maxilar. Não queria dizer aquilo. Temi que minhas palavras voltassem para me assombrar.

— Nos *avisaaar* sobre quem? — perguntou a garota do trio, chegando perto do colega baixo.

— Hagens — respondeu Coalhouse sem tirar os olhos de mim.

A garota calou-se.

Havia gente demais. Estranhos demais. Não queria ter que lidar com essa situação, queria apenas soprar o aviso e sumir dali.

— Odeio Hagens por tudo que fez e pelo que vai fazer — disse vagamente, de propósito, como Mártira havia me ensinado para o caso de ser interrogada pela polícia. Meus livros e as histórias que ela me contava haviam me ajudado a aprender a técnica. Senti-me estranha, como se estivesse atuando. De repente, tive vontade de rir de mim mesma.

Coalhouse assentiu lentamente. — Está bem. Bom.

— Mas não podem fazer nada esta noite. — Esfreguei um lado do rosto. — Vão embora. Temo por sua amiga...

— Ela não está aqui — tranquilizou-me Coalhouse. — Nem Griswold. Só viemos Tom, Cas e eu.

— E sobre o atentado na estrada? — Tom olhou para mim mais duramente do que Coalhouse. — Fomos atacados hoje perto da ilha Drike. Sua gente tem algo a ver com aquilo?

Eles sabiam. Haviam estado lá.

— Eles não são minha gente — respondi, sem colocar emoção alguma na voz.

Ele pareceu entender e praguejou baixinho.

— Sabe por que foram mandados até lá? — perguntou Coalhouse.

— Resgatar Smoke. Hagens o quer de volta por alguma razão.

— Smoke? — perguntou Cas.

— O prisioneiro com a mutação da doença. — Decidi que devia dizer a eles. — Hagens falava hoje de sequestrar a moça de cabelos pretos também, e trocá-la por ele. Ou pelo pai. Não tenho certeza.

— Sequestrar Nora? — perguntou Tom, arregalando os olhos. — Jesus.

Cas olhou em torno com os olhos semicerrados.

— Não podemos atacar sozinhos — disse ela, e olhou para mim. — Venha conosco. Vamos *tiiiiirar* você daqui.

Por um instante, pensei em ir com eles, mas então pensei em Dog e em Abuelo e em todas as pessoas que Hagens estava enganando, e soube que não podia deixá-los. Não sem saber, com certeza, que poderia voltar. E também não podia delatar Hagens para o acampamento inteiro, não sem provocar o caos e, provavelmente, fazer com que todos também se voltassem contra os três que me ofereciam ajuda.

— Não posso ir. Voltem com mais gente. Eu poderia ajudá-los.

— Está bem — respondeu Coalhouse e, depois de um instante, agradeceu-me: — Obrigado.

— Vamos embora, cara. Podemos cortar caminho pelas árvores. Temos que voltar.

Fiquei observando os três zumbis se afastarem, deixando marcas na grama coberta por folhas caídas. Fiquei sozinha novamente, sentindo-me oca por dentro. O que eu tinha acabado de fazer?

Tomada por um medo súbito, corri pelo acampamento, evitando ao máximo colidir com a multidão. Depois da morte, eu não era mais tão veloz; as pernas demoravam a obedecer o cérebro.

Quando cheguei à tenda, joguei-me no meu lugar de dormir e afundei o rosto no travesseiro, com o coração e a mente enredados em uma confusão de sentimentos e pensamentos desconexos. Porém, sobressaía a sensação de que cometera um erro monumental. Não sabia, ao certo, se aqueles três eram aliados em potencial ou outra coisa. E não poderia saber, sem Mártira para traduzir as coisas de maneira que eu pudesse entender, sem sua mão para me guiar.

Ela estava morta. Morta de verdade. Sentia que não poderia mais me mover nem pensar. E Cláudia. Teria dado minha segunda vida patética para ter Cláudia de volta. Mais tarde, naquela mesma noite, queimaram minhas irmãs nas chamas. O corpo de Mártira estalou e explodiu, fazendo sons indignos que ela não deveria ter emitido jamais. Ela fora cuidadosa e delicada, mesmo quando bebeu meu sangue contaminado. Bruno e vários músicos de rua ficaram parados na porta da tenda observando a pira arder, mudos de terror ou raiva. Podia sentir o olhar deles em mim.

Para além daqueles homens, meus olhos deteriorados invocaram figuras mágicas nas chamas, enquanto eu pensava se algum dia veria Coalhouse e os outros novamente, e sem saber se de fato isso importava ou não.

Desejei desesperadamente que as chamas estivessem me consumindo, e não minhas irmãs.

18 • Bram

O Paciente Número Um não voltou a falar no dia seguinte. Nem um ruído sequer. Sendo assim, fui até o Christine em busca de zumbis que pudesse interrogar. Havia muitos sendo atendidos naquele dia, mas nenhum sabia nada a respeito de gente usando máscaras de aves.

Por volta das dez da noite, quando recebi a ligação avisando que a equipe estava de volta, fui preparado para receber pouca ou nenhuma informação. Tinha a impressão que haviam partido há pouco tempo. Peguei emprestada a carruagem de Salvez para retornar para casa, já desanimado.

Por causa dos constantes desvios de tráfego que ocorriam na cidade naqueles dias, tive que fazer um caminho atravessando a Morgue novamente. O lugar parecia ainda mais desolado à noite, iluminado por poucas lâmpadas a óleo e pequenas fogueiras. Enquanto esperava sob um farol vermelho, duas crianças zumbis chamaram minha atenção. Estavam sentadas sob a cerca da Morgue, cobertas por cartazes de protesto rasgados. Brincavam com um brinquedo que não consegui identificar e revezavam-se, mirando um no outro. Não parecia ser uma arma de brinquedo. No programa que ouvia no rádio da carruagem, o apresentador recitava:

— Temos que repensar quase todas as nossas leis. Tomemos o casamento como exemplo. Será que a morte revivida rompe os laços do matrimônio, como em “até que a morte os separe”? Será que filhos de não vivos são oficialmente órfãos que devem ser enviados pelo Estado para os orfanatos? E sobre o assassinato? É possível tecnicamente matar alguém que já está morto?

Uma *van* de entregas passou e jogou luz nas crianças por um instante. Estavam brincando com um soldadinho.

Meu estado mental naquele momento considerou a cena mais patética que revoltante. As crianças não tinham consciência. No entanto, não pude deixar de lembrar tudo que já havia feito. Inclusive o fato de que ontem mesmo havia abatido um zumbi com um tiro na cabeça.

Logo que me integrei à Companhia Z e aprendi como e em que atirar, passei também a processar a culpa provocada por matar semelhantes, porque, na verdade, não eram semelhantes. Nosso objetivo sempre foi mirar nos zumbis insanos, nos maus, nos hospedeiros que comungavam ou haviam sido dominados por ímpetos canibais. Embora eu defendesse a humanidade deles até o dia de minha morte verdadeira, sabia que eram impotentes diante da doença.

Era o que dizia a mim mesmo para poder dormir à noite: que não tínhamos escolha e que liquidá-los era, na verdade, um ato de misericórdia. Essa justificativa era mais difícil de aplicar quando se tratava de abater zumbis em pleno domínio de suas faculdades mentais, especialmente agora que existia uma vacina.

Eu era capaz de entender a fúria que Hagens direcionava aos vivos. A ordem de extermínio havia sido o último recurso de uma população de vivos enfrentada com contaminação e morte, e o Exército não era um monólito do mal, eu sabia bem disso. Dearly, Lopez e os homens de Norton eram prova cabal do contrário. Embora não concordasse com o ponto de vista de Hagens, era capaz de compreendê-lo.

A luz verde piscou e tentei afastar aqueles pensamentos. Tirei o pé do freio e a carruagem começou a andar. Foi quando uma forma negra voou na frente do veículo, seguida por uma figura marrom. Quase bati na segunda, que parou com as mãos sobre o capô, olhando para mim através do vidro. Era um zumbi jovem usando um casaco longo de couro, com o cabelo longo preso em um rabo de cavalo, pele amarela e lábios pretos. Um segundo depois, ele disparou, e virei o rosto para acompanhá-lo com o olhar. Estava perseguindo um sujeito mascarado.

Eu era o quinto carro da fila, então nem me passou pela cabeça usar a carruagem para segui-los. Abandonei o veículo e saí correndo. Não sabia bem para onde estava indo ou o que deu em mim, só sentia que tinha que ajudar. Talvez a visão do rapaz correndo tenha acionado meu instinto, fazendo com que eu entrasse na caçada, na perseguição. Nós três desviamos de veículos ao atravessar duas ruas e entrar em um beco. O outro zumbi reduziu a velocidade e nada disse até eu ultrapassá-lo. Nesse momento, gritou para mim:

— Pegue-o!

Era o que estava tentando fazer. O mascarado era rápido e seu casaco tremulava ao vento. Senti que perdia o ritmo, que os músculos se distendiam e as juntas começavam a travar. Estava provocando um dano terrível ao meu corpo.

Mas não importava. Não quando um mascarado estava praticamente ao meu alcance.

Ele cruzou em disparada um arco estreito e virei bem a tempo de vê-lo saltar para uma parte desnivelada da rua. Não era o esgoto, mas quase isso.

— Vejo você mais tarde, carne morta! — gritou o mascarado ofegante, com sua voz de robô.

Atirei-me contra ele, mas bati em uma porta de ferro. Estava trancada. Droga!

Enquanto tentava me recuperar, o outro zumbi chegou.

— Ele escapou?

— Sim. — eu disse. Ele praguejou. — Você o viu atacar alguém vivo?

— Vivo? — exclamou o rapaz, virando-se para mim. — Esses caras vêm sequestrando zumbis dentro da Morgue há semanas! A polícia não acredita em mim; ele era minha prova!

O nome do rapaz era David Braca. Havia sido um trabalhador, atualmente era um desocupado e uma fonte de informação.

Fiz a única coisa que podia fazer. Levei-o para casa. Ao entrar, encontramos a parte jovem dos habitantes, menos Renfield, sentados na escada larga. Nora e Pamela vestiam seus robes e toucas de dormir e, quando perceberam a presença de um zumbi desconhecido, esconderam-se atrás da pessoa vestida mais próxima.

— *Oláááá* — cumprimentou-nos Cas, arregalando os olhos diante do estranho.

A expressão de Tom transformou-se, quase instantaneamente, de curiosidade para rejeição.

— O que é isso? — perguntou Nora. — Quem é ele?

— Senhoras — disse David, com uma voz afetada e expressão desconfortável. Virando-se para mim, tirou o chapéu e murmurou entre os dentes:

— Você não mencionou as senhoritas.

— Desculpe. — Fui direto ao ponto: apresentei David e, em seguida, acrescentei: — Os mascarados não atacam somente vivos. Acabamos de perseguir um.

O grupo na escada silenciou. David olhou para eles e depois para mim.

— Eu os vi atacarem um bom sujeito — contou ele —, um sapateiro de nome Bihari, que fabrica calçados de graça para os mortos. Na semana passada, um bando usando essas máscaras estranhas ateou fogo em uma lata de lixo do lado de fora da loja dele e empurrou-a para perto de uma parede de madeira. Não consegui pegar os desgraçados. Foi isso que me fez começar a perguntar por aí.

Eu já ouvira essa parte. — Conte tudo a eles.

David continuou de pé, olhando constrangido para todos, especialmente para as moças. — Ainda estou no escuro. Já há algumas semanas ouço boatos sobre zumbis que são *levados pelos pássaros*. Como muita gente entra e sai da Morgue todos os dias, não dei muita atenção para aquilo até a noite do ataque à loja do sapateiro. Então, comecei a perguntar a sério e ouvi histórias de zumbis que saíam para resolver alguma coisa e não voltavam, relatos assim.

— Você foi à polícia? — perguntou Isambard.

— Fui — respondeu David, com a expressão fechada, enrolando a borda do chapéu enquanto falava. — Disseram que aquilo não era verdade, que provavelmente mães zumbis estavam inventando essas histórias para assustar os filhos, para que não saíssem dos parques. Então, comecei a andar pelas ruas à noite e acabei vendo. Originalmente, eram dois, em um beco perto da Morgue. Ouvi falarem sobre pegar uma mulher, pois ela "não seria tão forte". Forte para o que, eu não sei. Mas agora acho que qualquer boato é verdadeiro e que esses facínoras estão mesmo sequestrando gente.

Sentei-me perto de Nora, e ela levou seus dedos diminutos aos meus cabelos, o que fez com que David a olhasse espantado, como se ela fosse um alienígena.

— E Os Transformados?

— Sei sobre eles — disse David. — Dão coisas, acolhem desabrigados. Não há rumores de que façam outra coisa, além disso.

— Não bate com o que apuramos — disse Coalhouse.

Fiz um sinal para ele. — Fale.

Coalhouse olhou desconfiado para David, ponderando se ele deveria ouvir o que ia dizer.

Cas virou os olhos, impaciente, e pegou a deixa.

— Tom e eu passamos a noite estudando a multidão. Estavam muito mais *braaaavos* desta vez — relatou, puxando as fitas que fechavam seu pescoço. — Credo, estas coisas pinicam depois de um *teeeempo*.

— É, linda, mas é bom ter uma voz de novo. Aquela tabuleta que você usava parecia escrita em sumério — comentou Tom.

Cas fez uma careta para o namorado e prosseguiu: — Bom, continuando. E o que faziam cada vez que alguém vivo aparecia? Intimidavam-no. Mandavam dar no pé. Nada parecido com a primeira vez que estivemos lá.

— E sabemos o porquê — completou Coalhouse, inclinando-se para frente e abrindo os joelhos. — Conversei com aquela garota.

— Só para registrar, pela primeira vez na vida — ironizou Tom.

— Cale a boca!

— Tom, vai com calma — adverti. — Que garota?

— A que carrega as flores. Laura. Tentei fazer com que viesse conosco, mas ela não quis.

— E o que são aquelas flores, afinal? — perguntou Nora.

— Parece que ela *leeeeva* a sério o planejamento do seu próprio *enteeeerro*, não é?

— Gente! — advertiu Coalhouse. — Seja lá o que for aquele jardim suspenso, ela chegou perto de mim e disse que deveríamos correr dali. Que não era seguro para nós. E que agora Hagens era a líder do acampamento.

Fiquei alerta. Nora me olhou preocupada. — A líder? Como?

— Ela não quis falar mais. Disse apenas que "coisas ruins" aconteceram, o que me fez concluir que ela correu um grande risco para nos alertar e que claramente não compartilha com Hagens o ódio por nós. Então, comecei a fazer perguntas.

— Bem, não foi só você — ressalvou Tom.

Agora foi a vez de Coalhouse virar seu único olho. — Isso não importa. O que importa é que os sequestradores na estrada da prisão eram gente do acampamento. E tem mais... — ele olhou para Nora. — Hagens quer você ou seu pai para fazer alguma coisa. Ela quer o Paciente Número Um. Laura disse que ele se chama Smoke.

Todos os olhos voltaram-se para Nora, em silêncio.

— Por que nós dois? — sussurrou ela.

— Provavelmente para troca — respondi com a voz rouca.

— Vocês chegaram a ver Mártira? Ela me pareceu chocada diante do fato de que sua gente começou a morder para se defender, lá no confronto das docas. Mas talvez fosse seu otimismo cego manifestando-se. Tem alguma coisa que não bate...

— Não a vimos.

— Ainda bem que não encontraram Mártira — disse Renfield, descendo as escadas e carregando uma pilha de papéis do tamanho de uma enciclopédia. Olhou para David rapidamente e prosseguiu: — Fiz aquela checagem de antecedentes que você pediu.

— E?

— Não encontrei muita coisa sobre Hagens, porque ela nasceu punk. Lopez é um santo, mas não consegui entrar nos dados dele que estão no Exército. — Ren entregou o relatório que devia ser sobre Lopez para Pamela e sentou-se ao lado de Nora. As outras páginas escorregaram das mãos dele e caíram no degrau abaixo, emitindo um sonoro *plaft*. — Isso aí é o relatório sobre Mártira Cicatriz.

Todos nós olhamos estarrecidos.

— Versão reduzida? — perguntei, irônico.

— Está tudo aí. A maior parte é sobre roubo. Passou a vida entrando e saindo da prisão. Se ela é atualmente como vocês a descrevem, bebeu um monte de ponche da paz depois de morrer. Ela tem mais ou menos vinte codinomes, a maioria variações de "bruxa megera".

Passei as mãos pelo rosto. — E sobre o tipo de gente que segue a "bruxa megera"?

— Bandidagem em treinamento. Ela é a chefe — comentou Ren, vocalizando meu pensamento. — Investiguei a gangue dela também. Parece que ela começou cedo, fazendo com que outras pessoas cometessem os crimes que ela planejava. Em troca, dava trabalho, casa e comida. Decolou a partir disso. Logo, as gangues menores, de prostitutas e batedores de carteira, aliaram-se a ela em busca de proteção.

— Então pode ser que a gente dela esteja fingindo? — perguntou Nora.

— Acho que sim — respondi, olhando para David. — Porque, por mais pessoal que tudo isso possa parecer, você e a senhorita Roe não são as únicas vítimas.

— Mas por que zumbis atacariam zumbis? — ponderou David. — Você acha que estão recrutando gente deles para formar o grupo dos mascarados?

— E por que nada disso apareceu no noticiário ainda? — lembrou Nora.

— Não faço ideia. Talvez a coisa tenha se perdido em meio a tanta violência.

— Laura contou que há gente dos Transformados que ainda vem para a cidade todos os dias, lembram? — acrescentou Tom.

— Pois é. — Encostei meu corpo no corrimão, mas não relaxei. — Odeio dizer isso, mas acho que devemos procurar a polícia antes que algo mais grave aconteça. Temos que deixá-los alertas.

— Concordo — disse Nora.

— *Eeee vocêêê nããão saaai de caaasa* — avisou Cas. — Sei que você vai dizer não em 2,3 segundos, mas mesmo assim.

— Não! — interferi, assim que observei minha garota ficar de pé, pronta para discutir. — Vamos reportar o que sabemos e cuidar disso para que ninguém tenha que se esconder. Porque não somos os únicos afetados. — Nora agradeceu-me com o olhar.

— Espere aí. O quê? — Coalhouse balançou a cabeça em negativa. — De jeito nenhum. Se os delatarmos, vai demorar uma eternidade para descobrirmos por que querem o Paciente Número Um ou como descobriram sobre os Roe. — Olhou de relance para Pamela. — Além disso, tem o que você disse... e se a polícia resolver prender todo mundo? A coisa pode acabar muito mal. Eu posso fazer isso, Cap.

— Não se trata de delatá-los — repliquei, irritado. — É denunciar gente que pode estar atacando inocentes e que tentou sequestrar uma *van* blindada pertencente à polícia!

— Olhem o que temos: uma confirmação visual, duas histórias que parecem desconectadas e a palavra de uma menina zumbi-flor. Vocês acham que a polícia vai acreditar em nós? O Braca ali já deu com a cara na porta. — Todos ficaram quietos, ponderando. — Vamos investigar mais um pouco, para descobrir se são mesmo os responsáveis. Se forem, pegamos todos, sem dó e armados. — Coalhouse olhou para o grupo em busca de apoio, mas encontrou somente olhares espantados. — Qual é o problema?

— Essa é a ideia mais idiota que já ouvi na vida — disse Tom. — E olha que já ouvi muita ideia idiota por aí.

— Bom, como você acha que tudo o que eu faço é idiota, não vou conside...

— Não, ele tem razão. É uma ideia muito idiota — concordou Nora. — Não é como quando resgatamos Pamela e Isambard na cidade. Não havia mais ninguém que pudesse ajudá-los. Mas agora está tudo às claras. Como meu pai disse. Não podemos fazer uma guerra secreta — ela piscou. — Não acredito que acabei de dizer o que acabei de dizer.

— Não estamos mais no Exército — lembrou Cas. — Somos *ciiiiivis* agora.

— Além disso, esses zumbis não são como os que enfrentamos antes, John — usei o nome verdadeiro de Coalhouse para conseguir a atenção dele, com sucesso. — Esses caras funcionam perfeitamente, como nós. Se fizeram coisas erradas, temos que entregá-los às autoridades, ainda que não seja a melhor solução. Além disso, trinta e poucos soldados da Companhia Z funcionaram contra centenas de zumbis inoperantes desarmados na base de Averne, mas cinco soldados para, no mínimo, cinquenta zumbis armados e inteligentes, seria suicídio. Meus dias de capitão de poucos soldados e de perder gente desnecessariamente acabaram. Isso é sério.

— Eu sei que é! — retrucou Coalhouse, ficando de pé na escada, embora um pouco instável. — Parem de me atacar. Não sou um imbecil e não sou uma criança. Você me deu uma oportunidade e não pode arrancá-la de mim antes que eu comece!

— Ninguém liga para sua "oportunidade"! — gritou Pamela, fuzilando Coalhouse com o olhar. Ele congelou, espantado. — Os outros estão certos! Temos que contar à polícia, ao Exército, a *alguém*. Entregar o que sabemos a alguém que consiga descobrir quem está querendo acabar com toda a minha existência!

Todos se calaram por alguns momentos.

Coalhouse olhava para Pamela como se ela o tivesse estapeado. — Quero ajudar você também — disse ele. — Não ajudei você e Isambard antes?

— Ajudou sim — concordou Pamela, erguendo-se. — É que estou cansada de ouvir tudo isso. — Deu meia-volta e começou a subir as escadas, seguida pelo irmão.

Nora respirou fundo e abraçou os joelhos com os braços.

Depois que os dois desapareceram, disse a Coalhouse: — Você foi incrível essa noite. Mas as coisas são diferentes agora. — Fiquei de pé e ofereci a mão à Nora para ajudá-la a se levantar. — Vou chamar a polícia. Agora. Não estou dizendo que vamos parar de trabalhar, só que o certo é informá-los também; não o Exército, a polícia. Amanhã, discutiremos um novo plano.

— Quero participar — pediu David e eu concordei com um aceno. Coalhouse olhou para cada um do grupo à espera de um apoio que não veio. Ele fechou os punhos e gritou: — Está bem! — Sua voz ecoou pelo hall de entrada. E antes que alguém pudesse dizer qualquer outra coisa, passou por cima de Cas e foi em direção à porta da frente.

— Coalhouse! — chamou Tom. — Aonde você vai?

— Até parece que eu te contaria. É tudo culpa sua, para começar! — Ele passou por David e bateu a porta ao sair.

Tom praguejou e pulou por cima da namorada com a intenção de seguir o companheiro. — Não vá.

— Deixe que esfrie a cabeça — disse-lhe, colocando a mão sobre seu ombro.

— Minha culpa? Queria saber como *diabos* isto é minha culpa!

— *Aquele* assunto... — lembrou-o Cas. — Você o mordeu. É tudo culpa sua. Para seeempre.

Tom relaxou um pouco. Aquilo era terreno conhecido. — E se ele pegar um dos veículos?

— *Deeeixe*. Ele terá que voltar. Não tem para onde ir — argumentou Cas, erguendo-se. — Vou para a cama.

Depois de curvar-se diante de Nora, Tom seguiu a namorada. Ren fez o mesmo.

David esperou que desaparecessem no andar de cima e perguntou: — Seus amigos são sempre tão dramáticos?

— Às vezes — respondi, estendendo a mão para cumprimentá-lo. — Quer carona?

— Posso andar. Pergunte por mim na Morgue. Vou sondar mais por lá, quem sabe consigo mais informações — respondeu e, olhando para Nora, tossiu, constrangido. — Senhorita.

Nora e eu o conduzimos até a porta.

Depois que David se foi, ela disse: — Você fez a coisa certa. Mas agora tenho uma missão de reconhecimento. Quer ser minha retaguarda?

— Por favor, diga que não há zumbis envolvidos.

— Pela primeira vez, não há mesmo. E pode esperar. Conto-lhe amanhã.

— Você fica tão linda quando cercada de mistério...

Ela me beijou no nariz e sussurrou, antes de subir as escadas: — Boa noite, senhor Griswold.

Fiquei olhando enquanto subia e, só depois, tirei o casaco e o chapéu. Deixei as duas peças caídas ao pé da escada e levei o celular comigo. Estava cansado demais até para ser civilizado e pendurá-las.

Quando entrei na cozinha, mancando, às sete horas da manhã seguinte, encontrei Nora comendo mingau de aveia e tomando chá. Estava usando o seu melhor vestido, um modelo verde. Seus cabelos recém-lavados estavam brilhantes, pois havia passado algo que cheirava a rosas, e de suas orelhas pendiam duas gotas de esmeralda. Uma fita de cetim impecável enfeitava seu pescoço.

— Tudo isso para mim? — perguntei.

— Como sempre — informou ela. — Tome seu café da manhã. Deve-se sempre comer bem antes de sentar à mesa para compartilhar o pão com o inimigo, porque, se for inteligente, nem sequer tocará o tal pão.

— Acho que a advertência não se aplica a mim — observei, mas sentei-me mesmo assim. — E, por favor, poderia explicar qual parte de *com o inimigo* não deveria me aterrorizar até o fundo da alma?

Nora descruzou as pernas e a barra do vestido subiu um pouco. Não pude deixar de notar que vestia meias-calças rendadas e delicadas sapatilhas bordadas em vez das botas que calçava normalmente. A visão de um tornozelo bem torneado não significara nada para mim até entrar no país das Saias Eternamente Longas e encontrar alguém cujo tornozelo valia a pena observar, mas agora começava a apreciar tal coisa.

— Lembra quando comentei sobre ir conversar com Michael Allister?

— Lembro, infelizmente.

Nora ficou de pé. — Bem, chegou o dia. Mandei mensagens para conhecidas de St. Cyprian e consegui o número dele. Vou mandar-lhe um bilhete daqui a pouco e combinar uma visita para o chá.

Não gostei nada da ideia e argumentei agarrando Nora pela cintura e sentando-a sobre meus joelhos. Ela riu e não tentou se desvencilhar.

— Para que isso? Não acha que temos o suficiente para nos preocuparmos?

— Ciúmes? Acho que gosto quando você fica com ciúmes. Parece que vai rosnar. — Aproximei minha testa da dela e nossos olhos ficaram bem próximos. Consegui que prestasse atenção: — Por quê?

— Não é que eu queira, acredite — respondeu ela. — Vou fazer isto por Pamela e tia Gene.

Voltando para a nossa posição normal, perguntei:

— Pela senhorita Roe? Por quê? Acha que Allister pode saber algo sobre o atentado?

— Não. Ele é horrível, mas não creio que tivesse coragem de fazer algo assim. — Nora esticou-se para colocar uma toalhinha de crochê na mesa à minha frente. — O coronel Lopez ofereceu sua casa de campo para abrigar a família Roe, mas eles não o conhecem praticamente. Está claro que Pamela quer sair da cidade, então vou fazer com que isso aconteça.

Essa era uma atitude que eu respeitava, embora soubesse que a ideia desagradava Nora em vários aspectos.

— Allister conhece Lopez?

— Sem dúvida. Todas as famílias ricas se conhecem, e a maioria está ligada por casamentos. Ren não descobriu nada que o desabone, mas deve haver algo mais que possamos descobrir sobre ele.

— Por que não pergunta a seu pai?

— Perguntarei. Mas, provavelmente, conseguirei falar antes com Michael do que com meu pai. Desde que fomos atacados ele esteve aqui quantas vezes? Duas? Além do mais, ao menor sinal dos assuntos que discutimos aqui na noite passada, ele vai me trancar de novo. De maneira que qualquer coisa que eu tiver que resolver fora de casa precisa ser rápido.

— Você está certa... e estou com você. Até certo ponto.

Nora suspirou.

— Eu sei que furar a inevitável repressão do meu pai parece algo idiota. Mas você estará comigo, e será em público. Pode ser nossa única chance por algum tempo.

Também podia lidar com aquilo. — Justo. Mas como vamos armar isso? Eu tenho que ficar achando brechas para poder ficar com você. Como é que você vai conseguir se encontrar com o sujeito? Pois precisará vê-lo a sós, se for tentar fazer com que lhe conte algo. — Na verdade, o que estava me irritando é que eu achava muito difícil equilibrar respeito às regras e subversão; e Nora falava de um jeito como se arranjar um encontro com Allister fosse fácil como dar um passeio no parque.

Ela fez um leve biquinho ao ponderar sobre minha colocação.

— Eu não posso ficar a sós com ele, mas ele pertence a uma família aristocrática, que pode quebrar certas regras, especialmente no caso dos rapazes. Se ele quiser me encontrar em algum lugar, provavelmente conseguiremos. Podemos alugar alguém para nos acompanhar.

— Espere. Pode-se alugar um acompanhante por aqui?

— Pode-se sim. Alguns pais fazem isso, às vezes, especialmente se permitem que seus filhos namorem, em vez de fazer a corte. Terceira parte neutra.

Bioquímica era mais fácil de entender do que esse negócio de sociedade.

— Então, basicamente, você tem que convidá-lo e pagar pelo privilégio. Seu povo é insano.

— E você só percebeu agora? Mas é isso mesmo. Ele não vai falar se eu aparecer com a turma toda. Um acompanhante contratado é provavelmente a melhor solução para que ele não se entusiasme na direção sobre a qual prefiro nem pensar. — Ela apoiou a cabeça no meu ombro. — Não vou demorar. Meia hora no máximo. E nunca mais precisaremos nos encontrar com ele.

Concordei, mesmo balançando a cabeça em negativa. — Está bem. Por qualquer coisa que ajude a família Roe. — Nora levantou-se e eu admirei seu corpete listrado mais uma vez. — Mas se ele abusar, vai levar. Só para registrar.

Ela semicerrou os olhos e ficou de pé entre minhas pernas. Sua saia roçou nos meus joelhos.

— Se aquela lesma encostar um dedo em mim, você tem minha permissão para decepar a cabeça dele e beber lentamente do sangue que jorrará do pescoço cortado, como se fosse uma fonte. Combinado?

Pisquei, surpreso: — Uau! — Foi tudo o que consegui pronunciar. Como aquela realeza tinha conseguido produzir alguém como Nora é algo que jamais conseguiria entender.

— Com licença.

Nós dois nos endireitamos e vimos Renfield à porta, em mangas de camisa e com uma expressão ansiosa fixa no rosto. Não parecia ter dormido.

— Ei, Ren. Você instalou escutas na cozinha? Acabávamos de falar sobre você.

— Interessante escolha de palavras — comentou, recuando um centímetro com um movimento contido, mas enérgico.

Pela convivência, sabia que Ren havia tido uma ideia ou imaginado um projeto que desejava desesperadamente concretizar. Também sabia que algo assim poderia ser uma coisa muito boa ou muito ruim.

— Achei melhor perguntar antes de pôr a casa abaixo. Será que o doutor Dearly tem algum livro sobre doenças ou cirurgias oculares? — Ren perguntou.

— Cirurgia ocular? — disse Nora, intrigada. — Não sei. Ele não é cirurgião. Mas procure no escritório.

— Procurarei, assim que o doutor Samedi acordar, obrigado. — Seu desapontamento era quase palpável. — Não haveria nada no quarto dele, talvez, para que eu pudesse começar a procurar agora mesmo?

— Não — respondeu Nora, olhando de relance para mim. — Mas tem o porão. Ele tem alguns livros médicos raros lá, parte de sua coleção de Primeiros Vitorianos. São dois baús cinzas grandes. Sempre acabava desembrulhando esses volumes por engano quando descia à procura dos livros de história militar e aventura e...

O desapontamento transformou-se na velocidade da luz. Sério, o moço sumiu dali mais rapidamente que o apagar de uma lâmpada.

Levantei-me e segui-o até o corredor, com Nora logo atrás.

— O que foi, Ren?

— Nada — respondeu o espantalho, enquanto abria porta por porta, procurando a que levava ao porão — Nada mesmo.

— É a próxima porta — avisei, e ele sumiu escada abaixo. — *Mmmm*... Podemos ajudar?

— Não, não, não se incomodem!

— Você vai precisar de luz. Se bater a cabeça, não vai ajudar em nada — Nora passou por debaixo do meu braço e apertou o interruptor perto da porta, iluminando dois lances de escada sem encerar e um cômodo atulhado lá embaixo. — Os baús ficam no canto perto do aquecedor de água.

— Obrigado! — gritou Ren lá de baixo. Alguma coisa quebrou. — Droga! Esperem. Sabem se as bibliotecas da universidade da cidade são abertas ao público?

— Não faço a menor ideia. Mas você sabe que papai paga por uma coisa que tem lá em cima chamada Aethernet? Talvez você já tenha ouvido falar. Se quiser achar fotos de gatinhos feitos de marmelada usando coletinhos, vai conseguir, sabia? Pois é. Se não encontrou o que está procurando *on-line*, provavelmente essa coisa não existe.

— Claro, senhorita Dearly, muito obrigado. Nem me ocorreu usar a Aethernet.

Nora torceu o pescoço para me olhar.

— Ele fica assim de vez em quando — expliquei. — Sabe Deus o que deu nele. Descobriu a cura para o câncer de olho? A chave para finalmente conseguir olhar através das paredes e ver senhoritas em vários estágios do desvestir, realização de um sonho antigo?

— Eu ouvi isso!

Nora balançou a cabeça. — Essa sua pesquisa tem algo a ver com os problemas reais que estamos enfrentando, Ren?

— Não tenho certeza — respondeu ele, e ouvimos um baú abrindo. — Não se prendam por mim!

— Acho que ele diria se tivesse. — Peguei Nora pela cintura e afastei-a da porta, fechando esta atrás de nós. — Ele é a menor de nossas preocupações. Deixe-me ver se as ligações que fiz ontem à noite renderam alguma coisa e falar com Samedi. Então, faremos o que quiser em relação a Michael.

Nora sorriu carinhosamente e ficou na ponta dos pés para me beijar de novo. — Vou te recompensar, prometo. — Ela acabara de fazer isso, mas longe de mim confessar-lhe.

19

Michael

O Irmão com quem eu saíra na noite anterior levou uma eternidade para achar sua vítima. Havíamos rodado por horas na região da cidade habitada pela classe média, com um terceiro Irmão ao volante, bebendo e procurando uma presa sem nome.

— Ali — disse, finalmente. — É ele.

— Ele quem? — perguntei, espiando pela veneziana e vendo que não era apenas ele. Era um casal. O zumbi não estava só. O homem morto era um sujeito comum, mas a moça viva que o acompanhava parecia um anjo misterioso. Seus cabelos, naturais, pareciam ser brancos como a neve, apesar de ser obviamente muito jovem. Vestia um traje púrpura-claro e levava um buquê de violetas preso à parte mais alta do chapéu. Tinha na mão uma daquelas sombrinhas idiotas, com uma pequena lâmpada a gás na ponta, vermelha neste caso. — O que significa vermelho? Sei que existe um código que as moças usam.

— Apreço pelos mortos — sibilou o Irmão acocorado junto à porta da carruagem. — Apreço pelo maldito homem que infectou minha irmã.

A vodka começou a querer voltar do meu estômago. Como eu, este Irmão tinha uma vingança planejada. Não estava indeciso. Estava procurando especificamente por alguém. — Teremos que esperar até que se separem, e então o pegamos.

— Não vou machucá-la. — Ele me olhou sem emoção através das aberturas da máscara. — Pegaremos só ele. Estou disposto a correr o risco.

— O quê? Fala sério. Ela vai nos incriminar.

— É por isso que usamos máscaras, seu tolo!

O Irmão que fazia as vezes de motorista passou pelo casal, que caminhava, e reduziu a velocidade. Abaixou a divisória da cabine e perguntou: — Então, pegaremos o cara ou não?

— Não, não podemos — respondi. — É loucura matar um zumbi na frente de uma testemunha. Os Irmãos nem estão aqui para ver.

Foi então que o outro Irmão abriu a porta e pulou, apesar de a carruagem estar em movimento. Meu coração parou e virei-me para olhar enquanto o motorista freava abruptamente. Em dois segundos, pulou sobre o zumbi e atirou na cabeça dele. O homem caiu na calçada e a moça começou a chorar, levando as mãos ao rosto em desespero. A cena foi fria, desprovida de qualquer poesia. De certa forma, pareceu-me mais cruel do que qualquer coisa que eu jamais sonhara em fazer.

— Strigoi! — gritou ela, deixando a sombrinha cair e aproximando-se do corpo.

— Está com pena dele? — gritou o Irmão que atirara, agarrando a moça pelo braço e afastando-a do zumbi morto. — E daqueles que ele mordeu? E da minha irmã, amarrada a uma cama até que apodreça? Tem pena deles também?

A moça de cabelo branco começou a bater nele para tentar se soltar. Solte me! Meu Deus! Strigoi!

— Fique quieta — gritou o atirador. — Fique quieta, sua necroputa. Ouça!

Mas ela não parou, nem de gritar nem de bater nele. Após alguns momentos de luta, o Irmão ergueu a mão e algo soltou-se do revólver. Para minha infinita surpresa, era um revólver apache — arma de fogo, faca e soco inglês em uma única peça. Enquanto eu olhava, paralisado, ele destroçou o lindo rosto da moça, que caiu de joelhos, tentando se proteger com as mãos cada vez mais ensanguentadas.

— Quer se juntar aos mortos? Quer?

Foi então que avistei algo e comecei a gritar também. Ele não havia matado o zumbi.

O monstro agarrou as pernas do atirador e avançou sobre ele como um cão raivoso, atacando uma presa de maior porte, grunhindo, mordendo e tentando arrancar a máscara.

Contra meu próprio instinto, mas sabendo que ao ajudar meu companheiro estava protegendo a mim mesmo, saltei da carruagem e agarrei o Irmão caído, colocando-o de pé. Foi difícil tanto separá-lo do zumbi enfurecido quanto mantê-lo a salvo deste, mas no final consegui, depois de chutar os braços do monstro. Corremos juntos de volta para a carruagem enquanto o zumbi levantava-se para nos perseguir.

— Vá! — gritei para o motorista, fechando a porta. A carruagem disparou. — Ele te mordeu?

— Não — respondeu o atirador, colocando as mãos sobre a máscara. — E não me viu.

— *Idiota.* — Eu estava lívido de ódio. O que aquele imbecil estava pensando?

— Eu sei — respondeu, olhando para a mão que ainda agarrava a arma. — Eu sei.

O morto parou no meio da rua quando ganhamos velocidade e grunhiu como um leão nos desafiando. Virei-me para olhar. Ele não era o problema. Quem me preocupava era a moça, que estava ferida, com certeza nos denunciaria e estragaria tudo.

Recostei-me no banco, tentando recuperar o fôlego. Não sabia o que dizer.

Poucos minutos depois, saltei no banco quando percebi luzes emergindo das sombras atrás de nós. Era uma carruagem, e vinha em nosso encalço. Quando passamos pela luz de um poste, vi que era o zumbi que acabáramos de atacar ao volante, ferido na têmpora, mas com os olhos em fogo. Ele tinha um celular na mão.

— Ele está seguindo a gente! — gritei. — O zumbi! Está ligando para alguém!

— O que eu faço? — gritou nosso motorista.

— Volte para o ponto de encontro! — disse e agarrei o motorista apavorado pelo pescoço. — Para o lugar onde pegamos a carruagem!

— Não! — gritou o atirador. — Para o *pub*! O Assassino está reunido lá! Precisamos de reforços!

— Não sabemos quantos estarão lá! — Olhei para trás e vi a carruagem conduzida pelo zumbi praticamente encostar na nossa. — Volte para o desmanche. Certifiquem-se de que as máscaras estão bem presas!

Mal consigo descrever o que aconteceu a seguir, ou como consegui não vomitar toda a bebida que havia ingerido. Cruzamos a cidade a toda velocidade, como se voássemos, passando por lugares familiares e desconhecidos. Não houve troca de tiros ou manobras arriscadas. Só velocidade e adrenalina.

O zumbi em nosso encalço não desistia. Em vários momentos achei que ele estava mais perto de mim do que eu mesmo.

Quando chegamos à parte pobre da cidade, ao sul do porto, o perdemos de vista, em meio ao labirinto de avenidas menores e mal iluminadas. Estávamos a apenas duas ruas de onde precisávamos chegar, mas o motorista decidiu manter-se em movimento, para afastar o caçador da toca. Foi uma boa ideia.

Levamos uma hora. Metade para que o verme parasse de nos seguir e metade parados, no escuro, quase sem respirar de tanto medo que o zumbi surgisse novamente. Acuados como presas, voltamos com as luzes apagadas para o desmanche ilegal que o Jaqueta Verde havia arranjado como ponto de embarque nas carruagens de trabalho noturno. A oficina ficava dentro de uma construção de madeira tão precária que não parecia capaz de abrigar nada, quanto mais uma gangue de criminosos.

No minuto que descemos, vomitei na sarjeta.

Dentro da construção, encontramos Belinda e sua equipe trabalhando em três novos veículos para as atividades de O Assassino, cada um montado a partir de peças removidas de carruagens roubadas. Todos os números e tecnologia de rastreamento eram removidos. Belinda era uma mulher de aparência séria e cabelo excêntrico, que nos olhou com desgosto quando entramos em seus domínios — o piso estava manchado de óleo e havia ferramentas por toda parte. Ignorei-a e, com as pernas bambas, procurei por Jaqueta Verde. Encontrei-o observando uma garota usando calças e com maria-chiquinha no cabelo, enquanto ela escalava o chassi de uma carruagem com um maçarico na mão. Era o único Irmão presente.

— O que aconteceu, Irmãos? — perguntou, quando nos viu chegar. — O que houve? Por que não foram para o pub?

— Vou lhe contar o que houve. — Os outros dois Irmãos pararam atrás de mim; eu procurava as palavras. — Fomos atrás de um zumbi...

— Parabéns!

— Não! Nada de *parabéns*! O zumbi tentou nos pegar! Quase desmascarou esse aí!

Jaqueta Verde ficou imóvel. — O quê?

— É verdade — disse o Irmão atirador, com voz trêmula. Estava prestes a perder o controle. — Eu atirei, mas... o zumbi me atacou. Ele me salvou — relatou, apontando para mim. — Mas eu a cortei. E não o matei... Meu Deus...

— Cortou quem?

— Uma garota — respondi. — *Viva*. E, antes disso, ele atirou no zumbi bem na frente dela.

— Vocês fizeram isso às abertas? — Jaqueta Verde olhou para o motorista, que, apesar de tudo, parecia mais calmo. — Leve-o para o porão — ordenou, e o Irmão que dirigia obedeceu.

O atirador começou a chorar como uma criança apavorada.

— Acabou. Vou embora — eu disse. Eu era um idiota. A proteção que O Assassino oferecia era nula. Se meu pai descobrisse, teria sorte se fosse apenas deserdado.

— Não pode ir — respondeu Jaqueta Verde. A fúria era audível mesmo através do modificador de voz. — É um momento delicado. Gastamos meses planejando tudo e agora finalmente estamos agindo. Era de se esperar que algo saísse errado. A polícia e a imprensa eventualmente vão falar de nós. Esperávamos que isso acontecesse.

— Claro que eu posso ir, diabos! — tentei controlar a respiração. — Aqui não há líderes, o que nos mantêm seguros, mas há garotos despreparados que fazem coisas como essa!

— Você se comportou brilhantemente. Tirou-o da cena. É exatamente assim que membros de O Assassino devem agir. Leais a todos os mascarados. — Jaqueta Verde aproximou-se de mim. Senti o aroma forte de sua colônia destacando-se em meio ao cheiro de metal queimado que havia no ar. Era algo que um homem de idade usaria. — Nosso povo, os aristocratas desta nação, sempre têm sido leais uns aos outros. Simplesmente, estamos dando seguimento à tradição.

Organizei meu raciocínio, forçando-me a lembrar de que estava naquele lugar para matar, convencer e sair. Eu podia suportar correr um pouco de perigo para atingir meu objetivo; e para ver meus feitos afundarem em um mar escuro, de maneira que jamais poderiam ser associados à minha pessoa.

— Lembre-se: você é um médico especialista na praga agora. Seu trabalho é curar o mundo doente matando os organismos que o estão contaminando. Orgulhe-se disso — e, com essas palavras, Jaqueta Verde deixou-me ali e partiu, recebendo nos ombros as fagulhas incandescentes do maçarico.

A carruagem na qual a garota estava trabalhando pareceu-me familiar. Levei alguns instantes para identificá-la como o Modelo V preto, com uma das janelas estilhaçadas. Era o mesmo tipo de veículo que a tia de Nora possuía. No dia que Nora fora sequestrada, espiava pela janela, mas fingi que não, invadindo a sala de visitas da minha mãe apenas para observá-la.

Era tudo por ela.

Precisava lembrar-me disso.

Eu não era uma pessoa gregária. Não havia ninguém que pudesse chamar de melhor amigo. Tinha um círculo de conhecidos, mas podia viver sem eles. Minha mãe sempre quis que eu fosse popular, então me obrigava a ir às festas certas e organizava algumas para mim. Nora talvez viesse à reunião de Natal que minha mãe queria que eu promovesse em dezembro. Eu estava disposto a organizar tudo, fingindo-me entusiasmado, só para poder revê-la.

Era tudo por ela. Tudo que eu fazia era por ela. Tudo que eu planejava. Toda palavra que não pronunciava.

Naquela noite, por volta das três da madrugada, peguei uma caixa de madeira de dentro de meu *closet* e a abri. Com a máscara e a garrafa de *bourbon* presa entre os joelhos, toquei nas lembranças relacionadas à Nora, que colecionava desde que a conhecera, na festa de aniversário de doze anos de Vespertina. Segundo Vespertina havia me contado, a mãe a obrigara a convidar todas as colegas de St. Cyprian, incluindo a bolsista e as novas ricas, para puni-la por alguma infração. Foi por isso que Nora e a insípida e modesta senhorita Roe estiveram presentes.

Foi a primeira vez que vi Nora. Seus olhos me maravilharam em segundos, provocando algo misterioso e desconhecido em meu corpo. Fomos apresentados rapidamente, mas aquele encontro havia sido suficiente para abrir-me um mundo novo, repleto de desejo ardente.

As outras meninas contentaram-se em cacarejar em torno da torre de bolo branco, como galinhas em treinamento, aterrorizadas, porém, de que algo caísse em seus vestidos. Nora, no entanto, não quis saber de bolo. Nem de mim. Já estava meio louco quando a tia dela, a senhora Ortega, levou-a embora.

Enquanto as via partir, uma fita branca caiu dos cachos da menina. Corri para pegá-la, agradecendo aos anjos, mas, antes que pudesse correr até Nora para devolvê-la, minha mãe apareceu para me buscar.

Meu pai esperava na carruagem e perguntou se conhecera alguém interessante. Respondi que sim, mas quando ouviu o nome de Nora Dearly olhou-me com tamanho ódio que quase senti dor. Não entendi o porquê. Ainda hoje não sei bem. Mas era o pai dela que meu pai odiava.

E era ela que eu amava.

A fita branca, um botão da bota, um ornamento da sombrinha: eram esses os pedacinhos de Nora que eu possuía. Cada um foi recolhido em uma festa ou um evento em que tinha me esforçado para impressioná-la, sendo rejeitado a cada tentativa.

Olhara fixamente para aquelas lembranças, por horas a fio, quando ela foi sequestrada e enquanto esteve desaparecida. *Desaparecida* sim, porque Griswold, aquele homem morto, uma coisa, como aquele botão perolado, apenas um objeto, a roubara de mim.

Ela precisava saber. Perceber até onde eu estava preparado para externar toda minha devoção a ela.

Passando a fita sob o nariz, fingi que era um cacho de seu cabelo. E tentei entrar novamente na fantasia violenta e operística que maquinara meses a fio. Fantasias que estavam prestes a tornar-se realidade. Tudo estaria acabado em alguns dias. Precisava apenas manter a frieza.

No dia seguinte, ao entrar no corredor revestido de mogno que levava ao escritório do meu pai, tudo em que conseguia pensar era em corvos. Coco trouxera um único bilhete naquela manhã, onde se lia: *"Sábado, 23 horas, esgoto sob o Delreggio. Deixe o dinheiro lá com antecedência."*

Uma data havia sido estipulada.

Meu telefone emitiu um sinal. Achei que fosse Vespertina e peguei-o. Ainda tinha que lhe contar o que planejara, e sabia que ela estava à espera. Ao recordar os acontecimentos da noite anterior, contemplando rapidamente a ideia de compartilhar parte do ocorrido, desejei, subitamente, ter tomado o desjejum para poder vomitar algo de fato. Precisava de Vespertina para recuperar o chão sob os pés.

Olá. Aqui é Nora Dearly. Você teria um tempo para falar comigo?

Parei onde estava. Nunca imaginei que ela pudesse me contatar. Um pouco desconcertado, sem saber como responder, resolvi ganhar tempo com uma resposta simples.

Talvez. Vou ganhar outro soco?

Pronto. Ressentido, mas sincero. Disposto a perdoar, mas não a esquecer. Enquanto esperava sua resposta, salvei o número dela.

Não. Gosta do Lapin Innocent[12]*?*

Um convite "não convite" coquete? Para o chá? Era a última coisa que eu esperava, mas seria idiota não aproveitar a oportunidade. Resolvi entrar na brincadeira dela e pedi-lhe que me encontrasse em algumas horas.

Muito bem. Como você pediu o encontro, traga os olhos.

Logo depois que Nora confirmou o compromisso, Vespertina começou a mandar mensagens de texto.

Vamos nos encontrar hoje? Você ia me contar seus planos.

De repente, nada no mundo me pareceu mais estúpido do que despejar aos borbotões meus planos grandiosos. Respondi que não e segui em frente.

Tem certeza? Estou literalmente babando de ansiedade. Quero ouvir. Por favor?

Pois que continue babando.

Do lado de fora da porta do escritório, havia dois seguranças da Allister Genética. Vestidos de preto, eles eram parte da imensa força de proteção particular que meu pai mantinha. Afastaram-se para que eu passasse e prossegui pela ampla construção em estilo *art nouveau* em direção aos elevadores. Ao entrar em um deles, coloquei o pulso na frente de um leitor em forma de sol que havia no painel, obtendo acesso a todos os andares, exceto ao décimo segundo. Lá ficavam as instalações onde cresciam os animais e apenas

---

[12] *Lapin Innocent* quer dizer "coelho inocente", em francês.

dez pessoas tinham permissão para entrar. Aos sábados, meu pai trabalhava exclusivamente naquele andar, isolado de todas as distrações, inclusive da família. Ele chamava o lugar de Código 12.

Apertei o botão número onze para ir ao laboratório principal. O elevador dava diretamente para uma área que chamávamos de "descontaminação informal", processo que envolvia levar uma borrifada de *spray* desinfetante e depois um forte jato de ar, seguido de uma potente sucção, além de ter que colocar uns sapatinhos azuis idiotas e luvas transparentes. Deixei minha mochila e o casaco em um armário e me submeti à desinfecção. Após vestir o avental branco, entrei no laboratório, um recinto tão branco que chegava a ofuscar a vista.

O andar onde eram desenvolvidas as principais pesquisas era totalmente aberto, sem divisórias. No entanto, ficava completamente isolado do mundo exterior, pois não havia janelas. Legiões de cientistas trabalhavam ali, em longas mesas de aço, nas bancadas onde ficavam os computadores ou em algum dos compartimentos vedados, onde vigorava uma quarentena permanente. A maior parte das paredes servia de tela para projetores holográficos, que exibiam colônias de ratos e macacos, criados por supercomputadores, que brincavam diante dos cientistas — milhares de animais virtuais, que serviam para testar novas drogas, terapias e combinações genéticas. Seres que procriavam, eram submetidos a variáveis diversas e morriam numa velocidade incrível, algo como até cinquenta gerações por minuto.

Encontrei meu pai diante de uma das telas, com uma expressão cansada.

— Meu lorde.

Ele me olhou e pigarreou.

— Filho. O que o traz aqui?

— Acabo de receber um convite interessante para um chá em Nova Londres. Gostaria de pedir permissão para tirar o dia e tomar de empréstimo sua carruagem. Compensarei as horas de ausência amanhã.

O edifício principal da Allister Genética localizava-se no extremo noroeste da reserva. Era uma viagem ir e voltar de Nova Londres. Meu pai me dispensou.

— Vá. Embora tenha apreciado sua deferência, da próxima vez, pode apenas enviar-me uma mensagem de texto.

— Pois não — respondi, curvando-me. Demorei-me um instante, refletindo se deveria contar-lhe tudo. Não era a culpa que me movia, mas sim mero instinto de autopreservação. Meu pai poderia mandar encontrar o tal Ratcatcher e ordenar que cancelasse tudo. Eu ainda podia desistir.

— Mande um e-mail para sua mãe — acrescentou meu pai. Quando percebeu que não entendi, completou: — Ela me telefona constantemente para saber de você. Deve cortar isso. Embora tenha agido como um idiota da mais alta patente, ficar em casa não vai transformá-lo em nada além de uma mulherzinha pálida e frágil. Diga-lhe que não quer que continue a rondá-lo. Finalmente está agindo como um homem, como um Allister, e fico satisfeito por isso.

Minha determinação desvaneceu-se e curvei-me novamente, sem ter mais o que dizer. Relembrei seu discurso anterior, sobre não fazê-lo se arrepender de ter me dado liberdades e, instantaneamente, me autorrepreendi por ter apenas pensado em abrir a boca. Ele me deserdaria, me constrangeria em escala ainda maior e jamais me respeitaria. Jamais.

Ao me virar para partir, um homem gordo, usando um avental branco apertado, aproximou-se de meu pai esbaforido: — Meu lorde, os resultados estão prontos. Essa combinação é muito promissora. Creio que consegui encontrar uma maneira de suprimir diversas proteínas necessárias, embora alguns problemas persistam.

— Vejamos isso, doutor Elpinoy — respondeu meu pai, seguindo-o.

Ao ouvir o nome, voltei e memorizei o rosto do sujeito. Então era ele a quem meu pai se referira, o desertor da equipe de Dearly. Interessante.

Meia hora depois, parti da Allister Genética acompanhado por quatro homens da elite da segurança do meu pai. Acompanharam-me até a carruagem e, fazendo continência, esperaram-me partir.

O Lapin Innocent era um salão de chá muito procurado, localizado nos jardins atrás do Museu Neovitoriano de História Natural. Era aberto ao público e a ele chegava-se depois de cruzar diversos portões de bronze muito ornados. Pequenas placas advertiam o público para tomar cuidado com seus pertences e com mulheres coquetes.

Nora estava parada ao lado de uma fonte formada por fadas dançantes esculpidas em pedra que, fazendo biquinho, jorravam água pela boca. Segurava uma coleira de couro com as duas mãos e a seus pés encontrava-se um doberman marcado por cicatrizes. Parecia estar sozinha.

Como eu.

Antes que ela notasse minha presença, permiti-me um momento de voyeurismo. Teria preferido vê-la mais bem vestida, mas mesmo assim admirei a relativa austeridade do vestido, as luvas que usava e suas pequenas joias, que emolduravam com perfeição suas feições naturais. O cabelo cacheado era uma glória, único enfeite necessário se estivesse na minha cama. Não havia crime em desejá-la. Obviamente, pertencia a uma classe inferior à minha, mas eu podia perfeitamente desconsiderar esse fato. Podia perdoá-la por toda e qualquer coisa.

— Um cão? Teme que eu tente algo? — perguntei-lhe quando finalmente abandonei meus devaneios e me aproximei.

Ela me encarou, semicerrando os olhos de uma maneira encantadora. O animal ficou de pé e grunhiu, e ela o conteve puxando a coleira.

— Não. Espero que tente — respondeu ela, olhando ao redor. — Não trouxe um acompanhante?

— Não — respondi olhando-a diretamente nos olhos e quase perdendo a linha de raciocínio —, preciso falar com você a sós.

Ela pareceu constrangida, o que, honestamente, me agradou. — Sobre o quê?

— Sobre o que *você* precisa falar comigo?

— Coisas que poderiam ser ditas na frente de um adulto.

— Asseguro-lhe que desejo privacidade apenas. E que estou disposto a arriscar um escândalo para consegui-la.

Depois de pensar um instante, Nora assentiu.

Satisfeito, dirigi-me ao encarregado do salão, que logo nos conduziu a um ótimo lugar, em uma área mais reservada, sob os olhares de reprimenda dos adultos presentes. Assim que nos sentamos, tirei o menu das mãos dela.

— Eu peço — anunciei, e desfrutei da expressão de desagrado que minha atitude provocou.

— Seja rápido — disse ela, fazendo o cão deitar-se a seus pés. Reprimi a vontade de chutar o focinho do vira-lata. — Isto não é um encontro social.

— Estou decepcionado. Sobre o que gostaria de falar, então? — O garçom apareceu e eu fiz o pedido antes mesmo que pudesse nos cumprimentar. — Chá completo. E champanhe. — Ele curvou-se e retirou-se.

— Diversas coisas. — Nora olhou para as samambaias ao nosso lado. — Começando por minha tia.

Fiz pouco do tópico, respondendo: — Acredito que minha família não fez outra coisa a não ser cooperar a respeito dela. Não tenho nada a acrescentar — e estiquei o braço, antes de completar: —, mas se tiver um detector de mentiras à mão, fique à vontade.

— Não seja gracioso — respondeu ela, inclinando-se para frente. — Meu pai vai processar o seu, sabia?

— Por que razão? Nós ajudamos a senhora Ortega e ela desapareceu.

Um garçom auxiliar apareceu com uma travessa de prata de vários andares repleta de pequenos sanduíches e bolos. Servi-me de um *scone*[13].

[13] *Scone* é um pão típico inglês, servido no chá da tarde.

— Meu pai permitiu que nosso motorista a levasse à cidade um dia. Ele diz que a deixou lá. O que aconteceu depois não é de nossa responsabilidade. Se a ignorância agora é crime, pode me prender.

— Gostaria de poder fazer isso — respondeu ela, sem fazer menção alguma à comida servida. — Pode parar de fingir. Eu estava na aeronave naquele dia. Vi o que você fez e o que disse à senhorita Roe. Não pode haver cortesia entre nós. Estou aqui em busca de informação. Você me deve isso. Nós salvamos sua vida.

Algo mudou à menção do nome Roe, à insinuação de que eu seria algum tipo de monstro. Senti uma mistura de raiva e vertigem que ameaçou rachar minha compostura, de maneira que foi com muito cuidado que declarei: — Soube do incidente na casa dela. Sinto muitíssimo.

— Claro, acredito. — Nora não conseguiu pronunciar as duas palavras com igual força; a voz dela esvaiu-se entre as duas. Meu coração doeu ao ouvi-la. — Até parece que você se importa com ela.

— Eu me importo com você — enfatizei. Ela fez uma expressão de desgosto ou incredulidade e olhou para o lado. — Senhorita Dearly, estou sendo sincero. E precisamos falar sobre isso.

— Falar sobre o quê? — perguntou ela, com uma expressão quase ofendida.

— Sobre a maneira como você se compromete — respondi, em um tom mais suave. — Afinal, não é a você quem devo algo. Por mais que a ideia me desagrade, é para aquele pedaço de carne morta, cuja companhia denigre sua imagem, a quem devo a vida. Não era ele o destemido líder do grupo naquela noite?

— Não ouse falar dele dessa maneira — retrucou ela, agarrando os braços da cadeira, mas mantendo a voz baixa.

— Ah, mas se vamos ser francos hoje, permito-me fazer referência a ele como bem entender. Afinal, é você quem quer algo de mim, e não o contrário. E creio que a palavra na qual devemos nos centrar hoje é franqueza.

— O que é isso? Aula de vocabulário do jardim da infância? Vou ganhar tintas para pintar com os dedos também?

— O que estamos fazendo é deixar cair o véu — respondi. — Creio que o que falta na sua vida é gente disposta a lhe dizer a verdade. Você é extremamente mimada. — O *sommelier* chegou com a garrafa de champanhe, e ela foi obrigada a engolir a resposta. Assim que ele se afastou, ela se pôs de pé, arrancando o guardanapo que havia colocado no colo.

— Não vou ficar aqui ouvindo isso. Foi um erro ter vindo.

— Sente-se — disse, com firmeza — ou vou virar a mesa e todos vão olhar e nos ver juntos. Você mesma escolheu este lugar, um lugar muito público. Agora tem que jogar o jogo até o fim.

Ela me disparou fogo com os olhos, mas, lentamente, sentou-se. Tentei relaxar. Não podia me dar o luxo de me comportar de forma emocional, de me descontrolar.

— Muito bem. Em primeiro lugar, não sei nada sobre sua tia. Sinto muito por sua perda. Sinceramente.

Ela continuava a me olhar desconfiadamente. Alguém riu atrás de nós.

— Em segundo lugar, devo dizer que você se expõe demais. Acha que não falam de sua pessoa? Porém, eu poderia protegê-la, sabe? Lutar por você. — Ela virou os olhos, fazendo uma expressão de impaciência. — Falo sério. Tenho... Interesse em você. Você sempre me fascinou, mas seu modo de ser é muito impulsivo.

— Cale. A. Boca. — Ela pronunciou cada palavra como se atirasse uma granada contra mim.

— Atingi um ponto sensível? — perguntei, sem conseguir conter um sorriso. — A oferta ainda é válida.

— Não quero sua ajuda.

— E que tal minha perspectiva sobre as coisas?

— Oh, como pude viver tanto tempo sem ela?

A situação era quase divertida. Eu estava desfrutando imensamente da presença dela, suas expressões adoravelmente exasperadas, sua energia.

— Por exemplo: você deseja ardentemente rotular minhas atitudes como cruéis, mas sempre me portei como um cavalheiro; sempre tendo em mente seus melhores interesses. Eu, de fato, tentei proteger a reputação da senhorita Roe de maneira a preservar sua honra. Arrisquei minha vida, deixando meus pais para trás, para defender fisicamente a família Roe. E o que recebi de volta? Insultos. Ameaças. Jamais um agradecimento.

Ela arregalou os olhos. — Você tentou matar Isambard. Disse à senhorita Roe que a única razão pela qual lhe deu atenção foi que ela estava se tornando algo vergonhoso em meu passado, algo que você desejava limpar. E que depois que me tivesse, ela jamais me veria novamente, seu nojento. Ela abandonou a própria família para salvá-lo!

— Depois que ele se tornou um não vivo — resolvi ignorar a segunda leva de tiros, mas deixei que atiçasse o fogo. Era nisso que eu precisava ajudá-la. Ela não conseguia ver as coisas corretamente. — Agi de maneira nobre naquela noite. Griswold, porém, me atacou, me agrediu. Você achou bonito ele me silenciar daquela forma dramática? O fato é que ele me abandonou diante do perigo iminente. Ele não é o herói que você pensa que é.

Nora continuava me encarando como se eu fosse uma espécie de monstro babando. — Permita-me que lhe pergunte algo?

— Por favor.

— Por que nunca me disse que gostava de mim?

A pergunta foi inesperada, mas a resposta veio rápida: — Porque meu pai odeia seu pai, e eu não o insultaria indo tão longe quanto eu gostaria em relação à sua pessoa. Pelo menos, não até ter mais idade — disse, olhando-a nos olhos. — Não compreendo as razões dele, mas, sejamos honestos... Meu pai tem razão em um aspecto: ambas as personalidades poderiam melhorar. Minha intenção é ajudá-la a melhorar.

Se ela já me olhava com uma fúria homicida antes, as minhas últimas palavras fizeram com que suas feições se contorcessem a ponto de ficar parecida com o filho de Jack, o Estripador, e o próprio demônio. Ficou em pé de súbito, e eu também, mas, antes que pudesse dizer algo, senti uma mão fria no ombro.

— Vá embora — ouvi Griswold dizer. — Agora.

Desvencilhando-me dele, grunhi: — Como ousa vir aqui? Como ousa encostar em mim?

Meu Deus, será que estivera nos observando o tempo todo?

— Vou aonde sou necessário — respondeu Griswold, aproximando-se ainda mais de mim. Tentei manter-me firme. — Como, por exemplo, quando tive que salvar sua pele. Pelo jeito, vai precisar de mim de novo.

O ódio e o constrangimento que me assaltaram perante sua presença eram quase assustadores. Embora tenha tido dificuldade em formular um pensamento coerente, consegui dizer: — Está com medo de que, sozinha comigo, ela veja a verdade?

Nora deu um sorriso tenso. — Não é isso. Achei que, depois que você pagasse e fosse embora, eu e ele poderíamos ter um lindo encontro.

— A conversa está encerrada. — Eu precisava sair dali, antes que sucumbisse à fúria crescente que se apoderava de mim. Não era assim que este encontro devia ter transcorrido. Tinha sido um momento de admiração por ela, antes de prosseguir em direção à destruição de sua vontade. Podia sentir o rosto, o corpo inteiro ardendo cada vez mais.

— Não, não — retrucou Nora. — Se você tiver um resquício de honra ou algo que o valha, vamos continuar esta conversa. O homem a quem disse que deve a vida está presente. — Ela estava em vantagem agora e sua atitude era de polidez zombeteira. — Vamos todos nos sentar?

— O quê? — quase cuspi as palavras. Respirando profundamente, fiz um esforço para me acalmar. Não queria parecer cruel diante de Nora. Não ali.

— Tem certeza? — perguntou Griswold a ela, mantendo o olhar cortante em mim.

— Sim — respondeu ela, encarando-me. — Temos que terminar isto. Sente-se.

Foi o que fiz. Sentei-me para tomar o chá da tarde mais insano da face da Terra ao lado de um maldito zumbi, sentado em uma maldita cadeira acolchoada, com cara de quem queria me consumir ali mesmo, começando pelas entranhas. O sentimento era recíproco.

— Vamos deixar de lado o tópico sobre nós — começou Nora.

— Por favor, por tudo de mais sagrado que existe — murmurou Griswold, apoiando o queixo nos dedos do braço apoiado sobre a mesa —, o que você sabe sobre Edmund Lopez?

A pergunta pegou-me de surpresa, e fiquei agradecido ao ver que a bandeja de chá se aproximava. Quando o garçom se foi, perguntei:

— Por quê? — O assunto parecia completamente aleatório.

— Apenas fale.

— Coronel Lopez? Aquele velho infeliz bêbado? O que você quer com ele?

— Infeliz? Bêbado? — Nora girou a mão delicadamente no ar, indicando que eu prosseguisse.

Não sabia onde colocar a raiva diante daquela situação. Ela era inútil agora. Então, fiz um esforço para suavizar o tom e continuei: — Isso mesmo, aquele velho infeliz bêbado. Jamais fez parte da elite e, para dizer a verdade, porque não quis. Sei que seu irmão tentou e conseguiu reconstruir a fortuna da família e suprimir alguns fatos verdadeiros, mas, com a aparência que tinha, nunca, jamais conseguiria fazer parte da sociedade. Era um aleijado. Uma aberração deformada. — Nora ficou perturbada diante da minha declaração e vulnerável diante do desconhecimento. — Não que qualquer coisa que aquele homem pudesse ter feito fosse redimir seus pais dos pecados que cometeram. Impossível.

— O que aconteceu?

Olhando diretamente para Griswold, respondi: — Os pais de Lopez simpatizavam com os punks. Depois do Massacre de Reed, lorde e *lady* Lopez foram destituídos de tudo que possuíam e deportados para o sul, com aquela gentalha, como mereciam.

Nora estava chocada. Griswold me fuzilava com os olhos. — Não ouse falar sobre meu povo.

— Trata-se de um fato histórico. Posso falar sobre ele tudo que eu quiser. — E decidi que falaria muito sobre o povo dele quando o estivesse picando em pedaços.

— Muito bem. Então vou falar da sua gente. Ouviu sobre ataques na cidade? — perguntou Griswold, abaixando o braço — Perpetrados por figuras usando máscaras de pássaro?

Tive a sensação de que a parede atrás dele ia desmoronar.

— Não. Por quê?

— Foram esses que atentaram contra a família Roe — respondeu ele, abaixando a cabeça. — Tenho vergonha por meu povo ter caçado os mortos, mas pelo menos não cobriram o rosto, como covardes.

— Como você sabe disso? — ouvi minha voz, mas tive a sensação de que meus lábios não tinham se movido.

— Pamela os viu — respondeu Nora. — E eles nos atacaram também. Roubaram a carruagem de minha tia. Apontaram armas para nós. Mesmo assim, aquele passeio foi mais agradável que este encontro aqui.

Meu Deus, aquela era mesmo a carruagem da família dela. A maldita carruagem encontrava-se no meio de um desmanche em Nova Londres. Provavelmente, alguns Irmãos receberam ordens para roubar veículos...

E haviam ameaçado Nora. Haviam mirado nela, sem saber quem era. A ideia quase me fez vomitar.

— Lamento saber — disse abruptamente, para esconder minhas emoções no borbotão de palavras. — Fico feliz que tenha saído ilesa. Mas agora chega — concluí, levantando-me. Curvei-me, cumprimentando-a, e parti sem dizer nada mais.

Nora sob a mira de uma arma. De repente, tudo o que vinha à minha mente era a imagem do rosto ensanguentado da moça de cabelos quase brancos. Isto era loucura. Não podia conceber que algo assim acontecesse a Nora. Nenhum dano físico.

Eu queria matar Griswold. Havia me exposto, corrido perigo, aterrorizado a cidade para matar Griswold. Só de imaginar aquela coisa morta testemunhando o espetáculo... Não, não podia permitir que aquilo ficasse sem punição. Mas também não podia permitir que O Assassino chegasse sequer perto dela novamente. Nem Ratcatcher. Não. Mudança de planos. Precisava corrigir o rumo. Separar o ato de torturar Griswold do ato de ensinar a Nora uma lição.

Ela ia precisar de mim depois que ele morresse, afinal.

20 • Laura

Naquela noite, disse a mim mesma que o fantasma de Mártira apareceria para mim. Falaria comigo, explicando como eu poderia salvar as pessoas. Eu havia criado um zumbi, mas Hagens havia criado um fantasma. Um fantasma que finalmente acabaria com ela. Os mortos andavam por aí agora, e eu acreditava em fantasmas; eles pareciam tão possíveis quanto qualquer outra coisa. Mas, quando amanheceu, entendi que não ia aparecer fantasma nenhum. Mártira e Cláudia estavam mortas. Acabara-se o tempo de histórias. Só sobrara a realidade.

Eu estava deitada, pensando enquanto quase todos dormiam, quando Dog entrou na tenda e aproximou-se de mim. Ajoelhou-se ao meu lado e apontou para sua orelha, depois para a abertura da tenda e, em seguida, fez dois dedos andarem para fora. Havia ouvido alguém andando lá fora, deduzi. Mas quem? Levantando-me rapidamente, sussurrei para ele: — Volte para sua cama.

Ele obedeceu. Peguei meu xale e saí tão silenciosamente quanto possível. Não sabia quem poderia estar me observando e relatando sobre mim, mas estava certa de que havia alguém fazendo isso. Allende foi muito claro a respeito.

Ainda era cedo e a relva estava molhada de orvalho. Avistei imediatamente o que havia chamado a atenção de Dog e senti um aperto na garganta.

Coalhouse estava parado de costas para o acampamento, no limite da área onde o público que vinha às festas estacionava as carruagens. Ao lado dele, vi uma carruagem surrada, que não reconheci. Inicialmente, ponderei se devia ou não me aproximar dele. Havia voltado, sim, mas, mesmo juntos, o que poderíamos fazer?

Após alguns segundos de indecisão, pensei em Dog e soube que precisava me arriscar. Comecei a andar na direção dele. Quando tive certeza de que me ouviria, disse: — Você voltou. — Ainda de costas para mim, ele não respondeu. Aproximei-me, e meu movimento chamou sua atenção. — Você...

— Senhorita Laura — cumprimentou-me, curvando-se. — Peço desculpas por aparecer desta maneira.

Balançando a cabeça, fiz um sinal com o dedo e retrocedi. Ele entendeu e me seguiu. Conduzi-o mais para dentro do arvoredo, onde a vegetação era muito alta. Estava escuro e mais frio sob a copa das árvores.

Depois de alguns minutos, ele segurou meu braço e perguntou: — Onde estamos indo?

— Aqui está bem — respondi, depois de me recuperar da sensação de ter sido tocada. Elevei a voz ao notar que tanto seu olho quanto o aparelho para ouvir não estavam no lugar. — Onde estão os outros?

— Estou sozinho — respondeu ele, franzindo a testa. — Estarei sozinho daqui em diante.

— Mas vamos precisar de apoio para ter força contra Hagens. Precisaremos...

Coalhouse ergueu a mão e pediu: — Por que não me conta primeiro qual é a situação? Preciso entender.

Quando abri a boca para falar, ocorreu-me que eu não conhecia o rapaz à minha frente e não sabia se podia confiar nele. Por outro lado, o que importava, a esta altura, se não fosse um aliado? Eu não tinha nada a perder exceto a vida; e mesmo essa já estava perdida. A morte havia me deixado para trás.

— Antes do surgimento dos não vivos, minha irmã mais velha, Mártira, era a líder de uma gangue de ladrões e vigaristas em Nova Londres. Todo tipo de gente desonesta... especialistas em trapacear nas cartas, arrombadores. Qualquer um que desejasse um lar e alguém para protegê-lo dividia os ganhos com ela e tornava-se parte do grupo. Mártira usava o dinheiro para comprar comida, armas e proteção. — Fechei os olhos. — Durante o Cerco, muitos foram contaminados e transformados em zumbis ou mortos. Mesmo as crianças. A casa da Rua Ramee foi invadida. Eu morri lá, sob as tábuas do assoalho.

— Meu Deus.

— Depois daquilo, Mártira disse que precisávamos nos unir ainda mais e começar a fazer o bem. Foi assim que começamos a acolher os zumbis que ficaram sem lar. Zumbis de outras gangues. Mártira sempre falava das coisas com tanta beleza, mas eu não sou assim, desculpe. Mas... Sei que a intenção dela não era fazer mal a ninguém. Não mais. Queria apenas sobreviver. — Meus ombros começaram a tremer. — Hagens a matou. E matou Cláudia também. Na minha frente. Hagens assassinou minhas irmãs e assumiu o comando.

Antes que eu pudesse me controlar, senti a imensa mão de Coalhouse no meu ombro, acalmando-me. Olhei em seus olhos e vi bondade. Não consegui me conter.

— Os outros líderes a apoiam. Não têm apreço pelos vivos. Não sei o que fazer. Pensei em fugir, mas não posso, eles me encontrariam.

O rosto do rapaz ficou sério. — Se for preciso, tirarei você daqui — disse ele, retirando a mão.

Não me permiti ter esperança. Não deixei que as palavras dele entrassem em meu coração.

— Por que você voltou sozinho? Contou a alguém o que lhe disse naquela noite?

— Sim. Mas preciso falar com Hagens — respondeu ele, erguendo a cabeça e sinalizando na direção do acampamento. — Há coisas ruins acontecendo na cidade. Gente daqui pode estar envolvida. Preciso saber por que ela quer o prisioneiro.

— Smoke? — Tentei pensar em que informação mais eu tinha para contar a ele. — Foi na Morgue que o encontramos, cerca de um mês atrás. Nunca falou muito, mas disse que seu nome era Smoke. Não sabíamos que era especial.

— Ok — comentou Coalhouse. — E sobre os mascarados que estão atacando os vivos na cidade? Você sabe algo sobre isso?

— Não. Mas não duvido que ela fosse capaz. Ela deu ordem para que os homens resgatassem Smoke sem pedir permissão. Pode ser que tenha enviado alguns para a cidade. Ela é uma loba. Fareja de longe os fracos e tem prazer em pisoteá-los.

— Já lidei com ela antes. Servimos juntos no Exército — suspirou o rapaz. — Olhe, eu tenho um plano. Mas preciso de sua ajuda.

— Um plano sozinho? Sem seus amigos?

— Sem amigos — respondeu ele, com amargura. — É melhor fazer isso sozinho.

Não respondi nada, pois não sabia o que dizer.

— Preciso convencer Hagens de que estou do lado dela, ganhar sua confiança e descobrir o que as pessoas daqui estão fazendo, se é que estão fazendo algo. Ou o que planejam fazer.

De repente, percebi o que Coalhouse representava para mim: uma conexão com o mundo exterior.

— Eu poderia fazer isso, contar tudo a você!

— Não! — respondeu de imediato.

Surpresa com a explosão dele, calei-me.

— Preciso fazer isso sozinho. *Tenho* que dar um jeito de conseguir.

Prendendo o xale ainda mais perto do meu corpo, retruquei: — Mas você vai correr perigo. Por que não me deixa ajudar? Não tenho nenhum amigo, exceto Dog e Abuelo. Não tenho para onde ir.

Coalhouse murmurou algo, como se falasse para si mesmo: — Porque meus amigos me tratam como um perdedor e já cansei disso. — Olhou de novo para mim e a bondade se esvaíra. Havia agora determinação em sua postura. — Vai me ajudar ou não?

Não tinha outra escolha a não ser ficar do lado dele. — Sim.

— Bom. Agora, preciso que me ponha para dentro para que eu possa me encontrar com Hagens.

Tremi diante da ideia de chegar perto dela.

— O que você vai fazer?

— Tenho novidades para ela. Vou fingir que abandonei Griswold. Que agora quero ser um fora da lei.

Ouvi sons de zumbis acordando, vindos do acampamento. Achei que talvez ele não conseguisse.

— Está bem. Espere aqui — disse, engolindo seco. — Se eu não voltar... vá embora. Prometa que irá.

— Vá rápido — pediu ele, escondendo-se na vegetação rasteira.

A tenda de Mártira havia sido ocupada pelos líderes e a maioria deles ainda dormia. Os poucos que estavam acordados conversavam em voz baixa — Hagens, Allende e "Duque" Rastino, um zumbi de pele escura que vestia mantos de seda ocre e veludo sépia. Ele era o responsável pelos jogadores de cartas e pelos trapaceiros.

Allende disse algo que fez os demais rirem. Quando Rastino ia responder, Hagens me viu parada à entrada.

— Que diabos você está fazendo aqui, sua erva daninha? — disse ela naquele tom de voz que me dava vontade de abrir um buraco no chão e entrar dentro dele até que ela sumisse.

— Tem uma... — Ajeitei a saia, que enroscara nos espinhos das rosas. — Tem uma pessoa lá fora que quer vê-la. Um recém-chegado.

Hagens olhou para Allende e Rastino. — Viram? Eu lhes disse. Mais virão.

— Mas como vão nos encontrar se formos embora? — perguntou Allende.

— Terão que se virar. Porque temos que sair daqui.

— Ele pediu para vê-la. — Não sabia o que dizer, exceto a verdade. — O nome dele é Coalhouse. Pediu para avisar que abandonou Griswold.

Hagens, subitamente brava, ficou de pé.

— Leve-me até ele. Rastino — chamou ela, e o zumbi extravagante ergueu a cabeça para saber o que Hagens ia dizer. — Dê-me seu revólver. — Ele obedeceu e ela colocou a arma na cintura da calça.

Ao ver aquilo, fiquei paralisada. Ela pretendia atirar nele à queima-roupa? Estaria eu levando o pelotão de fuzilamento diretamente até Coalhouse?

— Vamos — ordenou Hagens, dando-me um empurrão bem no meio do peito. Perdi o fôlego e quase caí, incapaz de inspirar para gritar. — O que está esperando?

Recuperando-me do susto, devagar tomei a direção para onde deixara o ex-soldado. O sol começava a dissipar parte da bruma e o mundo me pareceu brilhante demais.

— Onde está ele? — interrogou ela.

— Nas árvores — respondi, apontando para a vegetação, mas ela me empurrou pelas costas desta vez.

— Por que ele procurou você, hein? — ela adiantou-se e postou-se à minha frente. — Quero falar sobre isso antes.

— Ele não me procurou — respondi, mas as palavras levaram uma eternidade para se formar. — Eu fui dar uma caminhada e o encontrei. Não conseguia dormir, por causa das piras... — A atrocidade que eles haviam cometido no dia anterior, de repente, tomou corpo dentro de mim e quase não consegui suprimir um soluço. — Ele disse que estava esperando o momento certo para procurá-la. E que você estava certa todo o tempo.

Hagens me examinou com seus olhos frios.

— Você está ciente de que vou matá-la se tentar algum truquezinho, não está?

Com a visão turva, assenti, porque sabia muito bem que essa seria a consequência.

— Nada disso precisa ser difícil. Sua irmã estava doente da cabeça. Confundiu as prioridades muito além do razoável. Dei-lhe chance após chance e só a matei porque não tive escolha, ela mereceu. Se você fizer sua parte e ficar de boca fechada, tudo será fácil para você — e, ao concluir, marchou determinada na direção que eu apontara.

Aterrorizada, não tive alternativa a não ser segui-la. Oh, meu Deus. Será que ela ia matar Coalhouse?

Ele olhou quando a viu chegar, abrutalhada, cortando a vegetação. Antes que ele pudesse dizer qualquer coisa, Hagens tirou o revólver da cintura e apontou. Ele arregalou o único olho.

— Senhor Gates — uivou Hagens, tão alto que achei que acordaria o acampamento inteiro. — Aparentemente, o senhor é tão burro a ponto de ignorar sua própria integridade.

— Não sou tão surdo assim — respondeu o rapaz, erguendo-se devagar e mostrando as mãos vazias, embora continuasse com o olhar fixo na arma. — É um prazer revê-la também, senhorita Hagens.

— Não estava blefando na noite em que esteve aqui com sua gangue. Tem dez segundos para ir embora. Para sua própria segurança.

— Então não quer falar sobre o ocorrido ontem? Sobre o fato de que fomos nós que abatemos seus homens? — perguntou Coalhouse, com o olho fixo em Hagens, cuja expressão ficou ainda mais sombria. — Porque foi a última vez que recebi ordens de Gris...

Rápida como um raio, Hagens mirou um grau à esquerda do ombro de Coalhouse e disparou. Ele se abaixou por instinto, mas logo fez uma expressão constrangida por ter cedido ao reflexo. Amassei minhas folhas com as mãos.

— Chega de brincadeira. Você achou que vindo até aqui trocaríamos umas amenidades? Que eu o abraçaria e diria *bem-vindo* ao meu bando? Sei que isso é uma armação. Conheço Griswold. — Coalhouse recuperou a compostura, embora parecesse preocupado.

— Mas é verdade. Tivemos uma discussão ontem à noite e eu parti. Achei que talvez pudesse ser útil a você. Comprei uma carruagem usada logo cedo e vim até aqui.

— Tem certeza de que não veio só atrás de meninas bonitas com poucas exigências? — perguntou ela, olhando de relance para mim.

Senti a pele formigar.

— Não precisa me insultar — respondeu ele, e pude sentir a mágoa em sua voz. — Se não me quer, é só dizer, e vou procurar outro rumo. Mas talvez devesse ouvir o que vim lhe dizer antes de me mandar embora.

— Prossiga — respondeu Hagens, com falsa formalidade.

— Vocês têm que sair daqui com a coisa toda. E não podem voltar para Nova Londres.

Hagens ergueu uma sobrancelha. Desarmou o revólver e esperou que Coalhouse continuasse.

— Na noite passada, Gris disse que ia procurar a polícia — prosseguiu o zumbi, olhando Hagens fixamente. — Ele reconheceu uma de suas meninas quando seu bando atacou o Paciente Número Um. Soubemos de pronto que era gente sua. Não se incomode em negar.

— Espere. O que é isso de *Paciente Número Um*?

— O prisioneiro — respondeu Coalhouse — pelo qual Griswold matou sua gente para assegurar que permanecesse sob a custódia humana. E agora pretende mandar a polícia diretamente para cá. A única razão pela qual esperou foi porque, de fato, nos mandou de volta para cá para espionar e não queria que levássemos uma bala na confusão. Mas a respeito de sua gente? Ele não liga a mínima para o que acontecer. Se voltarem para Nova Londres, encontrará uma maneira de localizá-los.

Coalhouse era um excelente ator. Eu não tinha ideia do quanto aquele discurso podia ser apenas ficção, mas fiquei impressionada. Foi até fácil parecer chocada.

Tentando contribuir, comentei: — É verdade. Eles estiveram aqui na noite passada. Eu os vi.

Hagens pareceu inflar como um balão de tanta raiva. Arregalou os olhos e suas narinas se expandiram: — É mesmo?

— Se eu estivesse contra você, viria até aqui avisá-la? — perguntou o rapaz. — Alertá-la para se afastar dos humanos? Estou disposto a ajudar. Posso voltar e vigiar Gris, para ter certeza de que não tentará mais nada.

Hagens refletiu por um momento, olhando alternadamente para Coalhouse e para mim. — Não.

— Mas eu estou dizendo a verdade — insistiu Coalhouse, piscando o olho sem par.

Hagens aproximou-se dele. — Não importa o que você viu e não importa o que Griswold vai fazer. Nós íamos embora hoje de qualquer maneira. Não vai adiantar muito, porque nos encontrarão mais cedo ou mais tarde, mas pelo menos é alguma coisa.

— Quem vai encontrá-los? Porque eu estou falando da polícia. Não preferem se dispersar e sobreviver a...

— A polícia é a última de minhas preocupações. Até se o Exército aparecesse, seria perda de tempo. Este grupo é maior que o Exército.

Coalhouse não se moveu, mas dava sinais de que estava ficando apavorado de verdade. — Do que você está falando, Hagens?

— Nada que te interesse. Saber só te trará problemas. Essa é a minha filosofia até que eu tenha resolvido o assunto. E a última coisa de que preciso é a Companhia Z no meu pé — e, dizendo isso, bateu com o cilindro do revólver no peito. — Você me conhece, Coalhouse? Por acaso sou louca? Sou má?

— Não.

— Eu seria a primeira a dizer que Averne era um monstro. Que Wolfe jamais poderia ser perdoado pelo que fez. Não sou como eles — e, ao dizer isso, fez um movimento rápido e apontou a arma para minha cabeça. Congelei. — Mas farei o que tiver que fazer. Agora mesmo, estou protegendo você. Vá embora. Ou vou matar esta aqui neste minuto.

Impotente, Coalhouse olhou para mim. Como não podia falar, rezei para que partisse. Mesmo que nunca mais voltasse.

E foi o que fez. Recuou para onde havia parado sua carruagem.

Hagens não baixou a arma, mesmo depois que o veículo já estava em movimento. — Por que não me contou que os viu na noite passada?

— Estava muito confusa — respondi, olhando Coalhouse partir e desejando poder gritar por ele. — Juro que estava muito confusa. Por tudo que... aconteceu. — Não conseguia sequer olhar nos olhos de Hagens.

Ela levou um minuto inteiro para abaixar a arma. — Fique perto de mim de agora em diante. Não confio em você. No máximo, um metro de distância, entendeu?

Assenti e a segui de volta para o acampamento.

Não havia mais esperança.

21

vespertina

— Você falou com Suzanna na outra noite?

Tomando cuidado para não desviar o olhar, que estava focado nas cortinas estampadas estilo Oaxaca[14] que pendiam das janelas da carruagem favorita de minha mãe, disse a verdade:

— Não.

Lady Elsinore Mink — minha mãe, do ponto de vista legal — olhou-me desconfiada por trás do véu curto preso ao seu chapéu. O movimento nervoso de suas mãos dava a impressão de que estava prestes a agarrar o mundo, para fazê-lo se preocupar tanto quanto ela.

— Escolha cuidadosamente as palavras, menina. Ouvi alguns dos empregados comentarem, ontem à noite, que Suzanna falou com você. E eu descobrirei a verdade. Não admito desobediências.

Não precisava dessa conversa. Tinha preocupações bem maiores.

— Suzanna jamais falou comigo. Algumas noites atrás, alguém entrou no meu quarto e guardou minha roupa limpa. Mal lembro quem entra e quem sai. São seus empregados. Você não me permite ter nenhum.

[14] Oaxaca é um estado no sul do México.

Ela bufou e virou-se para sua amiga, senhorita Prescilla Perez. As duas eram morenas, usavam os cachos presos no alto da cabeça e eram bonitas. Pareciam até gêmeas.

— Veja com o que sou obrigada a conviver.

— Acalme-se, Ellie — respondeu Prescilla, que tinha olhos grandes e escuros, com uma expressão carinhosa. — Acalme-se, querida. Sabe que é aquela casa. Aquela casa é que te deixa tão abalada.

— Odeio Éclatverre — concordou minha mãe, antes de voltar a falar comigo. — Você sabe o que acontecerá se eu descobrir que mentiu.

Finalmente segura de mim a ponto de encará-la, desviei o olhar da janela e respondi:

— Se Suzanna me disse qualquer coisa, deve ser despedida sem referências. Jamais conseguirá trabalhar em uma casa nos Territórios novamente. Terá que procurar trabalho em um bar ou casar-se com um pastor de cabras ou dedicar-se a alguma atividade vergonhosa. — E, como eu pretendia preservar a empregada daquele destino, fiz a única coisa que podia fazer, ou seja, tentei desviar a atenção do cão de caça. — Quanto a mim, mãe...

— Não me chame assim — cortou *lady* Mink. — Jamais me chame assim!

Senti que tinha atravessado um riacho — figurativamente —, então me calei. Nem me dei ao trabalho de fingir que aquelas palavras me magoavam. Ela perdera esse poder tempos atrás. A única coisa que conseguia atualmente era me constranger. Ela nunca amadurecera, mentalmente, desde o tempo em que frequentara St. Cyprian. E, inclusive, vinha perdendo a pouca sanidade que lhe restava, à medida que se aproximava a data em que eu teria acesso à minha herança e a um marido e era vista com mais frequência em público. A carruagem velha que ela mandava para me buscar na escola, o quarto no sótão e o voto de silêncio a que obrigara os empregados a cumprir eram as manifestações remanescentes do poder dela. A entrevista que me fizera conceder ao canal de televisão NVIC, depois do sequestro de Nora Dearly, provavelmente fora seu último momento de glória.

Meu Deus, detestava pensar que meu rosto estivera exposto na tela como o de uma atriz. A única coisa que havia compensado é que fora uma oportunidade de humilhar Dearly. O que foi mesmo que eu havia dito para provocar aquela punição? Acho que lembro: foi ter chamado a senhorita Perez de "gata doméstica oportunista interessada unicamente em dinheiro".

Sendo assim, tinha valido a pena.

A carruagem prosseguiu, tomando a direção leste. Estávamos a caminho de uma visita, íamos passar a tarde na residência do casal De La Mosca. Não estava muito entusiasmada, mas pelo menos seria uma oportunidade de pensar em alguma outra coisa além do meu silencioso celular decorado com pedrarias. Tinha que falar com Michael antes que ele fizesse alguma bobagem. O quadriculado de qualquer calendário que eu olhasse me fazia lembrar a mira de uma arma.

— Não ouse me constranger hoje — disse *lady* Mink, estalando um leque de renda preta e balançando-o furiosamente na direção do rosto. — Ou, Deus me ajude, terei que fazer um escândalo e você estará proibida de visitar essa casa para sempre.

Na esperança de enfurecê-la, a ponto de se perder na própria confusão mental, disse:

— Faça isso e papai vai cair dos céus sobre você como uma tonelada de tijolos.

— Não fale assim com uma *lady* — interveio Prescilla, chegando perigosamente perto de mim. — Você está esquecendo o seu lugar.

Sorrindo docemente, emudeci. Poderia dizer mil coisas para ofendê-la, como sempre, mas não estava com vontade de ir tão longe por uma mera empregada. Afinal, eu tinha um nível a zelar.

Lorde Alberto de La Mosca era o procurador-geral dos Territórios. Sua propriedade de campo, Willowshire, era uma releitura do estilo georgiano de pedra amarelada. Sobreiros e salgueiros, plantados sobre campos terraplanados enfeitavam o entorno da residência.

Fomos recebidas no salão principal por *lady* Louisa de La Mosca. Embora já fosse uma mulher de meia-idade, era cerca de vinte anos mais moça que lorde Alberto. Seus retratos ao longo do corredor espelhado não a representavam com precisão, indicando que passara por alguma intervenção plástica ou talvez algo mais.

Lady Louisa ficou conversando com minha mãe e a senhorita Perez, e eu tive que lidar com as duas filhas do casal, Opalina e Yaeba. Eram crianças e suas palhaçadas pouco me interessavam.

— Você soube de uma moça chamada Hettie Schloot? — perguntou Opalina, aproximando-se de mim. Tinha treze anos e estava ansiosa para parecer madura. Já usava o cabelo penteado para cima e saia longa, o que me pareceu muito estranho.

— Não. Quem é Hettie Schloot? — perguntei, desinteressada, e provei o chá.

— Uma menina da cidade. A família tem dinheiro, mas não goza de boa posição social. São vendedores de linho.

— Então, por que eu teria ouvido falar dela, por Deus?

— Por causa do que aconteceu ao rosto dela! — guinchou Yaeba, que tinha nove anos, o rosto salpicado por sardas e estava trocando os dentes.

— Fique quieta, eu é que quero contar a ela! — Opalina repreendeu a irmã, disparando-lhe um olhar severo. Yaeba obedeceu e tomou um gole de chocolate quente. A irmã prosseguiu: — Ela foi dar um passeio com seu primo não vivo na noite passada e eles foram atacados pelo Assassino. *Whooosh!* Um deles dilacerou o rosto dela por estar na companhia de um zumbi. Estão dizendo que parece um Frankenstein agora, cheia de pontos.

Foram anos e anos de treino de tiro ao alvo que me permitiram manter estáveis a xícara e o pires que tinha nas mãos. Com cuidado, mas rapidamente, decidi investigar.

— Quem fez isso a ela?

— Ah, você não sabe sobre O Assassino?

— Não — menti. — O que é isso?

Opalina olhou de lado, na direção onde estavam os adultos. Pelo que pude perceber, falavam da moda de inverno. Novamente segura, a menina sussurrou: — São rapazes da aristocracia que estão varrendo os zumbis das ruas. Fazendo-os se arrependerem de ter pisado fora da cova um dia.

Yaeba riu, histérica. Eu fiquei paralisada.

— Eles não têm medo de ser descobertos? — Não sabia ao certo o que estava procurando com minhas perguntas. Michael ainda não me contara detalhes, apenas confirmara minhas suspeitas. Falara muito sobre as coisas que tinha visto, mas, agora que estaria no ponto de contar o que planejava, havia desaparecido. Minhas mensagens de texto ficaram sem resposta, como a que enviara hoje. Estava começando a ficar irritada com aquilo. Tinha desperdiçado a oportunidade de fazer com que se abrisse e, agora, estava arrependida de não ter aproveitado.

— Usam máscaras e um aparelho que modifica a voz. As máscaras são para que pareçam corvos, que se refestelam em animais mortos. Não informam seus nomes sequer uns aos outros. Eles se encontram em lugares diferentes e se comunicam por bilhetes escritos em papel de verdade, que pode ser queimado depois.

A menina estava me revelando mais coisas do que Michael contara naquela noite.

— E como você sabe tudo isso?

— Meu irmão é quem me conta. — Opalina deu uma risadinha que me pareceu o som mais assustador que eu já ouvira.

— Fascinante — comentei, com um sorriso falso.

— Não é mesmo? — E começou a contar outro caso similar.

No meio do relato, desliguei, pois minha mente estava a mil. Seria o irmão dela membro daquele bando? Só havia um jeito de descobrir.

— Com licença — disse, levantando-me. — Preciso usar o toalete.

— Claro, fique à vontade. É no fim do corredor, à esquerda — disse Yaeba. — Volte rápido! Mamãe quer que joguemos críquete lá fora. O campo finalmente secou.

— Mal posso esperar — respondi, e saí depressa.

Minhas guardiãs me viram passar e dispararam olhares de advertência. *Lady* de La Mosca também me viu e, engolindo seu chá, disse:

— Querida senhorita Mink! Deve tocar para nós! Temos um novo piano-forte e a senhorita toca como um...

— Ela não toca mais — minha mãe interrompeu a anfitriã. — Não gosta de se exibir. Quanto mais brilhante uma moça, menos se deve saber dela.

Fiz uma mesura para *lady* de La Mosca e balbuciei um comentário polido. Achei o toalete e me tranquei lá dentro. Com o coração em disparada, desabei sobre o piso de mármore em frente à parede revestida de espelho. Talvez eu não precisasse de Michael, afinal. Se ele tivesse mencionado seus planos aos companheiros da mesma maneira que falou comigo naquela noite em casa, talvez soubessem o que planejava. Se eles estavam organizados da maneira como Opalina descreveu, não saberiam sequer que minhas perguntas não eram sobre uma pessoa, mas sobre determinado plano em especial. Obter informação por essa via poderia, inclusive, ser mais seguro do que continuar insistindo com Michael.

Mas por que estaria eu interessada nisso? Por que a necessidade de lutar contra esse dragão em especial? Eu odiava zumbis, desprezava a Dearly e ainda tinha pesadelos sobre a noite em que tive que confiar na Roe. E, sinceramente, agora que sabia que cada palavra que Michael pronunciara na minha casa era verdade, estava apavorada com o que ele poderia fazer se descobrisse minhas intenções. Assustada de verdade. Então, por que estava me metendo nisto?

Fixei o olhar nos meus próprios olhos acinzentados, refletidos no espelho à minha frente. Treze anos atrás, quando lorde Mink me encontrara aninhada entre meus pais mortos, meus olhos eram azuis. Cegos, mas profundamente azuis. Possuía uma fotografia como prova, uma única imagem esmaecida que eu mantinha trancada em um cofre de banco sob um pseudônimo, de forma que *lady* Mink jamais pudesse pôr as mãos nela. Era um pedacinho da minha identidade que ela jamais poderia apagar, uma janela para meu passado que nunca poderia fechar. Eles tiraram-me do lugar onde nascera, deram-me o nome de uma criança morta, uma fortuna e olhos acinzentados, mas não podiam extinguir completamente quem eu fora um dia.

Essa era a resposta.

Tratei de me recompor rapidamente. Removi o lenço arrumado em torno do decote em V do meu vestido azul de visita estilo suíço, de modo a expor um pouco mais de pele. Mordi os lábios e belisquei as bochechas. Subi na pia para remover uma das cúpulas de vidro da luminária a gás e, com a fuligem acumulada ali, escureci os cílios. Afastei a franja da testa e, com isso, eles pareceram se alongar ainda mais.

Então, saí dali em busca de Rupert de La Mosca.

Rupert tinha dezenove anos e, aparentemente, nada para fazer, exceto supervisionar os três empregados que preparavam o campo de críquete para o dia de visitas de sua mãe. Esse fato me disse tudo que precisava saber. Avistei-o através de uma das janelas francesas e, com intenção de abordá-lo, saí para o jardim.

Ao ver que me aproximava, parou de jogar a bola azul de uma mão para a outra e inclinou levemente a cabeça. Era um rapaz feio, de traços grosseiros, com um nariz largo e olhos azuis que lembravam os de um porco.

— Senhorita... Mink. É isso?

— Sim. Perdão, não sabia que estava aqui fora. — Fiz uma mesura antes de me aproximar, torcendo para que as batidas do meu coração não fossem audíveis. — O campo está pronto? A senhorita De La Mosca mencionou que iríamos jogar, então achei que poderia dar uma espiada e, assim, poupá-la do trabalho.

— Acho que está sim — respondeu ele, olhando-me de alto a baixo. — É fã do esporte?

— Sou obcecada por jogos de todo tipo.

— Tenho certeza de que sim — comentou o rapaz, atirando a bola no campo. Riu sem cerimônia quando ela quicou e acertou um dos empregados no meio do peito. Em seguida, pegou um casaco de veludo verde já gasto que estava pendurado nas costas de uma cadeira de ferro branca.

— E, então, como tem passado desde o Apocalipse? — a pergunta era suficientemente simples para suscitar uma resposta. Uma dama precisava saber receber, conversar, coletar as informações necessárias para a sua vida social. Aquele momento não era nada diferente disso.

— É assim que você chama o acontecido?

— Sim, entre outros nomes. — Cruzei os braços à frente do corpo, erguendo o peito sutilmente. — Você deve andar ocupadíssimo. Está se preparando para a carreira de Direito?

Rupert vestiu o casaco com alguma dificuldade. — O que a faz pensar isso?

— Bem, é que seu pai...

— ... Anda muito ocupado. Como eu. — Ele alisou as mangas e prosseguiu — Você é uma moça. Não entenderia.

— Lamento se lhe aborreço — respondi. — E acho que está certo de se sentir assim. Bem, pelo menos quando se trata de outras moças. Sempre achei a companhia dos rapazes muito mais interessante do que a delas.

— É mesmo? — comentou Rupert, erguendo uma sobrancelha. O tom de seu comentário continha todas as insinuações do mundo.

— Mas é claro! A vida dos homens é muito mais empolgante. — Precisava de alguma coisa para ocupar as mãos, então peguei um dos tacos, o vermelho. Erguendo-o, decidi ir direto ao ponto. — Por exemplo: sua irmã acabou de me contar sobre certo grupo de rapazes e as coisas maravilhosas que estão fazendo.

— Que coisas?

Fiz como se fosse bater na bola e respondi: — Punindo aqueles que merecem punição. — A declaração finalmente chamou sua atenção.

Ele aproximou-se e pude sentir o perfume enjoativo de um sabonete forte ou alguma água de colônia repugnante. — O que foi que ela disse?

Fingindo ingenuidade à perfeição, olhei-o diretamente e respondi: — Apenas que uma moça na cidade foi atacada quando passeava com um parente não vivo, e também sobre o ataque a outro zumbi, em Nova Londres. — Ri um pouco. — Que ousadia a deles, não? Andar por aí como se tivessem o direito de existir. — As palavras saíram da minha boca com facilidade, pois, superficialmente, era o que eu realmente pensava. Respirei fundo e ele também, até responder:

— Pelo menos, você é uma moça bonita que sabe qual é a maneira correta de pensar.

— Fico lisonjeada — respondi e, fingindo que a ideia me ocorrera naquele instante, arrisquei:

— Falando nisso... Não, não. Seria bobagem... — comentei, suspirando, enquanto recolocava o taco no lugar. — Está claro que você não tolera frivolidades em uma moça. Preciso voltar para a sala.

— Posso tolerar frivolidades quando me divertem — respondeu ele, com um sorriso de desdém. — O que ia perguntar?

— Bem... É que há uma menina com a qual tenho uma rixa de longa, longa data. Soube, de fonte segura, que não somente se encantou por um rapaz não vivo como vive com um grupo de zumbis, faz as refeições com eles e tudo o mais. Não é a coisa mais nojenta que já se ouviu? Então, fiquei pensando... Você acha que esse grupo faz ataques ao acaso? — perguntei, piscando meus cílios alongados e olhando para ele de baixo para cima. — Ou você acredita que aceitariam uma... dica?

O sorriso de Rupert se desfez. — O que a faz pensar, senhorita Mink, que eu saberia alguma coisa a esse respeito?

Brincando com um cacho de cabelo que caía sobre meu ombro, varri o cérebro em busca de uma resposta adequada.

— Eu não *penso* nada. Só estou comentando que, se esse grupo realmente existisse, eu poderia usar os serv...

Chegando perto demais, Rupert interrompeu-me, encarando-me através dos olhos semicerrados como se eu estivesse exposta em uma lâmina de microscópio. O hálito dele era pavoroso, e prendi a respiração. — Permita-me dar-lhe um pequeno conselho antes que pronuncie uma palavra mais. Você é uma senhorita, e uma senhorita não deve se preocupar com assuntos obscuros como esse.

Por um momento, fui tomada pelo medo e pensei em fugir dali para a floresta artificial. Tinha sido tola. Tola, tola, tola. Mesmo assim, tentei tatear o terreno. — Tem certeza? Pois ouvi que moças vivas estão sendo... visadas.

— Aquilo foi um acidente — respondeu ele, depressa. Perscrutou minha expressão em busca de algum sinal de vacilação, antes de aproximar-se mais ainda do meu rosto. — O que você está fazendo nesta casa, realmente?

Como eu, de fato, não tinha resposta para aquela pergunta, encerrei o assunto dizendo, coquete: — Sendo bobinha, obviamente.

— Boa menina. Mas devo lhe agradecer. Obviamente, preciso ter uma conversa com minha irmã.

Ele não se moveu. Nem eu. Meu coração palpitava e meus pensamentos estavam desordenados. Não conseguira nada e, pior, havia perdido a vantagem que Opalina, com sua vontade de se gabar, me proporcionara. Eu não era tão boa nesse jogo quanto pensara, afinal.

Mas foi então que Rupert me surpreendeu. Sua boca carnuda moveu-se lentamente, formando um círculo e acompanhando a órbita de uma língua que se projetou para fora.

— Fique de olho nas notícias. E de ouvidos atentos nas fofocas, ou seja lá o que for que vocês do sexo feminino fazem o dia inteiro.

— Quando? — perguntei, rápido demais.

— Este fim de semana. — Ele se endireitou. — Considere um exemplo do que pode acontecer a você se não ficar de boca calada.

Apesar do mau hálito, do cabelo ensebado e das ameaças veladas, Rupert acabava de se transformar em um lindo cavaleiro de armadura brilhante. Pelo menos, tinha me dado alguma informação. Toquei seu braço ao passar por ele e deixei que a parte externa da minha saia roçasse sua coxa.

— Obrigada.

— Foi um prazer — respondeu ele, observando minha saída. Sem olhar para trás, voltei para dentro da casa e ao grupo feminino. Minha iniciativa não fora em vão. Havia funcionado de verdade.

Vinte minutos depois, estávamos ao ar livre novamente, e Rupert ficou por perto, observando. Discretamente, provoquei-o com o balanço do meu corpo e o movimento do meu cabelo. Queria que guardasse uma memória agradável de nosso encontro, e até que se interessasse por mim, pois calculei que isso reduziria o risco de que pensasse demais em nossa conversa, especulando se eu teria outra motivação que não apenas a de arruinar uma rival.

Lady Mink notou a atenção que despertei nele. A certa altura, ela se aproximou de mim e sibilou: — Você está se expondo. Proíbo que sequer pense na possibilidade. Você pode conseguir coisa muito melhor.

Sabia que sim. E sabia que conseguiria, assim que retornasse ao meu computador.

22 Bram

— Vou matá-lo.

— Não, não vai. Eu é que vou.

No começo, ficar sentado atrás das plantas no salão de chá havia sido apenas humilhante, mas tornou-se aflitivo no momento em que Allister apareceu e abriu a boca. Nora me proibira de tomar qualquer atitude a menos que a situação parecesse uma bomba termonuclear prestes a explodir. Foi assim que permaneci sentado, como um amante e um guarda-costas obediente, sendo obrigado a ouvir aquele idiota se gabar sobre como iria *protegê-la*. Quanto mais o tempo avançava, mais condescendente tornava-se o discurso dele e mais furioso eu ficava.

E então ele a insultou, e ao pai dela. Aquilo, porém, também me tranquilizou um pouco. Ouvi as palavras, que provocaram dentro de mim uma onda de ódio quase debilitante, mas consegui não saltar do meu esconderijo e arrancar a língua dele. Progresso. Havia me tornado um cavalheiro neovitoriano.

Coalhouse, seja lá onde estivesse, não havia levado o carro de Samedi. Agora eu estava ao volante, cruzando os Campos Elíseos.

— Você acha mesmo que ele acredita nunca ter feito nada errado na vida? Declarar-se inocente, que ousadia. Será que ele perdeu o senso de realidade?

Nora tirou as luvas e pressionou as mãos contra o rosto, recostando-se no banco do passageiro. — Não faço ideia. Não consegui nada, consegui? Que ideia idiota ir encontrar aquele sujeito.

— Muito, muito idiota — concordei. — Porque agora vou ficar obcecado o resto do dia imaginando como seria a sensação de arrancar a cabeça dele.

— Não diga coisas que sua consciência não deixaria você fazer.

— Olha quem fala! A própria dona da ideia idiota.

— Declaro-me culpada.

— Foi inacreditável o tom dele justificando as coisas horríveis que fez. Como se, ao ouvir tudo aquilo, você devesse apenas sorrir e responder "Oh, nunca havia pensado nisso por esse ângulo, então você é uma pessoa de bem, afinal de contas". Foi demais. — Encostei o carro na entrada da garagem e completei: — Que vontade de nocautear o sujeito.

— Bem-vindo ao meu mundo. E, por falar nisso, foi exatamente por isso que você estragou para sempre o meu gosto por qualquer outro rapaz.

Olhei para ela enquanto estacionava. — Você acha que ele sabe algo mais?

Nora suspirou. — Parecia estar falando a verdade. Ficou um pouco estranho no final. Se ele gosta tanto assim de mim, por que não perguntou mais sobre o ataque?

Aquilo foi o pontapé inicial para o que eu queria saber.

— Você nunca suspeitou sobre os sentimentos dele em relação a você? — Detestava parecer um namorado ciumento — rosnador ou não —, mas queria saber.

— Meu Deus, jamais — Nora tirou a língua para fora, com nojo. — Nunca até aquela situação na aeronave. Quero registrar o seguinte: desde que o conheço, hoje foi o dia em que Michael estivera mais expressivo. E ele bateu em retirada, antes que eu pudesse eviscerá-lo verbalmente.

— Ele acha você *fascinante*. — Usei a palavra que Allister empregara. — Mas você se *expõe*. — Meu Deus, tive vontade de socá-lo novamente ao lembrar. Um soco somente, firme, forte e honesto, daqueles que deixam os dedos doendo.

— Acalme-se — respondeu Nora, abrindo a porta. — Ele não é a única nem a última pessoa que falará sobre nós daquela maneira. Foi você mesmo quem disse isso. Esqueça-o.

Já havia parado de pensar nisso e sabia que ela estava apenas me relembrando da verdade. Mas, ouvir tudo aquilo diretamente da boca dele havia me instigado.

Um Renfield irritado interceptou-nos quando entramos. Estava trocado, pelo menos vestira um colete sobre uma camisa limpa, mas os cabelos ainda estavam revoltos.

— Aonde vocês foram?

— Encontrar Allister — respondi, tirando o casaco.

— Vocês estavam com ele? — perguntou Renfield, incrédulo. — Não sabia! Teria enviado uma mensagem de texto!

— Mensagem? Por quê? Importa-se de explicar do que está falando?

Renfield nos olhou um tanto constrangido. — Está bem. Venham comigo — E, dizendo isso, começou a subir as escadas.

Nora e eu nos olhamos, exaustos, mas seguimos nosso esquálido estrategista até o sótão. Padre Isley não estava à vista e os diversos computadores de Renfield zumbiam baixinho diligentemente. O pequeno projetor holográfico a vapor sibilava junto deles. A maior das telas, emoldurada em bronze, mostrava uma série de tabuleiros de xadrez virtual.

— O que vou dizer vai parecer louco, mas acompanhem meu raciocínio — disse Ren, fazendo um gesto com as mãos que indicava a gravidade do que ia contar. — Vespertina Mink contatou-me via Xadrez ao Vivo na Aethernet, o XVA.

— O quê? — perguntou Nora, incrédula. — Ela te mandou um e-mail?

— Não. E-mail não — respondeu ele, olhando para mim. — Acho que ela sabe de alguma coisa. Alguma coisa que pode colocá-la em uma encrenca.

— Algo sobre Allister?

— De fato. — Ren sentou-se. — Dias atrás, comecei a receber uma tonelada de e-mails alertando-me de que, se eu não fizesse novamente o *login* na minha conta no XVA, ela seria eliminada. Não tive oportunidade de jogar de novo depois do episódio todo da aeronave, então, naquela noite em que entreguei os relatórios de checagem dos antecedentes, voltei para cá e entrei no sistema. Quase imediatamente, uma nova conta fez uma solicitação de amizade. Chamava-se Tudovê12.

— E daí? — comentei, sem entender.

Renfield acionou outra tela, que também exibia alguns tabuleiros de xadrez, todos pertencentes a "zboy69". Ele clicou na primeira delas e o projetor punk sibilou ainda mais alto quando os jatos de ar concentrado desenharam uma versão enevoada em 3D do tabuleiro e de suas peças.

— Daí que decidi jogar. Disse olá. O outro jogador não respondeu, mas começou a jogar. Jogou bem.

— Isso é interessantíssimo, Ren.

— Eu sei — ele sorriu satisfeito. — Bem, o fato é que eu ganhei a partida. E o meu oponente finalmente se manifestou no *chat*, mas não foi com "parabéns". Foi com uma série de palavras. Intracapsular. Macular. *Nystagamus*. São todos termos que, de acordo com a Aethernet — ele olhou diretamente para Nora —, têm a ver com cirurgia ocular ou doenças oculares.

Nora olhou direto para Ren também: — Você tem toda razão: você está completa e irreparavelmente louco.

— Não estou não. Longe disso. Era um código. Hoje de manhã, o jogador estava de volta. E venceu. Mandou uma mensagem que dizia: "TE, Primeira Edição".

— E o que é isso?

Renfield ficou de pé e atacou uma pilha de livros analógicos que havia no chão. Achei que faziam parte da coleção de obras de referência de Isley. Pegou um volume intitulado *Referência Geral do Oftalmologista*, escrito pelo doutor Thaddeus Eckleburg.

— Onde você o conseguiu? É do meu pai?

— Finalmente, encontrei um exemplar na Biblioteca de Nova Londres. Tecnicamente, não deveria sair das prateleiras de referência, mas eu não me importo de ir e vir por janelas de banheiros — respondeu ele, abrindo o livro. — Este parágrafo em especial contém as palavras intracapsular, macular e *nystagmus*... — mostrou-nos o livro — na página H123.

— Eu não estou entendendo — confessei.

Um sorriso formou-se no rosto de Ren de novo. Ele parecia um estudante orgulhoso mostrando seu projeto vencedor de ciências, mas tentando parecer humilde.

— É a senhorita Mink. A conta pela qual ela costumava jogar comigo era Harpista123. Ela é completamente genial.

— Como é que é? — O queixo de Nora estava caído de surpresa.

— Depois de descobrir isso, voltei ao XVA. E foi aí que ela começou a conversar de verdade. — Ele girou e apertou uma tecla, acionando uma tela de *chat*.

Debrucei-me sobre o ombro dele para olhar. O diálogo era curto e ia direto ao ponto.

zboy69: Acho quc cntcndi.
Tudove12: Allister perdeu a cabeça. D tem que tomar cuidado.
zboy69: Seja específico.
Tudove12: Tentando. Muito arriscado.
Tudove12: Tenho que ir. Mais depois.

Isto não parecia nada bom.

— Então, agora temos que nos preocupar com ele também? — perguntei.

Nora me ignorou, encarando Ren como se ele tivesse dito a maior das blasfêmias. — Não pode ser ela. A Mink me odeia. A Pamela me mostrou a entrevista que ela deu. Ela praticamente contou à nação inteira que me odeia.

— Ouça, senhorita Dearly... — quis responder Ren.

— Não, ouça você! — retrucou Nora, aproximando-se do rosto fino do zumbi. Ele pegou de volta o livro das mãos dela, abraçando-o como se quisesse proteger o volume. — É verdade. A Mink não ia sequer cuspir em mim se eu estivesse pegando fogo. Ela me detesta da mesma maneira que eu a detesto. Não há possibilidade alguma de que ela esteja tentando nos ajudar. Além de tudo, estaria quebrando as regras da aristocracia, coisa que ela também jamais faria.

— O que isso quer dizer? — perguntei.

— Ele deve saber — respondeu Nora, apontando furiosa para Ren. — Os aristocratas da minha tribo são sorrateiros e fofoqueiros, mas protegem uns aos outros. Podem até conseguir livrar alguém da cadeia, testemunhando a favor do acusado. Não há nada que Michael pudesse maquinar que a fizesse sair do caminho a tal ponto. Todos nós sabemos que ele tem questões complicadas conosco! Exatamente como ela!

— Tudo bem, mas agora é minha vez de falar — retrucou Renfield. Nora olhou para ele furiosa, mas calou-se. — Joguei xadrez com poucas pessoas enquanto estive na Base Z Beta. A senhorita Mink era minha adversária favorita. Ela é a única que já me viu ao vivo, sabe o que sou e conhece minha conexão com você. Para qualquer outra pessoa, meu codinome na tela é apenas isso: um codinome na tela.

— Mas você acaba de admitir que jogou com outras pessoas.

— Tenho certeza de que é ela — sustentou Ren, com firmeza. — Eu sei que é ela.

— Mas é tudo muito complicado. Por que ela usaria o XVA para mandar avisos a você?

— Você mesma acaba de dizer que os aristocratas protegem uns aos outros. Agindo dessa maneira, ela está segura. Quem iria examinar uma conta em milhões dentro de um servidor de um jogo público? Ela provavelmente cadastrou-se anonimamente. Um e-mail descartável, *proxies* que escondem o endereço do computador, ela até conseguiria burlar contas de e-mail se soubesse um pouco de programação; eu sei como ela poderia ter feito esse processo.

— Faz sentido — eu disse à Nora. — Não sei para quê, mas faz sentido. É bastante inteligente, na verdade.

Nora inspirou e prendeu a respiração até seu rosto começar a ficar roxo. Quando expirou, emitiu também um grunhido de frustração: — Muito bem. Então, vamos marcar uma visitinha!

— Não! — respondeu Renfield, quase gritando. — Não podemos ser vistos com ela. Imagino que esteja se dando todo esse trabalho porque está com medo. Temos que protegê-la.

— Ah, então estamos protegendo Mink, agora? Já ocorreu a você que talvez ela não esteja tentando nos ajudar? Que talvez esteja armando uma grande, imensa arapuca?

— Espere um pouco — pedi à Nora, pousando a mão no ombro dela. — Vamos ver se ela retorna. Talvez agora que nos encontramos com Michael, ele lhe conte algo e ela nos revele depois. Talvez seja isso o que conseguimos hoje. — Olhando de novo para Ren, acrescentei: — Continue atento.

— Não! — afogueada, Nora afastou-se de mim. — Ouçam bem. Vocês dois não conhecem a Mink, então não tentem me convencer de que há lógica nisso. — Ela apontou para Ren e continuou: Ela está brincando com você. É bem esse o jeito dela. Esse seu raciocínio é a coisa mais idiota que já ouvi. Como um enredo de livro de mistério barato.

— Senhorita Dearly... — Ren piscou.

— Temos coisas bem maiores para nos preocupar. Mesmo que seja a Mink, não pretendo dar ouvidos a ela. Pegue o seu computador, Ren, e diga-lhe que, se tiver algo a dizer, que venha dizer na minha cara. — disse Nora.

Renfield semicerrou os olhos e disparou: — Perdão, senhorita Dearly, mas quem disse que ela quer falar com você?

Ai. Fiquei olhando os dois se encararem por uma fração de segundo. Ren sentou-se, determinado; Nora saiu do sótão pisando duro. Decidi permanecer ao lado do meu amigo.

— Desculpe.

— Você não tem nada que se desculpar — disse Ren, recolocando o livro no lugar e voltando ao jogo de xadrez, com o corpo tenso. — Posso ter alguns problemas físicos, incluindo o fato de estar morto, mas em termos de intelecto, sou o rei deste pequeno castelo. Até a senhorita Mink sabe disso. Ela sabia que eu decifraria a mensagem.

— Eu sei — respondi. E sabia mesmo. A profundidade e a amplitude dos conhecimentos de Ren sempre me impressionaram. — Continue fazendo o que está fazendo. Vamos esperar para ver se ela volta a se comunicar.

— Está bem — respondeu Ren, com um suspiro de cansaço.

Entendi que era para deixá-lo a sós, então desci. Não fui atrás de Nora — imaginei que ela precisasse de seu tempo usual de resfriamento e também estava meio aborrecido com ela. Fui procurar Samedi. Ele estava no escritório, sozinho, como o encontrara mais cedo, naquele mesmo dia.

— Conseguiu fazer contato com Ratcatcher?

Ao me ouvir, ele girou na cadeira. — Bram, você se meteu em alguma encrenca?

Não era a recepção que eu esperava. Encostando a porta, respondi:

— Não. Por quê?

— Mandei um bilhete ao Rats dizendo que você e eu queríamos encontrá-lo para fazer algumas perguntas. Ele se recusou. — Samedi levantou-se e chegou perto de mim. — Disse que o povo de Grave House não vale nem uma conversa. Existem há quatro ou cinco anos. Controlavam um par de quarteirões e contavam com a ajuda de alguns policiais corruptos. Viviam razoavelmente bem até o Cerco, mas não estão tão bem agora.

— Parece boa informação para mim. Qual o problema?

— Ele disse que você não deve contatá-lo em hipótese alguma. Jamais. Ele não quer falar com você, diz que não tem nada a lhe dizer, e que nem sequer falaria comigo sobre você.

— Será que eu o ofendi de alguma maneira naquele dia que veio aqui? Só por existir, talvez? O que ele poderia ter contra mim?

— Não sei. — Tive a impressão que Samedi examinou cada centímetro quadrado do meu rosto. — Eu ajudaria qualquer um do bando dele, então o que ele disse é um insulto daqueles para mim. E não falar mais comigo? É um desrespeito sem tamanho. Tive que fazer um esforço sobre-humano para não xingá-lo até a última geração.

— Estou totalmente limpo até onde é possível, dada nossa condição. — Era estranho pensar nesses termos. — E não quero ter nada a ver com ele ou com gente dele, a menos que seja para obter informação.

Samedi considerou minha declaração e sentou-se. As mesas pequenas dos dois lados de sua escrivaninha estavam repletas de equipamentos.

— Vou descobrir o que aconteceu. Meu Deus, não queria me envolver nisso de novo. — Samedi não parecia nada feliz. Como não sabia como ajudá-lo, resolvi sair dali. Ele, porém, me parou, dizendo: — Não quero que seja como eu, Bram.

— Eu quero. Você é um cara legal, Doc.

— Sou um cara legal faz pouco tempo. — Ele olhou para as janelas protegidas por tábuas como se os nós da madeira pudessem revelar algo, como folhas de chá no fundo de uma xícara. — O negócio de Belinda é o desmanche de carruagens. O que não é tão mau. Mas Rats...

— O que ele faz?

— Ele sequestra pessoas. E as leva para os lugares onde foi pago para entregá-las, e não pergunta o que vai acontecer com elas. — Samedi estalou o pescoço. — Essas são as pessoas que eu chamava de amigos. Esse é o tipo de vida que eu levava.

Aproximei-me dele e dei-lhe um tapinha no ombro.

— Você sempre agiu bem comigo. Você é um sujeito de bem há anos.

Sam assentiu. Depois de um minuto de silêncio solidário, eu já ia saindo de novo quando ele disse:

— Vou te ajudar em tudo que eu puder, mas pode ser que demore. Só de lembrar como era minha vida antes, já começo a sofrer. E odeio isso. Odeio ser sentimental quando Beryl precisa que eu seja mais forte que nunca.

— Obrigado por fazer tudo que você já fez — respondi, do fundo do coração. — Estamos com você, aconteça o que acontecer. Sabe disso, não sabe?

Depois de me certificar de que ele se acalmara, resolvi sair. Já do lado de fora, decidi que tinha que visitar minha própria gente. De certa forma, Coalhouse estava correto. Era preciso tomar as rédeas das coisas.

Mais tarde, naquela mesma noite, tentei lhe dizer exatamente isso.

Depois do jantar, fui até o porto atender o chamado de Dearly e acabei me dividindo entre os dois navios, fazendo as tarefas que fossem necessárias.

Quando estava no Erika, vi Coalhouse perto do laboratório. Ele estava sujo e parecia cansado, mas, quando me aproximei, tive a impressão clara de que ele me evitou e sumiu da área. A imaturidade dele deveria ter me irritado, mas fiquei feliz ao ver que estava bem. Estava com a aparência de quem tinha passado o dia todo vagando, amuado. Provavelmente, estava ali para pedir algum tipo de cuidado médico. Só o vi de novo perto das quatro da manhã, indo embora, como eu. Ele conseguira uma carruagem quadrada e bem danificada em algum lugar. Usava uma bolsa a tiracolo.

Precisávamos conversar.

Atravessei o estacionamento com o oceano rugindo nos meus ouvidos. Alcancei-o quando ele abria a porta do veículo. Tentei parecer relaxado e perguntei:

— Ei! Onde conseguiu a carruagem? Ando pensando em comprar uma para mim. Mas até as mais velhas são caras.

— Fui pago pelo tempo que passei no Exército, exatamente como você — respondeu ele, jogando a bolsa dentro do veículo. — E aí? Vai me dar bronca de novo como se eu tivesse dois anos?

— Não. — Como ele não disse mais nada, continuei. — Fiquei pensando o dia todo onde você estaria. Só isso.

— Foi até a polícia?

— Liguei para lá durante o dia.

— Muito bem. Espero que isso o tenha feito se sentir melhor.

Como não queria explodir com ele, perguntei apenas: — O que você está fazendo? — Ele me olhou de soslaio com o único olho e eu balancei a cabeça. — Vá direto ao ponto.

— Estou fazendo o que você não quis fazer. — Coalhouse tirou o chapéu mole e meteu o no bolso, antes de coçar uma das áreas calvas da cabeça. Parecia meio abalado. — Tentando descobrir coisas por minha conta.

— Que coisas?

— Você acha que a gente deve reportar tudo às autoridades como um bando de espiões e ficar esperando calminhos enquanto eles tentam juntar as peças. Não é o certo. Nós mesmos precisamos fazer o trabalho.

— Concordo — respondi —, mas não estou disposto a pôr pessoas em perigo. Não estou disposto a deixar que você se coloque em risco.

— Estou perfeitamente bem! — Por alguma razão, ele se irritou naquele momento. — Estou tentando te ajudar. Então, cale a boca e dê o fora!

— O que foi que você descobriu? — perguntei, já a ponto de perder a paciência.

— Nada, ainda. Mas descobrirei. Tenho uma ideia agora. Dê-me um tempo.

— Ideia? Tempo? — Eu era um sujeito atento e percebi que ele não estava usando o aparelho para surdez. — Onde está seu aparelho? E seu outro olho?

— Finalmente me livrei deles. Entendi que está tudo bem em ser como sou. Finalmente percebi isso. As pessoas podem olhar para este lado do meu rosto ou ir passear.

Foi a surpresa diante daquela declaração que conteve a minha irritação. — Coalhouse, conte-me o que está havendo. Vamos lá. Parece que você está armando alguma.

— Vou fazer Hagens falar — respondeu ele, de mau humor. — O bando dela vai sair de Nova Londres logo. Pronto, está satisfeito?

— O quê? — Cheguei perto dele. — Como você sabe disso?

— Ela me contou. Sabe, você confiava em mim antes — respondeu ele, com uma expressão de desagrado. — Pelo menos, parecia que confiava.

— Ela te contou? Coalhouse, peço desculpas por seja lá o que eu tenha feito e que aborreceu você. Mas não volte lá. Você vai se meter em encrenca!

— Quer saber de uma coisa? Você não é mais meu capitão. Então, deixe-me fazer o que tenho que fazer. — E, escancarando a porta da carruagem, entrou no veículo.

— Coalhouse, tudo bem! Eu vou... — Mas ele não me ouviu. Bateu a porta e saiu em disparada, deixando-me parado ali.

Que *diabos* tinha acontecido com ele? Achei que estava brigando por brigar. O que queria que fizéssemos? Que atacássemos os Transformados como guerrilheiros? Que perdêssemos tempo espionando, sondando-os em busca de informação? Tempo era algo do que nenhum de nós podia abusar.

23 • Laura

Da mesma forma que trocamos nossa base em Nova Londres pelo acampamento, o acampamento foi trocado pela estrada. Hagens e os outros líderes comportavam-se como se estivéssemos partindo em uma imensa peregrinação zumbi. Diziam que Os Transformados cresceriam como grupo, mesmo sendo nômade, até que chegássemos às terras áridas do norte como um exército ou uma nuvem de gafanhotos. E profetizavam que, uma vez lá, daríamos à luz o nosso próprio mundo.

Antes que desmontassem a tenda de Mártira, entrei lá discretamente e peguei a primeira coisa que vi para guardar de recordação: uma de suas *peinetas*[15] favoritas. Era de prata e escondia uma lâmina afiada. Guardei-a no corpete, usando um espinho para prendê-la a meu corpo como se fosse uma borboleta sob uma cúpula de vidro. Era tudo que me restava dela.

Era bobagem imaginar que nosso grupo, numeroso como era, poderia fugir ou esconder-se; não era esse o ponto. A questão era ganhar distância. A questão era estar em movimento. Então, os líderes decidiram passar pela reserva Maria Bosawas-Allister antes de tomar a direção noroeste, consultando mapas de papel antigos e desbotados para encontrar o caminho.

---

[15] Adorno feminino para cabelo, originário da Espanha, que lembra um pequeno pente enfeitado. Usa-se afundando a parte dentada em um coque, de forma a deixar a parte enfeitada à vista.

— As grandes estradas vão nos levar direto para o território dos riquinhos — disse Bruno. — É suicídio atravessarmos por essa região.

— Suicídio não quer dizer nada para nós — retrucou Hagens, arrancando o mapa das mãos dele, antes de rasgá-lo em dois. — Eles que se mudem se ficarem incomodados com nossa presença.

Hagens mantinha-me sob vigilância, obrigando-me a viajar com ela. Ficava cada vez mais irritada à medida que passavam as horas, e me arrependi de não ter fugido com os jovens zumbis naquela noite.

Durante as paradas, tentava desesperadamente me afastar para consolar Dog e Abuelo. Quando finalmente consegui, Dog agarrou meu braço e até emitiu um pequeno gemido de medo, mas tive que deixá-los de novo.

Esse gesto de beijá-lo e despedir-me dele era uma das coisas mais difíceis que já fizera na vida. Mas não havia alternativa.

Coalhouse apareceu ao amanhecer do dia seguinte.

Eu dormia com os líderes ao redor das brasas de uma fogueira. Acordei com as vozes dos homens que estavam de guarda. Eles pegaram Coalhouse e empurraram-no para o meio do círculo que formávamos, fazendo com que ele caísse de joelhos. Olhou-me diretamente, mas não consegui saber se queria me dizer algo. Não estava armado. Os demais acordaram com xingamentos e pegaram suas armas. Assim que abriu os olhos, Hagens fez o mesmo.

— Eu avisei para ficar longe. — Embora baixa, sua voz lembrou-me o sibilar de um gato selvagem. Ela ficou de pé e apontou o revólver para a cabeça dele.

— Ele trazia isto — disse um dos guardas, jogando a bolsa de Coalhouse aos pés de Hagens. Ela abriu-a com o pé.

Eu esperava uma bomba, mas vi apenas alguns pedaços de papel.

— Sei que avisou — disse Coalhouse —, como sei muitas outras coisas sobre você. Como, por exemplo, o fato de que quer Smoke de volta. — continuou ele, encarando-a com seu único olho. — Olhe esses papéis.

Mantendo a pistola engatilhada, Hagens ajoelhou-se e pegou alguns documentos. De onde eu estava, não conseguia ver sobre o que eram. A expressão dela era de ceticismo.

— Você sabe o que são? — perguntou Coalhouse. Hagens não respondeu, mas endireitou-se devagar e começou a analisar os documentos. Deixava-os cair no chão conforme os lia. — São cópias dos raios X dele. E tem simulações da versão da Laz que ele carrega. Além de relatórios sobre as pessoas que ele mordeu. Você acha que eles me dariam esses documentos, ainda que fosse para enganá-la?

— Como conseguiu essa papelada? — perguntou ela.

— Estive no mesmo cômodo que Smoke na noite passada — respondeu ele, erguendo as mãos. — Posso ajudar você. Se acha que estou tentando te passar para trás, simplesmente atire. Morrerei sabendo que fiz o que pude para ajudar meu povo.

Hagens leu mais uma página e depois olhou de novo para Coalhouse. — Você realmente quer conversar?

—Se você quiser.

— Não agora. Todos vocês guardem as armas.

Os líderes a obedeceram, embora relutantes. Ela colocou sua pistola na cintura, não menos desconfiada.

— Ok. Fique conosco hoje. Se eu gostar do jeito como se comporta, falaremos à noite.

— Quero essa moça na minha carruagem — disse ele, olhando para mim outra vez. Meu peito formigou. Pensei tão mal dele, e ele estava de volta para tentar me salvar, como se fosse um príncipe.

— Não — respondeu Hagens. — Não vou permitir.

— Então, não terá minha ajuda. Olhe, se eu tentar fugir com ela, vocês conseguirão nos capturar. Viu a porcaria de carruagem que tenho? Tenho certeza de que ela pode falar, mas o que pode provar?

Hagens olhou novamente para os papéis e separou alguns com o pé. Algo ali claramente a interessava.

— Tudo bem. Ela já deve ter te contado tudo o que sabe mesmo.

Foram as palavras mais lindas que eu a ouvira dizer na vida.

A carruagem de Coalhouse era um desastre. O estofamento das portas estava se desfazendo e fora talhado nos assentos. O topo curvava-se para dentro. O equipamento de som havia sido arrancado.

Ainda assim, comparada com o que havia para mim do lado de fora, era o céu. Abuelo e Dog juntaram-se a nós e dormitavam no banco de trás. Eu ganhara tempo longe de Hagens e um cantil com água, além da companhia de alguém com quem sentia que podia ser franca. Coalhouse havia arriscado a vida para conseguir que Hagens falasse. Eu me esforçava para ser paciente. Ele era meu herói de armadura brilhante, um gênio, praticamente um deus.

Passamos o tempo conversando. Ele fez muitas perguntas.

— Por que chamam o garoto de Dog[16]?

— Bem, ele não fala, não escreve, não lê. Não consegue nos dizer seu nome. Começou a me seguir por toda parte. Então, deram-lhe o apelido de Dog e pegou.

— Entendi. E de onde veio o nome da gangue? — perguntou Coalhouse em seguida. — Grave House, não era?

— Diziam que a gangue à qual pertencia a casa antes de ser nossa tinha o costume de enterrar os corpos dos inimigos sob as tábuas do assoalho. Não acho que seja verdade. — Ele não comentou nada. — Faz quanto tempo que você morreu? — perguntei, embarcando na conversinha de praxe entre zumbis que estão se conhecendo.

Coalhouse apoiou o cotovelo na janela e passou a dirigir com uma só mão. — Mais de um ano.

---

[16] *Dog* significa cachorro, em inglês.

Assenti com a cabeça e esperei que continuasse. Como não disse mais nada, tentei de novo: — De onde você é?

— De uma pequena cidade punk. Era filho único. Meus pais são donos de uma mercearia.

— Você deve sentir falta deles.

— O tempo todo.

Algo no tom de voz dele me fez achar que queria fazer perguntas, não respondê-las. Virei-me em direção à janela e abaixei os ombros do meu vestido, com cuidado para manter a compostura, enquanto oferecia um pouco de luz às minhas plantas.

— Você está literalmente brotando — disse ele.

Como eu nunca havia pensado no meu estado daquela maneira, ri um pouco. Era a primeira vez que ria em dias e me senti instantaneamente culpada.

Coalhouse sorriu também e olhou para mim. Logo ficou sério de novo e voltou a olhar para a estrada. — Você consegue senti-las dentro de você?

— Não. Mas gostaria de sentir. Provavelmente fariam cócegas. Acho que talvez as raízes estejam provocando algum dano às minhas pernas. Não sei como resolver. Comecei a plantar em mim mesma por impulso.

— Mmm.

— Sempre tive jeito para mexer em jardim, mas não tinha onde cultivar. Costumava plantar em vasos, no meu esconderijo em Grave House, mas sempre que Cláudia encontrava minhas plantas... — Olhei para a sujeira sob as unhas. — ... destruía tudo. Gosto de dar vida às coisas. Como dei para Mártira.

— Como assim?

Por alguma razão, decidi compartilhar com ele a história.

— Cláudia e eu fomos mordidas, mas Mártira não. Foi somente depois que ela teve a ideia de beber meu sangue para se contaminar com a Laz. Ingeriu-o certa noite para poder ficar com nós duas. Para que ficássemos juntas.

— Ela bebeu seu sangue? — Coalhouse arregalou o olho. — Por livre e espontânea vontade?

— Sim — respondi, olhando para ele. — Foi a coisa mais linda que fez; parecia uma cena de história antiga. Como um encantamento.

— Fale a verdade, criança — interveio Abuelo, com a voz sonolenta. — Mártira optou por se transformar em zumbi porque não queria ser expulsa de sua própria gangue pelos zumbis. Você sabe que ela quis nos transformar em um grupo de monstros, inicialmente. E uma mulher viva não poderia liderar um grupo assim.

Senti minha voz sumir e o encarei. — Isso não é verdade — respondi, querendo acreditar na minha própria história. Mártira não existia mais e eu não queria que nada sobre ela mudasse. — Ela fez aquilo por mim!

De repente, Coalhouse brecou a carruagem. Como estava virada de costas, não me preparei para a parada abrupta. O cantil caiu do meu colo e agarrei-me ao cinto de segurança para manter o equilíbrio. Abuelo praguejou. — O que aconteceu?

Olhei para fora. Pelo menos uma dúzia de carruagens escuras, blindadas, com uma aparência oficial ladeava nossa caravana e estava nos ultrapassando. Algumas estavam equipadas com sirenes e luzes que piscavam, parecendo as batidas policiais que sofríamos em Grave House. Senti um aperto no peito, mas não foi de medo.

Pronto. Estava tudo acabado.

— Eu a avisei — grunhiu Coalhouse, colocando a carruagem em ponto morto.

— Vão prender Hagens? — perguntei, sem conseguir conter uma nota de entusiasmo na voz.

— Não sei — respondeu. Mas olhando os veículos com mais cuidado, praguejou — Espere, não é a polícia. É o *Exército*!

— O quê? — Olhei para a frente de novo — Você não contou a eles?

Coalhouse olhou para mim com uma expressão de medo no rosto. — Do que você está falando?

— Do que *vocês* estão falando? — repetiu Abuelo, confuso.

De repente, minhas esperanças colapsaram. O que Coalhouse estava fazendo, afinal? Dog acordou, agitado. Recuperei o cantil e enchi uma tampa de água para o menino. Minhas mãos tremiam. Quando me estiquei para entregá-la a ele, Abuelo olhou-me e falou, sem emitir som algum: — Está tudo bem, criança.

Eu queria responder: "Não, não está". Mas apenas assenti com a cabeça. Ficamos dentro da carruagem por quase três horas. Não conseguia ver o que estava acontecendo à frente, mas vi soldados vigiando o comboio e supus que era para que ninguém fugisse. Depois de algum tempo, Coalhouse voltou a falar, mas sua voz traía o seu nervosismo. Contou-nos como ele foi caçado e morto por um monstro calvo chamado Tom, como foi parar na Companhia Z e como seu desempenho destacou-se lá.

— Hagens pode confirmar. Estivemos juntos no Exército.

Não queria falar sobre ela, então tentei mudar de assunto. — Como foi que você ganhou esse apelido, Coalhouse[17]?

Ele parou para pensar.

— Não sei — confessou. — Minha mãe sempre me chamou assim. Acho que pode ter sido um cantor de antigamente. — Olhando timidamente para mim, comentou: — Laura é um belo nome.

Estava frustrada e apavorada, e esse simples comentário me fez explodir em soluços. Antes que pudesse me justificar, porém, ouvi alguém bater na minha janela. Virei o rosto e vi um soldado.

— Deixe que eu falo — avisou Coalhouse, abaixando o vidro.

— Nomes? — exigiu o soldado.

Instruídos por Coalhouse, dissemos nossos nomes.

— Laura Cicatriz? — quis confirmar o soldado, olhando para mim. — Saia da carruagem, por favor.

---

[17] *Coal* significa carvão em inglês; e *house* é casa.

— Não! — respondeu Coalhouse, e senti a pele formigar, prestes a enrubescer. — Quero dizer, ela não pode falar com um homem a sós.

O soldado colocou a mão no coldre.

— Para trás, senhor. E mantenha a janela aberta.

— Estive no Exército, cara. Posso te dar meu número de identificação.

— Não ligo a mínima se você é o tataraneto de Houdini. Você é um maldito zumbi — respondeu o soldado, abrindo o fecho do coldre. Coalhouse arregalou o único olho. — Senhorita, saia do veículo.

Coalhouse olhou para mim, preocupado, mas fiz o que o soldado mandou. Saí atabalhoadamente da carruagem e afastei-me dela uns poucos passos, erguendo a saia.

— Coloque as mãos onde eu possa vê-las, senhorita — instruiu o soldado, que era jovem e tinha cabelos escuros. — Não se ofenda.

Pousei os punhos fechados na frente do estômago.

— O que quer comigo?

— Apenas verificar alguns detalhes — respondeu o soldado, erguendo a mão e inclinando a cabeça ao ouvir algo pelo intercomunicador instalado em sua orelha. — Perdoe-me a interrupção. Poderia descrever a natureza deste grupo?

Meu Deus. Não sabia o que fazer. Não sabia quais mentiras devia repetir. O que teria Hagens dito aos soldados? O que devia responder?

E por que estaria pensando em como enganá-lo, em vez de contar a verdade? Esta era minha oportunidade. Já devia ter começado a gritar a plenos pulmões, incapaz de parar de tão aterrorizada.

— Senhorita?

Dei uma olhada no banco de trás da carruagem. Dog estava com metade do corpo para fora da janela, com os olhos do tamanho de dois pires. Abuelo o segurava pela cintura. O que aconteceria a eles se eu contasse o que sabia agora, sem ter um plano armado? E se eclodisse uma briga, os vivos se ferissem e os mortos fossem alvejados? O bando era um lugar horrível de se estar, mas era tudo o que eu conhecia do mundo. A incerteza e o medo dilaceraram a minha escassa coragem.

— Somos um grupo de zumbis pacíficos — ouvi-me dizer. — Protestamos para chamar a atenção e nos reunimos para arrecadar dinheiro.

O soldado assentiu. — Por que estão viajando? Para onde vão?

— Vamos para o norte, para encontrar um lugar seguro para ficar.

— Sabe se alguém entre vocês cometeu algum crime? — Não consegui conter uma risada. — Senhorita?

O desespero roubou-me a habilidade de ser evasiva. Olhei para o soldado e respondi:

— Por onde quer que eu comece? Entre nós há prostitutas e ex-presidiários, além de pedintes de todo tipo. Mas... — Quase senti dor ao completar a frase — ...não é ilegal protestar, nem pedir esmolas. Não é ilegal estar morto. A única coisa sobre a qual imagino que queira saber é sobre a morte de minha irmã, Mártira. Ela levou um tiro na cabeça. E, porque somos criminosos, não demos queixa à polícia. Tenho certeza de que sabe quem sou porque alguém deve ter mencionado isso. — Não tinha certeza nenhuma, é claro, mas fiz minha jogada.

O soldado olhou diretamente para mim, mas recolocou no lugar o fecho do coldre.

— Sinto muito por sua perda. — E foi assim que começou a verdadeira rodada de perguntas: eu tinha visto o corpo de Mártira? Achara algo suspeito?

Respondi que sim. E menti. Menti sobre tudo e me odiei por isso. No final, o soldado acenou com a cabeça na direção da carruagem e disse:

— Pode voltar para dentro. — Corri para lá. No instante que me sentei, todos começaram a me interrogar. Não respondi. Estava arrasada demais. Havia desperdiçado minha última oportunidade. Não haveria outra.

Agora, minha vida estava nas mãos de Coalhouse. Era aquilo ou nada. Depois de uma hora, os soldados partiram. Nós dois saímos da carruagem.

Zumbis apareceram de dentro dos outros veículos, esticando as pernas e trocando relatos e teorias. Ouvi Hagens gritar meu nome ao longe e soube que não a haviam levado. Ninguém mais a traíra.

Quando ela chegou tão perto que não era mais possível ignorar sua presença, Coalhouse gritou:

— Ela está aqui! — Ele olhou para mim como que pedindo desculpas e encostou-se na parte da frente da carruagem.

Hagens veio apressada e agarrou-me pelos braços. — Você contou alguma coisa a eles? — perguntou ela, indo direto ao ponto.

— Não, ela não contou — respondeu Coalhouse. Estava ficando realmente confusa com o comportamento dele. Abria mão de mim uma hora para me defender no instante seguinte. — Eu avisei que viriam atrás de vocês.

Hagens me empurrou para o lado.

— Continue de boca fechada — disse ela, e acenou para Coalhouse. — Eu sei que avisou. Pode ser que consigamos trabalhar juntos, afinal.

— Bom. O Exército vai fazer alguma coisa?

— Já fizeram. Prenderam dois para interrogar sobre a tentativa de resgatar Smoke. O que significa que agora temos menos tempo do que pensei inicialmente. Falaremos depois.

Coalhouse aproximou-se de mim quando Hagens foi embora, marchando. Antes que ele pudesse comentar qualquer coisa, voltei o mais rápido que pude para a carruagem dele e bati a porta. Escondi a cabeça nos braços para me proteger de todo mundo e encostei-me no vidro da janela, que estava morno por causa do sol. Foi só então que notei que as plantas dos meus ombros haviam finalmente brotado.

24
pamela

Dois dias depois de receber o relatório sobre os antecedentes de Lopez, decidi que precisava falar com meu pai. Ele havia dito que voltaria da sua mais recente incursão à polícia por volta das onze horas, então deixei Nora em seu quarto, cercada por nossos livros escolares, e fui recebê-lo, acompanhada de Isambard. As páginas do relatório, dobradas, estavam no meu bolso, e eu havia finalmente tomado coragem para falar com ele sobre a ideia de aceitar o convite do ex-coronel para nos hospedarmos em sua casa de campo.

Não tive chance, porém. Quando meu pai chegou, praticamente não registrou nossa presença. Mostramos os papéis a ele, e ele sorriu, mas o sorriso estava fora de lugar. Dispensou-nos, pedindo que fôssemos descansar, e subiu as escadas para ir encontrar minha mãe no quarto que fora da tia de Nora.

Isambard e eu o seguimos instintivamente. Quando ele fechou a porta e nos deixou de fora, permanecemos parados no lugar, sozinhos no corredor decorado com retratos. Nossos pais começaram a conversar do outro lado. E depois brigaram. Escutamos por longos minutos que se arrastavam, e eu abracei Isambard, que ficava cada vez mais abalado. Quando minha mãe começou a chorar, ouvi meu pai gritar: "Não vou deixar um homem aparecer e brincar de nobre cavalheiro com minha família, não aceito caridade de ninguém!". Consegui reunir forças para conduzir meu irmão pelos ombros para o quarto de Nora.

Ao entrar, vi que vestia seu casaco e seu chapéu de primavera. Fechei a porta. Imediatamente culpada, ela olhou para mim: — Pam...

— Seja o que for que estiver prestes a fazer, não faça. Ouça-nos primeiro — disse eu.

Ela parou, preocupada. — Você está bem?

— Não. — Surpreendi-me com quanto nojo, raiva e dor podiam caber em apenas uma palavra quase totalmente desprovida de emoção. Tudo que havia no momento no meu coração, na minha cabeça e na minha vida, podia ser facilmente resumido a um *não*.

— O que está havendo?

Durante o silêncio que se seguiu à pergunta dela, ajudei Isambard a se sentar no chão. Nora sentou-se ao lado de meu irmão, sobre o tapete cor-de-rosa. Isambard estava com os olhos arregalados.

— O senhor Delgado continua desaparecido. Foi trabalhar e não voltou para casa. A polícia não está fazendo nada, do mesmo modo como não está fazendo nada por nós. Você acha que é porque não somos ricos? Por que os Delgado são pobres? É por isso?

— Não estão tomando nenhuma atitude? — perguntou Nora.

— Meu pai disse que a polícia não descobriu mais nada. Dizem que, com tudo que está acontecendo na cidade, estão sobrecarregados. Que tudo está muito devagar.

— Que péssimo... — suspirou Nora.

— Mas isso não é o pior. — Quase doía ter que dizer o que ia dizer, mas sabia que era preciso.

Porém, antes que pudesse começar o relato, meu irmão adiantou-se e, olhando para o chão o tempo todo, contou: — Mamãe decidiu telefonar para nossos tios para ver se poderiam nos hospedar no interior, enquanto papai esperaria a seguradora realizar os procedimentos necessários — Seu olho esquerdo estava começando a ficar escuro e me perguntei o que estaria sentindo. — Eles responderam que não.

— Por quê? — perguntou Nora.

Com a voz embargada, assumi o discurso. — Porque eles têm um bebê e disseram à mamãe que não querem correr o risco de que Isambard o coma. — Meu irmão fechou os olhos. — E afirmaram também que são bons cristãos, então não podem permitir que um cadáver possuído pelo demônio passe sequer perto da casa deles. Disseram que os cientistas estão errados e que Isambard, de fato, é um demônio e que todos nós vamos parar no inferno por abrigar uma criatura do diabo. Ah! E garantiram que vão rezar por nós. Achei essa parte imensamente reconfortante, você não concorda? Isso compensa totalmente o fato de que acreditam que meu irmão é um sinal do fim dos tempos.

— Meu Deus! — comentou Nora. — Como alguém pode dizer uma coisa dessas?

— Por minha causa — respondeu Isambard, e aí ele desandou a falar. — Do mesmo jeito que mamãe está ficando louca por minha causa! Do mesmo jeito que Pamela quase morreu durante o Cerco por minha causa! Porque eu estraguei tudo!

Inclinando-me para frente, cobri suas mãos com as minhas e obriguei-o a me olhar. — Isto não é culpa sua — disse a ele de novo. — Nunca, jamais pense que é culpa sua.

— Mas é! — repetiu ele, tossindo forte — Estou me esforçando tanto para ser uma boa pessoa, tanto. Jenny precisa de mim. Ela fica perguntando sobre o pai, mas eu não sei onde ele está e sinto tanto medo por ele...

Nora fez um carinho no braço dele. — Sinto muito por tudo, Issy.

Tentei encontrar uma maneira de arrumar as coisas. Sentia-me como na noite em que desci para a sala e conduzi minha família para fora de casa. Encontrava-me acima do medo, acima da pena, acima do arrependimento.

— Ainda bem que vestiu o casaco — disse à Nora. — Porque temos que ir falar com Lopez. Agora mesmo.

— Isso é... Exatamente o que eu estava indo fazer. Bem, ia falar sobre Lopez.

Por um instante, não soube o que pensar. — Como? — Minha vibração mental alterou-se subitamente. Eu devia adverti-la sobre o risco de sair de casa. Repreendê-la, inclusive. E abraçá-la.

— Sim — respondeu ela. — No carro, na segunda-feira, ficou claro para mim que você quer ir. Foi por isso que pedi a Ren que olhasse os antecedentes dele. Andei perguntando por aí também. Não quero que se vá, mas é meu desejo vê-la feliz. — Ela franziu as sobrancelhas. — Especialmente se tem gente atacando vocês por minha causa.

Permaneci desnorteada por mais dois segundos. Então, tudo fez sentido de repente. Soltei meu irmão para poder olhá-la de frente.

— Obrigada. — Foi a gota-d'água. Senti a garganta fechar e tive que engolir em seco antes de prosseguir. — Alguém precisa convencer meus pais de que será melhor irmos para outro lugar, antes que tudo à nossa volta desabe novamente. E se for eu a falar, acho que não vai surtir efeito. — Foi assim que admiti meu fracasso.

Achei que aquilo me proporcionaria algum alívio, o que não ocorreu.

— Por que você acha que eles não concordariam com você? Já os convenceu antes — comentou Nora. — Você os conduziu a um lugar seguro.

— Por causa do meu pai. E minha mãe não vai a lugar algum sem ele. — Balancei a cabeça, vencida. — Ele diz que não vai fugir como um covarde, que trabalhou duro demais na vida, que não quer a caridade de Lopez. Ele é tão teimoso. — Verdade seja dita, quando olhava para meu pai via algo de mim nele, havia um brilho em seus olhos que era medo. Algo o havia paralisado. Conhecia a sensação bem o suficiente para reconhecê-la.

— Ok. Vamos lá. — Nora olhou pela janela e o pouco de luz que entrava iluminou seu rosto pálido e seus olhos amendoados. — Saiba que também pensei em fugir, se isso a consola.

— Você pensou? — perguntei, genuinamente surpresa.

Nora não respondeu ao meu comentário, mas olhou para Isambard, que havia se calado. — E ela está certa. Não é sua culpa.

Meu irmão, tentando se recuperar, perguntou: — Você sempre assistiu àquelas conferências de guerra e sabe muito sobre assuntos militares. Tem certeza de que nunca ouviu nada sobre Lopez?

— Não. Mas também não assistia preocupada em decorar o nome dos integrantes de cada regimento.

— Mas e além da esfera militar? — completei. — Você tem contatos na alta sociedade, mesmo que ache que não. Pense naquelas tantas casas onde estivemos com sua tia no dia que você... — parei, pois a lembrança do sequestro de Nora era avassaladora.

— Não me lembre — respondeu ela, ficando de pé com determinação. — Preciso falar com meu pai. Naturalmente, ele não tem vindo para casa, então terei de ir até ele. Quer vir?

— Aonde? — perguntei, ouvindo meu coração bater.

— Não iremos até os barcos, porque ele ficaria bravo se fizéssemos isso. Mas, com sorte, podemos contatá-lo a partir de algum outro lugar da cidade.

— Sozinha? Você realmente está pensando em sair daqui sozinha? De novo?

— Sim, porque é justamente isso que fará com que meu pai preste atenção — Nora respirou fundo. — Às vezes, Pam, é necessário quebrar as regras para conseguir o que se precisa. Não o que se quer; isso é o que faz alguém mimado. Mas para conseguir o que se precisa. Se não quiser vir, é só falar.

Os olhos de Nora estavam límpidos e sua postura era de expectativa. Ainda assim, meu coração estava dividido. Parte de mim queria trabalhar com ela, a mesma parte que gritara com um coronel do Exército neovitoriano e despedaçara zumbis. A mesma parte que resgatara meus pais. A parte que um dia havia lutado e vencido. A outra parte pegou novamente a mão de Isambard, sobretudo, porque eu precisava do consolo do toque dele. Ele apertou minha mão de volta.

— Sim — declarei. — De agora em diante, iremos aonde precisarmos ir. Vou com você.

Nora mentiu por nós. Disse à minha mãe que íamos dar um passeio a pé nos Campos Elíseos, ideia com a qual ela concordou prontamente. Na verdade, subimos no bonde e fomos descer no extremo norte do Parque Dália.

O sol brilhava e o céu estava azul. Naquela parte do parque o ar era límpido e a vista, verdejante e calma, como um oásis em meio ao caos da cidade — um *ying* em relação ao *yang*, no sul. Tanto vivos quanto não vivos passeavam pelos caminhos calçados, admirando as maravilhas da botânica, ou brincavam com barcos nos lagos ornados por grandes fontes. Quase todos evitavam a área onde Wolfe havia sido enforcado. Não estava certa se era um comportamento consciente ou se aquela área do parque havia realmente se tornado assustadora. E não pretendia ir até lá para confirmar. Nora fez com que parássemos perto do lago de patos. Comprou um saquinho de migalhas de uma máquina de bronze para dar às aves como se fosse nosso *disfarce*. Feito isso, pegou o telefone e, após cinco tentativas, conseguiu falar com o pai.

— Papai, você não tem ido para casa. Sua ausência está destruindo anos e anos de paternidade exemplar. Estou no lago de patos do Parque Dália, desacompanhada, e quero que saiba que há muitos jovens cavalheiros atraentes por aqui. — Ela olhou para o grupo masculino mais próximo, formado por trabalhadores mais velhos que compravam o almoço em um carrinho de lanches; nenhum deles minimamente atraente. Prosseguiu: — Não sei se consigo me controlar. Na verdade, acho que vou fugir para me casar com o senhor Villa, aqui do meu lado. Seus cinco filhos são adoráveis e tenho certeza de que podemos conseguir um dente para fechar o buraco que tem na boca. Ah! Será que mencionei que estamos a menos de quinhentos metros da Morgue? — E, terminando assim, desligou.

Teria dado risada com gosto se meu coração não estivesse ocupado valsando desvairadamente dentro do meu peito.

— Ele vai te matar. Vai nos matar. Nós duas vamos morrer. Você está ciente, não está?

— Tenho sido muito paciente com ele. Agora, distraia-se alimentando esses patos.

Vinte minutos depois, o doutor Dearly em pessoa apareceu. O truque funcionara.

— O que significa isso? — perguntou, assim que nos encontrou. Ele veio andando o mais depressa que conseguiu com suas pernas mortas e remendadas com metal, e pegou Nora pelo braço assim que se aproximou dela. — Pensei que você finalmente estivesse agindo com maturidade.

— Precisamos falar com você e sei que é inútil convidá-lo para almoçar — Nora declarou, mantendo uma expressão neutra. — Lamento afastá-lo de seu trabalho. Sei que é importante, mas o que tenho a dizer também é.

O doutor Dearly observou a filha intensamente por um momento e depois olhou em torno, como se estivesse ponderando sobre a necessidade de atacar algum dos homens próximos. Finalmente, soltou o braço dela e perguntou:

— O que houve?

— Precisamos falar com você sobre um sujeito chamado Edmund Lopez.

Quando ela pronunciou aquele nome, a expressão do pai mudou, aparentemente, menos por estar bravo ou confuso e mais por algum tipo de constrangimento, na verdade, não soube definir bem. Ao falar novamente, seu tom era mais suave, mais emocional. — Como ouviu falar dele?

Nora e eu trocamos olhares. Erguendo o queixo, indiquei-lhe que devia prosseguir. Ela explicou minha ideia falando suavemente, concluindo com o seguinte: — Sendo assim, precisamos de toda informação sobre ele. Até o tamanho do pé se for possível.

O doutor Dearly continuava sério. — Está bem. — E começou a andar na calçada que circundava o lago dos patos. Nora o acompanhou. Joguei o que restava das migalhas para as aves e limpei as luvas enquanto me apressava para alcançá-los. — NoNo, você lembra as histórias que eu te contava sobre os heroicos esforços de alguns soldados para resgatar companheiros abatidos? — Nora assentiu. — Bem, Lopez é a fonte de pelo menos alguns daqueles relatos.

— Verdade? — Quis saber ela, intensamente interessada.

— Verdade. Até onde sei, ele alistou-se assim que terminou a escola. Devido a alguns pauzinhos mexidos em benefício de seu irmão, ascendeu bastante rápido na carreira militar. É jovem para um coronel — A perna mecânica do doutor Dearly fazia um ruído a cada passo —, e também fez sua fama. Parte dela advém do fato de que jamais deixou um homem para trás. Mesmo que estivesse morto, fazia questão de trazer o corpo de volta.

— E a outra parte?

— A outra parte vem do fato de que sua família foi extremamente poderosa no passado... — O pai de Nora nos afastou para o lado para dar passagem a uma criança zumbi que vinha correndo atrás de um pato muito agitado, com uma mulher viva no encalço dos dois — ... e de alguns incidentes infelizes envolvendo bebida alcoólica. Brigas. Lembrem-se de que eu era um especialista em doenças contagiosas dentro do Exército, um médico que trabalhava de unidade em unidade. Então, tudo que conto a vocês agora são coisas que ouvi.

— Meus pais mencionaram um lugar chamado Marblanco. E algo sobre a família dele — eu disse.

Antes que o pai se manifestasse, Nora completou: — E soube que sua família era simpatizante dos punks. — O doutor Dearly e eu olhamos para ela, chocados. — Falei ontem com Michael Allister. Sobre este assunto e sobre a tia Gene. Não consegui muita coisa, mas o aspecto da bebida bate com algo que ele comentou.

Eu sabia que Nora andava saindo de casa, mas nunca havia dito que era para ajudar-me com meu problema. Senti uma vontade renovada de abraçá-la.

O doutor Dearly suspirou. — Sim, simpatizavam. Razão pela qual contar isso é difícil para mim.

— Difícil?

O doutor Dearly balançou a cabeça. — A propriedade da família Lopez, Marblanco, é o lugar onde conheci sua mãe, Elizabeth. Onde a convenci a me dar uma oportunidade. Houve um baile, avistei-a...

Nora fez uma expressão de espanto e imediatamente pareceu tomada por uma tristeza profunda ao ser confrontada com a lembrança da mãe.

Assumi as perguntas: — Mas o que é Marblanco?

— É uma grande casa, construída totalmente pelos punks — respondeu o doutor Dearly, ajeitando a empunhadura da bengala. — Depois do Massacre de Reed, o governo foi atrás de lorde e *lady* Lopez. A casa era um monumento aos ideais do movimento punk e o dinheiro deles havia fluído livremente na direção dos cofres de artistas, engenheiros e artesãos daquela nação. O governo argumentava que os recursos haviam sido usados para financiar o terrorismo. Eles foram deportados para o sul, com os punks, e a casa foi destruída. Tudo que havia nela foi vendido. Lorde Lopez e seu irmão foram deixados sob a guarda de parentes até que um dos dois atingisse a maioridade, e o dinheiro da família constituiu um fundo fiduciário. Depois, a terra, a casa e o título nobiliárquico foram devolvidos aos rapazes; o governo não teve coragem de punir os filhos pelos pecados dos pais, nem de interferir no direito legítimo deles à herança, pois teria feito cada um e todos os membros da aristocracia ficarem de cabelo em pé. A coisa toda já era escandalosa o suficiente. No entanto, a população apoiou o exílio de milhares de punks... Entendam como quiserem.

Emudecida pelo impacto daquelas informações, demorei um segundo até conseguir dizer: — Nunca ouvi nada sobre isso. O senhor está dizendo que existe uma relíquia punk... no meio de Nova Victoria?

— Duvido de que pudesse saber desse episódio. Mesmo você, Nora! E eu a criei para observar as evidências e pensar por si mesma. — O doutor Dearly inspirou profundamente e prosseguiu: — Muito do que ocorreu naquela época foi esquecido, ou convenientemente expurgado, e nem sequer aconteceu há tanto tempo assim. Muita gente prefere que seus filhos jamais tenham que pensar naqueles fatos: o revide dos punks, o massacre, o exílio. Foram tempos horríveis. Um período negro da nossa história.

— Conte-nos o resto, então — pediu Nora.

— Duvido de que ajude em relação ao seu objetivo atual — disse o pai, puxando o relógio do bolso —, e eu tenho que voltar para o Erika. Para casa, vocês duas. Falarei com os Roe quando puder. Sinto que devo fazer isso, antes que vocês duas tentem alguma outra coisa.

— O senhor faria isso?

— Sim, senhorita Roe. Farei assim que puder. Pelo que sei do homem, o oferecimento é sincero. — E, olhando para mim, completou: — Lamento muito por tudo isso. De verdade.

— Fico grata por sua iniciativa, doutor. — Estava mesmo agradecida. Senti-me um pouco mais leve. Talvez meu plano funcionasse, afinal.

O doutor Dearly manteve-se no mesmo lugar até nos ver partir. Nora passou o braço no meu e andamos, obedientes, até o ponto do bonde, acenando para o pai dela de vez em quando.

— A estratégia funcionou muito bem. Da próxima vez, escolherei um lugar mais excitante. Como uma pista de corridas. Ou uma casa de bilhar.

— E agora, qual o próximo passo?

— Calma. — Ela parou junto à placa. — Não esperaremos por papai. Vamos falar com o homem em pessoa.

25 • Bram

Tudo estava acertado na quinta-feira à tarde. A única pessoa com quem não tinha conseguido falar era Coalhouse — ele estava fora do radar de novo. Se não aparecesse logo, teria que ir atrás dele.

Uma coisa de cada vez.

Quando entrei em casa, Nora veio me receber, como sempre. Antes que ela pudesse dizer qualquer palavra, peguei-a pelos ombros e disse:

— Se você sai com Allister, acho justo que saia comigo também. O que você acha de quebrar a regra de seu pai de novo e ir até a cidade para ver se podemos ajudar em alguma coisa? Ah! E isso inclui ir a um *pub* bem decadente perto da Morgue.

Nora não disse nada, mas arregalou os olhos escuros. Depois de alguns segundos, tive que perguntar: — E então?

— Sim. Mil vezes sim!

Contendo uma risada, virei-a e disse: — Vá pegar uma arma. E vista algo mais simples.

— Uma roupa mais simples? Está bem.

Ela demorou vinte minutos para voltar e usava uma roupa abominável feita de um tecido xadrez azul e verde que eu nunca vira antes, mais uma touca de tricô e um xale velho. Estava usando o coldre de ombro. Quando perguntei de onde vinha aquele vestido, ela respondeu: — Da caixa de doações para a caridade. Contei à Pamela e ela vai me cobrir.

— Você conseguiu fazer com que ela engane alguém? Impressionante.

— Acho que ela está começando a reagir.

Levei-a até o carro e partimos.

Logo depois, Nora perguntou: — Então, qual é o plano?

— Ontem, Coalhouse disse que Os Transformados podem ter saído da cidade.

— Mas não temos certeza disso.

— Exatamente. Então, vamos falar com alguns zumbis para ver se alguém sabe mais alguma coisa. Porque eu quero enquadrá-los. E acho que você e a senhorita Roe merecem dar-lhes uns golpes pessoalmente. Antes que sejam presos, quero dizer.

Nora sorriu, entusiasmada. — Posso usar minha foice? — perguntou, com sua vozinha cheia de ar.

— Só as partes sem pontas. — Meu Deus, eu adorava quando ela era fofa como um gatinho e durona como um prego na mesma frase. — Não quero parecer um pai, mas você já pediu desculpas ao Ren? Você deve uma a ele.

— Ainda não pedi. Sei que preciso. Mas Mink silenciou.

— Que bom que você percebeu. Porque temos que trabalhar juntos. — E, dizendo isso, concentrei-me na estrada.

O *pub* que Ben indicou para nosso encontro ficava uma rua acima da Morgue, escondido entre dois edifícios maiores. A placa dizia: "AO FÍGADO QUE FALHA". Tinha todos os sinais de ser o último lugar em que o doutor Dearly desejaria ver a filha, mas eu sabia que era totalmente seguro. Como era permitido beber nos Territórios aos dezesseis anos, pelo menos nos deixariam entrar.

Lá dentro, encontramos um ambiente escuro e sujo. Luminárias amarelas fracas pendiam do teto, assim como cordame de barcos e segmentos de correntes entre as vigas. Em uma das paredes, havia uma tela muito velha, que transmitia um torneio de críquete. O balcão do bar propriamente dito ficava no fundo do recinto, e cerca de dez mesas ocupavam o restante do espaço. O *pub* estava cheio e todos os clientes eram zumbis, menos dois idosos sentados no bar.

Quando Nora entrou e viu a cena, sorriu. Pegou-me pela manga e me conduziu para dentro. Alguns pares de olhos nos seguiram.

— Quem estamos procurando? — perguntou ela.

— Capitão Griswold! Aqui!

E estavam mesmo, como disseram que estariam, sentados em uma das mesas do fundo: uma dúzia de ex-membros da Companhia Z, incluindo alguns que, naquele momento, não estavam de plantão nos navios. Eram todos mais velhos do que eu, uma vez que meu esquadrão era formado pelos zumbis mais jovens. David Braca estava sentado com eles, assim como dois cavalheiros não vivos um pouco estranhos, claramente amigos dele.

Nora apressou-se na direção do grupo como se fosse uma criancinha e eles tivessem acabado de acenar para ela com o maior pirulito do mundo. Ri quando Amed Hadrami, um sujeito simples e trabalhador, cumprimentou-a. Ele tinha quase trinta anos, sua pele estava manchada e sua figura, rotunda.

— Senhorita Dearly!

Nora o abraçou. — Que bom vê-lo!

Aproximei-me para cumprimentar o grupo. Todos se ergueram para apertar minha mão, e senti um nó na garganta. Abriram espaço para nossas duas cadeiras e, como sempre, Nora foi tratada como rainha. Todos os homens queriam saber o que acontecera conosco e o que havíamos visto na nossa parte da cidade. Uma senhora zumbi com cabelo roxo veio ver se desejávamos algo e Amed pediu “algo realmente bonito” para Nora. Achei que quem devia ter oferecido uma bebida a ela devia ter sido eu, mas Amed pareceu tão feliz de fazê-lo que não quis estragar o prazer dele.

A zumbi, desconfiada, encarou Nora. — *Chip?* — pediu ela, extraindo do bolso um *scanner* do tamanho de uma carteira. — Você não tem dezesseis anos de jeito nenhum.

Nora olhou para mim em pânico. Seu *chip* fora removido quando a levamos para a base Z Beta, e ela ainda não havia solicitado a substituição.

Antes que ela protestasse, eu disse: — Confie em mim, ela tem dezesseis anos sim. O restante do pessoal aqui pode confirmar.

Amed assentiu veementemente. — Você acha que estou aqui para corromper a juventude, Emmie? Posso ser idiota, mas não sou tão idiota assim.

A garçonete aceitou a palavra dele e desapareceu.

Enquanto esperávamos pelos drinques, eu disse: — Este é o senhor Braca. — David acenou com a cabeça e apresentou seus homens. — Esta é a Compahia Z — continuei, apresentando a minha metade da mesa. — Foi difícil achar o lugar, rapazes?

Um dos homens mais velhos, um granadeiro lamuriento chamado Aberforth Sengen, balançou a cabeça. — Não, quase todo mundo conhece esta biboca. A maior parte dos que vêm aqui está morta, exceto aquele casal no bar. Dizem que eles não abandonaram o *pub* nem durante o Cerco. Acho que eles já estão colados nos bancos do bar. Como um apêndice sensível deles.

— Acho, porém, que somos os únicos da Companhia Z aqui — completou Amed. — Foram todos embora. Por ora ou para sempre.

Assenti, tentando manter o estoicismo. — Eu sei. É uma pena.

— Mas está tudo bem. Tentamos fazer o melhor possível. Fazemos muitos planos aqui. Eu vou abrir uma alfaiataria, sabia? — contou-me Amed, sorrindo. — Porque os zumbis, às vezes, precisam tirar uma manga da roupa e outras coisas assim. E tem uma substância que protege tapetes de manchas, sabia? Eu poderia colocar isso nas roupas. Falei com um cara que disse que não era seguro usar a tal substância em contato com o corpo, mas acho que os mortos não têm câncer.

— Essa ideia é incrível — disse Nora. — Acho que você deveria investir nisso mesmo.

Detestava ter que interromper a conversa para falar do assunto o qual viemos tratar, mas era preciso. — Ok, todos, prestem atenção. Precisamos da ajuda de vocês. — E descrevi algumas das coisas que aconteceram. Quando os homens ouviram os nomes de Nora e da senhorita Roe, apertaram os olhos.

— Uia. — disse Aberforth. — Tenho ouvido boatos sobre os garotos mascarados.

— Garotos?

Aberforth bufou com desdém. — É, garotos. Tem de ser. E já estou em uma fase da vida que não tenho paciência com garotos.

— As vítimas de que ouviram falar eram vivas ou não vivas?

— Dos dois tipos.

Emmie voltou com um drinque cor-de-rosa em uma *flute* para Nora.

— Por conta da casa. Não recebo muitos vivos aqui hoje em dia.

Aberforth continuou falando como se ela não estivesse ali. — Mas não cheguei a ver ninguém usando máscaras que lembram pássaros.

A zumbi de cabelo roxo virou-se de repente e encarou-o: — Você está falando daqueles desgraçados que andam picando gente por aí? — Emmie sentou-se conosco. — Ouvi dizer que retalharam uma moça viva outro dia. A senhora que lava roupas no meu prédio me contou. Mas, pelo que ela falou, eles têm atacado zumbis também, na calada da noite.

— Vêm ocorrendo muitos ataques contra zumbis, porém. Esse viés contra vivos é que é diferente — disse Edgar Kaname, um homem de olhos amendoados, cujo rosto de pele violeta estava marcado por cicatrizes. — E você mencionou a gangue de Grave House. Eu sou de Nova Londres, nascido e criado nas favelas. Eles são uma gangue relativamente nova.

— Isso mesmo — corroborou Emmie. — Mas não são coisa boa, não.

— A líder deles parecia uma Utopista. Rebatizou o grupo como Os Transformados e ficou doce e leve. Pelo que ouvi dizer, passou a comandar o grupo como se fosse uma sociedade beneficente.

Edgar explodiu em uma risada. — Sociedade beneficente? Estamos falando de Mártira Cicatriz, a bruxa ruiva? Era má que só ela.

— Parece que saíram da cidade recentemente — informei o grupo. — Nós queremos descobrir tudo.

— Espera aí — disse Aberforth. — Não seriam eles o grande grupo de zumbis na fronteira de Honduras, seriam? Meu irmão vivo ainda serve no Exército. Contou que sua unidade foi chamada de Forte Knife, em San Pedro, para dar uma fuçada em um grupo de zumbis hoje.

— Exército? Eu informei a polícia, que deve ter passado a informação adiante para o Exército.

— Uma coisa ou outra. Meu irmão contou que não encontraram nada, mas prenderam dois para interrogatório. Deviam ter prendido todo mundo, mas o Exército não está aí para se preocupar com criminosos de rua. E com todos os problemas que têm ocorrido, os militares estão reticentes a respeito de mirar em qualquer um que não seja um zumbi mais violento. Sabem como podem reagir.

Congelei. Devia me sentir melhor ao ouvir aquele comentário, mas isso não aconteceu. A ideia de que o Exército tivesse se metido com Os Transformados não só me assustou como também me revoltou. Senti como se tivesse mandado meus semelhantes para o pelotão de fuzilamento. Havia ainda o risco de que outro confronto reabrisse uma ferida que ainda precisava de tempo para cicatrizar por completo.

— Não era minha intenção que o Exército os abordasse.

Aberforth assentiu: — Não duvido disso. Ah, e meu irmão disse também que... como era o nome dela? Mártira? Morreu. Foi assassinada por vivos.

A reação de todos à mesa foi o silêncio, que David quebrou: — Não tenho certeza de que estamos no caminho correto.

— A polícia fez alguma coisa na Morgue?

— Não. Nada digno de nota. Mas ninguém tem nada ruim a dizer sobre Os Transformados.

Edgar assumiu a palavra: — É, mas não seria a primeira vez que a turma de Grave House vira a cara e age como um bando de monstros malditos. Às vezes, no lugar onde cresci, havia confrontos de gangues nas ruas. Sei que estiveram envolvidos em, pelo menos, um ou dois episódios.

— E, sem Mártira — expliquei —, Hagens ganhou espaço para assumir, como Laura disse. — Focando meu raciocínio, arrisquei: — O que acham de reunir o maior número possível de veteranos da Companhia Z, droga, o maior número possível de zumbis, e ir atrás deles? — E, tentando contemplar as preocupações de David, completei: — Ou, pelo menos, começar a patrulhar as ruas da cidade?

— Você não está querendo entrar em guerra, está? De gangue contra gangue? — David perguntou.

— Não. Não temos gente suficiente. Mas talvez essa gente tenha que perceber que os não vivos não deixarão que fiquem impunes. Que vamos cuidar e proteger nossa gente precisamente porque a situação é muito instável. — Dizendo isso, olhei para Nora. — Com aliados entre os vivos, também. Muita gente já ameaçou fazer o que fosse preciso para defender seus mortos. Por que seria diferente agora?

— Estou totalmente de acordo — disse Aberforth. — Mas... — ele olhou diretamente para mim e vi raiva em sua expressão, sem saber se era dirigida a mim ou não — ... como você mesmo disse, somos poucos agora.

— Eu sei — respondi. — E lamento.

— Não é culpa sua — disse Amed. — Todos aqui teriam dado a vida pelo doutor Dearly, por tudo que ele fez por nós. Os vivos estavam apavorados e, por isso, quiseram nos eliminar. Só que... Não gosto nem de lembrar.

— Com toda razão — disse Nora. — Acho que ninguém quer mais confrontos. Mas, se tem gente disposta a fazer barbaridades como as que estão acontecendo, temos que tomar a iniciativa de colocar um fim nelas.

— É arriscado para todos — disse eu. Queria ser franco com eles; e comigo mesmo. Tinha mais a perder do que sequer me arriscava a pensar. No entanto, isso não significava que ficaria assistindo aos acontecimentos sem fazer nada.

Amed balançou a cabeça lentamente. — É... — Olhou para Nora por um instante e completou — Estou com vocês.

David e seus amigos conversaram, e quando ele ergueu a cabeça, disse: — Nós também. Acho que, no mínimo, a ideia da patrulha é boa.

— Estamos todos dentro — Kaname declarou, e vários assentiram com um sinal de cabeça ao fim da frase. — E veremos o que mais descobrimos. Começamos amanhã à noite? O ponto de encontro pode ser aqui mesmo?

Concordei e agradeci a todos. Era pouco diante do que estava pedindo, mas foi o que consegui oferecer-lhes. Aquilo significava muito para mim. Sentia que havia decepcionado muitos deles. Eu é que deveria estar pedindo desculpas, em vez de pedir favores. Com o plano em pé, começamos a nos despedir.

Amed levantou-se, abraçou Nora novamente e, por cima do chapéu dela, disse: — Nunca pensei que o veria novamente, capitão. Vou fazer um terno para você.

— Muito grato — respondi, emocionado. — Eu vou pagar um milhão por ele.

Amed sorriu.

Quando voltávamos para o carro, Nora perguntou: — Agora, qual o próximo passo?

— Vamos voltar para casa e buscar os outros. Vamos para as ruas em bando. Vamos ver se os mascarados sumiram ou não. E se não sumiram, vamos dar um show — respondi, abrindo a porta para ela.

Quando chegamos, Renfield estava nos esperando.

Aproximou-se de nós segurando alguma coisa ao lado do corpo, que deixou cair no chão. Reconheci a bolsa de viagem de Nora.

— Peço desculpas, senhorita Dearly. Tive que mexer em suas gavetas para fazer sua mala. Tentei pegar nas calçolas usando apenas dois dedos.

— O que é isso? — perguntou ela. — Será que minha roupa de baixo é tão horrenda assim? E, por falar nisso, ficou complemente louco?

— O que está acontecendo? Vespertina entrou em contato com você de novo?

Ren tirou um pedaço de papel do bolso.

zboy69: Por onde é que você anda? Estou morto de preocupação.

Tudovel2: Nada demais. Cortaram minha Aethernet quando eu mais precisava dela. Minha mãe parece uma criança.

zboy69: Alguma notícia?

Tudovel2: Alguma coisa vai acontecer neste fim de semana. D. tem que ir para algum lugar onde tenha muita gente. Pode não ser com ela, mas acho que é o melhor a fazer.

Tudovel2: Vou encerrar esta conta agora. Adeus.

— Pode ser uma piada — lembrou Nora, mas vi que estava preocupada. — Do jeito que ela é, deve estar blefando.

— Temos que falar com ela — insisti, arrancando o papel da mão de Ren. — Isto é uma ameaça real. Hora de...

— Mas não podemos expô-la! — Ren pareceu se comover por um momento. — Se alguma coisa estiver mesmo para acontecer, tão sério como parece ser, ela está arriscando tudo para nos avisar. É por isso que minha tendência é acreditar nela.

Irritado, devolvi o papel.

— Para o Erika. Você tem que ir para lá.

— Não vou me esconder em um barco de jeito nenhum — retrucou Nora. — Estou segura aqui em casa. Além disso, temos planos. Você vinha falando de sair para patrulhar na cidade!

— Peço-lhe apenas que espere um pouco, até conseguirmos mais informações. — Virei-me e peguei suas mãos. — Por favor, faça isso por mim. Só para me agradar, pode ser? As coisas estão estranhas. Só quero que você esteja segura.

Nora fez uma careta, mas desistiu. — Por você, concordo em ir para o barco para discutir o assunto.

Renfield dirigiu-se a ela ao mesmo tempo em que rasgava a *print*.

— Peço-lhe desculpas, senhorita Dearly. Tenho a impressão de que acha que estou do lado da senhorita Mink, mas na verdade estou preocupado com você.

Nora respondeu, erguendo a valise: — Eu sei. Sei que não mentiria sobre uma coisa como essa. Eu é que lhe peço desculpas. É que... Se você conhecesse a senhorita Mink, entenderia minha desconfiança. Ela é uma encrenqueira agressiva. É isso o que ela é!

— Neste momento, as razões dela não me interessam. — Coloquei o chapéu de novo e peguei Nora pelo braço. — Ren, cuide dos Roe. Vamos.

26 • Laura

Houve uma festa naquela noite.

Fogueiras foram preparadas logo que paramos. Alguns Transformados dançaram e cantaram sem preocupações, zombando do episódio ocorrido com o Exército. Outros poucos, revoltados com a prisão dos amigos para interrogatório, ameaçavam formar um grupo para resgatá-los. E havia os que queriam ir até a base de onde viera aquele batalhão e destruir tudo. Os não vivos davam risada e xingavam em voz alta, bebendo o que encontravam pela frente, embora o álcool não os afetasse mais.

Coalhouse, mudo, ficou sentado. Olhava fixamente para o fogo. Passado algum tempo, sentei-me perto dele, sobre um tronco caído. Não sabia direito o que estava acontecendo com ele. Não sabia nem se devia me importar. As coisas pioravam a cada dia, e minha dor estava se transformando em apatia. Mártira teria me repreendido por esse comportamento.

A lua cheia havia se movido no céu quando Coalhouse finalmente falou.

— Ele não ligou para o fato de que eu havia sido soldado — disse ele, olhando para a xícara meio cheia de rum morno. — Estou falando do sujeito que nos interrogou na estrada.

— E deveria?

— Sim! — Ele me deu a bebida e se levantou. — O que quero dizer é que eu não fui sempre um recruta zumbi. Fui do Exército punk. Imaginei que, pelo menos, me ouviriam, que falariam comigo como se eu fosse um semelhante. Mesmo estando em lados opostos!

Coloquei a xícara no chão e aproximei-me dele.

— Ele não sabia.

— Mas eu disse a ele! — exclamou Coalhouse, batendo com um punho na outra palma. — Eu contei ao desgraçado!

Olhando ao redor, para a festança dos mortos dançando em torno do mesmo fogo que poderia cremá-los e para as árvores que poderiam alimentar as labaredas, eu disse, em voz baixa: — É com isso mesmo que você está preocupado agora?

— Você não entende. — O rapaz levou as mãos ao resto de cabelo que tinha e depois deixou cair violentamente os braços ao longo do corpo. — Ninguém liga quando faço algo certo. Só notam quando faço algo que eles acham errado. Meus pais eram assim também; foi por isso que menti quando me alistei. Mesmo quando brigo com Tom, por ele ter me matado e feito zumbi, todo mundo só revira os olhos de impaciência, dizendo coisas do tipo: "Supere isso, sua besta". Ajudei a senhorita Roe e ela nem liga. Eles não me respeitam, não se importam comigo. Ninguém se importa comigo.

Eu poderia ter me solidarizado com ele, porém, permaneci fria. — Você tem que falar com Hagens esta noite — insisti. — Pelo bem de todos nós.

— Ah, então estou cumprindo um cronograma? — Ele virou-se e avançou em minha direção. — Você também quer me usar, é isso? Como os outros? Como o Exército?

— Você é quem veio até aqui para ajudar!

Coalhouse ergueu a mão de novo e, tão rapidamente quanto o fizera, deixou-a cair novamente, antes de murmurar:

— Não sei por que vim — e, dizendo isso, voltou para o seu lugar em frente à fogueira.

Como não tinha outra opção, segui-o como um cão cansado, mas leal.

E aí apareceu a pessoa que eu não tinha a menor vontade de encontrar.

Hagens esperava por nós, ou melhor, por Coalhouse. Encolhi-me ao ouvir sua voz, na esperança de não chamar sua atenção.

— Última chance para falar a verdade. Diga a verdade e permitirei que corra antes de atirar.

— Verdade sobre o quê? — grunhiu Coalhouse.

— Sobre o Exército. Foi você quem o avisou? Aquilo foi parte de um plano?

— Não. E eles não fizeram nada, fizeram? — Coalhouse aproximou-se dela e sentou-se de novo no tronco, como se aquele diálogo não fosse com ele, embora eu pudesse sentir a tensão em sua voz. — Fora nos fazer de bobos, é claro.

Hagens ficou de frente para ele e ergueu-o do chão pela manga.

— Como *não fizeram nada*? Levaram gente nossa. Vão interrogá-los e acusá-los!

— E daí? Você não confia que sua gente fique de boca fechada? Ninguém te delatou, afinal.

— Eu não confio nos humanos, que certamente vão tentar de tudo para fazê-los falar. — Hagens olhou para as brasas na borda das pedras em torno do fogo e sua expressão, iluminada pelas chamas, era demoníaca. — Temos que agir. Antes de por tudo a perder.

— O que você quer dizer? — O tom de Coalhouse era mais firme agora. Eu continuava de pé, imóvel.

Hagens soltou Coalhouse e sentou-se. Tirou um cigarro do bolso do colete e, aproximando-se das brasas, acendeu-o. Surpreendi-me ao perceber que suas mãos tremiam.

— Temos que resgatar Smoke. E tem que ser logo. Queria ter mais tempo, mas não tenho. A morte de Mártira poderá ser investigada. Alguém pode deixar escapar algo.

— Por que você quer Smoke?

Hagens deu uma tragada. — Aquela papelada sobre o Smoke. Os neovitorianos não gostam de materiais impressos. Onde foi que você conseguiu aquilo?

— Eles ainda imprimem documentos. Tive que ficar zanzando pelo navio horas a fio. Uma hora, Salvez afastou-se de seu posto de trabalho e deixou o computador ligado. Só deu para pegar umas poucas coisas. — Coalhouse fez um som como se coçasse a garganta. — Como sempre, ninguém percebeu minha presença. Você, por acaso, tem ideia de onde ele está? Para onde o levaram?

A pergunta silenciou Hagens, que balançou a cabeça em um movimento brusco de negativa.

— Não — respondeu ela.

— Pois saiba que ele está no Erika. — Hagens aproximou-se e encarou-o ao ouvir a informação. — Sabe quantos guardas o vigiam? Quando é trocado o turno? Quantos médicos e técnicos há por perto de onde ele se encontra? Eu sei. E topo te contar tudo o que quiser saber, desde que você faça o mesmo.

Hagens continuou olhando fixamente para Coalhouse, e passou-me pela cabeça que eu deveria estar olhando para ele com a mesma expressão, não só surpresa, mas também com um medo terrível, do tipo que dá vontade de passar mal. Ele revelara a ela a localização do prisioneiro. Com certeza, era uma informação muito valiosa, mesmo que ele tivesse em mente obter outra em troca. A minha parte acostumada a lidar com a polícia usando evasivas desaprovou a estratégia de imediato. Mas, pelo menos, ele estava fazendo alguma coisa. Talvez tivesse chegado a hora de agir.

— Nós dois estivemos no Exército, Hagens — disse Coalhouse, batendo no peito. — Tem mais alguém aqui que esteve junto com você no campo de batalha? Tem alguém aqui que pode te ajudar do jeito que eu posso?

— Não — respondeu ela de olhos fechados, soltando uma nuvem de fumaça. — Está bem. Vou te contar tudo.

— Ótimo. Comece dizendo por que quer tanto trazer Smoke de volta.

Hagens olhou para o cigarro e, depois, jogou-o na fogueira. Respondeu em um tom suave, quase submisso, um tom que me pareceu apavorado de verdade. Nunca imaginei que a veria assim. — Para protegê-lo. E a Companhia Z. E a todos os zumbis.

O único olho de Coalhouse piscou. — Como é que é?

— Eu nunca quis fazer parte de outro grupo, muito menos deste aqui — disse ela, olhando para o rapaz. — Até mais ou menos um mês atrás, eu andava por minha conta. Nem sequer tinha um quarto. Passava doze horas por dia em um *pub* perto da Morgue que se chama Ao Fígado Que Falha. Avaliando aquele tempo tenho vontade de me socar por ter sido tão preguiçosa, mas... Não queria erguer um dedo sequer para ajudar os vivos, por causa do que fizeram conosco. Ficava lá sentada, com minha raiva como companhia.

— E o que aconteceu?

— Certa noite, fui abordada por um grupo muito estranho de caras elegantes, vivos. — Aproximei-me deles para ouvir melhor. — Disseram que havia um zumbi e que queriam pegá-lo. E que me pagariam um bom dinheiro para levá-lo até o lugar que eles indicassem. Tive a impressão, sei lá, de que tinham uma dívida a acertar, ou algo assim. E que não queriam encarar o sujeito. Veja bem, isso foi antes de ele morder aquelas pessoas. Ninguém sabia que estava contaminado por um tipo diferente do vírus. Ninguém sabia quem era o cara.

— Deixa ver se entendi. Alguém ofereceu dinheiro para você pegar o cara?

Exatamente isso. Seja como foi, disse a eles que a única gentileza que um humano poderia esperar de mim era que eu o ignorasse completamente. E, com isso, a tática deles mudou, e a oferta passou de dinheiro a sangue. — Ela deu uma risada de desprezo. — Pegaram um desses aparelhos digitais e começaram a me mostrar fotos dos meus companheiros e companheiras da Companhia Z, todos sobreviventes dos confrontos de dezembro. Não podiam ter sido selecionadas aleatoriamente de uma publicação aberta sobre o grupo. Disseram que começariam a matar um por um, a menos que eu fizesse o que queriam. Foi quando eu me dei conta de que os caras só podiam ser do Exército. Somente alguém que tivesse atuado com a Companhia Z saberia todos os detalhes que eles sabiam: a história de Griswold com seu maldito ursinho de pelúcia, o fato de que Amed era meio tantã, o armário cheio de roupas da Sweet. O tipo de coisa que a gente conversava em volta da fogueira e no refeitório.

— E por que não contou a ninguém?

Hagens deu de ombros. — Àquela altura achei melhor fazer o que tinham me pedido. Porque Smoke não significava nada para mim, mas aquelas pessoas nas fotos, sim. Griswold estava lá. Temi até por ele e me dispus a sacrificar um estranho se fosse preciso. Além disso, a palavra de uma zumbi que havia sido condenada pelo próprio Exército não valia nada. Quem acreditaria em mim?

Coalhouse franziu a sobrancelha. — Continue.

— Tinham muitas informações sobre Smoke também. Um dossiê completo. Ele havia se juntado a um grupo de zumbis, chamado Os Transformados. Aqueles almofadinhas não conseguiriam fazer o serviço sozinhos e não queriam arriscar armar um tiroteio no meio de Nova Londres. Então, lá fui eu. Não foi difícil, pois o grupo aceitava qualquer um. Passaram-se cerca de duas semanas até que tive uma oportunidade: a execução de Wolfe. Mártira queria protestar porque certamente haveria repercussão. Eu me apresentei como voluntária e sugeri que levássemos Smoke, o qual deveria carregar um cartaz. Avisei os almofadinhas como identificá-lo. — Ela deu uma risada rouca, quase insana. — Tem ideia do que foi fazer uma passeata contra a execução do sujeito que provocou tudo isso?

— A entrega do Smoke não deu certo?

— Exatamente. Consegui localizá-los e fazer com que o Smoke ficasse relativamente isolado. Mas, quando ele viu os caras, simplesmente surtou. Nunca o vira se mover tão rápido. — E ela gesticulou furiosamente. — Para tentar fugir, ele começou a morder as pessoas em volta. O tumulto começou e a polícia o prendeu. Achei que a coisa terminaria ali, com o Exército assumindo a guarda do prisioneiro. Foquei-me então em tentar tirar Os Transformados de Nova Londres. Temia que os militares fossem destruir as pistas do que haviam feito. Ou seja, destruir a gente. Mártira finalmente concordou comigo, depois daquele episódio nas docas. Porém... A coisa não tinha terminado, não.

— Como assim? — quis saber Coalhouse.

— Cláudia contou-me sobre a nova cepa do vírus, e entendi o que realmente o Exército tinha sob sua custódia. Uma nova forma da Laz, pronta para eclodir. Comecei a pensar em como resgatar Smoke, mas então... Os almofadinhas apareceram no acampamento. Sabiam onde eu vivia. Disseram que haveria outra oportunidade de resgatar Smoke, pois eles haviam sido informados de que ele seria transferido da prisão comum para instalações do Exército, e que meu trabalho para eles ainda não tinha acabado. Foi então que entendi — ela suspirou, abalada. — Eles não são do Exército. Tem outra gente, de fora, querendo botar as mãos em Smoke. Gente que pode me seguir a milhas de distância de Nova Londres. Gente que quer permanecer no escuro.

Coalhouse ficou em silêncio, chocado.

Na falta de outra coisa que me confortasse, passei os dedos entre minhas folhas, apertando-as contra o corpo.

— Então, soube o que tinha de fazer — Hagens prosseguiu, encarando Coalhouse de novo. — Precisava libertar Smoke imediatamente, custasse o que custasse. Dei a Mártira uma última chance. A metidinha da Dearly estava no acampamento. Argumentei que, se a sequestrássemos, poderíamos usá-la como moeda de troca por Smoke. Como Mártira não concordou, foi preciso eliminá-la, porque eu precisava do povo dela. Quer que eu seja honesta? Toda aquela gente provavelmente vai morrer tentando trazer Smoke de volta. Os vivos que o guardam vão morrer também, assim como integrantes da Companhia Z. Mas eles não me importam mais. O que me importa é proteger Smoke, e que ele nos proteja. Ele é a arma mais poderosa de todas. Não posso permitir que permaneça em poder dos humanos. Não deixarei que os vivos usem os zumbis como salvo-conduto outra vez — Hagens ficou de pé.

Encarei-a quase sem conseguir raciocionar. Mártira e Cláudia, as duas haviam sido assassinadas por causa do que ela acabara de contar.

— Os ataques contra os humanos que aconteceram na cidade foram coisa sua? Os caras usando máscaras de pássaro?

Pega de surpresa, reparei como a cabeça de Hagens pendeu para trás.

— Do que você está falando?

Coalhouse limpou a garganta. — Nada. Tem uma peça que não se encaixa. — O rapaz ficou em silêncio por alguns instantes. — Qual é o seu plano, então? Você ainda quer sequestrar Nora?

— Não. Não temos tempo. Se Smoke está no barco, como você diz que está — ela virou-se para Coalhouse e prosseguiu —, temos que ir buscá-lo. Todos nós. Podemos, então, usá-lo como escudo para viajar para o norte, o mais longe possível. E criar lá um lugar seguro para os não vivos.

Coalhouse pensou um pouco.

— Se eu te ajudar, você tem que me deixar decidir o que contar para quem e quando. Nossos companheiros têm que saber o que está acontecendo. Se alguém do Exército está vazando informação, alguém que era da Companhia Z, esse alguém precisa ser encontrado.

Hagens capitulou, movendo a cabeça em sinal de consentimento.

— Se você fizer isso por mim, será o segundo no comando. — Por um instante, o tom dela suavizou-se novamente. — Você não faz ideia de quanto tempo eu tive que me calar sobre tudo isso.

— Tenho que voltar à cidade e resolver algumas coisas.

— Está bem. A essa altura, mesmo que você conte meus planos a alguém, nada vai mudar o que pretendo fazer. Amanhã, partimos em direção a Nova Londres.

Depois de um minuto que pareceu uma eternidade, Coalhouse concordou com um aceno de cabeça e expressão séria. Hagens respondeu com o mesmo movimento e desapareceu noite adentro, sem dizer mais nada. Um acordo sem palavras fora selado apenas com gestos.

Ao vê-la se afastar, fechei os punhos, e o perfume de folhas verdes esmagadas entrou por minhas narinas. Ele conseguira descobrir os planos dela. De um jeito torto, mas conseguira.

— Você precisa vir comigo — disse Coalhouse, antes que eu pudesse sequer pensar em falar. — Juro que alguém virá resgatar os outros, mas você tem que vir comigo agora mesmo.

Assenti em câmera lenta, ainda sem conseguir mover os lábios. As palavras não importavam mais. Naquele momento, a única coisa que eu desejava era que ele abatesse Hagens, com uma força tão poderosa quanto a de um tsunami, que a esmagasse como uma parede de água que desaba. Ela assassinara minhas irmãs. Ela mentia para matar. Pela primeira vez na vida, desejei ver alguém morrer.

— A quem vamos contar primeiro? — perguntei a Coalhouse, esperando que se levantasse.

— A ninguém.

Pensei, inicialmente, que não tinha ouvido bem. — Temos que contar a alguém. Você conseguiu extrair dela toda a informação.

— Não. Não vamos contar a ninguém. Ainda. — A expressão de Coalhouse era séria e concentrada. Ele ergueu-se, limpou as mãos nas calças e ajeitou a camisa, como se estivesse prestes a buscar uma namorada em casa.

Observei que seus movimentos eram estranhos, como se ele não soubesse o que fazer e estivesse ganhando tempo para pensar.

Não. Basta.

— Sente-se — disse eu, com voz firme.

— Não temos tempo — respondeu Coalhouse, falando baixo.

Dei-lhe um violento empurrão no meio do peito, derrubando-o sobre o tronco. Surpreso, caiu tão pesadamente que não se reergueu de pronto, dando-me tempo para chegar perto de seu rosto marcado.

— Agora você vai me ouvir — disse a ele, com uma voz que não parecia a minha. — Vai escutar o que vou dizer ou então, que Deus me ajude, vou gritar muito.

Coalhouse me encarou. — O que você tem?

— Não entendo você — disse-lhe, colocando uma mão sobre seu peito. — Uma hora você parece um agente duplo, e no momento seguinte, um completo idiota, como se estivesse do lado deles. Nem sei mais sobre o que você está mentindo!

— Laur...

— Você, por acaso, tem um plano? O que está fazendo aqui?

Coalhouse mexeu-se um pouco. — Laura, é você quem está parecendo uma boba.

— Não me diga que não sabe o que veio fazer aqui! — Meu grito saiu abafado, mas para mim continha a raiva de dez mil almas. Uma delas era a de Mártira.

Coalhouse olhou bem dentro dos meus olhos. — Agora sei o que precisava saber. Vou voltar para Nova Londres e pensar no que fazer. E você tem que vir junto para se salvar!

Ri. Ri com vontade.

— Até parece que posso acreditar em você.

— O que você quer dizer com isso? — Coalhouse acenou com um braço na direção em que Hagens havia ido. — Você acha que estou do lado dela?

— Então me diz com quem vai falar e o que vai fazer em Nova Londres.

— Não sei ainda, mas vou cuidar disso sozinho!

Pela primeira vez, consegui sentir minhas plantas. Ocupavam espaços negativos, lugares onde meu corpo não respondia à ira que tentava esgueirar-se, queimando, pelo meu sistema nervoso.

— Cuidar sozinho? — perguntei com voz rouca, erguendo-me do chão. — Hagens assassinou minhas irmãs! Mentiu para todos! — E, olhando para o acampamento, completei: — E vai acabar matando todo mundo!

— Cuidarei disso também! Confie em mim!

— Como posso confiar em você? Você acaba de contar a ela onde Smoke está. Há gente inocente naqueles navios! — E desafiei-o: — E você ainda está pensando em dar umas voltinhas escondido?

Coalhouse agarrou-me pelos ombros. — Cale-se! — disse ele, com uma expressão quase impotente. — Estou do seu lado. Eu só quero que todos fiquem bem. Mas também vou marcar terreno.

Olhei para o único olho de Coalhouse, tentando encontrar ali compaixão, ou pelo menos um fiapo de humanidade.

— Você está querendo nos usar para sua própria glória? Pretende usar minhas irmãs mortas para... Marcar terreno?

Coalhouse encarou-me por dois segundos e depois agarrou-me e beijou-me com lábios frios, inexperientes, desajeitados e ansiosos.

Fiquei com tamanho nojo que tive a impressão de sentir as raízes sob minha pele contraírem-se. Empurrei-o e cuspi, embora não tivesse nada que cuspir. Até ali, Coalhouse me parecera quase esperançoso; agora, seu olhar me fuzilava.

— Você não vale nada — gritei, tocando minha boca com a mão trêmula. — Aposto que Hagens mentiu para você também. Fui uma idiota em confiar em você!

— Você não é a primeira! — rugiu ele. E, dizendo isso, foi-se embora na direção de sua carruagem.

Deixei-o partir. Na verdade, jamais pudera contar com ele.

27 • nora

Quando disse a Salvez que fora obrigada a instalar-me no Erika, ele me olhou, cansado, antes de levantar-se da estação onde trabalhava.

— Vou buscar outra maca lá em cima.

Quando Salvez saiu, disse a Bram:

— Olha em que situação você está me colocando. Dormir em uma maca... Vou ter que pôr uma etiqueta no dedão do pé?

— É justamente porque está aqui que não vai ganhar etiqueta nenhuma — respondeu ele. Dirigira em silêncio por todo o caminho até as docas e havia preocupação em seu olhar prateado.

— Não quero ser inconsequente — retruquei, falando baixo. — Mas isso está tirando nossa atenção do todo. Não sei o que deu na Mink, mas...

— Perguntaremos a ela. Ou ao Allister. — Bram finalmente olhou para mim. — Ren é inteligente, Nora. E acho que está certo em se preocupar com o alerta da Mink.

— Não estou dizendo que ele está errado. — Cravei as unhas nas palmas das mãos e desisti de argumentar com Bram. — A Mink é assim. Gosta de atormentar as pessoas. Quando meu pai me obrigou a ir para St. Cyprian, ela tentou me fazer de lacaia e não conseguiu. Pamela a ofende simplesmente por existir, apenas porque não tem uma família rica. Ela nos persegue há anos. É por isso que a atitude dela agora me parece tão fora de propósito.

— Também não deixo de te dar razão. Eu vi quando ela e Allister quiseram atacar Isambard. Obviamente, essa pessoa não é um anjo do bem.

Com essa frase, Bram conseguiu me descomprimir um pouco.

— Recuso-me a aceitar que ela seja a responsável por me tirar de circulação. Finalmente íamos fazer alguma coisa.

Bram assentiu, franzindo as sobrancelhas. — Dê-me o fim de semana, Nora. Avisarei os outros e virei para cá para ficar com você.

— Não — respondi, frustrada, embora qualquer outra resposta fosse egoísta demais para traduzir em palavras. — Se tenho que ficar confinada aqui, você deve seguir com o que planejamos.

Bram ficou em silêncio por um instante.

— Estava pensando em ir atrás de Coalhouse — confessou.

Cruzei os braços, esperando que prosseguisse.

— Não que eu ache que ele vá fazer algo que não deveria. Mas estou com medo que acabe morto. Obviamente, Os Transformados são do mal.

— Mas nem sabemos se ele está lá. — Não estava tentando influenciá-lo, mas apenas explicitando um fato. — Talvez, ele esteja apenas entocado em algum lugar, emburrado.

— Ele está ficando cada vez pior — respondeu Bram e, notando que eu ainda segurava minha pequena mala, pegou-a. — Cada vez mais impulsivo. Ele está morto há menos tempo que eu, seu cérebro está menos danificado. É isso que me apavora.

— Talvez ele esteja convicto de que está fazendo a coisa certa.

— Pensei nisso ontem — comentou Bram, mas o tom dele ainda era de dúvida.

Embora estivesse tensa e triste, meu primeiro instinto foi consolá-lo. Encostei o rosto em seu colete e fechei os olhos.

— Desculpe-me por ser tão difícil — disse a ele.

— Gosto que você seja difícil. — Ele abraçou-me pela cintura, ainda segurando minha mala. — Gosto até quando você é difícil com os outros, às vezes. Só não conte a ninguém que eu lhe disse isso.

— Como assim?

— Quando você discute ou fica furiosa com algum de nós, significa que não nos vê mortos de verdade, a curto prazo. Quando a gente teme que uma pessoa possa morrer logo, começa a tratá-la como se fosse um copo de cristal. — Ele afastou-se de mim. — Vou levar suas coisas até a sala do seu pai e contar a ele o que está acontecendo. Mas só a parte que recebemos umas mensagens meio estranhas. Não vou dizer quem mandou.

Comovida com o raciocínio dele sobre minha atitude, deixei que me soltasse. — Vou com você. Mas posso falar francamente? Ainda não temos a menor ideia do que possa estar acontecendo. E se aquele sujeito, Braca, estiver certo? Não me conformo que seja a Mink a me fazer exilar aqui.

— Então, finja que é por causa do Allister — respondeu Bram.

— Mas que golpe baixo! — Segui-o, erguendo o olhar na direção da parte posterior de sua cabeça. — Se você não fosse você... Teria que te socar por essa última frase. Que golpe totalmente baixo.

Decidida a contar a verdade, despejei as informações: Hagens, o acampamento de Os Transformados, os mascarados. Contei tudo na conversa que tive com meu pai. Contei tudo, menos sobre Mink e Allister. Ele não recebeu nada bem as notícias sobre minhas andanças, então fui obrigada a adotar a tática de "desobediência seguida de docilidade" nos dias seguintes. Ele exigiu que eu pernoitasse no navio, então a maca foi colocada em um compartimento grande para guardar suprimentos, ao lado do laboratório principal, felizmente, não em sua sala, com o Paciente Número Um como companhia. Pela primeira vez na vida, fiquei feliz em ser jogada para escanteio.

Apesar de meus protestos, Bram ficou comigo boa parte daquela noite. Acabei acompanhando-o do Erika para o Christine. Nós dois vestimos aventais brancos e ele costurou vários feridos e ministrou medicação em diversos zumbis, tendo Evola como tutor. Minha cabeça, porém, não estava lá, mesmo quando Bram sorria carinhosamente para mim ou Evola fazia uma piadinha qualquer. Os últimos acontecimentos me intrigavam muito.

Não me dei conta de quanto tempo se passou. Estava obrigada a me esconder naquele encouraçado por conta de uns idiotas vestidos de pássaro e uma ameaça via Aethernet, então mandei para as favas a hora de dormir. Mas, quando finalmente fiquei exausta o suficiente para precisar me deitar, Bram fez questão de me levar até o compartimento onde estava minha maca e me acomodar lá. Decidi permanecer completamente vestida. Para dizer a verdade, adorava quando Bram me cobria de atenções. Depender de alguém, ainda que só um pouquinho, era uma sensação boa. Além do mais, eu mesma havia me permitido essa liberdade. Depois que ele apagou a luz, acomodou-se com seu digidiário em um banco no corredor. A luz da tela iluminava seu rosto. Enquanto dobrava as mangas da camisa, pousou o aparelho sobre os joelhos, e vi as cicatrizes horríveis que havia em seus braços musculosos.

— Durma bem — disse ele. — Não deixe nenhum outro cara te morder.

— *Ha-ha*, muito engraçado — respondi baixinho, acariciando a cicatriz que ficara onde ele havia me mordido.

Jamais. Não deixaria ninguém me morder jamais.

Dormi profundamente, mesmo estando em um navio que abrigava um prisioneiro de alta periculosidade, ao lado da porta aberta do laboratório principal, por onde entravam e saíam, a noite inteira, meu pai e Salvez. Quando acordei na manhã de sexta-feira, Bram não estava mais no corredor. No bilhete que me deixara, avisava que passaria primeiro em casa e depois iria para a rua.

Sem nada para fazer, fui olhar meu telefone. Pam havia mandado uma tonelada de mensagens. Pelo que entendi, Renfield disse aos Roe alguma coisa sobre meu pai ter ficado paranoico e me querer por perto, no navio.

Ela não falou nada sobre a Mink. Respondi, e Pam prometeu vir me visitar assim que pudesse. Quando ela chegou, eu zapeava os canais de televisão, projetados no telão da sala do meu pai.

Esta cidade virou uma prisão. Os pobres estão presos aqui. Se a cidade for bombardeada ou pegar fogo, vamos passar para o lado dos mortos. É uma armação dos aristocratas! Queria ver os números para saber quantos deles foram mordidos.

Acredite em mim: no tumulto de duas semanas atrás, confiscaram telefones. Uns caras bem vestidos levaram o meu! E eu achei que o governo fosse revelar tudo.

Se você é um não vivo, não confie em quem ainda respira. É só isso que estou dizendo.

— Nora?

Olhei e vi Pamela com uma expressão sombria, vestindo sua capa de chuva cinza. Levantei-me, cedendo-lhe o assento.

— Como chegou até aqui?

— Vim com a doutora Chase, que precisava trabalhar — respondeu ela, mordendo os lábios. — O senhor Merriweather disse-nos que o doutor Dearly exigiu que você viesse passar a noite aqui. O que está acontecendo?

— É... Uma longa história — respondi. Senti-me obrigada a contar a verdade. E foi o que fiz, esforçando-me para controlar as emoções. Falei até sobre Mink e Allister.

Pam foi ficando tensa à medida que ouvia meu relato, mas, no geral, também se conteve.

— Então, você veio para cá por livre e espontânea vontade?

— Claro.

Pamela disparou seu típico olhar que dizia *mentirosa*; então, eu capitulei. — Na verdade, Bram me trouxe.

— Se é para sua segurança, pela primeira vez fico feliz que você tenha feito o que ele pediu.

— O que você quer dizer com isso?

— Sei lá — Pamela desfez o laço que prendia à cabeça seu melhor chapéu. — Você acha mesmo que alguém pretende fazer alguma coisa contra você?

Dei de ombros. — É o que parece. Você sabe se meu pai foi para casa?

— Não o vi por lá. E também acho que ele ainda não falou com meus pais. Hoje de manhã, meu pai não falou nada sobre o assunto.

Sentada sobre a escrivaninha, ponderei que teria tempo de sobra depois para pensar sobre o comentário dela a respeito de Bram, então respondi:

— Muito bem. Vou achar uma maneira de conseguirmos falar com Lopez.

— Não faça isso — respondeu Pam, embolando as fitas do chapéu. — Espere passar esse novo inferno.

— Mas, Pam, sua família... — retruquei, confusa, mas ela me interrompeu.

— Ah! O senhor Griswold, a senhorita Sweet e o senhor Todd chegaram da rua hoje de manhã bem cedo. Acho que passaram boa parte da noite nas ruas.

A notícia não me animou, mas pelo menos soube que os três saíram juntos.

Pamela e eu ficamos em silêncio, mais ou menos à vontade, prestando atenção ao que passava no telão. Quando entrou o intervalo comercial no canal NVIC, ela comentou:

— Não quero parecer grosseira, mas... Você não acha meio mórbido ficar aqui? Já que você não pode sair, que tal darmos uma volta pelo navio?

Atrás dela, vi o Paciente Número Um olhando para nós. Os guardas estavam virados para frente, com o olhar no vazio, que era mais ou menos tudo que podiam fazer no posto em que se encontravam. Não queriam ficar virados para aquele zumbi horroroso e não podiam ficar nos encarando sob pena de ser acusados de comportamento impróprio.

— Não, não acho mórbido. Os guardas são muito respeitosos.

— Eu me referia a ele.

— Ao Paciente Número Um? Claro que é mórbido, mas... Quer saber a verdade? Acho que ele gosta de ver outras pessoas, além dos guardas. Estou acordada desde às seis horas, entrando e saindo a manhã toda. E cada vez que saio, ele se levanta. Como um cachorrinho.

— Que graça. — Irônica, Pam olhou para ele de novo. — Ele nunca fala?

— Falou uma vez e nunca mais.

— E o que disse?

— O diabo tem tigres — respondi, encolhendo os ombros.

— Tigres? — Pamela franziu a testa. — Que estranho.

— É mesmo. Começo a achar que não significa nada. O cérebro do coitado deve estar meio podre. Nunca havia recebido cuidados médicos até agora.

— Onde será que ele viu tigres? — Pamela ergueu a cabeça. — Porque esses bichos estão extintos no que sobrou do mundo.

— Não acho que ele tenha visto um tigre de verdade — respondi, pacientemente. — Provavelmente, viu um quadro. Ou uma escultura, um holograma, uma alucinação. Algo assim.

— Deve ser, porque o único lugar onde se poderia encontrar um tigre vivo hoje em dia é na reserva natural da família Allister — ela comentou, torcendo a boca de desgosto ao pronunciar o sobrenome. E, voltando a olhar para o telão, completou: — As caçadas que acontecem lá sempre aparecem nas colunas de fofocas.

Pamela silenciou e eu gelei. Porque me dei conta, naquele instante, que a Mink nunca escrevera o nome Michael, mas sim Allister. Havia mais de um Allister no mundo. O comentário de Pamela havia sido casual, e esforcei-me para ficar quieta. Não queria aborrecê-la falando sobre aquela gente, pois sabia o quanto ficara traumatizada com os acontecimentos. Mas as engrenagens no meu cérebro estavam a toda, a ponto de não conseguir mais prestar atenção à conversa dela depois, o que a irritou um pouco. Paciência. Aquela conexão era improvável, impossível, uma insanidade. Qual poderia ser a relação dos Allister, pai ou filho, com o Paciente Número Um? Eu precisava fazer o Paciente Número Um falar de novo.

Pam foi embora pouco depois. Sugeri irmos atrás de Lopez, mas ela me fez prometer que eu não sairia do navio. Pela primeira vez na vida, obedeci-lhe de boa vontade. E fiquei esperando o dia todo por uma oportunidade, uma brecha entre a troca de guardas que simplesmente não aconteceu. Nunca se retiravam antes de as sentinelas do próximo turno chegarem. Eu não queria que me ouvissem. Na hora do jantar, logo depois que Bram me escreveu para avisar que ia sair em patrulha com o grupo do *pub* em busca dos mascarados e quando eu já estava desesperada de tanta frustração, um dos Allisters mandou uma mensagem via celular.

Senhorita Dearly. Se já tiver se recuperado, gostaria de convidá-la para jantar. Talvez possamos continuar nossa conversa como adultos. A sós.

Meu Deus.

Precisava respirar. Saí da sala do meu pai, passei pelo laboratório principal e cheguei no convés do Erika. A brisa balançava os cachos do meu cabelo e a maresia fazia cócegas no meu rosto. Debrucei-me sobre as águas escuras. Ao longe, as luzes de Nova Londres brilhavam intensamente. Olhando fixamente para a tela do meu telefone, soube o que tinha de fazer.

Onde e quando?

Michael respondeu quase instantaneamente.

No Kintzing, às 20 horas, amanhã. Meu motorista irá buscá-la.

Não. Encontramo-nos lá.

Está bem. Mas se vier acompanhada desta vez, o compromisso está cancelado.

Fechei o telefone e os olhos e virei-me de frente para a brisa úmida. Sabia que ia fazer uma bobagem, mas não tinha escolha. Ignorei os apelos de Bram para tomar cuidado. Ignorei as súplicas de minha melhor amiga para tomar cuidado. Ignorei as ordens de meu pai para tomar cuidado. Decidi ignorar o suposto alerta de Vespertina Mink via computador.

Precisava descobrir a verdade pessoalmente.

28

pamela

Nora não me perguntou como eu voltaria para casa e eu não lhe contei. Ela estava preocupada e, pela primeira vez, a distração dela me beneficiou.

Porque não queria que ela procurasse Lopez. Eu decidira fazer isso por minha conta, sozinha. Cruzei a cidade, tomando vários bondes e ônibus. A publicidade de bordo, adequada às informações emitidas por meu *chip* de identificação, me bombardeava. Fingi interesse por elas — as promessas do curso de ciências da computação por correspondência, do creme para fazer o cabelo ficar brilhante. Rezei para que ninguém me dirigisse a palavra, para que ninguém notasse que eu estava desacompanhada. Meus pensamentos estavam fragmentados, ansiosos, desorganizados. Nervosa, não conseguia fazer os pés se aquietarem sob a saia.

No entanto, quando cheguei ao meu destino, parei sobre uma poça de água em uma rua chique onde o vento encanava e fui tomada pela insegurança. O endereço que constava no cartão de Lopez ficava em uma região sofisticada da cidade, embora eu soubesse que ele era inquilino ali. Dos dois lados da via alinhavam-se mansões protegidas por altas cercas de ferro e ornados portões monitorados por câmeras de segurança. As carruagens que passavam eram luxuosas, com enfeites elaborados nas portas e em torno dos faróis.

Apesar do fato de nunca ter posto os pés naquela rua antes, conhecia o mundo que se apresentava ali. As coisas faziam sentido. Quando frequentei a escola, tive a permissão para observar aquele mundo sem participar dele de verdade. Sabia que não devia estar ali naquele momento. Apartando o olhar da estupenda carruagem cor-de-rosa de uma jovem que passou por mim, obriguei-me a prosseguir em direção ao meu objetivo. Não havia embarcado naquela louca expedição por mim, apenas.

Não tive dificuldade em chegar ao endereço de Lopez, um edifício neovitoriano, decorado com bonitos jardins, chamado *Steel*[18] *Center*, onde pedra clara e mármore de verdade combinavam lindamente. Nada ali era holográfico. Um pouco intimidada, percebi, ao me aproximar das portas de vidro, que havia acionado meu sorriso de boa menina. A expressão congelou no meu rosto quando o porteiro elegantemente vestido abriu-as para mim e, inclinando ligeiramente a cartola, cumprimentou-me:

—Boa tarde, senhorita.

Ao entrar no saguão, porém, perdi a pose. Do térreo, de pé direito altíssimo, podiam-se ver os dois primeiros andares. No segundo, havia escritórios envidraçados, onde trabalhavam homens de rosto avermelhado e secretárias de cinturas muito finas vestindo blusas com mangas bufantes e saias longas. No primeiro, lojas luxuosas que vendiam um pouco de tudo — de leques e luvas a charutos e eletrodomésticos. As colunas de ferro e pedra estavam decoradas com figuras que representavam personalidades da indústria, além de trepadeiras forjadas em metal e cordões de delicadas luzes elétricas. Admirei o conjunto por um instante, ponderando sobre a vontade de sair dali correndo.

— Posso ajudá-la?

Virei-me e dei de cara com um cavalheiro de cabelo engomado e brilhante. Vestia um traje preto e tinha nas mãos uma tela plana.

---

[18] *Steel* significa aço em inglês.

— Sim... — Estendi-lhe o cartão de Lopez, que já estava um pouco batido pelo tempo de bolso. — Vim visitar uma pessoa.

— Pois não — respondeu o *concierge*, ou qual fosse o nome de seu cargo. Ele pegou-o e perguntou: — A senhorita teria um cartão que eu pudesse encaminhar ao morador?

— Não, não tenho — respondi. Eu tinha cartões muito simples, mas não costumava levá-los na bolsa. E não havia pensado em pegá-los quando fomos buscar nossas coisas em casa, depois da explosão.

— Entendo. A quem devo anunciar, então? — perguntou com expressão neutra, sem deixar transparecer opinião alguma. Tive a impressão que, mesmo sentindo dor, o semblante dele seria aquele.

— Senhorita Pamela Roe. Ele é amigo de minha família.

O homem escreveu meu nome na tela com uma caneta prateada presa à corrente de seu relógio, pressionou alguns botões e esperou. Cerca de vinte segundos depois, ouvi um tom musical, e ele me devolveu o cartão de Lopez.

— Lorde Lopez virá buscá-la aqui se a senhorita fizer a gentileza de esperar — e, dizendo isso, afastou-se.

Enquanto esperava, passou por mim um grupo de moças rindo. Seus vestidos eram os mais bonitos que eu já vira. Os leques faziam barulho e os chapéus balançavam perigosamente sobre os cabelos penteados com esmero.

Passaram-se alguns minutos até que Lopez chegou, emergindo de um grande elevador localizado à minha direita. Mesmo vestindo preto de alto a baixo, era uma figura elegante, que se destacava dos demais. Os materiais de sua vestimenta e seus acessórios eram tão sofisticados quanto as peças em si. Em uma das mãos, trazia uma bengala dourada.

De repente, eu entendi tudo. Parada no meio daquele saguão, olhando-o como uma boba, eu entendi. Lopez não era um mero vizinho disposto a ajudar minha família. Ele estava tão distante de nós socialmente que a luz de sua estrela levaria um milhão de anos para chegar até o nosso planeta. Não era à toa que meus pais não queriam aceitar seu auxílio. Sabiam o que era Marblanco; tinham informações sobre aquela família. Lopez não era só um lorde; era quase um príncipe. E nós, quase mendigos. Mas agora não era mais possível recuar.

Ele aproximou-se de mim a passos largos e inclinou a cabeça, cumprimentando-me:

— Senhorita Roe? — Ficou claro imediatamente que sua postura tensa era por medo e não por polidez. — Aconteceu alguma coisa?

— Não! Sim. Quero dizer… — Soltei a respiração. — Preciso lhe falar. Sobre minha família. Mas não é uma emergência.

Ligeiramente aliviado, Lopez fez um sinal para um dos halls abobadados que saíam do saguão. — Entendo. Bem, há um café ali. Teria o maior prazer em convidá-la para subir ao meu apartamento, mas temo que não seria adequado.

Eu entendi perfeitamente. E corri o risco de atravessar a cidade sozinha porque não podia deixar Nora fazer isso por mim, mesmo que ela quisesse. Era minha vida, minha decisão. E, além disso, o que poderia ela fazer no meu lugar? Eu confiava na opinião de seu pai. Não pretendia interrogar Lopez. O que eu queria era que intercedesse por mim.

Acompanhei-o até o café decorado em tons cálidos, que ocupava dois andares e dispunha de um balcão decorado em bronze em cada um deles. Lopez conduziu-me a uma mesa resguardada por uma divisória alta de madeira. Então, sentou-se à minha frente e ofereceu-me uma bebida. Pedi um chocolate quente, que chegou com uma espuma branca onde se destacava uma silhueta feminina. A borda da xícara veio recoberta por uma camada de açúcar cristal, brilhante sob a luz do lustre que pendia acima da nossa mesa. Aquela porcelana era mais cara que qualquer um dos meus vestidos.

— Não deveria ter vindo até aqui desacompanhada — disse ele, sem censura na voz. Era uma simples declaração.

— Eu sei. Irei embora tão rápido quanto possível. Mas, por favor, o senhor ouviria o que tenho a dizer?

— Claro que sim. Ouvirei o que quiser me contar sempre que precisar.

— O problema é que não sei como fazê-lo. — Não havia pesado os prós e os contras da minha ideia desde que ela me ocorrera. Fora incapaz de focar nela, como se meu próprio cérebro, mesmo tendo-a gerado, se recusasse a aceitá-la.

Mas, como Nora havia me ensinado: era preciso quebrar as regras.

Lopez não me pressionou. Tomei dois goles do meu chocolate, que parecia líquido aveludado, e ele me aqueceu por dentro.

— Quero que me leve para Marblanco. Sozinha.

No instante em que pronunciei a frase, soube que aquilo seria impossível.

Lopez olhou-me estupefato, como se eu tivesse me declarado apaixonada por ele. — Como?

Pousando a xícara no pires, expliquei:

— Faz cinco dias que sofremos o atentado. Meus pais estão apavorados e não sabem o que fazer. Não aceitarão sua oferta. Ocorre que, na minha opinião, ela é nossa única chance. Quando penso no que nos aconteceu, vejo que tudo ocorreu aqui, em Nova Londres. Sinto-me como se vivesse em uma cidade amaldiçoada. Não estamos seguros sequer em nosso lar.

— Senhorita Roe...

— Se o senhor me levar para sua propriedade, meus pais virão atrás de mim. Terão que fazer isso. E terão que manter o episódio em sigilo se quiserem que eu me case algum dia. Então, talvez, quando estiverem lá, quando virem o lugar, eles consigam raciocinar. Sei que é arriscado, mas não consigo pensar em nenhuma outra maneira de tirá-los daqui.

Tinha conseguido expressar meu plano. Olhei para Lopez, que ainda parecia chocado.

— Senhorita Roe — começou ele de novo, e desta vez deixei que falasse. — Se fôssemos adiante com essa sua ideia, sua reputação estaria arruinada para sempre. Eles pensariam... Não quero nem pronunciar o quê.

Senti que comecei a corar ao responder: — E a sua reputação também. Razão pela qual o senhor tem todo o direito do mundo em recusar minha ideia, meu senhor.

— Não me chame assim — disse Lopez, olhando para as mãos. — Honestamente, a preocupação não tem a ver comigo. Fui objeto de fofocas por quase toda minha vida, então isso deixou de me abalar há muitos anos.

— Estou disposta a enfrentar a vergonha para tirar minha família desta cidade. Decidi isso antes de chegar aqui. De qualquer forma, nunca chegaria a ser uma dama. Não tenho posição social e nem recursos materiais, portanto, minha queda não será de grande altura. Eu morreria por minha família. Um infortúnio social não significa nada para mim.

— O que é muito nobre de sua parte — reconheceu Lopez. — Porém, não pretendo ser acusado de sequestro ou algo pior, senhorita Roe. Não vou levá-la no meio da noite para uma mansão caindo aos pedaços. E lamento muito dizer-lhe que não posso fazer o que me pede.

Era o fim, então. Senti lágrimas nos olhos, mas não eram de raiva. Quis chorar porque outra porta se fechara para mim, por mais que o caminho a percorrer a partir dela fosse uma loucura.

— Eu precisava tentar. Obrigada por me ouvir.

— É sempre um prazer, senhorita Roe.

Comecei a bater o pé sob a mesa, e o som era perceptível. Peguei a xícara de chocolate quente na tentativa de esconder parte do rosto. Não sabia como agir de agora em diante, se devia partir imediatamente ou, para ser educada, ficar e terminar a bebida.

— Ouvi sua história, dias atrás. Ou melhor, partes de sua história. Sinto muito. Devia ter começado essa conversa dizendo isso. O senhor não merece ter que lidar com os problemas de minha família, depois de tudo pelo que já passou.

Foi nesse instante que senti a pressão suave do pé de Lopez sobre o meu, silenciando-me. Olhei-o, surpresa.

— Lamento que tenha ouvido sobre isso. Atticus, meu irmão, tentou desesperadamente fazer com que as pessoas ignorassem os acontecimentos do nosso passado. Eu mesmo não me preocupo com isso. Mas, se não se importa, prefiro não falar sobre mim. — Ele retirou o pé de cima do meu. — Prefiro falar sobre você.

— Como assim, sobre mim? — perguntei, tentando imaginar a que se referia.

— Procurou um médico?

Olhei-o, confusa. — Não. Por que deveria? Para quê?

— Por causa de sua ansiedade. Ataques de pânico, dor no peito e, permita-me adivinhar, pesadelos.

Encarei-o, primeiramente. Em seguida, olhei através dele como se fosse transparente. Só então tomei coragem de formular uma simples pergunta:

— Como o senhor sabe?

— Porque eu posso ver, senhorita Roe. Já comandei homens em batalhas. Já vi pessoas na mesma condição. Chama-se agora estresse pós-traumático, embora eu prefira alguns dos nomes antigos. — Ele tocou o peito na altura do coração. — Uma dor aqui, sabe? Era chamada de "coração de soldado". Sei muito pouco a seu respeito, mas creio que o sintoma provavelmente a acomete.

Não soube o que responder.

— O medo é assustador, não é? Consome sua vida, não a abandona por um instante sequer, nem quando dorme. A senhorita está o tempo todo à espera do próximo ataque. Tudo é uma ameaça. E o que não é assustador não é real.

Senti lágrimas escaparem de meus olhos e concordei com um movimento de cabeça.

— Quero ajudá-la a lidar com sua família, senhorita Roe. Não sei nada sobre ela ou sobre você, mas é o que desejo fazer. Parecem-me pessoas gentis e atormentadas, que não merecem ter que viver ao lado de um prédio semidestruído. Mais do que isso, vocês são sobreviventes. Eu tenho um fraco por sobreviventes. Foi por isso que auxiliei os zumbis na noite do Cerco.

Tive vontade de me sentar ao lado dele naquele instante. Como Nora, ele também me entendia.

— Você carrega um peso enorme sobre os ombros, não é?

— Sim — confessei. — Suponho que seja uma coisa ruim.

— Não é. Seria ruim se você não almejasse ter responsabilidade. Mas, às vezes, é preciso se cuidar primeiro, antes de pensar em salvar os outros. Você não poderá ajudar sua família se ignorar sua própria dor.

Consegui soltar a respiração.

— Mas não posso ir ao médico. Não contei a ninguém, porque todos já têm muitas preocupações. Além disso, eu sempre fui ansiosa. Quando criança, eu me preocupava se a senhorita Dearly tinha feito a lição de casa. E ainda me preocupo!

— Talvez, se contar a seus pais, eles vejam seu estado emocional como um incentivo para se mudar para um lugar calmo, onde possa descansar. Marblanco fica a quilômetros de qualquer lugar. Diga-lhes isso. É um *resort* de luxo de mais de vinte mil metros quadrados, cujo dono é um excêntrico. Traga o resto da família se quiser!

— Não deveria fazer essa oferta — respondi, rindo.

— Falo sério. Gostaria que alguém vivesse lá. Não me agrada ver aquele lugar vazio. Não gosto de chegar lá e encontrá-lo deserto. Nunca foi a intenção de meus pais que assim fosse.

Lopez sorriu. Sorri de volta. Por um segundo abençoado, o mundo ficou em paz.

Ele estendeu a mão e pegou minha xícara, puxando-a para si.

— Acho que seu chocolate esfriou. Por mais que esteja desfrutando de sua companhia, acho que é a deixa para a senhorita ir embora.

Ele estava certo. Levantamo-nos e cumprimentei-o com uma mesura, à qual ele respondeu formalmente, inclinando a cabeça. Dizendo apenas "Adeus", parti, percorrendo vitrines até chegar ao saguão.

Meu coração batia forte, mas agora era por uma razão completamente diferente.

Meu plano poderia dar certo. Tiraria minha família de Nova Londres.

De novo.

29 • nora

Com o som das botas ecoando no piso, aproximei-me da cela do Paciente Número Um por volta das sete da noite seguinte. Cansara de esperar por um intervalo na troca de guarda. Meu pai tinha acabado de sair, e o tempo voava.

— Importa-se se eu ler para ele? — perguntei a um dos guardas quando cheguei à linha vermelha que demarcava a distância mínima da grade. Ergui um livro que Renfield incluíra em minha bolsa de viagem, feita às pressas. Achei-o no fundo, pois fora uma das primeiras coisas que ele colocara lá. Roupa de baixo e livros — o sujeito realmente entendia de prioridades.

O guarda do lado esquerdo assentiu. — Como quiser, senhorita. Mal não fará. Eu estava aqui quando ele falou da primeira vez. O senhor idoso estava citando a Bíblia para ele na ocasião.

— Não sei a Bíblia de cor — respondi, observando o prisioneiro.

Ele olhou de volta.

Mostrando o pequeno livro vermelho da coleção "Primeiros Vitorianos", expliquei-lhe: — Este livro é sobre um soldado, o brigadeiro Etienne Gerard. Foi escrito pelo criador de Sherlock Holmes. Meu pai o leu para mim quando era pequena. Já ouviu falar dele?

Esperei. Nada.

Suspirando, abri o livro e senti as páginas manuseadas nos dedos. Comecei a ler. Rezei para que alguma passagem do livro o fizesse falar de novo. Mesmo estando em observação, qualquer informação seria útil. Quando cheguei à passagem em que Gerard se entrega ao inimigo pelo bem de seu admirado imperador Napoleão, emocionei-me.

Era um mundo lindo aquele que ele ia deixar. Muito lindo e muito triste o partir; mas há coisas ainda mais belas. A morte em nome do bem comum, da honra e do dever, e a lealdade, e o amor – essas são belezas muito mais profundas do que as que os olhos podem ver.

Ergui a cabeça e encontrei o Paciente Número Um muito perto de mim, com a cabeça apoiada nas grades de metal. Agarrava uma das barras e seu olhar era saudoso.

— Você sabe disso, não sabe? — perguntei-lhe suavemente.

O homem decrépito assentiu com a cabeça.

— Ei, termine a história — pediu um dos guardas.

— Quieto, Stone. — O outro guarda olhou para o relógio de bolso e suspirou. — O turno termina em dez minutos.

Não havia notado, mas meu coração bateu mais rápido. Talvez tivesse chegado o momento.

— Vou checar. Talvez os guardas do próximo turno já estejam aguardando no laboratório. Aquela senhora cientista é... — Stone olhou para mim e pigarreou. — Tudo bem, vamos lá.

E, sem mais, saíram da sala.

Esperei até ouvir os passos além da porta para começar a fazer perguntas. — Seu nome é Smoke? Do que se lembra?

Número Um manteve-se em silêncio. Porém, olhou-me com interesse renovado.

— Conte-me sobre os tigres.

Nada.

Finalmente, disparei: — Conte-me sobre Allister.

Foi como se alguém tivesse eletrocutado o zumbi na gaiola de metal. Ele ficou ereto e começou a balançar a cabeça para frente e para trás, com os olhos fechados, cerrando com força os punhos que eram quase ossos, apenas.

— Não, não me ponha lá fora! Não estou morto!

— Do que você está falando? — perguntei, chocada com a intensidade da reação dele, mas determinada a prosseguir. — Eram os tigres de Allister que você via? — Ele começou a bater a cabeça contra as laterais da gaiola, pendurando-se em uma dobradiça no canto. Eu agarrei as barras com as mãos, temendo por sua integridade. Não queria que esmagasse a cabeça, pelo menos não antes de coletar mais informações. — Por favor, senhor, acalme-se! Preciso que fale comigo. Vou me encontrar com Michael Allister, preciso saber...

Antes que pudesse terminar a frase, Número Um ficou catatônico como antes. Seu rosto seco estava a centímetros do meu, e recuei, percebendo de repente que quase o tocara.

— Até os tigres têm medo dele — ele disse. — Não sabia disso até que me puseram lá fora. Eu andei e andei e andei, e os tigres nem sequer me notaram. Eles brilhavam entre a vegetação, brilhavam como as coisas que eu queimava.

Diabos, ele realmente havia estado na reserva.

Número Um inclinou a cabeça e olhou por cima do meu ombro. — Você tem visita.

Virei-me de repente e vi Coalhouse entrando pela porta. Ele olhou para mim ao batê-la e trancá-la. Estava a mais de dois metros de distância, mas, por alguma razão, senti como se estivesse me encurralando. Alguma coisa na expressão dele me fez concluir que algo estava errado.

— Coalhouse? O que está fazendo aqui?

— Não vou machucá-la, Nora — respondeu, tirando um revólver da cintura. — Afaste-se do prisioneiro. É só ele que quero.

"Que algo estava errado" pareceu-me de repente a expressão mais subestimada do século. Não consegui me mover ou falar. Nada daquela cena fazia sentido.

Um segundo depois, avancei além da linha vermelha, mas, se perguntada, não saberia dizer como fiz aquilo. — Por quê? — Tive a impressão que levei dez anos para completar a pergunta.

— Porque é o único jeito — respondeu Coalhouse, aproximando-se de mim com o revólver apontado para o teto. — Ele é um perigo.

— Perigo? — Eu parecia uma idiota, como se fosse capaz apenas de repetir. — Está claro que ele é um perigo.

Coalhouse chegou ainda mais perto.

— Afaste-se, Nora.

Foi o que fiz. Porém, dando uns passos para trás. Minha saia encostou na gaiola e então parei. Estava próxima demais do prisioneiro e Coalhouse chegava cada vez mais perto. Sua expressão era dura, como se tivesse percebido que podia tirar proveito do meu medo. Ficou tão perto de mim que quase chegou a me tocar, e eu, instintivamente, retrocedi mais um pouco, encostando as mãos nas barras de metal. Número Um não se mexeu. Esforcei-me para trazer de volta a coragem que tinha na infância e desafiei-o.

— Você não está pensando em tirá-lo daqui, está?

— Não — respondeu, abaixando a arma. — Tenho que matá-lo.

O quê? Meu corpo reagiu antes que meu cérebro, e agarrei as barras com as mãos. Fiquei paralisada ao ouvir Número Um aproximar-se e, por instinto, me abaixei. Ele estava suficientemente perto para me morder se me pegasse pelas mãos ou pelo cabelo. Ele usava uma focinheira, mas poderia removê-la se quisesse. Naquele instante, tive certeza de que o faria. Obviamente, era inteligente. E eu, equivocada. Razão pela qual precisava salvá-lo.

— Quero saber por que? — Olhei para Coalhouse. — O que você está dizendo é uma insanidade. Por onde é que você andou?

— Não é insanidade coisa nenhuma. — Coalhouse parou e abaixou a arma. Aparentemente, não queria me colocar em perigo, o que eu, naturalmente, tomei como um sinal positivo. — Insanidade é mantê-lo vivo. Entendi isso. Os cientistas já têm todas as amostras de que precisam. E podem ficar com o corpo. Não é isso que importa...

— Mas eu estava começando a conversar com ele. Ele pode nos dizer de onde veio! Ele sabe alguma coisa sobre...

—Não é isso que importa. Consegui fazer com que Hagens falasse. — Fiquei imóvel, preparada para ouvir. — Nunca imaginei ouvir o que ela me contou — prosseguiu Coalhouse.

— E o que foi que ela disse?

— Que ele é um perigo para todo mundo, vivos e mortos. Os Transformados virão buscá-lo, por ordem dela. Sabem onde ele está agora. Tive que contar a Hagens.

Senti o sangue congelar diante dessa possibilidade. Por meu pai. Pelos outros que trabalhavam nos navios. — Podemos impedir. Podemos evacuar o navio. Levá-lo para outro lugar.

— Para onde? — gritou Coalhouse. — Tem mais alguém que o quer! E não é a polícia, nem o Exército! E ele também não pode ficar com os federais. Alguém está vazando informações sobre a Companhia Z! E usou-as para chantagear Hagens!

Isso era novidade. Novidade e aterrorizante.

— Você acha que é um *hacker*? Como você sabe que ela está falando a...

— Ouça. Hagens disse que esses chantagistas sabiam mais do que nomes e números. Acho que alguém que trabalhou conosco está passando informações adiante. — Coalhouse gesticulou com a arma e prosseguiu — Por isso, Hagens não pode ficar com o prisioneiro. E seja lá quem for que a tenha ameaçado, também não. Ele não é seguro nem sob a custódia do Exército, nem entre os vivos, em nenhum lugar, portanto. Tom estava certo. Ele tem que morrer. Se assim for, colocamos um ponto final nessa crise.

Foi então que vi, de relance, o braço de Número Um passar por mim. Ele me empurrou pelo ombro. — Vá!

Como ainda permanecia agarrada às barras da gaiola, o empurrão apenas inclinou-me para frente. Coalhouse assustou-se e disparou. Novamente, pelo canto do olho, vi Número Um arquear-se para trás e bater no fundo da gaiola. Meu corpo inteiro queimou por dentro, como que em empatia pela dor que ele deveria estar sentindo. Uma dor tão monumental que me fez cambalear e sentir um gosto metálico na boca.

Coalhouse gritou meu nome.

A dor não passou.

Com os ouvidos zumbindo e a visão turva, percebi que o lado direito do meu vestido estava empapado de sangue. Soltei lentamente as mãos das barras e rasguei o tecido. O sangue manchava tudo: meu braço, a alça da minha combinação, o corselete. Era apenas um ferimento superficial. A bala passou de raspão, deixando apenas uma depressão rasa. Estava em carne viva, sangrava e as bordas ardiam. Mas o pior era que... A bala fizera a marca da mordida de Bram desaparecer.

Ao perceber isso, saltei sobre Coalhouse com uma fúria incontida e, com um grito atávico, derrubei-o no chão, mesmo tendo uma constituição física delicada. Pego completamente desprevenido, olhou-me horrorizado e deixou cair o revólver. Bati nele uma e outra vez, ignorando a dor excruciante que sentia no ombro.

Ouvi alguém bater na porta trancada. Era a voz do meu pai. Número Um gritava atrás de mim. Ele não estava morto. A lógica mandava correr para a porta, abri-la e expor a situação toda. Mas meu instinto, ainda que de maneira confusa, me dizia outra coisa.

Coalhouse era meu amigo e poderia morrer por causa do que ocorrera. Não haveria tempo para perguntas se ele tentasse sair dali com o Paciente Número Um ou se tentasse partir deixando-nos ensanguentados; ele corria risco de morte.

Bram precisava falar com ele. Com ele e com Hagens. Havia algo terrivelmente errado. Este não era o Coalhouse que conhecíamos. Talvez tivesse se metido em alguma coisa pesada, ou alguém o estivesse obrigando a agir assim.

— Pare, pare, por favor! — Ouvi-o implorar, finalmente. — Não era minha intenção! Desculpe!

Parei de bater nele, mantendo as mãos agarradas à sua roupa. Lutei para conter as lágrimas. — O que foi que você fez?

— O que... Nora, por favor, o sangue... Sinto muito... Nunca erro a pontaria... Achei que ele fosse te atacar...

O cheiro. Levantei-me com dificuldade, sem tirar os olhos dele. Coalhouse obviamente havia perdido a cabeça, mas estava se desculpando. Precisávamos garantir a segurança de todos no navio. Eu não podia simplesmente fugir dali.

— Tenho que te ajudar a se render — disse, com voz trêmula. — Ou temos que chamar Bram.

— Não, Nora, eu não vou me render. Não sem matar P1 antes. — Coalhouse olhou para o revólver caído, mas eu me adiantei e peguei-o antes que ele pudesse fazer outra bobagem.

Abri o tambor da arma e deixei cair as balas na mão, inclusive aquela que se aloja na agulha. Ao entender o que eu estava fazendo, ele gritou e tentou me agarrar, mas eu joguei as balas para longe, antes que ele pudesse pegá-las. O som metálico delas batendo no chão ecoou por um tempo que me pareceu uma eternidade. Dei uma olhada rápida nos equipamentos que havia na sala — computadores, discos digitais e, aliviada, percebi que, se houvesse canetas ou algum outro instrumento longo, não estavam à vista.

— Maldição, Nora! — gritou Coalhouse. — Se ele morrer, estaremos seguros!

Forcei-me a dar um passo à frente, com o revólver aberto. — Será que você poderia mesmo olhar um zumbi são nos olhos e matá-lo mesmo assim?

— Sim — respondeu ele, com despeito. — Sempre soube que não conseguiria tirá-lo do navio, por isso decidi matá-lo. E sinto muito por isso.

Agora, as coisas estavam melhorando, pois ele começara a falar.

Engoli em seco para tentar controlar uma onda de dor. — Deixe-me chamar Bram.

— Não! — gritou ele, com uma expressão de dor no rosto. — Não. Tentei tanto ser como ele...

Essa frase, sim, fazia algum sentido, ainda que de uma maneira meio torta. Dei uma olhada em Número Um para ver se estava bem e entendi que era preciso tirar Coalhouse do navio e levá-lo para longe de todos. Talvez, assim, ele se abrisse. Mas o único jeito de tirá-lo da linha de fogo — e o Número Um — era assumir a posição de atiradora. Tinha prometido a Bram não fazer nada idiota, mas Coalhouse e Número Um precisavam de mim.

A ideia que me veio à cabeça para conseguir esse objetivo era ambiciosa, feia e quase risível. — Sou seu passe para fora daqui, então.

Coalhouse piscou o único olho. — O quê?

— Você achou que ia atirar nele e que seria preso?

Coalhouse assentiu. — Sim. Estava preparado para me render. Imaginei que conseguiria fazer chegar até Os Transformados a informação de que P1 estava morto.

Apertando a mão sobre o ombro para tentar estancar o sangue, apontei para a porta com a arma. — Acho que você não analisou seu plano muito bem — declarei, tomando emprestada uma expressão de meu pai. — Só existe um caminho para fora deste navio, que é o mesmo pelo qual você entrou. Você deixou os guardas do lado de fora, mas logo estarão no seu encalço. Você se fechou na própria tumba. Fez uma loucura típica de um zumbi que está perdendo a consciência. E, ainda por cima, temos sangue para complicar — apontei para a roupa dele. — Tem sangue meu no seu corpo.

Coalhouse, chocado, olhou-me sem dizer nada. Eu acabara de dizer a coisa certa.

— É verdade que estão tentando prender zumbis — continuei. — Mas o que foi que Bram disse, naquela última vez que o Exército estava pronto para matar? A cena que você acabou de armar é que pode te matar. Se me ferir ou apenas me fazer desmaiar, não poderei ajudá-lo a sair daqui. E se você for atrás das balas que acabei de jogar no chão, vou lutar com você, e não terá alternativa a não ser me desacordar.

Por um instante, ele pareceu quase ofendido. — Nunca machucaria você... — E, levando as mãos à cabeça em desespero, Coalhouse finalmente admitiu: — Meu Deus, o que foi que fiz?

Respirei fundo e testei a ideia. — Mas, se me fizer de refém, ninguém vai matar você.

— Não posso fazer isso! — ele recusou de imediato.

— Você não tem alternativa — respondi. — Aponte a arma para minha cabeça e vamos sair daqui. Se quiser viver, claro. Não vão arriscar acertar em mim.

— Por quê? — perguntou ele, bruscamente, ainda em desespero.

— Porque você é meu amigo. Porque eu quero viver. E porque você está confuso.

— Pare de dizer isso!

— Você está confuso! — gritei, batendo com o revólver contra o peito dele. — Quer que eu minta para você? Ou ficamos aqui e você me deixa te conduzir em segurança ou você sai comigo do navio. Seja qual for sua escolha, você não vai matar P1. Decida!

Coalhouse praguejou, mas pegou a arma com dedos trêmulos. — Está bem — respondeu, finalmente. — Mas não sairei daqui sem ele.

— Isso não é possível.

— Eu tenho que sair daqui com ele, Nora.

Coalhouse era imenso. Eu havia me desarmado e não dispunha de nada mais para ameaçá-lo. E já havia chegado até aqui. Resolvi ceder, antes que Coalhouse tivesse alguma outra ideia louca para eliminar Número

Um e antes que fosse à caça das balas espalhadas pela sala. — Vamos juntos, então.

Ele assentiu e aproximou-se da jaula. O zumbi parecia estar bem – estava tão deteriorado fisicamente que não dava para dizer onde havia sido atingido. Coalhouse bateu com o revólver no cadeado até arrebentá-lo. Puxou o zumbi para fora e, torcendo um lenço grande que tirou do bolso, fez uma corda, com a qual amarrou os pulsos do prisioneiro às costas.

Enquanto ele se empenhava nessa tarefa, tentei recuperar a calma. Já estivera em perigo antes.

— De jeito nenhum — e, sinalizando com o revólver, completou: — Vá.

Droga. Concordei e, aproximando-me da porta, destranquei-a.

Hora do show.

A situação do lado de fora da porta era caótica. Havia soldados dos dois lados da porta, mirando seus rifles para nós; vários apontaram as armas para o alto ao me ver. Os cientistas estavam alinhados contra uma parede e gritaram quando entenderam o que avistaram.

— Refém! Suspender fogo!

Meu pai e Salvez aproximaram-se correndo, mas Ben os conteve.

— Meu Deus! NoNo, o que aconteceu?

— Estou bem, papai — respondi, mas minha voz falhou bem quando eu não queria. — Está tudo bem. Há uma razão para estarmos fazendo isto.

— O que significa isso, Coalhouse? — perguntou Salvez, mal conseguindo pronunciar as palavras — O que está fazendo? Você não está...

— Estou bem, doutor Salvez — respondi. — Deixem-nos passar. — Ergui as mãos e continuei andando, com Coalhouse bem atrás de mim, puxando Número Um. — Não tentem impedi-lo ou alguém pode se machucar.

— *Ninguém chegue perto!* — urrou Coalhouse, e sua voz ecoou no navio. —Ninguém chegue perto ou soltarei P1! Estão ouvindo?

Olhei para o meu pai e disse: — Eu te amo. Vou ficar bem.

Sabia que viriam atrás de nós assim que saíssemos. Não estava me jogando de um penhasco. Pelo menos, assim esperava.

Meu pequeno plano funcionou. Gerard havia me ensinado bem a lição. Droga, Wolfe havia me ensinado bem a lição. Em meio a muito mais gritaria e muitos outros gestos de raiva, Coalhouse forçou-me a seguir em frente, e finalmente saímos do navio. Ao chegar às docas, virou-me para assegurar-se de que ninguém atiraria nele pelas costas. A seguir, tivemos que transpor a barricada. Estava cheio de gente ali, mas a multidão abriu-se como o mar Vermelho para nos deixar passar, entre gritos. Uma tempestade de *flashes* nos atingiu. Eu ia aparecer no noticiário de novo. Era melhor me acostumar. Seria bom criar um *site* na Aethernet de uma vez.

Uma carruagem caindo aos pedaços nos esperava no fim da barricada. Coalhouse empurrou a mim e a P1 para o banco de trás, sentou-se na direção e saiu em disparada pelas docas, a uma velocidade assustadora. No instante que chegamos à rua, ouvi sirenes e vi *flashes* por todas as janelas, como se fossem insetos atacando uma carcaça de animal.

— Se tentar qualquer coisa, Nora... — ameaçou ele, com os olhos fixos à frente.

Não tinha me amarrado. Acho que era nisso que ele pensava agora.

— Não tentarei. Quero te ajudar. — Apertei a mão pegajosa de Número Um. Era nojenta, mas quase não a senti. O homem olhou para mim, e percebi que estava com medo. Não queria que surtasse.

Mas também não podia deixar que partisse.

— A morte pelos outros — lembrei-o, colocando as duas mãos sobre o ombro ferido para mostrar a Coalhouse que não pretendia reagir.

Tinha esperança de não acabar sendo eu "os outros" da frase.

30 Bram

— Tudo pronto?

— Alguma vez te deixei na mão? — Ren afastou-se dos computadores e colocou as mãos no colo, como um aluno obediente. — O que mais quer pôr na lista de tarefas de Renny? Construir um acelerador de partículas bem grandão?

— Fofo — retruquei, estendendo a mão. — Info.

— Nada de papel. Desta vez não vou contribuir para acabar com o que resta da floresta tropical — respondeu ele, pegando o digidiário que estava sobre a escrivaninha. Estava ligado por um cabo a um dos computadores e ele o desconectou. — A saída é digital, amigo.

Não era hora de discutir, então peguei o aparelho e o abri. Por ordem de Dearly, eu usava um daqueles como diário pessoal havia anos. Essa função tinha sido fácil de aprender.

— Perfeito, professor Merriweather. Você tem trinta segundos.

— Está programado. Tudo o que tem de fazer é apertar os botõezinhos mágicos. Na tela inicial, você verá ícones para mapas e *links* para informações pessoais, as notas dele...

— Você conseguiu as notas de escola do Allister? Muito bem!

— *C menos* em Lógica Clássica. De repente, tudo fez sentido.

Achei o ícone dos mapas e comecei a explorá-los. — Aqui diz que ele tem cinco casas? Em qual delas ele se encontra, afinal?

— O paradeiro atual eu não consigo saber. Bem... — Ren fez uma pausa e mexeu nos óculos. — Eu conseguiria, tecnicamente. Mas seria difícil. E altamente ilegal.

— E desde quando isso constrange você?

— Constrange sim. Eu respeito o código de ética dos *hackers*.

Eu sabia que Ren era capaz de *hackear*, mas, para dizer a verdade, não sabia com precisão o que isso envolvia. Tinha conhecimento de que já havia passado por coisas chamadas *firewalls* e entrado em sistemas protegidos por senhas. Como, por exemplo, o que armazenava as notas na escola de Michael.

— Claro que, a esta altura, minha passagem pela prisão seria extremamente breve.

— Mas você poderia descobrir onde o sujeito anda? — perguntei.

—Ele é neovitoriano. Carrega um *chip* de identificação no corpo.

Assenti, pois era nisso que eu pensara. Ren prosseguiu.

— O método mais eficiente para localizá-lo seria entrar na base de dados do governo. Já fiz isso antes. Mas não é uma coisa que leva cinco minutos e... Quer saber a verdade? Preferia não ter que fazer isso. É arriscado demais.

— É que pode não ser tão simples achar o cara — respondi, desanimado, porque era isso o que pretendia fazer: ir atrás de Michael Allister. O aviso de Mink estava relacionado ao fim de semana e, com Nora confinada no Erika, estava tranquilo a respeito da segurança dela. Era minha melhor oportunidade de encurralar Allister e descobrir que jogo era aquele. Descobrir sozinho. Já era tempo.

— Por outro lado, eu poderia tentar por meio das câmeras de segurança.

— Como é que é?

Renfield girou um dedo no ar. — Nova Victoria está repleta de câmeras de monitoramento de segurança. O que eu quis dizer é que, se eu tivesse uma ideia aproximada de onde Allister anda, poderia entrar nas redes que administram as câmeras e fazer uma busca.

— Ren... — Tive vontade de dar-lhe um abraço e, ao mesmo tempo, socá-lo. — Por que não disse isso antes? Podíamos ter usado esse recurso para achar os mascarados!

— Não, não podíamos — respondeu ele, deixando cair os braços ao longo do corpo. — É fisicamente impossível vigiar cada câmera de Nova Londres.

— Certo. Mas se, como você disse, tivéssemos uma ideia aproximada...

— Que não teremos até conseguir colocar mais ataques na base de dados para descobrir se há algum padrão. Por isso, fico feliz que estejamos trabalhando por área.

— É, mas até agora não tivemos sorte com essa estratégia. Coalhouse disse que talvez Os Transformados se mudassem logo e rápido, e pode ser que já tenham partido. Mas, quando tivermos corpos suficientes no nosso lado da conta, faremos uma visitinha. Pelo menos, para tirar Laura e Dog de lá. — Fechei o digidiário, frustrado. — Parece que teremos que trabalhar à moda antiga hoje.

À moda antiga e a pé. Só restara o *Rolls* na casa e, como não quis usá-lo, peguei o bonde para a superfície. Desci perto da Morgue. Abri o digidiário de novo e calculei que teria melhores chances nas partes mais ricas da cidade. Não esperava dar de cara com Michael por acaso na rua, mas talvez encontrasse alguma pista ou ouvisse algo que me levasse na direção certa, para mais perto dele. E provavelmente precisaria pegar um ônibus.

Foi quando ouvi alguém buzinar. Olhei e vi uma carruagem velha e batida parando perto de um parquímetro de metal. Não soube ao certo se o motorista queria chamar minha atenção, até que o vidro da janela desceu e vi a moça de maria-chiquinha da gangue de Ratcatcher.

— Ei! — gritou ela, com uma voz ainda mais infantil que a de Nora. Parecia uma menina de cinco anos que tinha brincado com balões de gás. — Entre. Precisamos conversar.

Achei meio estranho e olhei em torno. Não vi ninguém se preparando para uma emboscada. E, na verdade, entender o recado que Ratcatcher mandara era algo que me atraía. Toquei o revólver que levava na cintura e decidi atender o apelo da garota. Atravessei a rua e entrei do lado do passageiro. No instante que fechei a porta, ela pôs o veículo em movimento.

— Meu nome é Bai — apresentou-se com os olhos fixos na rua, mas dirigindo apenas com uma mão. Com a outra, procurava algo no bolso interno da jaqueta, que, pelo brasão bordado no bolso, parecia ter sido parte de um uniforme masculino de escola particular. Extraiu de lá três cartas com selos quebrados de cera negra. — Sou sobrinha de Ronnie.

— Bram.

— Eu sei. — Ela me entregou as cartas. — Leia.

Por alguns segundos nada fiz, preocupado em observar onde Bai estava indo. Depois de algum tempo, convencido de que estava apenas dando voltas no parque, abri os envelopes.

Cinco milhas agora, cinco depois. Nora Dearly, Bram Griswold. Element Street, número 1.423, Campos Elíseos, Nova Londres.

Sobre a moça, cancelado. Eu mesmo a levarei, ou não, conforme eu avaliar. Pagamento integral mantido.

Sábado, 27 de abril, 23 horas, Delreggio. Deixe-o sozinho.

O dinheiro estará lá.

O primeiro envelope continha também um bloco de notas. Contei-as. Cinco mil. Consegui contar porque estava com tanto ódio que nem sequer conseguia senti-lo. Era como se meus fusíveis emocionais tivessem queimado para impedir uma explosão. Samedi disse que Ratcatcher sequestrava pessoas.

Ele tinha sido contratado para sequestrar Nora e a mim.

Olhei para Bai. — Conte-me tudo.

— Não sei tudo. Sou aprendiz de Belinda. Ela é a mulher de Ratcatcher. — Ela deu outra volta. — Dois meses atrás, ela começou a trabalhar com uns caras. Todos vestidos de preto. Primeiro escondiam o rosto com cachecóis, depois passaram a usar máscaras de pássaros. Tem muita gente estranha no submundo, e nós não fazemos perguntas. Pediram e pagaram por carruagens com placas frias, que Belinda forneceu. Trouxeram algumas que eram deles mesmos, para serem desmanchadas.

— E então alguém quis contratar Ratcatcher?

— Isso. Mas quando ele voltou da reunião... Nunca o vira daquele jeito. Ele não queria pegar o trabalho. Não sabia quem era a pessoa quando aceitou o dinheiro.

— Foi por isso que ele foi evasivo com Samedi. E não quis falar comigo.

— Você é inteligente — disse ela, e sorriu de orelha a orelha. — Posso te dizer uma coisa? É tão incrível que você trabalhe com o Coveiro! Eu tinha o pôster de "Procurado" dele pregado na cabeceira da minha cama até Junebug roubá-lo de mim, aquele desgraçado...

— Ele disse por que queria nós dois? O que ia fazer?

Precisava saber. Bai esperou um segundo para responder.

— Matar você. E a moça seria obrigada a olhar.

Instintivamente, era o que eu imaginara. Mas precisava ouvi-la dizer com todas as letras. Tentando navegar minha onda de anestesia até o fim, perguntei:

— Mais alguma coisa?

— Não. Se quiser saber quem está por trás disso, teríamos que...

— Quero sim, mas terá que ser depois.

Só podia ser tudo coisa de Michael. Fazia todo sentido. As máscaras, os avisos, as carruagens. Os responsáveis não eram Os Transformados. Estávamos seguindo a pista errada. Era tudo armação de Michael. Vespertina dissera a verdade.

— Bom. Ratcatcher está saindo da cidade — disse ela, extraindo outro envelope do bolso da jaqueta. — Este é para o Coveiro.

— Como assim, saindo da cidade?

— Se correr o boato de que ele aceitou um trabalho e não o executou, a reputação dele estará liquidada. Pode ser até que alguém tente matá-lo. Então, ele vai sair de cena por algum tempo. — Ela me olhou intensamente. — É desse tamanho o apreço que ele tem pelo Coveiro. E eu também. Ele salvou a vida do meu tio. Foi em um tiroteio. O Coveiro matou por tio Ronnie... Portanto, se ele precisar de mim para alguma coisa, eu cumprirei qualquer ordem dele também.

Sam disse que não queria ter mais nada a ver com sua antiga gangue, mas deve admirá-los por toda essa lealdade cega.

— Entendi.

— Belinda mandou dizer que pode te ajudar a ir atrás dos mascarados, mas terá que ser mais adiante mesmo. — Bai reduziu a velocidade. — Isso é tudo. Onde quer ficar?

— Se puder me deixar no lado nobre da cidade agradeceria muitíssimo. — Meu telefone tocou, o toque especial de Nora. O único que eu jamais ignorava.

— Posso, claro. Principalmente, porque parece que alguém vai ficar sem os miolos. Não serei eu o obstáculo para que isso aconteça.

Abri o telefone e respondi com um grunhido. — Sim?

— Bram!

Não era Nora, era o doutor Dearly. A voz dele soava como se estivesse gritando na água. Em seguida, tive a impressão de que estava chorando.

—Ele levou Nora! Ele a levou!

— O quê? — Devo ter ficado apavorado, porque Bai olhou-me, alarmada. — Quem a levou?

— Coalhouse — respondeu ele, com voz entrecortada. — Levou também o Paciente Número Um.

Não consegui entender o que acabara de ouvir por alguns longos segundos. Como se as palavras tivessem sido reduzidas a sons sem significado. Expressões sem sentido de alguém delirando de febre. Som de dedos tamborilando no tampo de uma mesa. Quando meu cérebro finalmente conseguiu reatribuir conteúdos a elas, meu telefone estalou sob a força da minha mão.

— Sabe para onde foram? — perguntei como se a voz não me pertencesse. Pois estava muitos graus acima do grunhido animal de zumbi, muito acima de rosnar. Era retumbante e vingativa, e quase tive medo de mim mesmo.

— As autoridades estão perseguindo-os. Mas eu não sei. Não sei! Ele apontava uma arma para a cabeça dela! Ele tinha uma arma e...

Ouvi um estalo e depois a voz de Salvez na linha.

— Vimos no telefone dela que ia se encontrar com Michael Allister em um lugar chamado Kintzing. Ele pediu a ela que fosse sozinha. Mas não achamos nada sobre Coalhouse. Ainda não conseguimos entender, ainda tenho a sensação de que não aconteceu...

Ouvi um estalo de novo e Salvez sumiu. A confusão que sentia me atiçava ainda mais. Dei uma pancada no teto da carruagem de Bai e ela perguntou:

— O que aconteceu?

— Um amigo meu perdeu completamente a cabeça. Sequestrou minha namorada e... Mais uma pessoa.

Provavelmente, eu estava proporcionando a ela um belo espetáculo, pois Bai encolheu-se enquanto me ouvia, como uma criança pequena diante de um grandalhão briguento que melecou seu cereal.

— O que você vai fazer? — perguntou ela, quase em um sussurro. — Ir atrás deles?

— Só Deus sabe para onde foram, esse é o problema! Só se... Não. Coalhouse não faria uma coisa dessas. Ou faria? — Vou descer aqui — disse a Bai.

Ela encostou e saí da carruagem.

— Podemos ajudar em alguma coisa? Não tenho muito poder de influência, mas posso tentar.

— Não posso envolver vivos. Se precisar, peço a Sam que entre em contato com Belinda.

A menina assentiu. Fechei a porta e ela partiu.

— Salvez! — gritei ao telefone.

— Sim? — respondeu ele, de volta à linha. — Desculpe, estava tentando...

— Preste atenção. Coalhouse está obcecado pelos Transformados; e eles mencionaram colocar as mãos tanto no Paciente Número Um quanto em Nora. — As palavras doíam na minha garganta. — Odeio pensar nisso, mas temos que supor que estejam indo para o acampamento. Que podem estar se dirigindo para lá. Talvez, ele tenha um plano em mente. Ele andou circulando pelo Erika noites atrás.

— Doce e misericordiosa ciência.

— Entre em contato se Coalhouse despistar quem o está seguindo. Ponha Dearly na linha. — Não soube ao certo se Salvez me ouvira, mas logo em seguida ouvi a voz do médico.

— Bram?

— Senhor, ouça. O senhor precisa acionar seus contatos. Lembra-se daquele grupo de zumbis em Honduras dos quais lhe falamos? Aqueles que podem estar envolvidos no ataque ao comboio que transportava o Paciente Número Um?

— Sim.

— Tenho que saber a localização deles e preciso que o Exército fique longe, se possível. Precisamos usar cada minuto. Entre em contato com Lopez e peça-lhe que o ajude. Vou mandar-lhe o número do celular dele.

— Mas...

— O Exército já os abordou e prendeu alguns deles. Se os militares pensarem, ainda que remotamente, na possibilidade de que P1 esteja em poder dos Transformados, não hesitarão em atacá-los. Há inocentes no grupo! — Pronto! Disse o que tinha de dizer. — Coalhouse estava determinado a desmascará-los. Voltou ao acampamento deles pelo menos uma vez. Se, por alguma razão, ele estiver indo para lá, certamente entrará na linha de fogo. Nora pode se ferir. O senhor confia em mim?

Houve uma pausa e, então, Dearly respondeu, em voz baixa:

— Confio.

— Juro que a trarei de volta — completei, desligando. Peguei o digi-diário de Ren e acionei o mapa.

As autoridades estavam atrás de Nora e muito tempo à minha frente. Não tinha ideia da localização atual dos Transformados e precisava de tempo para reunir os poucos soldados de que dispunha. Odiei não fazer nada, mas me convenci de que seria melhor gastar um tempo para me preparar melhor.

Em compensação, agora sabia exatamente onde Michael se encontrava.

Kintzing era um restaurante que ficava na melhor parte da cidade.

Ao entrar, abri as portas de moldura dourada com tanta força que uma delas estalou.

O *maître* se encolheu atrás da mesa da recepção. Através dos arcos enfeitados que davam para os dois salões, pude ver clientes bem vestidos correndo para o fundo, observados pelos que ainda não haviam percebido minha entrada. Mostrei ao funcionário que estava desarmado e gritei:

— Allister. Esperando alguém. Diga onde está. — O *maître* cacarejou algo como "nossa melhor mesa" e apontou para outra porta dupla que estava fechada. Sem esperar, andei na direção dela e abri-a com um chute. O som foi como uma explosão de canhão. Vários quadros balançaram. Havia uma única mesa no recinto e Michael estava sentado esperando.

— Que diabos... — murmurou ele, levantando-se com uma expressão que oscilava entre o nojo e o medo mortal.

— Precisamos conversar — respondi, reduzindo rapidamente a distância entre nós.

— O que significa isso? — perguntou, mantendo-se firme. — Disse a Nora que viesse sozinha. Sua coisa nojenta, que ousadia pisar em um restaurante como este!

— Pisar de novo é o que quer dizer? — Resolvi terminar o que havia começado em dezembro no dirigível e dei-lhe um belo soco, de baixo para cima. Ele voou e bateu na parede, mas não perdeu a consciência. Caiu de joelhos com um gemido, levando as mãos ao nariz, de onde pingava sangue diretamente sobre a gravata cor de marfim.

Cheguei perto de seu rosto. — Sei que pretendia me matar esta noite — disse a ele, que arregalou os olhos, surpreso. — Venha. Se estiver armado, é melhor deixar suas coisas aqui mesmo. Ou irão para minha coleção particular, e você não vai gostar do que vou fazer com elas. E passe o telefone também.

Michael ponderou quais eram suas chances e ficou de pé. Tirou uma pistola da jaqueta e jogou-a no chão. Fez o mesmo com uma faca que extraiu do bolso interno do colete. Depois de me entregar o celular preto, virou-se e dirigiu-se para a saída com passos calculados, com a clara intenção de preservar alguma dignidade.

— O que está havendo? — quis saber o *maître*.

Vários funcionários haviam se juntado no hall, incluindo um cavalheiro vestido com *smoking*, que parecia o proprietário.

— Chamaram a polícia? Não podem simplesmente permitir que arruaceiros entrem e perturbem os clientes. Especialmente gente morta! Não podem permitir que...

Aproximei-me e olhei-o fixamente, desafiando-o, sem palavras, a prosseguir.

Coisa que não fez. — Deixa pra lá...

— Vá em frente, chame a polícia — disse a ele, tirando do bolso da calça o pacote de dinheiro que havia sido pago por minha vida e jogando algumas notas sobre a mesa da recepção. — Isto é para pagar o estrago na porta.

Depois que as portas de vidro se fecharam atrás de nós, Michael estancou e disse, com uma entonação pomposa que me enfureceu ainda mais:

— Pelo menos, conversemos em minha carruagem. Não vou discutir com uma criatura sub-humana no meio da rua.

— Ótimo — respondi. — Sinto-me imensamente honrado.

Ele nos conduziu até uma carruagem pintada de esmalte azul que estava parada no estacionamento coberto. Abriu a porta e insistiu para que eu entrasse primeiro. Sentamos um de frente para o outro. A carruagem era uma piada, com um tapete pintado à mão e assentos de couro.

Desconfiado, ordenou: — Worth! Abra a divisória!

A divisória bordada permaneceu imóvel.

— Tem certeza? — perguntei, fechando a porta e abaixando as cortinas internas. Estava escuro lá fora, mas eu não era idiota.

— Quero que o motorista nos veja — respondeu Michael. — Ele tem uma arma. Worth!

A divisória desceu lentamente. Tom e Cas viraram-se para trás, ele acenou, ela soprou um beijinho. Tom estava com o quepe do empregado de Michael. Não fazia ideia de onde haviam colocado o sujeito. Nem me importava.

Michael me fuzilou com os olhos. — O que você fez?

— Worth, vamos! — pedi a eles.

— Pois não, capitão — respondeu Tom. Saímos do estacionamento.

Durante uma curva, Michael esticou a mão para segurar-se em uma das alças.

Tirei as cartas do bolso e joguei-as no colo dele. — Vou direto ao assunto, porque temos pouco tempo.

Ele piscou, sem demonstrar emoção alguma, como se o cérebro do sujeito tivesse parado de controlar o rosto.

— Não tenho ideia do que seja isso.

— Tem sim — respondi, chegando perto o suficiente para mordê-lo se quisesse. Ele espremeu-se contra o assento e até ergueu o peito, tentando parecer destemido. — Mas não me importa o que planejava fazer comigo. Por que convidou Nora para jantar com você hoje?

— Não é da sua conta, seu ser abominável — respondeu Michael, mas o tom de sua voz delatava que começava a ficar apavorado.

Rápido como a lâmina ejetável de um canivete, agarrei o nariz dele e o torci para um lado e para o outro, fazendo a cartilagem estalar. Ele gritou, mas não disse nada.

— O que você estava armando? — rosnei, soltando o nariz dele. — Por que Nora viria aqui? Por que disse a Ratcatcher que não a trouxesse?

— Você não vale nem o ar que respira para formar palavras — grasnou Michael. — A senhorita Dearly viria até aqui para conversarmos. Eu daria a ela uma escolha.

Acertei-o de novo no nariz. Desta vez, usando as juntas de dois dedos, com mais precisão, portanto, como um acupunturista aplicando a agulha no ponto exato. Desta vez, consegui fazê-lo soluçar de dor.

— Escolha sobre o quê? Quero saber tudo!

Sem dizer nada, Michael manteve a pose desafiadora, fuzilando-me com o olhar, como se pudesse me transformar em cinzas ali mesmo. O silêncio dele me enfurecia mais do que os insultos. A gravidade dos acontecimentos começou a pesar sobre meus ombros: o sequestro de Nora, não ter um plano de ação, a velocidade da carruagem cruzando a cidade.

Tom fez uma curva fechada para a esquerda e Michel foi jogado para o lado. Mas não eu. Estava rígido de ódio. Com uma calma perturbadora, peguei-o pelo queixo, como um pai faria com uma criança, e forcei sua cabeça para trás para que me encarasse. Minha voz ficou mais grave e potente. Sabia que não tinha o direito de aterrorizar os vivos. Mas, diante da impassibilidade de Michael, meus princípios voaram pela janela.

— Fale. Ou conseguirei a informação por outra fonte. Há gente na cidade que quer se vingar de você, com suficiente vontade, a ponto de nos avisar para tomarmos cuidado. — E, seguindo meu instinto, acrescentei:

— Com suficiente vontade de nos dar informações detalhadas sobre sua pessoa, além dessas cartas. Nota *C menos* em Lógica? Você gosta de desperdiçar o dinheiro de seu pai?

Michael parou de se debater ao ouvir aquela informação. Olhou as cartas e estendeu a mão para pegar, abrir e ler uma delas. Por alguns longos segundos permaneceu imóvel. Então, de repente, algo se quebrou atrás daquele olhar. Partiu para cima de mim, tentando me socar, ardendo de ódio.

— Não sei como ele descobriu quem sou, mas vou destruir Ratcatcher por isto. Acha que não vou mais matar você? Você não viverá além desta noite, seu verme! Vou armar mais bombas, vou queimar o mundo inteiro se for preciso!

Em um nanossegundo minhas mãos estavam em torno da garganta dele. Forcei sua cabeça contra a parede da carruagem, e ele gritou.

— Bombas?

— Fui eu quem explodiu a padaria dos Roe — confessou quando percebeu que eu não tinha a menor intenção de largá-lo. — Eu tinha que punir a Roe, mas ninguém se feriu. Foi por isso que planejei o atentado para um fim de semana, depois de escurecer!

Meu Deus. Por que raios Nora havia concordado em se encontrar com este sujeito?

— Escolha! Eu daria a Nora uma escolha! — disse ele, engasgado. — Inicialmente, meu plano era obrigá-la a olhar enquanto cortava você em pedacinhos, como se fosse uma caça. Mas mudei de ideia. Daria a ela a escolha de tornar-se minha em troca de sua vida. Mas iria matá-lo mesmo assim. E ainda vou!

Meu corpo esquentara além do normal nos últimos vinte minutos. Agora, sentia como se estivesse em um inferno ártico. — Que outras barbaridades vocês fizeram usando aquelas máscaras?

A expressão dele foi tomada por um temor mais profundo ao ouvir a menção aos disfarces.

Apertei o pescoço dele um pouco mais, e o medo que ele sentia solidificou-se. — Lembre-se: você precisa respirar. Eu, não. Posso ficar aqui a noite toda!

Michael cravou os dedos no couro dos bancos.

— Que máscaras? As cartas não provam nada! Você acha que pode convencer a polícia a me prender? Estou falando com fantasmas, seu cadáver! Ninguém vai acreditar em você!

A parte racional, moral do meu cérebro gritou para que eu parasse, para que desistisse. Mas o lado réptil, pré-histórico, o zumbi, desejava acertá-lo de novo, pois ansiava por ver seu sangue espumar. Ele queria me matar e torturar Nora. E já havia prejudicado a melhor amiga dela.

Ouvi ecoar na carruagem uma espécie de alarme. Tom olhou para o painel, confuso. — O que é isso?

— Um telefonema! — respondeu Michael. — Devem ser meus pais. O restaurante provavelmente os alertou!

Fantástico. Perdendo a confiança em mim mesmo, afrouxei as mãos.

— Cas, por favor, venha para cá para fazer companhia ao pequeno lorde Allister.

Castidade obedeceu imediatamente, contorcendo-se para passar pela abertura entre as duas partes da carruagem. Michael gritou quando ela se jogou no colo dele, montando-o como se fosse um cavalo. — Ei, bonitão! Bonita camisa. Uma pena que agora esteja manchada com... Você viu? Seu sangue.

— Se disser uma única palavra sobre isto, meu soco vai se encontrar com sua cara de novo — disse a Michael e apontei para o painel. — Atenda. Diga, a seja lá quem for que estiver ligando, que você saiu para dar uma volta com amigos.

— Conectar — disse ele, depois de limpar a garganta. A voz ficou mais controlada. — Quem fala?

— Michael, querido?

— Mãe? — respondeu ele, olhando para mim para ter certeza de que eu estava prestando atenção. — Pois não, senhora?

— Onde você está?

— Na cidade, dando uma volta. Por quê?

— Quero que volte para casa, está bem? Seu pai está em Código 12 e quero que você venha imediatamente!

— Mas o que aconteceu?

Lady Allister respondeu, histérica: — Há zumbis à solta! Centenas deles! A caminho de Talgua. Estão quase chegando ao quintal de *lady* Madroso!

— *Desligue* — ordenei somente com os lábios.

— Certo. Estou a caminho, senhora. Desconectar. — Antes que eu pudesse dizer qualquer coisa, ele perguntou, em um tom ainda anormalmente calmo: — O que está acontecendo?

— Devem ser eles, Os Transformados. — Não fiquei totalmente aliviado, mas já era alguma coisa.

— Você *aaaacha* que Coalhouse está do lado deles? — perguntou Cas, preocupada. Eu tinha contado tudo a ela e a Tom por telefone. — Será que ele está mesmo levando Nora para lá?

— E o que mais ele estaria fazendo? — ponderou Tom. — Se estivessem em perigo, teria dito "Ei, tem gente em perigo, vamos ajudar". E não sair com os dois sob a mira de uma arma. — E completou, apontando para Cas: — Eu disse que isso ia acontecer um dia.

— Os Transformados? — perguntou Michael. — O que é isso? Onde está Nora?

Cas recostou-se na porta e respondeu: — É um grupo de zumbis revoltados e violentos, mas não no sentido comum. E Nora foi sequestrada, com o sujeito que mordeu gente no último tumulto. Mas quando ela souber o que você estava armando, tenho certeza de que vai achar o sequestro agradável como um passeio dominical.

— Como é que é? — disparou Michael, arregalando os olhos. — Por que não me contaram antes? Por que não foram atrás dela?

— Você ligou para todo mundo que eu pedi? — perguntei a Tom.

— Sim — respondeu ele. — Vão se reunir no Fígado.

Chegara a hora de mandar meus cinco soldados contra os cem deles, afinal. Para controlar o máximo que pudessem até a chegada do Exército. A perspectiva dos acontecimentos me fez ter vontade de vomitar. Não dispunha mais da Companhia Z inteira para cobrir minha retaguarda. Além disso, não sabíamos ao certo quantos Transformados havia. Talvez *lady* Allister tivesse exagerado ao mencionar "centenas". Mas talvez não.

— Cinco contra... — Tive a impressão de que Michael ia ficar furioso de novo, mas ele literalmente engoliu o que ia dizer. — E a senhorita Dearly está com eles?

— Existe essa possibilidade. — Vi a preocupação nos rostos de Tom e Cas quando respondi, como se a frase fosse o equivalente a declarar Coalhouse inimigo público número um —, e já tem gente seguindo-os.

— Mas por que você não vai atrás deles também? O que essa gente tem de tão importante?

— Você não é um zumbi. Não entenderia. — Minha intenção não era me justificar perante aquele sujeito, mas suas perguntas não faziam bem para nenhum dos dois. Eu odiava me sentir incapaz, odiava a sensação de ter cometido outra vez o erro de esperar demais e odiava sentir a doença dizendo-me que todos esses problemas seriam parcialmente resolvidos se eu mordesse o cara.

— E se você... — As reações de Michael pareciam as de um autômato descontrolado, ora funcionando, ora não. Ele pegou fôlego e disparou: — Olhe. Eu posso conseguir um exército. Pela segurança da senhorita Dearly.

— Quem, seus colegas pássaros? — Comecei a sentir o ódio se acumulando outra vez. — Você acha que eu permitiria que qualquer um deles chegasse perto de um zumbi?

— Não — respondeu ele, fungando para tentar conter o sangue que pingava pelo nariz. — Meu pai tem uma imensa equipe de segurança. Se ele achar que estou em poder desses Transformados e correndo perigo, ele vai acioná-la. Sou seu único herdeiro. Cuidaremos deles primeiro e depois vamos atrás dela.

Minha primeira reação foi dizer um grande e redondo NÃO. Como poderia aceitar ficar em débito com aquele invertebrado? Como poderia pensar em lhe dar essa satisfação? Mais do que isso: como poderia dar aos vivos um convite para abrir fogo contra um grupo de zumbis? Era justamente o que estava tentando evitar. — Não vou permitir que seu pai mande matar meus semelhantes.

— Confie em mim — respondeu Michael. — Se eu estiver no meio disso e não souberem onde, somente usarão armas não letais. Não arriscariam me ferir.

Provavelmente, havia algo de verdade naquela declaração. Mas, e o Paciente Número Um? E se Coalhouse o levasse para lá? E se ele fugisse? Eu precisava mais que um punhado de homens. Mais do que evitar outro confronto entre vivos e zumbis, era de suprema importância que P1 voltasse a ficar sob nosso controle. E, naturalmente, Nora estava acima de todas as outras preocupações.

Precisava encontrar uma estratégia. A força de segurança privada de um lorde estava longe de ser o ideal, mas pelo menos não era o governo. Talvez Michael tivesse acertado uma.

— Ser o único herdeiro homem é uma tremenda coisa por aqui — reconheceu Cas. — Eu concordo com o que ele está propondo.

— Está bem — respondi, tentando me acalmar e encontrar meu eixo de novo. — Temos poucas horas. Vamos para o ponto de encontro.

A rua onde ficava o *pub* Ao Fígado Que Falha era um museu de carruagens e armas antigas quando chegamos. Além de Samedi e da doutora Chase, reconheci a maior parte da Companhia Z, os poucos que haviam patrulhado regularmente nos últimos dias. Tom e Cas tinham feito um bom trabalho.

Para dizer a verdade, a cena era comovente.

Arrastando Michael pela parte de trás do colarinho, como uma cadela faz com seu filhote, saí da carruagem e fui até Samedi e Beryl, parados perto do *Rolls Royce*. O carro estava com a capota erguida. Ela segurava a cabeça do colega de um lado e apontava uma lanterna para dentro do motor. Samedi trabalhava no motor e parecia estar conectando cabos a uma bateria secundária.

Ao ver-se de frente para o tronco ambulante e sem cabeça de Sam, Michael gritou e contorceu-se sob meu jugo.

Ignorando o estado de choque do sujeito, perguntei: — O que está fazendo?

— Armando uma coisa — murmurou Sam. Havia um equipamento de aparência misteriosa no chão, parcialmente envolto em encerados amarrados com cordões. — Mas não sei se vai funcionar.

Olhei para o lado e finalmente entendi para que serviam as estruturas que havia acima das rodas dianteiras do carro. Havia peças de aço ali, agora.

— Metralhadoras? Era isso o que havia no porta-malas?

— Canhões elétricos — esclareceu ele.

Beryl jogou a cabeça para ele pegar, e, assim que a colocou no lugar, ele pegou uma furadeira elétrica para ajustar um aparelho que estava ao lado.

— Curso rápido: canhões elétricos são armas eletromagnéticas que disparam projéteis. Cada um permite cinco tiros. São basicamente mísseis, mas não tão grandes, visto que isto é um carro e não um cruzador. Os controles ficam sob o painel. Não dá para mirar com eles, mas os projéteis certamente abrirão um buraco bem feio em qualquer lugar que atingirem e vão apavorar de verdade quem não for pego no caminho. — Ele olhou para a furadeira que tinha em mãos. — Um conselho: jamais bebam coisas verdes. Dá ideias estranhas.

— Você é um mago, Sam.

Um mago tremendamente insano, mas isso era parte de seu talento. Tirei a carta de Ratcatcher do bolso e entreguei-lhe. Ele olhou o envelope com curiosidade. Neste momento, vi que Ren se aproximava. — Você não irá, certo?

— Não, mas você precisa de mais alguma coisa?

— Faça contato com um sujeito chamado Havelock Moncure — pedi a ele. E olhei para Michael. — E cuide dos Roe.

— Qual é a missão, capitão? — perguntou Franco.

— Primeira parte: alcançar Os Transformados. Diga a eles seu endereço — Michael obedeceu, com um pouco de relutância. Ainda segurando-o pelo colarinho, dirigi-me à minha tropa, porque achei que era o mínimo que deveria fazer. — Muito obrigado a todos por estarem aqui. Não sabemos se Nora está lá, mas, no mínimo, vamos encontrar zumbis.

— Certo. Lutaremos pelos nossos — disse Aberforth. — Estamos com você.

— Sam, Beryl, vocês vão com Tom e Cas na carruagem de Michael. Deixem-me ir com o carro.

— Por que não vamos com você? — perguntou Samedi, fechando o porta-malas.

Porque Michael é meu sinal de alerta — respondi. — Vão.

Enquanto todos trocavam armas, embarcavam nos respectivos transportes e partiam, soltei Michael e peguei seu telefone. Comecei a percorrer seu arquivo de endereços.

— Não. Não podemos ligar para ninguém. — Michael pegou um lenço e começou a se limpar. — Temos que ir até meu pai. Modo de dizer.

— Não temos tempo! — Achei a entrada Pai e acionei a chamada. Tocou três vezes antes de entrar a mensagem da secretária eletrônica.

— *Código 12. Não há opção para deixar mensagem. Chegarei logo em casa.* — O aparelho desligou sozinho.

Fiquei olhando para ele, sem entender. — O que é Código 12?

— Minha mãe já disse. Significa que... ele não atende nem as ligações dela nem as minhas. Tem que me levar até a Allister Genética.

— Sem problemas. Desde que você saiba que não vai ficar por lá. — Ele abriu a boca para falar e eu me aproximei. — Você não vai sair da minha vista e não vou te deixar aqui. Porque eu teria que colocar você junto dos Roe e teria que lhes contar por que não poderiam deixar você sair.

Michael arregalou os olhos e calou-se.

— Você aprende rápido. Vamos.

31 • nora

— Coalhouse, por favor, me escute! — Tinha que gritar mais alto que as sirenes.

— Cale a boca!

Ele pegou uma rua pequena, e tentei pensar. Nova Londres ainda era novidade para ele. Não era possível que conhecesse bem a cidade. Ia acabar em um beco sem saída, a menos que eu o ajudasse. Sabia que a polícia ou o Exército poderiam tentar bloquear as saídas da cidade ou, pelo menos, as vias principais.

Naturalmente, o Cerco provou-se... Certo. Eu não podia contar com a ajuda das autoridades.

Coalhouse derrapou para a esquerda, jogando-me contra o Paciente Número 1. Estava escuro. Gritei de puro medo e tentei me afastar dele. Meu pulso havia encostado na grade da focinheira. — Cuidado!

— É, vou dar um jeito! — grunhiu Coalhouse, jogando-me para a direita desta vez, quando bateu no meio-fio em uma esquina. Número Um esticou os braços e conseguiu se segurar antes de se chocar contra mim, mas seu rosto ficou a centímetros do meu, e uma luz de poste evidenciou a estranha geometria do artefato preso à sua cabeça.

— Obrigada — agradeci. Precisava mantê-lo bem. Tinha que notar seus esforços heroicos, na esperança de que ele conseguisse manter-se ativo. Ergui a voz e adverti Coalhouse de novo: — Você vai acabar matando alguém!

— Então, me diga para onde ir!

Número Um voltou para seu lugar, recuando como uma aranha para dentro da toca, no chão do banco de trás. Quando vi que estava a uma distância segura de mim, procurei o botão para baixar meu vidro. Precisava minimizar o cheiro de meu sangue.

— Você já está longe do navio. Pode parar agora. Mesmo que seja só para nos deixar sair da carruagem. E eu lhe digo como fugir. Ganho tempo para você.

— De jeito nenhum! — Coalhouse olhou pelo retrovisor. Dava para ver as luzes vermelhas e azuis das sirenes. — Você pode sair, mas ele não!

— Então, eu não vou! — Era cada vez mais difícil dizer isso, mas ficava mais convencida a respeito a cada minuto que passava.

— Diga-me onde virar, droga! — Na rua, um casal saiu do caminho ao ver a carruagem a toda velocidade. Olhei pela janela, mas não consegui reconhecer onde estávamos. Os edifícios estavam deteriorados e as ruas eram estreitas e sujas.

— Não sei — admiti. — Acho que estamos indo para o norte. Algo encostou em meu tornozelo e gritei. Do seu lugar, no piso da carruagem, P1 olhou para mim e disse, suavemente: — Vá.

Senti que a culpa, como um pequeno sol, consumiu o restante do nevoeiro de medo em que me encontrava. — Não vou te deixar — prometi. Achei o cinto de segurança e coloquei-o.

Foi bem a tempo. Coalhouse olhou para trás e entendeu que eu não o ajudaria nem desistiria. Inclinou o corpo para frente e fincou o pé no acelerador.

As cenas que se seguiram pareciam trechos dos meus filmes de ação holográficos, não uma situação acontecendo de verdade. Para um sujeito morto, sem percepção de profundidade, Coalhouse era um motorista estupendo. Uma combinação de sorte e técnica fez com que fizesse as escolhas certas em termos de direção a seguir. Logo, apareceram ruas mais vazias e largas e placas indicando a estrada. Soube que sairíamos logo da cidade quando surgiram pequenos chalés e casas de tijolos com quintais, típicas do subúrbio. Ao chegar à estrada, que não dispunha de iluminação, Coalhouse apagou os faróis e acelerou mais ainda.

Senti um calafrio em meio àquela escuridão, pois logo ficaram para trás os carros da polícia e as ordens gritadas pelos alto-falantes, como se fossem um rosário: *"Rendam-se! Parem! Rendam-se! Parem!"*.

Torci o corpo para olhar pela janela de trás quando percebi que ninguém mais nos seguia. Cheguei a colocar a mão no vidro – um gesto inócuo. Lamentei não ter um isqueiro, uma lanterna ou mesmo a tela iluminada do meu celular, qualquer coisa do tipo, para poder fazer um sinal. Já não conseguia ver nenhum carro da polícia. Mas não importava.

Depois que as luzes dos carros da polícia desapareceram, tive a impressão de que rodamos dias a fio, mas provavelmente foram apenas horas. Ficamos todos em silêncio durante a primeira meia hora. Creio que foi quando nos demos conta do que realmente havia acontecido. E o que tínhamos feito.

Coalhouse abriu sua janela. Rasguei um pedaço do meu saiote e tentei atá-lo em torno do ombro. A dor tomara o braço todo. Tive que usar os dentes para segurar uma das pontas do curativo improvisado.

— Não acredito que atirei em você. Sinto muito, muito mesmo. — Coalhouse devia estar me olhando pelo retrovisor.

Fiquei aliviada ao ouvir aquelas palavras. Ele era um bom sujeito, um herói, e não queria chegar à conclusão de que havia cometido um erro ao confiar nele.

— Temos que parar — eu disse. — Encontrar uma maneira de fazer contato. Tom, Cas...

— Não posso. — Ele bateu na direção. — Não posso mais voltar depois do que fiz!

Ele estava certo. E seria infrutífero tentar convencê-lo, pelo menos naquele momento, a nos levar de volta para a cidade.

— Pare em uma cidade pequena. Falamos com o xerife. Entregue-se. Cidade pequena, menos gente em volta.

Ao ouvir isso, ele desabou. Tremendo e quase chorando, disse: — Só estava tentando completar a missão. Não sei o que fazer agora. Eu não quero matá-lo, Nora. Não quero. E me sinto tão culpado por causa do seu braço...

— É porque você está arrependido que quero ajudá-lo, Coalhouse. Por favor...

Mas ele não me deu ouvidos. Continuou dirigindo, alternando estradas grandes e vicinais. Toda vez que avistávamos luzes de sirenes — chegamos a ouvir o som de uma ao longe, o que me deixou de cabelo em pé — ele começava a dar voltas até achar a menor e mais escura estrada que encontrasse. Ziguezagueamos por muitos lugares, aparentemente na direção norte. Não dava para saber para onde estávamos indo. Coalhouse provavelmente também não sabia.

Foi quando chegamos a um campo onde havia muitas fogueiras acesas. Inicialmente, achei que poderíamos encontrar ajuda ali. Talvez aquilo fosse alguma festa local.

— O que é aquilo? — perguntei. Mas, ao mesmo tempo em que formulei a pergunta, soube a resposta. Era o acampamento dos Transformados.

Eles haviam se organizado exatamente da forma como Aberforth descrevera. Era uma estrada de pouco tráfego ao norte e os veículos estavam estacionados ao longo do acostamento. No alto de todos eles, caixas e bagagens empilhadas. O acampamento provisório havia sido erguido ao longo de trilhos de trem e, ao longe, pude ver pequenos pontos tremeluzentes, provavelmente um casario. Devíamos estar em Honduras. Coalhouse havia tomado a direção norte, seguindo por uma estrada no limite leste da Reserva Allister. Aumentou a velocidade quando o acampamento ficou mais visível. A carruagem sacolejava pelo acostamento.

Fui tomada pelo medo.

— O que você está fazendo? Veio até aqui de propósito? — falei alto e o tom denotou mais pânico do que eu gostaria de revelar.

O zumbi não respondeu de pronto. Parou no acostamento e desligou a carruagem, deixando-nos no escuro e em silêncio. — Não era minha intenção originalmente.

P1 não disse nada, mas seu olhar também denotava pânico.

Soltei o cinto de segurança e agarrei o braço de Coalhouse. — Você perdeu a cabeça? Meu Deus, por que nos trouxe até aqui?

— Não era minha intenção! Mas... — Olhou na direção do acampamento. — ... Laura. Ela não quis vir comigo. Pelo menos, podemos salvá-la. É o mínimo que posso fazer.

— Não — respondi. Mas Coalhouse já havia aberto a porta. — Tínhamos que estar do outro lado do planeta, não aqui!

— Silêncio — disse ele. Parecia ter recuperado a confiança, o que me preocupou.

Coloquei o cérebro para funcionar na tentativa de encontrar uma saída para esta última encrenca. Desta vez, meu pai teria todos os motivos do mundo para me impedir de sair. — Vocês disseram que Hagens queria me sequestrar. Você está me colocando em perigo, Coalhouse.

— Ela não sabe que você está aqui. Ela quer Smoke. Vocês dois vão ficar bem aqui. Vou buscar Laura. Não deixe que ninguém os veja.

Sem dizer nada mais, Coalhouse fechou a porta e tomou a direção de uma carruagem enfeitada sobre a qual havia uma caixa atada ao bagageiro. Levei um momento para perceber que o veículo era parte do palco de dois andares que havíamos visto quando visitamos o acampamento. Bem ao lado, havia uma tenda listrada. Fiquei observando enquanto se afastava, com o coração batendo forte e os olhos ardendo. Sabia o que tinha que fazer. Detestava ter que deixá-lo para trás, deixar Laura, deixar qualquer um, mas talvez não tivesse outra oportunidade. Se ele tivesse mesmo conquistado a confiança de Hagens, provavelmente estaria seguro aqui, pelo menos por um tempo.

Contorcendo o rosto por causa da dor, passei para o banco da frente. Liguei a carruagem e olhei, por alguns instantes, para os controles. Dirigir não podia ser tão difícil. Botão dirigir, volante, acelerador, freio. Era tudo de que se precisava, certo?

— Smoke — eu disse, usando seu nome verdadeiro. — Vamos voltar para a cidade. Eu não sei dirigir, então preciso que fique calado e quieto, está bem?

— Sim — respondeu ele, com um som que pareceu um gargarejo. — Não gosto daqui. Quero estar com pessoas.

— Eu também.

Respirei fundo, coloquei as mãos na direção e apertei o botão para tirar a carruagem do modo Estacionar. Ajustei o retrovisor, pois Coalhouse era alto e eu, minúscula. Foi quando vi luzes se aproximando, vindas do acampamento. *Não!*

Senti um aperto no peito e tentei acelerar. O movimento foi mais violento do que eu esperara e, instintivamente, brequei, reação que me fez questionar minha sanidade por um instante.

Meus reflexos falhos deram às carruagens que se aproximavam tempo suficiente para que nos encurralassem por todos os lados. Avistei, dentro da cabine do veículo que parou bem à nossa frente, zumbis com olhares maldosos. Provavelmente, eram sentinelas. Virei o volante totalmente para a esquerda e tentei acelerar de novo, mas tudo que consegui foi bater em um ângulo esquisito. Só conseguiria sair dali de ré.

Não ousei gritar, pois queria evitar que Smoke se exasperasse. Nossa fuga tinha durado dois minutos. *Ai, que vontade de gritar!*

Todos saíram das carruagens e nossa porta foi aberta. Fomos jogados no chão. Quando os zumbis viram Smoke, identificando-o ao iluminar seu rosto com as luzes dos veículos, começaram a gritar, comemorando.

Eu quase vomitei de pavor.

Levaram-nos para a tenda listrada. A única luz lá dentro vinha de uma luminária a querosene meio batida, e tudo que se via eram as estacas que lhe davam suporte e alguns estrados, fazendo as vezes de camas, com lençóis descombinados. Além de Hagens, Coalhouse e Laura.

Laura estava sentada aos pés de Hagens como uma escrava em uma cena de algum romance barato. Foi ela quem nos viu primeiro, olhando espantada para Coalhouse. Deu para entender que ele estava tentando convencer Hagens a deixar que Laura partisse com ele.

— Irão mudá-lo de lugar novamente, mas não sei para onde. Creio que poderia conseguir mais informações se fosse uma moça a falar com eles. Talvez Laura pudesse fazer isso. É meio esquisito, mas um guarda vivo que eu conheço tem uma queda por meninas zumbis e...

Neste instante, Hagens ergueu a cabeça e nos viu. Ela esbugalhou os olhos como se fosse um personagem de desenho animado. Laura fechou os dela.

— E eu poderia... — Coalhouse finalmente percebeu que nenhuma das duas estava prestando atenção. Quando se virou e nos viu em poder dos guardas, tive a impressão que desejou morrer ali mesmo. Deve ter sido pela cara que fiz.

— O que foi que você fez? — sussurrou Laura. — Meu Deus, você trouxe os dois para ela.

A expressão de Hagens parecia a de uma garotinha de cinco anos que acabara de ganhar um pônei no aniversário, mas ainda não tinha entendido que o presente já era dela.

— Vi uma carruagem parada na estrada — disse o guarda que me segurava. — Fui checar e olha só o que achei.

— Senhorita Dearly — cumprimentei-a com o menor movimento que fui capaz e Laura dirigiu-se de novo a Coalhouse: — Mas o que foi que você fez?

— Nada — tentou argumentar ele. — Eu não...

— Cale a boca, Laura — disparou Hagens. — Coalhouse...

Ela não chegou a terminar a frase. De repente, Laura ficou de pé e jogou-se contra ele, socando-o com os punhos fechados, como eu fizera no Erika.

— Você está mentindo de novo! — gritou a menina. — Mentira! Mentira que você voltou e esses dois te seguiram por acaso!

— Não era para ter sido assim! — gritou de volta Coalhouse, empurrando-a para longe dele.

Era o que Hagens precisava. Enquanto eu me debatia nas mãos das sentinelas, ela tirou um revólver do cinto e atirou nele. Gritei quando ele cambaleou para trás. Ela não o atingira na cabeça, mas no ombro. Dois sujeitos atrás de mim resolveram lhe dar cobertura, e ouvi tiros à minha volta, como fogos de artifício em uma comemoração. Tremendo, abaixei a cabeça, certa de que levaria outro tiro.

Foi quando senti que Laura me agarrara.

Tudo à minha volta ficou borrado, um emaranhado de membros e trepadeiras tentando me tirar dali, com o colorido da tenda como pano de fundo.

Um guarda avançou e bateu na cabeça da menina diversas vezes. Ela caiu aos meus pés. Sem saber se estava morta, parei de respirar.

Hagens finalmente conseguiu que Coalhouse se rendesse e apontou a arma para a cabeça dele. — Meu Deus, nunca poderia imaginar. Coalhouse Gates, você vai entrar para a história dos zumbis como um herói digno das lendas.

Ele a encarou, como se aquele comentário fosse uma condenação e não um elogio. — Não. Isso foi um erro. Tenho que levá-los de volta.

— Preferiria que não tivesse dito isso — retrucou Hagens, com uma expressão quase desapontada. — Está claro que você está confuso. O que não diminui em nada seu heroísmo.

— Tudo, tudo um erro... Por favor, deixe-me, pelo menos, levar Nora. Você não precisa dela.

— Realmente não preciso, mas vou ficar com ela mesmo assim. É um belo seguro de vida.

Aquela cena congelou em minha frente por alguns instantes. Não sabia o que fazer, nem o que queria que Coalhouse fizesse. Ele olhou para mim com seu único olho, como se implorasse por algo. Algo que eu não sabia o que era.

— Foi um erro — sussurrou ele. — Mas juro que... Irei consertá-lo.

E foi assim que, ferido e apavorado, ele se virou e saiu correndo da tenda, que balançou com a força de sua velocidade. A reação foi tão inesperada que até os guardas ficaram sem ação por um segundo, antes de disparar em seu encalço.

— Coalhouse! — gritei e colapsei nos braços do zumbi que me segurava, chocada e arrasada. Talvez, a intenção dele não tivesse sido me entregar para Hagens, mas agora me largara em poder dela.

— Do que é que ele estava falando — quis saber o outro guarda, dirigindo-se a Hagens.

— Não sei, mas vá ao acampamento pedir a todos que corram atrás dele. Cacem-no — ordenou ela, com a vontade de vingança fresca na voz. — A coisa toda com ele foi esquisita desde o início, mas não vou discutir diante dos resultados.

— O que você quer de mim? — Sendo eu parte dos resultados, achei melhor perguntar de uma vez. Era melhor encarar os fatos do que ficar louca por não saber.

Hagens aproximou-se de mim como se me visse pela primeira vez. Ela era extremamente forte, e a força dos seus dedos ossudos no meu braço parecia arame farpado. Por mais que lutasse, não conseguia me desvencilhar deles. — E você não faz ideia?

Desfiei uma série de impropérios, e ela me apertou ainda mais. Smoke, que estava do meu lado, grunhiu.

— Vá buscar cordas — ordenou Hagens a um de seus soldados. Ele a obedeceu, e ela fez com que eu a encarasse. — Só quero que seja minha hóspede.

— Sem gracinhas. Diga logo para o que me quer.

— Quero você porque pode fazer muita gente sofrer: Griswold, o Exército, os vivos. Viva, você tem o poder de manter um monte de gente longe de mim. Morta, você vai ensinar a eles por que nunca deveriam ter se metido comigo. Sequestrar você era mesmo uma ideia idiota. Nem eu mesma estava muito a fim. Mas agora? Agora, estou levando isso muito a sério.

O zumbi que tinha ido buscar a corda voltou.

— Amarrem-na — ordenou. E, olhando para Laura, completou: — Ela também.

— Hagens, se você...

— Nem comece, ou mato você agora mesmo — respondeu Hagens, empurrando-me na direção do guarda. Apesar da minha resistência, ele começou a me amarrar. — Não, não esta noite. Não esta noite em que, finalmente, estou de bom humor.

32 • Bram

O percurso demorou um pouco, mas o lugar estava bem sinalizado. Começamos a ver placas que indicavam a Reserva e o Banco Genético Animal em Memória de Maria Bosawas-Allister, a 15 quilômetros. Em pouco tempo, avistamos outras indicações que orientavam seguir adiante, em direção à Allister Genética.

Michael ficou calado durante a maior parte da viagem, o que foi inteligente da parte dele. Especialmente depois do telefonema de Salvez para me informar que a polícia havia perdido Coalhouse. Àquela altura, precisava admitir que a melhor pista de que dispúnhamos era o acampamento dos Transformados. No mínimo, precisávamos dar conta deles para podermos nos concentrar em Nora. Com o sumiço de Coalhouse, a polícia logo começaria a ampliar o raio de busca.

Rezei para que ele não tivesse se envolvido com Os Transformados. Embora estivesse preocupado com os dois, era Coalhouse quem mais me angustiava. Eu sabia que minha namorada saberia se virar. Informei a Salvez que iria atrás de Nora antes de desligar.

Estamos quase lá. Dê-me uma ideia de como a reserva se organiza — pedi a Michael.

Ele continuava a me olhar desconfiado, com a mão protegendo o nariz. Mesmo assim, informou: — A reserva tem cerca de 48 mil quilômetros quadrados. Não precisamos entrar nela. O edifício da Allister Genética fica bem visível, adiante.

— Toda essa área apenas para animais e plantas — comentei, impressionado. — E sua família é dona de tudo?

— É o último jardim do Éden — respondeu Michael, sarcástico, virando-se para a janela. — Meu pai sempre diz que é o último lugar dos Territórios onde se pode esconder algo.

— E ele tem alguma coisa que valha a pena esconder?

Michael fungou alto. — Você acha que vou te contar alguma coisa sobre minha família? Você não merece saber.

— Como quiser. Só me diga o que vamos fazer.

Sabia que, àquela altura, implicar com o garoto, ou mesmo bater nele, não ia me fazer sentir melhor. Hora de crescer.

— Tem um laboratório no décimo primeiro andar. Podemos fazer um *comlink* com meu pai.

— Em que um *comlink* é diferente de uma ligação?

— Acredite em mim. Tem que ser assim.

— Perfeito. É para lá que vou levá-lo como refém.

— Como o quê? — gritou Michael.

— É o melhor jeito de fazer seu pai reagir — respondi, virando na via indicada como exclusiva para funcionários. — Além disso, você acha que vou me contentar em ficar te seguindo, girando os polegares sem fazer nada, enquanto você conta a ele alguma história triste ou tenta me enganar no meio? Você me dá pena. Na verdade, eu quero você bem visível no meio do fogo cruzado. Quero ter certeza de que essa sua tal força de segurança privada não troca a munição para balas de verdade no meio do confronto.

Michael fechou os punhos e gritou: — Por que raios você não morre de uma vez?

— Já me fiz essa pergunta muitas e muitas vezes depois que encontrei você de novo. Acredite

Notei que ele se obrigou a abrir as mãos e tentou se recompor, coisa que fazia com cada vez mais frequência.

— Estamos chegando à primeira guarita — disse ele, virando-se para mim. — Você vai ter que ir para o porta-malas. Se estiver sozinho, me deixarão entrar sem fazer perguntas.

— Ah, Lordinho... Estou morto, mas não sou idiota.

— É a única maneira. Estou falando sério!

Inspirei profunda e inutilmente e resolvi focar no que ele tinha a dizer: — Está bem. Explique.

— Há guardas. Não estou inventando. Ou você acha que qualquer um entra em uma empresa repleta de equipamentos e experiências que valem milhões? — E, apontando para si mesmo, completou — Estou com uma aparência horrível, mas ainda sou filho do dono. Além disso, estou trabalhando aqui, tenho passe livre. Vão me deixar entrar. E não permitiriam sua entrada sem questionar.

Desconfiado, tive que admitir que ele provavelmente estava certo. — E se eu concordar com você, mas você me enganar?

— Deixe-me adivinhar: você vai me surrar? Você está precisando de novas ameaças. — Michael alisou o casaco. — Quero trazer a senhorita Dearly de volta. Você não confia em mim e eu não confio em você, mas tentemos nos focar no fato de que nós dois queremos o mesmo agora.

— De acordo. — Parei o carro, destravei as portas e tirei o revólver do coldre. Não me sentia confortável com a situação, mas estávamos correndo contra o tempo. — Vamos fazer isso rápido.

Michael passou para o banco do motorista, e, aproximando-me da parte de trás do carro, olhei desanimado para o porta-malas. Não era apenas o fato de deixar Michael no comando que me incomodava. Como se não bastasse todo o resto, a ideia de ficar confinado naquele espaço pequeno dava uma sensação ainda maior de fatalidade. Pelo menos, poderia sair dali atirando na tranca se fosse necessário. Entrei e fechei a porta.

Michael partiu e, cinco minutos depois, senti que reduzia a velocidade. Olhando fixamente para a parte de dentro da porta, ouvi vozes abafadas e uma delas não era de Allister. Poucos segundos depois, estávamos em movimento de novo. A mesma sequência repetiu-se duas vezes mais e, em ambas, Michael conseguiu passar. Esperava que fosse verdade o que ele descrevera e que eu não tivesse caído em uma armadilha.

Quando finalmente desligou o veículo e o porta-malas se abriu, sentei-me por um momento para que meus olhos se adaptassem à luminosidade. Estávamos em uma garagem grande e vazia. Era tarde e poucas carruagens estavam estacionadas no local, bem distantes umas das outras.

— Os guardas disseram que quase todos já foram embora — disse Allister, saindo do carro.

— Bom trabalho — comentei ao sair do porta-malas.

— Obrigado — respondeu Michael, com sarcasmo, abrindo a porta traseira para pegar uma arma. — Se vamos juntos, quero uma arma também.

Bati a porta, quase esmagando a mão dele.

— Nem pensar.

— Tenho o direito de me defender, caso você perca a cabeça. E tem mais: se tiver oportunidade, matarei seja quem for que levou Nora!

— É mesmo? — Comecei a sentir calor outra vez, algo que era biologicamente impossível e sinal de que era hora de seguir em frente. — Então, ande logo, assim você chega mais rápido.

Michael ficou parado por alguns segundos, o que me enfureceu ainda mais, mas finalmente desistiu de se armar e andou. Segui-o, com o cuidado de manter minha arma escondida. Não sabia quantas câmeras de segurança haveria por ali e não queria que ninguém tivesse motivo para nos abordar antes da hora.

Em determinado momento, ele se abaixou e alertou:

— Estação de segurança adiante. Eu passo andando, você se arrasta.

Acreditei nele e o segui. Michael endireitou-se e guiou-nos a uma porta afastada que levava ao interior do edifício. Eu o seguia por trás dos carros e junto às paredes, sempre que possível, para que não me vissem. Quando passamos pela segurança, os funcionários, ignorando minha presença, cumprimentaram-no. Chegamos a uma porta de metal. Expondo o *chip* implantado no pulso, conseguiu fazer com que entrássemos. Em seguida, chegamos a um elevador e novamente o *chip* permitiu que ele acionasse o botão para o décimo primeiro andar.

— Estamos indo para o laboratório principal — informou ele, em um tom estranhamente sereno, como se finalmente tivesse encontrado um fio que nos levasse à saída do labirinto de ações que estávamos prestes a empreender. Nesse instante, passou a mão imunda pelos cabelos e, em seguida, agarrando o nariz, torceu-o para um lado e gritou, por causa da dor que ele mesmo se infligira.

Antes que eu pudesse reagir, vi o sangue pingar. Senti o cheiro característico e entendi o que acabara de fazer. — Tentando ficar mais feio ainda?

Ele deu uma risadinha arrogante. — Na verdade, não.

— Então o que foi isso? — Será que eu tinha feito o sujeito enlouquecer? Na verdade, essa possibilidade me perturbou.

— É isto que vai fazer meu pai prestar atenção.

— Como é que é?

— Se conseguirmos passar pela descontaminação do jeito que estamos e entrar no laboratório, a presença de sangue e tecido morto vai disparar um milhão de alarmes — explicou ele. — O ambiente precisa ser estéril. Um dos alarmes vai chamar a atenção do meu pai.

— Ele presta mesmo atenção a coisas pequenas, como pinguinhos no chão? Achei que era o dono disto tudo.

— São as únicas coisas às quais ele presta atenção — respondeu Michael, amuado.

A porta do elevador abriu e vi um compartimento pequeno. Sensores detectaram nossa presença e a iluminação aumentou de intensidade, expondo, do outro lado das paredes de vidro, uma série de equipamentos que não consegui identificar.

— Há um intervalo entre o alerta de descontaminação e o fechamento da porta de acesso ao laboratório — avisou Michael, apontando para ela antes de cobrir o nariz com as mãos. — Já que você é grandão, seja útil.

— Entendido — respondi, guardando o revólver no coldre.

— Bem-vindo à Allister Genética! Por favor, aguarde a descontaminação!

No instante que a voz feminina do aviso se calou, disparei em direção à porta, que cedeu facilmente sob a força que apliquei nela com o ombro. Michael correu para meu lado, abaixando-se para evitar um jato de gás que saiu do teto. Entramos apressadamente no laboratório e ouvimos a porta se trancar atrás de nós. Ignorei aquele detalhe, imaginando que se abriria de novo no próximo processo de descontaminação.

O laboratório estava aparentemente vazio. Michael descobriu o nariz e aproximou-se de uma das estações de trabalho, feita de aço inoxidável. Fez duas marcas exageradas com as mãos ensanguentadas na superfície superior. Rapidamente, todo o ambiente, que era branco, ficou vermelho por causa das luzes de alerta e sirenes que começaram a soar. Michael cobriu as orelhas com as mãos, e eu saquei a arma.

— Contaminação. Contaminação — avisava a voz feminina pelo alto-falante.

— Onde é que ele está? — gritei.

Michael andou em direção a uma longa parede, onde estavam alinhadas gaiolas virtuais cheias de ratos holográficos. Segui-o. À espera do próximo acontecimento, vi de relance a sombra de um homem projetada sobre outra parede e mirei nela. Não estávamos sós, afinal.

— Bram?

Vi o doutor Elpinoy, cujo rosto enrugado parecia uma poça de cera derretida sob aquelas luzes vermelhas. Estava acostumado a vê-lo vestido de avental branco, mas o que usava naquele momento tinha o logotipo estilizado da Allister Genética estampado no bolso.

— Dick? — Surpreso, abaixei a arma. Seria possível que ele tivesse vindo trabalhar aqui?

Ele olhou para Michael. — O que você está fazendo aqui? O que você...

Antes que ele entendesse tudo errado, empurrei-o até uma das estações de trabalho.

— Isto é uma emergência! — respondi. — Fique aqui!

— Emergência? Como assim, emergência? — Ele recuou até o lugar que eu havia apontado.

— Coalhouse sequestrou Nora. E também o Paciente Número Um.

Elpinoy arregalou os olhos e congelou onde estava.

De repente, as sirenes pararam de tocar. Vi que as gaiolas virtuais haviam sido substituídas por uma transmissão que mostrava um homem de meia-idade vestindo um terno elegante. Sua expressão era de fúria. Ele se encontrava em um laboratório semelhante — mesmos equipamentos e mesmas gaiolas virtuais na parede atrás dele, porém havia diversos tonéis transparentes azuis contendo criaturas estranhas em posição fetal. Ele estava aqui. Em outro lugar do edifício. Maldição.

— O que significa isso? — perguntou, em tom imperativo. — O que está havendo, filho? O que lhe aconteceu?

— Perguntou à pessoa errada — respondi, aproximando-me da tela. Ergui a arma e apontei-a para a cabeça de Michael. — Seu filho está inoperante no momento.

O olhar de Allister pai focou em mim, e ele ficou imóvel. — Meu Deus.

— Pai, ele quer dinheiro — informou Michael, impaciente. — Um milhão. Disse que vai me manter refém até conseguir.

Embora não tivéssemos falado em dinheiro até então, achei melhor não contradizê-lo. Provavelmente, Michael sabia como fazer seu pai reagir. Movi meu revólver para que o homem o visse de todos os ângulos.

Lorde Allister nem sequer olhou para o filho. Encarando-me de frente, disse:

— Não imaginei que o conheceria nestas circunstâncias, senhor Griswold. Estou decepcionado.

Minha estranheza diante daquilo tudo subiu para um novo patamar.

— Como o senhor sabe quem sou?

— Pai? — tentou Michael, com a voz embargada.

Lorde Allister ergueu a mão, silenciando o filho, sem deixar de me olhar. — E no meu território. Foi pouco prudente de sua parte. Nada prudente, na verdade.

O mais estranho era que ele não parecia furioso. Seu tom era quase meditativo.

— Como o senhor me conhece? — Teria Michael falado sobre mim alguma vez?

— Não é necessário que você saiba — respondeu lorde Allister, finalmente olhando para o filho. — Não agora.

— Então, temos que ir embora — disse, tentando voltar ao plano. — Meus amigos me esperam. Estão quase na sua porta, na verdade. Sua esposa tentou falar-lhe hoje? — O homem piscou quase imperceptivelmente, embora o resto de sua face continuasse rígido. — Talvez eu seja mais inteligente do que o senhor pensa.

Diante do meu comentário, ele reagiu. — Seu monte de lixo morto — grunhiu lorde Allister. E, dirigindo-se ao filho, completou: — Aguente firme.

A transmissão desapareceu e a parede voltou a ser branca. Não esperava que a interlocução terminasse tão rápido.

— Vamos sair daqui — disse a Allister. Teríamos tempo de sobra para entender o ocorrido mais tarde. Michael apenas sorriu.

Ouvi um estalo. Olhei para a porta por onde havíamos entrado, mas não vi nada anormal. Depois, outro estalo, e outro. Acompanhando o som, entendi que as portas estavam se fechando, algumas duas ou três vezes. Até Elpinoy olhou em torno, surpreso, contraindo-se involuntariamente cada vez que ouvia uma tranca ser acionada.

— Você é um idiota — disse Michael. — Não só veio até aqui, como subiu onze malditos andares. Código 12 significa que meu pai está no décimo segundo andar e que não quer ser incomodado!

Agarrei-o pelo colarinho e, correndo, arrastei-o até uma das portas mais distantes. Forcei-o a passar o pulso sobre o leitor, mas nada aconteceu. O trânsito livre de que gozava havia sido cancelado remotamente. Empurrei-o para o lado e atirei na fechadura, sem sucesso. Joguei-me contra a porta. Nada. O obstáculo era dez vezes mais potente.

— Como você acha que eu sabia sobre a guarda particular de meu pai e sobre as táticas de segurança? Planejamento contra episódios como este faz parte da minha vida desde que eu era muito pequeno, sabia? — vangloriou-se Michael. — A Allister Genética, provavelmente, é o lugar mais seguro do mundo para mim e o mais mortal para você. Os seguranças do meu pai vão te encher de balas. Não vai sobrar nem um retalho do seu corpo para enterrar. Aí, sairei daqui e salvarei a senhorita Dearly! Você me entregou de bandeja uma bela compensação por tudo o que passei!

Entendi, horrorizado, a gravidade da situação em que tinha me metido. Confiara naquele desgraçado; até imaginara que ele desejava mesmo o que fosse melhor para Nora, embora estivesse em meus planos puni-lo, depois, por seus atos. Que encrenca. Estava praticamente condenado. E tão distante de Nora quanto se estivesse em Marte.

Foi quando vi uma mão bater no ombro de Michael. Ele virou-se e deu de cara, violentamente, com uma bandeja de aço. Caiu, inconsciente. Elpinoy ficou parado atrás dele com o objeto manchado de sangue na mão. Seu abdômen imenso subia e descia por causa da respiração ofegante de terror. Ele deixou cair o artefato de metal e, encostando o pulso ao leitor próximo à porta, fez com que ela se abrisse.

— Meu passe ainda funciona — disse ele. E, apontando para Michael, ordenou: — Pegue-o.

Joguei Michael sobre o ombro e perguntei:

— Dick, foi você quem contou a Allister sobre mim?

— Não.

Elpinoy conduziu-me para a escada de emergência e, juntos, descemos até o primeiro andar, meio caindo, meio voando.

— Nunca contei nada a ele sobre a Companhia Z, somente sobre a pesquisa de Dearly, cujos dados já eram públicos.

— Que loucura.

— Ele deve saber sobre você pelo noticiário ou por alguma outra fonte. — Elpinoy abriu uma porta e chegamos à garagem. — Vá reto por aqui. Vou deixá-lo sair pela entrada de funcionários, se é que você sabe onde fica.

— Foi por onde entrei — e, virando-me para ele, completei —, obrigado.

— Discordo dos métodos do doutor Dearly, mas gosto muito de vocês todos. Mesmo que isso soe meio sentimental — respondeu ele, acenando para mim. — Vá. Encontre a senhorita Dearly. Vou investigar o que puder.

— Não. Vá para algum lugar seguro — aconselhei-o.

Cruzar o estacionamento foi fácil — a guarita estava vazia e avaliei que talvez todos os seguranças tivessem sido convocados para enfrentar o "sequestro" no décimo primeiro andar. Porém, bem quando acabei de colocar o cinto de segurança em Michael, ouvi uma sirene diferente. Ao olhar em torno, vi um batalhão de soldados vestidos de preto vindo em minha direção, depois de passar pelo mesmo portão por onde havíamos entrado.

— Genial — murmurei, batendo a porta e correndo para o lugar do motorista. Provavelmente, nos viram através das câmeras de segurança. Estava encurralado. Por sorte, de novo, tinha a opção de abrir caminho a tiros.

Quando peguei no volante, os soldados já estavam muito próximos, gritando e disparando balas de borracha que quebraram os vidros do amado

Rolls de Samedi. Algumas chegaram a me atingir no peito, mas poucos danos causaram além de aumentar minha fúria. Liguei o motor e abri o compartimento que Sam me mostrara, abaixo da ignição. Sem olhar, apertei alguns botões. Os canhões elétricos dispararam imediatamente. Pareciam emitir raios de luz e um som de trovão fez o carro vibrar. Poderia jurar que ele havia se despregado do asfalto. Apertei o botão diversas vezes e os projéteis abriram um buraco grande o suficiente no portão para que eu passasse com o carro, dirigindo como um louco.

Desviei como pude para não atropelar os soldados à minha frente, em duas manobras radicais. Nora ia adorar ouvir os detalhes mais tarde. Voei para fora da garagem, ralando o teto do carro no portão semidestruído.

Já na via destinada ao trânsito de funcionários, avaliei que, até onde pudera notar, não passara por cima de ninguém, mas com certeza tinha apavorado o batalhão. Os seguranças levaram um minuto para se reorganizar, mas eu já estava longe. Reduzi um pouco a velocidade, na esperança de atraí-los. Com efeito, poucos segundos depois, avistei dois caminhões blindados imensos atrás de mim. Desta vez, não atiraram, mas dava para ouvir os alto-falantes: "*Encoste!*"

— Vamos embora, rapazes! — disse para mim mesmo e acelerei. Do meu lado, Michael se mexeu e gemeu. Muito bem. Agora, isso não era mais uma simulação de sequestro. Era um sequestro de verdade. Com refém, extorsão, ataque e... *Vandalismo?* Abrir um buraco com um projétil no portão de alguém provavelmente tinha um nome mais apropriado.

Talvez, eu esperasse o milhão entrar na minha conta antes de devolver o infeliz. Parecia uma quantia justa.

33 • Laura

Acordei com pés e mãos amarrados, como a garota viva do meu lado.

Nem me importei.

Fiquei de olhos fechados, imóvel, por um longo tempo, apenas ouvindo. O acampamento, uma vez mais, virara uma festa, com zumbis indo e vindo, conversando enquanto cuidavam dos preparativos. Nenhum deles sabia o que estava para acontecer, mas deviam estar na expectativa de algo excitante, pois o palco estava sendo montado. Ouvi as peças sendo descarregadas da carruagem estacionada ao lado da tenda e as risadas dos não vivos que as manipulavam.

A garota, ao contrário, não parava de se mexer e de falar. Não chorou nem gritou, mas tentava se livrar das cordas, torcendo-se entre os *pallets*. Chamou-me pelo nome repetidas vezes, mas não respondi. Smoke também não.

— Smoke? Você está bem? — Ele continuava mudo. A menina praguejou e tentou me acordar de novo. — Laura? Ouça. Olhe. Laura!

— Ela não vai te ajudar — ouvi Hagens responder e, ao abrir os olhos, dei com o sorriso sarcástico dela — Porque tem noção do perigo. Sabe que vai morrer esta noite.

Pronto. Eu sabia. Congelei.

— Cale a boca — respondeu Nora, virando-se para encarar a mulher.

Hagens pareceu obedecer e, aproximando-se de Smoke, ajoelhou-se ao lado dele. As pernas do zumbi não estavam amarradas, mas uma corda prendia seus pulsos à estaca principal da tenda. Ela tratou de corrigir aquilo e amarrou-o pelos pés também.

— Sinto muito, mas tenho que ter certeza de que não vai fugir de novo.

— Não pode mantê-lo aqui — disse Nora. — Se ele fugir, se começar uma nova praga, haverá retaliação contra os mortos. Zumbis inocentes sofrerão.

Hagens ergueu-se e atou firmemente a corda à estaca. Ficou observando Nora, que a encarava com uma atitude desafiadora.

— Zumbis inocentes já estão sofrendo, sua bobinha. Chegou a hora de revidar.

— Revidar? Como? — perguntou Nora, afastando um cacho de cabelo preto do rosto.

— Medo — respondeu Hagens, com um sorriso malicioso. — Exatamente como você acaba de dizer. Agora que ele está de volta, poderíamos começar uma nova praga. Medo paralisa até a mais forte das tribos.

Abaixei a cabeça.

— Você subestima as pessoas — retrucou Nora, tentando fazer contato visual comigo.

— É mesmo? — Hagens abaixou-se e cravou as unhas no pulso de Nora, onde as cordas já haviam deixado a sua pele vermelha. A garota contorceu-se de novo, desta vez de dor. — Quando fugi do Cerco, temi por minha vida. Achei que tivesse me acostumado com o fato de estar morta, mas os vivos me fizeram sentir o terror da morte de novo. Vivo com medo há tempo demais.

— Não a condeno por sentir-se assim! — disse Nora, tentando soltar os pulsos. — Mas isso não é maneira de consertar as coisas!

— E qual seria a maneira? — perguntou Hagens baixinho, em um tom falsamente amistoso que me assustou. — Qual seria a maneira, se os humanos continuam tentando me controlar? Continuam tentando nos controlar? Quando me procuraram e tiveram a audácia de esperar que eu erguesse um dedo para ajudá-los?

Nora a encarava, em busca de sentido para aquilo. — O que você quer dizer? Coalhouse falou sobre isso. A Companhia Z corre perigo?

— Até parece que eu vou te contar — respondeu Hagens, zombando dela.

— Não me conte, mas conte aos outros! Bram lutou por você! Se você o tivesse procurado, ele a teria ajudado!

— Isso é passado. — Hagens chegou mais perto ainda de Nora e soltou os pulsos dela. Ela tentou recuar. As cordas, porém, não a deixaram ir muito longe. — Não quero contaminar a nação inteira. Não quero varrer a humanidade da face da Terra, liquidar a civilização tal como a conhecemos. Não sou tão idiota. Vou manter Smoke muito, muito perto de mim. Tudo que quero é que meu povo viva em segurança, inclusive ele. Lutei, gritei, matei para conseguir chegar a um lugar onde eu possa proteger os mortos. Tenho meu próprio exército. Se os humanos me deixarem em paz, se nos deixarem viver em paz os poucos dias que nos restam, ninguém sofrerá mais.

— E eu? — exigiu Nora. — Você ainda não me disse para o que eu sirvo.

— Smoke é minha espada — respondeu Hagens, olhando do alto para o prisioneiro acocorado no chão. — Você pode ser meu escudo. Servi no Exército de Nova Victoria de corpo e alma. Esse mesmo Exército me deu as costas e ordenou a seus integrantes vivos que saíssem à minha caça para me destruir. Fui leal a Griswold, e ele me abandonou à minha própria sorte. Tentei reconstruir minha vida em uma nova cidade e, de novo, fui caçada na rua. Você vai fazer com que isso acabe!

— Sinto muito por tudo que fizeram a você — disse Nora. Ela estava branca como papel e tinha no rosto uma expressão chocada, mas continuava discutindo. — Estou do seu lado. Por que não acredita em mim?

— E quem disse que não acredito? — Hagens balançou a cabeça, em negativa. — Podemos ter a mesma opinião, mas seguimos sendo essencialmente diferentes. Esse é o ponto. É disso que as pessoas precisam se lembrar; e posso fazer com que se lembrem usando você. Griswold te ama. O Exército ama seu pai. No mínimo, você é uma mensagem para eles. Portanto, não pretendo te matar, a menos que não tenha escolha. — Hagens apertou o queixo e o ombro ferido de Nora até fazê-la gritar. — E será uma morte causada por mil mordidas. Se o Exército vier em meu encalço, ou qualquer um da Companhia Z, permitirei que cada integrante dos Transformados tire um pedaço da sua carne. Centenas de pequenas mordidas, uma de cada vez, com você viva. Vai sobrar uma coisa tão feia que até Griswold ficará enojado. A imagem vai assombrá-lo até o dia de sua morte, como o rosto das pessoas que ele abandonou.

Nora arregalou os olhos, ofegante. Tentou virar o corpo, contorcendo-se inutilmente. — Percebeu que só diz essas coisas quando estou presa ou quando Bram está presente para me conter? Do que é que você tem medo?

— Mas que valentona... — zombou Hagens. — E que idiota que você é.

Lá fora, começou a tocar uma música; eram batidas de tambores acompanhadas de uivos de celebração.

— Está começando nossa festinha, antes que tomemos a direção daquelas mansões lá longe. Vamos ocupá-las e usar as instalações dos humanos para que saibam quem está no comando agora. Não quero que ninguém se machuque. Não quero que ninguém chegue perto de nós. — Nora fuzilou-a com o olhar. Hagens riu, virando-se para mim. — E você. De você, vou me livrar. Será uma lição para os outros. Prepare-se para ir para a composteira. — Hagens marchou para fora da tenda, deixando-nos sós.

Assim que saiu, Nora sussurrou:

— Laura!

Desta vez, olhei. Seu rosto estava sujo e seus olhos brilhavam.

— O que você quer?

— O óbvio — respondeu Nora. — Temos que fugir daqui e dar o alerta!

— Não podemos — respondi, virando as costas para ela.

— Podemos sim — insistiu Nora. — Você não me conhece, e não espero que sinta pena de mim. Mas há pelo menos uma pessoa neste acampamento que você quer ajudar. Podemos sim sair daqui. Sempre há um jeito.

— Não podemos. Ninguém pode — repeti, olhando para ela de novo. — Não acredito em mais ninguém. Hagens matou minhas irmãs. Fez com que Os Transformados se voltassem contra a humanidade. Achei que Coalhouse fora enviado para ajudar, mas ele só piorou tudo. Mártira era a única pessoa em quem eu acreditava. Eu confiava nela até mesmo quando sabia que estava mentindo.— Precisava admitir isso agora. Ela mentia sobre muitas coisas.

Olhando intensamente para mim, a garota disse:

— Coalhouse não me sequestrou. Vim com ele para protegê-lo. — E, acenando em direção a Smoke, completou: — Juro.

Fiquei confusa. — Por quê? Por que você fez isso?

— Porque Hagens está certa. Smoke precisa que alguém cuide dele. — Notei que ela engoliu em seco. — A partir desta noite, se Hagens for adiante com o plano dela, não haverá volta. Seu povo será caçado. As autoridades já devem estar a caminho. Se ela se aproximar de qualquer uma das casas que há aqui perto, a polícia e o Exército vão aparecer. Ela vai fazer acontecer exatamente tudo que diz odiar. Ajude-me a tirar Smoke daqui e eu te ajudarei a salvar quem você quiser.

As palavras dela me intrigaram. — Você faria isso?

— Claro que faria!

A música ficou mais intensa e Allende começou a cantar, acompanhado por um coro fantasmagórico de vozes femininas.

Estremeci, pois naquela noite o espetáculo parecia um cântico de sacrifício humano ao grande deus Moloch. A letra falava de punição para os humanos, de olho vivo por olho podre, sangue vivo por sangue morto. Não queria ouvir.

— O que você está esperando? — insistiu Nora, e a pergunta ficou no ar, pesada, sufocante, porque eu não tinha resposta.

Hagens me perguntara a mesma coisa e eu também não respondera. Esperei para ver como a história se desenrolaria, sem erguer um dedo sequer para influenciar o curso dos acontecimentos. Havia aceitado tudo passivamente.

Finalmente, tomei minha decisão e perguntei-lhe, incisiva: — O que vamos fazer?

— Vire-se. Eu desamarro você e você me desamarra.

Foi o que fiz. Contorcendo-se, Nora aproximou-se e começou a trabalhar. Depois de dez minutos, senti a corda afrouxar, soltei os grilhões e comecei a desatar as cordas que a prendiam. Nora ficou quieta, esperando que se soltassem o suficiente para poder passar seus pulsos delicados.

— Obrigada — disse ela, esfregando a pele avermelhada e mexendo os braços para normalizar a circulação.

— E agora? — perguntei, com medo na voz, soltando as cordas dos pés.

— Quem precisamos achar?

— Dog e Abuelo — respondi. — Mas se você acha mesmo que o Exército está a caminho... Não sei como tirar o resto das pessoas daqui. Alguns acham que foram humanos que mataram Mártira.

Senti vergonha de mim mesma. Devia ter contado a alguém, devia ter tomado a iniciativa antes. Agora não havia mais tempo para descobrir quem de fato estava ao lado de Hagens e quem tinha apenas acreditado nas mentiras dela.

— Fogo — disse Smoke. Ao ouvi-lo, virei-me e o vi com a cabeça erguida e o olhar alerta, mais alerta do que nunca. — Fogo faz todos correrem. Correrem como formiguinhas.

— Ele tem razão — disse Nora, com um ar de vitória. — Vamos atear fogo nas tendas e no palco. Todo mundo vai se dispersar. Hagens e seus lacaios terão que cuidar das chamas antes de avançar para as casas. E nós teremos tempo de chegar até alguma delas e dar o alerta.

— Há fogueiras — disse eu, apressando-me para desamarrar Smoke.

Nora espiou para fora da tenda. — Pararam a carruagem de Coalhouse ali. Vamos.

Depois de colocar Smoke dentro do veículo, Nora procurou as chaves, mas não as encontrou.

— Droga. Você sabe fazer ligação direta?

— Não, mas Dog sabe.

— Ótimo. Espere aqui, está bem, Smoke? — Ela fechou a porta da carruagem e pediu: — Mostre-me o caminho.

Abracei as plantas em torno do meu corpo e tentei raciocinar. Dog e Abuelo deviam estar na tenda que eu dividia com eles, antes de Hagens me transformar em seu bichinho de estimação. Tomando cuidado para andar somente nas sombras, pegamos a direção oeste e atravessamos o campo verde, abaixadas e atentas.

O acampamento havia sido montado em forma de ferradura, com duas fileiras de tendas intercaladas por fogueiras. O palco localizava-se no extremo oposto da posição em que nos encontrávamos. A música tocava a todo volume. A maior parte dos zumbis estava reunida lá, mas, mesmo assim, optamos por caminhar por trás das tendas, abaixando-nos para passar pelas cordas que as prendiam e sempre olhando para conferir se não havia guardas.

Ao chegar à tenda que procurávamos, pedi a Nora que esperasse do lado de fora. Por milagre, Dog e Abuelo estavam sentados em frente a um fogareiro de querosene. Junto deles, dormia uma moça chamada Ruby.

Acenei para que Nora entrasse e, nas pontas dos pés, chegamos perto deles.

— Vamos fugir — sussurrei para Abuelo. — Venham.

— Vamos embora? — repetiu ele, inseguro, mas, quando viu Nora, animou-se. — Ah! Vamos. Maldição! Já era hora.

Abuelo acomodou-se em seu carrinho e Dog preparou-se para empurrá-lo. Eu o afastei e assumi a posição. Começamos a nos mover em direção à porta da tenda, com cuidado para não fazer barulho, mas Ruby acordou.

Sentou-se e esfregou os olhos, confusa. — O que está acontecendo? — Sua pele cinzenta fora, no passado, da mesma cor que seus cabelos amarronzados.

Congelamos de medo ao perceber que tinha acordado e, por um instante, ficamos parados olhando uns para os outros. Ruby ficou de pé, espantada ao ver Nora.

Foi o que me fez disparar de uma vez: — Hagens assassinou Mártira e Cláudia.

— Do que você está falando? — perguntou Ruby, incrédula. — O que está fazendo?

— Esta tenda vai arder em chamas em dois minutos. Venha conosco ou fuja daqui — informou Nora, dando um passo à frente.

Ruby ficou imóvel por mais um segundo e respondeu:

— Meu irmão. Preciso encontrá-lo.

— Encontre-o e fujam — ordenou Nora, e puxou-me pela manga. — Vamos.

Andando de volta para a carruagem, em meio às sombras, senti que estava... Feliz. Tinha conseguido alertar ao menos uma pessoa. Alegrei-me por isso.

Ao chegar à carruagem, Nora ajudou Abuelo a entrar no banco de trás e colocou Dog para trabalhar. Enquanto ele lidava com fios abaixo do painel, nós duas fomos até uma das fogueiras e enchemos nossas saias com materiais inflamáveis que estavam empilhados em torno do fogo. Pegamos também uns galhos incandescentes e voltamos para o carro. Dog finalmente havia conseguido fazer contato e ligar o veículo.

— Você sabe dirigir? — perguntou Nora ao menino, enquanto nós abaixávamos os vidros para partir. Dog balançou a cabeça, indicando que não, e mostrou seu braço maneta. — Alguém sabe?

Ninguém sabia.

Nora respirou fundo e passou-me seu galho, que a essa altura já ardia e sentou-se no lugar do motorista. — Então, é bom que todos coloquem o cinto de segurança.

Dog instalou-se entre Abuelo e Smoke no banco de trás. Eu me sentei na frente com Nora. Todos, menos o menino e ela, levavam uma tocha, que segurávamos para fora das janelas.

Assim que nos acomodamos, Nora tentou pôr a carruagem em movimento. Ela sacudiu algumas vezes, mas logo avançamos bem devagar em direção às tendas. Todas pareciam vazias. Os zumbis estavam reunidos perto do palco.

Orientei Abuelo a pegar um galho no chão do carro, esperar que pegasse fogo, e jogá-lo para fora, mirando onde as chamas se espalhavam rápido. Seus olhos brilharam.

— Como no Natal dos velhos tempos!

Smoke não precisou de orientação alguma. Quase em transe, já acendia e jogava galhos em chamas para fora do carro em todas as direções. Lembrei-me dele sentado na frente da lareira, queimando brinquedos velhos e castanhas, hipnotizado pelas labaredas. Juntos, colocamos fogo em todas as tendas.

Tentamos não mirar as carruagens, mas em panos e madeira, e qualquer outra coisa que pegasse fogo rápido. Era até bonito de se ver, e de certa forma, catártico para mim. Como se eu estivesse me livrando de tudo o que me fizera sofrer na vida. Logo, o ar reascendeu as cinzas, e os gritos das pessoas correndo, em pânico, preencheram a noite. Vimos como fugiam em direção à floresta e à estrada.

— Conseguimos! — exclamou Nora, virando a carruagem em direção ao palco. — Agora, para o palco, *round* final!

Com os olhos fixos no lugar, peguei um pedaço de madeira para acender. —Acelere e desvie. Não olhe para trás.

— É esse meu plano. Peço desculpas antecipadamente se alguém morrer de vez. — Ao volante, Nora esticou os braços e acelerou.

Smoke, Abuelo e eu, com material ardente em mãos, nos esticamos o máximo que pudemos para fora das janelas. O vento atravessava meus cabelos e as folhas, deixando um rastro de faíscas para trás. Ao nos aproximarmos pelo lado leste, consegui ver as pessoas nos olhando e cheguei a ouvir suas exclamações de surpresa.

No palco, Hagens gritava. — O prisioneiro não é mais prisioneiro. Voltou para seu povo! — Quando percebeu nossa presença, deu-se conta também que o tal prisioneiro estava jogando fogo no tal povo.

Quando Nora finalmente conseguiu chegar a um dos extremos do palco, mirei e atirei, mas meu galho em chamas aterrissou no meio da multidão. Infelizmente, não fui a única a errar a pontaria. Nenhum de nós conseguiu atingir o palco, mas, mesmo assim, os integrantes da banda pularam para o chão e se juntaram à turba em pânico.

— Atrás deles! — ouvi Hagens gritar. — Eles estão com Smoke!

Nora, alarmada, deu um cavalo de pau para a esquerda e gritou: — Joguem as tochas nas árvores! Não dá para ir por trás do palco! — Ela tentou acelerar de novo, mas era tarde demais.

O acampamento ardia como o inferno e zumbis leais a Hagens cercaram a carruagem de Coalhouse. Fomos envolvidos por uma massa de humanos mortos que nos impedia de avançar.

Abuelo e eu tentamos nos defender com as tochas. Eu cheguei a enfiar uma no rosto de um homem e quase chorei quando ouvi seu grito horrível, mas elas logo foram arrancadas de nossas mãos. Braços invadiram a cabine, tentando nos agarrar à força. Dog jogou-se no chão e Nora, gritando, pegou um pedaço de madeira para tentar se livrar das mãos que a agarravam pelos ombros. O para-brisas quebrou sob o peso de um zumbi que pulava sobre ele.

Alguém agarrou a madeira que Nora segurava e puxou o braço dela para fora. Ela não soltou a tempo e levou uma mordida. Urrando de dor, conseguiu puxá-lo para dentro, mas sua roupa já estava manchada de sangue.

Apavorada, olhou para mim por um segundo interminável e, de repente, foi tomada pela fúria. Meteu os dois pés no acelerador e a carruagem arremeteu de ré contra a multidão.

— EU NÃO VOU MORRER AQUI! — Cercada por braços, ela gritava e pisava fundo no pedal no ritmo de suas palavras.

Olhei para o teto do veículo ao mesmo tempo em que pegava a peineta de Mártira dentro do corselete. Acionei o mecanismo que soltava a lâmina embutida e, gritando também, rasguei o tecido.

— Me dê sua tocha! — pedi a Smoke, que ainda segurava um galho em fogo. Ele obedeceu imediatamente, e eu surgi através do forro como se fosse uma presa de tubarão emergindo da água. Ergui o braço e arremessei a tocha em direção ao palco, gritando a pleno pulmão: — Hagens assassinou minhas irmãs!

A tocha fez um arco no ar e aterrissou no meio do equipamento de Allende, que pegou fogo em um segundo. Eu continuava gritando aquela frase e, depois de algum tempo, ela pareceu surtir efeito sobre a multidão, que foi se acalmando em torno da carruagem como se ponderasse sobre seu significado.

Foi então que percebi que não estavam pensando no que eu dizia, mas olhando para Smoke, atrás de mim.

Ele uivava como um animal. Virei-me e o vi contorcer-se como se seu corpo estivesse pegando fogo e ele tentasse apagá-lo. Ele chutou a porta da carruagem e ela voou como um projétil, abrindo caminho entre os zumbis que fugiam.

Smoke cambaleou para fora.

— Vão! — disse ele com uma voz horrível através da focinheira, olhando para mim.

— O que é isso? — urrou Hagens, abrindo caminho entre a massa de zumbis e chegando até a clareira que se formara em torno da carruagem. — Sua vagabunda...

Enquanto ela emitia aquelas palavras, Smoke começou a... crescer. Não em altura, mas em músculos. Eles incharam e sua pele, já deteriorada, não conseguiu contê-los. A camisa esticou-se e as costuras rasgaram. Vi como os músculos aumentavam de volume em torno de suas costelas nuas e, através de um talho, vi como seu coração, batendo furiosamente, também crescia.

Uma parte dele estava viva.

Com quase o dobro do tamanho, ele partiu para cima de Hagens, rugindo. Ela sacou a arma e disparou, sem efeito. Smoke parecia não sentir as balas. Ele a agarrou, e, tentando se soltar, ela quebrou seu próprio braço. Smoke preparava-se para dar-lhe um soco, mas Hagens abaixou-se e girou, conseguindo soltar o membro quebrado e, agora, inerte. Ela correu em direção ao bosque, sem olhar para trás. Smoke uivou de novo e saiu em seu encalço, deixando para trás uma multidão atônita.

— Temos que ir atrás de Hagens! — gritou alguém.

Os zumbis que nos atacavam dispersaram-se como pássaros assustados. Senti um vento passar sobre minha cabeça, atiçando ainda mais as chamas que consumiam o palco. Deixei-me cair dentro da carruagem e vi Nora amarrando um pedaço da barra do vestido em torno da ferida.

— Você está bem?

— Estou — respondeu ela, abalada. — Mas o que foi aquilo? Parecia uma cena de *Dr. Jekyll e Mr. Hyde*[19]! A pele dele se abriu como se fosse uma linguiça!

— Não tenho a menor ideia — respondi, ajudando-a a amarrar a atadura. — Mas temos que sair daqui.

Nora assentiu e, recompondo-se, ligou o motor. A carruagem avançou lentamente pelo campo e peguei Dog no colo para que ele não caísse pelo vão onde antes se encaixava a porta. Notei que as luzes das casas ao

---

[19] Personagens do livro *O médico e o monstro*, do escocês Robert Louis Stevenson, publicado em 1886.

longe pareciam se aproximar. Olhei fixamente, tentando entender o que estava acontecendo.

— O que é aquilo? — perguntou Abuelo, que percebera o mesmo que eu.

— Sim! Sim! Vai ficar tudo bem. Tomara que seja a cavalaria — Nora olhou para o bosque e, acelerando, virou na direção das árvores —, o que significa que temos cobertura. Vamos ver se conseguimos encontrar Coalhouse e Smoke.

34 Bram

Michael continuava desacordado quando cheguei à reta final que levava ao acampamento dos zumbis, apesar do vento que entrava no carro como se fosse um pequeno tornado, pois as janelas já não tinham vidros. Elpinoy tinha feito um bom serviço com aquela bandeja de metal.

Procurei luzes e logo vi quatro carruagens alinhadas na pista dupla, avançando em alta velocidade. Buzinei e todas piscaram as luzes traseiras. Samedi tinha conseguido chegar, junto com os outros. Por um instante, desejei poder mandá-los de volta para a cidade. Olhei para trás para avaliar o curso da perseguição. Havia pelo menos cinco caminhões blindados me seguindo. Talvez fossem dez. Era difícil ver na escuridão, mas certamente eram mais que suficientes para abordar o acampamento. As carruagens à minha frente passaram para o acostamento, abrindo caminho para mim. Acelerei e alinhei-me a elas.

— Dearly fez contato com você? — gritou Samedi através da janela do seu veículo.

— Não. Não faço ideia do que vamos encontrar.

— Qual é o plano? — gritou Ben, que dirigia outra carruagem.

Edgar estava ao volante da terceira e Franco, da quarta. Calculei que éramos cerca de quinze pessoas. Droga.

— Bem, eu estou trazendo uma distraçãozinha — respondi, apontando para trás. — Esses caras estão loucos para brigar, então tentem não provocar. Concentrem-se em encontrar e dominar Hagens. Eu vou conduzir a turma através da multidão. O ideal é que Os Transformados se rendam e falem conosco. Queremos entregá-los com um laço aos federais quando estes chegarem.

— Não se preocupe conosco — gritou Edgar. — Ainda somos capazes de morrer pela causa zumbi, você sabe disso!

Sabia e não queria que isso acontecesse. Assenti, comovido pelo respeito que sentia por eles.

— Pensando bem, acho que preciso da Cas aqui comigo — gritei para Sam. — Dá pra ela pular ou precisamos parar?

Ela não hesitou. A porta traseira da carruagem de Michael abriu-se e Cas jogou as pernas pela porta, com Tom segurando-a por trás. Eu me estiquei e abri a porta de trás. Sam e eu alinhamos os veículos e Cas agarrou-se ao teto da carruagem, que era mais alta que o *Rolls*. Com um pouco de esforço, Cas conseguiu pular para o teto dele.

— Dez pontos para o *tiiiime olímpiiiico* de Nova Victoria! — gritou ela, levantando os braços ao vento.

— Vou pelo leste! — gritou Ben.

— E eu pelo oeste! — gritou Sam.

Tom lançou um rifle a Cas, jogou-lhe um beijo e fechou a porta.

— Te vejo do outro lado! — gritou Tom para a namorada.

Acelerei e esperei até ver a primeira carruagem sair da estrada, atrás de mim. Fiz o mesmo, passando para o acostamento, depois, sobre os trilhos de trem e entrando direto no coração do acampamento, que estava meio destruído.

Mas foi só quando reduzi a velocidade que vi o tamanho do estrago.

O assentamento estabelecera-se em uma área bem ao lado da estrada. As tendas estavam caídas ou em chamas. O palco estava montado, mas também ardia, com labaredas subindo em direção ao céu. Zumbis gritavam e corriam em todas as direções, obviamente apavorados diante do risco de perder suas "não vidas". Muitos já estavam dentro de carruagens ou pendurados nelas, preparando-se para fugir.

— Uau — disse Cas. — Talvez você nem precisasse da turma de Allister, afinal.

Segui em frente, com medo. A multidão passava por mim e, finalmente, entendi do que os zumbis estavam fugindo.

À minha frente, havia um zumbi largo e musculoso, não tão alto como eu, mas parecia uma parede de carne morta. Um pit bull rugindo e atacando tudo que chamava sua atenção, galopando para lá e para cá no meio de uma clareira, no que parecia um movimento aleatório.

— Meu Deus — exclamei, espantado.

Foi então que notei a velha carruagem marrom de Coalhouse cercando a tal coisa. A porta traseira esquerda desaparecera, e Laura estava esticada para fora batendo com um pedaço de pau nos zumbis que tentavam atacar o sujeito grandão. Quando a carruagem passou pela frente dele, vi que era Nora quem dirigia. Então, ela estava mesmo aqui! Senti tanto alívio que meu corpo ficou pesado, tão pesado que fiquei admirando a cena, em vez de agir imediatamente.

Estava fascinado, porque o que estavam fazendo só poderia ser descrito como um torneio medieval, mas, em vez de cavalos, havia carruagens.

Decidi fazer o mesmo.

Porém, uma carruagem dos Transformados me fechou, obrigando-me a frear. Achei que tinham vindo atrás de mim, mas rapidamente viraram e partiram para cima do zumbi e de Nora. Dois zumbis saíram pelas janelas abaixadas, apontando armas para eles. O alívio que eu sentira transformou-se em fúria. Virei o carro na direção das árvores na borda do bosque e apertei o botão sob o painel.

Os canhões elétricos dispararam dois projéteis, que cortaram duas árvores bem no meio, como as lâminas de um cortador de grama. Os segmentos superiores caíram em cima da carruagem que ia atacar Nora, forçando-a a parar. O doutor Samedi acabava de se tornar o meu santo padroeiro.

Cas também ficou admirada. — Legal! Agora já sei o que quero de presente de *aniversáááário*.

Tinha me livrado de uma carruagem, mas agora via que a tropa de Allister se aproximava. Os caminhões invadiram o acampamento e bateram em algumas carruagens. Pelos alto-falantes, alguém ordenava que todos se jogassem ao chão, com as mãos atrás da cabeça. Ninguém obedeceu, o que fez com que os seguranças disparassem bombas de fumaça e granadas de ruído, aumentando a confusão.

Como se pressentissem que aquela seria a última oportunidade, membros dos Transformados reorganizaram-se para atacar o monstro, com as forças da Allister Genética em seu encalço.

Tinha que agir. Entrei na confusão, procurando me aproximar da carruagem de Coalhouse. Precisava fazê-la reduzir a velocidade ou pará-la. Fechei-a, e Nora parou a poucos centímetros de mim, espantada. Eu também estava espantado. Ela abriu a porta e correu. E eu corri também para encontrá-la, abraçando-a e erguendo-a do chão.

— Você veio! — disse ela, beijando-me várias vezes perto da orelha.

— Não acredito que te encontrei! — Afastei-a um pouco para olhar para ela. — O que são essas ataduras? Onde está Coalhouse?

— Não conseguimos encontrá-lo! Mas P1... — acompanhei seu olhar. O zumbi gigante e irado estava batendo um zumbi contra outro como uma criança brava faria com seus brinquedos.

— Aquilo ali é o Paciente Número Um? — perguntei, sem acreditar.

— Ele inchou — respondeu ela, imitando com as mãos o que acontecera. — Juro. Ele ficou bravo e simplesmente... *Cresceu!* Você não acreditaria o que ele fez com a porta da carruagem!

Laura correu até nós, jogando o pedaço de pau para o lado.

— Acho que ele está meio vivo ainda — disse ela. Nora olhou-a, espantada. — Vi o coração dele batendo enquanto ele crescia.

— Salvez disse que seus órgãos vitais pareciam... Meu Deus. Será que ele ainda está vivo ali dentro? — formulei a pergunta, mas tinha certeza de que não desejava saber a resposta.

— Estamos tentando afastá-lo do resto, mas ele não nos ouve mais — disse Nora. — Perdemos a pista de Hagens, mas alguns zumbis ainda querem capturá-lo.

Abracei Nora de novo e beijei sua linda boca antes de colocá-la no chão. Tinha que pensar rápido. — Vocês têm que sair daqui. Tentem se juntar a Samedi. Eu vou cuidar disso e também tirar a tropa de Allister daqui.

— Allister? Aqueles caminhões são gente de Allister? Como...?

— Tenho uma isca — respondi, apontando para o *Rolls*.

Nora viu Michael desacordado dentro do carro e conseguiu sorrir um pouco.

— Ok — respondeu ela e, recuperando o foco, explicou-me, referindo-se a Smoke: — Ele tentou nos proteger. E Coalhouse não tinha intenção...

— Eu acredito.

Nora olhou para mim por mais um segundo e depois puxou Laura pela mão, de volta para a carruagem de Coalhouse. Certifiquei-me de que conseguiriam sair da confusão antes de voltar para meu carro. Arranquei a gravata de Allister.

Era minha vez de jogar. Mas, em vez de torneio medieval, meu estilo seria mais do tipo "tourada automobilística".

— Ei! — gritei, apertando a buzina e conduzindo o carro em direção a P1. Ele virou-se para me olhar com uma expressão terrível de fúria. — Ei! Está sentindo o cheiro do sangue? — gritei de novo, sacudindo a gravata ensanguentada para fora da janela.

Virei o carro para sair dali e, reduzindo a velocidade, fiz com que P1 começasse a me perseguir, correndo de quatro como se fosse um gorila imenso. Os caminhões da Allister Genética chegaram a nos fechar algumas vezes, disparando fumaças e granadas leves, mas, felizmente, nenhuma bala de verdade. Relativamente intactos, conseguimos chegar a uma área de vegetação baixa. Inicialmente, achei que era outro campo, mas logo percebi que se tratava do imenso quintal de algum aristocrata. Dei um cavalo de pau e parei, virando-me para trás em seguida para pegar um dos rifles.

— Dirija — pedi a Cas. — Volte, chame a atenção dos seguranças da Allister Genética e faça com que saiam daqui. Convença-os de que Michael está sendo levado para outro lugar.

— Certo! — respondeu ela, passando para o banco do motorista com sua arma.

Pulei do carro com a gravata ensanguentada e tentei conduzir P1 para mais longe ainda do acampamento. O *Rolls* afastou-se com Cas no volante.

— P1... Smoke... Sou eu, Bram. Já nos encontramos antes, lembra-se? Precisamos conversar. — A besta emitiu um grunhido grave e, pondo-se de pé, investiu contra mim. Estava sem a focinheira.

—Carne — balbuciou. — Fome.

— Não. A gente não faz isso — respondi, mostrando a ele a gravata, que deixei voar de minha mão. Ele pulou e pegou-a, afundando o nariz no tecido. Quando descobriu que não era carne, rosnou. — Não mordemos seres vivos. Porque isso provoca brigas.

— Não gosto de brigas — respondeu o zumbi, parando.

Pelo menos, ele falava mais no seu estado atual.

— Nem eu. Gosto dos vivos. Minha namorada está viva. Aliás, soube que você a defendeu. — Notei que ele me olhava. — Nora, sabe? Quero te agradecer. Obrigado por proteger Nora.

— Menina do livro. Gosto de menina do livro.

Não entendi a que se referia, mas entendi que estávamos fazendo progressos na comunicação.

— Eu gosto dela também. E ela de mim. Então, nós dois temos isso em comum, certo?

Smoke deu um passo adiante para me examinar melhor. Vi, apesar da pouca luz, que Laura dissera a verdade, o coração dele batia furiosamente atrás das costelas nuas e seus pulmões vibravam. Esqueci-me de tudo e contemplei aquele ser por um instante, sentindo nojo e pena ao mesmo tempo.

Smoke ergueu a cabeça e inspirou profundamente, como se tivesse percebido alguma outra presença. Pôs-se de quatro novamente e começou a correr em direção à escuridão. Praguejei e virei-me para ver aonde estava indo. Estava claro que era possível conversar com ele, convencê-lo. Se tivesse tido mais tempo.

Algo fez clique atrás de mim.

— Não se mova, verme.

Fechei os olhos e murmurei: — Allister.

— Vire-se. Devagar.

Obedeci e dei com Michael parado ali, empunhando o rifle da Cas. Estava ainda mais machucado, possivelmente tinha acordado e pulado do carro. E ela devia estar tentando afastar a tropa de Allister do acampamento.

Ele apertou os olhos e mirou na minha cabeça. — Solte a arma.

— De jeito nenhum — respondi e apontei-a para seu peito. — Olhe aqui. Não podemos fazer isso agora. Aquilo que correu daqui era o Paciente Número Um. Não podemos deixar que fuja!

— Não quero nem saber. Se a praga se espalhar de novo, meu pai resolverá. Ninguém precisa de Dearly — ele retrucou, soltando a trava de segurança e firmando o dedo no gatilho. — Você vai pagar pelo que me fez esta noite. Intimidação. Sequestro. Extorsão. Quer que continue?

— Eu já esperava por isso — admiti. — Provavelmente, vão me prender por todos esses crimes. Ou me deportar. Ou me executar. E quer saber de uma coisa? Eu é que não quero mais nem saber. Vou encarar o que for, como um homem. Já estou morto mesmo. Você não conseguirá piorar as coisas para o meu lado, seu pilantra.

Antes que eu pudesse dizer qualquer outra coisa, Michael gritou e puxou o gatilho. Senti que bati no chão e achei que ele tivesse atirado de verdade. O mundo acima de mim ficou escuro.

No entanto, o cara continuava gritando. Tentei me sentar e não consegui. Havia algo em cima de mim. Então, senti a pressão diminuir e o mundo voltar a tomar forma. Smoke me deixou levantar para subjugar Michael, urrando como uma fera pré-histórica.

Ergui-me o mais rápido que pude e joguei-me sobre os dois. — Não! Solte-o, Smoke!

— Cria de Allister! — grunhiu Smoke. — Você vai arder!

— Tire ele de cima de mim! Tire ele de cima de mim! — Michael se debatia, tentando desviar das mordidas do zumbi enfurecido.

P1 o atacava furiosamente e agarrava roupas, cabelos, tudo menos a carne que desejava tão desesperadamente. Achei o rifle da Cas e atirei no joelho de Smoke — o joelho que eu sabia ser artificial. Pego de surpresa, rolou para um lado, e eu pulei sobre ele, sacudindo-o pelos ombros.

— Não! Ele gosta da menina dos livros também! Ele gosta da menina dos livros também! — Odiei ter que dizer aquilo, mas avaliei que era a única chance de Michael escapar do monstro.

De repente, Smoke parou, arfando. — Gosta?

— Gosta! — Olhei para trás na direção das árvores e vi que a luta ainda estava em curso por lá. Não consegui ver a tropa de Allister e parecia que meus homens estavam ganhando terreno, pois alguns deles já vigiavam membros subjugados dos Transformados, que estavam com as mãos atrás da cabeça. — Ele trouxe seus homens para achá-la. Olhe lá!

Smoke seguiu meu olhar e pareceu avaliar o que eu estava dizendo. E assim começou a encolher novamente, como se os seus músculos fossem uma câmara de ar ou água que agora desaparecia, deixando sua pele flácida e rompida. Caiu sobre a vegetação aveludada, rolando os olhos.

— Está tudo bem — disse a ele. — Vou levá-lo de volta para a menina dos livros, está bem? E, depois, para os médicos. Lembra-se do doutor Dearly? E do doutor Salvez?

Smoke não disse mais nada. Alguns minutos depois fiquei de pé e o ajudei a se erguer também. Estava fraco como um gatinho recém-nascido e parecia feito de borracha. Quase não conseguia controlar seus movimentos. A transformação — se é que era esse o nome do que lhe acontecera — havia consumido o que restava de seu corpo.

O rosto de Michael parecia uma tela manchada de tinta vermelha. Ele estava parado, trêmulo, um pouco para o lado. Eu podia ter dito um monte de coisas ali mesmo. Podia ter feito com que se lembrasse de quantas vezes eu já tinha salvado a porcaria da vida dele. Podia ter perguntado como se sentira no papel de caça. Em vez disso, cheguei perto e apaguei-o com um soco, outra vez. Para o bem dele, disse a mim mesmo.

A Companhia Z já havia assumido o comando do acampamento quando encontrei as carruagens dos meus homens estacionadas ao lado de um arvoredo bem próximo de onde acontecera o confronto. Nora correu para mim de novo quando me viu. Eu soltei Smoke e larguei Michael no chão para abraçá-la com força contra o peito. Fechei os olhos e fiquei segurando-a assim, bem perto de mim, por algum tempo. Estava cansado. Fazia meses que não combatia. Sentia-me mais calmo agora que a encontrara, mas ainda precisava recuperar o controle sobre mim mesmo.

Senti-me um hipócrita. Uma contradição ambulante. Vivo e morto ao mesmo tempo; líder de nada; às vezes, do lado de meus amigos e outras vezes contra eles. Feliz de trabalhar para os vivos e pronto para lutar contra eles por qualquer extensão de vida que fosse possível conquistar. Somente Nora fazia sentido. Ela era o único elemento imutável do meu universo. Minha estrela-guia. Sempre me norteando, quaisquer fossem as circunstâncias, minhas emoções, meus erros ou impulsos do meu corpo decadente, mas persistente. Às vezes, eu estava do lado dos vivos e, às vezes, do lado dos mortos, mas sempre com ela.

— Eu te amo — sussurrei no ouvido dela.

— Eu te amo também — respondeu ela, beijando-me no pescoço.

Percebi que ela chorava. Enxuguei suas lágrimas com os polegares e tentei limpar um pouco seu rosto. — Você está um desastre. Qualquer um diria que passou por uma guerra ou coisa parecida.

Ela riu.

— Onde foi parar meu carro? — perguntou Samedi, com tristeza, procurando-o em volta. — Ele era minha aposentadoria...

— Cas está com ele. A tropa da Allister Genética a seguiu?

— Acho que sim, todos eles — respondeu Nora. — Acho que não pegaram muitos Transformados. Nem chegaram a descer dos caminhões.

Laura e Dog saíram da carruagem de Coalhouse. Ela soluçou quando percebeu qual era a situação no acampamento: a maior parte dos Transformados estava reunida sob nossa vigilância, com alguns mortos pelo chão. — Meu Deus. É tudo culpa minha.

— O que você quer dizer com isso? — perguntei.

Ela esmagou algumas rosas que brotavam de seu corpo. — Hagens mentiu para o grupo. Mas eu não sabia quem acreditava nela, então não podia confiar em ninguém...

Nora aproximou-se e colocou as mãos sobre os ombros dela. — Você fez o que tinha que fazer. Eu ouvi o que disse. Conseguimos fazer com que alguns fugissem ou lhes demos a oportunidade de fazê-lo. Era o máximo que podíamos fazer.

— Muito bem — disse, aliviado. — E onde está Hagens?

— Não está aqui — respondeu Laura, com desânimo. — Ela fugiu.

— Então, ainda temos que cuidar dela. Que ótimo.

Ouvimos sirenes e vimos faróis aproximando-se. Era o Exército. Logo, ouvimos os alto-falantes dispararem instruções:

— *Mãos para cima! Mantenham a calma!*

Meus homens obedeceram.

— Ok. Todo mundo! Mais tarde contaremos nossa história. Agora, precisamos sair daqui. — Fiz com que Laura prestasse atenção em mim. — Vá para o acampamento. Diga aos soldados quem realmente estava do lado de Hagens, se é que havia alguém. Diga-lhes se algum deles cometeu algum crime sob as ordens dela. E que o Paciente Número Um está sendo levado de volta para os navios, e que se ele não chegar lá, eu me responsabilizo.

— Está bem — Laura olhou para suas mãos e, depois, para mim. — Obrigada.

— Não me agradeça — respondi, e depois disse o que vinha pensando desde aquela primeira noite no *pub*. — Depois que eu tiver terminado, vou procurá-la. Mas, até lá, você precisa ajudar seu povo. Você tem que cuidar de todos que estiverem dispostos a trabalhar com os vivos e que apenas foram envolvidos na confusão circunstancialmente.

Laura concordou com um solene movimento de cabeça. Dog aproximou-se dela, assim como Ben, que se ofereceu para acompanhá-la. Quando se afastaram em direção ao acampamento, Nora perguntou:

— Você vai atrás de Coalhouse?

— Vou — respondi, apertando carinhosamente a mão dela.

— Ele não me sequestrou, Bram. Eu é que sugeri que me levasse com ele. Era a única maneira de garantir que ele e Smoke saíssem vivos do navio. Ele está confuso, mas sua intenção era salvar vidas. Ele disse algo sobre a Companhia Z estar correndo perigo e que Hagens planejava atacar os navios com seu exército particular de Transformados para pegar Smoke.

— Então, é ainda mais imprescindível que eu o encontre — comentei e beijei-a de novo.

Ela colocou os braços delicados em torno do meu pescoço e me puxou tão apaixonadamente quanto eu aceitei seu abraço. Ela tinha um gosto doce e só senti uma sugestão de sabor de sangue passando sob a fina pele dos seus lábios comprimidos sobre os meus, sempre frios.

— Prometo que voltarei — disse a ela. — Mesmo que seja com uma perna só, com um olho só, sempre voltarei para você. Acredita em mim?

— Sim — respondeu ela, acariciando meu rosto. — Já aconteceu uma vez.

— Evite contato com o Exército. Volte para casa. Leve Smoke pessoalmente. Não o quero dando voltinhas por aí. Faça com que Allister fale sobre a bomba na padaria dos Roe e sobre as máscaras.

Ela abriu a boca de espanto.

— Volto assim que puder.

Parti sozinho, poucos minutos depois, na carruagem de Coalhouse. Depois de tudo que acontecera, tive a impressão de que o acampamento estava quieto e vazio demais. Ponderei por algum tempo sobre que direção seguir. Coalhouse poderia ter fugido a pé, com 360 graus à sua disposição.

Algo me chamou a atenção nas profundezas daquela escuridão. Algo antigo, algo fundamental, embora arcaico. Não foi uma recordação, um sentimento nem mesmo um pensamento. Foi algo real. Algo real que me tocou na carne, que apelou para os meus instintos mais básicos. Era o som de um trem. Não sei por que, mas apostaria que Coalhouse teria seguido aqueles trilhos. É o que eu teria feito. Ferrovias eram uma aposta melhor que estradas. Se você tivesse paciência para percorrê-las, sempre chegaria a algum lugar. E tinham menos bifurcações e menos orientações para lembrar.

Desliguei as luzes depois de algum tempo e deixei o acampamento para trás. Quis evitar chamar a atenção dos seguranças da Allister Genética, caso ainda estivessem por perto. Decidi acompanhar os trilhos para o norte. Se não encontrasse Coalhouse em algumas horas, tentaria a direção sul.

Mesmo que o mundo estivesse acabando, cansado ou não, ainda tinha muito trabalho a fazer.

35 • nora

Durante a viagem de volta para Nova Londres, cada um contou o que tinha lhe acontecido. Implorei para ter notícias da família Roe, mas a doutora Chase insistiu que fosse eu a primeira a falar. Relatei como estabeleci contato com Smoke, o raciocínio torto de Coalhouse e os planos de Hagens.

Foi só depois disso que Tom me contou sobre os planos de Michael e sobre Ratcatcher. Ele me mostrou as cartas. Senti uma fúria tão imensa que chegou a doer. Queria liquidar o sujeito inconsciente ali do lado e Tom teve de me conter com força no banco de trás. Depois de dois minutos me debatendo, desisti. Recostei-me e tentei não chorar. Não conseguia nem falar. Aquilo fora forte demais para mim.

Nossa primeira parada fora nos navios, para deixar Smoke. Ele pareceu aliviado em voltar para a jaula. Contei a meu pai e a algumas autoridades o que havia acontecido e o que Smoke revelara sobre a reserva de Allister, ou seja, tudo menos as informações que acabara de receber sobre os planos de Michael e dos mascarados.

Senti que logo seria mandada para Belize pelo jeito como meu pai me abraçou e pelo tremor em sua voz.

— Agora você vai — disse ele, finalmente, enquanto cuidava das minhas feridas. — Eu te amo, mas você vai.

— Eu sei — respondi. Sabia que seria infrutífero, pelo menos naquele momento, tentar me opor. Porque também sabia o que me esperava ao chegar em casa. Interrogatório. Finalmente, teríamos toda a verdade.

Já estava quase amanhecendo quando conseguimos reunir todo mundo na Sala Celestial. Eu queria esperar que Bram voltasse para abordar Michael, mas não tínhamos tempo. Os Allister deviam estar loucos à procura do filho. É claro que nada disso teria acontecido se os pais dele tivessem algum controle sobre ele. Talvez tivéssemos todo o tempo do mundo, afinal.

Lopez ficou observando em um canto. Estivera esperando por nós durante horas. A doutora Chase e o doutor Samedi sentaram-se nas cadeiras e a família Roe, no sofá. Pamela relutava em sair do meu lado, e eu não queria que ela se afastasse. Ela ficava indo e vindo entre a família dela e o meu lugar, como um pêndulo. Concluí que o movimento revelava suas emoções: por um lado, feliz em ver todos de volta sãos e salvos; por outro, ansiosa em relação ao que estava por vir.

Michael sentou-se no banco do piano. Soltamos as mãos dele. Seu paletó estava sujo de sangue seco e seu rosto, inchado. Até achei que isso melhorava sua aparência. Finalmente, Tom apareceu com Ren e um rapaz vivo, e foram eles os últimos a entrar. O moço era magrelo, tinha um corte de cabelo maluco e vibrava de tanta energia e expectativa.

— Quem é esse? — quis saber Michael, em tom imperativo.

— Havelock Moncure — respondeu o rapaz. Olhou para a família Roe e conseguiu conter o entusiasmo. — Repórter.

— Quem começa?

A situação era quase um encontro informal. Meus melhores amigos, meus mentores, as pessoas que eu admirava — todos reunidos em minha casa bebendo café e chá como se esperassem uma luta de boxe começar. O estilo Dearly de bem receber.

— Sim, gostaria de saber o que está acontecendo — disse o senhor Roe em nome de sua família.

— Não pretendo falar — afirmou Michael, olhando diretamente para Havelock. — Isto não tem o menor sentido. Se me deixarem sair agora, convencerei meu pai a não processar vocês por terem me sequestrado.

— Então, você não quer falar sobre o atentado a bomba? — perguntou Tom. — Lembre-se, eu estava lá.

— Atentado... — Pamela ergueu-se lentamente. — ... a bomba? — Michael virou os olhos.

— Alguém fecha a boca dela — disse Michael, rolando os olhos, em tom jocoso.

Tom deu a impressão que ia dar início à Olimpíada da Dor, e Pamela postou-se ao lado dele, mas eu ergui a mão, sinalizando para que parassem.

— Não. Chega de agressões — disse, aproximando-me de Allister. — Estou cansada disso. Conte o que você sabe. Não vai sair daqui até contar.

— Não vou fazer isso — respondeu ele, olhando para mim. — Na verdade, não posso.

— Acredita realmente que vai se safar? — perguntei, sentindo o rosto queimar. — Você acha que não vamos te entregar para a polícia?

Michael arregalou os olhos.

— Vocês não podem ir à polícia. De qualquer forma, não acreditariam em vocês. — E, apertando a vista, completou, ameaçador: — Se forem, arrasto o cadáver do seu amado junto. Avisei-o no acampamento. Posso acusá-lo de uns dez crimes. Tem que ver o estrago que fez no prédio da Allister Genética!

Senti um aperto de medo no peito, mas sabia que Bram podia encarar qualquer coisa que Michael inventasse. — Não estou falando só de você. Refiro-me às pessoas com quem tem trabalhado. Não precisaremos dos tiras. Vamos arrancar aquelas máscaras e falar com cada um deles. E pode ter certeza de que vamos comentar quem nos indicou seus nomes.

— E tem mais — intercedeu Samedi quase como se estivesse em uma conversa informal. — Pense em todas as informações que temos em nosso poder. Quem será que andou te delatando, hein Mike? E com quem mais será que esse alguém falou?

Allister olhou para todos nós, avaliando suas possibilidades de saída. Percebeu a verdade de nossas colocações. E, então, começou a falar.

Contou-nos sobre O Assassino, grupo que havia se formado há alguns meses, mas só muito recentemente começara a agir. Relatou o sistema que permitia aos membros trocarem bilhetes numerados, que eram escondidos sob uma pedra falsa na lareira de um *pub* para preservar o anonimato entre os próprios membros. Falou sobre os zumbis que viu morrer à sua frente e sobre os ataques aos vivos simpatizantes. E sobre seus planos em relação a Bram.

Quando Michael começou a falar sobre a família Roe, Lopez fechou os punhos e afastou-se para o lugar mais distante da sala. E quando ouvimos sobre a morte do senhor Delgado, foi Isambard quem quase o atacou. Samedi teve que contê-lo até que ele conseguisse recuperar o controle.

Olhei para Pam, mesmo sabendo que cada fibra do meu próprio autocontrole estaria em perigo.

Ela estava imóvel. Não se mexeu nem quando Isambard passou voando por ela na tentativa de atacar Michael. Fitava-o com o olhar meio vazio, mas também repleto de emoções confusas. Sua mãe chorava e seu pai tentava consolar a esposa ao mesmo tempo em que fuzilava Michael com o olhar. Pamela, porém, permanecia imóvel.

— Por quê? — perguntou ela. — Por quê...?

Michael reagiu como se a pergunta fosse irrelevante. — Se eu achasse que você tinha alguma chance de subir na vida, casar-se com um lorde, teria esperado. Teria esperado para fazer você cair socialmente outra vez. — Ele franziu a testa ligeiramente e completou: — Mas eu não acho que você subirá jamais. E mesmo você sendo baixa e pobre de doer o resto da vida, eu decidi te atingir onde sabia que doeria mais. Porque você me bateu, me pôs em perigo, me desrespeitou.

Precisei usar toda a minha força de vontade para permanecer no lugar onde me encontrava.

— Fui eu — disse Pamela baixinho. — Foi culpa minha. Essa tragédia abateu-se sobre minha família por minha causa.

— Não foi você — respondi, de imediato. — Não se atreva a acreditar nele.

— Fui eu sim. Porque um dia gostei dele. — E, em seguida, surtou e voou para cima de Michael. Chutou o banco em que estava sentado, fazendo com que caísse no chão. Colocou a bota sobre o peito dele quando tentou se erguer, fazendo com que tossisse violentamente.

— Mas... Devo lhe agradecer! Está me ouvindo? Obrigada! — gritou ela, bem perto do rosto de Michael. — Porque agora sei para onde estava indo minha vida. Ah, agora sei. Você acaba de dar um sentido à minha vidinha patética. Porque agora vou usar a fina educação que nunca deveria ter recebido e as conexões sociais que jamais deveria ter conseguido e farei tudo que puder para me manter na alta sociedade, porque pretendo te atormentar e te caçar para o resto de tua vida, seu miserável! Não me importo com o que a polícia ou a justiça determinarem para você. Você jamais poderá reparar o que fez. Vou fazer com que tema como a morte qualquer coisa que vista uma saia, incluindo cachorros fantasiados nos Dia das Bruxas. Está me entendendo?

O senhor Roe correu e agarrou a filha pelos cotovelos, afastando-a de Michael. Ela não resistiu, mas continuou olhando para o sujeito prostrado no chão com uma intensidade assustadora. Fiquei aterrorizada. E impressionada.

— Chega. Que cada um formule sua última pergunta — disse Lopez, cruzando a sala e erguendo Michael pelo colarinho. Sua voz, geralmente serena, adquirira uma entonação perigosa, como água se misturando a absinto. — Vou entregá-lo à polícia.

— Não se atreva! — gritou Michael. — Meu pai acabará com você se fizer isso!

Lopez virou Michael de frente para si e encarou-o, sem dizer nada. O olhar daquele cavalheiro, normalmente gentil, era gélido. — E você acha que eu temo seu pai? Meu jovem, você tem muito mesmo a aprender.

— Espere — disse Tom, dando um passo à frente. — Sobre os demais membros desse grupo. Faça com que nos dê nomes. O pai dele é rico, não é? Se conseguir acobertá-lo, vamos precisar dos outros nomes.

— Cobríamos o rosto! — defendeu-se Michael. — Não sei quem eram!

— Quer ir sozinho para a lama? — retruquei. — Você não quer mesmo nos contar mais detalhes da operação? Acho que não é homem suficiente para assumir toda a responsabilidade.

Ao ouvir isso, Michael ficou imóvel, visivelmente agoniado. Eu acertara no ponto certo. No papel de carta de minha falecida mãe, que fui buscar na escrivaninha que ficava na sala que pouco usávamos, ele escreveu o que conseguiu se lembrar das cartas que recebera. Não sabia nomes ou quantos "irmãos" havia, dado que me deixou gelada.

— E sobre o "Jaqueta Verde" que você mencionou? — perguntei, examinando a folha.

— Não sei sua identidade — respondeu e, de repente, pegou minha mão. Enojada, soltei-me e recuei. — Fiz tudo isso por você, senhorita Dearly. Tudo que faço na vida é por você.

— Você está doente da cabeça — declarei, com veemência. — Muito doente. Precisa de ajuda. — Minhas palavras, aparentemente, o magoaram de verdade.

Cinco minutos depois, tendo copiado a informação, Lopez o escoltou para fora da sala. Michael, mesmo de costas, parecia desestruturado e amedrontado.

Bem feito.

Havelock desligou o gravador e agradeceu, esfuziante, pela reportagem de sua vida. Recusou o dinheiro que Ren lhe oferecera pelo *chip* que Bram havia removido de seu pulso, tirou uma foto da lista e concordou em não publicar detalhes sobre nós em troca de ter acesso, em primeira mão, a qualquer outro membro de O Assassino que conseguíssemos agarrar.

Quando Havelock se foi, eu disse ao senhor Roe:

— Sinto muito por tudo isso. O que posso fazer por vocês?

Ele levou algum tempo para responder.

— Não tem que se desculpar por nada, senhorita Dearly. — E, olhando para a esposa, que ainda chorava, completou: — Nem pode fazer nada por nós. Pelo menos, agora sabemos.

— O que sabemos? — perguntou a senhora Roe, com a voz ainda embargada.

— Vamos para Marblanco — disse Pamela, virando-se para os pais. — Pelo meu bem e pelo de vocês também. Estou doente. Tenho pesadelos. Não aguento mais. Quero sair da cidade, pelo menos por algum tempo. Por favor, eu preciso ir, depois de tudo que aconteceu.

Antes que o pai dela respondesse, acrescentei: — E se Lopez permitir, irei também. Podemos perguntar a ele depois. — Olhei para a doutora Chase, que, entendendo, sorriu. — Papai também vai querer que eu saia da cidade por algum tempo.

Depois de alguns instantes, o senhor Roe assentiu. Abracei Pamela e senti o alívio que meu gesto lhe proporcionou. Ela me abraçou de volta, mas seus braços estavam fracos.

Se tivéssemos que ir a algum lugar, iríamos juntas.

36 Bram

Pela primeira vez desde que farejara Nora, tempos atrás, na base, estava utilizando meus "dons" pós-morte para caçar outro ser. Detestava ter que fazer isso — nada como se comportar como um cachorro ou um papagaio, virando a cabeça a cada ruído, para fazer você se sentir não humano —, mas não tinha opção.

Dirigindo no escuro, continuava a busca por Coalhouse. Uma hora depois, cheguei a um lugar em que os trilhos cruzavam uma estrada vicinal. Placas de metal pintadas informavam que aquele era o caminho para um parque dos Territórios, incluindo um lugar chamado Caverna dos Crânios Fosforescentes. Pareceu-me uma boa opção para um zumbi desesperado se esconder. Diabos, se eu estivesse nas mesmas condições que Coalhouse, teria feito essa escolha.

Apostando no meu instinto, decidi ir naquela direção. Estava certo. Meia hora depois, achei o rastro de Coalhouse, um cheiro tênue de corpo em decomposição. Segui a pista por uma série de estradas estreitas até que uma delas virou uma trilha. Tive que abandonar a carruagem ali.

Usando minha capacidade de observação de menino criado em fazenda, fui notando os lugares onde havia galhos quebrados e solo pisado. Levei o rifle, um *kit* de primeiros socorros e uma lanterna que encontrei no porta-luvas. E assim, entrei na floresta.

Já amanhecia quando encontrei a estrutura que levava para o interior da tal caverna. A área havia sido preparada para turistas e havia cabines de informações e passarelas por toda parte. Não havia sinal de visitantes, mas o cheiro de Coalhouse era forte. Bebi de um curso de água próximo e molhei o pescoço antes de seguir para dentro da rocha. Outra placa informava que aquela era a entrada da caverna, embora a abertura fosse pequena. Relutei em entrar, por causa do meu triste histórico com cavernas – havia sido mordido por um bando de zumbis enlouquecidos na mina onde trabalhava. Por isso, levei alguns instantes para tomar coragem e seguir.

— Coalhouse! — gritei, acendendo a lanterna, que iluminou um conjunto de rochas de aparência comum. Avançando, cheguei a uma passarela de metal com corrimãos. Percorri-a até chegar a uma câmara repleta de longas formações de calcita. — Tem alguém aí?

Ao longe, conseguia ouvir barulhos de bichos brigando — ratos ou morcegos —, mas talvez fosse meu amigo movimentando-se.

Segui adiante, equilibrando-me sobre a passarela. Assustei-me ao ver o primeiro crânio, cuja forma emergiu da escuridão, brilhando ao ser iluminado pela lanterna. Depois, achei outro e mais outro. Logo, apareciam caveiras a poucos passos de distância.

De acordo com as placas do lado de fora, eram vestígios de pessoas que viveram antes da Era do Gelo, mas, a essa altura, pareciam mais rochas do que qualquer coisa remotamente humana. Passou pela minha mente o pensamento de que um osso não era, na verdade, muito mais que uma pedra e que os seres humanos formavam-se de dentro para fora, como estátuas vivas, como barro animado.

Meu Deus, a morte estava me tornando mórbido.

— Bram?

Virei-me e a luz da lanterna iluminou o rosto, ou a metade remanescente dele, de Coalhouse.

— Aí está você — respondi, em um tom quase filosófico. Não sabia o que mais poderia dizer.

Coalhouse estava no mesmo estado de espírito que eu. Rasgado e sujo, parecia desarmado. Mudo, desconfiado, com o braço direito inerte, ficou parado à minha frente. Na mão esquerda, levava um isqueiro cuja chama vacilava.

— Está ferido?

Ele balançou a cabeça, negando.

— Está pronto para voltar para casa?

Minha pergunta provocou nele uma expressão de mágoa profunda, como se eu tivesse proferido uma lista de insultos.

— Não posso.

— Claro que pode — respondi e abaixei-me para colocar a arma no piso da passarela. — Você acha que estou aqui para prender alguém ou algo assim? Só queria te encontrar.

Os lábios de Coalhouse tremeram. — Não.

O isqueiro dele se apagou e ele tentou acendê-lo de novo, sem sucesso. Praguejando, jogou-o longe. — Por favor, diga que Nora está bem. Estou tão arrependido...

— Eu não estaria aqui se ela não estivesse bem. Está tudo bem.

— Graças a Deus — suspirou ele, baixando os braços. Um dos crânios chamou sua atenção. — Sabe aquilo que dizem, que os esqueletos sorriem? É mentira.

— Coalhouse...

— Estão pensativos. Não acha? Presos para sempre nos seus pensamentos — prosseguiu ele, agarrando os corrimãos dos dois lados da passarela. — Não quero mais pensar sobre nada. Tentei encontrar uma maneira de voltar e consertar o que fiz, mas sinto como se meu cérebro tivesse congelado.

Não estava gostando nada do rumo da conversa.

— Não precisa pensar agora. Venha comigo.

— Para onde?

— De volta para a cidade. Está tudo bem. Nora e o Paciente Número Um estão seguros. Nenhum de nós se machucou.

Ao ouvir o nome de Nora, Coalhouse deu um passo à frente. — Juro que não a sequestrei. E não tive a intenção de atirar nela. Pelo menos, acredite nisso!

— Como assim, atirar nela? — Aquilo era novidade para mim. — Conte-me o que aconteceu.

— Não sei como fiz aquilo — gemeu Coalhouse, afastando-se de mim outra vez. — Só queria provar que eu era bom. Bom como você, bom como em "salvar a garota e ganhar o dia". Eu ia fazer Hagens me contar tudo. E depois que isso aconteceu, eu tive a ideia maluca: se Smoke morresse, tudo ficaria bem. Morto, não poderia ser mais objeto de disputa, muito menos por algum desconhecido.

— Explica isso de novo para mim. Nora começou e não terminou.

— Hagens contou-me que, semanas atrás, alguém tentou convencê-la a entregar Smoke. E que, se ela não fizesse o que queriam, atacariam ex-integrantes da Companhia Z. Eram pessoas que sabiam coisas sobre nós que não deveriam saber.

Coalhouse foi contando o relato com pormenores. O fato de que Nora havia levado um tiro era terrível, mas pelo menos ela estava segura agora. Tentei me concentrar nisso naquele momento.

— Precisamos fazer alguma coisa em relação a isso tudo, Coalhouse. Juntos.

— Juntos? Você não precisa de mim. Ninguém precisa. — Ele me olhou com seu único olho e parecia febril. — Os soldados nos interceptaram e interrogaram Laura e alguns outros. Disse-lhes que eu havia pertencido à Companhia Z, mas não acreditaram em mim. Não queriam saber nada sobre mim.

Aquilo com certeza havia lhe doído. E não havia nada que eu pudesse dizer, naquele instante, para compensar.

— E os punks...? Os punks queimaram seus mortos. Então, não posso ir para casa. Ninguém me quer, não há lugar para mim em nenhuma parte. Ajudo as pessoas e elas me esquecem. Ou eu falho. Sou completamente inútil. Nem atirar direito eu ainda consigo.

Fechei os olhos, pensando em uma maneira de dizer o que queria:
— Coalhouse, nossa casa é o aqui, agora. Nossa família é o aqui, agora.

— Você pode dizer isso. Você tem Nora. Tom tem a Cas. Eu não tenho ninguém.

— Você tem a mim. Sou seu amigo.

— Você não acreditou em mim.

— Acredito agora! — respondi, e ele me olhou. — Você estava certo, lá atrás, quando eu quis chamar a polícia e você quis continuar investigando Os Transformados. Você estava certo. E a única razão pela qual eu já consegui fazer "grandes coisas" é porque tinha vocês na retaguarda! Não vou deixar nenhum de vocês para trás.

A luz da lanterna iluminava o rosto e o torso de Coalhouse, de maneira que ele parecia flutuar à minha frente, pois as pernas estavam no escuro.

— Então me ajude.

— É o que estou tentando fazer.

— Mate-me.

O choque fez minhas juntas travarem e deixei cair o *kit* de primeiros socorros.

— Como?

Coalhouse fez como se fosse coçar o olho que não tinha e lembrou, no meio do caminho, que ele não estava mais no lugar. Lentamente, deixou-se cair na passarela e os corrimãos chacoalharam.

— Não quero mais pensar. Todos os meus pensamentos são horríveis. Penso como vou apodrecer e ficar ainda mais feio. Penso que, embora me sinta vivo às vezes, não estou vivo de verdade. E fico furioso com Tom e com o fato de que todo mundo acha que eu deveria superar minha morte e mostrar aos vivos que está tudo bem quando... Não está. E, depois, lembro-me de todas as coisas ruins que fiz e como não presto para nada, e tudo isso fica se repetindo, e se repetindo, e se repetindo dentro da minha cabeça. Não consigo parar. É como se estivesse ficando louco. E, se estou ficando louco, sou perigoso e tenho que morrer.

Avancei precariamente pela passarela, contornando minha arma e o *kit* caído. Sentei-me ao lado de Coalhouse e abracei-o.

— Vamos conseguir ajuda para você.

Ele balançou a cabeça e apoiou a testa nos joelhos. — Eu só atrapalho. Não valho nem a pólvora que vai me mandar para o inferno. Provavelmente, não conseguiria nem atirar na minha própria cabeça. Só quero acabar com isso.

— Não pense assim — disse a ele, encarando um crânio como se aquela coisa pudesse me dar alguma ideia para lidar com a situação. — Temos que seguir em frente, todos nós. Tudo que temos é uns aos outros.

— Mas eu sou uma falha atrás da outra. Se já sei disso, por que não... Simplesmente aceitar? Por que não posso desistir se é o que quero?

Achei melhor dizer-lhe a verdade. A mesma verdade que me levara à porta da Companhia Z dois anos antes, cansado, arrasado, solitário e pronto para arrancar a carne dos ossos e jogá-la no lixo.

— Você está certo de novo — disse a ele, que ergueu os olhos para mim. — Sempre existe essa opção. É a pior opção do mundo, mas é a que está sempre à mão. Então, não precisa decidir agora. — A lanterna começou a falhar e eu a sacudi. — O que pode não estar sempre à disposição são as chances que se apresentam agora mesmo. Se conseguir viver mais uma hora, mais um dia, mais um minuto que seja, isso já configura uma vitória. E uma vitória abre todo um mundo de possibilidades.

— Onde foi que você ouviu isso?

A lanterna voltou a funcionar.

— Foi o que o doutor Dearly me disse quando me encontrou. Nunca contei a ninguém, mas... Depois que deixei para trás a fazenda da minha família, estava pronto para me matar, para não fazer mal a mais ninguém. Ia me jogar de um penhasco, rezando para que a queda fosse suficiente para quebrar o que eu me tornara. Estava bem na beira, quase pulando, quando Dearly e seus homens emergiram de um arvoredo.

Coalhouse não falou nada.

Não consegui decidir se era um bom ou um mau sinal.

— Você tem a chance de vir para casa hoje. Ninguém te odeia e ninguém tem medo de você. Nora te entende. Todo mundo vai te apoiar.

— Mas ainda poderiam me matar. Ou me prender. Ou me deportar.

— Mas não acaba de dizer que queria morrer? — As palavras eram difíceis de dizer. — Então, que diferença faz?

Coalhouse limpou o rosto com a manga. — Faz toda a diferença — concluiu. — Sou idiota e inútil em tudo. Desejo, pelo menos, controlar como vou morrer. Quero acabar do meu jeito.

— É compreensível. — Podia, de verdade, compreender o raciocínio dele. — Mas você não é idiota nem inútil. Você fez um par de coisas idiotas, depois de ter feito muitas outras extraordinárias, das quais fui testemunha.

Ficamos em silêncio. O resfolegar que ouvira antes continuava, vindo de cima, o que me fez concluir que se tratava de morcegos. Água escorria pelas paredes da caverna e os pingos que caíam formavam um riacho, que corria em direção à saída.

Ponderei como me sentiria ao dar cabo da vida de um de meus amigos. Encarei aquela possibilidade de frente, tentando me preparar tanto quanto possível, considerando quão terrível seria. Porque, se fosse esse mesmo o desejo de Coalhouse, eu o atenderia. Ele era meu amigo e, além disso, eu gostaria que ele fizesse o mesmo por mim caso eu enlouquecesse ou chegasse a um desespero tal que soubesse que não conseguiria, com meu corpo e mente deteriorados, resistir a tudo isso. A luta era tudo.

O que mais me perturbava não eram as ideias que estávamos discutindo, mas o fato de que eu entendia perfeitamente os sentimentos de Coalhouse. E que os aceitava.

— Não posso ir com você — disse ele, depois de algum tempo. — Preciso partir sozinho. Organizar a cabeça.

De repente, a ideia de causar qualquer tipo de dano a ele ficou distante, a ponto de tornar-se inconcebível.

— Ok — respondi, fazendo o possível para parecer calmo. Tateando, achei o *kit* de primeiros socorros e entreguei-lhe. — Não sei o que tem aí, mas é seu. Estava na sua carruagem. Parei-a a cerca de quatro quilômetros daqui. Você chegou aqui andando?

— Foi. Nem sei como — ele aceitou a caixa. Um instante depois, falando mais alto, acrescentou: — Deixe a arma também.

Meu primeiro pensamento foi quebrá-la, jogá-la na água, sair correndo dali com ela. Mas, no fundo, sabia que precisava confiar nele. Fosse qual fosse sua decisão, precisava confiar, ainda que isso implicasse aceitar sua morte.

Alcancei o rifle devagar. Tirei dos bolsos as balas que havia trazido e coloquei-as na palma da mão dele. Levantei-me.

Coalhouse permaneceu sentado, mas ergueu a cabeça para me olhar. Não dava para saber se queria me pedir algo ou se desejava me ver longe dali.

— Você sempre poderá me procurar. Sempre estarei pronto para te receber — disse a ele.

— Eu sei, capitão. — Tive a impressão de que esboçou um sorriso, mas poderia ter sido efeito da luz. — Soque Tom por mim, sim? Voltarei assim que puder.

Ri sem vontade, mas respondi: — Pode deixar. Boa sorte.

Comecei o caminho de volta para sair da caverna. A quase dez passos dele, abaixei-me e deixei a lanterna. Cruzei o riacho, encharcando as calças e as botas.

Ao chegar à saída, sentei-me em uma pedra e esperei.

O sol saiu e o dia passou. Não vi mais Coalhouse, e o vento dissipou o cheiro dele.

Também não ouvi nenhum tiro.

Quando o sol se pôs atrás das árvores, levantei-me e achei a trilha por onde tinha vindo. Ao chegar no lugar onde havia parado a carruagem, vi que não estava mais lá. Senti alívio, apesar de exausto. Comecei a andar, atento tanto a algum perigo quanto ao barulho de um trem.

Era hora de ir para casa.

37

vespertina

— Senhorita Mink, peço desculpas por interrompê-la.

Sentada na escrivaninha decorada com cabeças de urso que fora de meu pai, examinava o livro-razão digital. Fechei a capa de couro e ergui os olhos. Era o gerente geral do Empório de Cordas Mink.

— Pois não, senhor Sasaki?

— Já fechei tudo, conforme os procedimentos usuais de segurança. Sei que é cedo ainda, mas gostaria de solicitar sua permissão para partir, pois é aniversário de minha filha. Gostaria de chegar em casa a tempo de parabenizá-la, antes que se recolhesse.

O pesado relógio de prata sobre a escrivaninha marcava nove horas da noite.

— Cedo?

— Costumo deixar o trabalho às onze, senhorita.

— É mesmo.

Havia esquecido. Era segunda-feira e tinha ido trabalhar no Empório pela primeira vez desde o Cerco. Havia obtido "permissão" para viajar a Nova Londres, acompanhada apenas pelo motorista, para participar de uma reunião de carteado oferecida por uma jovem parente da extensa família da senhorita Perez. De má vontade, transmiti a todos seus cumprimentos e tive que suportar por algumas horas a convivência com aquela horda de gente inferior.

— Se me permite perguntar, qual é a idade de sua filha?

— Ela faz oito anos hoje, senhorita.

— Leve a harpa azul de presente para ela se achar que tal presente lhe agradará.

— A senhorita é extremamente generosa, senhorita Mink! — disse o senhor Sasaki, fazendo uma profunda reverência.

— Pode ir — respondi.

O homem inclinou-se para me cumprimentar pela segunda vez e, sem me dar as costas, saiu da sala.

Abri o livro-caixa de novo e, com uma caneta enfeitada com plumas, dei baixa no instrumento que acabara de mencionar. Surgiu na tela uma caixa com a opção Salvar e instruí o programa a mandar uma cópia do relatório para o e-mail de meu pai. Anexei um bilhete à mensagem:

Nos vemos de noite, papai.

Depois que o livro eletrônico fez seu *backup*, levantei-me e guardei-o no cofre que havia no canto. Em seguida, tranquei-o.

Estava sozinha.

Tranquei também a sala de meu pai, que tinha uma elaborada decoração em estanho, e guardei a chave na corrente presa em torno da minha cintura, onde levava as demais chaves da loja. Dirigi-me ao térreo. As arandelas presas aos pilares falsos emitiam uma luz suave e os candelabros de cristal que pendiam do teto estavam desligados, assim como os pedestais rotatórios onde exibíamos os instrumentos.

Senti frio. Meu elaborado vestido de festa em tom marfim havia sido criado para que as outras garotas se sentissem feias em seus trajes, não para me proporcionar conforto. Cruzei os braços e apressei o passo em direção à porta, onde havia pendurado minha estola branca de angorá. Cobri os ombros e, tirando outra chave da corrente em torno da cintura, abri a porta. Era o bastante por hoje.

Renfield Merriweather esperava-me do lado de fora, com o chapéu nas mãos.

Quando o vi, gritei de susto e deixei cair o chaveiro. Ao recuar, agarrada ao meu agasalho, quase tropecei nas chaves. O senhor Merriweather também se assuntou e deu uns passos para trás. Chovia.

Encarei-o, consternada, por alguns segundos. Nunca pensei que me procuraria. No entanto, não consegui pronunciar a frase "*Como se atreve?*"; nem sequer pensei naquelas palavras. Minha reação imediata foi outra.

Recuperando-me do susto, fiz sinal para que me acompanhasse para dentro do Empório. Um tanto inseguro, ele entrou. Tranquei a porta e perguntei:

— Alguém o viu?

— Não. — Seus óculos embaçaram e ele os retirou. — Peço desculpas. Disse aos meus amigos que jamais deveríamos procurá-la, porque isso a colocaria em perigo. Mas... Não pude evitar. Passei as últimas seis horas no café do outro lado da rua. Estava praticamente vazio.

— Alguém sabe que você está aqui?

— Não.

Torci para que assim fosse. De costas para a porta, olhando para ele, percebi de novo que me faltavam palavras. Renfield era o primeiro zumbi que via de tão perto. Pensava nele quase todos os dias desde aquele voo na aeronave, sua voz e seu modo de ser estavam constantemente em minha mente, acompanhando-me até nos pesadelos. E, agora, aqui estava ele.

Sua postura era elegante. Os cabelos, ondulados, estavam meio pregados em torno do rosto machucado. O nariz era adunco; os olhos, fundos; os lábios, finos. Era arrepiante observar que seus traços, em conjunto, eram atraentes, ainda mais sabendo que estava... Morto.

— Precisava lhe falar — disse ele, interrompendo o silêncio. — Peço perdão. Sei que não fomos formalmente apresentados.

— E provavelmente jamais o seremos — respondi, dando-me conta de que meu comentário correspondia à realidade. — Sobretudo, porque você vem me perseguindo.

Ele aceitou minha colocação com um leve movimento de cabeça.

— Talvez... Eu devesse mesmo me retirar. Foi uma tolice vir.

— Está aqui agora. — Deixei a estola escorregar de meus ombros e me aproximei dele, que ficou muito quieto. Lentamente, estendi as mãos, indicando em silêncio que me desse o chapéu. Ele o fez. — Sente-se onde quiser. Já fechei tudo no andar de cima.

O rapaz morto aproximou-se do piano e eu lhe dei as costas para pendurar seu chapéu e recolher minhas coisas do chão. Quando me virei, vi que abrira o piano e passava os dedos finos e ossudos sobre o teclado. — Você toca? — perguntei, temendo a resposta.

— Não. — Ele me olhou e, fechando o instrumento, sentou-se no banco. — Mas, quem sabe? Tenho alguns anos para viver e pode até ser que me proponha a aprender. Suponho, pelo seu antigo nome de usuário, que você toca harpa?

— Harpa, violino, cravo, clavicórdio, pianoforte... — E acrescentei ao notar sua expressão de surpresa: — Dizem que toco muito bem, mas não é essa minha opinião. Não tenho paixão por música, que é pura matemática, afinal. Eu toco por números.

Renfield riu e retirou do bolso interno um lenço, com o qual limpou os óculos. — Essa deve ter sido a frase mais linda que já ouvi uma moça pronunciar.

Arrastei o banco de outro piano e sentei-me na diagonal. O zumbi continuou tentando limpar as lentes, respirando sobre elas, mas me dei conta de que era uma tarefa impossível. Embora pudesse controlar a respiração, seu corpo provavelmente era seco e frio.

Estendi a mão e peguei os óculos de suas mãos. — Deixe que eu faço isso para você.

Ele me entregou o lenço.

— Obrigado — disse ele, tímido. — Detesto essa coisa. Preciso de lentes cada vez mais grossas. Quando eu finalmente apagar, estarei usando binóculos.

— Tem minha solidariedade — respondi, polindo os cristais. — Eu fui cega quando criança.

— Verdade? Corrigiu por terapia genética?

— Não. — Quando ele me olhou, curioso, ergui um dedo e bati no globo ocular com a unha. *Plink, plink.*

— Biônico — disse ele, quase inaudivelmente, aproximando-se. — Os dois?

— Hum-hum — assenti e devolvi-lhe os óculos. — Ele os colocou rapidamente para prosseguir examinando meus olhos de vidro. — Tentaram terapia genética, mas não funcionou. Então, instalaram olhos biônicos. Fico feliz que tenha sido assim, na verdade. É muito melhor ser parte máquina do que dever qualquer coisa à Allister Genética.

Tendo pronunciado aquele nome, nossa conversa começou de verdade.

— Por que você fez contato conosco daquela maneira?

— Não era possível passar-lhe um bilhetinho no meio da aula de biologia, concorda? Antes de eu lhe explicar, conte-me como tudo aconteceu. Vi as notícias. Sei que Allister foi desmascarado.

— Evitamos uma catástrofe. Algumas coisas ainda estão pendentes, mas controladas, por enquanto.

— Que bom. — Então, para cumprir minha parte, comecei meu relato. — Minhas razões são... Complicadas.

Renfield inclinou a cabeça. — O senhor Griswold era o alvo principal. Por que não o mencionou? Por que avisou que somente a senhorita Dearly deveria ficar alerta?

Fechei os punhos. — O senhor Griswold é um zumbi, alguém com quem não me importo. Não gosto de zumbis, senhor Merriweather. Sua espécie me causa medo e repulsa. Você não deveria estar aqui. O dia que o último de vocês "apagar", para usar sua expressão, será o dia que finalmente respirarei tranquila de novo, assim como o restante dos vivos.

— Entendo... — murmurou ele, suavemente.

Por um instante, achei que o tivesse magoado. Levei alguns segundos para lembrar-me de que eu não deveria me importar com isso.

— Dito isso, eu tenho, sim, um senso de justiça, ou assim suponho. É verdade que no meu mundo, os seres inferiores são esmagados com o salto do sapato. Rimos deles, mas não matamos ninguém — completei, torcendo um dos meus anéis no dedo. — E também não torturamos ninguém. Ouvi muitas histórias: não se ataca uma pessoa que está somente tentando obter seus remédios em uma clínica, não se ataca um vivo inocente no meio da rua!

— Senhorita Mink... — Renfield quis falar, mas eu o ignorei e me levantei.

— Quando Michael me procurou, mostrou-me um... Dedo — olhei para o chão e vi meus cachos louros pendendo, pesados de spray e enfeites. — Estava fora de si, esbravejando contra Roe e Dearly. Achei que era conversa de bêbado, mas depois entendi que estava dizendo a verdade. Vi as notícias sobre a bomba na padaria dos Roe. Mas eu não podia simplesmente visitar a senhorita Roe e avisá-la. Não a detesto a ponto de desejar sua morte, mas agir dessa forma poderia me prejudicar. Então, fiz o que podia fazer, do jeito que podia fazer. E agora que estamos aqui, frente a frente, falando um com o outro, podíamos pensar uma forma de nos comunicarmos permanentemente, com menos riscos. Eu sou administradora do *site* Xadrez Via Aethernet, então poderíamos, talvez, criar algum programa secreto de comunicação...

Renfield piscou. — Administradora do *site*?

— Sou proprietária do XVA. Bem, com o meu pai. Ele me ensinou a jogar xadrez quando eu era pequena. Como passava muito tempo longe de casa, ele procurou na Aethernet um programa para jogar comigo remotamente, mas não encontrou nenhum de que gostasse. Então, ele criou uma empresa, em meu nome, para que pudessemos jogar dessa maneira. Ainda jogamos todas as noites. É por isso que eu estava aqui no Empório na noite do Cerco — olhei em torno. — Estava aqui esperando ele entrar *on-line*. Se eu fosse morrer, queria morrer conversando com a única pessoa do mundo que me ama.

— Minha nossa. — Renfield também ficou de pé e aproximou-se. Parei onde estava. — Você quer manter essa comunicação, então? — Sua pergunta foi em tom de esperança.

Será que eu queria? Forcei-me a olhar aquele rapaz não vivo de frente.

— Sim. Eu tenho acesso a lugares que nenhum integrante do seu clã tem. Ninguém na tradicional sociedade antizumbi receberá algum de vocês. Eu poderia até falar com Allister. Não creio que ele suspeite de mim.

— Ótimo. Porque há mais pássaros para capturar. — O senhor Merriweather olhou-me com tanta intensidade que senti um arrepio. — A senhorita Dearly fala muito mal da senhorita.

— E ela tem razão. Mas nossa briga é coisa muito pequena. Digo isso mesmo sabendo que não faremos as pazes jamais. Ficarei feliz de levar esse conflito para a cova.

— Por quê?

— Porque me diverte e isso é motivo suficiente para mim.

Renfield ponderou sobre minha resposta. — Então, sinto-me obrigado a perguntar o seguinte: Se é assim, como podemos ter certeza de que está nos dizendo a verdade? Eu deveria pedir-lhe que fosse à polícia para provar nossas acusações.

— Mas nao é o que acabo de explicar? — irritada, apertei os lábios. — Não é essa a questão toda, agora? Vocês só confiam em alguém que tente mordê-los?

Ren sorriu sutilmente. — Suponho que esteja certa. Embora já faça um bom tempo que não me encontro na posição de temer ser mordido.

Fiquei incomodada com a ideia de um cadáver questionando se podia ou não confiar em mim.

— Diga-me, senhor, o que posso fazer para provar minhas intenções? — perguntei-lhe, sarcástica.

— Minha intenção não foi a de ofender. O que quero dizer é... — O sorriso esvaneceu-se do rosto do zumbi. — O que acontecerá quando esse empreendimento não mais lhe agradar?

Esforcei-me para ficar ofendida com seu questionamento. Mas, convenci-me, porém, de que isso tinha algum mérito.

— É verdade que não se trata de dedicação a uma causa — respondi. — Na realidade, nem sei por que fiz o que fiz.

Renfield deu alguns passos em direção à porta como se pretendesse partir. — Talvez, seja prudente esperar para ver se tal ímpeto a acometerá novamente e, somente então, observar se poderá, na ocasião e preservando sua segurança, agir. Nenhuma promessa, nenhuma dívida.

— Espere. — Senti um calor no rosto e uma necessidade de correr atrás dele, de me postar na porta. Busquei meu arsenal de fúria e de "Como se atreve?". Ele estava morto. Como se atrevia a comandar o rumo desta conversa?

— Devo ir embora. Foi arriscado vir até aqui e, novamente, peço perdão. — Renfield fez uma reverência e colocou a mão na maçaneta.

Enquanto ele destrancava a porta, descobri que não queria que ele partisse. E quanto mais pensava nisso, mais me dava conta de que estava lidando com uma criatura inteligente e sutil, muito mais do que imaginara inicialmente. Ele era — ousei dizer a mim mesma — um *semelhante*.

E foi então que percebi algo mais.

— Senti sua falta — confessei. O ruído dos ornamentos no meu cabelo pareceu-me soar mais alto que minha própria voz.

Um instante se passou. Ren retirou a mão da maçaneta.

— E eu a sua, senhorita.

Aquelas palavras doeram no meu peito.

— Quando concluí que era você... Senti-me imensamente honrado. Honrado por ter sido lembrado. — Sua entonação não foi nem de timidez nem de presunção. Foi simplesmente nítida, e senti que o admirava.

— Senti falta de jogar xadrez com você — prossegui. Meu orgulho dissolvera-se. — Você é um oponente maravilhoso. Senti falta até das gentilezas que trocávamos. Ficava esperando seu nome aparecer *on-line* como fazia com meu pai... — Minha voz falhou. — Jamais imaginei que houvesse um monstro do outro lado. — Calei-me. Não era do meu feitio falar sobre tais coisas, ser tão sentimental.

Renfield mergulhou em seus pensamentos. Antes que eu pudesse falar qualquer coisa mais, ele foi direto ao ponto:

— Quero levar isso a sério. Sei que posso não ser tão ativo quanto os outros rapazes, mas desejo fazer a minha parte. E tenho certeza de que é capaz de entender o sentido de urgência que perpassa todos os aspectos da minha vida a esta altura.

Entendi ao que se referia. — Por você, pelo menos por algum tempo, eu poderia levar isso a sério.

— De verdade? — perguntou ele, aproximando-se. — Acredite em mim. Não importa o que aconteça, jamais lhe pedirei para fazer algo que eu mesmo não estaria disposto a tentar.

— De verdade — respondi.

Renfield passou os olhos pelo mural na parede oposta. Fiquei em silêncio, esperando seu veredito. Uma das personagens da pintura era uma mulher de cabelos escuros que tinha nos braços uma criança loira de olhos prateados. Ele apontou para as duas.

— Foi inspirada em você? — perguntou ele, do nada.

— Não. Essa é a Vespertina verdadeira.

Renfield piscou. — Perdão, não entendi.

Dei de ombros e expliquei:

— Fui adotada quando tinha três anos. *Lady* Mink precisava de uma substituta para a criança que ela deixara se afogar, por descuido, em um laguinho de jardim.

O choque de Renfield me deu ânimo.

— Pronto. Satisfeito?

— Deveras. — Ele parou por um instante e, dando uma meia risada, aproximou o seu rosto do meu. Tão lentamente e tão solícito que não senti necessidade de recuar. — Então, na verdade, você é Vespertina Mink Segunda.

— Sim, creio que se pode dizer isso.

— Ha. — Renfield deu um passo atrás e curvou-se, fazendo uma reverência. — Permita-me retribuir, então. Meu nome é Renfield Ichabod Merriweather Terceiro. Sou o terceiro filho de um terceiro filho, produto de uma família comum do Norte. E, como afirmei muitos meses atrás, fico feliz por ter morrido, pois jamais a teria conhecido se não fosse assim.

Não pude evitar, corei. — Não deveria dizer essas coisas. Poderia ser mal interpretado.

Renfield não pareceu nada constrangido; pelo contrário, sorriu de orelha a orelha. — Como disse a você anteriormente, *carpe diem*[20].

— Embora possa apreciar o sentimento, vou esquecer que disse essa frase — informei-o, esforçando-me ao máximo para encerrar aquela troca com uma postura bem empertigada.

— Que assim seja, então. — Renfield passou a mão no cabelo, revelando uma linha em "V" na fronte. — De qualquer forma, creio que acertamos nossas bases.

Concedi-lhe a razão. Ele abriu a fechadura.

— Podemos jogar uma partida antes de você ir?

---

[20] *Carpe diem* é uma frase em latim, de um poema de Horácio, popularmente traduzida para *aproveite o momento*.

Renfield fez uma reverência e colocou o chapéu. — Não neste instante. Mas a noite é uma criança, senhorita Mink. Espero ter o prazer logo mais.

– Você vai entrar no XVA daqui a algumas horas, então?

— Desde que nenhum imprevisto me impeça, sim.

Segurei a porta e ele desapareceu na noite. A chuva havia arrefecido, mas não havia mais ninguém na rua; mesmo assim, Renfield desviou-se da luz dos postes e cruzou a rua, furtivo, até a calçada oposta. Segundos depois, conseguiu um táxi e partiu.

Ainda com a porta aberta, vesti a estola de angorá e peguei minhas chaves. Precisava ir para casa.

Pela primeira vez em muitos meses, talvez em muitos anos, tinha algo bom por que esperar.

38

Michael

Poucos dias depois, tudo foi por água abaixo.

Lopez entregou-me à polícia na manhã de domingo. Contou tudo aos oficiais, mas eu permaneci em silêncio. E antes que o mecanismo de proteção da aristocracia pudesse ser acionado, antes mesmo que meu pai fosse chamado, a história vazou para a imprensa. A informação escrita foi parar na Aethernet, postada por "zboy69". Alguém foi até o *pub* Freio de Prata e encontrou as cartas que havia lá, revelando o nome de mais algumas futuras vítimas zumbis. A polícia, com um mandado de busca, achou minha máscara no compartimento do estepe da carruagem.

A minha derrocada estava sendo magnífica. O escândalo que se seguiu foi o equivalente social de detonar um artefato explosivo junto a um monumento amado pela população — horrível a ponto de deixar uma cicatriz na psique neovitoriana —, como uma fogueira tão fascinante que é impossível não olhar enquanto arde.

Exceto do meu ponto de vista. Estava certo, a cada segundo de cada hora, de que um assassino com máscara de pássaro entraria pela janela do meu quarto. Estava certo de que Jaqueta Verde encontraria uma maneira de chegar até mim. Ou Ratcatcher. No autoexílio de minha suíte, a ignorância transformou-se em paranoia. Minha mãe queria cuidar de meus ferimentos, mas eu a tranquei do lado de fora. Coco queria saber qual seria sua próxima tarefa, mas eu a expulsei, pois estava meio convencido de que fora ela quem me delatara. Meu pai nem sequer falou comigo.

Nora estava certa. Caí sozinho. E foi a situação mais difícil que já havia vivido. Nenhum outro membro de O Assassino foi exposto, embora os meios de comunicação publicassem teorias absurdas, os zumbis que se diziam ameaçados fossem ouvidos e suas entrevistas, transmitidas repetidamente. Tinha certeza de que, em muitas mansões nação afora, havia muitas famílias queimando máscaras de pássaros e repreendendo seus filhos. Eles se manteriam incógnitos, graças a mim. Tinha esperança de que esse detalhe me ajudasse mais adiante.

Meu Deus, como fui idiota.

E ainda doía ter ouvido isso da boca de meu pai.

Quando ele finalmente me chamou à biblioteca, dirigi-me até lá com o coração pesado. Não havia hologramas ligados na sala naquele momento, o que deixava a mobília dourada ainda mais brilhante e o tapete, mais ostentoso. Ele ordenou que eu fechasse a porta e sentasse em uma das cadeiras de encosto alto. Parecia um buraco negro humano, nenhuma expressão no rosto, movimentos contidos. Andou da porta para sua escrivaninha como um robô. Não se sentou.

— Sinto muito — eu disse.

— Cale-se. — A voz não era a de meu pai. Silenciei. Ele pegou um digidiário que estava sobre a escrivaninha e começou a ler: — *Os zumbis são os punks da nossa geração. Como seus antepassados, você precisa se erguer e agir para exilá-los. No nosso caso, para além do além. Usaremos as mesmas máscaras dos médicos que trabalhavam nas epidemias e, juntos, curaremos o mundo. Seremos um bando de corvos, banqueteando-nos com os mortos.*

Senti o estômago revirar.

— Por favor, não leia. — Era a carta-convite que eu havia reconstruído.

— *Se quiser participar* — continuou ele, cada vez mais dramático —, *deixe uma mensagem, endereçada ao número 1712, atrás da pedra solta que há na lareira principal do pub Freio de Prata, em La Rosa. As pessoas que trabalham lá são de confiança.* — O sarcasmo em sua voz praticamente cortava o ar. — *Determine um número para seu uso. Jamais saberemos a identidade uns dos outros. O anonimato é que nos dará liberdade para agir. As máscaras representarão liberdade absoluta. Ao usar uma, você será um e cem ao mesmo tempo.*

— Sinto muito — sussurrei de novo, olhando para o chão.

Meu pai parou de ler.

— Francamente. Isto aqui lhe pareceu uma boa ideia? Seu bebê idiota — disse ele, atirando o digidiário na escrivaninha. — Você merece ser deserdado, jogado na rua. Não consigo acreditar que metade do meu material genético anda por aí, instalado nessa sua carcaça tão pateticamente estúpida!

Senti o sangue esvair-se da minha cabeça. Ele avançou em minha direção.

— É isso o que ser um aristocrata significa para você? Esgueirar-se por aí à noite, cometendo crimes hediondos que certamente levariam a captura, prisão e julgamento? Você tem a mínima ideia do trabalho que estou tendo para manter você fora da prisão?

— Peço perdão — disse a ele. — Achei que o senhor ficaria orgulhoso se eu fizesse o que tinha de fazer e não fosse descoberto. Se conseguisse lidar sozinho com as coisas. E, depois do ocorrido em dezembro...

— "Fizesse o que tinha de fazer"? Ah, por favor, esclareça. Qual era essa tarefa santificada? Estou morto de vontade de saber.

— Matar Griswold. O zumbi que me atacou. O zumbi que tirou a senhorita Dearly de mim.

— Então, tudo isso é culpa daquela prostitutazinha? — ele desviou o olhar. — Inacreditável.

— Ela não é... Ela está confusa — respondi, cravando as unhas nas calças. — Tenho cultivado, desde o Cerco, a fantasia de matar Griswold. Quando aquela carta chegou, achei que fosse minha oportunidade. Sabia que seria impossível agir sozinho, pois certamente seria pego. Pensei...

— Não, você não pensou — disse ele, recomeçando a andar. — Você acha que as gerações mais velhas são idiotas? Essa armação é um simulacro do que fazemos. É um simulacro pobre de como age uma sociedade contra o mal, um simulacro pobre de nossos clubes! É assim que os punks acreditam que nós nos comportamos!

— Pensei que poderia manter o anonimato!

Meu pai tremia de ódio, tremia de verdade. — E então aquele zumbi Griswold invade minha empresa, leva você como refém, faz minhas forças de segurança perseguirem-no por metade dos Territórios... Para quê? Por quê?

— Para ajudar a senhorita Dearly. Eu é que o orientei a fazer isso. Ele precisava dos homens.

— Você vendeu minha força particular de segurança para um homem morto? Para resgatar a filha daquele louco doente? — Seus olhos faiscavam. — Proíbo que você veja, ou fale, com aquela menina pelo resto de sua vida. Eu sabia... Eu sabia que era um erro deixar você se relacionar com ela.

— Mas ela...

— Ela é filha de Victor Dearly! E tudo que Victor Dearly toca vira lixo. Ele tem a incrível habilidade de corromper até as pessoas de inteligência mais sublime. Já o vi em ação. Antes de se unir a ele, Elizabeth Soto era um diamante entre os porcos, embora pobre e desprovida de sobrenome importante. Eu a teria transformado em uma rainha. Ele a tornou uma casca do que um dia fora. A morte veio como uma bênção para ela. Agora, parece que, como a mãe, a senhorita Dearly escolheu se unir a excluídos, tolos e insignificantes! — Ele estava ofegante.

Então, meu pai já havia desejado a mãe de Nora? Não sabia o que dizer, exceto: — Posso levá-lo diretamente a Griswold. Ele tem que morrer pelo que me fez, pelo que fez a nós...

— Não preciso de nenhuma ajuda para encontrá-lo. Eu vou cuidar dele. — Essa frase me fez lembrar de algo.

— Como você sabia quem ele era?

Meu pai ignorou minha pergunta.

— Diga-me uma coisa. Foi ele mesmo quem fez esse estrago todo em você? — inquiriu ele, apontando para meus ferimentos. Assenti. — Então, sim, a esta altura eu gostaria de encontrá-lo pessoalmente para cumprimentá-lo e agradecê-lo por ter feito o que eu deveria ter feito há muito tempo. Eu devia ter espancado você cada vez que fazia uma idiotice quando era mais novo. Talvez assim não tivesse se tornado o lixo que é hoje!

Nunca pensei que pudesse sentir tanta dor na vida como senti naquele momento. Como se as palavras dele fossem golpes físicos, meu corpo queria se dobrar para proteger meus órgãos vitais. Griswold, um monstro que não merecia viver ou amar, havia tirado de mim o meu amor, me humilhado, me atacado e, agora, até meu pai teria preferido tê-lo como filho em vez de mim.

— Fiz tudo isso porque pensei que era o que você desejava que eu fizesse — disse. — Sem sua ajuda. Sozinho.

— Tive tanto, mas tanto trabalho para impedir que tudo isso caísse sobre nossas cabeças, e você vai e se envolve em algo deste calibre. Deu à polícia motivo para se meter dentro da minha casa, sem restrições — ele voltou a andar, não conseguia ficar quieto. — Planejei tudo com tanto cuidado. Destruí com minhas próprias mãos tudo que fiz. E agora tenho que lidar com investigadores batendo à minha porta...

— Como assim, "impedir que tudo isso caísse sobre nossas cabeças"?

Meu pai não respondeu. Prestei atenção em seu silêncio como faria se estivesse falando, mas senti necessidade de preenchê-lo.

— Meu senhor, fui espancado. Fui sequestrado. Esse monstro, o que carrega a nova cepa da doença, quase me mordeu... Nunca quis que isso acontecesse!

Em vez de se acalmar e reavaliar minha situação, meu pai me agarrou pelos braços, prendendo-me na cadeira.

— O zumbi mordedor estava lá?

— Ele quase me atacou!

Afastando-se, recomeçou a andar, processando a nova informação, com os olhos faiscando.

— Temos que pôr um fim nisso. Temos que capturá-lo.

— Capturá-lo? — Meu pai pretendia me oferecer em uma bandeja ao Paciente Número Um? — Por quê?

Ele me soltou e seus braços voltaram para a posição normal, como se tivessem uma mola. De alguma maneira, conseguiu se recompor.

— Porque ele é minha propriedade. E vou recuperá-lo.

— O quê? — A expressão não era grande o suficiente para comportar minha pergunta e o fascínio, a confusão e o medo que senti ao ouvir aquela declaração.

— E a Lazarus também é minha, e dela pretendo extrair lucro. Minha. Minha descoberta. — Ele ergueu a mão, proibindo-me de falar. Sentou-se à sua escrivaninha e, depois de inspirar e expirar lentamente algumas vezes, continuou: — Você vai ter o que deseja, filho — disse, agora com sua voz normal.

Não me atrevi a perguntar. Não queria saber.

— Quer brincar com gente grande? Então, permitirei que brinque. Mas fará exatamente o que eu instruir — continuou ele, olhando para o chão. — Equipamentos de verdade, não máscaras de teatro e cachecóis de tricô feitos pela mamãe.

Meu coração contraiu-se.

— Terá objetivos reais, que mudarão o mundo. Vai trabalhar de verdade para proteger sua família, em vez de cobri-la de vergonha e lama. Na verdade, seu primeiro objetivo vai ser encontrar esses idiotas mascarados e obrigá-los a se expor ao seu lado.

— Do que é que precisamos nos proteger? — ousei perguntar.

Lorde Allister encarou-me duramente.

— É hora de você visitar o décimo segundo andar da Allister Genética — disse, apertando um botão na escrivaninha. — E é hora de conhecer *E*.

39 • nora

Depois de ser informado sobre a transformação por que passara Smoke, ele tornou-se o projeto favorito de meu pai. Após tudo que tinha ocorrido, já era segunda-feira quando consegui ir até os navios para saber dele. Não havia acontecido muita coisa.

— Ele não disse uma palavra desde sábado. Estamos esperando que se recupere um pouco antes de realizar exames mais invasivos — explicou meu pai. Smoke estava sentado do nosso lado, na escrivaninha, vestido e tomando um prato de sopa de legumes bem devagar. — Essa reação que você descreveu... Gostaria de ver com meus próprios olhos. Mas pode ser perigoso.

— Então, você não sabe ainda se ele está vivo ou morto?

— Não tenho certeza. Seus órgãos internos parecem vivos, mas não consegui vê-los em atividade ainda. — Meu pai suspirou. — Temos que fazer mais exames de metabolismo.

À parte os testes, era a ligação com Allister o que me incomodava.

— O que você acha disso tudo?

Acariciando meus cabelos, meu pai respondeu:

— Que precisamos voltar nossa atenção para fora. E chegar ao cerne da questão. — E, tirando a mão de minha cabeça, continuou: — Lopez entrou em contato comigo. Disse que você lhe telefonou para se convidar para Marblanco.

— Sim. — Lutando contra o cansaço que aquele assunto me provocava, perguntei: — Posso ir? Eu não quero sair daqui, mas, se tiver que ir para algum lugar, que seja...

— Sim. Você deve mesmo ir com a senhorita Roe. Que mais não seja para que ela se acalme — e, dizendo isso, beijou-me na fronte. — Meu pequeno milagre.

Fiz uma careta, embora me sentisse aliviada, especialmente diante da sugestão de que minha estada lá poderia ser breve. Antes que eu pudesse obter dele um compromisso de data, o doutor Salvez entrou intempestivamente.

— Acionem a tela! Sintonizem a NVIC.

Peguei o controle remoto e coloquei no canal.

— Esta informação acaba de chegar até nós. — O repórter zumbi Marcus Maripose lia diretamente de um digidiário. — Novamente, peço desculpas pela falta de formalidade nestes boletins, mas estamos transmitindo ao vivo. Os punks estão saindo da Zona de Fronteira. Temos trechos de vídeo mostrando que simplesmente estão... Indo embora. O governo de Nova Victoria não recebeu nenhum contato oficial para negociar os termos de rendição ou... Informar qualquer coisa. — Ele parecia confuso. Assim como todos nós.

— O quê? — indagou meu pai, com a expressão desalentada.

— Eles não fariam isso — comentei. — Os extremistas punks nos odeiam. — Eles lutavam batalhas infrutíferas na fronteira há décadas. E haviam sido banidos para o sul pelo nosso povo por causa de seus planos terroristas.

— Tendo a concordar com você — declarou Salvez. — Mas deve ser porque os extremistas estão recuando. O exército punk não abandonaria suas posições nem que quisessem fazer a paz. Não deixariam a fronteira desguarnecida.

— Exatamente — disse. — O Exército está lá apenas para manter certa vigilância da situação. — Era o que Bram me explicara. Somente os extremistas interessavam-se em atacar os neovitorianos; a maioria do povo punk estava preocupada em construir sua própria civilização.

Um segundo depois, a NVIC começou a mostrar os vídeos, e, de fato, parte do exército punk estava se deslocando para longe da fronteira. Seus tanques com pernas mecânicas e imensas máquinas de guerra, pesadas e antigas, mas mesmo assim extremamente mortíferas, formavam uma coluna massiva, que recuava. Dava a impressão que escoltavam os homens sem uniforme que marchavam em paralelo — os extremistas e os mercenários. Na retaguarda, o exército punk parecia observar o movimento. Dava a impressão que pretendia manter sua posição.

A guerra acabara, simplesmente?

Cobri o rosto com as mãos. Acontecimento após acontecimento, o mundo inteiro estava colapsando como uma fileira de peças de dominó. E eu não conseguia enxergar ainda qual era o padrão que se formava.

— Isso é uma boa coisa — declarou Salvez, mas não havia alegria em sua voz. — Não é?

— Não sei — respondi, mantendo os olhos grudados na tela. — Não sei de mais nada.

Cas voltou naquele dia. Ela havia atraído a força de segurança da Allister Genética em um percurso épico ao longo da costa hondurenha antes de despistá-los perto de Belize. Ela trouxe lembranças, compradas nas cidades costeiras, para todos nós. Cataventos em tons pastéis e guloseimas. Quando Samedi perguntou sobre o *Rolls*, ela enfiou um doce na boca dele e aconselhou-o a dar valor à ignorância.

Fiz as malas naquela noite, com ajuda de Matilda. Enquanto ela colocava saiotes e sapatos no baú, ocorreu-me que talvez eu devesse levar meus papéis de identidade, por segurança; eu não tinha mais um *chip* de identificação. Fui até o estúdio de meu pai e comecei a procurar na escrivaninha dele pela minha certidão de nascimento ou algum outro documento útil naquele sentido.

Depois de vinte minutos procurando sem sucesso, uma pasta coberta de manchas de água chamou minha atenção. Folheei os papéis por curiosidade e encontrei algo que me surpreendeu. Eram esquemas, orçamentos, plantas arquitetônicas, mas só quando cheguei às últimas páginas escritas que entendi que meu pai estava criando uma escola, ou talvez algum tipo de instituição ou asilo. O estilo era Alto Vitoriano, com lindos jardins, corredores ensolarados, salas de cirurgia com anfiteatro e... Um cemitério. Um lindo cemitério para as pessoas que morreriam ali.

Quando estivéramos na selva, disse-me que tinha algo para me surpreender. Foi logo depois que ele conversou comigo sobre minha formação — ele deve ter imaginado algum tipo de academia para vivos e não vivos. Talvez, tivesse cultivado a ideia durante todo o tempo que trabalhou com a Companhia Z.

Meu pai havia projetado algo para o futuro. Ainda que somente por algumas semanas ou meses, queria fazer algo grandioso. Nova Londres o havia prendido também.

Fechei a pasta e recoloquei-a no lugar, secando uma lágrima furtiva.

— Está tudo bem? — A doutora Chase estava à porta.

— Sim. — Não sabia se devia falar com ela sobre o segredo do meu pai, então apenas comentei: — É só que não quero partir, deixar Bram e todos vocês. Especialmente, quando há tanto para fazer.

— Não vai ser para sempre — disse ela, abraçando-me. Fechei os olhos e inspirei seu perfume — E nem é tão longe assim.

— Para mim, parece um oceano de distância. — Esforcei-me para parar de pensar em Bram, mas agora que a partida era iminente e inevitável, sentia que meu coração ia explodir dentro do peito.

A doutora Chase afastou-se um pouco e olhou-me diretamente.

— Senhorita Dearly... — Ela debatia algo internamente enquanto me conduzia para uma cadeira. Sentou-se do meu lado. — Não sei por quê, mas quero lhe contar algo. Talvez seja porque, às vezes, vejo a mim mesma em você.

— O que é, doutora?

— Tive uma vida feliz quando menina. Cresci em uma bela cidade neovitoriana na Venezuela, perto da fronteira. Era um lugar lindo, como uma vista de cartão-postal. Meu pai era o xerife — contou ela, endireitando-se.

— Baldwin apareceu em nossa fazenda e, poucas horas depois, fugi com ele. E depois... Recusei-me a deixá-lo partir. Eu o transformei em zumbi. Eu tomei decisões intempestivas que me trouxeram tanto alegria quanto dor.

Não é que não soubesse o que dizer, mas meu cérebro parou de se comunicar com minha boca.

— Como?

A doutora Beryl deu uma risadinha e levou a mão à nuca.

— Meu Deus, foi há tanto tempo. Depois que abdicou do contrabando, Baldwin começou a fazer engenhocas mirabolantes. Apareceu na fazenda com uma máquina que, segundo ele, podia extrair água do ar e da terra. Era uma incrível obra de tecnologia, mas totalmente falsa. Meu pai correu com ele de lá... Mas ele me conquistou. Você precisava vê-lo quando jovem e vivo. Estonteante não chega nem perto para descrevê-lo.

— Posso imaginar — respondi.

— Creio que posso dizer que me tornei sua assistente. Ajudava-o com seus negócios escusos. Baldwin era bom de mecânica, seu pai havia sido contrabandista também, e ele cresceu encarregado de manter suas carruagens em ordem. E eu cresci consertando coisas na minha cidadezinha. Construíamos coisas que faziam as pessoas pensarem que era uma tecnologia nova e espetacular: replicação de objetos, movimento infinito, teletransporte. Minha mãe havia me ensinado caligrafia, então eu criava falsas patentes e certificados. Não usávamos nossos nomes verdadeiros, vale lembrar — relatou, tirando um cisco da blusa. — Creio que é um bom momento para comentar que nenhum de nós tem doutorado em coisa nenhuma. Diplomas são documentos facílimos de falsificar.

Aquilo jamais havia sequer passado pela minha cabeça.

— Está brincando? Você não é doutora?

— Não. Sou uma velha solteirona chamada de senhorita Chase. Bem, seja como for, as pessoas investiam nas tais máquinas, nós coletávamos o dinheiro e fugíamos. É por isso que sou anistiada. Aplicamos nossos golpes do lado de Nova Victoria algumas vezes.

— Uau.

— Pois é. Arrependo-me do que fiz. Foi bem mais tarde que soube desse lado escuro da vida de Baldwin. Que gente como Ratcatcher existia. Mas, àquela altura, já não me importava mais. Ele dizia que eu poderia viver uma vida de aventura e que ele seria o homem da minha vida. Nunca mentiu para mim.

— Como foi que ele se tornou um zumbi?

Tive a impressão que Beryl se encolheu um pouco.

— Estávamos com um golpe em curso na propriedade de uma punk. Ela era perigosa, também envolvida em contrabando, que foi como Baldwin a conheceu. As operações dela eram feitas a partir de uma plataforma aérea no deserto. Acho que um de seus homens deve ter voltado doente de uma viagem. — Notei que suas mãos tinham começado a tremer. — Foram os três piores dias de minha vida. Aquela coisa morta do outro lado da porta querendo entrar. Baldwin morrendo em meus braços por causa de um tiro que levara de outro homem. Quando percebi que ele ia morrer, deixei o outro entrar. Já tinha visto uma vítima se reanimar, mantendo a consciência. Pelo menos foi o que me pareceu. Deixei que o zumbi mordesse Baldwin. Sabia que, se não fosse assim, o perderia para sempre. Eu o amo. Muito.

Ela umedeceu os lábios.

— Eu deixei aquele zumbi entrar e usei Baldwin como escudo... Não foi difícil. Mas, depois, o zumbi quis me atacar e eu o matei, usando uma estatueta de mármore. Bati, bati e bati até que o cérebro do sujeito saiu pelo crânio. Quando terminei, sentei no chão com a estátua ensanguentada na mão e rezei para não ter que fazer o mesmo com Baldwin.

Não ousei dizer nada. Ela não olhava para mim. O relacionamento deles era muito mais profundo do que eu jamais imaginara. Senti um aperto no peito ao entender quão longe ela havia ido para ficar com ele, em todos os sentidos da palavra.

— Depois que ele se reanimou... Eu consegui mantê-lo comigo, mas não há maneira no mundo de reparar o que fiz. Especialmente, depois que percebemos que, se contássemos às autoridades o que víramos, o governo punk o mataria e me jogaria na prisão. Foi então que cruzamos a fronteira pela última vez. E foi então que a Companhia Z nos encontrou.

Sem palavras, abracei-a. Ela retribuiu o gesto graciosamente.

— Meu maior temor é que um dia ele se deteriore a ponto de me dizer a verdade: que me odeia por causa do que fiz. Como disse antes, sinto muito remorso. Mas, às vezes, penso que nunca fui tão corajosa e decidida quanto naquele dia que fugi com ele e quando o matei para que vivesse. E é isso que quero que saiba, Nora. Não importa para onde sua vida a levar. Não deve ter medo de lutar, de ousar, de quebrar qualquer regra e violar qualquer lei. Não se for por quem você ama.

Não consegui me soltar daquele abraço ao ouvir aquelas palavras. Ela havia cuidado de mim, me confortado e até cantado para mim uma vez. Eu tinha esquecido como era bom ter um colo feminino. Como era macio e cálido. Minha mãe fora assim um dia.

Eu já tinha perdido muita gente na vida. Defenderia até o inferno aqueles que estavam ao meu lado agora. Fosse qual fosse o tamanho da luta.

Depois que terminei de fazer as malas, vaguei pela minha casa no escuro, como havia feito quatro meses atrás. Parecia ter sido há tão pouco tempo... A casa estava diferente agora, repleta de camas de armar e pertences de outras pessoas. Era uma casa viva.

Era como eu gostaria de me lembrar dela para sempre.

Estava na sala, imersa em meus pensamentos, quando senti o toque de uma mão fria. Quando, ao virar-me, vi que era Bram, atirei-me nele. Ele me abraçou do jeito que eu adorava, quase me machucando. Segurava um buquê de flores silvestres em uma das mãos.

— Desculpe ter demorado tanto. Peguei um trem, mas tive que andar parte do caminho de volta. Achei melhor chegar com um presente.

— E por que demorou tanto? Achou Coalhouse?

Bram levou-me até o sofá e me fez sentar, antes de colapsar a meu lado, entregando-me as flores. Estava imundo e irresistivelmente atraente. Coloquei as flores de lado e acariciei seu cabelo despenteado, dando-lhe tempo para que formulasse o que queria dizer.

— Sim. Ele quis passar um tempo sozinho.

Senti meus ombros ficarem tensos. — Sinto muito.

Bram ficou imóvel. — Ele me pediu para matá-lo.

Não consegui dizer nada. A ideia me apavorou. Abracei Bram e fiz com que se recostasse, com a cabeça no meu ombro. Encostei o rosto em sua fronte.

— E eu teria feito a vontade dele. No final, Coalhouse decidiu partir, mas eu teria atendido seu desejo. Falei muito quando estava com ele, mas agora...

— Agora o quê?

— Nem sei.

Detestava ver Bram tão perdido, tão exausto.

— Sei que teria sido a coisa certa a fazer — continuou ele. — Se Coalhouse quisesse morrer e não pudesse tirar a própria vida, um de seus amigos deveria fazer isso por ele... — Bram desistiu de tentar explicar.

— Você está certo — disse, na tentativa de reconfortá-lo. — Quero dizer, estando viva, não tenho direito a opinar, mas acho que você está certo.

Bram endireitou-se e olhou para mim.

— Você sempre tem o direito de opinar — disse ele, fazendo um gesto com a mão sem apontar para nada especificamente. — É difícil encarar uma possibilidade como essa. Ele estava muito deprimido, porque viu que falhou diversas vezes, que tomou as decisões erradas, mas... Eu errei muito mais que ele. Já devia ter morrido três vezes, e veja o que aconteceu. Tive o máximo de cuidado quando fui te resgatar, e a Lazarus contaminou Nova

Londres. Não te contei o que Wolfe estava para fazer e Sam quase morreu. Não saí atrás dos Transformados e ...

Interrompi-o, balançando a cabeça em negativa. — Não há nada errado em ser a voz da razão, Bram. Você sempre está a postos quando precisamos de você.

— Fico confuso, às vezes. Inseguro sobre o que fazer, de que lado ficar — disse ele, e beijou-me a testa. — Você é a única coisa que nunca me deixa perdido.

— Acredite em mim quando digo que entendo você. — Coloquei a mão espalmada sobre o peito dele, tentando encontrar palavras para o que queria dizer. — Enquanto você estava fora... Os punks saíram da Zona de Fronteira.

Bram ficou rígido. — Como assim?

— Estão abandonando suas posições. E sem dizer por quê. Parte do exército ficou lá. — Contei-lhe tudo: sobre os punks, sobre Michael, sobre Marblanco.

Ele me relatou o que ocorrera na Allister Genética, fazendo-me pensar de novo no que aquele homem estaria armando.

— Meu Deus — suspirou Bram, fechando os olhos. — E se tiver acontecido alguma coisa lá? E se os punks estiverem reagindo a uma nova onda de hospedeiros, ou algo assim?

— É muito estranho mesmo — respondi.

Bram abriu os olhos. — Prometi a Laura que a encontraria.

Fiz um sinal para que prosseguisse.

— Sabe de uma coisa? Nos últimos meses, tenho tido a sensação de estar perdido. Como me sentia quando virei zumbi. Sabia que precisava seguir em frente, mas não sabia com que objetivo. Tudo era tão novo. É um pouco a mesma impressão, mas agora...

— Tem alguma ideia?

— Sim. Nós dois nos acostumamos a conviver com zumbis em um ambiente controlado. Um lugar onde zumbis loucos são abatidos e o resto está alinhado, com gente viva nos dizendo o que fazer. Os zumbis nessa cidade não têm isso. Não têm ninguém dedicado a ajudá-los a lidar com a nova condição de vida, com os pensamentos negros, com a... Fome. Vivem em um lugar onde os vivos se voltam contra eles com a velocidade de uma notícia. E o que acontece? Zumbis atacando, pois pensam nas coisas em termos de nós contra eles. — Ele tocou meus cabelos cacheados. — De certa forma, tanto Mártira quanto Hagens estavam certas. Temos que nos ajudar. Como seu pai fez comigo. Essa parte se perdeu na violência, na busca pela vacina, na fuga para o norte, no desmantelamento da Companhia Z. Não devemos só entregar medicamentos e remendar as pessoas. Temos que liderá-las.

— E como começamos?

— Creio que uma boa maneira seria reunir o maior número possível de zumbis. Veteranos da Companhia Z, membros dos Transformados para quem Hagens mentiu. E então nos organizaremos para que um possa defender o outro. Especialmente se a Companhia Z estiver sob algum tipo de ameaça e porque ainda temos que lidar com a ameaça dos mascarados que estão soltos por aí. — Ele olhou nos meus olhos. — E, para isso, tenho que encontrar toda essa gente. E achar Hagens. Pode ser que eu fique longe por um tempo.

— Um tempo? — Podia lidar bem com uma viagem longa entre nós, mas não parecia ser este o caso, do jeito que ele estava colocando as coisas. — Quanto tempo é *um tempo*?

— Não sei — respondeu ele, baixando o olhar. — Depende de para onde Hagens foi. Acredito que ela seja a conexão com aqueles que estão contra a Companhia Z.

Sentei-me, ereta. — Vou com você.

— Não posso te pedir isso — disse ele, pegando minhas mãos pequenas entre as suas e beijando-as apaixonadamente. — E o doutor Dearly não concordaria de jeito nenhum.

— Bram...

— Deixe-me falar — murmurou ele, levando minha mão ao seu rosto, como um gato marcando seu dono. — Estou morto, Nora. Sou um punk. Não tenho dinheiro, nem posição social, nem sobrenome importante. Não tenho nada para lhe oferecer. É por isso que não posso pedir que abra mão de sua vida por mim. Não seria justo com você mesma. Não estarei aqui por mais muito tempo, por isso não posso simplesmente passar o tempo, tenho que fazer algo útil com o pouco que me resta. Agora, sei que isso não vai acontecer dentro de um laboratório.

— Você me ama? — sussurrei.

O olhar dele encheu-se de ternura e ele passou os dedos pelos meus cabelos, segurando firme minha cabeça. Devagar, aproximou-se e beijou-me. Fechei os olhos e entreguei-me aquele momento lindo. Ele deslizou a mão esquerda pelo meu braço e, ao sentir o curativo, afastou-se para olhar, com a expressão intrigada.

— Isso é uma prova do que está me dizendo. Fui mordida pelos zumbis lá no acampamento — confessei a ele. Foi estranho dizer aquilo, como se o tivesse traído, embora soubesse que ele estava brincando quando me disse antes para não deixar ninguém me morder.

Ele manteve o olhar fixo na atadura por uns instantes, até que emitiu um ruído animalesco tão possessivo que fui tomada por um calor intenso. Beijou-me de novo, e seus lábios percorreram meu rosto e meu pescoço. Ousou acariciar meu peito e seus dedos puxaram meu corpete para expor mais pele que pudesse beijar. E, ao fazer aquilo, sussurrou:

— Amo você, Nora. Lembrarei de como é linda quando não tiver mais olhos para ver. Lembrarei de sua voz quando não puder ouvir mais. Você não poderá me ter para sempre, mas eu a terei até que não reste nada além do pó do meu corpo.

Senti minhas lágrimas escorrerem pelo rosto, pelo pescoço. Afastei-o, resoluta, e comecei a desabotoar sua camisa. Ele ficou surpreso e excitado ao mesmo tempo. Beijei seu pescoço e ele procurou meus lábios de novo. Enquanto nossos lábios se encontravam, deslizei a mão por seu peito e... Encontrei um buraco. Afastei-me para olhar seu peito branco como neve. Afastei a camisa e vi que ele fora baleado de novo, mas o ferimento era pequeno e estava seco.

— Michael me acertou — contou ele, com a voz rouca. — Mais trabalho para Evola.

Aquela marca era mais uma na teia de cicatrizes que havia em seu corpo, mas eu a odiei. A ideia de que Michael havia conseguido atingi-lo gelou-me e, de novo, desejei um lugar seguro, qualquer lugar onde pudéssemos viver juntos e em paz. Senti calor e frio ao mesmo tempo: calor, porque aquele era um desejo ardente; frio, porque tal desejo fora gerado pelo medo e me odiei por isso.

Mas foi aí que um novo entendimento das coisas surgiu em minha mente. Não era segurança o que eu desejava. Era estar ao lado de Bram, lutando contra o mundo. Porque não era nosso destino que ele fosse meu e eu, dele. O fato de ele ser um zumbi não tinha nada a ver com isso, apenas tornava nossa história mais emocionante. Os segundos que ele podia me oferecer eram mais preciosos que a eternidade, porque seriam poucos.

E, por isso, eu não podia me esconder. Por isso eu não poderia e não deveria, jamais, deixar que fosse embora sem mim ou hesitar um segundo mais quanto a isso. Como dissera a doutora Chase.

Ergui o rosto na direção dele e, chegando muito, muito perto, entreabri os lábios, convidando-o a me beijar de novo. Ele não precisava de mais nada e, eliminando a pequena distância que restava entre nós dois, aceitou o que eu queria lhe dar.

— Case comigo — murmurei quando nos afastamos. — Esta noite.

— O quê? — exclamou ele, surpreso.

Levei uns instantes para processar o que meu pedido realmente significava e ri feliz quando descobri que sim, era isso mesmo o que eu queria.

— Estou pedindo você em casamento! Quer que me ajoelhe? Ficarei feliz se quiser. — Bram não conseguia desviar o olhar de mim.

— Mas você me jogou um livro na cabeça quando brinquei sobre a história do casamento... E eu não disse que te amava por medo de te assustar!

— Ah, mas eu estou com medo! — ri de novo, um pouco descontroladamente, o que me perturbou por um instante. — Mas, como não sei quanto tempo tenho para ficar com medo... Vamos simplesmente nos casar!

— Mas é justamente esse o ponto! Não vou estar aqui por... — Ouvi as palavras "muito tempo" dentro da minha cabeça. Ouvi-as e ignorei-as.

— Não se trata de "quanto tempo" você estará comigo — respondi, veementemente —, mas de "como" estará. Você acabou de dizer que não pode me pedir para desistir de tudo que tenho. Você nunca me pediu. Jamais. Você me dá mais do que eu jamais poderia ter. Sendo assim, vamos simplesmente aceitar o fato de que somos duas pessoas muito, muito esquisitas e... Casar.

Bram pegou-me pelos braços, como tinha feito perto do armário de armas uma semana antes, e olhou-me de frente, com um olhar duro. Depois, beijou-me de novo, apaixonadamente.

— Quero me casar com você sim, em algum momento — disse ele e me beijou de novo. — Quero muito, muito, muito. Mas... — outro beijo — ... você tem dezessete anos e não pode se casar até completar vinte e um.

— Ah, vai! Como é que você sabe disso?

— Está na seção de perguntas e respostas no final das bíblias que a igreja fornece — explicou ele, depois de outro beijo. — As missas são incrivelmente chatas, você sabia disso?

— Lembra o que eu falei antes sobre você ser a voz da razão? Retiro. Você é muito chato.

Bram riu daquele jeito que eu adorava e me abraçou de novo. — Uau.

Concedi-lhe uns minutos de silêncio e falei:

— Isley poderia fazer a cerimônia. Podíamos ir lá para cima e acordá-lo. Quem liga para a parte legal? De qualquer jeito, já vi nas notícias que não é permitido, do ponto de vista legal, que um zumbi se case. Então, que diferença faz?

— Nem me lembre.

— Eu só quero ouvir as palavras. Se tivermos que nos separar, quero ter certeza de que você é meu. Além disso, pessoas casadas não precisam de acompanhantes, como você bem sabe. Era engraçado que, para resolver o problema da minha liberdade, eu tivesse que fazer a coisa mais conservadora que havia. Nossos costumes eram mesmo muito esquisitos.

Bram ponderou sobre meu argumento e senti sua respiração perto da orelha.

— Você tem algo branco para vestir, fora suas roupas de dormir? — ele parecia um pouco constrangido.

— Vou procurar — respondi, exibindo um imenso sorriso. Mas, antes que pudesse me soltar de seus braços, ele segurou-me e olhou-me intensamente.

— Case comigo — disse ele. — Você me pediu em casamento, e agora eu peço você.

— Sim — respondi, emocionada.

Sempre ouvi que as meninas crescem pensando em casamento, mas, sinceramente, eu nunca tinha pensado no meu. Então, quando encontrei o vestido branco, recoberto de renda que tia Gene havia me dado de presente de aniversário alguns anos antes, achei que era perfeito. Não tinha um ideal na cabeça para comparar.

Pela primeira vez, senti falta da minha tia de verdade. Fiz uma prece por ela, pedindo desculpas por não me importar com ela, por ter pensado as coisas horríveis que pensei a respeito dela. Estava prestes a fazer uma coisa de maneira muito intempestiva, e pareceu-me um bom momento para fazer as pazes.

Com cuidado, para não acordar Beryl, me vesti. Como só tinha sapatos escuros, fiquei descalça. Coloquei uma fita branca no cabelo e nenhuma joia. Então, peguei uma caixa de papelão sob a cama e subi.

Foi difícil acordar Isley. Sacudi-o e falei no seu ouvido muitas vezes, mas foi só quando tirei o gatinho cinza de cima de seu peito que ele começou a despertar. Quando lhe expliquei o que queria fazer, ele sentou-se na cama e olhou-me como se eu fosse uma doida de asilo.

— Ficou louca?

— Sim. E até agora tem funcionado a meu favor.

— Seu pai precisa conceder a permissão.

— Ele não está aqui. Além disso, ele está morto. Será que ele pode dar permissão?

— Você precisa de... Testemunhas... E de uma licença...

Peguei dois gatinhos. — Blackie e Mimi têm olhos, não têm? E o senhor pode escrever uma licença, não pode? Não tem que ser oficial.

— ...E de anéis!

— Não precisamos de anéis, coisa nenhuma — disse a ele, irritada. — Não precisamos de nada. Só queremos que diga as palavras mágicas. Sei que o senhor me entende, padre.

— Sim, entendo perfeitamente! — Ele saiu da cama. Nunca o vira erguendo a voz. E antes que ele achasse outro motivo para ralhar comigo, coloquei os dois gatinhos no chão. — Isso é uma loucura!

— Padre Isley...

— Por que querem se casar?

— Para que eu possa ficar ao lado de Bram. Para que eu possa ter um pedaço dele, mesmo que tenhamos que nos separar por algum tempo. A cerimônia não é para nos tornar um só corpo? Não tem a menor importância que não seja legal. O que quero ouvir são as palavras.

Isley continuou olhando para mim com uma expressão sombria. Eu não pretendia recuar, mas estava ficando sem argumentos. Foi quando ele suspirou e perguntou: — Onde?

Aliviada, marquei o lugar e pedi a ele que fosse buscar Bram. Levei a caixa para a porta da frente e peguei meu buquê. Subi a escada de novo e me dirigi ao lugar que escolhera como altar.

O quarto do meu pai estava vazio, naturalmente. Abri a porta-balcão que dava para o terraço. Pensara muitas vezes que aquele lugar da casa dava má sorte, mas agora sabia que não. Era praticamente um lugar sagrado. Meio sagrado, pelo menos.

Passou uma eternidade até que Bram e Isley entrassem. Respirei fundo e fechei os olhos, esperando que Bram tentasse me convencer, de novo, de que isso era uma loucura — e me preparando para contra argumentar com ele. De certa forma, ele estava certo. Havíamos nos conhecido há seis meses. Éramos jovens. E eu não queria que ele concordasse só para me agradar. Como naquela primeira vez que me beijou, eu queria que ele quisesse também.

Quando ele entrou, banhado e usando seu uniforme completo de capitão, soube que era sua vontade também.

Ele não estava vivo, mas estava tão atraente em seu traje de gala e seu sorriso era tão cálido que quase chorei. Suas memórias seriam destruídas pelo mesmo motivo que havia sido preservado para que eu o achasse; suas cicatrizes o desfigurariam. Mas, até esse dia chegar, ele seria meu.

Ainda um pouco incomodado, Isley se preparou. Eu peguei uma rosa morta da treliça que ornava o balcão e coloquei-a no uniforme de Bram.

— Tem certeza de que é isso o que você quer? — murmurou Bram.

— Sim — respondi, assertivamente. — Você gostaria de acordar todo mundo. Farei o que você desejar.

Por um lado, parecia errado não compartilhar aquele momento com as pessoas queridas, mas, ao mesmo tempo, eu sabia que nossa união seria completamente extraoficial. Era real, mas não era. Não tinha certeza se queria que todos soubessem. Será que me enterrariam viva ou celebrariam conosco? A ideia era mesmo insana, gloriosamente insana.

Bram sinalizou que não com um movimento de cabeça. — Não. Só nós dois. Como você disse.

Isley esperava por nós. Quando Bram percebeu a relutância dele, perguntou: — Tudo bem para o senhor?

O outro zumbi confessou: — Só tenho medo que... — parou e respirou fundo. — Isto tem um significado religioso. Quero que saibam disso. Não é uma brincadeira.

Assenti. — Eu sei.

Bram pegou minha mão e sorriu, erguendo as sobrancelhas. Não ouvi a maior parte das palavras. Não precisava. Fiquei apenas olhando para Bram. Meu cérebro processava números para me dizer que quatro meses, em relação aos dois anos e meio de vida que esperávamos viver juntos, significavam o mesmo que cinco anos para outros casais. Em termos relativos, ele já havia me cortejado por uma eternidade. Depois de entender isso, perdi o medo. E não me sentia mais boba.

Quando chegou a hora de professar nossos votos, Bram falou pausada e cuidadosamente, como se quisesse guardar na memória cada sílaba. Antes de dizer o "sim" final, acrescentou: — Sei que não serei parte de toda sua vida, mas quero que você seja parte de toda a minha — e depois completou: — Sim, eu aceito.

Pensei que, se fosse para me emocionar, aquele seria o melhor momento.

Fiz meu juramento com a voz embargada, exceto na parte sobre "obediência" — Bram até riu na hora. E, pensando rápido, acrescentei: — Estarei com você em cada segundo de sua vida. Nos momentos ruins e nos assustadores. E prometo fazer tudo o que me pedir, desde que seja justo... Mesmo no final... — Não era necessário elaborar mais. Percebi que ele entendeu e se emocionou também. — Sim, eu aceito.

— Pelo poder atribuído a mim pelos... *Mortos?* — continuou Isley — Eu vos declaro marido e mulher. Pode beijar sua noiva, Abraham. E amanhã vocês vão ter uma looonga e séééria conversa comigo. Os dois.

Bram riu, me abraçou e beijou com ternura.

Isley abriu um papel que estava dobrado no fim de sua Bíblia e o leu. — Fiz um certificado de memória. Podem assiná-lo, mas é importante que saibam que não terá valor legal. Tenho a sensação de que devemos assinar com um lápis de cera...

— Eu sei — concordei, ainda emocionada, quando me afastei de Bram. Peguei a caneta que me oferecia e assinei usando a Bíblia como apoio.

Ele fez o mesmo, e depois o padre assinou também. Bufando, colocou os nomes de Blackie e de Mimi, a data e me entregou o papel.

Apertei-o contra o peito, sem me importar com a tinta ainda úmida.

— Vou voltar para a cama — resmungou Isley. — Isso está parecendo um pesadelo complicado.

— Agora — disse a Bram —, vou mostrar-lhe que cumprirei meus votos, mesmo aqueles que não são importantes.

— É mesmo? — perguntou ele, soltando um pouco o colarinho do uniforme.

Peguei-o pela mão e puxei-o para o meu quarto, onde guardei o certificado dentro da mala pronta. De lá, levei-o para o jardim.

— Lembra-se de minha promessa? — perguntei, ajoelhando ao lado da caixa de papelão que havia pegado antes.

— Sobre o fim do confinamento?

Desamarrei a caixa, abrindo-a. Lá dentro, havia uma variedade de fogos de artifício baratos e uma caixa de fósforos. Tinha encomendado em uma loja de brinquedos da cidade, e fora entregue em casa.

Bram teve um acesso de riso quando entendeu o que eu estava prestes a fazer. — Entendi. Fogos, gramado... E a parte da roupa de baixo?

Peguei duas velinhas que soltavam faíscas e segurei-as com a mão direita. Bufei um pouquinho e brinquei: — Entendeu agora? Tínhamos que nos casar. Senão, você não poderia presenciar esta cena.

— Ah, poderia sim.

— Acenda — disse, entregando-lhe a caixa de fósforos.

Bram ficou olhando para mim o tempo todo. Senti o rosto ficar vermelho, porque a cena era um pouco *constrangedora*, mas foi estranho perceber que não havia absolutamente nada de errado no que estava prestes a fazer. Ele era meu marido agora, pelo menos no plano espiritual. Não estávamos quebrando nenhuma convenção social. Bem, exceto pelo fato de que aquilo aconteceria no gramado da frente da minha casa. Olhei para a casa. Havia vivido ali quase todos os momentos importantes da minha vida. O último seria morrer entre aquelas paredes, mas, com um pouco de sorte, isso ainda levaria alguns bons anos.

Constrangida, abri o robe com a mão esquerda. Estava usando meu corselete branco, que eu enfeitara com uma fita azul em torno da cintura. Uma cinta de renda segurava a meia no lugar, embora as calçolas curtas cobrissem a maior parte das minhas pernas.

Bram observou-me por um longo tempo, até perceber que o fósforo aceso estava quase queimando seu dedo. Ele o jogou fora, resmungando um pouco, e eu ri. Ao acender outro, disse:

— Você é linda.

Acendi a minha haste de faíscas na chama. Quando acendeu, dei uns passos para trás e, com o robe aberto, dei uma pirueta. Afinal, eu havia prometido dançar.

A risada de Bram me envolveu, e eu me permiti rir também. Quando as faíscas já estavam acabando, ele se juntou a mim e valsamos juntos pelo gramado.

Sentia o frescor do gramado artificial sob os pés e o frio de sua pele contra a minha. O céu igualmente artificial acima de nós estava escuro.

— Precisamos de música! — exclamei quando ele me girou no ar.

— Não precisamos! — respondeu ele, cantando alguns versos da música lenta que havíamos dançado juntos pela primeira vez, na Base Z Beta.

De repente, ele parou, e senti a força de suas mãos em torno da minha cintura. Ele olhou bem dentro dos meus olhos e disse: — Queria dizer algo mais, mas acho que nunca conseguirei transmitir o que sinto. Acho que não existem palavras para isso.

— Não diga nada, então. Só me ame — respondi, beijando-o de novo. E, quando o fiz, a abóboda acima de nós voltou à vida. Primeiro, com a logomarca da empresa fabricante, e, depois, com a tela azul que indicava que estava carregando.

Olhamos para cima, surpresos, e vimos surgirem, no cristal líquido, as nuvens e as estrelas de luz tênue que imitavam o céu de verdade que havia do lado de fora. A seguir, apareceram os muros e, depois, as árvores virtuais.

— Ligaram os hologramas! — exclamei, achando a coincidência tão emocionante quanto nosso próprio casamento.

— Especialmente para você! — disse Bram, rindo e puxando-me para perto dele.

Depois de me recompor e admirar o céu estrelado por alguns minutos, tive a ideia de comermos tofu polvilhado com açúcar, como se fosse nosso bolo de casamento. Bram carregou-me para dentro de casa nos braços, da maneira tradicional. Comemos juntos na cozinha iluminada pela lua artificial e falamos sobre nossos planos.

Decidimos usar a recompensa de Michael pela captura de Bram para comprar nossas alianças, no dia seguinte. Era justo que ele pagasse por elas.

Nada entre mim e Bram era normal.

E, por isso mesmo, tudo era maravilhoso.

AGRADECIMENTOS

Gostaria de agradecer, uma vez mais, ao meu maravilhoso agente, Christopher Lotts, e à minha editora, Jennifer E. Smith. Obrigada a Lauren Buckland, Betsy Mitchell, Joe Scalora, David Moench e a todos da Random House. Vocês são ótimos.

Agradeço também à minha família, Josh, e a todos os meus amigos por me ouvirem divagar ora sobre zumbis incríveis e ora sobre o significado de apodrecer e sobre escopetas de canos serrados. É sempre bom ter amigos com quem conversar sobre a matéria física do cérebro.

Para todos os jovens escritores que conheci desde a publicação de *Dearly, Beloved* — o que posso dizer, a não ser que vocês são incríveis? Vocês merecem todas as oportunidades do mundo. Nunca deixem de sonhar, pensar, escrever e ler, e saibam que eu desejo muita felicidade e sucesso para todos vocês.

Gostaria também de agradecer a todos que me enviaram e-mails para dizer o quanto gostaram do primeiro volume. Nunca na minha vida sonhei em ter fãs — a ideia ainda parece um tanto egoísta para mim, algo do qual eu deveria me repreender. Vocês são as pessoas que fazem tudo isso valer a pena. Nunca vou esquecer suas palavras gentis. A ideia de que consegui entreter uma única pessoa já é um presente maravilhoso.

Modestamente, agradeço por me permitirem seguir nesta viagem. Graças a todos vocês, mais do que a mim mesma. Obrigada, obrigada, obrigada.